Bernhard Hennen

ELFENRITTER

DAS FJORDLAND

Roman

Originalausgabe

WILHELM HEYNE VERLAG
MÜNCHEN

FSC
Mix
Produktgruppe aus vorbildlich
bewirtschafteten Wäldern und
anderen kontrollierten Herkünften

Zert.-Nr. SGS-COC-1940
www.fsc.org
© 1996 Forest Stewardship Council

Verlagsgruppe Random House FSC-DEU-0100
Das für dieses Buch verwendete FSC-zertifizierte
Papier *München Super* liefert Mochenwangen Papier.

3. Auflage
Originalausgabe 12/2008
Redaktion: Angela Kuepper
Copyright © 2008 by Bernhard Hennen
Copyright © 2008 dieser Ausgabe by
Wilhelm Heyne Verlag, München,
in der Verlagsgruppe Random House GmbH
Printed in Germany 2008
Umschlaggestaltung: Nele Schütz Design, München,
unter Verwendung eines Motivs von Michael Welply
Karte: Andreas Hancock
Satz: Buch-Werkstatt GmbH, Bad Aibling
Druck und Bindung: GGP Media GmbH, Pößneck

www.heyne.de
www.heyne-magische-bestseller.de

ISBN: 978-3-453-52343-2

Für die Schöne vom großen Fluss

*Andrea: »Unglücklich das Land,
das keine Helden hat.« (...)
Galilei: »Unglücklich das Land,
das Helden nötig hat.«*

Aus: »Leben des Galilei«
von Bertold Brecht (1898–1956)

PROLOG

»Wenn ich von Süden komme, in der ersten Morgendämmerung, und die Palasttürme Vahan Calyds als bleiche Schemen aus dem Nebel treten, dann berührt mich ihr Anblick zutiefst im Herzen. Die mich kennen, würden mich wohl kaum sentimental oder romantisch nennen. Mein Leben zählt nach Jahrhunderten, so wie deines, mein Bruder. Oft war ich in Vahan Calyd, dieser uralten Stadt am Waldmeer, wo Schönheit und Verfall in Harmonie zueinander gefunden haben. Stets plane ich meine Reisen so, dass ich den Hafen gemeinsam mit dem Morgenlicht erreiche. Zwischen Bangen und Hoffen stehe ich am Bug. Ich habe Angst, dass der seltsame Zauber, den die Stadt auf mich ausübt, eines Tages verflogen sein wird. Du bist ein Krieger, ich eine Heilerin. Den Anblick von Elend und Tod sind wir gewohnt. Wie du habe auch ich gelernt, mein Herz zu verhärten. Mich darf nicht berühren, was ich sehe, mit kaltem Blut vermag ich besser zu helfen. Wenn ich an das Lager eines sterbenden Kindes gerufen werde, werde ich gewiss keine Tränen vergießen. Ich habe zu kämpfen mit jenem Feind, der zuletzt doch immer obsiegt. Dem Tod.

So hart ist mein Herz geworden, dass mich nur noch selten etwas berührt. Darum ist mir Vahan Calyd so kostbar. Und deshalb verbringe ich zuweilen eine Nacht auf See, nur um den Hafen im ersten Morgenlicht zu sehen.

Nun aber ist der Tag gekommen, den ich so lange gefürchtet habe. Es ist der zweite Tag nach dem Fest der Lichter. Im Nebel über den Wassern lag der Geruch von Rauch und Tod. Und im Wasser sah ich die Rückenflossen der Räuber und Aasfresser, die der Stadt entgegeneilten. Ein Wald von Masten umlagerte Vahan Calyd, und die Banner der blutroten Eiche *hingen schlaff von ihnen herab. Die Türme der Stadt ragten wie todwunde Riesen aus dem Nebel. Gezeichnet von klaffenden Wunden, hielten sie sich mit letzter Kraft aufrecht. Ihre Schönheit ist zerstört, ihr Stolz gebrochen.*

Wir glitten in den Wald der Masten. Der Nebel ließ alles um uns herum seltsam unwirklich erscheinen, wie in einer Traumreise. Er dämpfte die Geräusche und verbarg barmherzig das ganze Ausmaß des Schreckens.

Die stählernen Krallen eines Enterhakens griffen in die Reling. Plötzlich, ohne Vorwarnung. Ein Schemen wurde zu einem Schiff. Und dann kamen sie. Misstrauisch und vorsichtig, wie geprügelte Hunde. Mit gehetztem Blick und fahrigen Bewegungen nahmen sie mein Schiff. Ihre Anführer versuchten ihre Angst zu überspielen. Sie wichen meinem Blick nicht aus, doch ich konnte ihre Furcht riechen Sie warteten darauf, dass ich ihnen einen Grund lieferte, mir ihre Macht zu zeigen. Ich verharrte still. Und auch ich hatte Angst.

Dreimal durchsuchten die Menschenkinder mein Schiff, bevor sie uns einen Liegeplatz zuwiesen. Sie nennen sich Ritter, und doch sind sie schamlose Diebe. Sie nahmen alles, was ihnen wertvoll erschien, meinen Schmuck ebenso wie mein Wundbesteck. Und ihr laszives Lächeln verriet, dass sie noch mehr begehrten. Doch die letzten Wälle des Anstands waren noch nicht gefallen. Nie habe ich mich so ohnmächtig, so hilflos gefühlt. Wie konnten die Menschenkinder, die wir in allem zu übertreffen glaubten, so mächtig werden?

Mein geliebtes Vahan Calyd ... Niemals hätte ich mir träumen lassen, dass der Tag kommen könnte, an dem Menschenkinder entscheiden, wann ich den Fuß auf dein uraltes Pflaster setzen darf. Der Nebel trieb noch immer zwischen den Ruinen, als mich die Ritter ziehen ließen.

Der Stadt hafteten die vielfältigen Gerüche des Todes an, als sei sie ein einziger, riesiger Leichnam. War ich in der Stunde meiner Heimkehr in sprachlosem Entsetzen erstarrt, so brachen nun all mein Zorn und meine Trauer aus mir heraus. Ich weinte ... zum ersten Mal seit den Tagen meiner Kindheit. Und als meine Tränen nicht aufhören wollten zu fließen, da erkannte ich, dass mir die Menschenkinder mit all ihrer blinden Zerstörungswut nicht hatten nehmen können, was mein kostbarster Schatz war: Vahan Calyd berührte noch immer mein Herz. Mehr als je zuvor!

So überwand ich das Entsetzen. Und ein Königinnenfalter schenkte mir neuen Mut. Auf seinen Flügeln aus Weiß, Silber und zartem Gelb schwebte er aus dem Nebel, so plötzlich, als habe der Dunst, der wie ein Leichentuch über der Stadt hing, ihn geboren. Er verschwand mit torkelndem Flug in der Gruft eines halb verfallenen Tortunnels. Unbeirrt eilte er dem Licht am Ende des finsteren, mit Trümmern gefüllten Ganges entgegen. Ich folgte ihm und er führte mich in den Orchideengarten des Palastturms von Alvemer. Aus dem Dunkel in den Garten zu treten, war wie der Schritt in eine andere Welt. Licht und Farben feierten den Morgen. Das Dach aus Kristall war beinahe unversehrt. Dutzende kleiner Brunnen murmelten eine leise Melodie. Tausende Blüten wetteiferten darum, sich mit den strahlendsten Farben und schmeichelndsten Wohlgerüchen zu schmücken. Die Plünderer, die über den Kadaver der Stadt hergefallen waren, suchten nur Gold und Geschmeide. Diesen Ort hatten sie nicht geschändet.

Ich habe die Besatzung meines Schiffes ausgeschickt, um Verwundete zu suchen, denen noch zu helfen ist. Sie sollen sie hierherbringen. Hier wird nicht allein ihr Leib, sondern auch ihre Seele genesen. Hier zu sein, heißt zu wissen, dass die Menschenkinder mit all ihrem Zorn und ihren Kanonen der Welt doch nicht ihre Schönheit zu entreißen vermögen.

Es geht die Kunde, Emerelle sei tot. So oft habe ich mir gewünscht, dass die Mörderin unserer Mutter ein grausames

Schicksal ereilen möge. Und nun hoffe ausgerechnet ich, dass diese Nachricht nur ein haltloses Gerücht ist. Die Albenkinder, die überlebt haben, gehen gebeugten Hauptes. Sie fürchten die Menschen. Wagen es nicht, ihren Blicken zu begegnen...

Ich wünschte, Emerelle wäre hier, die Gebeugten wieder aufzurichten. Ich vermag zerschlagene Glieder zu heilen, doch den Verzweifelten neue Hoffnung zu geben, das vermag ich nicht. Still verfluche ich die Ritter von der blutroten Eiche. Voller Heimtücke haben sie sich nach Vahan Calyd geschlichen. Möge der Fluch der bösen Tat auf sie zurückfallen. So wie Vahan Calyd in der Stunde seines schönstes Festes fiel, soll das Strafgericht auch sie überraschend und in der Stunde ihres Triumphs ereilen. Ich hoffe auf Emerelle. Welch ein seltsamer, unvertrauter Gedanke ... Sie darf nicht tot sein. Sie muss die Schönheit Albenmarks retten! ...«

BRIEF MORWENNAS AN TIRANU,
DEN FÜRSTEN VON LANGOLLION
VERWAHRT IN DER BIBLIOTHEK DES ROSENTURMS

VON SCHWIELEN UND SCHWIMMERN

Luc musste sich zwingen, den Blick gesenkt zu halten. Zu gern würde er sehen, wie die Elfenzauberin starb, die seine Mannschaft gemordet hatte. Aber er durfte sich nicht verraten.

Ein wenig taumelnd kam er auf die Beine. Müden Schrittes schlurfte er über das Deck des fremden Schiffs. Seine Rechte ruhte auf dem blutigen Verband an seinem Arm. Er zuckte leicht zusammen, denn die Wunde brannte.

Dann griff er nach seinen Kräften.

Kälte durchdrang sein Innerstes. Er dachte an den Sturz zum Meeresgrund. Das Geräusch splitternder Planken und die Schreie seiner Männer. All jener, die auf ihn gesetzt hatten. Die Opfer dieser Elfe. Luc zitterte vor Wut. Jetzt würde er es ihr mit gleicher Münze heimzahlen!

Jemand rief etwas mit sich überschlagender Stimme. Luc verstand die Worte nicht. Er blickte auf. Neben der Elfenzauberin stand ein kleiner Fuchsmann mit weißem Fell. Es war der Kerl, dem Honoré vertraut hatte. Er hatte das magische Tor nach Albenmark geöffnet. Wie kam dieser Verräter an die Seite der Elfe?

Luc versuchte verzweifelt, sich auf die Gabe Gottes zu konzentrieren. Er musste seinen Zorn beherrschen. Nur so konnte er siegen. Die Macht, die Tjured ihm gewährte, würde alle Elfen an Bord binnen eines Herzschlags töten.

Die Zauberin sah ihn an. Sie war ganz ruhig. Sie hatte keine Angst vor ihm.

Herausfordernd begegnete er ihrem Blick und drückte seine Rechte fest auf den Verband. Sein Geist musste frei sein. Er musste sich Gott öffnen!

Die Wunde schmerzte. Warmes Blut sickerte durch das Leinen und benetzte seine Finger. Luc atmete tief und regelmäßig. Er bemerkte, wie einige der Elfen ihre Schwerter zogen. Sonnenlicht brach sich auf kaltem Stahl.

Luc fühlte sich auf einmal seltsam unbeteiligt. Er war halb in Trance. Tjured war ihm jetzt ganz nah. Alles um ihn herum schien entrückt zu sein. Nichts konnte ihm etwas anhaben.

Ein einzelnes Wort der Zauberin ließ die Elfen innehalten. Sie sprach es nicht laut, und doch war ihre Stimme deutlich zu vernehmen. Sie klang melodisch, auch wenn das Wort unverwechselbar ein Befehl war.

Ihr letzter Befehl, dachte Luc grimmig. Noch ein oder zwei Herzschläge, dann würden sie niedersinken, hingestreckt von göttlicher Macht.

Der junge Ritter spürte, wie Blut seinen Arm hinabrann und auf seine nackten Füße troff. Die Zauberin kam ihm entgegen. Ohne Eile. Sie ließ ihn nicht aus den Augen. Sie näherte sich ihm wie einem Hund, von dem man nicht wusste, ob er beißen würde.

Luc schloss die Augen. Warum geschah nichts? Sie und diese ganze verfluchte Elfenbrut hätten schon längst tot sein müssen! Lautlos murmelte er ein Stoßgebet. Warum verweigerte Tjured ihm das Wunder der Heilung? Wo war jene Macht, die das Fleisch der Menschen genesen ließ und gleichzeitig die widernatürlichen Geschöpfe Albenmarks vernichtete? Was hatte er getan, dass Gott ihm nicht mehr beistand?

Es war totenstill auf dem Elfensegler. Obwohl Luc die Augen geschlossen hielt, spürte er, wie alle ihn und die Zauberin ansahen. Ihm wurde übel. Die Kraft wich aus seinen Beinen. Er wusste, wenn er die Augen öffnete, würde ihm schwindelig werden.

»Bitte, Beschützer aller Gläubigen, bitte, mein himmlischer Vater, hilf! Mein Leben gehört dir. Aber hilf! Bitte, Gott …«

Die Erkenntnis traf Luc wie ein Schlag. Was war er für ein Narr! Er hätte es besser wissen müssen. Dies war nicht Gottes Welt! Tjured konnte ihm hier, inmitten der Gefilde der Alben, nicht helfen. Er war auf sich allein gestellt!

Luc riss die Augen auf. Die Zauberin hatte ihn fast erreicht. Sie war klein, von zierlicher Gestalt. Und sie war schön ... Ein Lächeln spielte um ihre Lippen. Sie glaubte wohl, er würde sich fügen wie ein Hund, den man mit einer Wurst köderte.

Die übrigen Elfen standen alle mindestens drei Schritt entfernt. Wenn er schnell und entschlossen handelte ...

Luc spannte seinen Körper an. Er war größer und schwerer als die Zauberin; er würde ihr den schlanken, milchweißen Hals brechen und für immer dieses überhebliche Lächeln von ihren Lippen verbannen.

»Verzeih mir, Gishild«, flüsterte er. Auch wenn die anderen Elfen ihn töten würden, so durfte er die Gelegenheit nicht verstreichen lassen. Diese Ausgeburt der Finsternis, die sich hinter der Maske der Schönheit verbarg, durfte nicht länger leben. Nie wieder würde sie ein Schiff voller Gläubiger in den Abgrund des Ozeans stürzen lassen!

Er sprang auf sie zu. Die Elfe tat einen Schritt zur Seite. Es geschah ohne Hast und mit geradezu tänzerischer Anmut. Ein Schlag traf ihn dicht unter den Rippen. Die Luft entwich seinen Lungen, er taumelte und stürzte.

Was für ein niederträchtiger Zauber war das? Alle Kraft war von ihm gewichen. Er konnte nicht aufstehen, ja, er bekam kaum noch Luft.

Die Elfe setzte ihren schmalen Fuß auf seine Brust und sagte etwas in beiläufigem Tonfall. Die fuchsgestaltige Missgeburt war wieder an die Seite der Zauberin geeilt und rief mit schnarrendem Akzent einen Befehl. »Alle Gefangenen stellen sich in einer Linie auf. Sie treten einzeln vor die Königin!«

Luc gaffte die zierliche Elfenzauberin mit offenem Mund an. Das konnte nicht sein ... Die Königin war tot! Zerrissen von den Explosionen, die die fremdartige Hafenstadt der Elfen verwüstet hatten. Er hatte ihre verbogene, blutbeschmierte Krone selbst gesehen. Was für eine Intrige war das? Hatten die Albenkinder Honoré getäuscht? Oder versuchten sie nun ihn zu täuschen, damit er falsche Kunde nach Drusna brachte, falls er entkommen sollte?

Ein stämmiger Ruderer mit ersten grauen Strähnen im schwarzen Bart trat vor die Zauberin. Er sah aus wie jemand, der keinem Händel aus dem Weg ging. Sein kantiges Gesicht war vernarbt und rot verbrannt von der viel zu heißen Sonne dieser fremden Welt. Aber jetzt, wo er von zwei Elfenkriegern vorgeführt wurde, die zusammen wohl kaum mehr wogen als der stiernackige Ruderer allein, wirkte er ängstlich. Sein Blick war auf das Deck gerichtet.

»Streck deine beiden Hände vor!«, befahl das Fuchsgesicht.

Die Wachen lockerten ihren Griff, und statt die Gelegenheit zu nutzen, der heimtückischen Zauberin die Gurgel zu zerquetschen, hielt der Feigling tatsächlich seine Hände hin.

»Die Handflächen nach oben!«, fuhr ihn der Fuchsmann an.

Der Seemann gehorchte.

Luc bekam nun wieder besser Luft. Doch er ließ sich nichts anmerken. Er verhielt sich ganz ruhig und wartete auf seine Gelegenheit.

Die Zauberin sagte etwas. Worte, die den Ohren schmeichelten, auch wenn ihr Sinn unbegreiflich blieb.

Die Wachen wiesen den Seemann an, zum Vordeck zu gehen.

Der nächste Schiffbrüchige, der ihr vorgeführt wurde, war ein schmalhüftiger Mann. Er verhielt sich nicht so unterwürfig wie der Ruderer. Er forderte die Zauberin mit keiner seiner Gesten heraus, aber er wich ihrem Blick auch nicht aus, als sei er ein geprügelter Hund. Luc glaubte, ihn einmal mit der Bauchbinde eines Offiziers gesehen zu haben, war sich aber nicht ganz sicher. Jetzt trug der Mann nur ein schlichtes Leinenhemd und eine ausgefranste Hose aus gutem Stoff.

Die Elfe blickte nur flüchtig auf seine Handflächen. Mit einem Kopfnicken wies sie ihre Krieger an, den Mann zum Hauptmast zu bringen.

»Fällt es dir leicht zu töten?« Die Zauberin redete in seiner Sprache und das fast ohne Akzent. Sie blickte zu ihm hinab. Zunächst war er zu verblüfft, um zu antworten. Sie betrachtete ihn so, wie Kinder einen besonders eigentümlichen Käfer ansehen mochten, den sie unter einem vermodernden Baumstamm entdeckt hatten.

»Dich würde ich ohne zu zögern töten.«

»Halt deine Zunge im Zaum«, fauchte der Fuchsmann. »Du ...« Die Elfe gebot ihm mit einer knappen Geste zu schweigen.

»Ich weiß, dass du noch immer hoffst, mich ermorden zu können, Luc. Doch das war es nicht, was ich gefragt habe.«

Dass sie seinen Namen kannte, versuchte er damit abzutun, dass sie eine Zauberin war. Er antwortete ihr aus Trotz nicht. Und weil er nicht genau wusste, was er darauf hätte sagen sollen.

»Dein Schweigen ist auch eine Antwort.«

Obwohl sie so klein und zierlich war, dass sie auf den ersten Blick harmlos wirkte, lag etwas in ihren rehbraunen Augen, das Luc schaudern ließ. Es waren Augen, die ungeheuerliche Dinge gesehen hatten. Kalt und wissend. »Ich habe keinerlei Skrupel mehr zu töten, sei es mit kaltem Stahl oder durch meine Befehle. Ich bin der Schild Albenmarks und sein Schwert. Wer den Meinen Böses tut, der hat von mir keine

Gnade zu erwarten. Ich erkenne euch an euren Händen. Wer einem Schiff dient, dem haben die Jahre an Bord Schwielen an beiden Händen eingebracht, denn mit beiden Händen muss zupacken, wer sein Brot mit ehrlicher Arbeit verdient. Wer sich aber dem Schwerte verschrieben hat so wie du, Luc, der hat nur an einer Hand Schwielen. Dein Orden nennt sich die Neue Ritterschaft, doch mit ritterlichen Tugenden beschwert ihr euch im Kampf gegen Albenmark schon lange nicht mehr.« Ihre Augen verengten sich, während sie ihn unvermindert ansah. »Niemand im Umkreis von zweihundert Schritt um die beiden Schiffe, die sich im Schutze der Nacht in meinen Hafen geschlichen haben, hat überlebt. Euch war es egal, ob Frauen oder Kinder starben. Keiner, der in jener Nacht auf meinem Schiff zu Gast war, ist noch am Leben. Nur mich vermochtet ihr nicht zu töten. Ich bin Emerelle, die Herrscherin Albenmarks, und man sagt mir nach, dass ich ein kaltes Herz habe. Kannst du gut schwimmen, Luc?«

Er würde ihr nicht antworten! Sie war die Herrscherin der Lügen. Sie war das Böse. Jedes ihrer Worte war wie Gift. Man musste sich ihnen verschließen!

Die Zauberin blickte die Reihe der Gefangenen entlang. »Seht die Male in euren Händen, und ihr wisst, wem ich freies Geleit in seine Welt gewähre. Ihr anderen aber werdet eurem Glück vertrauen müssen. Keiner der Meinen wird eine Waffe gegen euch erheben. Zweihundert Schritt, das war der Bannkreis des Todes. Wer dort weilte, für den gab es keine Hoffnung, und auch jenseits dieser Grenze wurde noch hundertfach gestorben. Zweihundert Schritt werdet ihr morgen dort schwimmen müssen, wo euer Hass keine Schranken mehr kannte. Wer das Ufer erreicht, ist frei.«

Luc sah, wie einige der Männer schmunzelten. Zweihundert Schritt in ruhigem Hafenwasser zu schwimmen, war keine Kunst.

»Ich habe gehört, du wurdest mit einer Glückshaut auf dem Kopf geboren, Luc.« Die Elfe sah ihn an, und ihr Blick war wie Eis. »Du wirst all dein Glück gebrauchen können. Du schwimmst morgen als Erster.«

DER JUNGE RITTER

Ahtap leckte sich nervös über die Schnauze, während er unruhig an der Reling auf und ab ging. Er war nicht zart besaitet. Und er war gewiss der Letzte, dem man vorwerfen würde, dass er Sympathien für diese verfluchten Ordensritter hatte. Zu lange war er ihr Gefangener gewesen! Aber das, was nun bevorstand, machte ihm zu schaffen.

Der Lutin hatte nach einer Ausrede gesucht, nicht an Bord sein zu müssen, aber Emerelle hatte auf seiner Anwesenheit bestanden. Warum, wusste er nicht. Was machte es schon aus, ob ausgerechnet er bei diesem blutigen Spektakel anwesend war?

Es war drückend heiß im Hafen von Vahan Calyd. Oder dem, was von dem Hafen noch übrig geblieben war. Ahtap verscheuchte mit einer fahrigen Bewegung eine der dicken, in allen Regenbogenfarben schimmernden Fliegen von der Reling. Diese widerlichen Viecher waren überall. Aasfliegen … Der Geruch hatte sie aus den Mangroven und dem Dschungel gelockt. Er wollte einfach nicht vergehen. Selbst die leichte Brise von der See vertrieb ihn nicht, diesen süßlichen Gestank nach Verwesung.

Ahtaps Blick wanderte über die Schutthügel. Hunderte, vielleicht Tausende lagen dort noch unter Trümmern begraben. Durch ihn hatten die Ordensritter gewusst, dass dies die Zeit war, in der Vahan Calyd vor Leben überquoll. Nicht einmal einen ganzen Mond dauerten die Festlichkeiten, und sie wiederholten sich auch nur alle achtundzwanzig Jahre. In der Zwischenzeit wurden die meisten Paläste von einigen wenigen Bediensteten gehütet. Dann waren in den Straßen der Stadt mehr verirrte Winkerkrabben als zweibeinige Bewohner anzutreffen …

Doch zum Krönungstag fanden der Adel und Schaulustige aus ganz Albenmark sich in der Stadt ein, um das Fest der Lichter zu feiern. Ahtap hätte niemals geglaubt, dass die Ritter es hierher schaffen würden. Er hatte sich nichts dabei gedacht, als er Leon und später Honoré von dem Fest erzählt hatte. Menschen konnten nicht nach Albenmark gelangen! Und als er das Tor geöffnet hatte, war er immer noch davon überzeugt gewesen, die Zaubermacht der Königin könne die Schiffe der Menschen mit Leichtigkeit vernichten, wie es letztlich ja auch geschehen war. Nur was sich hier ereignet hatte … Ein Kloß, groß wie seine Faust, saß ihm im Hals. Er hatte nicht geahnt, was kommen würde! Aber das machte es nicht besser. Er war genauso am Tod dieser Albenkinder hier schuldig wie die Kapitäne, die die beiden großen Schiffe in den Hafen gesteuert hatten. Ob Emercile das ahnte? Hatte sie deshalb darauf bestanden, dass er bei den Hinrichtungen anwesend sein sollte?

Ahtap vermied es, hinab zum Wasser zu blicken. Warum veranstaltete die Königin dieses unwürdige Schauspiel? Der Lutin blickte zu den zerstörten Kais. Dort stand die Antwort. Zu Tausenden waren sie gekommen. Viele trugen schmutzige Verbände.

Ahtap musste sich unwillkürlich kratzen. Vahan Calyd war

kein guter Ort, um sich zu verletzen. Überall wimmelten Insekten. Grässliche Viecher, deren Namen er nicht kannte. Kreaturen mit viel zu vielen Beinen und widerlichen Beißwerkzeugen, die ihren Weg zwischen Mullbinden und Bandagen aus Leinen hindurch fanden. Angelockt vom Geruch von Blut und Verwesung. Vom Schweiß, den Hitze und Schmerz aus den Poren trieb. Er sah einen Schatten durch das trübe Wasser gleiten. Nicht nur Insekten wurden davon angelockt.

Emerelle hätte sie auch einfach an den Rahen aufknüpfen lassen können. Wenn man sie langsam hochzog, so dass der Henkersknoten ihnen nicht das Genick brach, dann tanzten sie noch eine Weile. Ihre Beine zuckten hilflos in der Luft. Das wäre Spektakel genug gewesen.

Die Königin kam vom Bug, wo sie sich mit einigen Elfenkriegern in weißen Leinenrüstungen unterhalten hatte. Sie erweckte nicht den Anschein, dass ihr das, was nun kommen würde, zu schaffen machte.

Ahtap senkte den Blick. Er hatte Angst, dass sie erraten würde, wie viel Schuld er an dem trug, was geschehen war. Bislang hatte sie ihm keine Fragen gestellt.

Die Königin sagte irgendetwas zu den drei großen Trollen, die mittschiffs nahe beim Hauptmast warteten. Die grauhäutigen Hünen antworteten mit einem derben Grunzen. Einer von ihnen streckte und krümmte seine knotigen, grauen Finger.

Ahtap dachte an seine Zeit im Kerker der Ordensburg und an Nhorg, den die Jahre der Gefangenschaft den Verstand gekostet hatten. Immerzu hatte der Kerl von Essen geredet … Er hatte wohl so ziemlich alles gegessen, was man sich vorstellen konnte. Und etliche Dinge, von denen Ahtap bis dahin nicht einmal im Entferntesten gedacht hatte, dass jemand auf die Idee kommen könnte, sie zu verschlingen. Ihm klangen noch Nhorgs Worte in den Ohren. *Fell kitzelt auf der Zunge. Ich fresse gern Viecher mit Fellhaut.*

Der Lutin kratzte sein dichtes Halsfell. Nie hatte er sich von der Türnische des Kerkers gewagt. Das war der einzige Ort außerhalb der Reichweite des angeketteten Trolls gewesen. Und wenn er eingeschlafen war, dann hatte Ahtap stets Angst gehabt, in einem unruhigen Traum auf dem leicht abschüssigen Boden zur Mitte der Kerkerzelle zu rollen. Oder sich einfach nur einen Zoll zu weit in Richtung des Trolls zu bewegen, um in dessen Klauenhänden zu erwachen und zu wissen, dass Nhorg gleich noch einmal das Kitzeln von Fell an seinem Gaumen spüren wollte. Es war die verfluchte dritte Prophezeiung der Apsara gewesen, die ihn im Kerker so oft aus seinen Träumen gerissen hatte. Eines Tages würde er gefressen werden, so hatte sie geweissagt, als er sie nach seiner Zukunft befragt hatte.

Emerelle kam jetzt in seine Richtung. Sie kommt nur zum Achterdeck, versuchte er sich vorzumachen. Er hatte sie aus den Augenwinkeln gesehen und wagte es nicht, sie direkt anzublicken. Er schwitzte jetzt stärker. Und er roch den stechenden Gestank der Angst. Das würde ihr nicht verborgen bleiben. Elfen entging nichts. Am allerwenigsten ihr.

»Bringt sie hoch! Alle auf einmal.« Sie sprach leise, aber mit einer Stimme von durchdringender Kälte.

Ahtap ballte die Fäuste. Er durfte jetzt nicht zu zittern anfangen!

»Erstaunlich, wie viele gekommen sind, um zuzusehen«, sagte die Königin nun in leichtem Plauderton.

»Ja.« Es kostete den Lutin größte Anstrengung, nur dieses eine Wort hervorzubringen. Nichts anmerken lassen, ermahnte er sich stumm.

Emerelle zog hörbar die Luft ein. Wollte sie, dass er wusste, dass sie seine Angst bemerkt hatte? Er blickte zum Ufer. Es konnte belanglose Gründe geben, warum die Königin tief einatmete. Vielleicht mochte sie ja den Geruch des Hafens?

Unsinn! Niemand mochte den Geruch nach verwesendem Fleisch, außer vielleicht ein paar Trolle.

Die Gefangenen wurden an Deck gebracht. Sie sahen elend aus. Keiner leistete den Wächtern Widerstand. Sie alle waren hier im Hafen gewesen. Sie wussten, was sie erwartete.

»Den Jungen zuerst«, sagte Emerelle.

Ein Troll trat vor, doch es war keine Gewalt nötig. Der junge Ritter trat freiwillig an die Reling. Er sah zu ihnen.

Ahtap war sich immer noch nicht ganz sicher, was er von dem Jungen halten sollte. Er hatte Honoré im Rabenturm besucht und war sofort empfangen worden. Ein Privileg, das keineswegs allen Rittern der Bluteiche zuteilwurde. Er musste auf irgendeine Art wichtig sein. Auch glaubte er, ihn in Valloncour gesehen zu haben. Gestern hatte er befürchtet, dass der junge Ritter über jene geheimnisvolle Macht verfügte, die einst Nhorg auf so grausame Weise getötet hatte. Jene Macht, die Ahtap nur einen kurzen Augenblick zu spüren bekommen hatte. Ein Augenblick, der doch lang genug gewesen war, ihn für immer zu verändern. Diese Spanne von kaum ein paar Herzschlägen hatte eine Angst in ihn gepflanzt, die tiefer ging als die Furcht vor dem verrückten Troll oder vor der Prophezeiung der Apsara. An jenem Tag war sein Fell weiß geworden. Er war innerlich zerbrochen.

Als damals der einäugige Primarch zu ihm gekommen war, hatte er keinen Widerstand mehr geleistet. Er hatte zu reden begonnen. Der Lutin blickte zu der zerstörten Hafenstadt. Besser, er wäre gestorben.

Gestern hatte er geglaubt, der Junge gebiete über die geheimnisvolle Macht. Er hatte so entschlossen gewirkt. Ahtap war sich sicher gewesen, dass der Kerl alle Albenkinder an Bord töten wollte. Aber nichts war geschehen! Der Ritter war lediglich auf Emerelle zugegangen und hatte dabei seine Hand auf den Verband gepresst. Er hatte auch keine Waffe bei sich gehabt. Vielleicht war er einfach nur durcheinander gewesen.

Jetzt wirkte der Junge sehr gefasst. Er trug ein langes, weißes Hemd, sonst nichts. In der Hand hielt er einen Brief. Er blickte zur Königin.

»Komm zu mir!«, sagte Emerelle in der Zunge der Menschenkinder und bedeutete den Trollen mit knapper Geste, ihn gewähren zu lassen.

»Ich bitte nicht um Gnade«, sagte der junge Ritter trotzig. Er hatte Mühe, seine Stimme unter Kontrolle zu halten. Sie klang heiser. »Darf ich einem unserer Männer, die zurückkehren werden, diesen Brief mitgeben?«

Ahtap blickte zur Königin auf. Sie zögerte einen Augenblick. Dann nickte sie. »Dein Wunsch sei dir gewährt, Menschensohn«, entgegnete die Königin mit warmer Stimme. Hätte sie an einem anderen Ort als diesem gesprochen, man hätte ihre Worte für herzlich halten können.

Der junge Ritter ging zu den Seemännern hinüber, die dazu verdammt waren, dem Spektakel beizuwohnen. Er drückte einem großen Kerl mit grauen Fäden im Bart den Brief in die Hand und flüsterte ihm hastig einige Worte zu. Dann kehrte er zur Königin zurück; er wirkte erleichtert. »Darf ich den letzten Schritt selbst tun?«

»Eine Frage der Ehre, nehme ich an.« Emerelles Antlitz zeigte keine Regung. Im grellen Licht der Mittagssonne wirkte es ebenmäßig und alterslos.

Sie trat zur Seite. »Dann zeig uns, wie ein Menschenritter stirbt.«

Ahtap erinnerte sich, dass die Königin den Jungen gestern Luc genannt hatte. Woher kannte sie seinen Namen? Wie weit reichte ihre Macht? Blieb ihr nichts verborgen? Er verschränkte die Hände hinter dem Rücken, damit sie nicht zitterten, doch seine nervös zuckende Rute vermochte er nicht zu beherrschen. Was wusste Emerelle über ihn? Darüber, dass er es war, der das Unheil nach Albenmark gebracht hatte?

Luc stieg auf die Reling und wurde mit einem Johlen vom Ufer begrüßt.

»Stoßt ihn endlich hinab«, brüllte ein Minotaur mit blutigem Kopfverband, dem eines seiner Hörner fehlte.

Der Junge tat den letzten Schritt allein. Er stürzte ins dunkle Wasser und begann mit ruhigen, kräftigen Zügen zu schwimmen.

Ahtap folgte ihm gebannt mit Blicken, obwohl er gar nicht sehen wollte, was nun geschehen würde. Er wusste um die dunklen Schatten im Wasser. Und dann erschien die erste gelbschwarze Rückenfinne. Sie schnitt einen Keil in das brackige Hafenwasser, dessen Spitze genau auf den Jungen wies.

Luc bemerkte die Gefahr. Er änderte die Richtung und hielt auf einen riesigen Marmorklotz zu, den die Explosion ins Hafenbecken geschleudert hatte. Auf halbem Weg zum Kai erhob er sich aus der schwachen Dünung.

Ahtap hielt den Atem an. Mit ein bisschen Glück könnte der Junge es schaffen. Die Bestie kam schnell näher, aber Luc hatte den Marmorklotz fast erreicht!

Auf den Kais war es still geworden. Nur wenige feuerten mit ihren Rufen die Bestie an.

Luc streckte den Arm aus. Seine Hand tastete über den geborstenen Marmor.

Ahtap konnte sehen, wie sich die Schultermuskeln des Jungen spannten. Die Bestie war noch fast zwanzig Schritt entfernt! Er würde es schaffen.

Plötzlich glitten die Hände ab. Blankes Entsetzen lag in den Zügen des Jungen. Sein Mund klaffte auf, als wolle er schreien. Dann war er im trüben Wasser verschwunden.

Ahtap traute seinen Augen nicht. Der Hai war immer noch nicht ganz bis an den Marmorklotz heran.

Die dunkle Wolke im Wasser tilgte alle Zweifel. Zu viele Räuber und Aasfresser tummelten sich seit dem Unglück im Hafen von Vahan Calyd. Irgendetwas hatte im tiefen Wasser gelauert und den Jungen geschnappt.

Rot umspülte das Hafenwasser den Marmorblock, und ein feines Blütenmuster zeichnete sich auf dem behauenen Stein ab. Ahtap wurde übel.

»Als Nächstes den Capitano, der die Mörder hierhergebracht hat!« Emerelle sprach nun wieder in der Zunge Albenmarks. Zwei Trolle griffen sich einen der Gefangenen, die sich in stummem Entsetzen eng aneinanderdrängten. Die Hünen packten den Menschensohn bei den Armen und Beinen und schleuderten den Capitano dorthin, wo die Blutwolke durch das Wasser trieb.

Hilflos mit Armen und Beinen rudernd und einen gellenden Schrei auf den Lippen, flog der Schiffsführer durch die Luft.

Immer mehr Rückenfinnen erschienen im Wasser. Dort, wo der Mensch aufschlug, schäumte es vor Bewegung. Sofort wurde er hinabgerissen.

Schon schleuderten Emerelles Henker ihr nächstes Opfer in die See. Jubelrufe begleiteten das unwürdige Spektakel. Ahtap wollte sich verkriechen, aber seine Beine versagten ihm den Dienst. Wie unter einem Zauberzwang war er unfähig, den Blick von dem blutigen Gemetzel zu lassen. Die Brust war ihm eng geworden. Emerelles letzte Worte hallten in seinem Kopf nach. Waren sie zufällig so gewählt? Durfte er hoffen, dass sie nicht wusste, was er getan hatte? Oder sollte er sich hier und jetzt bekennen? War das klug? Was sollte er nur tun?

»Du warst lange fort, Ahtap«, sagte Emerelle.

Der Lutin wollte etwas antworten, aber er brachte nur ein heiseres Räuspern zustande.

»Wusstest du, dass Nathania zu den Toten des Festes der Lichter gehörte?«

Ahtap keuchte. Seine Beine gaben nach. Er sank an der Reling in sich zusammen. Nathania! In den dunkelsten Stunden seiner Gefangenschaft hatte der Gedanke an Nathania ihm Kraft gegeben. Sie war eine Lutin, so wie er. Eine Späherin Emerelles. Erfahren darin, den trügerischen Pfaden der Alben zu folgen. Vor langer Zeit hatte Ahtap ihre Liebe verspielt. Aber er hatte die Hoffnung nie aufgegeben, dass er sie eines Tages zurückgewinnen könnte.

»Wie?«, brachte er schließlich hervor.

»Ich weiß es nicht. Ihr Name stand auf den Totenlisten, die man mir gebracht hat. Lange Listen, Ahtap. Du solltest sie dir auch einmal ansehen.«

Er blickte zu Emerelle auf. Sie wusste es, er konnte es in ihren Augen sehen. Voller Verachtung waren sie.

»Nathania.« Er versuchte sich an ihr Gesicht zu erinnern, doch es wollte ihm nicht gelingen. Nur ihren Geruch hatte er noch deutlich in der Nase. Ihr Pelz hatte nach Herbstwald gerochen und nach Pilzen. Tränen standen ihm in den Augen. Er richtete sich auf. Er hatte sich bei ihr entschuldigen wollen ... Dass ihre Liebe zu ihm noch einmal entflammen könnte, hatte er nicht wirklich gehofft. Es hätte ihm genügt, wenn sie ihn verstanden hätte.

Ahtap zog sich die Reling hoch. Der Handlauf war so breit wie eine Elfenhand. Es war leicht, darauf zu balancieren. Er drehte sich um und sah zu Emerelle. Jetzt war er fast auf Augenhöhe mit ihr.

»Ich habe es nicht gewollt«, sagte er sehr leise.

»Erwartest du mein Mitleid?«

Nein, dachte der Lutin. Er erwartete gar nichts mehr. Was er getan hatte, war nicht zu entschuldigen.

Emerelle stand reglos. Sie hätte die Hand ausstrecken können, um ihn zu halten. Schöne Augen hatte sie, dachte Ahtap. Braun, fast wie das Fell eines jungen Rehkitzes. Wieder dachte er an Nathania. Daran, wie sie früher zusammen durch die Wälder gestreift waren. Er vermisste den Alten Wald im Herzland. Das Fest der Silbernacht. Zweimal war er dort mit Nathania gewesen.

Ahtap machte einen Schritt zurück. Er musste an die Apsara denken, die er im Turm der mondbleichen Blüten besucht hatte. Sie war wirklich eine gute Wahrsagerin gewesen. Jetzt würde sich auch ihre dritte Prophezeiung erfüllen.

Er schlug aufs Wasser und machte erst gar nicht den Versuch, zum Ufer zu schwimmen.

DER RICHTIGE AUGENBLICK

Gishild blickte die Reihe der schwarz gerüsteten Reiter entlang. Wie lange würden sie die Garnison des Vorratslagers wohl täuschen können? Nachdem kleinere Lager in den letzten Jahren immer wieder zum Ziel von Angriffen geworden waren, hatten die Ritter vom Aschenbaum ihre Strategie geändert. Sie legten nun große Versorgungsstützpunkte an. Das Lager Eisenwacht lag zwanzig Meilen hinter der vorrückenden Armee.

Sie wischte sich den Schweiß von der Stirn. Es war ein drückend heißer Sommertag. Kein Lüftchen regte sich. Vor ihnen lag Eisenwacht in einem weiten Tal, eingefasst von sanft ansteigenden Bergen, deren Flanken mit dichtem Mischwald bedeckt waren.

Das Tal war uneben. Ein kleiner Bach, der offenbar schon

häufiger sein Bett gewechselt hatte, hatte tiefe Schlangenlinien in das schwarze Erdreich gegraben. Kleine Birkenhaine und lichtes Buschwerk fassten die Ufer ein. Eine schlecht befestigte Straße teilte das Tal. Zahllose eisenbeschlagene Karrenräder hatten tiefe Furchen, in denen sich Wasser gesammelt hatte, in den Weg geschnitten. Mücken tanzten dort in der Luft. Hin und wieder sah man sogar eine Regenbogenlibelle.

Drei Gehöfte waren auf flachen Hügeln zu erkennen. Ihre Dächer waren eingestürzt. Gerippe aus schwarzen Balken ragten über die Ruinen. Vor einer Woche hatte es in dem Tal eine Schlacht gegeben. Und jeder Ort, an dem Widerstand geleistet wurde, wurde nach den Kämpfen den Truppen zum Plündern überlassen.

Gishild wusste, dass in einer Bodensenke im Süden des Tals Dutzende unbestatteter Leichen lagen. Auch jetzt sah man dort noch Raben kreisen. Die Ritterschaft vom Aschenbaum hatte das Kommando in diesem Feldzug. Und sie führten den Krieg mit unbarmherziger Härte. Tote Feinde wurden nicht bestattet. Gefangene überließ man den Fragenden, die auf ihren Folterbänken auch den tapfersten Mann dazu brachten, seine Freunde zu verraten.

Fast in der Mitte des Tals lag Eisenwacht. Gefangene arbeiteten an den Schanzwerken aus Erde. Rings um das Lager wurde ein tiefer Graben ausgehoben. Nach Süden hin waren die Befestigungen noch löchrig. Der Graben war nicht vollendet. Im Wall gab es direkt neben dem Tor eine breite Lücke, die notdürftig mit Schanzkörben verbarrikadiert war. Dazwischen standen einzelne Bronzeschlangen. Die meisten der Geschütze waren jedoch entlang des Nordwalls in Stellung gebracht und wachten über den Eingang zum Tal.

Mehr als dreihundert Schritt maßen die Erdwälle an den Seiten des Lagers. Sie schützten lange Reihen von Zelten aus vergilbtem Leinen. Ein Zug aus vierzig großen, von Kaltblütern gezogenen Planwagen war vergangene Nacht im Lager eingetroffen. Dort warteten sie auf die Verstärkung ihrer Eskorte, bevor sie zur Spitze der Armee vorstoßen konnten, die auf die Hafenstadt Haspal vorrückte.

Endlose Reihen aus Fässern und Kisten türmten sich entlang der Lagerstraßen. In großen Zelten wurden Säcke mit Korn, Bohnen und Linsen verwahrt sowie andere Güter, die es vor dem Regen zu schützen galt. Der Orden vom Aschenbaum führte einen glänzend organisierten Feldzug. Ihnen mangelte es an nichts.

Gishild streckte sich. Ihre Rüstung klirrte leise, sie war ihr ein wenig zu groß. Der Capitano, dem sie einmal gehört hatte, war breiter und muskulöser als sie gewesen. Sie spürte, wie der Schweiß sich unter ihren Achseln sammelte. Auch der Orden vom Aschenbaum hatte inzwischen mehrere Schwadronen berittener Pistoliere aufgestellt. So wie ihre Vorbilder von der Neuen Ritterschaft trugen sie geschwärzte Rüstungen, was während der Sommerhitze eine Qual war.

Gishild hatte ihren Helm abgenommen. Ihr Haar war strähnig und fettglänzend. Sie konnte sich nicht mehr erinnern, wann sie sich zum letzten Mal gewaschen hatte. Das Jahr war schlecht gelaufen für sie. Die Übermacht der Tjuredkirche war zu erdrückend. Die Provinz Leal war der letzte Zipfel Drusnas, der noch nicht von den Kirchentruppen überrannt war. Das Frühjahr und der Sommer hatten elf blutige Schlachten und zahllose Scharmützel gebracht. Sieben Siege hatten sie davongetragen, aber sie vermochten ihre Verluste nicht mehr zu ersetzen. Selbst wenn sie siegten, mussten sie sich vor den Truppen der Kirche zurückziehen. Die Entscheidung um Drusna war gefallen. Immer mehr Adlige traten offen auf die Seite der Tjuredkirche. Jetzt ging es nur noch darum, jene, die sich nicht unterwerfen wollten, über den Hafen von Haspal zu evakuieren und ins Fjordland zu bringen.

Eine offene Feldschlacht gegen die Kirchentruppen konnten sie nicht wagen. Trotz der Unterstützung durch Albenmark hatten sie nicht mehr genug Krieger. Die schlagkräftigsten Truppen, die Gishild noch zur Verfügung standen, verbargen sich hinter ihr im Wald. Es waren ihre Mandriden, die in den Rüstungen von getöteten Schwarzreitern steckten, Fürst Tiranus Schnitter und eine Horde von Kentauren aus Dailos. Sie waren ein zwielichtiger Haufen, und ihr Anführer, Appanasios, erinnerte mehr an einen Strauchdieb als an einen Reiterführer, wie Gishild sie aus ihrer Zeit bei den Ordensrittern kannte. Er hatte ungepflegtes schwarzes Haar und einen üppigen Vollbart. Über seine braungebrannte, muskulöse Brust spannte sich ein Lederbandelier, in dem mehrere Radschlosspistolen steckten. Und das, obwohl Emerelle ihren Albenkindern den Gebrauch von Schwarzpulverwaffen streng untersagt hatte. Zusätzlich hatte er einen Köcher mit Pfeilen um die Hüften geschnallt, aus dem ein kurzer Reiterbogen ragte. Über seiner rechten Schulter war der Griff eines Langschwertes zu sehen. Die Narben auf Brust und Armen wiesen Appanasios als erfahrenen Kämpfer aus. Gishild wusste, dass sich der Kentaur und ihr Gatte bestens verstanden. Das war keine Empfehlung!

»Wann schlagen wir los?«, fragte Tiranu ungeduldig.

Gishild blickte in die Runde ihrer Befehlshaber. Nur der Elf und Appanasios schienen den Kampf nicht abwarten zu können. Ihre Mandriden wirkten so erschöpft, wie sie sich fühlte. Doch der Angriff musste glücken! Wenn das Vorratslager brannte und die Versorgungslinie unterbrochen war, würde die Armee der Kirche ihren Vormarsch auf Haspal einstellen. So konnten sie für die Stadt ein paar Tage gewinnen. Im günstigsten Fall sogar eine Woche.

»Königin?«

Gishild blickte zu Tiranu.

»Worauf warten wir, Herrin?« Der Elf gab sich keine Mühe, respektvoll zu erscheinen.

»Wir warten darauf, dass die Sonne uns den Sieg erleichtert. Wir sind im Schatten der Bäume vor der ärgsten Hitze geschützt. Die Wachen auf den Erdwällen braten jetzt in ihren Rüstungen. Sie werden weniger aufmerksam sein. Meine Mandriden sind keine Ordensreiterei. Dazu gehört mehr, als die Rüstungen von Schwarzreitern zu tragen. Wir können nur hoffen, dass die Wachen nicht so genau hinschauen, wenn wir unbehelligt bis zum Graben kommen wollen.«

Tiranu bedachte sie mit einem Blick, als sei sie ein störrisches Kind und keine Königin. »Wir werden nicht ewig unentdeckt bleiben«, sagte er dann mit einem Achselzucken, wendete sein Pferd und kehrte zu seinen Schnittern zurück.

Appanasios Pferdeschweif peitschte unruhig.

»Was?«, fuhr Gishild den Kentauren an.

»Ich denke auch, wir sollten es hinter uns bringen. Wenn wir zu lange warten, werden sie die Wachen ablösen.«

»Ich kenne sie! Ich habe viele Jahre unter ihnen gelebt. Die Wachablösung ist immer zur dritten Mittagsstunde. Sie haben in allem, was sie tun, ihre strenge Ordnung, deshalb sind sie so verdammt erfolgreich.« Gishild musste sich beherrschen, um keine Bemerkung über die undisziplinierten Truppen Drusnas zu verlieren oder gar über Kentaurenhorden, die die halbe Zeit über besoffen waren.

Appanasios' Zähne blitzten durch seinen dichten, schwarzen Bart. »Ich wette, ich weiß, was du jetzt denkst, Königin. Aber sei's drum ... Das Einzige, was mir Sorgen macht, ist, dass unsere Feinde dich vielleicht inzwischen genauso gut kennen wie du sie. Wenn du weißt, wie sie denken, weil du so lange unter ihnen gelebt hast, dann gilt das auch umgekehrt.

Es wird dir immer schwerer fallen, sie zu überraschen. Es sei denn, du gebärdest dich plötzlich wie eine ungewaschene Barbarin, die einen feuchten Pferdefurz auf die Regeln der Kriegskunst der Ritterorden gibt. Verschwende einmal einen Gedanken daran, Königin.« Der Kentaur trabte davon und verschwand zwischen den Bäumen.

Eine leichte Brise fuhr in die Baumkronen. Tausende gleißende Lichtpunkte tanzten über den Waldboden. Unter den verbliebenen Anführern herrschte betretenes Schweigen. Sie alle kannten Gishilds aufbrausendes Temperament.

Erek räusperte sich.

Sie sah ihren Mann an. Er hatte sich gestern den Bart abrasiert, um in der ersten Reihe der Schwarzreiter an ihrer Seite zu sein. Mit seinem zu Zöpfen geflochtenen Bart wäre er schon von Weitem aufgefallen. Wangen und Kinn waren weiß wie der Bauch eines toten Fisches, während der Rest seines Gesichts von der Sonne verbrannt war. Er sah gut aus mit dem kantigen Kinn und dem entschlossen wirkenden Mund. Ungehobelt, geradeheraus und ein bisschen einfältig, war er so ganz anders als Luc. Sie würde ihn niemals lieben!

»Und was bedrückt dich, mein Gemahl?«

Erek lächelte kurz, weil sie ihn so nannte. Ironie war ihm völlig fremd. »Ich habe mir das Lager lange angeschaut. Ich glaube, die Erdwälle sind zu hoch.«

Gishild atmete tief ein. Sie sollte sich im Zaum halten! Wenn sie ihn zu abfällig behandelte, dann würde sie auch sich damit schaden. Die meisten Fjordländer hatten sehr altmodische Vorstellungen über das Verhältnis zwischen Männern und Frauen. »Wir werden dort angreifen, wo eine Lücke im Wall ist. Es schert uns nicht, wie hoch er dort ist, wo er vollendet wurde.«

Erek machte eine Geste, als wolle er über seinen Bart streichen, verharrte aber inmitten der gewohnten Bewegung, als er ins Leere griff. »Da hast du natürlich recht. Trotzdem sind die Wälle zu hoch. So viel Erde können sie unmöglich allein aus den Gräben haben, die sie davor gezogen haben. Ich kenn mich da aus. Ich hab wochenlang an den Schanzen von Firnstayn mitgeschuftet. Über Erde weiß ich jetzt fast so viel wie ein ungewaschener Bauer.«

Er grinste, aber Gishild erwiderte sein Lächeln nicht. Sie hielt nicht viel davon, dass ihre Kriegerjarls auf die einfachen Bauern und Fischer herabsahen. Wenn der Kampf um das Fjordland begann, würde sie jeden Mann brauchen, der eine Waffe halten konnte. Da war so eine Überheblichkeit nicht angebracht.

»Worauf willst du hinaus?«

»Irgendwo in dem Lager gibt es ein großes Loch. Und es beunruhigt mich, dass ich es nicht sehe.«

Gishild seufzte innerlich. »Sie werden Latrinen ausgehoben haben.«

»Nein, es muss ein größeres Loch sein«, beharrte Erek.

Wieder ließ ein Luftzug die Blätter rauschen. Flirrendes Licht blendete Gishild. Und plötzlich ergriff sie eine tödliche Kälte. Sie war tief in ihr. Von einem Herzschlag zum anderen. Die Ahnung kommenden Unheils wie damals, als ihr Vater von den Ordensrittern betrogen worden war und man sie entführt hatte.

»Geht es dir nicht gut, Herrin?«, fragte Sigurd, der Hauptmann ihrer Mandriden.

Sie winkte ab, doch ihre Hand zitterte leicht. Sie musste an Luc denken. Plötzlich fühlte sie sich ihm so nah, als stünde er neben ihr.

Gishilds Blick wanderte über die alten Bäume. Gestern hatten sie eines der Waldheiligtümer der Drusnier passiert. Einen Geisterwald, wo man Gesichter in die Bäume geschnitten hatte und hoch im Geäst zwischen Windspielen die Toten bestattete. Ihre Verbündeten glaubten, dass die Geister der Toten mit dem Wind ritten und die Windspiele aus Holz und Messing ihnen eine Stimme verliehen. Man musste nur genau hinhören, dann konnte man ihre Botschaften vernehmen.

Die feinen Härchen auf ihrem Handrücken richteten sich auf. Wieder raschelte das dichte Laubdach über ihnen. Gab es einen Toten, der ihr eine Botschaft schicken wollte? Eine Warnung vielleicht? Sie musste an Lucs Liebesschwüre denken. So oft hatte er ihr versprochen, dass er ihr beistehen würde. Wäre er jetzt doch nur hier! Ob ihm etwas zugestoßen war?

Sie atmete tief ein. Das war abergläubischer Unsinn!

Gishild zitterte leicht. Wieder musste sie an den heißen Sommertag denken, der jener Nacht vorausgegangen war, in der die Ordensritter sie geraubt hatten. Auch damals hatte sie diese Kälte gespürt.

Sie hob energisch den Kopf. Nichts war mehr so wie früher! Sie hatte leichtes Fieber, das erklärte die Kälte. Ein Sommerfieber …

Ihr Blick streifte Erek, und sie musste unwillkürlich schmunzeln. Ohne seinen üppigen Bart sah er fremd aus. Fremd, aber nicht schlecht. Er gab sich Mühe, ihr zu gefallen. Man könnte ihn so tatsächlich für einen echten Pistolier halten. Gishild wusste, welches Opfer es für einen Fjordländer bedeutete, sich von seinem Bart zu trennen. Es würde mindestens zwei Jahre dauern, bis er wieder so aussah wie noch gestern Nachmittag. Und all das hatte er nur getan, um an ihrer Seite reiten zu können.

Sie betrachtete das Lager am Talgrund. Die Fahne am hohen Fichtenmast in der Mitte des Lagers hing schlaff herab. Dort stand der Wagenzug. An drei Seiten des Platzes waren die Planwagen ordentlich aufgereiht. Niemand zeigte sich zwischen den Zelten. Nur auf den Erdwällen waren ein paar

Wachen zu sehen. Wer konnte, hatte sich vor der Mittagshitze verkrochen.

Sie seufzte leise. Im Grunde hatten ihre Verbündeten recht. Es war ganz gleich, ob sie jetzt angriffen oder in zwei Stunden. Sie winkte Erek.

»Reite zu Fürst Tiranu und sag ihm, er soll sich mit seinen Schnittern bereit machen. Wir greifen an!«

TODFREUNDE

Corinne wusste, dass sich dieser ungewaschene Mistkerl nur für Gold interessierte. Und für die Briefe, die sie mitbrachte. Sie gab sich Mühe, sich ihre Missbilligung nicht anmerken zu lassen. Diese abgerissene, schmutzige Gestalt war nur mehr das Zerrbild eines Fürsten. Er erinnerte sie an einen Wolf. Hager war er. Abgemagert, so wie Wölfe es waren, wenn die Winter zu lang und zu kalt waren und kaum noch Beute zu finden war.

Der Bojar trug schmutzige, abgetragene Kleidung. In seinem breiten Gürtel steckte eine ganze Sammlung von Dolchen. An der Seite baumelte ein altmodisches Breitschwert mit einem verschlungenen Messingkorb, der in ihren Augen nicht recht zu der schwerfälligen Klinge passte. Strähnige, dünne Haare lugten unter seinem Barett hervor. Seine Wangen waren schwarz von Stoppeln. Augenscheinlich hatte er sich seit Tagen nicht mehr rasiert. Und er roch, als habe er sich seit Wochen nicht mehr gewaschen.

Corinne verzog das Gesicht bei dem Gedanken, dass ganz Drusna ihn für einen Freiheitshelden hielt. Ein Stück Dreck war er, im wahrsten Sinne des Wortes, und sonst nichts. Eine Waffe der Neuen Ritterschaft in einem Krieg, von dem selbst die Mehrheit der Heptarchen nichts wusste.

»Was amüsiert dich?«, fragte der Bojar gereizt.

Einen Herzschlag lang war Corinne versucht, ihm die Wahrheit zu sagen. Aber das kam natürlich nicht in Frage. Noch brauchten sie diesen Mistkerl. »Ich dachte daran, was für launische Wege der Krieg doch geht, dass wir heute unseren treuesten Verbündeten darum bitten müssen, unsere größte Feindin zu retten. Das ist schon ein wenig grotesk, nicht wahr?«

Der Bojar runzelte die Stirn. Seine Faust schloss sich fester um den prallen Lederbeutel in seiner Linken, so dass die Goldstücke darin leise klirrten. »Was soll ich tun?«

Corinne deutete auf das kleine Modell aus Erde, das sie gebaut hatte, während sie auf den Verräter gewartet hatte. Sie hob den langen Eschenstecken auf, den sie bereitgelegt hatte. Dann erläuterte sie ihm alles, was sie über das Vorratslager Eisenwacht wusste. Nur dass Louis de Belsazar, der neue Komtur von Drusna, persönlich anwesend war, verschwieg sie wohlweislich. De Belsazar hatte den Ruf, verschlagen und gnadenlos zu sein. Und obwohl er ein Fanatiker war, vermochte er kühl zu planen. Wenn der Bojar wusste, dass Belsazar dort unten war, würde er sich vielleicht zu Dummheiten hinreißen lassen. Sein Tod würde den Orden vom Aschenbaum tief treffen, aber heute war nicht der Tag dazu. Es galt allein, Gishild davon zu überzeugen, nicht anzugreifen. Und dazu reichte es, dass der Bojar ihr erzählen konnte, *was* sie im Lager Eisenwacht erwartete. *Wer* sie dort erwartete, war von untergeordneter Wichtigkeit.

Der Bojar räusperte sich und spuckte dann auf den Platz,

der die Mitte des Lagers markierte. Den Ort, wo die Planwagen aufgefahren waren.

»Da wird sie selbst mit ihren Elfen und Trollen nicht mehr herauskommen«, bemerkte er trocken.

Corinne hatte den Eindruck, dass der Verräter nicht allzu traurig wäre, wenn Gishild im Kampf fiel. »Deshalb ist es wichtig, dass du sie rechtzeitig warnst.«

»Du sagtest, sie ist schon da. Wie soll ich das schaffen? Außer den Maurawan vielleicht gibt es niemanden, der schneller die Wälder durchquert als ich und meine Männer. Aber selbst wir werden mehr als eine Stunde brauchen, um die Königin zu erreichen.«

»Du hast mehr als genug Zeit.«

»Kannst du hellsehen? Wie willst du wissen, dass sie nicht gerade in diesem Augenblick den Befehl zum Angriff gibt?«

Der anmaßende Tonfall des Bojaren missfiel Corinne, aber sie versuchte, sich nichts anmerken zu lassen. Der Kerl war zu wichtig. Außer dem einen, dessen Namen Lilianne nie preisgegeben hatte, war der Bojar ihr einziger Spitzel, der stets uneingeschränkten Zugang zur Königin hatte. »Mein Orden hat Königin Gishild ausgebildet. Wir wissen, wie sie denkt! Sie wird abwarten, bis die Hitze die Wachen mürbe gemacht hat. Sie wird keinesfalls früher als eine halbe Stunde vor der Wachablösung angreifen. Das heißt, du hast mehr als anderthalb Stunden Zeit, um sie zu erreichen. Das sollte genügen.«

»Auch ich kenne die Königin ganz gut. Und ich finde, sie ist launisch wie ein junges Kätzchen. Man muss sich ja nur ihren Wappenschild ansehen. Wer wählt sich ein Strumpfband zum Wappen! Wie kannst du glauben, dass du vorhersagen kannst, wie sie handelt?«

Jetzt gab sich Corinne keine Mühe mehr, sich ein Lächeln zu verkneifen. »Unser Primarch hat einst bis auf den Grund ihrer Seele geblickt. Wir wissen, aus welchem Holz sie geschnitzt ist. Und wir haben all ihre Gefechte beobachtet. Sie weiß genau, wie wir denken. Sie kennt unsere militärischen Gepflogenheiten. Deshalb fiel es ihr oft so leicht zu siegen. Das ist ihre Stärke und zugleich ihre Schwäche. Es erlaubt uns, ihr Handeln vorherzusehen.«

»Dann könnte auch Komtur de Belsazar ihr Handeln vorhersehen.«

Es war mehr eine Feststellung als eine Frage. Corinne nickte. »Ja, so ist es. Deshalb hat er ihr diese Falle gestellt. Und nun beeile dich. Die Zeit verrinnt. Du musst sie warnen. Wir brauchen sie ... noch.«

WARTEN

Louis tupfte sich mit einem Tuch über die Stirn. Es war drückend heiß im Wagen. Sie hatten die Leinenplane nur einen kleinen Spalt weit öffnen können, damit die Späher draußen in den Bergen sie nicht entdecken konnten. Abgerichtete Krähen, die hoch über dem Lager kreisten, schützten sie vor Falken und diesen widernatürlichen kleinen Geschöpfen mit den Schmetterlingsflügeln. Näher als auf eine Meile konnten sie dem Lager Eisenwacht eigentlich nicht kommen, dachte der Komtur. Aber wer wusste schon, was diese verdammten Elfen und ihre Magie vermochten.

Gott sei bei uns, betete er inständig. Seine Lippen bewegten sich lautlos. Die Arkebusiere im Wagen sollten nicht ahnen, was ihn bewegte. Seine Zweifel durften sie nicht anstecken.

Louis versuchte an etwas anderes zu denken als daran, welche niederträchtigen magischen Mittel ihren Feinden wohl zu Gebote stehen mochten. Er musterte eindringlich die Maserung der dicken Eichenholzbohlen, die für jeden Beobachter von außen hinter der Plane verborgen waren. Sie gaben dem Wagen auf der Seite, die zum weiten Platz in der Mitte des Lagers wies, zusätzlichen Schutz. Jeder der vermeintlichen Fouragewagen war mit einer dicken Holzwand versehen, die, wenn man stand, bis über die Mitte der Brust reichte. Und in jedem der Wagen warteten acht Arkebusiere.

Louis atmete tief aus. Es war drückend heiß. Er spürte den Schweiß seinen Rücken hinabrinnen. Louis trug den Halbharnisch der Schwarzen Schar. Seine breite, purpurne Bauchbinde mit den goldenen Quasten, die ihn als ranghohen Offizier auswies, hatte er abgelegt. Seine Hauptleute hatten bis kurz vor Morgengrauen noch versucht, ihn davon abzubringen, in der vordersten Linie zu stehen. Der Verzicht auf die Bauchbinde war sein Tribut an ihre Besorgnis. Er mochte seine Schwächen haben, aber Feigheit gehörte nicht dazu.

Es machte ihm zu schaffen, in diesem stickigen, engen Wagen eingesperrt zu sein. Zum Glück gab es nur eine solide Wand, sonst hätte er es nicht ertragen können. In den Erdgruben zu lauern, wäre völlig unmöglich gewesen. Louis presste die Lippen zusammen. Er musste seine Ängste beherrschen! Der Komtur legte den Kopf in den Nacken. Durch den Leinenstoff konnte er matt die Sonne hoch am Himmel erkennen. Er war nicht wirklich eingesperrt, redete er sich ein. Auch wenn er wie all die anderen Ordenssoldaten den Wagen nicht verlassen konnte.

Drei Nächte mit wolkenverhangenem Himmel hatten es ihm erlaubt, seine Vorbereitungen in aller Heimlichkeit zu treffen. Letzte Nacht war der falsche Wagenzug eingetroffen. Er hatte nicht Lebensmittel, sondern Soldaten gebracht. Hunderte von Soldaten! Die verdammten Rebellen und die Anderen würden in ihrem eigenen Blut ertrinken, wenn sie angriffen!

Sein Leibwächter drehte das Stundenglas herum. Louis sah zu, wie der feine, gelbe Sand durch die Enge rieselte. Anderthalb Stunden noch bis zur Wachablösung! Also mussten sie noch mindestens eine Stunde warten. Das alles wäre nicht nötig gewesen, wenn die verdammte Neue Ritterschaft den Befehlen des Ordensmarschalls vom Aschenbaum nachgekommen wäre.

Louis betrachtete die dicke, langsam schwelende Lunte eines der Arkebusiere. Sie steckte in einer Messinghülse an einem breiten Lederbandelier, das quer über dessen Brust lief. Daran würde er die Lunte seiner Arkebuse entzünden, sobald der Befehl kam, sich gefechtsbereit zu machen. Der kleine Glutfunken war durch die Luftlöcher der Messinghülse kaum zu sehen. Ein dünner Rauchfaden stieg davon auf.

Louis schob sich einen Finger unter den Kragen. Auf seinem Hals stand der blanke Schweiß. Hämmernde Kopfschmerzen machten ihm zu schaffen. Er nahm seine Feldflasche und trank von dem leicht mit Essig versetzten Wasser. Es war warm und schmeckte metallisch. Er spürte, wie sein Herz schneller schlug. In diesem verdammten Wagen eingesperrt zu sein und den Himmel nicht richtig sehen zu können, das war nichts für ihn! Doch er musste seine Angst bekämpfen! Heute würde er siegen. Er durfte jetzt keinen Fehler machen. Nicht wie damals im Turm von Marcilla. Hätte er sich nur den Truppen des Komturs ergeben! Bei der Erinnerung daran, wie man ihn und die Überlebenden lebendig eingemauert hatte, wurde ihm die Kehle eng. Nicht daran denken!

Er starrte hinauf zur Plane des Wagens, um sich zu vergewissern, dass der matte gelbe Fleck noch durch das Leinen schien.

Mit fahriger Geste strich er sich über die Stirn. Diesmal hatte die Neue Ritterschaft einen schweren Fehler gemacht. Sie hatten eine große Flotte im Norden versammelt. Auch wenn das in aller Heimlichkeit geschehen war, hatten sie nicht verhindern können, dass Gerüchte bis zu Tarquinon, dem Großmeister des Ordens vom Aschenbaum, vorgedrungen waren. Nachdem die Flotte des Ordens vom Aschenbaum durch eine Springflut überrascht worden war und etliche Schiffe an den trügerischen Küsten der Dvina-See zerschellt waren, hatte der Orden die Flotte der Neuen Ritterschaft zur Unterstützung aufgefordert. Mit ihrer Hilfe hätte man den Hafen von Haspal blockieren können. Dann hätten die letzten Drusnier und alle Fjordländer und Albenkinder, die sie unterstützten, in der Falle gesessen.

Aber kein einziges Schiff war aufgetaucht. Stattdessen war die Flotte vom Blutbaum spurlos verschwunden! Diese Befehlsverweigerung würde der hochmütigen Ritterschaft endgültig das Genick brechen. Der Orden vom Aschenbaum führte den Oberbefehl in Drusna. Den Befehlen des Großmeisters Tarquinon nicht Folge zu leisten, war offene Rebellion. Und einen rebellischen Ritterorden würden die Heptarchen in Aniscans nicht dulden. Man würde die Neue Ritterschaft auflösen. Und ihre Truppen und Besitztümer würden an den Orden vom Aschenbaum übergehen.

Louis' Herzschlag ging nun wieder ruhiger. Ein ferner Donner erscholl, so als sei jenseits des Tals ein Gewitter aufgezogen. Der Komtur lauschte. Das Donnern schwoll weiter an, statt zu verebben. Das war kein Unwetter. Verwundert blickte er auf das Stundenglas.

»Sie kommen«, sagte einer der Arkebusiere mit von der Hitze heiserer Stimme.

Louis zog den Kantschlüssel aus seinem Gürtel und spannte die Feder seiner Radschlosspistole. Langsam und mit Bedacht drehte er den Schlüssel und lauschte auf das metallische Knacken.

»Entzündet die Lunten«, befahl er mit ruhiger Stimme.

Dann konnte er der Versuchung nicht länger widerstehen. Er schob die Pistole in seinen Gürtel, zog seinen Dolch und schnitt oberhalb der hölzernen Brustwehr durch das Leinen der Plane. Der Spalt war nicht länger als sein Mittelfinger. Vorsichtig zog er den Stoff auseinander.

Die Mittelgasse zwischen den Zelten des Lagers war menschenleer. Nur am Tor zeigten sich ein paar Wachen. Sie öffneten die schwere, zweiflügelige Pforte. Louis konnte eine lange Kolonne aus Schwarzreitern sehen, die langsam auf das Lager zukamen. Über ihren Häuptern wehte das Banner vom Aschenbaum. Gelbgrauer Staub wirbelte hinter ihnen auf und versperrte die Sicht auf den Ort, an dem die Straße in den Wald mündete.

Louis' Mund war jetzt ganz trocken. Gewiss sammelten sich dort hinten die Männer, die nachsetzen würden, sobald das Tor des Lagers besetzt war. Der Komtur lächelte. Hoffentlich hatte sie reichlich Verstärkung mitgebracht. Er war auf alles vorbereitet.

KNOCHENKLOPFER

»Hast du noch einmal über die Erde nachgedacht?« Erek musste fast schreien, um das Klappern der Rüstungen und den dröhnenden Hufschlag zu übertönen.

Gishild drehte ihm den Kopf zu. »Die Erde?«

»Ich hatte doch gesagt, dass die Wälle zu hoch sind. Höher, als es bei den Gräben davor sein kann.«

Sie sah ihn an wie ein einfältiges Kind, das zu viele dumme Fragen stellte. Dann wandte sie den Kopf wieder ab und blickte zum Tor des Lagers. Einer der Wachposten winkte ihnen zum Gruß.

Gishild hob den Arm und erwiderte den Gruß lässig. Sie war zu kaltblütig, dachte Erek bitter. Eine Frau sollte Feuer haben! Sie war eine kluge Anführerin und focht wie ein Elfenritter, dennoch hatte sie nicht verhindern können, dass sie Schritt um Schritt aus Drusna zurückgedrängt wurden. Spätestens im nächsten Frühjahr würden die verfluchten Ritter das Fjordland angreifen. Ihr Mut und ihre Kriegskunst hatten nicht ausgereicht, das zu verhindern. Zu groß war die Übermacht der Feinde. Niemand hätte sie aufhalten können.

Sie waren jetzt auf fast zweihundert Schritt an das Tor heran. Erek schüttelte den Kopf. Fast direkt neben dem Tor war der Erdwall noch unvollendet. Eine breite Lücke klaffte in der Verteidigung. Auch wenn dort Bronzeschlangen standen und Schanzkörbe eine niedrige Verteidigungslinie bildeten, war das für die Reiter so gut wie kein Hindernis. Zumal die Geschütze nicht bemannt waren.

Erek drehte sich um. Die Männer, die am wenigsten wie Schwarzreiter aussahen, hatten sie in die Mitte der Kolonne genommen. Es waren jene, die ihre Bärte nicht hatten abschneiden wollen und an deren Sätteln trotz der Mittagsstunde Blendlaternen hingen. Weit hinter ihnen am Waldrand warteten die Kentauren und Tiranus Schnitter. Vielleicht ging ja alles gut, versuchte Erek sich einzureden. Aber woher, zum Henker, war die Erde gekommen?

Nur noch hundert Schritt bis zum Tor. Die Wache, die eben noch gewunken hatte, starrte sie an. Ein Kerl mit einem ärmellosen Lederwams. An seiner Seite hingen ein Rapier und eine Ochsenzunge, ein breiter, schwerer Dolch. Ein wahres Schlachtermesser, das man im dichten Handgemenge einsetzte, wenn die lange Klinge eines Rapiers nur hinderlich war.

War er misstrauisch geworden?

Erek blickte zu Gishild. Durch den breiten Schirm ihrer Sturmhaube lag ihr Gesicht halb im Schatten. Sie wirkte nicht angespannt. Erek bemerkte, wie er auf seiner Unterlippe kaute. Er war kein Feigling, aber die letzten Augenblicke vor einer Schlacht verfluchte er. Das war die Zeit, in der man an den Tod dachte. Wenn das Morden erst einmal begonnen hatte, waren solche Gedanken seltsamerweise verflogen. Dann dachte man nur noch an sein Überleben.

»Ich kenne euch nicht«, rief die Torwache sie an. »Wer seid ihr, Capitano?«

»Jeanette de Bries, Capitano der Zweiten equitanischen Pistoliere. Wir sind neu hier in Drusna. Aber verlass dich drauf, wenn sie uns endlich in eine verdammte Schlacht reiten lassen, dann wird uns hier bald jeder kennen. Meine Jungs brennen darauf, ein paar Trollen das Fell über die Ohren zu ziehen. Und da ich eine Dame bin, werde ich dir nicht sagen, woraus sie sich neue Tabaksbeutel machen wollen.«

Erek verstand die Sprache der verfluchten Ritter mehr schlecht als recht. Aber Gishild war so gut, dass sie sogar in verschiedenen Dialekten sprechen konnte. Sie hatte ja auch lang genug unter diesen Bastarden gelebt.

Die Torwache lachte. »Ihr seid wirklich neu hier. Betet lieber, dass euch nie ein Troll über den Weg läuft. Ich wette, deine Jungs werden sich in ihre schmucken Stiefel scheißen, wenn sie einen Troll nur von Weitem sehen. Glaub mir, ich weiß, wovon ich rede.«

Erek wischte sich mit dem Lederhandschuh den Schweiß vom Gesicht. Gishild war jetzt auf einer Höhe mit der Torwache. Erek hielt sich dicht neben ihr. Eine Böe blähte das Aschenbaumbanner, das er trug. Der Wind zerrte an dem Seidentuch.

»Wo finde ich den Lagerkommandanten?«, fragte Gishild.

»Wo die Wagen stehen, in der Mitte des Lagers. Dort gibt es auch Tränken für eure Pferde.« Der Wächter deutete die breite Gasse zwischen den Zelten hinab.

Gishild bedankte sich mit einem knappen Gruß. Dann hob sie den Arm und rief in lang gezogenem Singsang: »Folgen!«

Die Reiterkolonne setzte sich wieder in Bewegung.

Ungläubig sah Erek zu dem Wächter zurück. Gishild hatte es tatsächlich geschafft, sie ohne einen Schwertstreich in das Lager zu bringen. Der König atmete erleichtert aus. Er hatte in seiner Ehe nicht viel Freude mit ihr gehabt, aber ein Herz aus Eis hatte offensichtlich auch sein Gutes. Deutlich konnte er jetzt die Fuhrwerke vor sich sehen. Nur zweihundert Schritt noch! Die Reiter in ihrer Mitte würden die Blendlaternen auf die Wagen schleudern und die Planen in Brand setzen. In tausend Herzschlägen wäre vielleicht schon alles vorbei.

Sie passierten zwei Leiterwagen, die hoch mit Reisig beladen waren. Merkwürdig, wie die Wagen mitten zwischen den Zelten standen, dachte Erek. Sie passten nicht zur strengen Ordnung im Lager.

Wieder blickte er zurück.

Der Wächter, mit dem Gishild gesprochen hatte, zog sich mit der Handvoll Männer, die hinter dem Tor gewartet hatten, zurück. Warum verließ der Kerl seinen Posten? Wieder musste Erek an die Wälle denken. Hier stimmte etwas nicht! Er sah sich um. Die wenigen Krieger, die zu sehen waren, drückten sich alle in einiger Entfernung der Reiterkolonne herum. Ein paar Männer kauerten um eine Trommel und würfelten. Ein Schlachter zerlegte auf einem bluttriefenden Holztisch einen Hirsch. Manche Krieger lagen dösend vor ihren Zelten.

Ereks Blick blieb an ein paar unscheinbaren Ledereimern hängen. Sie waren mit Erde gefüllt. Und sie standen mitten im Lager, nicht etwa am Graben vor dem Wall.

»Wir sollten umkehren«, zischte er Gishild zu. »Hier stimmt was nicht.«

Sie nickte. »Ich weiß.« Ihre Stimme klang belegt. »Die spielen Lagerleben, das hier ist nicht echt. Aber hier mitten zwischen den Zelten können wir die Kolonne nicht einfach wenden lassen. Wir müssen zum Platz.«

Erek wusste, dass die harmlosen Spannseile der Zelte etlichen Reitern zum Verhängnis werden würden, wenn sie jetzt aus der Kolonne ausbrachen und versuchten, zurück zum Tor oder zur Lücke im Wall zu gelangen.

Der Mund des Königs war staubtrocken. Ob in den Zelten Hunderte Arkebusiere lauerten? Was für eine Art Falle erwartete sie? Wessen Schicksalsfäden würde Luth heute durchtrennen?

Die Reiterschar erreichte die Mitte des Lagers, mehr als hundert handverlesene Kämpfer. Die Besten, die das Fjordland in mehr als tausend Jahren kriegerischer Geschichte hervorgebracht hatte! Und jetzt waren sie ihren Feinden ausgeliefert, ohne zu ahnen, was sie erwarten mochte.

»Brennt die Wagen nieder!« Gishilds Stimme übertönte den

dumpfen Hufschlag. Augenblicklich brach die Kolonne auseinander.

Erek versuchte an Gishilds Seite zu bleiben. Sie hatte eine Pistole aus den Holstern an ihrem Sattel gezogen und sah sich nervös um.

Ein einzelner Trompetenstoß erklang. Silberzungen schnitten durch die Planen der Wagen! Und nur einen Herzschlag später schoben sich dunkle Arkebusenläufe durch die Schlitze im Leinen.

Erek griff Gishild in die Zügel und versuchte sich zwischen sie und den nächsten Wagen zu drängen, als die Welt in Lärm und Rauch versank. Hunderte Arkebusen feuerten gleichzeitig. Zwei schwere Schläge trafen Erek vor die Brust. Der König schwankte im Sattel und ließ die Fahne fallen. Eine Arkebusenkugel hatte Gishilds prächtiger Stute den Kiefer weggerissen. Die Beißstange hing herab, während das Blut in Fontänen aus der grässlichen Wunde spritzte.

Rings umher stürzten Pferde und Männer in den Staub. Die Wagen waren hinter Wolken aus dichtem, grauem Pulverqualm verschwunden.

Trotz des überraschenden Angriffs hielten immer noch einige Männer am ursprünglichen Plan fest. Blendlaternen wurden nach den Wagen geschleudert. Erek sah hinter dem Rauch eine einzelne Flammensäule emporlodern.

Die erste Salve der Feinde war gut koordiniert gewesen. Jetzt lud jeder der Schützen so schnell er konnte. Einzelne Feuerzungen schlugen durch den Rauch.

Erek zog eine Sattelpistole und schoss. Hinter den verdammten Planen hatten ihre Feinde keine Deckung. Bestimmt standen sie dicht gedrängt auf den Wagenpritschen. Man konnte gar nicht danebenschießen!

Gishilds Stute war in die Knie gebrochen. Die Königin sprang aus dem Sattel und musste einem auskeilenden, reiterlosen Pferd ausweichen. Sie rief etwas, aber der Lärm des Arkebusenfeuers, das schrille Wiehern der verängstigten Pferde und die Schreie sterbender Männer verschlangen die Stimme der Königin.

In all dem Getöse vernahm Erek einen Laut, der jegliche Hoffnung auslöschte: ein dumpfer Knall, tiefer als das Krachen der Arkebusen. Ihm folgte ein weiterer und noch einer. Schnell wie der Rhythmus eines ängstlich schlagenden Herzens. Knochenklopfer! Sie mussten hinter ihnen stehen, in den Zelten auf der Rückseite des Platzes. Es waren Orgelgeschütze, die der Orden vom Aschenbaum seit dem Sommer des letzten Jahres einsetzte. Sechs oder sieben Kanonenrohre auf eine starke Lafette montiert, darüber noch drei weitere Reihen, jede mit genau so vielen Rohren. Die Kugeln, die sie verschossen, waren groß wie ein Augapfel und aus geschmiedetem Eisen. Sie zerschlugen jeden Brustpanzer, als sei er dünnes Pergament. Ihre Feuerkraft konnte selbst den Angriff eines Rudels wütender Trolle zum Stehen bringen.

Das dumpfe Knallen wollte nicht aufhören. Wie viele Geschütze wohl in den Zelten verborgen gestanden hatten? Erek blickte zu Gishild hinab. Sie stand hinter ihrem gestürzten Pferd, inmitten von Pulverschwaden. In jeder Hand eine Radschlosspistole, feuerte sie auf die Fuhrwerke. Das war aussichtslos. Sie mussten hier heraus, so schnell wie möglich!

Erek parierte sein Pferd und versuchte an Gishilds Seite zu gelangen.

PFERDEBLUT IN DEN ADERN

Tiranu schob klackend sein Fernrohr zusammen und ließ es in die Satteltasche gleiten. »Diese Falle ist gut durchdacht. Mir scheint, das Lager wurde nur angelegt, um uns zu einem Angriff zu verleiten. Ihrem Ordensmarschall muss klar gewesen sein, dass wir seinem Heer nicht mehr in einer offenen Feldschlacht entgegentreten würden. Also hat er eine Falle ersonnen, um so viele von unseren Truppen zu vernichten wie nur möglich. Vielleicht hat er sogar darauf spekuliert, dass Gishild persönlich den Angriff anführen würde. Wie hoch war das Kopfgeld auch gleich, das die Kirche auf sie ausgesetzt hat? Siebentausend Golddublonen? Ich glaube, die Kirchensöldner dort unten werden sich wirklich ins Zeug legen, um sie zu fangen.«

»Worauf warten wir dann noch?«, fragte Appanasios ungeduldig. Schon bevor er Tiranu zum ersten Mal begegnet war, hatte er ihn nicht gemocht. Allein vom Hörensagen war klar, dass der Fürst von Langollion ein Elf der übelsten Sorte war. Und es gab Gerüchte darüber, dass er während der Schattenkriege eine Rolle gespielt hatte, für die eine Hinrichtung die einzig angemessene Belohnung gewesen wäre.

Tiranu sah ihn an. »Ich glaube, ich verstehe deine Frage nicht.«

Appanasios stellte sich vor, wie er mit einem Pistolenschuss für immer dieses überhebliche Lächeln aus dem Gesicht des Elfenfürsten wischte. Aber ihm war klar, dass Tiranu ihm die Hand abhacken würde, bevor er abdrücken könnte. Der Mistkerl war ein Fechter, der angeblich genauso schnell und geschickt wie Ollowain war.

»Wir müssen angreifen!«, entgegnete Appanasios ungeduldig. »Sofort! Gishild braucht unsere Hilfe. Sie wird mit ihren Fjordländern in Stücke geschossen, wenn wir nichts unternehmen.«

Der Elf sah ihn an, als sei er eine Fliege auf einem Dunghaufen. »Die Königin ist an der Spitze ihrer Leute geritten. Sie ist wahrscheinlich schon tot. Das Einzige, was sich ändern wird, wenn wir dort hinab ins Tal reiten, ist, dass auch wir noch in diese mörderische Falle tappen. Dem sinnlosen Versuch, den Kadaver einer Menschentochter zu retten, werde ich meine Krieger nicht opfern. Es mag sein, dass man die Welt anders betrachtet, wenn einem Pferdeblut in den Adern fließt. Aber ein guter Feldherr ordnet seine Taten seinem Verstand unter und nicht dem, was sein Herz ihm befiehlt.«

Appanasios schnaubte verächtlich. »Du kannst sagen, was du willst, aber ich sehe, was du hinter deinen klugen Worten verbirgst: Feigheit!« Wütend preschte der Kentaur davon. Er hatte dreihundert Krieger nach Drusna gebracht, und er wusste, dass seine Männer ebenso dachten wie er. Sie scherten sich einen Dreck um Elfensprüche! Die meisten missachteten sogar Emerelles Befehl und hatten die wunderbaren Radschlosspistolen der Menschenkinder als Waffen gewählt.

Der Kentaurenfürst preschte an der Reihe seiner wartenden Krieger entlang. »Die Elfen haben Angst vor ein bisschen Pulverdampf und wollen Gishild ihrem Schicksal überlassen!«, rief er mit tönender Stimme. »Ich werde jetzt dort hinunterreiten, denn Kentauren wissen, was Ehre ist. Was ihr tut, ist eure Sache.«

Appanasios hielt auf den Waldrand zu, und er hörte, wie hinter ihm der Waldboden unter dem Schlag Hunderter Hufe erbebte.

DAS GEHEIMNIS DER ERDE

Der Schwefelgestank des Pulverrauchs raubte ihm fast den Atem. Seine Augen tränten, und er hatte einen üblen Geschmack im Mund. Erek beugte sich tief aus dem Sattel hinab und stöhnte vor Schmerz. Sein Brustpanzer hatte ihm zwar das Leben gerettet, aber dort, wo die Arkebusenkugeln den Harnisch getroffen hatten, waren zwei tiefe Dellen. Seine Rippen waren geprellt, vielleicht sogar gebrochen.

»Los, Gishild. Wir müssen hier raus!«

Die Königin schleuderte mit einem Fluch ihre schweren Pistolen in Richtung der Fuhrwerke. Dann griff sie nach seiner Hand und versuchte sich hinter ihm auf das Pferd zu schwingen.

Die dichten Pulverschwaden machten es unmöglich, genau abzuschätzen, was um sie herum geschah. Einige der Fuhrwerke waren in Brand geraten, so viel war gewiss, aber wie viele von den Mandriden noch lebten, war ungewiss. Viele konnten es nicht mehr sein. Wo immer der Pulverqualm den Blick auf den Boden freigab, lagen tote Krieger und Pferde.

Erek entdeckte Sigurd, den Hauptmann der Mandriden, im Gewühl. Sein Pferd war unter ihm weggeschossen worden. Er wirkte benommen, Blut sickerte unter seinem Kürass hervor. Beorn, der Bannerträger der Königin, sprang aus dem Sattel und bedrängte Sigurd, sein Pferd zu besteigen.

»Wir müssen zurück!«, rief Gishild.

Ihre Stimme war kraftlos, gebrochen. Sie ging im Lärm der Schlacht fast unter. Erek spürte, wie sie einen Arm um seine Hüfte legte. So nah waren sie beide einander noch nie zuvor gewesen, dachte er ohne Bitternis. Er würde sie hier herausbringen! Und wenn es das Letzte war, was er tat! Das Fjordland brauchte sie. Ihn nicht.

Er stieß seinem Hengst die Hacken in die Flanken. »Vorwärts! Lauf! Rette deine Königin!«

Noch immer ertönte das dumpfe Knallen der Knochenklopfer. Ein Stück voraus sah er Stichflammen durch den Pulverdampf schneiden. Der Boden war schlüpfrig vom Blut. Sein Hengst setzte über einen gestürzten Schimmel hinweg; eine Geschützkugel hatte dem Pferd den halben Kopf weggerissen.

Endlich erreichten sie den Weg, der zurück zum Tor führte. Die Karren mit den Reisigbündeln waren zwischen den Zelten hervorgeschoben worden und blockierten den Fluchtweg. Gehetzt sah Erek sich um. Ein Stück weiter links begann sich ein Trupp Pikeniere zu sammeln. Sie würden den letzten Überlebenden den Rest geben, sobald die Knochenklopfer all ihre Kugeln verschossen hatten.

»Zurück! Folgt der Königin!«, schrie Erek aus Leibeskräften. Seine Kehle brannte vom Pulverdampf. Zäher Schleim lag auf seiner Zunge. »Zurück!«

Zwischen den dicht an dicht stehenden Zelten hindurchzureiten, kam nicht in Frage. Die Spannseile würden seinen Braunen zu Fall bringen. Es gab nur einen Weg! Erek beugte sich vor und strich dem Hengst beruhigend über den Hals. »Du bringst uns hier heraus, mein Großer. Ich weiß das.«

»Wir können die Männer nicht im Stich lassen«, sagte Gishild, und er spürte, wie ihr Griff sich lockerte.

Erek trieb den Hengst voran. »Wer kann, wird uns folgen. Es macht keinen Sinn, mit ihnen zu sterben. Du darfst dein Leben nicht einfach fortwerfen.«

Der König ritt zwischen zwei Knochenklopfern hindurch. Er zog sein schweres Reiterschwert und schwang es drohend über dem Kopf. Die Kanoniere liefen nicht davon, aber sie unternahmen auch keinen Versuch, sie aufzuhalten.

Der Hengst trabte ein kurzes Stück über den breiten Hauptweg des Tores. Dann zog Erek an den Zügeln und trieb ihn mitten in ein Zelt hinein. Mit wuchtigen Hieben drosch der König auf Leinwand und Spannseile ein. Einen Augenblick lang sah es aus, als wären sie wie Fische in einer Reuse gefangen. Dann gab das Zelt nach. Holzpflöcke rissen aus dem trockenen Boden.

Sein Brauner ließ den Kopf hochschnellen und stieß ein triumphierendes Wiehern aus.

Erek trieb den Hengst auf die nächste Zeltreihe zu. Dahinter gab es eine schmale Gasse, die auf einen anderen Weg zum Tor mündete.

»Wir schaffen es!« Durch die Lücke im Wall konnte er die angreifenden Kentauren sehen. Wenn sie das Tor besetzten, dann würde er es schaffen.

»Wir werden mit Appanasios zusammen noch einen Angriff reiten!«, rief Gishild, und neue Kraft lag in ihrer Stimme. »Wir werden das Schlachtenglück wenden!«

Erek sagte nichts. Was ihn anging, so wäre er froh, wenn sie erst einmal mit heiler Haut aus dem Lager heraus wären. Er trieb seinen Hengst in das nächste Zelt. Die Leinwand gab sofort nach. Das Pferd stürzte nach vorne. Lange, zugespitzte Pfähle bohrten sich durch das braune Fell. Erek stürzte über den Hals des Hengstes nach vorn. Eine Pfahlspitze bohrte sich durch seine linke Achsel und hebelte seinen Arm aus dem Gelenk. Grotesk verdreht rutschte er am Schaft des Pfahls hinab. Noch spürte er keinen Schmerz.

Hier also war die Erde hergekommen, dachte er, als sich sein Mund mit Blut füllte.

KETTENKUGELN

»Los, ihr lahmen Klepper! Beeilt euch, oder wir werden nur noch ein paar Knochen aufsammeln können!« Appanasios preschte in halsbrecherischem Galopp durch eines der trockenen Flussbetten dem Lager entgegen. Die Uferböschung versperrte ihm die Sicht auf das Lager, aber das dumpfe Knallen der Knochenklopfer ließ keinen Zweifel daran, was sich dort abspielte.

Kies spritzte unter seinen Hufen. Die schweren Pistolen am Lederbandelier schlugen gegen seine Brust. Vor ihm tanzten zwei Libellen in seltsam eckigem Flug. Ein Liebestanz. Der Kentaur lachte. Lachen half immer, wenn die Angst nach dem Herzen griff.

Das Flussbett machte eine Kehre. Voraus sah er die niedergebrochene Uferböschung. Von dort aus waren es nur noch knapp hundert Schritt bis zur Lücke im Wall des Lagers.

Appanasios nahm die Steigung in zwei langen Sätzen. Das Erdreich war locker. Es konnte noch nicht lange her sein, dass die Böschung eingebrochen war. Der Schicksalsgott der Fjordländer meinte es gut mit ihnen.

Der Kentaur zog sein breites Schwert aus der Scheide auf seinem Rücken und fluchte. Die Geschütze in der Bresche des Erdwalls waren bemannt. Und sie waren jetzt allesamt auf den Streifen Böschung ausgerichtet, über den er seine Reiter hinaufführte.

Rauch hüllte die Bronzeschlangen ein. Und dann sah Appanasios den Tod. Sich schwerfällig drehend, flogen ihnen Kettenkugeln entgegen. Solche Geschosse dienten eigentlich dazu, die Takelage von Schiffen zu zerfetzen. Aber sie würden auch tödliche Schneisen in seine Reiterschar schlagen. Zwei

Kugeln, verbunden mit einer etwas über einen Schritt langen Kette. Fünf Kugelpaare zugleich. Und sie alle flogen ihnen auf Brusthöhe entgegen. Sie schienen nicht sehr schnell zu sein, so als könne man sie mit einem Schulterstoß aus der Bahn bringen.

Todesmutig stürmte Appanasios weiter. Erst im allerletzten Moment kniff er die Augen zu.

IN DER GRUBE

Gishild riss den Kopf zur Seite. Eine Pfahlspitze schrammte über ihre Wange. Die Königin schlug hart auf den Boden der Grube. Einige Herzschläge lang blieb sie benommen liegen. Das Pferd wieherte in Todesqualen. Aufgespießt auf einem halben Dutzend Pfähle, hing es über ihr. Durch sein Gewicht bohrten sich die hölzernen Spieße immer tiefer in den Leib. Blut spritzte aus den grässlichen Wunden.

Sie blickte auf. Erek hing reglos auf einem Pfahl.

Die Königin zog ihr Rapier, um die Qualen seines Hengstes zu beenden. Die Waffe war in der Mitte entzweigebrochen. Sie musste bei ihrem Sturz darauf gefallen sein.

Das Zucken der Pferdebeine wurde schwächer. Seine Blase entleerte sich. Es tat noch einen Seufzer, der sich bedrückend menschlich anhörte. Dann war es still.

Gishild war übel. Sie kniff die Augen zusammen. Sie zwang sich dazu, tief und regelmäßig zu atmen. Was hatte sie getan? Ihr Handeln war für die Ordensritter zu vorhersehbar geworden! Sie hatte die besten ihrer Fjordländer in den Tod geführt.

Erek hustete. Er rutschte ein Stück am Pfahl hinab. Dann riss er die Augen auf. Er hatte schöne Augen. Sie hatte nie zuvor darauf geachtet.

Sein Leib hatte ihr Schutz geboten, deshalb hatte sie den Sturz in die Grube fast unbeschadet überstanden. Hätte sie nur auf ihn gehört! Er hatte recht behalten mit seinem wirren Gerede über die Erde. Wahrscheinlich waren alle erdenklichen Wege aus dem Lager mit Fallgruben wie dieser blockiert.

»Es tut mir leid«, sagte sie leise.

Er stöhnte. »Das ist egal ... Wenn du mich hier herunterholen würdest.« Er versuchte ein Lächeln, doch ihm gelang nur eine schmerzhafte Grimasse. »Wenigstens braucht ihr kein Grab mehr für mich zu schaufeln. Die Grube ist hier ganz gut ...« Er lachte. Durch die Bewegung sank er ein Stück tiefer auf dem Pfahl, und sein Lachen ging in einen gellenden Schmerzensschrei über.

»Hol mich hier herunter.« Er spuckte Blut. »Ich hab mir auf die Zunge gebissen.«

Gishild starrte auf seinen grässlich verdrehten Arm. Wie konnte man mit einer solchen Wunde darüber nachdenken, dass man sich auf die Zunge gebissen hatte?

»Sag nichts mehr«, befahl sie schroff. »Bewege dich so wenig wie möglich. Atme flach ...«

»Bald atme ich gar nicht mehr«, grunzte er.

Gishild hielt ihr zerbrochenes Rapier hoch. »Ich weiß nicht, wie ich dich von diesem verfluchten Pfahl befreien soll. Ich muss Hilfe holen.« Die Grube war fast vier Schritt tief in den lehmigen, mit Kiesbändern durchsetzten Boden gegraben. Das Zelt, das in Fetzen hinabhing, hatte die Falle perfekt verborgen. Drei Dutzend der gut zwei Schritt hohen Pfähle ragten vom Boden hoch. Keiner war mehr als eine Elle vom nächsten entfernt. Gishild konnte sich am Grund der Grube kaum bewegen, ohne mit ihrer Rüstung an den Pfählen entlangzuschrammen. Je länger sie die Pfähle betrachtete, desto klarer wurde ihr, wie viel Glück sie gehabt hatte, noch am Leben zu sein. Es war beinahe unmöglich, zwischen ihnen hindurchzufallen.

Der Boden der Grube war ein blutiger Morast. Gishild packte nach der zerfetzten Zeltleinwand, doch der Stoff riss, als sie versuchte, sich daran hochzuziehen. Fluchend stürzte sie zu Boden.

»Ich liebe dich wirklich. Weißt du das?« Erek sprach stockend.

Es brach Gishild das Herz, ihn so über sich hängen zu sehen. »Rede nicht, als würdest du auf dem Totenbett liegen«, sagte sie barsch. »Beiß die Zähne zusammen und stell dich nicht so an!« Das war ungerecht, aber es wirkte. Das Letzte, was sie jetzt hören wollte, waren Liebessschwüre.

Sie stach mit dem abgebrochenen Rapier auf die Wand der Grube ein, um sich einen Halt zu schaffen. Sie würde hier herauskommen!

»Heh, Heidenflittchen! Warum reitest du nicht auf einem Pfahl?« Ein Krieger mit breitem, sonnenverbranntem Gesicht war am Rand der Grube erschienen. Er trug den Küraß eines Pikeniers und eine verbeulte Sturmhaube, unter der blonde Locken hervorlugten.

Eine zweite Gestalt erschien, ein bulliger Kerl mit mehrfach gebrochener Nase und zu weit auseinanderstehenden Augen. Er hatte schmale Lippen. »Wieso lebst du noch?«

»Damit wir Spaß mit ihr haben«, sagte der Lockenkopf. »Komm, wir lassen sie ein bisschen tanzen.«

»Rührt sie nicht an!«, stöhnte Erek.

Der Kerl mit der eingeschlagenen Nase lachte. »Warum?

Weil du sonst von deinem Pfahl klettern und uns die Kehlen durchschneiden wirst?«

Gishild sah sich gehetzt um. Es gab keinen Weg hinaus. Und auf Hilfe sollte sie besser nicht hoffen. Nicht weit entfernt donnerten jetzt schwerere Geschütze als die Knochenklopfer. Und immer noch erklang Arkebusenfeuer. Ihre Mandriden waren wahrscheinlich schon allesamt niedergemetzelt, und ob es Appanasios und Tiranu überhaupt bis hierher schaffen würden, war mehr als zweifelhaft. Sie war auf sich allein gestellt.

Der Blonde erschien wieder am Rand der Grube und reichte seinem Gefährten eine lange Pike. Auch für sich hatte er eine Waffe mitgebracht.

Gishild stand mit dem Rücken zur Wand in der Grube, als sich die beiden stählernen Spitzen zu ihr hinabsenkten. Die Pfähle behinderten die Soldaten. Sie standen so dicht, dass die beiden Krieger ihre Piken nur ein kleines Stück weit schwenken konnten. Gishild drückte sich an der Lehmwand entlang.

»Vorsicht!«, rief Erek.

Gishild blickte hoch. Unmittelbar über ihr war ein dritter Kirchenkrieger am Grubenrand aufgetaucht. Er stieß die Pike senkrecht zu ihr herab. Gishild wollte sich zur Seite werfen, doch die Waffenspitze schrammte schon über ihren Reiterharnisch und verfing sich in der Stulpe ihres linken Stiefels.

Mit einem zufriedenen Brummen stemmte sich der neue Angreifer mit all seiner Kraft auf den Schaft der Pike. Das Stichblatt der Waffe schnitt Gishild in die Wade, durchstieß ihren Stiefel und bohrte sich tief in den Boden.

»Das war es dann wohl«, höhnte der Kerl mit der eingeschlagenen Nase. Seine funkelnde Pikenspitze schwenkte dicht vor Gishilds Gesicht hin und her. »Zieh dich aus, Heidenschlampe! Weiber sollten nicht Ritter spielen, die taugen nur für eins.«

»Rühr sie nicht an!«, schrie Erek.

»Halt's Maul!« Der Blonde versetzte ihm einen Stoß mit dem Pikenschaft, und Erek rutschte noch ein Stück tiefer auf dem Pfahl herab.

»Los, Flittchen, leg deinen Küraß ab, oder ich stech dir eines deiner hübschen Äuglein aus.«

Gishild hieb die Pikenspitze mit ihrem abgebrochenen Rapier zur Seite.

»Du glaubst mir wohl nicht.«

Der Blonde stieß Gishild mit dem Stichblatt vor den Brustpanzer. Sie schlug nach der Waffe, doch sofort war die zweite Pike wieder direkt vor ihrem Gesicht.

»Ich werd euch mit euren eigenen Eingeweiden erdrosseln!«, schrie Erek. Er bäumte sich auf dem Pfahl auf und trat gegen den Kadaver seines Hengstes.

Gishild wollte ihm befehlen, mit dem Unsinn aufzuhören, als sie begriff, was er bezweckte. Rasch duckte sie sich unter den Pikenspitzen hinweg.

Erek schrie vor Schmerzen, aber er trat noch einmal gegen das tote Pferd. Der Kadaver hing schräg auf den Pfahlspitzen. Jetzt bewegte er sich ruckend. Und eine der Sattelpistolen glitt aus dem Lederholster. Gishild streckte sich vor, so gut sie es mit dem festgenagelten Fuß vermochte.

Sie fing die schwere Pistole im Sturz, wirbelte sie in der Hand herum und richtete sie auf den Blonden, der ihr die Pike ins Gesicht stoßen wollte. Ihr Finger krümmte sich um den Abzug.

Der Rückschlag der Waffe riss ihren Arm nach hinten. Die Kugel löschte das Gesicht des Blonden aus. Er taumelte kurz, dann stürzte er kopfüber in die Grube und spießte sich auf den Pfählen auf.

Einige Herzschläge lang starrte sie der Waffenbruder des Toten an.

»Dich bring ich um!«, erklang eine Stimme unmittelbar über Gishild.

»Nein, Pietro. Keine Spielchen mehr. Mit dieser Heidenhexe machen wir, was Hexen bestimmt ist. Bleib hier und halte Wache!«

Gishild versuchte den Schaft der Pike zu lockern, der sie gefangen hielt, doch der Soldat, den der andere Pietro genannt hatte, hielt den Schaft der Pike fest umklammert. Schließlich gab Gishild auf. Sie sah zu Erek. Ihr Mann war ohnmächtig geworden. Wenigstens würde er nicht mehr erleben müssen, was immer jetzt kommen mochte.

Es dauerte nicht lange, bis der Wortführer zurück war. Er trug ein kleines Fässchen auf der Schulter. »Eigentlich sollten wir eure Leichen in den Gruben verbrennen«, sagte er mit tonloser Stimme. »Aber ich finde, Hexen brennen besser, wenn sie noch leben.« Mit diesen Worten zog er den Korken aus dem Fass und ließ gelbliches Öl in die Grube laufen.

EIN WALL AUS STAHL

Ein Klirren und ein Ruck, dann war alles vorbei. Hinter ihm erklangen Schreie. Appanasios jagte noch immer der Lücke im Wall entgegen. Er spürte keinen Schmerz. Seine Beine schienen noch alle dort zu sein. Er öffnete die Augen. Sein Schwert war fort!

Er schrie. All seine Angst und Erleichterung legte er in den wilden Schlachtruf. Die Kettenkugeln hatten ihn verfehlt. Sie hatten ihm das Schwert aus der Hand gerissen und hinter ihm eine blutige Schneise in die Schar seiner Freunde und Gefährten gerissen. Aber er lebte noch!

Er blickte über die Schulter, drehte sich aber sofort wieder um. Er wollte das nicht sehen. Einen kurzen Moment lang fühlte er sich schuldig. Er hatte sie in die Schlacht geführt, und sie mussten dafür bluten, ihm gefolgt zu sein. Das war nicht gerecht. Aber auch er hätte dort mit zerfetzten Gliedern liegen können.

Er löste eine der Radschlosspistolen von seinem Bandelier und spannte die Feder mit einem Schlüssel. Dann drang er in den dichten Pulverrauch ein, der die Geschütze umgab. Es war völlig windstill. Der Qualm stand wie eine Mauer um die Kanonen. Appanasios malte sich aus, wie er eines der Menschenkinder, das seine Gefährten getötet hatte, unter seinen Hufen zermalmte. Er hatte sein Tempo verlangsamt. Seine rechte Flanke schrammte an einem Schanzkorb vorbei. Neben dem schwefeligen Pulverqualm war da noch ein zweiter Geruch. Schweinefett!

Der Kentaur trat aus dem stehenden Pulverqualm und sah sich einem stählernen Wall gegenüber. Pikeniere! Es waren mindestens dreihundert. Fünf Reihen gestaffelter Stichblätter waren ihm entgegengereckt. Die ersten Pikeniere standen mehr als drei Schritt hinter den vordersten Stahlspitzen.

Jedes Pferd hätte vor diesem Hindernis gescheut. Kein Tier rannte gegen eine Mauer an.

Neben Appanasios trabten andere Kentauren aus dem Pulverrauch. Der Kentaurenfürst hob die schwere Pistole und feuerte. Die Menschenkinder hatten offensichtlich noch nie gegen Kentauren gekämpft. Sie wussten nicht, was es bedeutete, wenn Mann und Pferd eins waren!

EIN NEUER FEIND

Tiranu verfolgte den Verlauf der Schlacht durch sein Fernrohr. Der Feldherr der Menschen, der diese Falle gestellt hatte, war ein wahrer Künstler des Todes. Er hatte jeden ihrer Schritte vorausgesehen. Wahrscheinlich hatten seine Männer die Uferböschung des trockenen Flussbettes niedergebrochen, um den Kentauren einen einfachen Weg zu bieten. Einen Weg, der genau vor die Mündungen der Bronzeschlangen führte. Die Kanoniere hatten nur eine einzige Salve gefeuert und sich dann in den Schutz der Pikeniere geflüchtet, die verborgen hinter den Rauchschleiern der Geschütze in Stellung gegangen waren. Die Pikeniere des Aschenbaums waren hervorragend gedrillt. Ohne Hast hatten sie sich gefechtsbereit gemacht. Sie hielten dem Pistolenfeuer der Kentauren stand und schlugen jeden Versuch zurück, in ihre Reihen einzubrechen.

Tiranu hob das Fernrohr ein wenig. Der Kampf auf dem großen Platz in der Mitte des Lagers war so gut wie vorüber. Der Rauch der Arkebusen und Knochenklopfer hob sich langsam. Hellebardiere waren aus den Planwagen gestiegen und machten die Verwundeten auf dem Platz nieder.

Einige einzelne Reiter irrten noch zwischen den Reihen der Zelte umher. Zumindest sie hatten gelernt und versuchten nicht mehr, in eines der Zelte hineinzupreschen, um auf eine der vermeintlich sicheren Lagerstraßen zu gelangen. Das exzellente Fernrohr zeigte ihm die aufgespießten Pferdekadaver und Reiter so deutlich, als stünde er am Rand der Grube. Es war eine Arbeit aus den Koboldwerkstätten von Feylanviek.

Etliche Arkebusiere verließen jetzt die Planwagen, in denen sie gelauert hatten. Sie eilten der breiten Lücke im Erdwall entgegen, um sich dem Kampf der Pikeniere anzuschließen.

Tiranu prägte sich die Wege ein, die sie durch die Lagergassen nahmen. Augenscheinlich gab es auch außerhalb der Zelte noch getarnte Fallgruben, denn die Arkebusiere machten einen weiten Bogen um den Teil des Lagers, der nahe dem breiten Hauptweg zum Platz mit den Fuhrwerken lag.

Zu gern hätte der Elfenfürst gewusst, wer unter den Menschen diesen Plan ersonnen hatte. Sie hatten einen neuen Feind, der mindestens so begabt war wie Lilianne de Droy, die vor fast zehn Jahren den Oberbefehl in Drusna gehabt hatte. Jetzt hatte also auch der Orden vom Aschenbaum einen fähigen Feldherrn hervorgebracht. Sie mussten herausfinden, wer das war, und ihn ermorden, um weitere Gemetzel wie dieses zu vermeiden.

Tiranu wollte das Rohr schon zusammenschieben, als ihm eine Bewegung im Osten des Lagers auffiel. Tief geduckt huschten Gestalten durch einen anderen trockenen Flussarm. Sie trugen die Barette der Drusnier. Der Fürst stellte das Rohr scharf. Es zeigte ihm abgehärmte, bärtige Gesichter. Männer mit Langbogen und großen Schwertern, wie sie inzwischen aus der Mode gekommen waren. Die Schattenmänner des Bojaren Alexjei. Wo kamen sie her? Sie hätten längst in Haspal sein sollen, um sich einzuschiffen. Und woher wusste Alexjei, was hier geschehen würde?

Tiranu schluckte. Sein Blick wanderte wieder über das Lager. Das Flussbett, in dessen Schutz die Schattenmänner vorrückten, war von den Erdwällen aus nicht einzusehen. Dort gab es nur noch wenige Krieger. Alle rückten auf die Lücke im Wall zu oder verfolgten die letzten noch lebenden Mandriden.

Dem Elfen fiel ein Mann mit weißem Federbusch auf der Sturmhaube auf. Er trug die breite Bauchbinde eines Offiziers. Sein Gesicht war durch die Wangenklappen und den weit vorspringenden Augenschirm seines Helms verborgen. Er ließ die Knochenklopfer nachladen. Vermutlich hatte er vor, die Geschütze zum Tor bringen zu lassen, um den Kampf mit den Kentauren zu entscheiden.

Eine dichte, schwarze Rauchwolke stieg aus einer der Fallgruben unter einem zerfetzten Zelt empor. Gelbgrüne Flammen griffen turmhoch in den blauen Himmel. Einen Moment lang glaubte Tiranu, Schreie zu hören. Der Orden vom Aschenbaum gab kein Pardon.

Tiranu schob das Fernrohr zusammen. Er hatte genug gesehen. Die Schattenmänner konnten das Schlachtenglück noch wenden. Hatte der Anführer dort unten im Lager seine letzten Karten ausgespielt? Oder hielt er noch weitere Truppenreserven in den Zelten zurück?

Wenn die sichere Niederlage doch noch zu einem Sieg wurde, dann würde es Folgen haben, dass er seine Schnitter zurückgehalten hatte. Aus besonnener Führung würde dann Feigheit vor dem Feind. Er hatte keine Wahl mehr. Er zog seinen Reitersäbel und hob ihn hoch über den Kopf. »Folgt mir!«

Langsam setzte sich die lange Reihe der schwarz gerüsteten Elfenreiter in Bewegung und trabte aus dem Schatten der Bäume ins Tal hinab. Tiranu fluchte innerlich. Hoffentlich hatte der Heerführer vom Aschenbaum den Angriff der Schattenmänner nicht auch in seinen Plänen berücksichtigt.

Stolz blickte der Elfenfürst die Reihe seiner Männer entlang. Sie waren die besten Krieger Albenmarks, ganz gleich, was man über Ollowains Elfenritter sagte. Und er hasste es, sie in eine so unnötige Schlacht zu führen. Jede Lücke, die die Menschenkinder in diese Reiterreihe schlugen, würde nicht mehr geschlossen werden können. Krieger wie seine Reiter brauchten ein Jahrhundert, um zu reifen. Und ein Jahrhundert würden die Kämpfe in der Welt der Menschen nicht mehr andauern.

ZWEI MÄRCHEN

Der Kerl mit der gebrochenen Nase hatte das Ölfass in die Grube entleert. Mit seinen kleinen Augen fixierte er Gishild. »Hast du schon einmal jemanden brennen sehen? Es dauert lange, bis man verreckt ist.«

Der Gestank des Lampenöls raubte ihr fast den Atem. Es war ein schlechtes, dickflüssiges Öl. Hinter den Pikenieren sah sie eine schwarze Rauchsäule aufsteigen. Dann hörte sie Schreie.

»In den Chor wirst du auch gleich einstimmen, Mädchen.«

Sie war versucht, ihm zu sagen, wer sie war. Würde er sie dann verschonen? Bei dem Kopfgeld, das auf sie ausgesetzt war, gewiss. Sie könnte sich in Gefangenschaft retten. Der Orden vom Aschenbaum würde sie wahrscheinlich nach Aniscans zum Sitz der Heptarchen schaffen lassen. Man würde versuchen, die Jarls des Fjordlands zu erpressen. Frieden und Bekehrung zum Tjuredglauben für das Leben der Königin. Einer Königin, die man gewiss nie mehr ins Fjordland zurückkehren lassen würde. Und wenn ihre Adeligen nicht mit sich verhandeln ließen? Dann würde die Kirche wahrscheinlich ein großes Spektakel daraus machen, sie öffentlich hinrichten zu lassen. Der Tod der letzten Heidenkönigin, diesen Triumph wollte sie der Kirche nicht gönnen. Und diese Schande wollte sie Luc ersparen. Wo er jetzt wohl war? Ob er an sie dachte? Er hatte versprochen, bei ihr zu sein und sie zu beschützen. Ihr wurde plötzlich die Kehle eng. Kinderschwüre! Wie dumm sie gewesen waren. Das Leben war kein Märchen.

Sie blickte zu Erek auf. Mit unnatürlich verdrehtem Arm

hing er auf dem Pfahl: ihr Mann, dem sie sich immer verweigert hatte. Er war ihr seit dem Tag, an dem sie miteinander vermählt worden waren, immer treu gewesen. Er hatte sich aufrichtig um sie bemüht. Und sie hatte es ihm mit beißendem Spott und Missachtung gelohnt. Und nun war er hier in ihrer schlimmsten Stunde. Er war es, der sie mit seinem Leben geschützt hatte, nicht ihr ferner Ritter Luc.

Gishild straffte sich.

Der Pikenier sah die Tränen in ihren Augen und missdeutete sie. »Tut es dir leid? Tränen helfen jetzt nicht mehr.« Er blies auf den Glutkopf einer dicken Zündschnur, die er aus einer Messinghülse geschoben hatte.

Gishild reckte ihr Kinn vor. »Ich habe keine Angst vor dir. Und ich werde dir nicht die Genugtuung bereiten, um mein Leben zu betteln oder zu schreien.«

Der Soldat sah sie kalt an. Dann deutete er auf seinen toten Kameraden, der in der Grube lag. »Das war der Sohn meines Bruders. Ich hatte versprochen, auf ihn achtzugeben. Ich weiß nicht, wie ich meinem Bruder erklären soll, dass er tot ist. Dass ich versagt habe ... Aber ich werde ihm berichten können, dass die Heidenhure, die seinen einzigen Sohn getötet hat, einen jämmerlichen Tod gestorben ist. Ganz gleich, was du denkst, ich verspreche dir, du wirst schreien und um Gnade winseln, wenn die Flammen dich liebkosen.«

Gishild sah in den weiten blauen Himmel hinauf. Sie würde gar nichts mehr sagen. Ihren Henker keines Blickes mehr würdigen. Sie würde in Gedanken fliehen. In bessere Zeiten. Die unbeschwerten Tage ihrer Kindheit, als sie mit Silwyna durch die Wälder gestreift war oder der schönen Yulivee gelauscht hatte, wenn sie von den Abenteuern erzählte, die sie einst mit einem Dschinn erlebt hatte und mit Mandred, dem legendären Ahnherren der Königsfamilie des Fjordlands.

Mandred war sicher schon lange tot. Auch Yulivee hatte

zugeben müssen, dass Jahrhunderte vergangen waren, seit sie ihm das letzte Mal begegnet war. Aber in den Herzen der Fjordländer lebte er weiter. Für sie war er ihr erster König, obwohl es in Wirklichkeit erst sein Sohn Alfadas gewesen war, der ihrer Familie die Königskrone erobert hatte. Es hieß, Mandred würde zurückkehren, wenn das Fjordland ihn am dringendsten brauche. Gishild lächelte traurig. Noch ein Märchen so wie Lucs Schwüre, immer an ihrer Seite zu sein.

Wenn sie in dieser Grube verbrannte, dann würde von ihrer Leiche nicht genug bleiben, um sie wiederzuerkennen. Sie wäre dann einfach verschollen, so wie Mandred. In den Sagen ihres Volkes würde sie unbesiegt bleiben. Die letzte Königin, Freundin der Elfen. Entführt vielleicht von ihren geheimnisvollen Verbündeten. Entrückt in die Welt des ewigen Frühlings. Wartend auf den Tag, an dem ihre Stunde kam und sich ihr Schicksal im Fjordland erfüllen sollte.

»Brenne!« Der Soldat schleuderte die Lunte in die Grube. Und gegen ihren Willen sah Gishild hin. Der dicke Stumpf fiel dicht neben einen der Pfähle. Die miteinander verdrillten Fäden wurden dunkel, als sie Blut und Öl in sich aufsogen. Eine kleine Flamme leckte über den lehmigen Boden. Schwerfällig, unsicher. Das Öl war von schlechter Qualität. Nicht leicht zu entzünden.

Zögerlich kroch die Flamme vorwärts. Weitete sich aus.

Der Pikenier stieß einen eigenartigen Grunzlaut aus. Gishild blickte zu ihm auf. Eine blutige Pfeilspitze ragte ihm aus der Brust. Ungläubig starrend tastete er danach. Dann wurde er nach vorn gestoßen und stürzte auf die Pfähle in der Fallgrube.

»Hier unten!«, schrie Gishild mit heiserer Stimme. »Hier!«

Die Flamme wand sich wie eine Schlange auf dem Ölfilm in der Grube. Sie gewann an Kraft. Schwarzer Rauch stieg dem Himmel entgegen.

Ein Mann mit einem Barett lugte über den Rand der Grube. Seine Augen weiteten sich. »Alexjei! Wir haben die Königin!«

Gishild packte die Pike, die ihren Stiefel auf dem Grund der Grube festnagelte. Kurz blickte sie nach oben. Der Pikenier, den ihr Henker Pietro genannt hatte, war verschwunden.

Mit einem Ruck löste sich das Stichblatt der Waffe aus dem Boden. »Holt Erek von dem Pfahl!«, befahl sie und trat nach den Flammen, die sich immer weiter in der Grube ausbreiteten.

»Du musst dort sofort heraus, Herrin«, sagte der Drusnier.

»Holt meinen Mann von dem Pfahl!«, sagte sie mit fester Stimme. »Nur seinetwegen lebe ich noch. Ich werde ihn jetzt nicht im Stich lassen.«

IN DER OBHUT DER TOTEN

Der Anblick der Schattenmänner, die über den Ostwall kletterten, brachte Louis aus der Fassung. Woher kamen sie? Sie hätten auf dem Rückzug nach Haspal sein müssen! Dem Ritter war klar, dass sein sicherer Sieg nun gefährdet war.

Hektisch sah er sich um. »Schlagt euch zu den Pikenieren durch!«, befahl er den Männern an den Knochenklopfern. »Bleibt dicht beisammen.«

»Und du, Capitano?«

»Ich habe noch eine andere Pflicht zu erfüllen. Lauft jetzt!«

Der Arkebusier zögerte, doch eine ärgerliche Geste von Louis überzeugte ihn, dem Befehl zu folgen.

Es war ein ehrlich gemeinter Rat. Wenn der Block der Pikeniere standhielt, dann waren die Männer dort in Sicherheit. Aber wenn es den Kentauren gelang, eine Bresche in den Wall aus Piken zu schlagen, dann würde es ein Gemetzel geben. Louis wollte sein Leben nicht dem Mut anderer anvertrauen.

Der Capitano nahm seine Sturmhaube ab und schleuderte sie zur Seite. Dann löste er die Bauchbinde, die seinen Rang als Offizier verriet. Er löste auch den Gürtel seines Rapiers.

Besorgt blickte er zum Ostwall. Er stand hinter einem der Knochenklopfer und war nicht leicht zu entdecken. Die Mehrheit der Schattenmänner stürmte zum Tor, um den Pikenieren dort in den Rücken zu fallen. Aber der Kommandant der Einheit hatte bereits Befehl gegeben, sich einzuigeln und nach allen Seiten hin zu verteidigen.

Louis rannte geduckt zum Platz vor den Wagen. Es stank nach Kot und Blut. Tausende bunt schillernde Fliegen hatten sich bereits auf den Kadavern niedergelassen.

Mit seiner geschwärzten Rüstung sah er aus wie einer der Schwarzreiter, die ins Lager gekommen waren. Er legte sich neben einen bärtigen Krieger, grub die Hände in den blutigen Schlamm und verrieb den Schmutz in seinem Gesicht. Dann nahm er einen Haufen Pferdegedärm und zog ihn wie eine Decke über sich. Der Gestank war atemberaubend.

Er hatte eine ganze Wolke von Fliegen aufgescheucht, die sich nun langsam wieder niederließ. Die Tiere krabbelten auf seinem Gesicht. Ihre kleinen Beine kitzelten ihn. Er durfte sich nichts anmerken lassen! Bald würden die ersten Schattenmänner auf der Suche nach Plündergut zwischen den Toten umherstreifen.

Louis atmete durch den Mund. So war der Gestank leichter zu ertragen. Er blinzelte zu der schwarzen Rauchsäule, die sich in den Himmel erhob. Fliegen krochen ihm in die Augenwinkel.

Der Capitano hörte Stimmen ganz in der Nähe. Drusnier! Er vernahm, dass die Kämpfe an der Lücke im Wall noch andauerten, aber schon waren die ersten Plünderer unterwegs. Er musste die Luft anhalten. Sie würden nicht zögern, ihm die Kehle durchzuschneiden, wenn sie bemerkten, dass er noch lebte. Gesindel waren sie, die Schattenmänner. Landstreicher und Tagediebe. Räuber! Dort, wo die Kirche herrschte, gab es so etwas nicht. Fast hätte Louis geschmunzelt, als ihm der Gedanke kam, dass man die Seele eines Volkes an dessen Helden erkannte.

Er dachte an die Rauchsäule. Nicht mehr lange! Sie war das Signal an die Reserven, dass der Angriff auf Eisenwacht begonnen hatte. Tausend Reiter würden sich jetzt in Bewegung setzen. Eigentlich hätten sie kommen sollen, um nach einer siegreichen Schlacht versprengte feindliche Flüchtlinge zu jagen. Jetzt würden sie den Sieg zurückholen.

Nicht mehr lange!

ZWEI SIEGE

Corinne war überrascht zu sehen, wie die Schattenmänner es schafften, das Schlachtenglück zu wenden. Sie wusste, dass nicht weit entfernt noch etliche Reiterschwadronen der Ritterschaft vom Aschenbaum warteten. Sie hatte den Bojaren

Alexjei gewarnt. Er wusste, dass ihm nicht viel Zeit blieb. Gewiss war die auffällige schwarze Rauchsäule ein Signal für die wartenden Reiter.

Die Ritterin sah, wie eine einzelne schwarz gewappnete Gestalt mit starker Eskorte aus dem Lager gebracht wurde. War das die Königin? Lebte sie? Warum hatte sie so früh angegriffen? Änderte sie der Umgang mit Barbaren und Elfen? Oder hatte sie durchschaut, dass ihre Ausbildung in Valloncour ihr auch zum Verhängnis werden konnte? Dass sie wie eine Heerführerin der Kirche zu denken vermochte, hatte ihr manchen Sieg beschert. Doch nun war dies auch der Ritterschaft vom Aschenbaum bekannt. Wie würde sie sich wohl in Zukunft verhalten?

Corinne wusste, dass der Primarch Honoré die Hoffnung nicht aufgegeben hatte, man könne Gishild davon überzeugen, ihren Kampf aufzugeben, sich öffentlich zur Tjuredkirche zu bekennen und die Heidenkriege damit endgültig zu beenden. Sie musste nur begreifen, wie aussichtslos ihr Kampf war.

Doch ganz gleich, wie sich Gishild verhielt, der heutige Tag hatte der Neuen Ritterschaft gleich zwei Siege beschert. Die Ritter vom Aschenbaum hatten es nicht geschafft, Gishild zu fangen, und die Heiden hatten Verluste erlitten, von denen sie sich nicht mehr erholen würden. Der Krieg um Drusna war entschieden. Die nächsten Schlachten würden im Fjordland geschlagen werden. Und dieser Tag war für den Orden vom Aschenbaum so unrühmlich verlaufen, dass die Neue Ritterschaft hoffen durfte, schon bald ihren Rivalen den Oberbefehl im Heidenkrieg wieder abzunehmen.

Corinne wendete ihr Pferd. Es war ein weiter Weg bis zum Rabenturm.

ALS DRUSNAS BANNER SANKEN

»*Man hört viel reden über die Schlachten in Drusna, doch über ihr Ende sprechen nur wenige. Es war traurig und schmutzig. Königin Gishild wurde in eine Falle gelockt, und Luths Klinge schwebte schon über ihrem Lebensfaden. König Erek wurde schwer verletzt. Sigurd Swertbrecker erhielt eine Kugel in die Brust, die bis ans Ende seiner Tage kein Wundschneider aus seinem Leib herauszuholen vermochte. Und auch wenn die Schattenmänner den Recken der Königin zu Hilfe eilten, das Massaker von der Eisenwacht vermochten sie nicht zu verhindern. Gishilds treueste Gefährten wurden von den Kanonen der Feinde zerrissen. Und kaum schwiegen die Waffen, da rückten ihre Reiter an. Über Fürst Tiranu hört man nicht oft Gutes sagen, aber an jenem Tag waren es er und seine Schnitter, die den Menschen die Flucht ermöglichten.*

Der König war mehr tot als lebendig, als man ihn in Haspal auf ein Schiff brachte. Königin Gishild hatte mehr Glück gehabt. Ihr Leib war wohl unversehrt geblieben, doch hatte man ihren Stolz gebrochen und ihrer Seele eine tiefe Wunde geschlagen.

Die ganze Überfahrt lang wollte sie nicht an Deck kommen, hat mir der zahnlose Beorn erzählt, der einstmals ihr Bannerträger war. Sie wollte nicht unter die Augen der Überlebenden treten. Sie hatte Angst vor den Blicken und geflüsterten Vorwürfen. So schlecht kannte sie damals ihre Fjordländer. Wäre sie unter ihnen aufgewachsen, sie hätte gewusst, dass niemand ein böses Wort verloren hätte. Sie hatte gehandelt wie eine Kriegerkönigin. Das allein zählte.

Noch bevor der Sommer vorüber war, ging Haspal verloren.

Das Banner vom Aschenbaum wehte von da an von allen Türmen Drusnas. Und ich nehme an, sie wehen dort noch heute, denn niemals gab die Kirche Tjureds etwas zurück, was sie sich einmal genommen hatte. Zu schwach war der Heerbann der Fjordländer und Albenkinder. Ein Angriff auf die Ritterorden war nicht mehr möglich. Es begann die Zeit des Wartens. Und alle wussten, dass die Tjuredkirche ihre Kräfte sammelte, um nun den Krieg ins Fjordland zu tragen, denn ihr kaltherziger Gott konnte nicht ertragen, dass mutige Männer und Frauen in Freiheit lebten, zu den Göttern ihrer Ahnen beteten und darauf hofften, ein tapferes und ehrenhaftes Leben zu führen, um am Ende ihrer Tage in die Goldenen Hallen einzuziehen.«

          **CHRONIK DER VERLORENEN KÖNIGREICHE,
NIEDERGESCHRIEBEN VON ULRIK RAGNARSON
FÜR JENE, DIE DAS LAND DER FJORDE NICHT
MEHR MIT EIGENEN AUGEN SAHEN
BAND 2, S. 57 ff.
HANDSCHRIFTLICHES ORGINAL, VERWAHRT
IM BÜCHERSAAL VON SKRALSVIEK**

DIE RICHTIGE MENGE BRANNTWEIN

Gishild lehnte an der Reling und ließ die Kajütentür nicht aus dem Blick. Obwohl sie damals ein Kind gewesen war, erinnerte sie sich noch gut an die Nacht, in der ihr kleiner Bruder geboren worden war. Es war eine kalte Winternacht gewesen. Grünes Feenlicht war über den Himmel getanzt.

Die Königin blickte hinauf zum Firmament. Alles war anders. Sie saß in keiner eisigen Fensternische, sondern fuhr auf einem stolzen Elfenschiff. Der Himmel spannte sich über ihr und glänzte im Licht unzähliger Sterne. Keine Wolke verdunkelte das Firmament. Eine warme Brise streichelte ihr Haar und griff in die großen Segel des Schiffs. Alles war anders. Nur die Angst war dieselbe, die sie als kleines Kind empfunden hatte. Und sie wartete auf dieselbe Elfe wie in jener fernen Nacht. Ollowain hatte sie gerufen, und sie war nur widerwillig gekommen. Wie damals ... Auch in Vahan Calyd, vor drei Jahren, war sie nicht freundlicher gewesen.

Es schien ein Unglück in Albenmark gegeben zu haben. Aber noch hatte keiner der Fürsten mit ihr darüber reden wollen. Und ehrlich gesagt, hatte sie es auch nicht wissen wollen.

Sie musste wieder zu sich finden. Sie vernachlässigte ihre Pflichten als Königin! Man kann sein Herz an ein Königreich binden oder an einen Mann, hatte ihr Emerelle gesagt, als die Elfen sie nach Albenmark geholt hatten. Versuchst du beides, wird daraus nur Unglück erwachsen. Die Elfenkönigin hatte dies auf Luc gemünzt.

In den letzten Tagen hatte sie kaum an ihn gedacht. Gishild blickte wieder zur Tür. In dieser Stunde entschied sich, ob Erek seinen Schildarm behalten würde. Immer wieder hatte sie heute für ihn gebetet. Stumm, aber voller Leidenschaft. Es durfte nicht sein, dass er mit seinem Arm dafür bezahlte, dass er sie vor dem sicheren Tod bewahrt hatte.

Sie tastete über die verschorfte Wunde an ihrer Wange. Es würde wohl eine Narbe zurückbleiben. Aber was bedeutete das schon! Sie sah sich nur selten in einem Spiegel an. Bedeutsam dagegen war, wie viele Männer sie in den Tod gerissen hatte. Wie hatte sie so blindlings in eine Falle tappen können!

Die Männer hatten für den Hochmut ihrer Königin mit dem Leben bezahlen müssen. Das durfte nicht mehr geschehen! Sie musste mit mehr Bedacht vorgehen. Wieder blickte sie zur Tür. Sie hätte auf Erek hören sollen. Er hatte in den Festungsgräben von Firnstayn gestanden und bei den Arbeiten geholfen, nicht sie. Von den zweihundert Fjordländern, die sie ins Lager Eisenwacht geführt hatte, waren nicht einmal fünfzig lebend entkommen. Und von denen war nicht einer unverletzt.

Die Kajütentür öffnete sich. Eine Elfe in einem Kleid von der Farbe des Mondlichts trat heraus. Sie war hochgewachsen und sehr schlank. Ihr schwarzes Haar war zu einem Knoten hochgesteckt. Die schmalen, spitzen Ohren gaben ihrem Gesicht etwas Wildes, Tierhaftes. Kälte schien von ihr auszugehen, so wie beim ersten Mal, als Gishild ihr begegnet war. Dort, wo Morwenna auftauchte, war der Tod nicht fern, auch wenn sie eine Heilerin war.

»Und?« Gishild hatte tausend Fragen und vermochte doch nur dieses eine Wort über die Lippen zu bringen. Sie hatte sich im Thronsaal den hundert mächtigsten Männern des Fjordlands widersetzt, aber der Elfe gegenüber war sie befangen. Morwenna sah sie lange an. Sie hatte dunkle, fast schwarze Augen. Schatten lagen um ihre Lider, doch ließ sie das nicht älter aussehen. Sie war ein Geschöpf der Dämmerung und der Nacht. Selbst in ihren Wochen in Vahan Calyd war Gishild der Heilerin kaum einmal bei Tageslicht begegnet.

»Er wird seinen Arm behalten«, sagte Morwenna. »Aber ich glaube nicht, dass du gute Gesellschaft für ihn bist.«

»Ich bin sein Weib!«, begehrte Gishild auf.

Die Elfe hob eine Braue. Eine Geste, die mehr als tausend Worte sagte.

Gishild spürte, wie ihr das Blut in die Wangen schoss. Und sie hasste sich dafür. Sie wollte nicht, dass die Elfe so leicht in ihren Gefühlen lesen konnte. Ja, es war beschämend, was sie getan hatte. Aber was die Adelsversammlung ihr angetan hatte, als sie über ihren Kopf hinweg einen Ehemann für sie gewählt hatte, war genauso ruchlos gewesen. Auf einen groben Klotz gehörte ein grober Keil! Das war die einzige Sprache, die ihre Fjordländer verstanden. Elfen würden so etwas nie begreifen!

»Kann er trinken?«

Die Frage schien Morwenna aus dem Konzept zu bringen. Sie wirkte verwundert. Öffnete den Mund ... Dann plötzlich erschien eine senkrechte Falte auf ihrer Stirn. »Du meinst Met ... oder Branntwein.«

»Genau.« Es war kindisch, aber Gishild genoss es, die unnahbare Elfe dazu gebracht zu haben, einen Augenblick ein Gefühl zu zeigen. Und sei es Verachtung.

»Branntwein ist schon für einen gesunden Mann ein Gift. Man sollte ...«

»Meine Männer trinken, um ihre Schmerzen zu betäuben. Das haben die Krieger des Fjordlands schon immer nach ihren Schlachten getan.«

»Und ich vermute, eure Verluste unter den überlebenden Verwundeten waren kaum geringer als die auf den Schlachtfeldern.«

»Wir haben keine Zauberheiler. Schwere Verletzungen und der Wundbrand fordern ihren Zoll ... Das ist in jedem Krieg so.«

»Und dieser Blutzoll fällt noch höher aus, wenn man sich im Krankenbett sinnlos besäuft. Ihr seid wie Vieh!«

»Ich habe noch kein Schwein Branntwein saufen sehen«, entgegnete Gishild trocken.

»Du hast recht. Tiere verhalten sich vernünftiger als ihr Menschenkinder.«

»Würde er einen Krug voll vertragen?«

»Dazu werde ich dir keine Auskunft geben.«

»Also zwei Krüge.«

Die Elfe nickte plötzlich. »Ich verstehe! Du willst ihn loswerden.«

Gishild hielt ihrem durchdringenden Blick stand, doch vermochte sie kaum ihre Gefühle zu beherrschen. »Zwei Krüge?«

»Wenn du wissen willst, wie man Menschenkinder umbringt, solltest du meinen Bruder Tiranu um Rat fragen.« Morwenna wandte sich abrupt von ihr ab und ging zum Vorderdeck, wo unter freiem Himmel noch Dutzende andere Verwundete auf ihre Hilfe warteten.

Die Tür zur Kajüte, in der man Erek untergebracht hatte, stand einen Spaltbreit offen. Gishild seufzte. Warum war ihr Leben nie einfach? Zwei Jahre lang hatte sie den Mann, der dort hilflos im Halbdunkel lag, mit Missachtung gestraft. Manchmal hatte sie seinen Tod herbeigewünscht. Und nun war es so weit, er war so schwer verletzt worden, dass es niemanden wundern würde, wenn er die Überfahrt nicht überlebte.

Sie konnte die Stimmen der Männer schon hören. Flüsternd, denn niemand wagte es, offen gegen die Elfen zu sprechen. Sie würden sagen, es wäre Morwennas Schuld. Sie hätte Erek den Arm abnehmen sollen. Dann wäre ihm der Wundbrand erspart geblieben.

Gishild sah sich um. Niemand beachtete sie. Sie schlüpfte in die Kajüte. Erek sah zum Erbarmen aus. Er lag in einem riesigen Bett, in dem er wie ein Kind wirkte, das sich in das Bett seiner Eltern geschlichen hatte. Sein Gesicht war ausgezehrt. Stoppeln wucherten auf seinen blassen Wangen. Die Augen waren geschlossen. Gishild konnte sehen, wie die Augäpfel unter den Lidern unruhig zuckten.

Es roch nach Schweiß, Blut und Zimt. Die Elfen versuchten auch im Fjordland, die Hallen der Siechenhäuser mit Wohlgerüchen zu erfüllen. Sie glaubten, das sei der Heilung zuträglich. Gishild fand es befremdlich, den Geruch des nahen Todes zu verfälschen. Luth, dem Schicksalsweber, konnte man nicht entgehen. Wenn er nach einem Lebensfaden griff, um ihn zu durchtrennen, dann würden ihn gewiss keine Zimtstangen davon abbringen.

»Hältst du seinen Faden schon in der Hand?«, flüsterte Gishild.

Sie erwartete keine Antwort und auch kein Zeichen. Ihre Götter antworteten ihr nie. Sie war zu lange in Valloncour gewesen. Die Götter des Fjordlands waren nachtragend. Sie würden ihr nicht so schnell vergeben.

Sie kniete sich neben den kleinen Schrank bei Ereks Lager. Mit leisem Klicken öffnete sich die Tür. Sie hob den schweren Steingutkrug heraus. Und die beiden Becher, die sie dort gestern versteckt hatte.

»So haben wir angefangen.«

Gishild schreckte hoch. Fast hätte sie den Krug umgestoßen. Er hatte die Augen aufgeschlagen und lächelte. Doch seine Stimme war viel zu schwach und brüchig.

»In unserer ersten Nacht«, sagte er. »Erinnerst du dich nicht mehr?«

So oft hatte sie versucht, diese Nacht zu vergessen, doch sie wusste, es würde ihr nie gelingen. Manchmal schreckte sie im Schlaf auf. Dann hatte sie wieder davon geträumt, wie die grölende Schar ihrer Jarls in ihr Schlafgemach eindrang, um ihr einen Mann ins Bett zu legen.

»Du hast damals nicht viel vertragen«, entgegnete sie mit rauer Stimme.

»Ich hatte schon gut vorgelegt.«

»Nicht klug in seiner Hochzeitsnacht.«

Er hob die Brauen und seufzte. »Das hast du mich gelehrt.«

Wieder fühlte sich Gishild schuldig. Er war kein schlechter Kerl, er bemühte sich. Sie musste daran denken, wie er ihr erzählt hatte, dass er sich vor der Hochzeitsnacht für sie gewaschen hatte. Auf so eine Idee wären wahrscheinlich nicht viele ihrer Jarls gekommen. Wenn man ihr nur mehr Zeit gelassen hätte. Vielleicht hätte sie sich eines Tages von sich aus für Erek entschieden?

»Du bist mehr ein Kamerad als eine Frau«, sagte er und versuchte zu lachen, doch seine Augen waren traurig. »Kommst mit einem Krug Branntwein, gewappnet wie zum Kampf, und stinkst noch nach dem Blut der Schlacht.«

Sie zuckte mit den Schultern. »Es war noch keine Zeit, sich zu waschen.«

»Ich wusste, dass du hier sein würdest, wenn ich aufwache.«

Gishild schüttelte leicht den Kopf. So ein Unsinn! Nicht einmal sie hatte das gewusst.

»Ich habe Beorn etwas holen lassen … für dich. Er hat mich angesehen, als hätte mir ein Troll auf das Haupt geschlagen, als ich ihm gesagt habe, was er besorgen soll. Aber er hat es getan. Es war schwer, das in Haspal aufzutreiben. Hat er jedenfalls gesagt …« Ereks Atem ging plötzlich schleppend. Das Sprechen machte ihm Mühe. Er versuchte es zu überspielen, aber seine Wunden waren zu schwer.

Der linke Arm war ihm mit einem strammen Verband fest an die Brust gebunden. Er konnte sich kaum bewegen. Er stemmte sich mit der Rechten im Bett hoch. Plötzlich schwankte er. Gishild fürchtete schon, er würde seitlich aus dem Bett kippen, als er wieder Halt fand.

Sie stellte den Krug und die beiden Becher auf dem Boden ab. »Du solltest ein bisschen vorsichtiger sein.«

»Oh, mein Weib macht mir Vorschriften. Ist das ein gutes Zeichen?« Er grinste, aber auf seiner Stirn perlte Schweiß. Jede Bewegung erschöpfte ihn mehr. Gishild fragte sich, ob es eine gute Idee gewesen war zu kommen. Ganz gleich, was Morwenna dachte, er war ihr Mann. Sie würde ihm nichts tun! Luth allein wusste, was für einen Mann sie vielleicht bekommen würde, wenn Erek starb. Sie hätte es beileibe schlechter treffen können! Da ihre Ehe ohne Kinder geblieben war, würde die Adelsversammlung ihr einen neuen Mann wählen.

»Der Stuhl.« Erek deutete hinter Gishild. »Beorn hat meinen Umhang darüber gelegt. Damit nicht jeder es sehen kann. Es sollte eine Überraschung sein. Nur für dich.«

Gishild sah ihn verständnislos an. Ob er Fieber hatte?

»Unter dem Umhang ist die Überraschung für dich!«

Die Königin nickte. Was er sich wohl ausgedacht hatte? Sie ging hinüber und hob den blutbesudelten Umhang an. Darunter lag ein Strauß Feldblumen. Sie ließen die Köpfe hängen. Sie hätten ins Wasser gemusst. Das Grün war welk, und dennoch war Gishild gerührt. Plötzlich standen ihr Tränen in den Augen. Der Letzte, der ihr Blumen geschenkt hatte, war Luc gewesen. Vor drei Jahren.

»Ist es keine schöne Überraschung?«, fragte Erek leise und sah unendlich enttäuscht aus.

Er tat ihr leid. Er gab sich solche Mühe. »Nein!« Ihre Stimme zitterte. Verdammt! Warum brachten ein paar welke Blumen sie so aus der Fassung? Sie musste sich beherrschen!

»Yulivee hat mir geschworen, dass alle Frauen es mögen, wenn man ihnen Blumen schenkt. Ich bin da nicht so erfahren. Ich hatte eher daran gedacht, dir einen schönen Dolch zu schenken. Und Fenryl meinte, Weibchen freuen sich über junge Küken. Aber gut ausgeblutet müssten sie sein.«

»Was?«

»Ja, ich hatte mir auch schon gedacht, dass du davon nicht begeistert sein würdest. Er war davon nicht abzubringen. Ich meinte ...«

»Mit wem hast du alles darüber gesprochen?«

»Nur mit Yulivee und Fenryl. Und mit Beorn natürlich. Ich wollte auch Brandax fragen, aber Yulivee hat mir dringend davon abgeraten. Sie meinte, Kobolde hätten sehr eigenartige Vorstellungen von Geschenken.«

»Warum bist du plötzlich so versessen darauf, mir ein Geschenk zu machen?«, fragte Gishild gereizt.

»Weil ich immer noch hoffe, dass ich dein Herz gewinnen kann.«

Er sagte das so entwaffnend offenherzig, dass sie ihn mit offenem Mund anstarrte.

»Darf ich hoffen?«

Gishild konnte seinen Blick nicht länger ertragen. Sie bückte sich nach dem Krug und schenkte Branntwein in die beiden Becher. Plötzlich gingen ihr wieder die Worte Morwennas durch den Kopf. »Wir sollten den Krug leeren. Meine Blumen brauchen Wasser. Dann erholen sie sich vielleicht.«

»Ja. Ein guter Vorschlag. Auf das Trinken verstehe ich mich besser als darauf, bei Frauen schöne Worte zu machen.«

Auch das sagte er ganz offenherzig. Ohne zynischen Unterton. Sie reichte ihm einen Becher. Es war Bärenbrand aus Honnigsvald. Der teuerste und stärkste Branntwein im Fjordland. Wie flüssiges Feuer ging er die Kehle hinab. Gishild leerte ihren Becher in einem einzigen langen Zug. Dann tat sie einen tiefen Seufzer und füllte sich nach.

»Dir stehen ja Tränen in den Augen.«

»Ich bin mit dem Trinken aus der Übung«, entgegnete sie mürrisch. Sie lehnte sich an das Bett. Sie fühlte sich unendlich müde. Und sie versuchte nicht gegen ihre Tränen anzukämpfen. Sie schluchzte nicht. Und atmete nicht schwer. Als

Kind hatte sie ganz anders geweint. Es waren nur einfach Tränen, sagte sie sich. Sie war nicht traurig oder schwach!

Erek klemmte sich seinen Becher zwischen die Beine. Er stöhnte vor Schmerz und fluchte leise, als er sich aufsetzte. Mühsam drehte er sich und legte ihr seine Hand aufs Haar. Ganz sanft.

Er sagte nichts, und Gishild war ihm dankbar dafür.

ERWACHEN

———◇◆◇———

Gishild weckte das Licht auf ihrem Gesicht. Das Elfenschiff musste auf einem nördlichen Kurs sein, wenn die Morgensonne auf dem mit gläsernen Blütenranken geschmückten Fenster ihrer Kabine stand. Sie reckte sich schläfrig und wollte ihren Traum festhalten. Er war so echt gewesen. Sie hatten einander geliebt. In dem Kahn auf dem See, zu dem sie manchmal geritten waren.

Die Königin spürte, wie sich das Elfenschiff sanft in der Dünung bewegte. Sie mochte Schiffe. Ihre Gedanken schweiften zu der Reise auf der *Windfänger*. Der Primarch Leon hatte die Lanze der 47. Löwen einst auf die *Windfänger* verbannt, um sie für ihren ersten Sieg im Buhurt zu bestrafen.

Gishild lächelte, als sie daran dachte, mit welchem Eifer Luc in jenem Sommer das Küssen gelernt hatte. Wohlige Schauer überliefen sie bei dem Gedanken. Seine Küsse fehlten ihr. Trotz ihrer Liebe zu Luc hatte sie damals fast jeden Tag daran gedacht, wie sie davonlaufen könnte. Das Leben war verrückt! Jetzt würde sie ihr Königreich verschenken, um diesen Sommer noch einmal erleben zu dürfen.

Emerelle hatte ihr erklärt, dass der Primarch und die Magister der Ordensburg Meister der Täuschung gewesen seien. Sie hatte Gishild gewarnt, keinem der Gefühle zu trauen, die sie für ihre Zeit in Valloncour empfand. Sie solle sich den Ritterorden wie einen betrügerischen Verführer vorstellen, der es auf ihr Erbe und nicht auf ihre Liebe abgesehen habe, hatte die Elfenkönigin gesagt.

Aber Lucs Liebe war echt! Sie war nicht dumm, sie traute keiner der Lehren des Tjuredglaubens. Und sie würde sich nicht gegen die alten Götter des Fjordlands stellen, auch wenn diese ihr auf ihre Gebete nie antworteten. Aber wie hätte Lucs Liebe vorgetäuscht sein sollen? Das lag nicht in der Macht des Ordens. Sie seufzte. Wo er jetzt wohl war?

Ein leises Stöhnen beendete all ihre Gedanken. Sie setzte sich abrupt auf und öffnete die Augen. Und was sie sah, erschien ihr wie ein Albtraum. Sie lag neben Erek. Nackt! Und auch er war nackt, bis auf den straffen Verband, der seinen linken Arm an die Brust fesselte.

Das Leinen des Verbandes war rot von Blut. Er wirkte noch blasser als am Abend. Sein Leib war mit Schweiß bedeckt. Gishild berührte mit spitzen Fingern Ereks Brust. Sie fühlte sich kühl an. Er brauchte Hilfe!

Sie kroch aus dem Bett und stolperte fast über den Krug. Sie konnte sich nur dunkel an die Nacht erinnern. Irgendwann hatte sie Wasser geholt. Und einen zweiten Krug Bärenbrand. Die Blumen hatten sich erholt. Die hängenden Köpfe hatten sich aufgerichtet.

Gishild griff nach ihrem Hemd, das auf dem Boden lag, und schob die anderen Kleider mit dem Fuß unter das Bett. Hastig streifte sie das Hemd über. Es reichte ihr bis weit auf die Oberschenkel hinab.

Mit fahrigen Fingern schloss sie die Verschnürung und öffnete die Kabinentür. Die helle Morgensonne stach ihr wie Dolche in die Augen. Ein übler Geschmack füllte ihren Mund. Einen Augenblick lang fürchtete sie, sie müsse an die Reling treten und sich erbrechen. Ein stechender Schmerz, tief in ihrem Kopf, peinigte sie.

Benommen sah sie sich um. Sie bemerkte, wie sie angestarrt wurde, und versuchte die Blicke zu ignorieren. Endlich entdeckte sie Morwenna. Die Elfe war auf dem Vordeck bei den Verwundeten. Sie versuchte einem Krieger zu trinken zu geben, dem eine Arkebusenkugel beide Wangen durchschlagen hatte.

Morwenna bemerkte sie, noch bevor sie das Wort an die Elfe richten konnte. Sanft bettete die Heilerin das Haupt des Verwundeten auf dessen Deckenlager. Dann sah sie Gishild verächtlich an. »Du wolltest wohl ganz sichergehen.« Sie sagte das in der Sprache der Elfen, so dass keiner der verwundeten Krieger ihre Worte verstehen konnte.

Gishild schluckte ihren Ärger hinunter. »Es geht ihm schlecht. Bitte komm mit mir. Schnell!«

»Für mich musst du kein Schauspiel aufführen.« Sie sah flüchtig zu dem Mann, den sie gerade versorgt hatte, und richtete sich dann auf. »Einige von ihnen werden tot sein, bevor wir das Fjordland erreichen. Und die meisten werden nie mehr ein Schwert führen. Im Übrigen können sie nicht verstehen, was ich dir sage. Du überraschst mich. Du hast mehr von Emerelle an dir, als ich es bei einem Menschenkind für möglich gehalten hätte. Dein Branntwein war dir wohl noch nicht genug. Du hast ihn also auch noch geliebt, um ihm die allerletzten Kräfte zu rauben. Dabei flüstern die Männer über dich, dass du in Herzenssachen kalt wie ein toter Fisch bist. Und nun zeigst du, dass du dich wie eine Hure aufführen kannst, wenn es deinen Zielen dient. Du …«

Gishild konnte nicht länger an sich halten. Ihre Hand schoss hoch, doch Morwenna war noch schneller und packte sie, bevor die Königin ihr eine Ohrfeige geben konnte.

Gishild versuchte, sich mit einem Ruck zu befreien, doch die schlanken Finger der Heilerin hielten ihr Handgelenk fest wie eine eiserne Schelle. Dann drückte Morwenna ihre Hand hinab. Die Elfe war viel stärker, als man beim Anblick ihrer zartgliedrigen Gestalt vermutet hätte.

Morwenna lächelte. Gishilds Hand zu packen und wieder hinabzudrücken, hatte kaum einen Herzschlag gedauert, und wer nicht gesehen hatte, was geschehen war, musste den Eindruck haben, sie seien zwei gute Freundinnen, die sich vertraut bei der Hand hielten, während sie zu Gishilds Kabine gingen.

»Täusche dich nicht in mir, Königin. Ich war nicht immer in meinem Leben eine Heilerin. Und glaube mir, ich weiß, was Frauen tun, um ihre Macht zu erhalten. Meine Mutter war eine Fürstin. Und für lange Zeit war sie nach Emerelle die zweitmächtigste Frau im Volk der Elfen.«

Gishild hatte von Alathaia gehört, und mit ihr verglichen zu werden, empörte sie. Mit dieser intriganten Mörderin hatte sie nichts gemein! »Deine Mutter hatte ihre Seele der schwarzen Magie verschrieben. Sie hat das Blut von Kindern geopfert, um an die Macht zu kommen ...«

»Jeder kämpft mit den Mitteln, die ihm zu Gebote stehen. Sei nicht so naiv! Wenn du ihre Möglichkeiten hättest, dann würdest du ebenso von ihnen Gebrauch machen.«

»Ich bin keine Kindsmörderin!«

Morwenna lachte leise. Es war ein schneidender, kalter Laut, der Gishild erschaudern ließ.

»So einfältig kannst du nicht sein. Wenn du ehrlich bist, dann weißt du, dass man nicht den Dolch in eine Kinderbrust senken muss, um eine Mörderin zu sein. Auch du hast Blut an deinen Händen! Allein dein letzter Kampf hat hundertfünfzig Fjordländer das Leben gekostet. Viele junge Männer. Ihre Weiber und Kinder haben ihre Beschützer verloren. Was ist mit denen, die keine Familie haben? Denen das Paar Hände verloren gegangen ist, das sie ernährte?« Sie zog die Brauen hoch. »Du weißt, wie wenig die kargen Berghöfe abwerfen. Du weißt, dass deine Jarls keine Gnade kennen, wenn ihnen ihre Pacht nicht gezahlt wird. Sie sind keine Wohltäter. Säumige Pächter werden von Haus und Hof vertrieben. Hast du nie so weit gedacht? Tote Krieger können ihren Sold nicht mehr an ihre Familien schicken. Und schlimmer noch ist es mit den Krüppeln, deren Gliedmaßen auf den Schlachtfeldern Drusnas liegen. Jene, die mit Armen und Beinen für deine Kühnheit gezahlt haben. Sie kehren zurück als unnütze Esser. Ihren Familien können sie nicht mehr helfen; sie reißen sie nur noch schneller in den Abgrund. Was glaubst du, wie viele sich mit eigener Hand gerichtet haben, weil sie diesem Schicksal entgehen wollten? Und wie viele Männer hinter mir auf dem Deck gar nicht mehr gesund werden wollen, weil sie genau wissen, was sie dann erwartet? Ich kann niemanden heilen, der im Tod seine letzte Zuflucht sieht. Ganz gleich, welche Kunst ich aufbiete, sie siechen unter meinen Händen dahin. Maße dir also nicht an, über meine Mutter zu richten. Und flüchte dich nicht in die allzu billige Lüge, du hättest noch keine Kinder getötet!«

Morwenna öffnete die Tür zu Ereks Kabine.

Gishild wurde sich bewusst, dass, kaum vom Zimtgeruch überlagert, der Duft ihrer Liebesnacht in der stickigen Kammer hing. Sie presste die Lippen zusammen. Und sie hätte Morwenna am liebsten in das kälteste Loch der Snaiwamark gewünscht, doch konnte sie sich nicht der Wahrheit ihrer Worte verschließen. Der jungen Königin wurde bewusst, dass sie einzig und allein daran gedacht hatte, welchen Preis sie selbst für ihre Krone hatte zahlen müssen. Was ihre Herrschaft andere gekostet haben mochte, war ihr keinen Gedanken wert gewesen.

Morwenna setzte sich neben Erek aufs Bett und griff nach dessen Hand. Er war totenblass, sein Verband von Blut getränkt.

Die Elfe schloss die Augen. Ihre Lippen bewegten sich lautlos, während sie das Handgelenk des Kriegers hielt. Gishild wusste nicht, welchen Zauber Morwenna gerade wirkte, doch betete sie stumm, dass die Elfe Erek retten möge.

Endlich öffnete die Heilerin die Augen. »Vielleicht haben dein Branntwein und deine Liebe nicht genügt, um sein Schicksal zu besiegeln. Er kämpft! Er ist stärker, als er sein sollte. Er hat etwas gefunden, wofür er leben will.«

»Kannst du ihn heilen?« Gishild trat dicht an das Lager. Erek schwitzte nicht mehr. Seine Haut wirkte durchscheinend. Wie Wachs war sein Gesicht.

Morwenna zog das Messer, das sie am Gürtel trug, und begann Ereks Verbände aufzuschneiden. Das blutige Leinen warf sie neben den Krug mit den Blumen. Die Wunde in Ereks Achsel hatte sich wieder geöffnet. Blut sickerte auf das schneeweiße Bettzeug. Plötzlich griff die Elfe nach Gishilds Hand. Sie drehte sie herum und betrachtete eingehend das Netz der Linien.

Endlich brach Gishild das bedrückende Schweigen. »Wird er leben?«

»Du wirst ihn töten, Königin. Ganz gleich, was ich heute tue. Dein Schicksal ist festgeschrieben. Dein Herz gehört nicht ihm, auch wenn er es jetzt glauben mag. Allerdings liegt es in deiner Macht, ob er als glücklicher Mann sterben wird. Wenn ich jetzt gehe, dann wird es so sein.«

Gishild atmete schwer. Sie hatte das Gefühl, ersticken zu müssen. Die schreckliche Wunde zog ihren Blick an. Selbst als sie die Augen schloss, sah sie in ihrem Geiste noch das geschundene Fleisch. Trotzig reckte sie das Kinn vor. Sie war eine Kämpferin. In allem! Sie würde niemals aufgeben! »Heile ihn!«, befahl sie schroff.

Ragnar, ihr alter Lehrer, hatte ihr vor langer Zeit einmal davon erzählt, dass ein erbitterter Streit innerhalb der Luthpriesterschaft tobte, auch wenn die Männer und Frauen, die sich dem Dienst am Schicksalsweber verschrieben hatten, den Gläubigen stets ruhig und besonnen vorkamen. Der größere Teil von ihnen war der Überzeugung, dass das Leben eines jeden Menschen von seiner Geburt an vorherbestimmt sei. Sobald ein Kind aus dem Schoß seiner Mutter gezogen wurde, war sein Lebensfaden gesponnen, und Luth wusste, an welcher Stelle er einst sein Messer anlegen würde, um diesen Faden zu durchtrennen. Es gab aber auch Priester, die sich dem Glauben widersetzten, der Mensch hätte keine Freiheit in seinem Leben. Dass alle Taten ohne Belang waren und man ein Schicksal nicht zu verändern vermochte. Sie sagten, dass jeder Mensch seinen eigenen Faden spann und Luth sein Messer erst ansetzte, wenn die Summe der Taten eines Lebens zum Augenblick des Todes geführt hatte.

Gishild blickte auf ihre Hand. Diese Linien besagten nichts! Sie würde ihr Leben ändern. Nichts war vorherbestimmt! Und deshalb lohnte es sich zu kämpfen. Bis zum letzten Atemzug.

DIE KRONE ALBENMARKS

Honoré lauschte auf die Lieder, die aus den Kasematten der Hafenfestung herauf zu seinem Turmfenster drangen. Die Seeleute und Soldaten feierten immer noch ihren Sieg in Albenmark. Er betrachtete die verzogene Schwanenkrone mit den eingetrockneten Blutflecken. Sie lag zuoberst in der Truhe, die er gepackt hatte. Mit der Abendflut würde seine Galeasse auslaufen. Er würde mit kleiner Eskorte gen Süden reisen und nicht zurückkehren, bevor er nicht den nächsten Sieg errungen hatte. Den eigentlichen Sieg!

Er würde nach Aniscans reisen und die Krone Albenmarks vor die Füße der Heptarchen legen. Alvarez hatte strikte Befehle, die Flotte hier auf der Rabeninsel zu halten. Für mindestens zwanzig Tage sollte niemand den großen Kriegshafen verlassen. Und nur handverlesene, besonders vertrauenswürdige Ordensbrüder und -schwestern würden Kontakt zu den Fischern und Händlern haben, die den großen Kriegshafen versorgten. Es war entscheidend für seinen Sieg in Aniscans, dass die Nachricht über Albenmark dem Orden vom Aschenbaum verborgen blieb. Sein Schlag musste so plötzlich kommen wie ein Blitz aus heiterem Himmel. Wenn sechs von sieben Heptarchen dafür stimmten, dann konnte einer der Kirchenfürsten aus seinem Amt abgewählt werden. Und dies war Honorés Ziel. Er wollte unter die Heptarchen aufsteigen. Nur so konnte der Orden vom Aschenbaum bezwungen werden. Der jahrhundertealte Ritterorden, der seine Gründung noch auf die Zeit des heiligen Jules zurückführte, übertraf die Neue Ritterschaft in allen Bereichen. Er besaß mehr Land, ja, ihm gehörten sogar eigene Provinzen. Er gebot über viele tausend Ritter. Sein Reichtum war unermesslich, und seine Spitzel lauerten überall. Allerdings machte seine Größe den Orden schwerfällig. Er konnte nicht schnell auf Veränderungen reagieren. Männer wie der Ordensmarschall Erilgar hatten es schwer aufzusteigen und mussten einen großen Teil ihrer Kraft darauf vergeuden, sich gegen Intrigen aus den eigenen Reihen zur Wehr zu setzen. Wenn er die Krone Albenmarks nach Aniscans brachte, dann würde die Maus den wilden Eber bezwingen. Dann würde die Neue Ritterschaft dem Orden vom Aschenbaum die Macht entreißen. Endgültig!

Honoré trat ans Fenster und atmete tief durch. Noch immer mochte er kaum glauben, dass sich die schreckliche Wunde in seiner Brust geschlossen hatte. Acht Jahre lang hatte er nicht frei atmen können. Wie wunderbar und verschlungen die Pfade Tjureds doch waren! Luc war schuld daran gewesen, dass Michelle ihm diese Wunde beigebracht hatte. Und Luc war es gewesen, der die Plage von ihm genommen hatte. Ihn in Albenmark zu verlieren, war ein hoher Preis gewesen.

Der Junge war so begabt und dabei so wunderbar leicht zu verführen gewesen. Wie Wachs hatte er ihn geformt. Luc wäre ihm noch auf vielfältige Art von Nutzen gewesen. Nun musste das Fjordland dann doch durch das Schwert bezwungen werden. Aber nach dem Erfolg in Albenmark war Honoré sich ganz sicher, dass ihnen das letzte Heidenkönigreich binnen zwei Jahren untertan sein würde.

Wenn sein Plan in Aniscans Erfolg hatte, dann würde er Lilianne den Oberbefehl im Krieg um das Fjordland übertragen. Obwohl Michelle ihn fast getötet hätte, konnte er es sich doch nicht leisten, auf ihre Schwester Lilianne zu verzichten. Die ehemalige Komturin von Drusna war ohne Zweifel die fähigste Feldherrin des Ordens. Auch wenn er Michelle noch immer hasste, durfte er Lilianne nicht durch unbedachte Taten erzürnen. Er würde sie in einen Teil seiner Pläne bezüglich der Zerschlagung des Ordens vom Aschenbaum einweihen. Er brauchte Liliannes Unterstützung. Noch ... Nach seinem Triumph im Fjordland konnte er sie beide vernichten. Schon jetzt hatte er zahlreiche Papiere über ihre Vergehen gesammelt. Wahre und erfundene Vergehen. Nach Liliannes Sieg im Norden würde er die beiden Schwestern den Fragenden überlassen. Wenn er selbst mit aller Härte gegen zwei geachtete Ritterinnen seines Ordens vorging, dann würde alle Welt ihn für gerecht und unbescholten halten. Auch das würde ihn seinem letzten Ziel einen Schritt näher bringen. In zehn Jahren würde er den Orden vom Aschenbaum vollständig zerschlagen und ihn in die Neue Ritterschaft eingegliedert haben. Die Fragenden würden dabei eine Schlüsselrolle spielen. Mit ihrer Hilfe ließ sich jeder Widerstand innerhalb der Kirche brechen. Und wenn dann alle militärische Macht der Kirche in seinen Händen lag, dann würde er den letzten Schritt wagen. Die Tjuredkirche brauchte keine Heptarchen! Ein einzelner Mann sollte sie führen und all ihre Kräfte bündeln. Ein Mann, der auf Erden herrschte wie Tjured im Himmel. Wozu dienten Heptarchen, die einander ständig befehdeten und ängstlich lauerten, ob einer der anderen vielleicht mehr Macht besaß? Es gab auch nur einen Gott!

Honoré füllte seine Lungen mit der salzigen Seeluft. Er schloss die Augen und gab sich ganz seinem großen Traum hin. Wenn er eines Tages starb, dann hätte er die Kirche tief greifender verändert als alle Heptarchen und Erzverweser in den letzten fünfhundert Jahren zusammen.

Oder sollte er die beiden Schwestern doch schonen? Wenn er immer höher in der Kirche aufstieg, mochte Michelle ihre vergangene Liebe zu ihm vielleicht wiederentdecken. Er war auch kein Krüppel mehr. Er hatte es erst zweimal seit seiner Heilung versucht, aber er wusste, er besaß nun wieder die Kraft, eine Frau zu lieben. Alles würde besser werden. Er stellte sich vor, wie er sich mit Michelle vergnügte und Lilianne indes auf einen Feldzug nach Albenmark schickte. Auf dem Schlachtfeld vermochte die ehemalige Komturin Wunder zu vollbringen. Sie war zu kostbar, um sie wegen eines alten Grolls gegen ihre Schwester zu opfern. Vielleicht konnten durch Liliannes geschickte Kriegsführung die Elfen und die Brut ihrer Vasallenvölker vollständig vernichtet werden? Vielleicht konnte man sie gar zwingen, den Glauben an Tjured anzunehmen?

Honoré spürte sein Herz schneller schlagen. Kein Alkohol und kein Pfeifenkraut berauschten ihn so sehr wie seine Träume. Er konnte für Tjured und die Kirche eine ganze Welt gewinnen. Luc hatte ihm die Pforten dorthin geöffnet. Und auch wenn der Junge nicht mehr lebte, musste es möglich sein, diese Tat zu wiederholen! Sie würden neue Breschen in den magischen Schutzwall Albenmarks schlagen, so wie die Macht der Bronzeschlangen Breschen in die mächtigsten Festungswälle schlug. Albenmark war von nun an eine belagerte Festung!

Das Bild gefiel Honoré. Die Elfen hatten das Privileg verloren, allein den Weg von einer Welt in die andere zu finden. Nun konnten die Menschen es ihnen gleichtun. Zu schade, dass auch dieser weiße Fuchsmann verloren gegangen war! Sie mussten jemand anderes finden, der ihnen ein Tor öffnen konnte. Sie mussten mehr Gefangene machen! Die Fragenden würden ihnen schon ihre Geheimnisse entlocken.

Ein Hornsignal riss Honoré aus seinen Träumen. Der Türmer gab Alarm.

Honoré trat an seinen Arbeitstisch, um sein Fernrohr zu holen. Es war ein Beutestück. Die Handwerker der Anderen vermochten wahre Wunderdinge zu erschaffen. Man sollte nicht alle Kobolde töten. Sie mochten der Kirche noch sehr nützlich sein, wenn man sie erst überredet hatte, den Glauben an Tjured anzunehmen.

Der Primarch richtete das Glas auf den Horizont. Bald fand er die Umrisse eines kleinen Schiffs, das mit hoher Geschwindigkeit auf den Kriegshafen zuhielt. Das Schiff war seltsam besegelt. Und viel zu schnell! Suchten die Elfen nun nach Vergeltung?

Den meisten Offizieren war nicht bewusst, was auf der Rückkehr aus Albenmark geschehen war. Der kleine Segler, der so erfolgreich die Nachhut ihrer Flotte angegriffen hatte, war dem Gros der Streitkräfte verborgen geblieben. Und Honoré hatte alles dafür getan, dass diese Geschichte in der Flotte nicht die Runde machte. Offiziell befanden sich die fehlenden Schiffe auf einer Erkundungsmission in den Gewässern der fremden Welt. Niemand wäre verwundert, wenn sie nicht zurückkehrten.

Honoré hörte Schritte hinter sich auf der Treppe.

»Primarch!«

»Ich sehe das Schiff«, entgegnete er ruhig und senkte sein Fernrohr. Im Hafen wurden eine Galeasse und zwei Galeeren als Eskorte zum Auslaufen bereit gemacht. Schon wühlten die Ruder das stille Hafenwasser auf.

Der Primarch blickte zu dem Schemen am Horizont. Es würde knapp werden. Er sollte hinab in die Gewölbe unter dem Turm steigen. Selbst die Macht der Elfen würde sie nicht zum Einsturz bringen.

EIN SCHATTEN AM HORRIZONT

Außer Atem erreichte Alvarez die *Windfänger*. Kaum hatte er das Deck betreten, wurde die Laufplanke eingeholt. Der Capitano kam ihm entgegen. Und er schaffte es nicht, sein Mienenspiel unter Kontrolle zu halten.

»Mit Verlaub, Flottenmeister, glaubst du, es ist eine gute Idee, auf der *Windfänger* zu sein?«

Die große Galeasse nahm als letztes der drei Schiffe Kurs auf die Hafenausfahrt.

»Was willst du tun, Claude? Mich über Bord werfen lassen?«

Der Schiffskommandant zupfte nervös an seiner Nasenspitze. Dann wurde er sich der Geste bewusst und hakte die Hand an seiner Bauchbinde ein. »Bei Gott, ich sollte es tun. Und vielleicht würdest du mir schon in weniger als einer Viertelstunde dankbar dafür sein.«

Ein junger Deckoffizier eilte herbei. »Die Geschütze sind feuerbereit, Capitano.«

Claude blickte in Richtung des fernen Seglers, dessen Umrisse langsam im Dunkel der Dämmerung verschwammen. »Der verdammte Kahn liegt flach wie ein Brett im Wasser«, murmelte er. »Richte den Geschützmeistern aus, ich komme gleich!«

Der junge Ritter eilte zurück.

Alvarez sah ihm nach. Er kannte den Mann nicht. Er blickte hinab zu den Ruderbänken. Auch dort konnte er kein vertrautes Gesicht entdecken. »Du hast die gesamte Mannschaft ausgetauscht?«

»Glaubst du, ich möchte bei jedem Furz, den ich tue, an dir gemessen werden? Es war schon schlimm genug, sieben Jahre lang mit dir in derselben Lanze zu stecken.« Plötzlich lächelte der Capitano. »Ein Wink, und meine Seesoldaten werfen dich über Bord. Ganz gleich, ob du der Flottenmeister oder gar ein Heptarch bist.«

Alvarez sah seinen Ritterbruder nachdenklich an. Claude war immer eifersüchtig auf ihn gewesen. Der braun gebrannte, leicht untersetzte Capitano hatte bereits schütteres Haar. Auch der prächtige, gezwirbelte Schnauzbart konnte nicht darüber hinwegtäuschen, dass der Ritter vor der Zeit gealtert war. Ihm fehlten zwei Schneidezähne, und eine dünne, weiße Narbe zerteilte seine linke Augenbraue.

»Das ist meine erste Feindfahrt als Capitano einer Galeasse. Warum, zum Henker, musstest du ausgerechnet bei mir an Bord gehen?«

»Ich werde dir nicht in dein Kommando hineinpfuschen«, beteuerte Alvarez und wusste, dass er es doch täte, wenn es notwendig sein sollte. »Du weißt um den Flottenverband, den wir in Albenmark gelassen haben?«

»Jeder in der Flotte weiß davon«, entgegnete Claude ungehalten. »Warum?«

Alvarez war erleichtert, dass die Gerüchte um die Schiffe, die zum Grund der See gestürzt waren, noch nicht die Runde gemacht hatten. Ihm war klar, was diese Geschichte für die Moral der Flotte bedeuten würde. Und er hatte Angst vor weiteren Seegefechten in Albenmark. Ein einzelner Segler hatte schon verheerenden Schaden angerichtet. Was würde geschehen, wenn sie auf ein ganzes Geschwader von Elfenschiffen träfen? Alvarez hatte Honoré dringend empfohlen, nach einem Landweg nach Albenmark zu suchen.

»Was sollte deine Frage nach den Schiffen in der Elfensee?«, hakte Claude nach.

»Wenn du deine Sache gut machst, kannst du vielleicht den Befehl über eine Flottille bekommen. Würdest du dir zutrauen, ganz auf dich allein gestellt ein Kommando in feindlichen Gewässern zu führen?«

Claude zupfte wieder an seiner Nasenspitze. »Besiegen wir erst einmal den Eindringling«, sagte er schließlich und ging dann zum Vorderkastell der *Windfänger*.

Alvarez folgte ihm, seine Sorgen waren zurückgekehrt. Wusste sein Kamerad doch etwas? Er konnte ihn nicht noch einmal fragen, ohne Verdacht zu erwecken. Gemeinsam mit Claude inspizierte er die Geschütze des Vorderkastells. Er spähte durch eine der Kanonenpforten über den Rammsporn der *Windfänger* hinweg. Das Elfenschiff war weniger als tausend Schritt entfernt. Aber man konnte es nur undeutlich erkennen. Es kam von Osten. Dort war der Himmel schon dunkel, während sich die Umrisse ihrer drei Schiffe deutlich gegen den roten Westhimmel abzeichneten. Ein schwefliger Gestank hing in der Geschützkammer, obwohl alle Pforten geöffnet waren und kühler Seewind hereinblies. Die Männer trugen nur Hosen. Auf den Boden war Sand gestreut, der leise unter Alvarez' Stiefeln knirschte. So würden die glatten Planken nicht rutschig vom Blut werden, wenn das Gefecht erst begann.

Der Flottenmeister blickte in die Gesichter der Männer. Sie wirkten grimmig und entschlossen. Einige grinsten ihn zuversichtlich an. Sie hatten ja keine Ahnung, was sie erwartete, wenn das Elfenschiff sich auf ein Gefecht einließ.

»Gehen wir nach oben, Flottenmeister?« Claude bemühte sich um einen leichten Tonfall, doch er vermochte seine Anspannung nicht zu verbergen. Wieder zupfte er an seiner Nase und zwirbelte dann die linke Spitze seines Schnauzbartes zwischen Daumen und Zeigefinger.

»Nur zu«, entgegnete Alvarez. »Du bist der Capitano.«

Sie traten aus der Geschützstellung und erklommen die steile Treppe zur Gefechtsplattform des Vorderkastells. Arkebusiere hatten Pavesen am Schanzkleid befestigt. In die linke obere Kante eines jeden Eichenschildes war eine tiefe Einbuchtung geschnitten. Dort ruhten die Waffenläufe, während die Arkebusiere zielten.

Etwa zwei Dutzend Arkebusiere und fast genau so viele Hellebardiere und Schwertkämpfer drängten sich auf der Plattform des Vorderkastells.

»Die Elfen haben keine Kanonen, nicht wahr, Flottenmeister?«, wagte eine junge, sommersprossige Ritterin zu fragen. Sie trug einen Harnisch für den Fußkampf, mit Beinröhren und Panzerschuhen.

»Kanonen nicht, aber du solltest mit reichlich Bogenschützen rechnen.« Die Kämpfer auf dem Vorderkastell hatten in Seegefechten stets die schwersten Verluste zu erleiden.

Die Ritterin klopfte auf ihre Brustplatte. »Das ist bester Stahl aus Valloncour. Vor Pfeilen habe ich keine Angst.«

Die leichter gewappneten Arkebusiere versuchten ihre Beklommenheit mit ein paar geflüsterten Witzen zu überspielen.

Alvarez hatte darauf verzichtet, seinen Kürass anzulegen, denn die Geschichten über Schiffe, die in Löcher in der See gestürzt waren, gingen ihm nicht aus dem Sinn. Das Meer war hier, nahe beim Rabenturm, nicht sonderlich tief, vielleicht zehn Schritt. Alvarez hatte die Hoffnung, einen solchen Sturz zu überstehen, wenn er sich am Schanzkleid festklammerte. Und wenn das Wasser dann über dem Schiff zusammenschlug, würden ihm seine leichten Kleider das Leben retten. Er war ein guter Schwimmer. Er würde es schaffen! Aber er hatte auch die Hoffnung, dass der Segler nicht auf einen Kampf aus war. Vielleicht schickten die Elfen Unterhändler? Jetzt, wo eine Flotte der Tjuredkirche den Weg nach Albenmark gefunden hatte, hatte sich alles verändert. Es wäre klug zu verhandeln! Aber wer wusste schon, was Elfen dachten.

»Sie sind in Reichweite«, sagte der Capitano.

Alvarez musste sich auf die Zehenspitzen stellen, um über den Rand einer Pavese zu blicken. Keine fünfhundert Schritt mehr bis zum Elfenschiff.

»Warte!« Der Flottenmeister blickte zurück. Die *Windfänger* hatte die beiden Galeeren überholt. Die kleineren Schiffe lagen ein wenig zurück und flankierten das Flaggschiff. Die Sonne war bereits hinter dem Horizont verschwunden. Das Meer schimmerte in dunklem Rot. Die Ruder zeichneten weiße Gischtspuren ins Wasser.

»Nur noch dreihundert Schritt«, murmelte Claude.

Je kürzer die Distanz war, auf die sie schossen, desto vernichtender würde der Schaden sein, den die schweren Eisenkugeln anrichteten. Wieder stellte sich Alvarez auf die Zehenspitzen. Der Elfensegler war klein, sein Rumpf bot ein schlechtes Ziel. Aber wenn die Kanoniere gut zielten, mochte eine einzige Salve genügen, um das Schiff zu vernichten.

Alvarez blinzelte. Es war schwer, in dem schwindenden Licht etwas zu erkennen, doch am Bug des Seglers stand eine Gestalt und schwenkte mit den Armen.

»Wir müssen ...«

»Nein!«, unterbrach Alvarez den Capitano. »Etwas stimmt nicht.«

Abgesehen vom Geräusch der Ruder und dem leisen Klirren der Rüstungen war es still. Der Gestank glimmender Lunten stach dem Flottenmeister in die Nase.

»Unter zweihundert Schritt!«, sagte Claude.

Alvarez fluchte leise. Das Schiff war nur klein. Selbst wenn es einen Frachtraum voller Pulver hatte, würde es nicht annähernd so verheerenden Schaden anrichten wie die beiden Segler, die in Vahan Calyd eingelaufen waren. Aber Tjured allein mochte wissen, über welch schreckliche Magie die Albenkinder geboten.

»Wer von euch hat gute Augen?«, fragte er laut.

»Ich!«, meldete sich die sommersprossige Ritterin.

»Kannst du erkennen, wer dort im Bug steht?«

Sie drängte sich zwischen den Arkebusieren hindurch zum Schanzkleid.

»Hundert Schritt!«, zischte Claude. »Geschütze klar!«, befahl er mit schriller Stimme.

»Da steht ein bärtiger Mann«, sagte die Ritterin.

Alvarez formte die Hände zu einem Trichter und rief aus Leibeskräften. »Beidrehen, oder wir feuern!«

»Du kannst nicht …«

Alvarez packte den Capitano am Arm. »Du gibst keinen Feuerbefehl!«

Der Segler schwenkte nach Norden und ging fast sofort wieder auf Gegenkurs. Segel schlugen im Wind. Alvarez konnte Schattengestalten in der Takelage erkennen.

»Was machen die da?«, fragte die Ritterin.

Selbst Claude starrte auf den Segler, der mit kaum verminderter Geschwindigkeit an ihnen vorüberglitt. »Die können das Schiff nicht segeln!«, sagte er schließlich.

AUFERSTANDEN VON DEN TOTEN

Honoré faltete die Hände über den Knauf seines Gehstocks. Obwohl er so gut bei Kräften war wie seit Jahren nicht mehr, hatte er sich nicht abgewöhnt, den Stock bei sich zu tragen.

Er saß in einem hohen Lehnstuhl. Der Stock stand zwischen seinen Beinen. Seine Finger trommelten nervös auf dem Silberknauf. Er blickte kurz zur großen Sanduhr auf seinem Arbeitstisch. Bald wäre der günstigste Zeitpunkt zum Auslaufen verpasst. Sein Gepäck war längst in einer Kajüte auf der *Gottesbote,* der schnellsten Galeere der Ordensflotte. Einen halben Tag würde er verlieren, wenn er nicht bald an Bord ging.

Wieder blickte er zu dem Seemann, der in der Mitte des Raums stand. Der stämmige Kerl fühlte sich sichtlich unwohl. Er hielt eine fleckige Mütze zwischen den Fingern. Sein schwarzer Bart war mit grauen Haaren durchsetzt. Er wirkte wie jemand, der keinem Ärger aus dem Weg ging.

»Beschreib mir noch einmal die Frau«, sagte der Primarch.

Der Seemann räusperte sich. »Also hübsch war sie, bei allem, was recht ist. Ein bisschen dürr vielleicht. Aber das sind sie alle, diese Elfenfrauen. Sie war auch nicht sehr groß. Ihr Haar war braun. Locken hatte sie. Große Locken. Nicht so ein kleines Gekringel. Und man konnte merken, dass alle eine Heidenangst vor ihr ...« Er stockte und sah unsicher zu Alvarez, der als einziger Zeuge anwesend war. Der Flottenmeister nickte dem Mann zu.

»Also mit der Heidenangst ... Das meinte ich nicht ...«

»Ja!« Honoré winkte ärgerlich ab. »Rede einfach weiter!«

Wieder blickte der Kerl zu Alvarez, so als brauche er für alles die Bestätigung des Flottenmeisters. Er war einer von siebzehn Seemännern, die das Elfenschiff auf eine Sandbank vor der Insel gesetzt hatten. Man hatte sie aus Albenmark entkommen lassen. Sogar ein Schiff hatte man ihnen gegeben. Alvarez fragte sich, warum. Eine Botschaft hatten die Männer nicht mitgebracht.

»Also diese Elfe. Sie konnte in unserer Sprache reden. Jedenfalls hat sie mit dem jungen Ritter gesprochen, den sie als Ersten ins Wasser geschickt haben. Ein feiner Kerl war das, der schien keine Angst zu kennen. Fast hätte er es geschafft.«

»Du bist dir ganz sicher, dass er tot ist?«, fragte Honoré.

»So wahr mein Bart grau wird. Die Haie haben ihn gepackt, als er die Hand schon auf den rettenden Felsen legte. Unter das Wasser haben sie ihn gerissen. Und dann war alles voller Blut. Es ging ganz schnell.« Der Seemann erschauderte bei der Erinnerung. »Und die verdammten Heidenkinder haben gebrüllt vor Begeisterung. Nie werde ich denen das vergessen. Verdammte seelenlose Bastarde!«

»Und die Frau?« Im Grunde hatte Honoré genug gehört. Aber wider alle Vernunft hoffte er immer noch auf eine letzte Einzelheit, die seine Befürchtungen gegenstandslos werden ließ.

»Kalt wie Eis war sie. Zum Schluss hat sie was zu dem kleinen weißen Fuchsmann an ihrer Seite gesagt. Und dann ist der auch hinunter zu den Haien gesprungen. Einer von ihren eigenen Leuten!«

»Wahrscheinlich war er ein Verräter.« Dem verdammten Lutin trauerte Honoré nicht nach. Aber nun wusste er mit Sicherheit, dass Luc tot war. Und schlimmer noch, Emerelle lebte. Dutzende Male hatte er ihre Beschreibung gelesen. Es gab genug Zeugen, die die Königin der Elfen auf dem Krönungsfest von Gishilds Mutter gesehen hatten. Jenem Fest, auf welches das Massaker an den gefangenen Rittern gefolgt war. Dem Fest, bei dem die hochmütige Elfenkönigin fast ihr Schicksal ereilt hätte. Die Beschreibung des Seemanns passte zu gut. Aber er schien keine Ahnung zu haben, wer diese Elfe war.

Honoré blickte zur Sanduhr. »Du warst mir eine große Hilfe, Tomasch. Flottenmeister, ich wünsche, dass Tomasch für seinen Mut befördert wird. Außerdem soll er eine Jahresheuer als Belohnung bekommen.«

»Das ist zu gütig, Herr. Ich ...«

Honoré erhob sich. »Du hast es dir verdient. Ich bin stolz darauf, dass wir Männer wie dich in unserer Flotte haben. Nun warte bitte vor der Türe. Ich muss mit dem Flottenmeister etwas besprechen.«

»Aye ...« Tomasch stockte. »Ich meine natürlich: Jawohl, mein Primarch. Ich ... Da ist noch etwas. Der junge Ritter hat mir einen Brief zugesteckt, bevor er in den Tod ging. Er sagte, er sei für Gishild, seine Löwenschwester. Eine Ritterin, nehme ich an.« Seine Stimme stockte.

Honoré sah, dass der Kerl mit den Tränen rang. Was für ein sentimentaler Trottel!

»Er wollte, dass sie erfährt, dass er gekommen wäre. ›Wir sehen uns bei den Türmen von Valloncour‹, das hat er gesagt. Das sollte sie wissen.«

Der Kirchenfürst lächelte gewinnend. »Ich werde mich darum kümmern, dass der Brief und diese Worte die Ritterin erreichen. Gib ihn mir. Er ist bei mir in guten Händen.«

Tomasch griff in sein Hemd und reichte ihm einen zerknitterten Brief voller Schweißflecken. Das Siegel war nicht gebrochen.

»Du darfst nun gehen, mein Freund. Und dank dir für deinen Heldenmut. Du kannst sicher sein, dass ich dich nicht vergessen werde.«

Der bullige Seemann errötete wie ein junges Mädchen. Seine Lippen bebten, als wolle er noch etwas sagen, dann drehte er sich abrupt um und ging mit zackigen Schritten, wie auf dem Paradeplatz, zur Tür. Als er sie hinter sich geschlossen hatte, wandte sich Honoré zu Alvarez. »Der Mann muss verschwinden!«

Einen Herzschlag lang starrte ihn der Flottenmeister an.

Dann polterte er los. »Das kannst du nicht tun! Er ist den Elfen entkommen. Er ist ein Held. Du selbst hast das gesagt. Er ...«

»Glaubst du, die Elfen haben ihn ohne Grund ziehen lassen? Erwartest du von ihnen Gnade? Von unseren Todfeinden? Ich bitte dich, Alvarez. Die Anderen sind Meister der Täuschung und der Intrige. Glaubst du, das ändert sich, nur weil ihre Königin tot ist?« Honoré beobachtete aufmerksam das Mienenspiel seines Flottenmeisters. Ihm schien nicht klar zu sein, wen Tomasch vorhin beschrieben hatte. Plötzlich packten Honoré Zweifel. Vielleicht war er es, der sich irrte. Vielleicht sah diese Elfenfürstin Emerelle ja nur ähnlich. Man hatte die blutbesudelte Krone gefunden. Und zwei riesige, mit Pulver beladene Schiffe waren unmittelbar neben dem Krönungsschiff Emerelles explodiert. Sie konnte nicht überlebt haben! Oder hatte ihre lästerliche Zaubermacht sie selbst davor behütet? Während Roxannes Krönung war sie schließlich auch dem Mordanschlag entgangen, während der Großteil ihres Gefolges gestorben war.

»Was weiß Tomasch, das so gefährlich ist, dass du ihn und die anderen Überlebenden verschwinden lassen willst?« Alvarez hatte es geschafft, seinen Zorn zu beherrschen. Er wirkte nun ruhiger.

»Dieser arglose Seemann vermag unseren Sieg in Vahan Calyd in eine Niederlage zu verwandeln, wenn er dem Falschen seine Geschichte erzählt. Glaub mir, es fällt mir schwer, eine solche Ungerechtigkeit zu befehlen, aber Tomasch hält das Schicksal unseres Ordens in seinen Händen und weiß es nicht einmal. Er und die anderen müssen zum Schweigen gebracht werden! Belohne sie. Erlaube ihnen, nach Villusa zu segeln, um sich in Schenken und Hurenhäusern zu vergnügen. Und sorge dafür, dass ihr Schiff niemals sein Ziel erreicht.«

»Warum, Honoré? Ich kann das nicht tun, ohne den Grund dafür zu kennen. Zählen denn all die Ideale unserer Ritterschaft nichts mehr?«

Der Primarch war es müde, solchen Streit auszufechten. Er nahm eine Ledertasche mit Pergamenten von seinem Schreibtisch. Alvarez stand jetzt zwischen ihm und der Tür.

»Wenn ich dir sage, worum es geht, Flottenmeister, dann müsste ich dich mit ihnen schicken. Bitte zwing mich nicht dazu. Die Bruderschaft des Heiligen Blutes ist klein genug. Wir können es uns nicht leisten, auch nur einen unserer Ritter zu verlieren. Vor allem keinen so erfahrenen Kapitän wie dich. Ich bitte dich, Alvarez, vertraue mir! Ich kann dieses Geheimnis nicht mit dir teilen. Wirst du meinen Befehl ausführen?«

Der Flottenmeister antwortete nicht.

»Alvarez! Weißt du noch, was einen Anführer ausmacht?«

Schweigen war die Antwort.

Honoré wusste, dass sein Ordensbruder es nicht vergessen hatte. Jeder Novize der Neuen Ritterschaft lernte es, und wer in die Bruderschaft des Heiligen Blutes aufgenommen wurde, wurde noch einmal eindringlich daran erinnert.

»Ein Anführer, mein Freund, ist jemand, der das große Ziel niemals aus den Augen verliert. Jemand, der bereit ist, dafür alles zu opfern. Auch sich … Oder seine Ideale. Nur das Ziel zählt. Wer nicht so zu denken vermag, der sollte nicht zum Offizier aufsteigen. Er wird sich im Dickicht widersprüchlicher Loyalitäten verirren. Du weißt das, Bruder.«

Der Flottenmeister gab ihm den Weg frei, und Honoré wusste, dass er ihm noch vertrauen konnte.

Als er den Rabenturm verließ, blickte er auf den zerknitterten Brief, den er noch immer in der Hand hielt. Wenn er das verliebte Gestammel durch die richtigen Worte ersetzte, könnte er vielleicht das Bündnis zwischen dem Fjordland und den Anderen zerrütten. Gishild würde es Emerelle niemals verzeihen, dass sie die Hinrichtung ihres Liebsten befohlen hatte.

Gut, dass er Fernando an Bord der *Gottesbote* befohlen hatte. Vielleicht konnten sie den Brief noch bearbeiten, bevor die Galeere den Hafen verließ. Der Schreiber war schnell und geschickt. Leider wusste er zu viel. Er war zu neugierig. Auch darum musste er sich bald kümmern, dachte Honoré. In Aniscans, wenn er zu den Heptarchen zählte, würde er gewiss jemanden finden, der sich gern bei ihm beliebt machte und sich um Fernando sorgte.

DER ZWÖLFTE BRIEF

Meine Liebe,
ich weiß nicht, wie ich dir von dem schreiben soll, was ich zu berichten habe. Die Nacht neigt sich längst der Dämmerung zu, und bald werden mich die Elfen holen kommen. Viele Stunden starre ich nun schon auf dieses Pergament, doch statt zu schreiben, denke ich an die wunderbaren Stunden mit dir. An dich zu denken, erfüllt mich mit tiefem Frieden. Ich bin glücklich. Durch dich ist mein Leben reich geworden.

Ich sitze in einer Kajüte auf einem Schiff der Elfen. Das Fenster ist aus buntem Glas. Am Horizont sehe ich einen ersten Lichtstreif, der durch das Fenster in hundert Farben erstrahlt. An Deck höre ich Schritte. Der Tag beginnt. Und meine Zeit zu zaudern ist vorbei. Ich bin kein Dichter ... Ich finde keine schönen Worte für das, was gesagt sein muss. Ich will dir keinen Schmerz bereiten. Bitte verzeih.

An diesem Morgen wird Luth meinen Schicksalsfaden durchtrennen, so würdest du es wohl sagen. Ich bin in Vahan Calyd. Gemeinsam mit einem Ritterbruder und anderen treuen Kriegern der Kirche wird man mich hinrichten lassen, weil ich mein Schwert gegen die Anderen erhoben habe. Den gefangenen Seeleuten und Ruderern gegenüber lassen sie Gnade walten. Sie haben versprochen, dass sie freikommen werden. Ich hoffe, einer von ihnen wird diesen Brief in unsere Welt mitnehmen dürfen.

Es ist seltsam. Ich empfinde keine Angst. Nur große Ruhe. All meine Gedanken sind bei dir. Ich wünschte, ich könnte dich noch einmal küssen und den Duft deiner Haare riechen.

Ich weiß, dass du jetzt nichts davon wirst lesen wollen, aber habe Nachsicht mit mir. Ich möchte dir einen Rat mit auf den Weg geben. Ich tue es nicht, um dich zu belehren, und ich hoffe, du zürnst mir nicht. Meine Sorge um dich ist alles, was mich bewegt. Hüte dich vor den Anderen! Sie sind grausam zu uns Menschen. Ich werde nicht auf einem Richtplatz sterben. Und meine Gebeine werden niemals ihren Weg nach Valloncour finden. Eine Bitte habe ich. Sie mag dir ein wenig kindisch erscheinen, aber es ist ein Herzenswunsch von mir. Sollte dein Schicksal dich jemals zurück zur Ordensburg führen, besuche unseren Turm und lege eine Haarsträhne von dir in meinen Sarg und vielleicht, wenn du magst, einen letzten Brief für mich. Manche Philosophen behaupten, dass ein Teil von uns in dieser Welt verbleibt, solange wir eine Pflicht oder einen heiligen Eid nicht erfüllt haben. Ich habe dir einst geschworen, dein Ritter zu sein. Damals in den Klippen, an jenem Tag, an dem Daniel starb. Ich wollte dich immer schützen und lieben. Nun hat das Leben anders entschieden. Jetzt bete ich, dass diese Philosophen nicht irren, auch wenn die Fragenden in ihren Thesen wohl Ketzerei sehen würden. Von ganzem Herzen wünsche ich mir, dass die Fragenden irren. Ich will an deiner Seite sein. Als Geist oder als ein Lufthauch. Ohne Gestalt und doch noch nicht ganz aus der Welt der Lebenden gerissen. Ich will dich schützen, auch über den Tod hinaus. Und ich bete, dass du dein Glück machst und deinen Frieden findest. Dann werde auch ich in Frieden gehen können.

Bitte weine nicht, wenn du dies liest. Tränen sind nicht deine Art. Ich habe immer besonders dein Lachen geliebt. Wenn ich zurückdenke, kann ich mich an sieben verschiedene Arten erinnern, wie du lachst. Jetzt, da deine Augen diesen Zeilen folgen, bin ich schon an deiner Seite, wenn Tjured mir gnädig ist. Es ist zu spät, um noch einmal auf mein Henkersgerüst zu steigen. Ich lächele ohne Bitterkeit, wenn ich daran denke, wie naiv wir als Kinder in unserer Liebe waren, als wir fest glaubten, unser Schicksal würde sich unserer Liebe beugen. Mein Weg hat also letztlich doch zum Henker geführt. Doch ich bin stolz auf all die Stunden des Glücks, die wir dem Tod abgetrotzt haben.

Immer wieder schweifen meine Gedanken zu jenem Sommerabend, an dem wir uns zum ersten Mal geküsst haben. Du bist zu mir hinauf in die Klippen gestiegen, wo ich schlief, und hast meinen Träumen gelauscht. Mein erster Kuss war nicht sehr gut, fürchte ich. Das ist kein Zweikampf, Luc, waren deine Worte. Und sie waren begleitet von deinem warmen, herzlichen Lachen, das nicht verletzt, sondern einlädt, darin einzufallen. Und dann hast du mich geküsst ... Dein Lachen dieses Sommerabends wird in meinen Ohren klingen, wenn ich vor meinen Henker trete, und ich werde deinen Kuss auf meinen Lippen spüren. Es wird mir meinen letzten Weg leicht machen, denn du bist ja bei mir, in meinem Herzen, so wie immer in all den Jahren. Auch wenn die heiligen Bücher der Kirche nichts davon berichten, bin ich mir jetzt ganz sicher, dass ich bald wieder an deiner Seite sein werde. So habe ich es dir geschworen, meine Prinzessin. Und so soll es sein. Meine Liebe wird mich zu dir bringen. Ich bin dein Ritter. Für immer.

ZWÖLFTER BRIEF,
VERWAHRT IN EINEM WALBEINKÄSTCHEN
IN DER KAMMER DER DREI SCHLÜSSEL
IM HANDELSKONTOR ZU VALLONCOUR

OHNE AUSWEG

Alvarez erwachte mit einem Schrei. Neben ihm saß die Blonde im Bett. Sie hatte dunkle Ränder unter den Augen.

»Schlecht geschlafen, meine Schöne?« Seine Stimme klang wie das Knurren eines mürrischen Hundes. Er hatte einen üblen Geschmack im Mund und hätte am liebsten auf den Boden neben dem Bett gespuckt.

»Gar nicht«, antwortete die Blonde.

Der Flottenmeister setzte sich auf, zog die Beine an und stützte den Kopf in die Hände. Tief in seinem Schädel tobte eine Schlacht; es fühlte sich an, als feuere gerade eine Batterie schwerster Belagerungsgeschütze. Ihm war übel. Früher hatte er das Saufen besser vertragen. Er schnaubte. Früher hatte er auch getrunken, weil er Spaß daran hatte. Nicht um zu vergessen.

Die Blonde sah ihn unverwandt an, aber es war kein aufdringliches Starren. Obwohl nur ein Talglicht brannte und das unstete Licht die Spuren der Jahre verwischte, sah sie alt aus. Sie hatte viele Falten um die Augen und die Mundwinkel. Ihre Lippen waren leicht geschürzt. Sinnlich. Fordernd.

Sein Blick wanderte tiefer. Ihr Leib wirkte noch jung. Die großen Brüste waren straff und bleich wie der Mond.

Alvarez streckte sich. Er wollte hierbleiben. Sie an sich ziehen und lieben.

Tief atmete er ein und stieß einen langen Seufzer aus.

Ein Tuch lag lose um ihre Hüften. Es war von warmem Safrangelb. In der kleinen Kammer roch es nach ihrer Liebe, nach altem Schweiß und seinen Stiefeln. Und der salzige Duft des Meeres hatte sich irgendwie hereingeschlichen.

Die Läden waren vor das Fenster gezogen. Kein Grau schimmerte durch die Spalten. Ihm blieb noch ein wenig Zeit. Die *Erengar* würde nach der Dämmerung auslaufen, wenn die rote Sonnenkugel sich aus der See erhoben hatte. Gegen alle Regeln würde der kleine Küstensegler erst heute Morgen Proviant aufnehmen. Alvarez grinste. Sicher war der neu ernannte Kapitän der *Erengar* schon auf den Beinen und verfluchte ihn dafür, dass sein Schiff erst im allerletzten Augenblick mit den nötigen Vorräten versorgt wurde.

Es gehörte zu den Privilegien eines Flottenmeisters, dass er manche Regeln neu setzen oder einfach missachten konnte. Aber wie weit durfte er gehen? Wie weit musste er gehen? Alvarez wünschte sich, er wäre an Stelle des Kapitäns, der nun auf ihn fluchte.

Stechender Schmerz fuhr ihm durch den Kopf. Die Schlacht in seinem Schädel erreichte einen neuen Höhepunkt. Er legte die Hände an die Schläfen und presste, als gälte es zu verhindern, dass sein Kopf explodierte.

Die Blonde kauerte sich hinter ihn. Ihre Hände griffen in

seinen Nacken. Starke Hände. Warm. Sie begann ihn zu massieren. »Du hattest schwere Träume. Du hast oft im Schlaf geschrien.«

Alvarez konnte sich nicht an seine Träume erinnern. Er dachte daran, was es heute zu tun galt, und wünschte sich wieder, in den Schlaf flüchten zu können. Selbst wenn ihn seine Träume schreien ließen.

Sein Blick glitt zu den Fensterläden. Noch kein Grau! Ein wenig Zeit blieb ihm noch.

Es tat gut, ihre warmen Hände im Nacken zu spüren. Die Kopfschmerzen hatten nachgelassen.

»Marina«, murmelte er. Ihr Name war so plötzlich in seiner Erinnerung aufgetaucht wie ein Stück Treibholz in unruhiger See.

»Ja?«

Jetzt erinnerte er sich wieder an alles. »Hast du die Kleider geholt, um die ich dich gebeten hatte?«

»Ja, Herr.« Sie hörte auf, ihn zu massieren. »Aber sie passen nicht zu dir. Sie stinken nach Schweiß und Fisch.«

Ein ehrlicher Geruch, dachte er. Nicht wie der eines Meuchlers, der nach billigem Wein und gekaufter Liebe stank. »Liebst du mich, Marina?«

»Natürlich, mein wilder Stier.«

Er musste lächeln. Ihre Antwort kam so schnell, dass unmissverständlich war, wie sie es meinte.

»Willst du mit mir kommen, meine Liebste?«

Sie zog ihn nach hinten, so dass sein Kopf gegen ihre Schulter sank. Ihr Gesicht war jetzt ganz nah über ihm. Er spürte ihren warmen Atem. Sie hatte die Lippen zu einem spöttischen Lächeln verzogen. Doch ihre Augen waren traurige, von Falten gerahmte Gruben.

»Du willst also meinen Schoß, aber dafür zahlen möchtest du nicht mehr. Und lass mich raten … Du suchst jemanden, der darauf achtet, dass gutes Essen auf deinem Tisch steht und der dich immer mit freundlichen Worten empfängt, ganz gleich, wie dein Tag gewesen ist.«

Alvarez mochte ihren schweren Akzent. Er verriet, dass sie von den Aegilischen Inseln kam, steinernen Gärten inmitten des Meeres, grün von Zedern, so alt wie die Welt, und wunderbaren Weinbergen.

Ihr Akzent schien den ironischen Unterton in ihrer Stimme noch zu unterstreichen. Sie blickte zu dem Stuhl, über dem seine Bauchbinde mit den goldenen Troddeln hing. Sie wusste, wer er war. Deshalb konnte sie sich nicht vorstellen, dass er es vielleicht ernst meinte.

»Nun?«, drängte er. Wenn sie sein Angebot annahm, dann würde er alle Regeln brechen und zum Verräter an seinem Orden werden. Er war seiner Macht und den Verstrickungen zwischen vermeintlichen Pflichten und dem, was er unter Ritterehre verstand, müde geworden. Es lag in ihrer Hand. Er selbst wagte diese Entscheidung nicht zu treffen.

»Wenn du kommst und mir zwei Silberstücke in die Hand drückst, dann bekommst du alles von mir, für eine Nacht. Alles, außer meinem Herzen. Mein Herz verlangt nach mehr als einem bisschen Silber und ein paar wohlfeilen Worten.«

Deine Liebe fühlt sich so echt an, und doch kennst du mich gar nicht, dachte er. Mirella hätte ihn verstanden. Sie hatte auf den Grund seiner Seele geblickt. Keine war je wie sie gewesen. So viele Jahre war sie nun schon verschwunden. Alvarez hatte sie suchen lassen. Viel Gold hatte er dafür gegeben. Aber niemand kannte seine Mirella. Nicht in Marcilla, wo er ihr begegnet war, und auch nicht in den Städten weiter nördlich. Sie war wie ein Geist, der nur ihm erschienen war. Verschwunden, ohne jede Spur.

Alvarez richtete sich auf. »Halt mir einen Platz in deinem Bett frei, Marina. Heute Nacht will ich nicht allein sein.«

»Das ist nicht gut für dich, Herr. Du musst an deinen Ruf denken.« Diesmal lag keine Ironie in ihrer Stimme. Da war nur der Klang von wunderbaren Inseln in einem warmen Meer.

Er sah Marina an. Wie alt sie wohl war? Würde sie ihre Inseln je wiedersehen? »Du glaubst, ein ehrlicher Fick sei schlecht für meinen Ruf?« Seine Stimme war zu laut. Zu schroff. Und noch immer schwer vom Wein der letzten Nacht. »Mein Tagwerk heute, das ist etwas, wofür es sich zu schämen gilt. Kein Ritterhandwerk. Heute Nacht werde ich weiche Brüste brauchen. Und Wein. Viel Wein!«

Sie war vor ihm zurückgewichen und hielt den Blick gesenkt. Sie schwieg. Ganz offensichtlich hatte sie schon Erfahrungen mit betrunkenen Freiern gemacht. Er schämte sich. Er war der Flottenmeister. Ein Ritter! Er hätte nicht so aus der Rolle fallen dürfen. Alvarez schnaubte. Was galten an diesem Tag Regeln.

Er stieg aus dem Bett, griff nach dem Beutel mit den alten Kleidern und begann sich anzuziehen. Die Lumpen, die sie ihm besorgt hatte, rochen wirklich übel. Noch konnte er hierbleiben. Alles seinen Lauf gehen lassen. Wenn er jetzt ging, würde er ehrlos werden. Wenn er blieb, wäre er ein Verräter. Wie hatte es so weit kommen können?

Er blickte an sich herab. Sandalen, geflickte Hosen und ein fadenscheiniges, graubraunes Hemd. Er knotete den Gürtel zu. Ein Hanfseil. Wie ein Galgenstrick.

Alvarez drehte sich zu Marina um und legte ihr ein zusätzliches Silberstück für die Nacht aufs Bett. »Entschuldige, wenn ich ein mürrischer Gast war. Es lag nicht an dir. Verzeih mir.«

Der Flottenmeister bückte sich nach dem Sack, in dem die Lumpen gesteckt hatten, und warf ihn sich über die Schulter. Er ging ohne weiteren Gruß.

Marinas Zimmer lag an der Galerie im ersten Stock des *Seebullen*, der größten und beliebtesten Schenke der Hafenfestung. Es war eine billige Kaschemme, in der Alvarez nicht befürchten musste, seinen Offizieren über den Weg zu laufen. Kalter Tabakgeruch und der Gestank nach schalem Bier waren alles, was vom Fest der letzten Nacht noch geblieben war. Keiner der Männer, die in Vahan Calyd gewesen waren, war arm zurückgekehrt. Tagelang hatten sie die Stadt der Anderen geplündert. Nun floss das Gold der Elfen in die Kassen der Schenken und Hurenhäuser.

Alvarez ging die breite Treppe zur Stube hinab. Zwei Ölfunzeln spendeten spärliches Licht. Ein junges Mädchen kehrte die Binsen auf dem Boden zusammen und summte dabei leise ein Lied. Sie beachtete ihn nicht.

Aus der Küche zog der Duft von frisch gebackenen Broten in die Stube und überlagerte den Gestank der vergangenen Nacht. Dem Flottenmeister lief das Wasser im Mund zusammen. Er würde kaum mehr als eine Stunde brauchen, um sein mörderisches Tagwerk zu verrichten. Dann wollte er zurückkehren und von dem frischen Brot kosten. Wenn er noch Appetit darauf hatte. Er trat aus der Schenke und machte sich auf den Weg zu den Speicherhäusern.

GEBORGTE ZEIT

Der Morgen war kühl. Alvarez stieg über eine Lache von Erbrochenem hinweg. Er vermied es hinzusehen. Sein Blick schweifte über die Eingänge der kleinen Läden, die die Gasse säumten. Nirgends lagen Betrunkene. Die Nachtwache hatte gute Arbeit geleistet! Rabenturm war immer noch ein Festungshafen und kein riesiges Bordell, auch wenn es nachts so aussehen mochte.

Es war keine gute Idee von Honoré gewesen, Tausenden von Soldaten und Seeleuten zu verbieten, die winzige Insel zu verlassen. Langeweile konnte der Moral einer Armee genauso schaden wie eine verlorene Schlacht. Das musste sich ändern! Er sollte ein großes Manöver befehlen. Die Männer schwitzen lassen. Ihnen wieder eine Aufgabe geben.

Der Flottenmeister bog in die Speichergasse ein. Wie eine Mauer erhoben sich die schmalen, viele Stockwerke hohen Lagerhäuser. Hinter ihren Giebeln färbte das Zwielicht der einsetzenden Dämmerung den Himmel grau. Die Rückfront der Speicherhäuser lag zum Hafen hin, damit die Frachtschiffe unterhalb der Flaschenzüge in den Giebeln anlegen konnten, um ihre Ladung zu löschen. So war es unnötig, Heerscharen von Schauerleuten zu unterhalten, die ganze Schiffsfrachten auf ihrem Rücken aus den Laderäumen über lange Landungsstege hin zu den Lagerhäusern schleppten.

Der ganze Hafen war gut geplant, dachte Alvarez stolz. Er war ein einziger, klarer Entwurf, der allein den Landmarken und den Gesetzen der Logik gefolgt war. Nicht wie andere Häfen, die in Jahrhunderten wuchsen. Hier hatten nicht Gier, alte Verpflichtungen, Platz- und Geldmangel die Lage der Gebäude bestimmt. Hier war alles so geordnet, wie es dem besten Nutzen diente. Alvarez hatte in seinem Leben schon weit mehr als hundert Häfen gesehen. Von Iskendria, wiederauferstanden aus Ruinen, über Marcilla, wo man ihm sein Schiff hatte stehlen wollen, bis hin zu Paulsburg oder Vilussa, den großen Flottenstützpunkten im eroberten Drusna.

Abgesehen von dem alten Festungsturm, in dem einst Drustan seine einsame Wacht gehalten hatte, war keines der roten Ziegelgebäude hier älter als acht Jahre. Der Festungshafen zeigte auf eindrucksvolle Weise, was möglich war, wenn die Kraft der Neuen Ritterschaft in eine einzige, große Aufgabe floss.

»Heh, Kerl! Steh nicht rum und halt Maulaffen feil!«, dröhnte eine Bassstimme durch die Gasse.

Eine untersetzte Gestalt trat aus dem Schatten der Speicherhäuser. Krücke und Holzbein klapperten im Takt auf dem Pflaster. Bruder Justin! Sie beide kannten sich schon lange, auch wenn sie es sich an diesem Morgen nicht würden anmerken lassen. Justin war mit ihm einst in Valloncour in einer Lanze gewesen. Nichts erinnerte heute mehr an den drahtigen Burschen, den besten Schwimmer seines Jahrgangs. Ein Trollberserker hatte Justin zum Krüppel gemacht. Jetzt gehörte er zu den Gevierten des Ordens. Er war der oberste Verwalter der Speicherhäuser in Rabenturm.

Die sieben Jahre gemeinsamer Erziehung in Valloncour hatten sie zu Brüdern gemacht. Justin hatte keine Fragen gestellt, als Alvarez ihm anvertraut hatte, dass er sich an diesem Morgen unter die Schauerleute mischen würde, die die *Erengar* beluden. Und er hatte auch nicht wissen wollen, warum kein anderer als Alvarez die beiden Fässchen mit Pökelfleisch in die kleine Kombüse des Küstenseglers tragen durfte.

»Wartest du auf eine Einladung zum Tanz, mein Fräulein?«

Aus dem Schatten der Lagerhäuser drang Gelächter.

Alvarez beeilte sich. Er durfte nicht auffallen. Niemand sollte ihn zu genau ansehen. Gewiss würde keiner den Flottenmeister des Ordens unter einer Gruppe von Lastenträgern vermuten, aber dennoch galt es vorsichtig zu sein.

Die anderen Männer warteten bei einer rot und weiß gestrichenen Pforte. Sie grinsten ihn an.

Alvarez hielt den Kopf gesenkt und murmelte, dass es viel zu früh für gottgefällige Arbeit sei.

Justin sperrte die Pforte auf und entzündete eine Laterne. Das Licht reichte gerade aus, um den Stapel aus Säcken, Fässern und Kisten, der dicht hinter der Pforte lag, der Finsternis der Lagerhalle zu entreißen.

»Das, das und das hier kommt in die Kombüse.« Justin balancierte auf einem Bein und deutete mit der Krücke auf einige Säcke, zwei Fässer und einen großen, graublauen Keramiktopf. »Fräulein, du darfst die beiden Fässchen schleppen.«

Alvarez ging in die Hocke und zerrte den Lumpensack auf seiner Schulter zurecht. Als ihm einer der Männer das Fass auf die Schulter wuchtete, stöhnte er leise auf. Seit er Flottenmeister war, verbrachte er weit mehr Stunden an Kartentischen als im Fechtsaal, daran wurde er jetzt schmerzlich erinnert. Er war steif geworden und hatte viel von seiner Kraft verloren. Das hatte er nicht bedacht, als er den Plan für diesen Morgen geschmiedet hatte. Man vergisst halt allzu gern den Tribut, den das Leben fordert, dachte er.

Das raue Holz des Fässchens schrammte an seiner Wange. Schwerfällig richtete er sich auf und setzte sich in Bewegung. Es war angenehmer, einen der Säcke mit trockenen Bohnen oder Linsen zu schleppen. Selbst wenn sie schwer waren, passten sie sich wenigstens ein wenig der Form des Rückens an, der sie trug. Nicht so das Fässchen.

Alvarez biss die Zähne zusammen. Stumm zählte er seine Schritte, als er den anderen Schauerleuten folgte. Bis zum Liegeplatz der *Erengar* waren es zweihunderteinundzwanzig.

Auf dem Landungssteg lungerte die Besatzung des Küstenseglers herum. Der Navigator, den man zum Kapitän befördert hatte, ging unruhig auf und ab. Er war ein schlaksiger, junger Mann mit langem, schwarzem Haar. Sein neues braunes Lederwams hatte aufgepolsterte Schultern. Er hielt eine Hand am Rapier, damit es ihm bei seiner unruhigen Wanderschaft nicht zwischen die Beine schlug. Alvarez wusste genau, was der Kapitän dachte. Er wollte sein Schiff unbedingt bei einsetzender Ebbe aus dem Hafen bringen, damit er in der engen Einfahrt nicht gegen die Meeresströmung anzukämpfen hatte. Doch ihm lief die Zeit davon.

Vorsichtig balancierte Alvarez über die wippende Laufplanke an Bord des Küstenseglers. Vor der niedrigen Tür zur Kombüse stellte er das Fässchen ab und wuchtete es dann vorsichtig die drei Stufen zu der winzigen Kammer hinab. Hier gab es eine gemauerte Feuerstelle, um warme Mahlzeiten zuzubereiten. Bei so einem kleinen Schiff war das ein außergewöhnlicher Luxus. Deshalb hatte Alvarez die *Erengar* für diese Fahrt ausgewählt. Es sollte den Männern an nichts fehlen. Und er brauchte einen Platz, an dem sie ein Feuer entzünden würden.

Mit siebzehn Mann war doppelt so viel Besatzung an Bord, wie nötig gewesen wäre, um das kleine Schiff zu segeln. Es würde eine leichte Überfahrt nach Villusa werden.

Alvarez dachte an einen lang vergangenen Sommer zurück. Vor fast neun Jahren war er auf entgegengesetztem Weg mit Lilianne gereist. Sie waren auf einem alten Aalkutter gesegelt, und ihre Fracht war die störrische, kleine Prinzessin gewesen, die nun die Heere der Heiden und Anderen befehligte. Wie sehr hatte die Welt sich doch verändert seit den Tagen auf dem Aalkutter! Und wie wenige seiner Träume von einst waren in Erfüllung gegangen.

Er war weiter aufgestiegen, als er es je für möglich gehalten hätte. Als Flottenmeister der Neuen Ritterschaft gehörte er wohl zu den dreißig mächtigsten Männern auf Gottes Erdenrund. Aber glücklich hatte ihn dieser Erfolg nicht gemacht. Ein Kommando über ein gutes Schiff, mehr hatte er sich nie erträumt. Er seufzte und machte sich auf den Weg, um das zweite Fass zu holen.

Diesmal erschien ihm die Last noch schwerer. Tief gebeugt schleppte er sich zum Schiff. Hatte ihm das Trinken und Huren die Kraft geraubt? Oder war es sein schlechtes Gewissen, welches das Fass mit jedem Schritt schwerer werden ließ?

»Heh, Fräulein! Du schnaufst ja wie meine Großmutter auf dem Totenbett. Verzieh dich in die Kombüse und stau die Vorräte, damit wir dich nicht noch länger hören müssen.«

Alvarez gehorchte. In der Kombüse entzündete er eine Laterne. Die freie Bodenfläche war mit Säcken, Körben und allerlei anderen Gütern vollgestellt.

Der Flottenmeister sah sich um. Überall an den Wänden gab es eiserne Haken, um Vorräte festzuzurren. Ein kleines Regal nah dem Herd und einige Bretter, dicht unter der niedrigen Decke, waren wohlgefüllt mit Töpfen und Tiegeln. Flüchtig betrachtete Alvarez die Papierschildchen auf den Gefäßen. Sie enthielten verschiedene Öle und Gewürze. Ihre Auswahl war so groß, als sei dies die Küche eines Fürsten. Honoré hatte an nichts gespart. Im Gegenteil, er hatte bei der Ausstattung der *Erengar* so sehr übertrieben, dass eigentlich jeder hätte spüren können, dass hier etwas nicht stimmte. Der Küstensegler war mit Luxusgütern überladen wie ein heidnisches Königsgrab.

Neben der gemauerten Feuerstelle teilte ein Vorhang einen Winkel der Kajüte ab. Kleine, verblichene Blüten schmückten den Stoff. Alvarez zog den Vorhang zur Seite. Dahinter war Platz genug für die beiden Fässer und auch für die meisten anderen Güter. Der Flottenmeister sah sich nach dem Salzfass um. »Gott vergib mir«, murmelte er, als er den dicken Korkpfropfen herauszog. Auf dem Salz lag säuberlich aufgerollt eine lange Zündschnur, daneben einige rußgeschwärzte Klumpen Bienenwachs und zuoberst ein dreikantiger Eisendorn.

Der Flottenmeister nahm den Dorn und kniete sich neben die Feuerstelle. Wie ein kleiner Turm ragte der Herd in der Kombüse auf. Er war sorgfältig aus roten Ziegelsteinen gemauert. Über dem Platz für das Feuer lag eine dicke Eisenplatte, aus der man mit einem Haken kleinere, runde Platten herausnehmen konnte.

Alvarez betrachtete das Konstrukt skeptisch. Auf die runden Öffnungen stellte man Töpfe und Pfannen. So leckten die Flammen des Feuers über ihren Boden, konnten aber nicht in die Kombüse schlagen. Diese Art von Feuerstellen war auf Schiffen ganz neu. Alvarez schüttelte den Kopf. Seiner Meinung nach sollte man es unbedingt verhindern, in einem hölzernen Schiffsrumpf ein Feuer anzuzünden.

Er beugte sich vor. Ein Stich fuhr durch sein Kreuz. Verdammte Fässer! Mit einem Seufzer beugte er sich weiter vor. Seine Hand fuhr über die Rückseite des Herds. Dort gab es einen Rauchabzug aus ineinandergesteckten Tonröhren. Seine Finger glitten über Ziegelsteine und Fugen. Als er den Ansatz für die Tonröhren ertastete, griff er nach dem Eisendorn. Die Stahlspitze knirschte über den Mörtel. Langsam und mit all seiner Kraft begann er den Dorn zu drehen.

Bald schmerzte sein Arm. Er musste sich so weit strecken, dass seine Muskeln und Sehnen überdehnt wurden. Dort, wo die Tonröhre auf das Mauerwerk traf, gab es eine breitere Fuge. Quälend langsam fraß sich der Stahl in den Mörtel. Dann endlich stieß er durch.

Alvarez räumte das Holz aus der Feuerstelle. Sie war gut gesäubert worden. Kein Ascheflöckchen lag auf den Ziegeln. Nur mit Hilfe der Laterne vermochte er das kleine Loch in der Rückwand des rußgeschwärzten Mauerwerks zu finden.

Draußen, an Deck, hörte er das Geschnatter von Enten. Der letzte Teil der Vorräte wurde an Bord gebracht: Holzkäfige mit Frischfleisch. Er musste sich beeilen.

Alvarez nahm die Zündschnur, kappte sie in der Mitte und schob die beiden Stränge durch das Loch, das er mit dem Dorn gebohrt hatte. Dann schichtete er sorgfältig das Holz in der Feuerstelle, so dass es leicht mit einem Kiem zu entzünden war. Vorsichtig schob er die beiden Fässer in die Ecke neben der Feuerstelle. Dabei achtete er darauf, dass die Seite, auf die mit Kreide ein großes P geschrieben war, nach vorne gedreht stand. Kein Koch würde an Pökelfleisch gehen, so lange er genügend Frischfleisch zur Verfügung hatte.

Alvarez zog die kleinen Korken aus den Fassdeckeln und führte die Zündschnüre tief in das Schwarzpulver. Es waren schnell brennende Lunten. Selbst wenn der Koch das leise Zischen der Zündschnüre bemerken sollte, wäre es in diesem Augenblick schon zu spät. Sie brauchten keine fünf Herzschläge, um bis zum Pulver hinabzubrennen.

Er nahm zwei der geschwärzten Wachsklumpen und knetete sie in seinen Händen, bis sie weich waren. Dann stopfte er sie in die Korklöcher der Fässer, so dass die Zündschnüre verkeilt waren und nicht mehr herausrutschen konnten.

Alvarez seufzte. Jetzt war er also vom Ritter zum Henker geworden. Und er wusste nicht einmal, was die Männer verbrochen hatten, die durch sein Werk sterben sollten.

Doch es war zu spät für Reue. Er hatte sich Honoré gefügt. An Bord war das Geschnatter der Enten leiser geworden. Wahrscheinlich waren längst alle Käfige an Bord. Er sollte sich beeilen! Alvarez zurrte die beiden Fässer fest und begann gewissenhaft, die übrigen Vorräte zu verstauen. Einen Teil der Säcke stapelte er über den Fässern und sicherte sie mit Frachtnetzen. Nachdenklich musterte er sein Werk. Die Zündschnüre waren nicht mehr zu sehen. Er zog den Vorhang zu.

Das Salzfass stellte er in eine Truhe, die fest an die Wand genagelt war. Zwei weitere Truhen füllte er mit frischen Zwiebeln und Kartoffeln. Noch einmal betrachtete er sein Werk. Die Kombüse sah ordentlich aus.

»Fräulein, hältst du da drinnen ein Schönheitsschläfchen?«

Alvarez schnaubte ärgerlich. Er löschte die Blendlaterne und trat aus der Kombüse. Justin übertrieb es. Jeder der Schauerleute würde sich an ihn erinnern! Genau das hätte nicht passieren dürfen.

Auf dem Hauptdeck der *Erengar* stapelten sich jetzt Käfige mit Enten und Hühnern. Sogar zwei Ferkel hatte man an Bord gebracht. Die Schauerleute waren bereits auf dem Landungssteg und erhielten von Justin ihren Lohn ausgezahlt.

Der Verwalter winkte ihm zu. »Hurtig, hurtig!«

Die überlebenden Seeleute aus Albenmark standen am Ende der Laufplanke versammelt. Alvarez vermied es, in ihre Gesichter zu sehen. Er hielt den Kopf gesenkt und ging gebeugt.

Als er auf den Kai trat, beeilten sich die Männer, an Bord zu kommen. Die Lastenträger machten sich stumm davon. Nur Justin wartete noch.

Die Laufplanke hinter dem Flottenmeister knirschte. Plötzlich legte sich ihm eine Hand auf die Schulter. »Komm mit in die Kombüse, Kamerad. Ich möchte dir dort etwas zeigen.«

Er keuchte. Das war doch nicht möglich … Alvarez versuchte sich dem Griff zu entwenden. »Lass mich!«

Die Hand ließ sich nicht abschütteln. »Komm, es eilt!«

Alvarez drehte sich um. Was sollte er tun? Er durfte kein

Aufsehen erregen. Es war unmöglich, dass der Koch die Lunten so schnell entdeckt hatte. War er vielleicht verraten worden? Trieb Honoré ein doppeltes Spiel?

Der Flottenmeister blinzelte den Mann aus den Augenwinkeln an. Sein Atem stockte. Es war Tomasch, der Seemann, der Honoré den Brief von Luc gebracht hatte. Tomasch war der Einzige unter den Überlebenden aus Albenmark, der ihn für längere Zeit gesehen hatte.

»Folge mir in die Kombüse, Kamerad.«

Alvarez blickte dem Seemann nun direkt in die Augen. Er versuchte darin zu lesen, was sein Gegenüber wohl vorhatte.

»Los, mein Kapitän wird schon ungeduldig!«

Die anderen Seeleute lösten bereits die Leinen und machten das Schiff klar. Sollte er entführt werden? Was würden sie mit ihm anstellen? Ihn töten? Oder mochte es ihm vielleicht gelingen, sie davon zu überzeugen, dass jemand anderes ihren Tod wollte? Dass sie nur Figuren in dem großen Spiel um die Macht waren? Vielleicht könnte er mit ihnen entfliehen, Honoré und dessen Intrigen für immer hinter sich lassen. Vielleicht ging es auch um etwas ganz anderes. Er war kein Mann, der einfach davonlief.

Alvarez ging zurück auf die *Erengar*.

Tomasch hielt schnurstracks auf die Kombüse zu und ignorierte die finsteren Blicke seines Kapitäns. Kaum unten angekommen, zog er den geblümten Vorhang zur Seite.

Alvarez hielt den Atem an.

Statt sich zu bücken und nach den Fässern zu sehen, streckte sich Tomasch und tastete über ein Regalbrett dicht unter der Decke.

»Hab ich dich«, murmelte er und drehte sich um.

SIEBEN PFEILE

Fingayn durchquerte einen langen Saal. Er wusste, dass alles rings um ihn herum aus altem Stein gefügt war, doch seine Augen mochten es nicht glauben. Die Wände wirkten wie aus dem Licht eines Sommernachmittags gewoben. Sie schienen unendlich und unfassbar wie der Himmel. Allein der Boden mit seinen farbenprächtigen Korallenmosaiken ließ ahnen, dass man sich in einem der Türme Vahan Calyds aufhielt. Man musste sehr lange auf ein und dieselbe Stelle blicken, um hinter den Himmelsillusionen die bleichen Mauern des Palasts zu erkennen.

Mit festem Schritt ging der Bogenschütze dem Tor entgegen, das sich in tiefem Rot deutlich gegen den trügerischen Zauber absetzte, der die Wände verbarg. Der an seinen Enden leicht nach oben geschwungene Türsturz wurde von zwei schlanken Holzsäulen getragen. Auf Türflügel hatte man verzichtet. Ein hauchdünner Schleier bewegte sich leicht in der warmen Luft. Durch ihn hindurch sah man den wirklichen Himmel. Grau und wolkenverhangen kündete er von heraufziehendem Regen.

Fingayn trat durch das Tor auf eine weite Terrasse, die zum Hafen hin blickte. Er verharrte. Bedrückt besah er die zerstörte Stadt, die im grauen Morgenlicht noch trostloser erschien. Im Grunde mochte er keine Städte. Plätze, an denen es vor Leben nur so wimmelte, beunruhigten ihn. Man hatte dort niemals alles im Blick. Vahan Calyd aber war erhaben gewesen. Zwischen den zerstörten Palasttürmen auf Straßen voller Schutt seinen Weg hierher zu suchen, hatte ihn traurig gemacht.

Erst jetzt, als er hoch über den Ruinen stand, wurde ihm

das ganze Ausmaß der Zerstörung deutlich. Welche Macht hatten die Menschenkinder an sich gerissen! Und wozu wären sie wohl noch fähig? Städte störten nach Fingayns Verständnis die Harmonie der Natur. Er wusste, dass die anderen Völker der Elfen dies anders empfanden als die Maurawan. Sie liebten es, den Stein zu formen und immer tollkühnere Gemäuer dem Himmel entgegenstreben zu lassen. Dieser Schöpferwahn war eitel! Warum beließ man die Welt nicht so, wie die Alben sie ihren Kindern geschenkt hatten? Es war überheblich zu glauben, man könne etwas besser machen als die Alten. Und was nutzte es, Orte zu erschaffen, an denen so viele Albenkinder leben konnten, dass man sich dicht an dicht drängte, wenn man auf die Straßen ging, die sich am Grund der Turmschluchten dahinzogen? Dort war ein Gedränge wie in einer Büffelherde, die durch einen engen Pass zog.

Wieder schweifte sein Blick über die Ruinen. Der Wind, der vom nahenden Regen kündete, trug Staubwirbel zum Hafen. Nur vereinzelt sah man Leben in der Trümmerlandschaft.

Ein einziges Mal hatte er das Fest der Lichter besucht. Er stellte sich die Feiernden am Hafen und auf den festlich beleuchteten Schiffen vor. Die Zauber, die Lichter in allen Farben auf das samtene Schwarz des Himmels malten. Vögel aus buntem Feuer. Blüten, so farbenfroh wie die seltsam fleischigen Blumen, die die bleichen Korallenbänke an warmen Küsten in Farbenmeere verwandelten. Er dachte an lachende Koboldkinder, die, den Kopf im Nacken, den Himmel anstaunten. An ein junges Kentaurenmädchen, das ihm damals einen Blumenkranz geschenkt hatte.

»Wir werden nie wissen, wie viele in jener Nacht gestorben sind. Bis zu dieser Stunde wurden 23 734 meiner Kinder beigesetzt. Doch immer noch liegen viele unter den Trümmern begraben. Und wer auf den Kais nahe der Prunkbarkasse stand, stolz, Augenzeuge der Krönung zu werden, von dem blieb nichts.«

Der Bogenschütze drehte sich um. Hinter ihm war Emerelle auf die Terrasse getreten. Wie ein Lufthauch war sie plötzlich da. Nicht das leiseste Geräusch hatte ihr Kommen angekündigt.

Sie trug ein weißes Kleid mit weit ausgeschnittenen Armen. Eng anliegend, zeichnete es ihren Körper nach. Ein steifer Stehkragen verbarg ihren Hals. Das Haar hatte sie mit perlmuttfarbenen Kämmen hochgesteckt. Eine Kette aus schwarzrotem Granat, gefasst in verschlungenes Silber, wirkte wie gefrorenes Blut auf dem weißen Kleid.

Emerelles Antlitz wirkte schmaler als sonst. Älter. Und härter.

Die Königin deutete wortlos zu dem langen Tisch am westlichen Ende der Terrasse. Ein buntes Sonnensegel wogte im Morgenwind. Auf dem Tisch war ein dunkelblaues Seidentuch ausgebreitet, dessen Ecken mit silbernen Kerzenständern und einer Jadeskulptur beschwert waren. Längliche Formen zeichneten sich durch den dünnen Stoff ab. Fingayn ahnte, was dort verborgen lag.

»Bald wird der Kampf um das Fjordland beginnen«, sagte die Königin. Ihre Stimme klang tonlos, sie sprach ohne jedes Gefühl. »Was denkst du darüber?«

Fingayn blickte hinab auf den zerstörten Hafen. Bisher hatte er es für unmöglich gehalten, dass ein Heer der Menschenkinder seinen Weg nach Albenmark finden könnte, es sei denn, es wurde gerufen, so wie einst Alfadas mit seinen Recken.

»Ich habe einmal gesehen, wie ein Rudel Wölfe einen alten Bären jagte«, sagte der Maurawan schließlich. »Etwas hatte ihn aus seinem Winterschlaf aufgeschreckt. Vielleicht ein böser Traum. Sechzehn Wölfe stellten ihm nach. Abgemagerte Kreaturen, gezeichnet von den Entbehrungen des Winters, dem Hungertod nahe. Auch der Bär war geschwächt von seinem langen Schlaf. Ihn griffen immer mindestens drei Wölfe zugleich an. Und jeder Angriff brachte ihm neue Wunden. Kleine Verletzungen nur, aber bald zog eine Spur von Blut durch den verharschten Schnee. Manchmal folgten ihm die Wölfe über Stunden. Leise hechelnd, waren sie nie fern. So ging es drei Tage lang. Fünf Wölfe wurden getötet. Jeder Tote gab den Überlebenden zusätzliche Kraft, denn sie fraßen die Kadaver ihrer Brüder. Zuletzt hat sich der Bär in eine enge Schlucht zurückgezogen. Mit dem Rücken gegen eine Steilwand kämpfte er noch lange. Kein Wolf blieb ohne Wunde. Der Bär starb kurz vor dem Morgengrauen am Ende der dritten Nacht.«

Die Königin sah ihn lange an. Ihr Blick war nicht zu deuten. Zürnte sie ihm?

»Jedes Rudel hat einen Leitwolf«, sagte sie schließlich und zog das blaue Seidentuch zurück. Auf dem polierten Holz der Tischplatte lagen sieben weiße Pfeile mit silbernen Spitzen. Auf jedem Pfeilschaft stand in geschwungenen roten Linien ein kurzer Schriftzug.

»Die Zeit drängt. Du musst sieben Menschenkinder für mich töten. Jedes von ihnen hat die Macht, das Netz der goldenen Pfade zu zerreißen und einen Weg nach Albenmark zu öffnen. Sie sind die Leitwölfe des Menschenrudels. Männer und Frauen, die unversöhnlich unseren Tod herbeiwünschen. Man kann nicht mit ihnen reden. Wenn du sie tötest, dann wird Albenmark gerettet sein.«

Fingayn trat an den Tisch. Jetzt sah er, dass Namen auf den Pfeilen standen. Zwei von ihnen waren ihm vertraut. Einer gehörte einem Krieger, über den er nur Gutes gehört hatte.

»Und das Fjordland?«, fragte der Bogenschütze schließlich.

Die Königin blieb ihm eine Antwort schuldig.

DER VERRÄTER

Alvarez wich vor dem stämmigen Seemann zurück, als dieser sich zu ihm umdrehte.

Tomasch hielt ein bauchiges, gelbes Keramikfläschchen in der Hand. »Such dir jemanden, der dir das in die Schultern massiert. Du hast ja gelitten wie der heilige Romuald, als die Heiden seine Glieder auf das Rad flochten. Warum hat der Mistkerl von einem Ritter ausgerechnet dich die Fässer schleppen lassen?«

»Er mag mich wohl nicht«, entgegnete Alvarez knapp. Er hielt den Kopf jetzt wieder gesenkt. War es möglich, dass Tomasch ihn nicht wiedererkannt hatte? Mit einem dankbaren Nicken nahm er das Fläschchen an und zog mit den Zähnen den Korken heraus. Misstrauisch schnupperte er. »Das ist ja Teebaumöl! Das ist ein Vermögen wert! Das kann ich nicht …«

Tomasch winkte ab, als er ihm das Fläschchen zurückgeben wollte. »Tjured hat mich so reich beschenkt, dass es an der Zeit ist, andere an meinem Glück teilhaben zu lassen. Weißt du, vor ein paar Tagen noch war ich ein Gefangener der Anderen und musste mit ansehen, wie unsere tapfersten Ritter Meeresungeheuern zum Fraß vorgeworfen wurden. Ich dachte, mein letztes Stündchen hätte geschlagen. Und jetzt bin ich frei. Und ich bin auf einem schönen Schiff, voll beladen mit dem besten Essen. Ich habe die Taschen voller Silbermünzen und vom Primarchen selbst den Befehl, mich in Villusa zu vergnügen, während die ganze Flotte hier am Rabenturm angekettet liegt.« Tomasch strahlte ihn an. »Gott liebt mich!«

Alvarez musste schlucken. Er blickte zu den beiden Fässern. Am liebsten wäre er wortlos davongelaufen.

»Ich möchte etwas von meinem Glück weitergeben, Kamerad. Dann wird es mir erhalten bleiben.«

Der Flottenmeister steckte den Korken auf das Fläschchen mit dem Teebaumöl und wandte sich zum Gehen. Er war kein Henker, dachte er bitter. Die vollstreckten Urteile, die aufgrund gerechter Gesetze gefällt worden waren. Was die Männer auf dem Schiff verbrochen haben mochten, wusste er nicht. Sie hatten sich ganz sicher nicht wissentlich gegen den Orden gestellt! Wenn er sie tötete, dann war er nicht mehr als ein gemeiner Meuchler.

Abrupt drehte er sich um. Lieber wollte er ein Verräter sein! »Kennst du mich, Tomasch?«

Der Seemann sah ihn verblüfft an. »Woher weißt du meinen Namen? Du ...« Tomaschs Augen weiteten sich. Erschrocken kniete er nieder. »Verzeih, Herr! Diese Kleider ... Die niedere Arbeit ... Ich habe dich nicht erkannt.«

»Hol mir deinen Kapitän«, sagte der Flottenmeister mit ruhiger Stimme.

»Ja, Herr! Sofort!« Tomasch drängte sich an ihm vorbei, den engen Aufstieg aus der Kajüte hinauf, und war dabei ängstlich darauf bedacht, ihn nicht zu berühren.

Alvarez betrachtete die beiden Fässchen. Wie sollte er erzählen, was er getan hatte? Wie sagte man, dass man sich als Mörder eingeschlichen hatte und nur eine Laune des Schicksals schuld daran war, dass man Abstand von diesem Vorhaben nahm? Hätte Tomasch ihn nicht noch einmal an Bord geholt ...

Als der Kapitän kam, musterte dieser ihn voller Misstrauen. »Warum kommst du in dieser Maske an Bord meines Schiffs?«, fragte er ohne Umschweife.

»Ich war hier, um sicherzugehen, dass dieses Schiff niemals Villusa erreicht. Du und deine Männer, ihr solltet sterben. Die beiden Fässer dort sind mit Pulver gefüllt. In der Feuerstelle liegt eine Lunte.«

Statt Fragen zu stellen, kniete der Kapitän vor der Feuerstelle nieder und räumte das Holz heraus. Alvarez konnte sehen, wie der junge Seeoffizier eine Gänsehaut bekam. Als er sich umdrehte, war er leichenblass. »Warum?«

»Ihr müsst etwas gesehen haben in Albenmark«, sagte der Flottenmeister mit belegter Stimme. »Ich will gar nicht wissen, was es war. Für mich seid ihr Helden. Ihr habt der Kirche ohne Zweifel treu gedient. Es ist ein Verbrechen, euch so zu behandeln. Segelt in Richtung Villusa, aber geht dort nicht vor Anker. Ihr müsst weiter nach Westen. Wenn ihr eine gute Stelle an der Küste findet, wo euch niemand beobachtet, dann geht an Land und zerstört die *Erengar*. Das Schiff muss verschwinden! Sonst würde man sehr schnell anfangen, euch zu suchen. Du hast doch Gold bekommen, um eine Schiffsladung mit gutem Wein zu kaufen.«

Der junge Seeoffizier nickte langsam. Er wirkte wie gelähmt. Auch Tomasch war erschüttert. Alvarez sah, dass ihm die Beine zitterten.

»Teilt das Gold untereinander auf«, fuhr der Flottenmeister fort. »Und dann lauft. Jeder in eine andere Richtung. Bleibt nicht zusammen! Meidet alles, was Aufsehen erregen könnte. Nehmt falsche Namen an, wenn ihr euch unter Menschen begebt. Und sprecht um Tjureds willen niemals über Albenmark. Ihr müsst spurlos verschwinden, so als hätte euch die See verschlungen. Der Primarch hat überall im Land seine Spitzel. Wenn einer von euch redet, dann wird er es erfahren. Und er wird euch jagen lassen, bis er sich ganz sicher ist, dass jeder Einzelne von euch für immer schweigen wird.« Alvarez lächelte zynisch. »Ich wurde geschickt, um euch zu töten. Nun liegt mein Leben in eurer Hand. Wenn Honoré davon erfährt, dass ihr noch lebt, dann wird er auch erfahren, dass ich es war, der euch geholfen hat.«

»Aber wir könnten die Lunte auch zufällig gefunden haben«, wandte der Kapitän ein.

Alvarez schüttelte den Kopf. »Wenn er euch findet, dann werdet ihr ihm von mir erzählen.«

»Niemals. Ich schwöre bei Tjured ...«, setzte Tomasch an.

Der Flottenmeister gebot ihm mit einer knappen Geste zu schweigen. »Schwöre nicht so leichtfertig auf den Namen Gottes. Honoré wird euch den Fragenden übergeben. Und glaubt mir, ihnen verschweigt keiner etwas.« Er hob das Fläschchen mit dem Teebaumöl. »Ich bin dir zu Dank verpflichtet, Tomasch. Deine Güte hat mir die Augen geöffnet. Du hast mich davor bewahrt, dass ich mich verliere. Das werde ich dir niemals vergessen. Ich wünsche dir Glück auf deinen Wegen.«

Der Kapitän wollte ihn zurückhalten. Alvarez schob ihn grob zur Seite. »Es gibt nichts mehr zu besprechen. Folgt meinem Rat und lebt! Vielleicht wird dein Schiff beobachtet. Dass ich noch einmal an Bord gegangen bin, war schon verdächtig. Bleibe ich zu lange, wird das Argwohn erwecken. Es sind keine leeren Worte, wenn ich dir sage, dass Honorés Spitzel überall sind.«

Der Flottenmeister trat aus der Kombüse und atmete tief ein. Fast die ganze Besatzung stand auf dem Hauptdeck und sah ihn an. Niemand konnte sich erklären, was ein stinkender Lastenträger mit dem jungen Kapitän zu schaffen hatte.

Alvarez wandte sich ab. Er eilte über die Planke zum Landungssteg. Sein Schritt war leicht. Er fühlte sich, als habe Gott ihm einen Berg von der Seele genommen. Die Ziegelmauern des Festungshafens glühten rot im ersten Morgenlicht. Der Himmel war von strahlend hellem Blau und zartem Rosa. Die Ebbe hatte ihren Tiefststand erreicht.

Justin wartete noch auf ihm.

»Hast du Hunger, Löwenbruder?«

Sein Waffengefährte sah ihn fragend an.

»Ich kenne eine Schenke mit üblem Ruf, die Männer wie wir nicht betreten sollten. Dort haben sie heute Morgen wunderbar duftendes Brot gebacken. Und ich sterbe vor Hunger.«

»Dann gehen wir mal, mein Fräulein.« Justin grinste. Plötzlich zog er die Nase kraus. »Riechst du nach Teebaumöl?«

»Das ist der Duft wahren Rittertums.«

Sein Kamerad schnaubte. »Dir ist beim Stauen wohl eines der Fässer auf den Kopf gefallen.«

»Ich würde eher sagen, mir sind die beiden Fässer vom Herzen gefallen.« Sie bogen in eine Gasse ein, und der Flottenmeister hakte sich bei Justin unter. Krücke und Holzbein schlugen einen regelmäßigen Takt auf das Pflaster.

Das Geräusch erinnerte Alvarez an die neumodischen Zeitmesser, die in den letzten Jahren in Mode gekommen waren. Ihm war klar, dass er von nun an von geborgter Zeit lebte. Siebzehn Männer konnten kein Geheimnis bewahren. Einer von ihnen würde früher oder später reden. Wenn er sich betrunken hatte vielleicht oder um ein Weibsbild zu beeindrucken. Honoré würde erfahren, dass die Männer noch lebten. Vielleicht in einem Jahr oder in zwei. Mit Glück war die Frist auch etwas länger. Aber sein Verrat würde aufgedeckt werden.

Dennoch war Alvarez das Herz so weit wie an jenem Tag, als er die goldenen Sporen erhalten hatte. Er war ein Ritter und kein Mörder!

DER TRÄUMER

Aruna hielt den Kopf des Schläfers hoch, so dass er kein Wasser schluckte, wenn er sprach. Seine Haut war weiß geworden in der langen Gefangenschaft. Nicht einmal für eine Stunde hatte er die Gewölbe tief unter dem Turm der mondbleichen Blüten verlassen. Nur das Licht der Barinsteine hatte ihn berührt, und selbst dies hatte ein Dickicht aus Seerosenblättern durchdringen müssen, um tief im dunklen Wasser den jungen Ritter zu finden. Doch der Menschensohn hatte weit mehr verloren als die Farbe, die ihm die Sommer seiner Welt ins Gesicht gebrannt hatten. So viel mehr!

Unruhig bewegten sich seine Augen unter den zusammengewachsenen Lidern. Er träumte seit so vielen Tagen, ohne erwachen zu können. Seit Aruna ihn in die Tiefe gezogen und jene Ziege losgelassen hatte, die an seiner Stelle sterben sollte. Inmitten der Blutwolken im Wasser hatte Aruna den Menschensohn geküsst. Und die Magie dieses Kusses hatte ihn vor dem Ertrinken bewahrt.

»Erzähl mir von der runden Kammer mit dem Baum wie Blut auf dem Boden!« Uravashis Stimme war so lockend und unwiderstehlich wie ihr ebenmäßiger Leib und ihr vollkommenes Antlitz. Sie galt als die schönste unter den Apsaras, und sie war ihre Fürstin. So sehr Aruna verabscheute, was dem Jungen angetan wurde, so wenig vermochte sie Uravashi zu widersprechen. Ein Lächeln der Fürstin genügte, und Arunas Zorn verging, so wie das Blut der Ziege im Wasser des Hafens vergangen war, noch bevor Aruna mit dem Menschensohn den Turm der mondbleichen Blüten erreicht hatte.

»Erzähl mir von deinen Brüdern und Schwestern in den Nischen«, verlangte die lockende Stimme. »Von dem Einäugigen und dem Mann mit dem Krückstock. Und den anderen. Wer waren die anderen?«

»Es gab einen, der immer den Geruch des Meeres mit sich trug«, antwortete die Stimme des Schläfers. Er sprach langsam, als müsse seine Zunge nach den Silben suchen. »Alvarez de Alba! Seine Stimme war mir wohl vertraut. So oft hatte sie zu mir von den Winden und der See gesprochen.«

»Du hast mir von einer Schwester Gerona erzählt. Welche Zeichen trägt sie auf ihrem Wappenschild?«

»Den Turm«, entgegnete der Junge, »er ist das Zeichen ihrer Lanze. Und den Blutbaum als das Symbol unseres Ordens und des Geheimnisses der Bruderschaft. Über Turm und Blutbaum liegt ein Pulverhorn, denn sie ist eine Meisterin unter den Schützen.«

»Wer war noch in den Schatten?«

Aruna kannte längst alle Namen. Sieben waren es. Mehr als einen Mond lang hatten sie ihm keinen neuen Namen mehr entlocken können. Der junge Ritter war ein guter Beobachter gewesen. Trotz der Vorsichtsmaßnahmen der Bruderschaft hatte er sie alle erkannt. Selbst Emerelle hatte ihm bei ihren Verhören nicht mehr entlocken können.

Voller Traurigkeit blickte die Apsara in das bleiche Antlitz. Sie hatten ihm all seine Geheimnisse entrissen. Aruna wusste, was für ein treues Herz der Junge hatte. Sie konnte es schlagen fühlen. Sie war eins mit ihm. Sie aß und trank für ihn. Sie nahm das Gift aus seinem Blut, das auch ihr Blut geworden war. Niemals hätte er diese Namen freiwillig verraten. Nicht einmal, wenn sie ihm mit glühenden Zangen die Finger abgerissen hätten. Doch wie sollte ein Schläfer Uravashi und Emerelle widerstehen? Er war nicht mehr Herr seines Willens. Er sollte nicht um den Verrat wissen, den er begangen hatte.

War es gnädig, ihn in dem Glauben zu lassen, reinen Herzens zu sein? Oft hatte Aruna gewünscht, er sei wie seine Gefährten im Hafenbecken gestorben. Zerrissen von den Ungeheuern des Meeres, die sie mit ihren Bluttaten in den Hafen Vahan Calyds gelockt hatten. Das wäre gerecht gewesen. Doch das hier ...

»Wovon träumt er, Aruna?« Die Stimme drang durch den Nebel, der über dem Wasser trieb. Sie schmeichelte dem Ohr und machte die Zunge begierig, sich zu fügen, so wie Moschusduft der Nase schmeichelte und andere, tiefere Begierden weckte.

Uravashis Hand streifte Arunas Arm. Eine zarte Berührung, sinnlich und lockend. Kurz sah sie das Antlitz ihrer Fürstin. Ihre Augen waren blau wie die ferne Lotussee.

»Er träumt von seiner Geliebten, die ihm am Hochzeitstag genommen wurde. Fast immer träumt er von ihr. Die runde Kammer sehe ich nie in seinen Träumen.«

»Ein romantisches Herz«, spottete Uravashi. Dann wurde ihre Stimme schneidend. »Hast du vergessen, was sie getan haben?«

»Nein. Er hätte sterben sollen wie seine Gefährten. Er ist ein Verblendeter. Er hat den Tod verdient. Aber er ist kein Verräter. Lassen wir ihn nicht mit dieser Schande leben. Bitte nimm ihn von mir.«

»Die Königin will, dass er lebt! Nimm ihn wieder mit hinab

auf den Grund. Und lausche seinen Träumen. Emerelle will ganz sicher sein, dass es nur sieben sind.«

Uravashi lächelte ihr zu, und Aruna fügte sich. Sie hauchte einen Kuss auf die Lippen des Jungen und schenkte ihm willig ihren Zauber, damit er im Wasser atmen konnte wie sie. Die Apsara tauchte hinab zu den zarten, jahrhundertealten Algensträngen, die sich sanft in der Strömung wiegten. Das Licht der Barinsteine verging schon bald auf dem Weg ins ewige Dunkel am Grund der Grotte.

Arunas Linke griff nach dem Band aus dem Fleisch, das sie an den Jungen fesselte wie eine Mutter an ihr Kind, bevor es seinen ersten Schrei tat. Sie gab ihm ihr Blut. Die Apsara wusste nicht, ob auch sie ihre Träume mit dem jungen Ritter teilte. Manchmal war sie eifersüchtig auf die Königin mit dem rotblonden Haar, die er so tief in seinem Herzen trug und deren Antlitz seine Träume beherrschte.

WIE EIN SOMMERNACHTSTRAUM

»Sie hatte sich verändert, als sie nach Firnstayn zurückkehrte. Mir blieb nicht viel Zeit mit ihr. Jene Tage waren zu geschäftig. Das System von Gräben und Schanzen um die Stadt der Königin wollte vollendet sein. Selbst Trolle und Kentauren halfen nun mit. Sie wussten, dass Firnstayn die letzte Verteidigungslinie vor Albenmark war. Wenn die Stadt fiel, dann wäre für uns Kinder der Alben auch die Welt der Menschen verloren.

Kein Tag verging, an dem Gishild nicht ihre Räte zusammen-

rief. Wenn ich zurückdenke, dann habe ich das Gefühl, dass sie ahnte, was da kommen würde, als sei sie mit den Apsaras geschwommen und hätte Fragen gestellt, die einem besser nie über die Lippen kommen sollten, wenn man sein Leben in Frieden führen wollte. Mir schien, Gishild hatte beschlossen, in einem einzigen Sommer mehr zu verändern als ihre Vorgänger auf dem Thron in hundert Jahren. Sie kümmerte sich darum, dass in allen Städten Waisenhäuser und Siechenheime eingerichtet wurden. Sie schrieb eine Rente aus für jeden, der in den Kriegen gegen die Tjuredkirche gekämpft hatte. Ganz gleich, ob es vier Wochen oder vierzig Jahre her war, dass er das Schwert gegen die Feinde des Fjordlands erhoben hatte. Sie forderte ganze Heerscharen von Heilern, Handwerkern, Bauern, Künstlern und Waffenschmieden aus Albenmark an, und Emerelle gewährte ihr fast all ihre Wünsche.

Großzügig schenkte sie jedem Zuflucht, der aus Drusna kam, obwohl sie wusste, dass sie damit auch viele Spitzel der Kirche in ihr Königreich ließ. Auf dem Apfelfest entging sie nur durch Glück einem Giftanschlag. Ein anderes Mal verfehlte sie ein stürzender Baum nur knapp, als sie ein Holzfällerlager bei Sunnenberg besuchte.

Sigurd Swertbrecker, der Hauptmann ihrer Mandriden, erholte sich nur langsam von seinen Verletzungen. Und sie, Gishild, war wohl schuld an manchem grauen Haar auf seinem Haupte, denn sie mochte nicht auf ihn hören, wenn er ihr riet, vorsichtiger zu sein. Tag um Tag mischte sie sich unter das Volk. Sie hatte ein Ohr für jedermanns Sorgen. Und stets war Erek an ihrer Seite.

Es war seltsam, die beiden zu beobachten. Ich weiß, dass gerade unter uns Albenkindern viel über sie geredet wurde und wird. Es sind vor allem jene, die auch gern über Farodin, Nuramon und Noroelle schwätzen, welche sich nun über Gishild das Maul zerreißen.

Jeder sah, dass sich zwischen Gishild und Erek etwas verändert hatte. Auch wenn sie einander in der Öffentlichkeit nie küssten, konnte man doch beobachten, wie er gelegentlich ihre Hand ergriff. Und sie ließ ihn gewähren.

Ich weiß nicht, was in der Grube geschah, in der ihre Feinde sie gefangen hatten, und in den Tagen danach. Was immer es war, es hatte sie tief verändert. Ein Elf, der für seine gefühlsduseligen Gedichte berühmt ist, sagte einmal über sie, in jenen Tagen habe die letzte Königin den Stahl der Kirche abgelegt und ihr Herz geöffnet. Ausnahmsweise ist dies einmal keine versponnene Metapher eines Schönschwätzers. Man sah Gishild tatsächlich nur selten in ihrer Rüstung in jenen Spätsommertagen. Auf ihren Reisen ritt sie in Hemd und Hose. Und sie hatte jene unbarmherzige Härte verloren, mit der sie vorher so viele verschreckt hatte.

Wer aber den Blick eines Kobolds hat, der sieht tiefer. Mir erschien sie damals erfüllt von einer tiefen Melancholie. Ich will nicht sagen, dass ihre Liebe zu Erek nicht aufrichtig war. Aber sie war nicht wild und unbeherrscht, so wie Liebe sein soll, wenn sie jung ist. Mir kam sie vor wie ein Sommernachtstraum, fiebrig und verwirrend. Und so, wie im Sommer der Schläfer oft vor der Zeit von der Hitze des Morgens aus seinen Träumen gerissen wird, so erging es der Königin. Ihr Traum endete, noch bevor in jenem Jahr der erste Schnee fiel.«

ZITIERT NACH:
DIE LETZTE KÖNIGIN, BAND 3 –
DIE EISGEBORENEN, S. 39 ff.
VERFASST VON: BRANDAX MAUERBRECHER,
HERR DER WASSER IN VAHAN CALYD,
KRIEGSMEISTER DER HOLDEN

DER TRUNKENBOLD

»Du bist sicher, dass er es schaffen kann?« Fernando starrte durch die Geschützpforte in die Finsternis. Der trommelnde Regen verschluckte seine Stimme fast. Warmer, säuerlich riechender Atem streifte das Gesicht des Schreibers. Alfonsin legte ihm seine schwere, schwielige Hand auf die Schulter. Der Richtschütze empfand das wohl als vertraulich, aber Fernando war es nur unangenehm.

»Glaub mir, Federspitzer. Rodrigo ist der verdammt beste Schwimmer hier an Bord. Für den ist dieser kleine Ausflug so leicht wie für 'ne fromme Jungfer der Tempelgang.«

Fernando versuchte die Anlegestelle zu erkennen, doch der Regen ließ alle Schatten verschwimmen. Nur das Licht der Laterne vor der Hafenschenke, die am Ende des steinernen Kais lag, war als fahler Fleck im Dunkel zu erkennen. Sie lag der *Gottesbote* am nächsten. Fernando wusste, dass es noch mehr Lichter geben musste, aber die Regenschleier verschlangen sie, so wie das beständige Trommeln der dicken Regentropfen an Deck die leisen Geräusche der Galeere verschlang, wie das Knarren der schweren Balken, die in der Feuchtigkeit arbeiteten, und der Takelage, an der die Windböen zerrten, die den Regen begleiteten. Es schien, als habe der Sturm die ganze Welt verschlungen, bis auf jenes fahle Licht, das Fernando nicht aus den Augen ließ.

»Müssen wohl verdammt wichtige Briefe sein«, murmelte Alfonsin. »Seltsame Sache, mitten in so einer gottverdammten Sturmnacht einen Schwimmer ins Wasser zu schicken, wo wir doch so'n feines Beiboot haben.«

»Der Primarch traut einigen der Schiffsoffiziere nicht. Wir haben mindestens einen Verräter an Bord. Aber der Kerl ist schlau. Der Primarch konnte ihn noch nicht aufspüren. Doch dass hier ein faules Ei im Nest liegt, ist ganz sicher.«

»Tja ...« Alfonsin war ihm so nah, dass sich ihre Wangen fast berührten. Auch er blickte über den verschnörkelten Bronzelauf der *Tjuredhammer* zum Licht der Taverne. »Seltsam, dass der Primarch nicht alle Offiziere in Eisen legen lässt«, sinnierte er mit leiser Stimme. »Sind doch genug Ritter an Bord, die an ihrer Stelle die *Gottesbote* führen könnten. Das schmeckt mir nach 'nem verdammten Geheimnis. Da rieche ich Gold. Verdammt viel Gold. Möchte meinen ...« Der Richtschütze brach plötzlich ab. Über ihnen auf dem Vorderkastell erklangen die schweren Schritte der Wache. Es schien nur ein Posten zu sein. Er stapfte direkt über ihren Köpfen hinweg.

Fernando dankte Tjured in einem stummen Gebet. Ihm war klar, worauf Alfonsins Gerede unweigerlich hinauslaufen würde. Er hätte sich denken können, dass der Kerl nicht blöd war. Man wurde nicht Richtschütze auf einer Galeere der Neuen Ritterschaft, wenn man nur Stroh im Kopf hatte. Fernando hatte sich von den knappen Notizen in der Bordrolle der *Gottesbote* täuschen lassen. Alfonsin war darin als notorischer Trunkenbold gebrandmarkt. Über Rodrigo hatte dort nur wenig mehr gestanden. *Ausdauernder Ruderer. Sehr guter Schwimmer. Beliebt bei seinen Kameraden. Von schlichtem Gemüt. Trägt seine Heuer zu den Hafenhuren.*

Die Wache über ihnen stampfte mit den Füßen auf. Sicher hatte der Arkebusier dort oben keinen trockenen Faden mehr am Leib. In dieser Nacht zum Wachdienst eingeteilt zu sein, war alles andere als eine Gottesgnade. Ihre ganze Fahrt stand unter keinem guten Stern, dachte Fernando. Das Wetter war zu schlecht für die Jahreszeit und der Wind so launig, dass sie kaum einmal länger als fünf Stunden am Stück unter Segeln gefahren waren. Es war die Sache der Ruderer, gegen die Elemente anzukämpfen. Und wenn sie am Ende ihrer Kräfte waren, dann war die *Gottesbote* gezwungen, eine windgeschützte Bucht anzulaufen und Anker zu werfen.

Honoré hätte jetzt schon in Aniscans sein wollen, das wusste Fernando. Welche dringenden Geschäfte der Primarch dort zu erledigen hatte, war ihm nicht bekannt. Aber es musste sehr wichtig sein. Die Verzögerung ließ Honoré mit jedem Tag übellauniger werden. Fernando kannte den Primarchen nun schon viele Jahre, aber in so gereizter Stimmung hatte er ihn noch nie erlebt. Gott allein wusste, an wem der Primarch bald seine üble Laune auslassen würde.

Fernando schlief schon lange nicht mehr gut. Er war nur in wenige Geheimnisse Honorés eingeweiht. Er wusste um die gefälschten Briefe, die Luc und Gishild erhalten hatten, und um ein paar andere Fälschungen, mit denen der Primarch der Ritterschaft vom Aschenbaum zugesetzt hatte. War das schon zu viel? Wahrscheinlich. Honoré war niemand, der es auf Dauer duldete, dass man Geheimnisse mit ihm teilte. Der Schreiber war sich sicher, dass er mit seinem Wissen nicht lebend den Dienst für die Neue Ritterschaft aufgeben könnte. Zumindest würde er es nicht lange überleben, wenn er dem Orden den Rücken kehrte.

Fernando dachte an Tomasin, den Wächter der Raben, der in der Nacht vor dem Angriff auf die Ordensburg in Valloncour so unglücklich von einer Treppe gestürzt war, dass er sich das Genick gebrochen hatte. Fernando hatte Tomasin gemocht. Der Ritter war zwar ein wenig einfältig gewesen, aber er hatte ein aufrichtiges Herz gehabt. Mit ihm hatte man gut schwatzen können, ohne sich um jedes Wort, das gesprochen wurde, nachträglich Sorgen machen zu müssen.

Wer Honoré nahestand, der tat gut daran, seine Worte wohl abzuwägen. Oft hatte Fernando darüber nachgesonnen, wie günstig Tomasins tragischer Unfall für Honoré gewesen war. Der Wächter der Raben hatte keine Warnung mehr an den alten Primarchen Leon schicken können. Leon war während der Kämpfe um die Ordensburg ums Leben gekommen. In der Folge war Honoré zum Primarchen aufgestiegen, und das nicht zuletzt auch deswegen, weil er die Verstärkungen, durch die die Elfen zurückgeschlagen worden waren, zur Ordensburg geführt hatte. Vielleicht war all das ja nur ein glücklicher Zufall.

Manchmal fragte sich Fernando, ob es auch andere gab, die darüber grübelten, wie außergewöhnlich günstig sich Tomasins Unfall für Honoré ausgewirkt hatte. Doch selbst wenn es diese anderen gab, dann waren sie so wie er und wagten es nicht, offen über Honorés Glück zu sprechen.

Eine Böe ließ die Galeere erbeben. Der Schreiber dachte an die zwölf sarggroßen, eisenbeschlagenen Truhen, die unter seiner Aufsicht in aller Heimlichkeit an Bord gebracht worden waren. Er hatte es in den Truhen klirren gehört. Sie waren gewiss bis zum Rand mit den Schätzen Albenmarks gefüllt. Ein Vermögen, groß genug, um sich ein kleines Königreich zu kaufen. Was plante Honoré?

Er hatte einen Teil der Aufzeichnungen Honorés geführt, dachte der Schreiber beklommen. Der Primarch war geradezu besessen davon, über alles und jeden Buch zu führen. Fernando hatte vor der Reise eine Liste mit den Namen hoher Würdenträger aus Aniscans gesehen, die Honoré für korrupt oder zumindest erpressbar hielt. Er hatte viel zu viele der Papiere Honorés gesehen. Es war ein Wunder, dass er noch lebte. Einzig die Listen mit den Namen der Spitzel hatte der Primarch ihm stets vorenthalten. Der Schreiber lächelte flüchtig. Dann packte ihn wieder die Angst. War es womöglich ein Zeichen, dass er die Liste mit den korrupten Namen aus Aniscans hatte sehen dürfen? Ein Zeichen dafür, dass seine Tage gezählt waren? Was für einen *Unfall* würde er wohl haben? Bei stürmischer See über Bord gespült zu werden?

Das Heulen des Windes jagte Fernando Schauder über den Rücken. Er blickte hinab zu den schmalen Luftschlitzen im Deckel der Blendlaterne, die neben der *Tjuredhammer* stand. Der gedämpfte Lichtschein reichte gerade aus, um zwei der Figuren auf dem verschnörkelten Schmuckband des Kanonenrohrs der Dunkelheit zu entreißen: einen Ordensritter, der den Fuß auf die Brust eines gestürzten Heidenkriegers setzte und mit beiden Händen seinen Kriegshammer zum tödlichen Schlag hob.

Fernando tastete nach dem Hammer, der unter dem Umhang verborgen in seinem Gürtel steckte. Wollte Tjured ihm ein Zeichen geben?

Der Schreiber hörte den Schritt der Wache auf der Treppe, die zum Hauptdeck hinabführte. Im tosenden Regen war das Geräusch kaum wahrzunehmen. Er hob den Umhang schützend über die Blendlaterne, um den matten Lichtschein zu verbergen.

»Gut so«, raunte Alfonsin.

Die Schritte des Wächters verklangen. Fernando hielt den Atem an und lauschte. Der stämmige Richtschütze drängte sich an ihm vorbei.

Wo war der Wächter? Ängstlich kauerte sich der Schreiber neben die *Tjuredhammer*.

»Wer da?« Der schmale Lichtstrahl einer Blendlaterne stach in die Geschützkammer.

»Ich bin's!« Der Richtschütze hatte sich breitbeinig vor ihn gestellt.

»Besuchst du wieder deine Liebste, Alfonsin?«

»Wie immer, wenn ich nicht schlafen kann.«

»Ist sie nicht ein wenig kühl?«, tönte es aus dem Regen.

Fernando betete, dass es dem Wächter nicht einfiel hereinzukommen.

»Ich seh schon, du magst es lieber feucht«, spottete der

Geschützmeister. »Mein Mädchen ist eine echte Herzensbrecherin. Hast du schon mal gesehen, was eine Eisenkugel so anrichtet, wenn sie eine Männerbrust trifft?«

»Du bist verrückt, Alfonsin.«

Fernando glaubte, kurz ein meckerndes Lachen zu hören.

»Wirklich durch und durch verrückt!«

Die Schritte entfernten sich.

Er lauschte in den Regen hinaus. Noch immer schirmte er mit dem Mantel das Licht der Laterne ab. Eine Planke knarrte. Plötzlich spürte er Alfonsins säuerlichen Atem auf dem Gesicht. »Ich hoffe, du hast mir nicht vor lauter Schiss neben meine bronzene Geliebte gepisst, mein kleiner Ritter vom Federkiel.«

Der Schreiber presste die Lippen zusammen, wie er es schon so oft in seinem Leben getan hatte. Er hatte nicht die Statur, sich mit Männern wie Alfonsin anzulegen. Langsam richtete er sich auf.

Der Richtschütze streckte ihm die Hand entgegen. Kunstvoll ließ er eine Goldmünze von Finger zu Finger wandern. »Ich frage mich immer noch, warum der Primarch auf seinem eigenen Schiff einen Schwimmer braucht, um in einem Hafen zwei Briefe an Land bringen zu lassen. Sehr seltsam das Ganze.« Alfonsin stieß eine Faust hoch, als wolle er einem unsichtbaren Gegner einen Haken verpassen. Die Goldmünze schnellte in die Luft und verschwand im Dunkel.

Wieder stieß er die Hand vor. Dann hielt er Fernando seine riesige Faust unter die Nase, drehte sie um und öffnete sie. Dort lag die Goldmünze. »Mein kleiner Liebling hat sicher noch Brüder und Schwestern. Er ist so einsam. Und wenn man einsam ist, macht man sich viele Gedanken. Aber wenn er Geschwister bekäme, dann hätten alle Fragen ein Ende.«

Fernando schnaubte verächtlich. »Wie kommst du darauf, dass ich noch mehr Münzen habe?«

»Du bist der Schreiber des Primarchen. Er hat dich geschickt, um seltsame Dinge zu tun. Honoré ist kein armer Mann. Und er will sicher kein Gerede. Deshalb nimmt er auch nicht das Beiboot. Nichts versiegelt Lippen so gut wie Gold.«

»Gut, ein Goldstück kann ich dir noch geben. Aber erst wenn Rodrigo zurück ist und ich sicher sein kann, dass alles in meinem Sinne erledigt ist.«

»Warum nur eins?« Der Richtschütze hauchte ihm die Frage mit einem Schwall seines ekelhaften Atems ins Gesicht.

»Weil dein Freund sicher auch noch mehr verlangt, und mehr als zwei weitere Goldstücke besitze ich nicht.«

Alfonsin schnalzte mit der Zunge. »So. Mehr Gold hast du also nicht. Und was ist in den Truhen, die so schwer sind, dass sechs Männer sie tragen müssen?«

Fernando hielt den Atem an. Es war also heraus! Honoré hatte geahnt, dass es so kommen würde. Deshalb hatte auch niemand die Galeere verlassen dürfen, obwohl das Schiff nun schon den zweiten Tag im Hafen lag.

Alfonsin lachte leise. »Überrascht? Nicht einmal Marktweiber sind so geschwätzig wie Ruderer. Wenn hundertvierzig von ihnen in einem Kahn sitzen, dann bleibt nichts geheim, was dort vor sich geht. Vor allem, wenn die Reise so seltsam ist, so eilig ... Und niemand das Schiff verlassen darf, außer einem geheimen Boten des Primarchen.«

Fernando begann zu zittern. Die grinsende Fratze des Richtschützen hatte etwas Tierhaftes. Er wirkte durch und durch böse. Wie die Kobolde, die an der Seite der Heiden kämpften. Vielleicht lag es am gedämpften Licht der Laterne, das von unten auf das Gesicht des Kanoniers fiel.

»Ich habe nur noch zwei Goldstücke«, stieß der Schreiber hervor.

Alfonsins Grinsen wurde breiter, und seine Augen zogen

sich zu schmalen Schlitzen zusammen. »Dann gib mir beide. Jetzt!«

»Und Rodrigo?«

Der Richtschütze schnaubte verächtlich. »Der schwimmt nicht nur wie ein Fisch, der ist auch so blöde. Er wird keinen Verdacht schöpfen.«

Fernando tastete nach der Geldkatze an seinem Gürtel. Flüchtig streiften seine Finger das kühle Metall des Hammerkopfes.

Alfonsin lehnte sich auf das Kanonenrohr und spähte durch die Geschützluke.

Ein leiser Pfiff ließ den Schreiber zusammenzucken. Hatte der Idiot die Wache vergessen?

»Unser Fisch hat es geschafft!«

Jetzt duckte sich auch Fernando über das Rohr. Undeutlich sah er, wie sich ein Schatten vor die Laterne der Schenke schob. Dann war das Licht wieder zu sehen.

»Vielleicht nur ein Gast«, murmelte der Schreiber skeptisch. Seine Hand ruhte noch immer auf der Börse; die Lederschnüre hatte er nicht geöffnet.

»Unsinn! Er hat dreimal das Licht verdunkelt, so wie wir es verabredet haben. Du hast zu spät geschaut. Gleich wirst du sehen, dass ich recht habe.« Alfonsin bückte sich nach der Blendlaterne.

Fernando starrte ins Dunkel. Der Regen hatte nicht nachgelassen. Wie Silberschleier funkelte er vor der Geschützluke.

Das Licht vor der Taverne verschwand erneut. Einmal. Zweimal. Ein drittes Mal.

Der Schreiber atmete erleichtert aus. Rodrigo war also angekommen.

Alfonsin hob die Blendlaterne in die weite Öffnung der Stückpforte, durch die das Rohr der *Tjuredhammer* ragte. Er öffnete die eiserne Blende und schloss sie dann schnell wieder. Dreimal. Dann wiederholte er das Signal zur Sicherheit noch einmal.

Zur Bestätigung, dass er sie gesehen hatte, trat Rodrigo nun vier Mal vor das Licht drüben an der Schenke.

Alfonsin grunzte zufrieden. »Dann öffne mal deine Börse, Schreiberling.« Er bückte sich, um die abgedunkelte Laterne wieder neben seiner Kanone abzustellen. Das Licht, das durch die Luftschlitze drang, fiel auf sein Gesicht.

Fernando konnte die Gier in den Augen des Kanoniers sehen. Seine Hand glitt von der Geldbörse zum Hammer. Er zog ihn aus dem Gürtel und holte aus.

Der Schlag traf Alfonsin an der rechten Schläfe. Fernando hatte von einem Hellebardier gehört, dass dort der Schädelknochen besonders dünn sei.

Der Richtschütze sackte in sich zusammen. Einfach so, ohne ein Stöhnen oder gar einen Schrei. Fernando bückte sich und öffnete die Blende der Laterne ein Stück weit. Gut! Der Drecksack blutete nicht. Der Schreiber hatte sich extra einen Hammer mit abgerundetem Kopf besorgt. Es durfte kein Blut an Deck spritzen!

Fernando legte zwei Finger an den Hals des Kanoniers. Das Blut in den Adern pochte noch. Die Ratte war also noch nicht hinüber. Mitten in einem Geschäft den Preis verdreifachen … »Das hast du nun davon, gieriger Bastard.« Er hätte Alfonsin auf jeden Fall ermordet, aber jetzt war er sich sicher, dass er diese Tat niemals bereuen würde.

Fernando tastete sich durch das Dunkel in die Ecke, wo die Wischer für das Kanonenrohr an einem großen Wasserfass lehnten. Er griff hinab ins Wasser und ertastete den Leinensack. Stöhnend hob er ihn an. Seine Muskeln waren zum Zerreißen gespannt. Er war es nicht gewohnt, schwer zu heben.

Vorsichtig setzte er den Sack mit den Steinen neben Alfonsin ab. Hatte der gerade gezuckt? Fernando tastete nach dem Hammer. Wo war er?

Der Kanonier stöhnte. Seine Hand bewegte sich.

Wo war der Hammer? Er hatte ihn doch bei der Kanone abgelegt. Der Schreiber ging in die Hocke und tastete den Boden ab.

»Du ... Mist ... kerl«, stammelte Alfonsin. Er versuchte sich aufzusetzen, sackte aber wieder zurück.

Etwas blinkte im schwachen Licht. Alfonsin trug einen Dolch am Gürtel, so wie alle Männer an Bord.

Fernandos Finger fanden den Hammerstiel. Er packte fest zu und holte weit aus.

Alfonsin drehte sich und sah ihn an.

Der Schreiber hatte mit der Bewegung nicht gerechnet. Er verfehlte die Schläfe des Kanoniers. Mit einem schmatzenden Geräusch traf der Hammerkopf sein linkes Auge.

Der Kanonier gab einen würgenden Laut von sich. Der Dolch entglitt seiner Hand und fiel polternd aufs Deck. Alfonsin tastete nach seinem Auge. Blut rann über seine Wange.

Fernando fluchte. Er schlug nach der Schläfe des Richtschützen. Der Hammer traf mit einem Knirschen. Ein zweiter Schlag landete mitten auf der Stirn.

Alfonsin sackte in sich zusammen.

»Du darfst nicht bluten, du verdammtes Schwein!« Fernando ließ den Hammer fallen und zupfte das Tuch aus seinem Ärmel, mit dem er sich sonst die Tinte von den Fingern wischte.

Leise fluchend tupfte er das Blut von Alfonsins Wange. Dann knüllte er das Tuch zusammen und presste es in das zerstörte Auge. Er konnte fühlen, wie sich der Stoff mit warmem Blut vollsog.

Wieder fluchte der Schreiber. So war es nicht geplant gewesen. Er musste schnell fertig werden. Er nahm den Sack mit den Steinen und band ihn an den breiten Gürtel des Kanoniers. Eigentlich hatte er Kanonenkugeln nehmen wollen, um die Leiche zu beschweren, aber die waren abgezählt. Ihr Verschwinden würde auffallen. Die Steine stammten vom Ballast, der tief im Rumpf in der Schiffsbilge lag. Sie würde niemand vermissen.

Fernando richtete sich auf und suchte nach dem Speichenrad des Flaschenzugs. Leise klirrend senkten sich die Ketten, die unter der Decke der Geschützkammer gespannt waren. Eigentlich diente der Flaschenzug dazu, die Kanonenrohre von den Lafetten zu heben. Aber in dieser Nacht würde er ihm gute Dienste leisten.

Der Schreiber legte die Hände des Toten auf den Sack mit den Steinen, der auf dessen Bauch ruhte. Sorgfältig fesselte er sie. Dann hob er Alfonsins Beine an, zog eine Schlinge um die Knöchel und stemmte sich gegen die Beine des Toten. Alfonsins Hose war feucht und stank, als habe sie in einer Jauchegrube gelegen. Der Stoff fuhr dem Schreiber über das Gesicht. Er biss die Zähne zusammen und stemmte sich mit aller Kraft gegen die Beine. Hastig schlang er ein Seil zwischen den Hand- und Fußfesseln hindurch. Dann packte er einen eisernen Haken, der von den Ketten hing, und befestigte das Seil daran.

Fernando betrachtete sein Werk. Er dankte Gott für den Regen. Tjured war an seiner Seite. Er billigte, was er tat. Deshalb hatte er den Regen geschickt. Nur bei diesem Wetter blieben die Ruderer unter ihren Planen. Sonst wäre er niemals lange genug allein gewesen. Die Schlaflosen hockten sonst gern in der Geschützkammer. Und dies war der einzige Ort, an dem er seinen Plan hatte verwirklichen können. Nirgendwo sonst an Bord der *Gottesbote* wäre es ihm möglich gewesen, Alfonsin einfach verschwinden zu lassen. Er war viel zu schwach, um diesen Berg aus Fleisch und Knochen allein zu heben.

Fernando trat zum Speichenrad des Flaschenzugs. Langsam drehte er es zurück. Als der Leichnam hüfthoch in der Kanonenkammer hing, blockierte der Schreiber das Rad.

Er ging zu Alfonsin und prüfte, ob das Tuch noch in dem eingeschlagenen Auge steckte. Jetzt nur keinen Fehler machen! Er zog an dem Toten. Klirrend bewegten sich die Ketten. Gestern Nacht erst hatte er sie eingefettet. Das Geräusch war so leise, dass der prasselnde Regen es übertönte.

Langsam zog er die Leiche zur Stückpforte der *Tjuredhammer*.

Plötzlich zuckte Alfonsin.

»Bist du immer noch nicht tot?« Der Schreiber presste dem Richtschützen die Hand auf den Mund und zog ihn über den Lauf seiner geliebten Kanone hinweg. »Dann wird dich eben der kalte Kuss der See mit hinüber in den großen Schlaf nehmen.«

HERZBLUT

Aruna blickte ins Dunkel. Dorthin, wo der Eingang des Tunnels verborgen lag, der den Turm der mondbleichen Blüten mit dem Hafenbecken verband. Ihre Herrin bemerkte den Blick. Sie schüttelte sanft den Kopf.

Es war töricht, an Flucht zu denken. Aruna strich dem Jungen durch das Haar. Sie trug sein Herzblut in ihrem Herzen.

Sie teilte seine Träume mit ihm. Auch jetzt, in diesem Augenblick. Er war ihr so nahe wie niemand je zuvor. Außer ihrer Mutter. Sie musste ihn beschützen!

Emerelle hatte den Jungen eingefordert, und Aruna wusste, dass es keine weiteren Befragungen mehr geben würde. Was der Ritter gewusst hatte, hatte er preisgegeben. Zu den sieben Namen war kein weiterer mehr hinzugekommen.

Aruna dachte an die Geschichte Noroelles, die einst das Kind des Devanthars geboren hatte. Ein Dämonenkind. Doch es war unter ihrem Herzen herangewachsen. Auch sie hatte sein Blut in ihrem Herzen getragen. Noroelle hatte ihren Jungen nicht hergeben wollen und ihn in die Welt der Menschen gebracht, kaum dass er geboren worden war. Letztlich war ihr Sohn seinen Henkern nicht entkommen. Wer sich gegen Emerelle stellte, der sollte nicht so töricht sein, auf einen Sieg zu hoffen. Mit Glück vermochte man vielleicht ein Ereignis zu verzögern. Dafür, dass sie sich gegen die Königin gestellt hatte, war Noroelle auf alle Ewigkeit in einen Splitter der Zerbrochenen Welt verbannt worden. Doch das Unglück, das die Zauberin heraufbeschworen hatte, wirkte fort. Ihre Tat war wie ein Steinwurf in ein stilles Wasser gewesen. Die Welle, die entstanden war, zog einen immer weiteren Kreis, bis sie schließlich am Ufer zerbrach oder in der Ferne verebbte. Ihre Tat hatte zur Folge gehabt, dass ihre Geliebten Nuramon und Farodin ins Verderben gerissen worden waren. Auch diese beiden hatten sich gegen Emerelle gestellt. Entgegen dem Gebot der Königin hatten sie nach Noroelle gesucht. Seit Jahrhunderten waren sie verschollen; nur ihre Namen lebten noch fort. Jeder in Albenmark kannte sie. Und obwohl sie sich gegen ihre Königin gestellt hatten, galten sie als Helden. Oder vielleicht gerade, weil sie es getan hatten.

Wieder sah Aruna hinüber zum Dunkel, das den Hafentunnel verbarg.

Der Ruf der Königin erreichte die Apsara. Es war ein magischer Ruf, der bis auf den Grund des Turmes drang.

Emerelle war ungeduldig. Ihr Ruf durchdrang Aruna und brach jeden Widerstand. Auch Aruna verstand sich auf die Kunst des Zauberwebens, doch Emerelles Macht beugte ihren Willen wie der Sturmwind das Gras.

Die Apsara nahm den Ritter auf die Arme und schwamm dem Licht entgegen. Der Junge schmiegte sich an sie, als läge er noch einmal in den Armen seiner Mutter.

Arunas Tränen vergingen im dunklen Wasser. Niemand sah sie weinen.

Uravashi schwamm an ihre Seite. Ihre Fürstin ließ sie nicht aus den Augen. Ungeduldig deutete sie hinauf zum Licht der Barinsteine.

Aruna sah ins Antlitz des Jungen. Sie wusste, dass er keinen Anteil an den Morden in der Stadt gehabt hatte. Und doch hatte auch er ein Verbrechen begangen, vielleicht eines, das noch größer war als das Massaker in Vahan Calyd: Er hatte den Menschenkindern den Weg nach Albenmark gebahnt. Dafür hatte er das uralte Gewebe der Magie zerrissen, einen Teil des Werkes der Alben zerstört. Er hatte es unwissentlich getan. Aber was änderte das schon?

Immer wieder hatte Emerelle sie nach den Träumen des Jungen befragt und auch selbst Verhöre geführt. Die Königin wollte begreifen, was Rittertum für den Jungen bedeutete und wie er über Tjured dachte. Jede Kleinigkeit wollte sie wissen. Alles konnte Nutzen bringen, um die Feinde Albenmarks künftig besser zu bekämpfen. Man hatte die Menschenkinder unterschätzt.

Aruna hob den Kopf zwischen treibenden Lotusblüten aus dem Wasser. Uravashi war noch immer neben ihr. Sie geleitete sie zu der schmalen Treppe, die hinauf zum Mosaikboden führte. Dunstschwaden trieben über das dunkelgrüne Wasser. Aruna erkannte Emerelle. Ganz in Weiß gekleidet, hatte die Königin inmitten des Nebels etwas Geisterhaftes. Die Apsara fröstelte plötzlich. Bei Emerelle war noch eine zweite Gestalt, ein Krieger. Licht brach sich auf den Juwelen an seinem Schwertknauf.

Die Königin hatte also ihren Henker mitgebracht, dachte Aruna zornig. Würde sie es wagen, den Turm der mondweißen Blüten mit dem Blut des Menschenkindes zu besudeln?

Der Junge schlang die Arme um Arunas Hals. Er mochte es nicht, aus dem Wasser gehoben zu werden. Seine Augäpfel zuckten unter den zusammengewachsenen Lidern. Er versuchte zu sprechen. Wasser quoll über seine Lippen. Immer fester hielt er sie umklammert.

Aruna sprach ein Wort der Macht und spürte augenblicklich, wie Kraft in ihre Glieder floss. Eilig stieg sie die wenigen Stufen empor und legte den Jungen auf den kalten Mosaikboden. Der Menschensohn zitterte am ganzen Leib. Er spuckte Wasser und rang wie ein Erstickender nach Luft. Dann erbrach er das Wasser aus seinen Lungen und dunklen Schleim.

Emerelle trat neben ihn. Ungerührt sah sie zu.

Der Menschensohn hatte sich an das Leben im Wasser gewöhnt. Luft zu atmen war ihm fremd geworden.

Es dauerte lange, bis sein Keuchen zu regelmäßigen Atemzügen wurde. Aruna kniete neben ihm, zog ihn an sich und bettete sein Haupt zwischen ihre Brüste. Sanft strich sie über sein Haar und summte dabei ein Kinderlied der Holden.

Langsam beruhigte sich der junge Ritter. Aruna konnte den Schlag seines Herzens in ihren Adern spüren. Jedes Mal war es so gewesen, wenn Emerelle gekommen war, um den Jungen zu befragen. Anfangs hatte Aruna all dies nicht berührt. Ja, sie war entsetzt gewesen, als die Königin ihr offenbart hatte, dass sie es war, die den Menschensohn in ihre Obhut nehmen sollte.

Emerelle hatte aus Arunas Nabel ein Band wachsen lassen, das sie an den jungen Ritter fesselte. Und dann hatte die Königin ihr Blut verwandelt, damit sie den Menschensohn nähren konnte. Mit Schaudern dachte Aruna an diesen Tag zurück. Ihr war übel geworden. Sie hatte ihr Schicksal verflucht. Und in der ersten Nacht hatte sie ein Obsidianmesser geholt, um sich von dem Jungen zu befreien. Doch Uravashi hatte es verhindert.

Aruna blickte in das Antlitz des jungen Ritters. Auch sein Blut war verändert worden. Und so würde es bleiben, bis ans Ende seiner Tage. Er würde nie mehr ganz Mensch sein. Und sie war nicht mehr wie ihre Schwestern.

Die Apsara empfand Mitleid mit dem Jungen. Sie hatte seine Träume geteilt, die tiefe Traurigkeit. Die Sehnsucht nach der Ritterin mit dem rotblonden Haar und dem warmen Lachen, die auch nach Jahren der Trennung noch immer seine Gedanken beherrschte.

Aruna lächelte wehmütig. Erst seit sie an den Menschensohn gebunden war, war ihr bewusst geworden, dass es keinen Mann gab, in dessen Träumen sie einen Platz einnahm. Es musste an dem Blut des jungen Ritters liegen, dass ihr plötzlich etwas als eine schmerzhafte Lücke in ihrem Leben erschien, woran sie zuvor nicht einmal einen Gedanken verschwendet hatte. Sie sollte froh sein, wenn der Junge endlich von ihr genommen wurde! Dann hätte dieses törichte Brüten über ein nie gelebtes Leben endlich ein Ende!

Die Königin kniete sich neben sie. Sanft legte sie ihr eine Hand auf die Stirn. »Ich danke dir für das, was du für Albenmark getan hast, Aruna.«

Die Stimme erschreckte den Menschensohn. Er klammerte sich noch fester an sie.

»Was wird mit ihm geschehen?«

Emerelle schien überrascht. »Du bist nicht seine Mutter, Aruna.«

»Und doch war ich mit ihm verbunden wie eine Mutter mit ihrem Kind.«

»Und du hast mir alles verraten, was ihn in seinem Innersten bewegte. Auch hast du geholfen, als er von mir befragt wurde. Hätte eine Mutter all das getan? Du bist jetzt frei, Aruna. Er soll dir keine Last mehr sein.«

»Ich weiß, welchen Dienst ich dir erwiesen habe, meine Königin. Deshalb bitte ich dich um eine Gunst.«

Emerelle hob leicht eine Augenbraue, und Aruna fragte sich, ob die Königin nur verwundert oder schon verärgert war.

»Sprich!«

»Was wird mit dem Menschensohn geschehen?«

Etwas im Blick der Königin änderte sich. Alle Milde war aus ihren Augen gewichen. »Das liegt allein an ihm. Finde ich nur ein wenig von dem in ihm, was ich unter einem Ritter verstehe, dann werde ich großmütig sein. Aber wenn nicht ... Er hat Albenmark in einem Maße geschadet wie nie ein Menschensohn zuvor. Er hätte es verdient, so wie seine Kameraden im Hafenbecken zu sterben.«

»Du weißt, dass er das Unglück nicht aus bösem Willen über uns brachte. Nicht er hat das Tor in unsere Welt geöffnet.«

»Hast du schon vergessen, was er alles erzählt hat? Er versiegelte einen Albenstern in seiner Welt. Und damals wusste er sehr genau, was er tat.«

»Seine Lehrer haben ihn verblendet, meine Königin«, wandte Aruna ein. »Er ist reinen Herzens.«

Plötzlich lächelte Emerelle. »Du überraschst mich. Wenn er tatsächlich so ist, wie du ihn mir beschreibst, dann musst du dich um ihn nicht sorgen. Du weißt ja, er wurde mit einer

Glückshaut geboren. Wenn die giftige Saat der Tjuredkirche nicht tief in seinem Herzen Wurzeln geschlagen hat, dann wird er leben. Welchem Menschensohn wurde schon die Gnade zuteil, ein zweites Mal geboren zu werden? Und wer von seiner Art teilte je sein Blut mit einer Apsara?«

Aruna dachte an all die Bürden, die dem jungen Ritter in sein vermeintlich neues Leben mitgegeben wurden. Diesmal wurde er wahrlich nicht mit einer Glückshaut geboren. Wie lange würde es dauern, bis er sich an seine Vergangenheit erinnerte? Und würde er erfahren, welchen Verrat er an seinen Ordensbrüdern und -schwestern begangen hatte? Hoffentlich würde ihm niemals klar werden, was er während seines langen Schlafes preisgegeben hatte.

Emerelle berührte sie sanft am Bauch, und das Band aus Fleisch und Blut fiel von ihr ab. Aruna seufzte. Es lag keine Erleichterung in diesem Laut. Sie blickte mit Bedauern auf die durchtrennte Nabelschnur.

Der Ritter stöhnte auf. Er wand sich in ihren Armen und sprach Worte, die sie nicht verstand. Aruna hielt ihn fest. Tränen standen in ihren Augen.

Die Königin fuhr dem Jüngling mit den Fingerspitzen über Stirn und Augen. »Schlaf, Menschensohn.«

Der Schrecken wich aus dem Gesicht des Ritters. Seine Augenlider waren jetzt wieder geteilt, doch blieben sie im Schlaf geschlossen.

Nun berührte Emerelle den Bauch des Jünglings dort, wo die Nabelschnur entsprang, und sie fiel ab.

Aruna rang die Tränen nieder. »Werde ich ihn je wiedersehen?«

»Er würde dich nicht erkennen. Es wird besser für ihn sein, wenn er nicht weiß, wie nah er dir gewesen ist. Vergiss nicht, er ist nur ein Menschensohn. Er könnte all das nicht verstehen.«

Die Apsara hob die Nabelschnur vom Mosaikboden auf. Sie war noch warm von ihrem Blut. »Gib ihm Zeit, Herrin. Er ist nicht böse. Er ist fehlgeleitet.«

»Die Zeit jagt uns davon, Aruna. Das Erbe der Alben soll uns entrissen werden. Im Silberspiegel sah ich das Banner des toten Baumes über unseren Städten wehen. Auch Uravashi und etliche deiner Schwestern hatten diese Visionen.« Sie sah Aruna fest an. »Auch du bist eine Apsara. Weißt du nicht um sein Schicksal? Hast du in all der Zeit, die du mit ihm verbunden warst, nicht versucht, in seine Zukunft zu sehen?«

»Er ist Blut von meinem Blut geworden. Ein Teil von mir. Und unsere eigene Zukunft zu sehen, ist uns gnädigerweise verwehrt, Herrin.«

»Willst du es jetzt versuchen?«

Aruna zögerte. Dann schüttelte sie den Kopf. »Er wird immer ein Teil von mir bleiben.«

Sie sahen einander lange schweigend an. Von Uravashi wusste Aruna, wie verzweifelt die Königin versuchte, den Schleier der Zukunft zu zerreißen, und dass sie den Bildern, die ihr die Silberschale zeigte, nicht mehr traute. Oft hatte Emerelle ihr Orakel aufgesucht. Aruna hatte nie zu fragen gewagt, was ihre Fürstin der Königin gesagt hatte. Wenn sie die Herrin Albenmarks so betrachtete, war sie froh, ihre Bürde nicht tragen zu müssen.

»Ich verspreche dir, ich werde gerecht zu dem Jungen sein.« Emerelle winkte dem weiß gewandeten Ritter, der schweigend im Hintergrund gewartet hatte.

Er hat traurige Augen, dachte Aruna. Als er niederkniete, um den Jungen aufzuheben, berührte die Apsara flüchtig die Hand des Elfen. Erschrocken fuhr sie zurück. Sie hatte den Tod des Ritters gesehen. Es war, als hätten die Flammen auf ihrer Haut gebrannt. Seine Tage waren gezählt.

»Du musst dich nicht sorgen, Aruna.«

Ganz offensichtlich hatte die Königin den Schrecken auf ihrem Gesicht falsch gedeutet.

»Ollowain wird über den Menschensohn wachen und darüber, dass ich mein Wort nicht breche.«

ZWEI BRIEFE

Die Wachen hatten ihn zu einer Tür aus verzogenem grauen Holz gebracht. Die Ordensniederlassung der Ritter vom Aschenbaum sah heruntergekommen aus. Antkerk war kein bedeutender Hafen. Rodrigo hatte noch nie von ihm gehört, bis die *Gottesbote* gestern Nachmittag im Hafenbecken vor Anker gegangen war. Ein besseres Fischerdorf mit verfallenen Festungswerken war dieses Kaff. Aber Rodrigo war sich sicher, dass man ihm im *Roten Krug* dennoch all seine Wünsche erfüllen würde. Er musste nur diesen lästigen Auftrag schnell hinter sich bringen.

Der Ruderer dachte daran, wie er durch die Fenster der Schenke gespäht hatte, bevor er vor die Laterne an der Eingangstür getreten war, um das vereinbarte Signal zu geben.

Drinnen hatte er eine Schankmaid mit langem schwarzen Haar erblickt. Sie trug ein so freizügiges Mieder und hatte sich so bereitwillig von den Gästen begrabschen lassen, dass Rodrigo sich ganz sicher war, dass man von ihr mehr bekommen konnte als nur einen Krug mit angewärmtem Wein.

Wieder klopfte eine der Wachen an die graue Tür. Die beiden Soldaten trugen Kürass und Morion, dazu fast kniehohe Stiefel. Ihre Ausrüstung wirkte so heruntergekommen wie der kleine Hafen. Selbst im Fackellicht sah man deutlich die Rostränder, die die Nieten ihrer Rüstung einfassten.

Hinter der Tür erklang ein mürrisches Grunzen. Dann wurde geöffnet.

Rodrigo machte unwillkürlich einen Schritt zurück. Der Mann, der vor ihm stand, war ein übellauniger Riese. Er war gewiss zwei Schritt groß und hatte eine Brust, so breit wie die großen Wasserfässer tief im Rumpf der *Gottesbote*. Sein Hemd war offen. Graues Haar kräuselte sich auf der bleichen Haut seiner Brust. Am faltigen Hals änderte sich die Farbe; ohne Übergang wechselte sie zu einem Rotbraun, das in vielen Sommern tief in die Haut gebrannt worden war. Der Kerl hatte ein Leben lang eine Rüstung getragen, dachte Rodrigo; seine Brust hatte nur selten die Sonne gesehen.

Kalte, graue Augen musterten den Ruderer. Das schwarzgraue Haupthaar des Kriegers war zu Stoppeln gestutzt. Eine wulstige Narbe lief quer über seine Stirn. Seine Nase war ein unförmiger, breiter Fleischberg. Rodrigo hätte die Goldmünze in seiner Tasche darauf gewettet, dass sie mindestens zweimal gebrochen worden war. Bestimmt war dieser Ritter ein Veteran der Heidenkriege in Drusna.

»Was gibt's?«, dröhnte eine tiefe Stimme.

»Ein Bote von der Galeere im Hafen, Herr«, beeilte sich eine der Wachen zu antworten.

Der Ritter maß Rodrigo mit seinen grauen Augen. »Du siehst ja aus, als hätte man dich ins Meer geworfen.«

Der Ruderer zuckte zusammen. Fernando hatte ihm immer wieder eingeschärft, dass er auf keinen Fall verraten dürfte, dass er geschwommen war.

Der Veteran trat zur Seite und winkte ihn hinein. »Verdammter Regen. Komm, stell dich an den Kamin.«

Rodrigo trat in eine Turmkammer mit hoher Decke. Neugierig sah sich der Ruderer um. An etlichen Stellen war der Putz von den Wänden geplatzt und hatte dunkelrote Ziegelmauern freigelegt. Der Boden war mit Binsen ausgestreut. Es war behaglich warm. Das Feuer im Kamin warf ein unstetes, rotgoldenes Licht in die Kammer.

Dankbar streckte Rodrigo seine Hände dem Feuer entgegen. Es tat gut, die Wärme auf der Haut zu spüren. Auf der verdammten Galeere gab es keinen einzigen warmen Platz. Schon gar nicht auf dem halb offenen Deck der Ruderer. Da half auch das große Sonnensegel nichts, das zum Schutz vor dem Regen aufgespannt worden war.

»Und? Welche Nachricht hast du für mich?« Der Veteran hatte die Tür geschlossen. Er wirkte sehr müde.

Rodrigo öffnete die nasse Ledertasche, die er um den Gürtel geschnallt trug. Er nahm das vordere in Öltuch eingeschlagene Kästchen heraus und wickelte das Tuch ab.

Der Ritter sah ihm mit gerunzelter Stirn zu.

Vorsichtig legte Rodrigo das Kästchen auf den kleinen Tisch, der am Kamin stand. Es war kaum dicker als seine Hand und gerade so groß, dass es das gefaltete Pergament aufnehmen konnte. Mit leisem Klicken öffnete er den Verschluss. Dann hielt Rodrigo dem Ritter mit beiden Händen das Kästchen hin. Er hatte einmal gesehen, dass man feinen Herren auf diese Weise wichtige Papiere reichte, und er wollte den Ritter durch seine guten Umgangsformen beeindrucken.

Der Veteran brach das Siegel und begann zu lesen. Kaum hatte er einige Zeilen überflogen, da blickte er auf. »Von wem hast du diesen Brief bekommen?«

»Vom Schreiber ...«

»Wessen Schreiber?«

Rodrigo wich dem Blick der kalten, grauen Augen aus. »Des Capitano. Unser Capitano hat eine Hand in einer Seeschlacht mit den Heiden verloren. Deshalb braucht er einen Schreiber.« Fernando hatte ihm befohlen, diese Lüge zu erzählen. Niemand sollte wissen, dass der Primarch der Neuen Ritterschaft an Bord der *Gottesbote* war. Deshalb mied die Galeere alle Häfen.

Der Veteran hatte sich wieder in die Lektüre des Briefes vertieft. Er las mit zusammengekniffenen Augen.

Rodrigo dachte derweil an die Schwarzhaarige in der Spelunke und lächelte. Niemand war von Bord gegangen, seit sie den Kriegshafen am Rabenturm verlassen hatten. Die Stimmung unter den Ruderern, Seeleuten und Soldaten war schlecht. Üblicherweise liefen Galeeren alle zwei oder drei Tage einen Hafen an, und zumindest ein Teil der Mannschaft erhielt Erlaubnis zum Landgang. Doch die *Gottesbote* war wie ein Geisterschiff. Sie blieb unsichtbar. Gegen jede Vernunft mied sie es sogar, in Sichtweite der Küste zu fahren.

Als das schlechte Wetter sie vor fünf Tagen in den Hafen von Oesterburg getrieben hatte, waren sie genau wie hier mitten im Hafenbecken vor Anker gegangen. Der größte Teil der Mannschaft hatte unter Deck bleiben müssen, als der Hafenkommandant an Bord gekommen war, um das Kriegsschiff zu inspizieren. Auch später, als man Trinkwasser und frische Lebensmittel aufgenommen hatte, hatte nur eine handverlesene Schar bei den Arbeiten helfen dürfen.

Rodrigo kratzte sich im Schritt. So wie ihn juckte es fast die ganze Mannschaft, endlich wieder bei einem Weib zu liegen. Der Ruderer grinste gedankenverloren. Gott meinte es gut mit ihm. Gott und Alfonsin! Der Richtschütze hatte ihn empfohlen, so musste es gewesen sein. Anders war nicht zu erklären, dass der Schreiber ausgerechnet ihn aus der Schar der Ruderer ausgewählt hatte. Er sollte für Alfonsin eine Flasche Branntwein besorgen. Das war er dem Kanonier schuldig! Alfonsin hatte sogar brüderlich die Prämie von zwei Goldstücken mit ihm geteilt, obwohl sie einander kaum kannten. War ein feiner Kerl, der Richtschütze.

Bestimmt beneidete ihn Alfonsin jetzt. Der Ruderer dachte an den wilden Ritt, den er mit der Schwarzhaarigen haben würde. Sie hatte Feuer, das konnte man an ihren Augen sehen. Er leckte sich über die Lippen. Wenn er nur an sie dachte, schoss ihm schon das Blut zwischen die Schenkel.

»Du hast noch einen Brief?«

Rodrigo schreckte aus seinen Tagträumen. Verwundert sah er den Ritter an.

»Gib mir den anderen Brief!«

»Das kann ich nicht, Herr. Der ist nicht für Euch bestimmt. Den soll ich zu dem Ritter in der Hafenschenke bringen.«

»Hältst du es für klug, mir zu widersprechen?«

Rodrigo konnte sehen, wie sich die Sehnen am Hals des Veteranen spannten. »Herr, ich darf nicht …«

»Hier entscheide allein ich, was du darfst! Gib mir den Brief, oder ich nehme ihn mir!«

Rodrigo blickte zur Tür. Er würde es nicht bis dorthin schaffen. Und selbst wenn, draußen waren gewiss noch die Wachen. Er griff in die Tasche. »Das werde ich meinem Capitano melden müssen. Ich …«

Die Ohrfeige traf ihn wie ein Huftritt. Er ging zu Boden, schüttelte sich benommen. Der Ritter nahm ihm den Brief ab. Er zog seinen Dolch und öffnete sehr vorsichtig das Siegel, ohne das Wachs dabei zu zerbrechen. Das Licht des Kaminfeuers spielte auf der Klinge. Sie war scharf wie ein Rasiermesser.

Rodrigo rückte ein Stück von dem Ritter ab. Jetzt war er näher bei der Tür. Ganz langsam richtete er sich auf. Was würde der Schreiber sagen, wenn er davon erfuhr? Vielleicht war es klüger, die Sache zu verschweigen.

Das Gesicht des Ritters wirkte wie aus Stein geschnitten,

während er las. Eine tiefe Falte teilte die Stirn über der eingeschlagenen Nase. Langsam schüttelte er den Kopf. Die Hand, mit der er den Dolch hielt, zitterte leicht.

Rodrigo befiel der absurde Gedanken dass die Worte in diesem Schreiben den Ritter vergiftet hatten. Er wirkte plötzlich älter, ausgezehrt.

»Möchtest du mir vielleicht noch etwas über den Herrn dieses Schreibers erzählen?«, fragte der Ritter unvermittelt und näherte sich ihm.

Rodrigo versuchte, von dessen Gesicht abzulesen, was er wohl hören wollte. Wenn er jetzt etwas anderes als vorhin sagte, würde er als Lügner dastehen. Es war klüger, bei dem Weg zu bleiben, den er einmal eingeschlagen hatte. »Also der Capitano ist ein feiner Herr. Er sorgt sich sehr um seine Mannschaft. Ist eben ein echter Ritter. Er hat …«

Der Dolchstoß kam schnell wie ein Schlangenbiss.

Ungläubig starrte Rodrigo auf die Waffe, die ihm der Ritter dicht unter dem Rippenbogen in den Leib gerammt hatte.

»Was …« Ein metallischer Geschmack stieg ihm in den Mund. Alle Kraft wich ihm aus den Beinen.

»Du weißt nicht einmal, warum du stirbst, nicht wahr?« Die Stimme des Ritters klang jetzt erstaunlich weich. Sie passte gar nicht zu dem harten Gesicht.

Rodrigo dachte an die Schwarzhaarige. Er wollte sein Gesicht in ihrem Haar vergraben. Wie es wohl roch? Er schloss die Augen. Der Schmerz war jetzt nicht mehr so schlimm. Als er ausatmete, wurde ihm schwarz vor Augen.

WENN DER REGEN KOMMT

Luc lauschte auf das Geräusch seines Atems. Er wusste nicht, ob er wachte oder träumte. Jeder Atemzug brannte in Kehle und Lunge. Wie feiner Sand scheuerte es.

Es war finster. Seine Hände ertasteten eine dünne Decke. Jetzt drang ein anderes Geräusch in sein Bewusstsein. Regen, der auf Steinpflaster fiel.

Es war schwül. Er schlug die Augen auf, und es blieb finster.

Erschrocken tastete er nach seinem Gesicht. Ein strammer Verband lag über seinen Augen. Was war geschehen?

»Du bist also endlich erwacht.«

Die Frauenstimme klang fremd. Ihr haftete ein seltsamer Unterton an. Und sie weckte Angst in ihm. Er hatte sie schon einmal gehört, konnte sich aber nicht mehr erinnern, wo.

»Was ist mit meinen Augen? Ich …« Er stockte. Was war mit seiner Stimme geschehen? Sie war ihm fremd. Heiser und ein wenig lallend, klang es so, als sei seine Zunge es nicht gewohnt, Worte zu formen.

»Du hast so lange geschlafen, dass das Tageslicht deinen Augen große Schmerzen bereiten würde. Vielleicht würdest du sogar erblinden. Der Verband schützt dich.«

»Ist es Tag?«

»Ja.«

Luc versuchte seine Gedanken zu ordnen. Er glaubte, von seiner Mutter geträumt zu haben. Er hatte in ihren Armen geschlafen. Dort war aller Kummer von ihm abgefallen. Lange hatte er nicht mehr an sie gedacht.

Es war immer eher sein Vater, um den seine Gedanken kreisten, wenn er sich an das Dorf Lanzac und seine Familie erinnerte.

Warum lag er in einem Bett? »Bin ich in einer Schlacht verwundet worden?«

»Du hast deine Hinrichtung überlebt.«

Lucs Finger krallten sich in die Decke. Alle Erinnerungen kehrten schlagartig zurück. Die Elfenzauberin. Sein verzweifelter Versuch, die Ruinen im Hafenbecken zu erreichen und dem Grauen zu entkommen. Er erinnerte sich, wie er den hellen Stein berührt und ihn etwas gepackt und in die Tiefe gezerrt hatte. Voller Angst tastete er nach seinen Beinen und atmete dann erleichtert auf. Aber warum lebte er noch?

»Wer bist du?«

»Die Elfe, die deine Hinrichtung und deine Rettung befohlen hat, Luc de Lanzac, Recke der Neuen Ritterschaft.«

Schrecken und Erleichterung durchfuhren Luc gleichzeitig. Er begriff nicht, warum die Elfe so ein grausames Spiel mit ihm getrieben hatte. Aber welcher Sterbliche vermochte schon Elfen zu verstehen. »Leben meine Kameraden auch?«

»Nein.«

Er schluckte. Wenn er diese verdammte Elfe nur sehen könnte. Lächelte sie jetzt? »Bereitet es dir Vergnügen, grausam zu sein?«

»Du findest es grausam, noch am Leben zu sein?«

»Warum ich? Warum kein anderer? Was ist an mir Besonderes? Was erhoffst du dir von mir? Ich bin nicht besser und nicht schlechter als meine Kameraden. Und wenn du glaubst, ich würde meine Kirche oder meinen Orden verraten, weil ich noch jung und unerfahren bin, dann irrst du.«

»Du bist der Einzige, der seine letzte Nacht damit verbracht hat, einen Liebesbrief zu schreiben. Vielleicht habe ich dich deshalb ausgewählt.«

Luc setzte sich auf. Blinzelnd versuchte er durch die Augenbinde hindurch etwas zu sehen. Doch Nacht umfing ihn weiterhin. »Du hast ihn gelesen«, sagte er bitter. »So viel gilt also dein Wort.«

Sie lachte. »Ich bin eine Elfe, Luc. Ich bin schamlos und böse. So denkt ihr Ritter Tjureds doch von uns.«

Ein Donnerschlag drang durch das Raunen des Regens, fern und dumpf. Luc hörte einen Schrei. Die Stimme klang zart und unendlich verletzt. So wie das Geräusch des Donners in seinen Bauch fuhr, drang die Stimme direkt in sein Herz.

»Was ist das für ein Ort hier?«

»Mein Palast.«

»Wer hat da geschrien?« Der Ritter glaubte jetzt auch, ein leises Schluchzen zu hören.

»Das ist Myrielle. Sie hat ihre Eltern und einen Arm verloren in der Nacht, als ihr gekommen seid. Wenn es donnert, flieht sie in eine Zimmerecke und drückt sich so fest gegen das Mauerwerk, als wolle sie eins werden mit der Wand. Sie will dieser Welt entfliehen. Und sie schreit ihren Schmerz heraus. Sonst sagt sie nie ein Wort. Die Regenzeit hat begonnen. Es gibt jeden Nachmittag ein Gewitter. Und jeden Nachmittag erlebt sie die Nacht aufs Neue, in der ihre Eltern starben. Man sagt, ich sei die größte Zauberin meines Volkes, aber ich kann ihr ihren Schmerz nicht nehmen. Mein Palast ist voller Kinder, denen ich nicht zurückgeben kann, was ihr Ritter ihnen genommen habt.«

Wieder rollte Donner über den Himmel, gefolgt von einem Schrei.

»Ich muss jetzt gehen, Luc. Ich werde die Fenster verdunkeln. Lausche dem Gewitter. Mir hilft es, im Dunkeln zu sitzen und dem Regen zuzuhören. Manchmal muss man im Dunkel verweilen, um wieder klar sehen zu können.«

Luc hörte, wie sich ihre Schritte entfernten. Plötzlich verharrten sie. »Noch etwas. Ich habe den Brief nicht gelesen. Du hast davon während deines langen Schlafs erzählt. Was du sagtest, war nicht sonderlich poetisch. Die Worte waren nicht gut gesetzt. Aber ich muss dir zugestehen, dass sie mich dennoch berührt haben.«

Ihre Schritte gingen im Geräusch des Regens auf. Als sie fort war, betete er leise, dass kein Donner mehr kommen möge.

SIGURD SWERTBRECKER

Sigurd drehte seine Runde. Zu gehen fiel ihm noch immer nicht leicht. Aber er musste auf Gishild aufpassen. Sie war zu leichtsinnig! Sie hatte keine Ahnung, wie es wirklich um sie stand. Ja, hier im Fjordland herrschte kein Krieg ... noch nicht. Aber das hieß nicht, dass sie hier sicher war. Ihm wäre es lieber gewesen, sie in einem Heerlager zu sehen. Dort war es leichter, die Dinge im Griff zu behalten.

Er sah dem Mädchen mit dem Besen hinterher. Sie war neu. Oder verließ ihn sein Gedächtnis? Sie waren lange fort gewesen vom Königshof in Firnstayn. Sigurd spuckte auf den frisch gefegten Boden und sah zu, wie sein Speichel in den Fugen der Steinplatten zerlief. Es war immer noch ein bisschen Blut dabei. Die verdammten Tjuredsklaven hatten ihn übel erwischt. Schlimmer als früher. Und er erholte sich langsamer.

Er hatte Gishild Beorn Torbaldson mitgeschickt. Sigurd konnte nicht mehr mit ihr Schritt halten, wenn sie die Arbeiten an den Wällen besichtigte oder sich einfach so auf dem

Marktplatz zeigte. Und dabei duldete sie keine angemessenen Wachen an ihrer Seite. Nur einer durfte mit. Und gelegentlich noch jemand von den Anderen. Bevorzugt Elfen, weil die weniger auffielen als Trolle, Kobolde oder Kentauren.

So viele Jahre waren die Geschöpfe Albenmarks nun schon Gäste im Fjordland. Und doch hatte sich in den Herzen der Menschen ein Rest abergläubischen Misstrauens gegen sie gehalten. Nur Gishild schien das nichts auszumachen.

Sigurd stieß sich von der Wand ab, an der er gelehnt hatte. Kurz blickte er durch ein Fenster hinab auf den Hof. Er dachte an jene Winternacht, als er dort unten gestanden hatte, um mit seinem König zu sprechen. Die Nacht, in der die Elfenhexe Morwenna gekommen war, um die Königin und Gunnars Sohn Snorri zu retten. Wie sehr hatte sich die Welt seitdem verändert.

Sigurd hustete und blinzelte eine Träne fort. Narren und Greise neigten zu solchen wehmütigen Gedanken. Er war weder das eine noch das andere. Er würde seine Pflicht tun. Sein Blick glitt zu der Tür auf der anderen Seite des Flurs. Bald würde Gishild wiederkommen. Dann wollte sie ihre Ruhe haben. Erek wühlte sicher bis zum Sonnenuntergang im Dreck bei den Festungswällen. Er mochte das. Manchmal gebärdete er sich eher wie ein Maulwurf denn wie ein Krieger. Wenigstens hatte er es endlich geschafft, in Gishilds Bett zu steigen und sie diesen verdammten Ritter vergessen zu lassen.

Gishild hatte ihm von dem Ritter erzählt. Ganz zu Anfang, als sie zurückgekehrt war. Sie hatte sich Sorgen gemacht, dass dieser Kerl sich anschleichen könnte und von den Mandriden erschlagen würde. Sie war so sicher gewesen, dass er kommen würde. Dann hatte sie aufgehört, über ihn zu reden. Der Hauptmann wusste, dass sie manchmal Briefe von ihrem Ritter erhielt. Und das beunruhigte ihn. Er wünschte sich, dass dieser verdammte Orden endlich von ihr abließ. Hatten sie denn noch immer nicht begriffen, dass Gishild ihre Götter und ihr Land niemals verraten würde?

Sigurd öffnete die Tür. Noch so eine Unsitte. Keine einzige Tür in diesem Palast wurde verschlossen. Wer nur tolldreist genug war, der konnte bis ins Schlafgemach der Königin spazieren. Niemand achtete auf so was. Sie war so verdammt leichtfertig!

Der Hauptmann der Mandriden sah sich aufmerksam in der Kammer um. Wenn er nicht gewusst hätte, dass er in einem königlichen Gemach stand, wäre er nicht auf den Gedanken gekommen. Sie lebte bescheiden. Sein verrücktes, kleines Mädchen. Er war es Gunnar schuldig, auf sie aufzupassen. Wie sehr er in der Schuld des Königshauses stand, hatte sein Freund niemals begriffen. Niemand wusste das …

Sigurd hustete. Sein Blick schweifte über das frisch bezogene Bett und die kleine Kommode mit dem Feldblumenstrauß. Eine angeschlagene Waschschüssel stand dort. Dieselbe, die Gishild während des Feldzugs in Drusna in ihrem Zelt gehabt hatte. Ein Krug mit Wasser.

Auf dem Stuhl gefaltet lag ein hübsches, grünes Sommerkleid. Sigurd musste schmunzeln. Gishilds Dienerinnen wurden es nicht müde, es zu versuchen. Dabei mochte die Königin selbst jetzt ihre Männerkleider nicht ablegen. Noch so eine Unsitte, die ihr die verdammten Ordensritter beigebracht hatten.

Und Erek, dieser Trottel, sagte gar nichts dazu. Wahrscheinlich hatte er seinen Spaß daran, ihre langen Beine in den Hosen zu bewundern. Das sollte er lieber nachts im Bett tun und seinem Weib ins Gewissen reden, sich tagsüber gesittet zu kleiden. Es war eine Sache, wie sie sich in einem Heerlager aufführte, aber hier am Königshof galten andere Regeln. Sie sollte sich nicht zu sehr einen Spaß daraus machen, die alten Traditionen mit den Füßen zu treten. Das war nicht klug.

Leider hörte sie nicht auf ihn. Der alte Krieger musste unwillkürlich schmunzeln. Aber das war ja nichts Neues. Er erinnerte sich daran, wie Gunnar ein Rudel Bärenbeißer darauf abgerichtet hatte, seiner Tochter nachzuspüren, wenn sie sich wieder einmal aus dem Staub gemacht hatte.

Sigurd musste sich an einem der Bettpfosten festhalten. Einmal zu oft war sie fortgelaufen, die Prinzessin. Er hatte es nicht geahnt. In dieser einen Nacht war er nicht auf seinem Posten, sondern tief im Wald gewesen. Er hatte sich mit dem Feind getroffen, weil sie behauptet hatten, sein Weib und seine Tochter würden noch leben. Ivanna und Mascha ... Bis dahin hatte er geglaubt, sie seien bei der Eroberung Villusas umgekommen. Aber die verfluchte Komturin hatte ihm bei den Waffenstillstandsverhandlungen so viel über die beiden erzählt, dass sie ihn überzeugt hatte. Nur deshalb war er nachts zu ihr in den Wald gekommen. Er hatte etwas über sein Weib und seine Tochter hören wollen. Niemals hatte er vorgehabt, seinen König zu verraten. Und doch hatte er, der Hauptmann seiner Leibwache, daneben gestanden, als Gishild der Dolch in die Brust gestoßen worden war. Er hatte keine Ahnung gehabt, dass sie es gewesen war, die auf der anderen Seite des Weidengeflechts stand. Und Lilianne hatte so schnell zugestoßen ... Er hätte damals Gishild mitnehmen sollen. Wenn er nur gewusst hätte! Er war in Panik geraten und davongelaufen. Wie hätte er seinem König erklären sollen, dass er dabei gewesen war, als dessen Tochter niedergestochen wurde? Weit außerhalb des Lagers, weit entfernt von dem Ort, an dem ihn seine Pflicht hätte halten müssen. Niemand hätte ihm geglaubt, dass er kein Verräter war.

Die Ereignisse jener Nacht hatte er nie verwunden. Selbst

als sie ihr Amt als Komturin verloren hatte, hatte Lilianne noch dreimal über Mittelsmänner versucht, mit ihm Kontakt aufzunehmen. Er hatte seine Familie aufgegeben, um seinem Königshaus zu dienen. Eines Morgens hatte er parfümierte Briefe in einem seiner Stiefel gefunden. Sie waren von seinem Weib Ivanna gewesen. Er hätte ihre Handschrift wohl nicht erkannt, aber sie hatte ihr altes Siegel verwendet. Und die Art, wie sie die Worte der Liebe gebraucht hatte, war ihm auch noch vertraut. Nur, dass dieser Brief nicht an ihn gerichtet gewesen war, sondern an einen anderen Mann.

Die letzte Nachricht hatte er vor knapp einem Jahr bekommen. Während des Feldzugs in Drusna. Sie war um einen Pfeil gewickelt gewesen, der neben ihm in einen Baum geschlagen war, als er sich kurz von den Mandriden getrennt hatte, um in Ruhe sein Geschäft zu verrichten. Sie hatten ihm mitgeteilt, dass seine Tochter in den Rang einer Ritterin erhoben worden und eine der Besten ihres Jahrgangs auf der Ordensburg von Valloncour gewesen war. Und sie hatten angekündigt, dass man sie nach Drusna versetzen würde, um gegen die letzten Heiden zu kämpfen.

Sigurd hatte sich mit dem Pergament den Hintern abgewischt. Aber nachts hatte er nicht schlafen können. Er hatte allein an einem Feuer gesessen und zu den Sternen geblickt. Seine Tochter war eine Kriegerin geworden! Das wäre niemals geschehen, wenn sie im Fjordland aufgewachsen wäre, wie er es sich immer gewünscht hatte. Aber irgendwie erfüllte ihn die Nachricht mit traurigem Stolz. Er hatte sich besoffen in jener Nacht, aber er war stolz auf sie gewesen. Ob sie wusste, dass sie eigentlich Mascha Sigurdsdottir heißen müsste?

Der Hauptmann kniete nieder und blickte unter das Bett der Königin. Nur zur Sicherheit! Er würde sich für Gishild zerhacken lassen. Nie wieder durfte ihr etwas geschehen!

Schnaufend richtete er sich auf. Verdammte Wunde! Unruhig stapfte er im Zimmer auf und ab. Er blickte in die schwere Kleiderkiste. Nichts. Alles war in Ordnung.

Seine Kehle war trocken. Der Heiler hatte gesagt, er solle viel trinken. Vielleicht hatte der alte Quacksalber ja recht. Sigurd griff nach dem Wasserkrug neben der tiefen Waschschüssel. Seine Hand verharrte mitten in der Bewegung. Auf dem Grund der Waschschüssel lag ein Brief.

»Verdammte Ritterbrut! Soll Luth euch allen den Faden abschneiden. Könnt ihr sie nicht in Frieden lassen?« Wütend packte er den Brief und stapfte zur Tür. Bis ins Schlafgemach seiner Königin kamen sie. Ihm standen Zornestränen in den Augen. Konnte er sie denn nicht einmal hier beschützen? Von jetzt an würde eine Wache vor dieser Tür stehen. Und sollten …

Die Tür schwang auf. Vor ihm stand Gishild. Sie lächelte gut gelaunt. Einen Herzschlag lang nur. Dann wischte sein Anblick das Lächeln aus ihrem Gesicht.

»Was hast du? Hast du geweint?«

Er blinzelte. »Es ist nicht so, wie es aussieht …«

»Was …« Sie sah den Brief in seiner Hand. »Der ist wohl für mich«, sagte sie kühl.

»Gishild, bitte … Sie schaffen es, in dein Schlafgemach zu kommen. Das darf nicht sein. Sie sinnen nur auf dein Verderben. Du darfst keine Briefe von ihnen lesen. Lug und Trug können genauso schreckliche Waffen im Krieg sein wie Dolche und Schwerter.«

»Bitte, geh!«

Er griff nach ihrem Arm. »Vertrau mir, Gishild. Du musst besser auf dich achtgeben. Du brauchst mehr Wachen. Und wir müssen herausfinden, wer diesen Brief gebracht hat. Da war eine junge Magd mit einem Besen. Sie könnte …«

»Du darfst gehen, Sigurd. Ein Dolchstoß in die Brust konnte mich nicht töten, als ich ein Kind war. Was sollte ich da als Königin von einem Brief befürchten?«

»Es geht darum, dass sie einfach so in deine Kammer kommen. Du …«

»Nein, Sigurd, jetzt geht es allein darum, dass ich in Ruhe einen Brief lesen möchte, der nur für meine Augen bestimmt ist.« Sie versuchte, ihren Worten mit einem warmherzigen Lächeln die Schärfe zu nehmen.

»Ich könnte Erek rufen lassen, damit du nicht allein …«

»Das wirst du nicht, mein Freund. Ich will jetzt allein sein!« Sie trat zur Seite und wartete, dass er ihr Gemach verließ.

DIE TAT EINER KÖNIGIN

Gishild warf einen langen Blick in den silbernen Handspiegel. Ganz gegen ihre Gewohnheiten hatte sie ein wenig Puder aufgelegt. Sie konnte das nicht! Sie sah aus wie eine Leiche, und dabei wollte sie königlich wirken. Sie hätte eine ihrer Damen rufen können … Aber das wollte sie nicht. Sie wollte niemanden sehen. Schon gar nicht irgendwelche Zofen oder Hofdamen, die sich über sie das Maul zerreißen würden, sobald sie durch die Tür hinaus waren.

Sie wusste, dass Erek dort draußen stand. Seit drei Tagen. Und obwohl sie auch ihn nicht sehen wollte, gab ihr das Halt. Es war gut, ihn zu haben. Jetzt fühlte sie sich wegen dieses Gedankens nicht mehr schäbig, nein … fast nicht mehr. Es war kein Verrat an Luc, so sollte sie das nicht sehen.

Sie biss die Zähne zusammen. Sie musste sich beherrschen. Sie war eine Königin und kein kleines Mädchen! Und doch reichte ein einziger Gedanke an Luc, und ihr standen erneut die Tränen in den Augen.

Sie hatte sich daran gewöhnt, von ihm getrennt zu sein. An ihn zu denken hatte nicht mehr geschmerzt. Sie war sich seiner Liebe immer sicher gewesen. Sie war da gewesen, in jedem Augenblick. Dieses Gefühl hatte in ihr leben können, ohne dass sie Luc sehen musste. Selbst in der Ferne war er ihr näher gewesen als die meisten Männer und Frauen bei Hofe, die täglich um sie waren. Dass er sterben könnte, daran hatte sie niemals gedacht. Er war ihr Ritter, der ihr ewige Treue geschworen hatte. Jetzt war ihr klar, wie kindisch sie gewesen war. Die Welt richtete sich nicht nach ihren Wünschen. Auch nicht, wenn sie Königin war.

Nun war es an der Zeit, so zu handeln wie eine Königin. So, wie Emerelle es sie gelehrt hatte! »Lasst sie hinein«, sagte sie mit lauter Stimme.

Die Tür zu ihrem Schlafgemach war nicht mehr verriegelt. Das war nicht mehr nötig. Alle dort draußen hatten inzwischen hingenommen, dass diese Kammer nur betreten würde, wen sie hier sehen wollte.

Als Yulivee eintrat, wurde es Gishild bewusst, wie lange sie ihre Freundin aus Kindertagen nicht mehr richtig angesehen hatte. Die Elfe war barfuß. Silberne Fußkettchen wanden sich um den linken Knöchel. Die weiße Seidenhose wurde von einem roten Wickelgürtel gehalten, der ihre mädchenhafte Taille betonte. Wo Krieger Dolche getragen hätten, steckten bei ihr Flöten im Gürtel. Aber der friedlich verspielte Eindruck täuschte. Sie war neben Emerelle und der Trollschamanin Skanga eine der mächtigsten Zauberinnen Albenmarks.

Über einer weißen Seidenbluse trug sie eine rote Weste mit

Goldstickereien. Ihr langes Haar war zu zwei Zöpfen geflochten, die sie zu einer eigenwilligen Turmfrisur gedreht hatte. Sie sah seltsam aus. Anders als die anderen Elfendamen.

Das Lächeln, mit dem sie Gishild bedachte, war echt. Vor langer Zeit einmal waren sie Freundinnen gewesen.

Die Königin blickte zu dem Brief, der auf der Kommode neben ihr lag. Sie straffte sich.

»Was ist geschehen?«

»Emerelle hat Luc töten lassen.« Gishild beobachtete sie genau. Hatte sie es gewusst? War ihr Erschrecken gespielt? Gishild war sich nicht sicher.

»Das kann nicht sein«, sagte Yulivee und klang dabei von ihren eigenen Worten überzeugt. »Ich weiß, die Königin hat noch Pläne mit ihm gehabt. Aus welchem Grund sollte sie ihn töten?«

»Er war bei dem Angriff auf Vahan Calyd dabei.«

Yulivee stutzte. »Ich habe davon gehört, dass einige Ritter und Soldaten hingerichtet wurden. Ich war erschüttert davon, dass Emerelle ...«

Gishild lachte auf. Es war ein bellender Laut ohne Fröhlichkeit. »Wie großherzig von dir, erschüttert zu sein.«

Die Elfe wirkte verwundert. »Gishild, du ...«

»Nein, ich habe euch Elfen lange genug zugehört.« Sie deutete auf Lucs letzten Brief. »Ich habe drei Tage lang über dein Volk nachgedacht, Yulivee. Euch als Freunde zu haben, das hat dem Fjordland über die Jahrhunderte nichts als Krieg und Tod gebracht. Schon zu Zeiten meines Urahnen Alfadas war es so. Das Fjordland musste bluten, weil er der Königin Emerelle in aussichtsloser Lage beigestanden hat. Und was ist nach all den Jahrhunderten der Dank? Deine Königin wusste um meine Liebe zu Luc. Warum musste er sterben? Ich bin mir ganz sicher, dass er kein Verbrechen begangen hat, für das er den Tod verdient hat. Diese Hinrichtung war Rache.

Ein Willkürakt einer Tyrannin. Wie sehr mich Lucs Tod treffen würde, hat sie offenbar nicht gekümmert.«

»Gishild, du ...«

Sie gebot der Elfe mit einer schroffen Geste zu schweigen. »Nein, Yulivee. Zu lange habe ich den Einflüsterungen der Elfen vertraut. Das wird sich von Stund an ändern. Ich wünsche an meinem Hof und in Firnstayn keinen Elfen mehr zu sehen. Und bis zum Ende dieses Mondes werden alle Elfen mein Königreich verlassen!«

»Spricht da eine Königin oder ein verletztes Mädchen aus dir?«

Gishild maß die Elfe mit hartem Blick. Ihr wurde bewusst, dass Yulivee jugendlicher aussah als sie. Und das, obwohl sie sicherlich schon viele Jahrhunderte alt war. »Ausgerechnet du fragst mich das, Yulivee. Du warst einmal meine Freundin. Deshalb habe ich dich rufen lassen.«

»Dir ist also bewusst, dass deine Entscheidung ebenso tyrannisch und ungerecht ist wie die Emerelles?«

»Wie kannst du mich mit ihr vergleichen!«, platzte es aus Gishild hinaus. »Vergieße ich unschuldiges Blut? Oder lasse ich euch in Schimpf und Schande davonjagen, wie ihr es verdient hättet?«

»Wie willst du den Krieg weiterführen?«

»Muss ich ihn weiterführen? Die Tjuredkirche will mit mir verhandeln. Vielleicht empfange ich einfach ihre Unterhändler und höre mir an, was sie zu sagen haben? Ich bin nicht mehr das dumme, kleine Mädchen von früher, Yulivee. Mir ist ganz klar, dass das Fjordland der Schutzschild Albenmarks ist. Darf ich als Königin zusehen, wie dieser Schild Stück für Stück in einem Krieg zerschlagen wird, den ich am Ende nicht gewinnen kann? Schulde ich meinem Volk keine bessere Zukunft?«

»Ich habe dich nie für ein dummes Mädchen gehalten«, entgegnete Yulivee traurig. »Und ich hoffe, ich habe dich niemals so behandelt. Du wirst mir nicht glauben, aber ich will es dir trotzdem sagen. Mit den Dienern der Tjuredkirche kannst du so wenig verhandeln wie mit einem hungrigen Wolf. Streck deine Hand aus, und sie wird dir abgebissen werden. Sie wollen den Glauben an deine Götter vernichten. Sie wollen das Leben zerstören, wie ihr es führt. Sie werden euch ihren Glauben und ihre Lebensart aufzwingen. Du weißt besser als jeder andere, wovon ich rede. Nun frage dich: Hast du dein Königreich gerettet, wenn dies der Preis ist?«

»Du hast viel von Emerelle gelernt«, entgegnete Gishild verächtlich. »Es stimmt also, dass du ihr auf den Thron folgen willst.«

Die Elfe blickte an sich herab. »Sehe ich aus wie eine Königin?«

»Du redest wie sie. Und Kleider kann man wechseln.«

Es war das erste Mal, seit sie Yulivee kannte, dass Gishild das Gefühl hatte, die Elfe sei verletzt. Die spöttische Leichtigkeit, die sie wie ein Schleier umgab und ihr wirkliches Wesen verhüllte, fiel für einen Herzschlag lang von ihr ab. Gishild blickte in ernste, traurige Augen.

»Wenn du wirklich mit mir reden willst, werde ich vielleicht noch einmal wiederkommen.«

»Es gibt nichts mehr zu sagen. Führe meinen Befehl aus. Ihr Elfen seid nicht länger als Gäste in meinem Königreich willkommen.«

DIE INNERE STADT

Honoré beobachtete, wie die schweren, goldenen Pforten zur inneren Stadt aufschwangen. Die innere Stadt öffnete sich ihm, und er würde sie erobern! Fünfzig Ritterbrüder warteten hinter ihm und zweihundertfünfzig ausgesuchte Ordenssoldaten. Alle hatten ihre Rüstungen poliert und neue Federn an ihre Helme gesteckt. Es war eine stolze Truppe. Sie würden seine Hausgarde sein.

Der Primarch hob die Hand und gab das Zeichen, durch die Pforte vorzurücken. Die innere Stadt war eine in sich geschlossene Siedlung. Hier lebten die sieben Heptarchen; alle Orden unterhielten hier große Häuser, in denen Vertreter nahe der Macht dafür sorgten, dass die Kirche die vielfältigen Interessen all ihrer kleinen und kleinsten Machtfraktionen nicht aus den Augen verlor.

Honoré lächelte. Er würde in dieses Chaos Ordnung bringen. Langsam rückten seine Truppen ein. Eine Ebene aus weißem Marmor, durchzogen von feinen rosa Adern, erwartete sie. Daraus erhoben sich einzelne Ordenshäuser, Verwaltungsstuben, kleine Kapellen. Links lag eine Kaserne mit eindrucksvoller Säulenfront.

Nur wenige Kirchendiener waren zu sehen. Sie gingen ihren Geschäften nach und gönnten ihnen kaum einen Blick.

Der Primarch war verwundert, dass der Großmeister nicht erschienen war, um ihn zu empfangen. Und keiner der Heptarchen. Honoré war nur ein einziges Mal zuvor in der inneren Stadt in Aniscans gewesen, kurz nachdem er die goldenen Sporen erhalten hatte. Damals war er im Gefolge des alten Primarchen Leon gereist. Die meisten Ritter kamen niemals hierher. Die innere Stadt war das Herz der Kirche. Hier wurde über die Geschicke der Welt entschieden.

Der Primarch drehte sich im Sattel und blickte zu den zwölf eisenbeschlagenen Kisten, die vom Fußvolk getragen wurden. Wie überall, wo es um Macht ging, regierte das Geld. Er würde Aniscans nicht mehr verlassen. Er würde sich den Thron eines Heptarchen kaufen. Das war gewiss keine Ruhmestat. Aber wenn es um Macht ging, war es klüger, einen gewissen Pragmatismus an den Tag zu legen. Wahrscheinlich ahnten die Heptarchen etwas von seinen Absichten. Ob Nachrichten über die Taten seiner Flotte Aniscans erreicht hatten? Verärgert dachte er daran, wie lange die Reise gedauert hatte. Und an den Zwischenfall in Antkerk. Einer der Ruderer hatte sich davongemacht und war offenbar bei einem Streit um eine Hure erstochen worden. In derselben Nacht war der Richtschütze der *Gotteshammer* spurlos verschwunden. Hatten die Ereignisse miteinander zu tun? Gab es einen Verräter an Bord? Er hatte viel Zeit gehabt, während der Reise darüber zu brüten.

Warum war niemand hier, um ihn willkommen zu heißen? Honoré mahnte sich zur Ruhe. Er hatte einen gewissen Ruf, der gewiss bis nach Aniscans gedrungen war. Wahrscheinlich beunruhigte sein unangekündigtes Erscheinen die Heptarchen. Aber wenn er ihnen die Krone und die Schätze Albenmarks zu Füßen legte, dann würden sie mit fliegenden Fahnen in sein Lager wechseln. Nichts zerstreute Bedenken so schnell und nachhaltig wie ein angemessen großes Geschenk. Und die Schätze, die er brachte, überstiegen das Vorstellungsvermögen von Kirchendienern, die niemals die Pracht Albenmarks gesehen hatten. Sie würden geblendet sein. Und sie würden ihm begeistert folgen, denn in der Welt der Anderen warteten noch unendlich viel mehr Schätze.

Auf pfeilgerader Straße durchquerte die Kolonne die Außenbezirke der Priesterstadt. Das Klappern der Hufe und der Marschtritt genagelter Stiefel waren das einzige Geräusch, das sie begleitete.

Weit vor ihnen spannte sich in Marmor und Gold der Triumphbogen, der von den größten Siegen der Kirche kündete. Er wurde flankiert von den Tempeltürmen des heiligen Jules, der kurz nach dem Tod Guillaumes die Kirche reformiert hatte, und des heiligen Michel, der den Ritterorden vom Aschenbaum begründet hatte. Sie hatten die Tjuredkirche verändert wie kein Priester seither. Eines Tages würde dort ein Tempelturm für den heiligen Honoré errichtet werden. Jahrhunderte des Erfolges hatten die Kirche starr und selbstgefällig werden lassen. Kleinliche Intrigen beraubten sie ihrer Macht. Jede Reform wurde durch endlose Beratungen verwässert. Er aber würde sie auf einen neuen Weg führen und den Glanz der Epoche von Jules und Michel wieder aufleben lassen.

Vor dem Triumphbogen lag der Platz der himmlischen Weisheit. Er wurde eingefasst vom Mausoleum der Gotteshelden auf seiner Linken und dem Totenturm der Tausend Erlesenen. Dort ruhten die Gebeine aller dahingeschiedenen Heptarchen und anderer hervorragender Kirchenfürsten. Der weiße Bau, der sich in Spiralen dem Himmel entgegenstreckte, erinnerte an das Gehäuse eines Wanderkrebses aus dem südlichen Meer. Der Turm wurde gekrönt von einer stilisierten Flamme aus gehämmertem Gold, in der sich das Morgenlicht brach.

Das Mausoleum auf der anderen Seite des Platzes war ein Wald von Säulen. Sie waren aus Porphyr gehauen, den man aus der Wüste südlich Iskendrias nach Aniscans geschafft hatte. Es hieß, manche stammten auch von den Tempeln und Palästen der Ketzerstadt des Gottes Balbar, die einst von den Rittern vom Aschenbaum erstürmt worden war. Eingefasst von goldenen Kapitellen, auf denen Juwelen aus Hunderten eroberten Städten funkelten, war für jeden Heiligen dort eine Säule gesetzt. Es war ein seltsamer Bau ohne Decken und von verwirrender Ordnung. Kaum jemand schaffte es, sich nicht zu verlaufen, wenn er in den Wald blutroter Säulen trat. Sie standen so dicht und verschieden gestaffelt, dass man nicht weit hineinschauen konnte. Inmitten dieses Säulenplatzes wurden auf einem Podest aus Jade, gebettet in einen Sarkophag aus reinstem Bergkristall, die verkohlten Gebeine des heiligen Guillaume ausgestellt.

Honoré führte seine Auserwählten über den Platz hin zum Triumphbogen. Seine Augen flogen über die Namen jener Stätten, an denen die Kirche ihre größten Siege errungen hatte, die in goldenen Lettern zu Tjureds Ruhm erstrahlten. Man sollte die Jarls der Heiden hierherführen, dachte der Primarch, und die wankelmütigen Bojaren, deren Glauben an Tjured kaum mehr als ein Lippenbekenntnis war. Wenn sie der Größe und Pracht der inneren Stadt begegneten, dann würden sie begreifen, wie klein sie waren und wie unüberwindlich Tjured und seine Diener.

Honorés Herz schlug höher, als er unter dem Triumphbogen auf den Platz des heiligen Zorns ritt. Nur halb so groß wie der Platz der himmlischen Weisheit, hatte er ein spiegelndes, schwarzes Pflaster aus Vulkanglas. Eingefasst war der Platz mit einem breiten Mosaikband aus lauterem Gold, wie man es in Flüssen fand. Gegenüber lag der Platz der Heptarchen, fast verborgen hinter einer Phalanx riesiger Seidenbanner. Jede Provinz und jede Volksgruppe, die sich zum Glauben an Tjured bekannte, hatte hier ein Banner stehen. Ein Meer von Flaggen erfreute das Auge des Betrachters, jede zehn Schritt hoch und vier Schritt breit, gefertigt aus feinster Seide, so dass sie sich schon beim leisesten Lufthauch bewegten.

Noch vor den Bannern erhob sich ein Podest aus Ebenholz. Darauf waren zwölf eiserne Stühle aufgestellt, fest verbunden mit dem Holz. Honoré stutzte. Auf sieben der Stühle thronten Gestalten in weißen Büßerhemden, deren Häupter mit schwarzen Kapuzen verhüllt waren. Ihre Köpfe waren auf die Brust gesunken. Hier starben die Feinde Tjureds, langsam erdrosselt mit der Garotte. Ein Tod, der auf eine Stunde jämmerlichen Keuchens und Gurgelns gestreckt werden konnte, wenn der Henker es wollte.

Honoré zügelte seinen Rappen. Das Tier schnaubte nervös. Der Platz des heiligen Zorns war menschenleer. Nur die Toten warteten auf sie.

Die ganze Kolonne hatte angehalten. Honoré konnte spüren, wie angespannt seine Männer waren.

Plötzlich ertönte ein einzelner Fanfarenstoß. Ein Schwarm Tauben flatterte von den Simsen des Totenturms empor und floh in weitem Bogen gen Westen, fort von der Stadt.

Miguel de Tosa, der Ordensmarschall der Neuen Ritterschaft und Kommandant seiner Rittereskorte, trieb seinen Braunen an Honorés Seite. »Wir sollten uns zur goldenen Pforte zurückziehen, Bruder«, raunte er.

»Wovor fliehen wir? Vor einem Fanfarenstoß?«, entgegnete der Kirchenfürst gereizt.

Der Ritter deutete auf das Henkersgerüst. »Vor diesem Schicksal.«

Honoré lachte leichthin. »Das sind irgendwelche Ketzer. Es könnten sogar Elfen sein.«

»Der Mann in der Mitte trägt goldene Sporen. Er war ein Ritter.«

Der Primarch schwang sich aus dem Sattel. Ohne Frage, der Empfang hier war eine Beleidigung. Wahrscheinlich steckte Tarquinon dahinter. Der Großmeister des Ordens vom Aschenbaum ahnte gewiss, dass dieser Besuch vor allem dazu dienen sollte, ihm sein Amt als Heptarch streitig zu machen. Vielleicht wollte er sogar Anklage erheben, weil die Flotte der Neuen Ritterschaft seinen Befehl ignoriert hatte, die Blockade von Haspal zu unterstützen und die Flucht der Fjordländer und Elfen aus Drusna zu erschweren. Aber was galt diese Verfehlung noch, wenn er den versammelten Heptarchen die Krone Albenmarks zu Füßen legte?, dachte Honoré.

Der Primarch stieg auf das Gerüst. Er blickte die Reihe der Hingerichteten entlang. Betrachtete ihre Füße. Drei Männer trugen Reiterstiefel unter den langen Büßerhemden. Doch nur der mittlere hatte die goldenen Sporen der Ritterschaft angelegt.

Honorés Finger krallten sich um den Knauf seines silberbeschlagenen Stocks. Auch er trug goldene Sporen.

Der Primarch schritt die Reihe der sitzenden Toten ab. Die Hände waren mit Ringen an die Armlehnen der eisernen Stühle gefesselt. Es stank nach Exkrementen. Er riss dem mittleren Mann den Sack vom Kopf und blickte in das Antlitz Guy de Arniers, des Großmeisters der Neuen Ritterschaft. Seine Augen waren weit vorgequollen und von blutigen Adern durchsetzt. Der Mund klaffte auf, die Zunge hing seitlich heraus. Kinn und Brust waren mit Speichel bedeckt.

Honoré strich seinem Ordensbruder über die Augenlider, um dem starren Blick des Toten zu entgehen. Er war noch warm. Ein Lederriemen saß straff um seinen Hals. Die Hinrichtung musste erfolgt sein, kurz bevor sie den Platz des heiligen Zorns erreicht hatten.

Auch Bruder Miguel hatte Guy de Arnier erkannt. Seine Rechte lag am Griff seines Rapiers. Er sah sich unruhig um.

Ein zweiter Fanfarenstoß erklang. Hufschlag ließ Honoré herumfahren. Unter dem Triumphbogen erschien ein einzelner Reiter. Langes weißes Haar fiel ihm offen auf die Schultern. Er trug den geschwärzten Halbharnisch eines Pistoliers. Um die Hüften war eine goldbestickte, dunkelblaue Schärpe geschlungen. Es war Tarquinon, der Großmeister des Ordens vom Schattenbaum.

»Honoré, Primarch der Neuen Ritterschaft, ich klage dich des Hochverrats an der Kirche an.«

Dem Primarchen verschlug es die Sprache. Das war grotesk!

»Ritterbrüder, legt eure Waffen nieder«, forderte Tarquinon. »Ich bin mir sicher, die meisten von euch sind ehrenhaft, und ihr wisst nicht, auf welch schändliche Weise ihr von eurem Primarchen für dessen ketzerisches Treiben missbraucht wurdet.«

Honoré war sich seiner Ritterbrüder sicher. Keiner von ihnen würde sich fügen.

»Euer Primarch plante die Ermordung der Heptarchen. Der Großmeister war in die Pläne eingeweiht. Heute sollte die Übergabe eines gewaltigen Goldschatzes an die Mitverschwörer stattfinden. Die Hauptleute von zwei Einheiten der Tempelgarden, verschiedene Komture und hohe Würdenträger der Kirche waren eingeweiht. Das Gold ist in jenen Kisten dort!«

»Das ist eine Intrige des Aschenbaums!«, rief Honoré. Sein Mund war trocken. Ihm war klar, was diese Vorwürfe bedeuten.

»Den Heptarchen liegt ein Brief mit dem Siegel eures Primarchen vor. Dort sind seine Mitverschwörer genannt. Er enthält für jeden genaue Anweisungen, welche Schritte am Tag eurer Ankunft zu unternehmen seien. Dem Tag, an dem die ruhmreichen Heptarchen von Aniscans niedergemetzelt werden sollten, um die Machtgier eures Primarchen zu stillen, der fortan allein die Geschicke der Kirche lenken wollte.«

»Ergreift Tarquinon, Männer! Er will euch den Lorbeer des Sieges in Vahan Calyd stehlen.«

Die Vorderseite des Podests klappte hoch. Knochenklopfer

wurden vorgeschoben. Ein dritter Fanfarenstoß rief Arkebusiere und voll gewappnete Ordensritter herbei. Sie hatten sich im Säulenlabyrinth des Mausoleums verborgen.

»Schützt den Primarchen!«, rief Miguel de Tosa und sprang aus dem Sattel. Ein Teil der Reiter schwenkte ab und preschte in Richtung des Triumphbogens vor, um Tarquinon zu ergreifen.

Im selben Augenblick erbebte das Podest unter Honorés Füßen. Die Orgelgeschütze begannen ihr mörderisches Werk. Schwere Bleikugeln fetzten durch die Reihen der Ehrengarde.

Hinter dem Fahnenwald erklang Hufschlag. Eine Abteilung Pistoliere erschien.

Trotz des tödlichen Feuers hielten immer noch einige Reiter auf Tarquinon zu. Der Großmeister zog seine Sattelpistolen und zielte ruhig. Er hielt die Waffe tief. Flammen und Rauch schlugen aus der Mündung. Das Pferd des vordersten Reiters strauchelte und schlitterte über das glatte Pflaster aus Vulkanglas.

Honoré fluchte. Tarquinon war ein Ränkeschmied, der sein halbes Leben in Aniscans verbracht hatte, aber auch er war einmal zum Ritter ausgebildet worden, und natürlich machte er nicht den Fehler, auf die Reiter zu zielen, an deren Rüstung die Kugel mit hoher Wahrscheinlichkeit abprallen würde.

Der Primarch blickte über den weiten Platz. Ihm war klar, dass seine Männer niedergemetzelt werden würden. Er war zu zuversichtlich gewesen. Zu sehr gefangen in seinen Träumen von einer neuen Kirche, die er nach seinen Idealen aufbauen wollte. Er hätte vorsichtiger sein müssen. Jetzt gab es nur noch eine allerletzte Hoffnung, die Katastrophe abzuwenden. Tarquinon musste sterben! Wenn er den Großmeister vom Aschenbaum tötete und sich dann sofort ergab, dann könnte er alles zum Guten wenden. Der Ruhm seiner Taten in Albenmark würde alle Intrigen zu Asche werden lassen. Und er allein wusste, wie die unsichtbaren, magischen Mauern Albenmarks niedergerissen werden konnten, damit Gottes Heerscharen die letzten Schlachten in der Welt der Anderen ausfechten mochten. Auf dieses Wissen würden die Heptarchen niemals verzichten wollen.

Eine Arkebusensalve streckte die Ritter nieder, die auf Tarquinon zupreschten.

Honoré lief zum Ende des hölzernen Podests. Dort stand ein großer, grauer Hengst, der seinen Reiter verloren und sich in den toten Winkel der Knochenklopfer geflüchtet hatte. Mit einem Satz sprang der Primarch in den Sattel. Eine Oberschenkelkachel seiner Rüstung verschob sich unglücklich und bohrte sich unter seinen Kürass, als er hart aufsaß. Trotz des Lederwamses, das ihn schützte, schnitt die Stahlkante knapp oberhalb seiner Leiste ins Fleisch. Der Schmerz war so überwältigend, dass gleißende Lichtpunkte vor seinen Augen tanzten.

Der Graue stieg erschrocken. Sein Wiehern ging im Donnern der Knochenklopfer unter. Der beißende, schweflige Geschmack des Pulverrauchs brannte auf Honorés Lippen. Seine Rechte schnellte vor. Geblendet vermochte er die Zügel nicht zu packen. Seine Finger krallten sich in die Mähne des Schlachtrosses.

Der Pulverqualm schützte seine überlebenden Ritter und Soldaten vor den Arkebusenschützen, die aufs Geratewohl in die wogenden Rauchwolken feuerten. Noch immer benommen, riss Honoré den großen Hengst herum. Seine Füße fanden die Steigbügel. Er zog sein Rapier. Auch er war zum Ritter ausgebildet und hatte nicht vergessen, wie man kämpfte. Er musste Tarquinon finden und töten!

Die eisenbeschlagenen Hufe des Grauen schlitterten über den spiegelglatten Boden. Überall lagen schreiende Männer und verendende Pferde. Seine stolze Schar aus strahlenden Rittern verreckte in einem Albtraum aus Blut und Rauch. Flüchtig sah er Fernando, der sich zu Boden geworfen hatte und die Hände schützend über den Kopf hielt.

Honoré schrie seinen Zorn heraus. Er rief den Namen des Großmeisters. »Tarquinon! Tarquinon!« Gott hatte ihn auserwählt und nicht diesen verfluchten Speichellecker, der sein halbes Leben vor den Thronen der Heptarchen gebuckelt hatte. Tjured hatte ihn auf wunderbare Weise geheilt und ihm zum Geschenk die Mauer zwischen den Welten zerrissen. Es konnte nicht sein, dass all dies hier endete. Das war unmöglich Gottes Plan.

Der Primarch entdeckte den Großmeister. Tarquinon hatte sein Schlachtross gezügelt und lud im Sattel sitzend eine seiner Radschlosspistolen nach.

Honoré hob sein Rapier. Es war keine Waffe für den Kampf zu Pferd, doch wenn er Tarquinon überraschte, mochte ihm im ersten Angriff ein tödlicher Stich gelingen. Er gab dem Grauen die Sporen. Das Tier preschte über den glatten Boden. Noch fünfzehn Schritt.

Eine Musketenkugel verfehlte Honoré so knapp, dass er trotz des Schlachtenlärms den pfeifenden Ton wahrnahm, als sie dicht an seinem Kopf vorbeiflog. Gott war mit ihm! Ihn würde keine Kugel treffen. Ihm war ein anderes Schicksal bestimmt!

Tarquinon hatte ihn bemerkt. Ohne Hast schob er seine Pistole ins Sattelholster zurück und zog sein schweres Reiterschwert.

Ein fürchterlicher Schlag traf den Grauen. Das Schlachtross wurde von der Wucht des Treffers herumgewirbelt. Honoré riss die Füße aus den Steigbügeln. Fast im selben Augenblick ging das Pferd zu Boden.

Honoré schlug hart auf das schwarze Pflaster. Sein Rapier

wurde ihm aus der Hand geprellt. Trotz der Sturmhaube, die seinen Kopf beim Aufprall schützte, war er zu benommen, um sich aufzusetzen.

Der Primarch schmeckte Blut im Mund, war sich aber nicht sicher, ob es seines war. Er hob den Kopf und sah an sich hinab. Seine Glieder waren betäubt vom Aufprall auf das steinerne Pflaster, aber sie schienen noch alle heil zu sein. Dicht vor ihm lag eine Radschlosspistole. Er streckte die Hand aus. Ein stählerner Blitz fuhr herab.

Honoré spürte keinen Schmerz. Der Schock blendete alle Empfindungen aus. Er starrte auf seine abgetrennte Hand.

Ein schwarz gerüsteter Reiter ging vor ihm in die Knie. Tarquinon! »Du wolltest mich also entmachten«, sagte der Großmeister vom Aschenbaum. Er überprüfte, ob die Waffe gespannt und geladen war. Dann richtete er sich auf.

»Ich fürchte, dein Weg endet hier, Verräter.« Er richtete die Waffe auf Honoré.

Der Primarch riss den Kopf zur Seite. Im selben Moment fiel der Schuss. Ein mörderischer Schlag traf ihn dicht neben dem Ohr.

LICHT

Luc fragte sich, ob es Tag oder Nacht war. Noch immer lag der Verband um seinen Kopf. Es war sehr schwül. Die dünne Decke hatte er fortgestoßen, und doch schwitzte er. Das Nachthemd klebte an seinem Leib. Er lauschte.

Irgendwo, weit entfernt, war ein Geräusch wie in einem Steinbruch zu hören. Ein Klopfen von Metall auf Fels. Sicher wurde an den Ruinen gearbeitet. Irgendwo schnarchte jemand. Doch Luc wartete auf ein anderes Geräusch. Leises Atmen. Jemand war hier, in seinem Zimmer. Er spürte es. Aber wer immer es war, er verriet sich nicht. Er verharrte bewegungslos. Aber er musste doch atmen.

Der junge Ritter hielt die Luft an. Vielleicht atmete der Beobachter im selben Rhythmus, damit er ihn nicht bemerkte. Stille.

Lucs Lungen begannen zu brennen. Er wollte nicht aufgeben. Hatte er sich geirrt? Es war nur ein Gefühl ... Vielleicht kam es aus seinem Traum. Es war immer wieder derselbe Traum, der ihn quälte. Er wurde unter Wasser gezogen. Etwas hielt ihn fest. Er wollte zur Oberfläche zurück, kam aber nicht frei. Und schließlich war er gezwungen, tief im Wasser einzuatmen. In diesem Moment erwachte er jedes Mal aus dem Albtraum.

Luc konnte die Luft nicht mehr länger in seinen Lungen halten. Mit einem tiefen Seufzer ergab er sich. Es war köstlich zu atmen. Jetzt erschienen ihm die Gerüche überdeutlich. Feuchtes Leinen, Steinstaub, ein leichter, unangenehm süßlicher Duft. Da war noch etwas. Ein vertrauter Geruch ... Bedrohlich. Waffenfett!

Der Ritter spürte sein Herz schneller schlagen. War er in Gefahr? Er setzte sich im Bett auf. Nicht der leichteste Lichtschimmer drang durch seinen Verband. Er drehte den Kopf. Nichts. Wer war da? Was sollte er tun? War er in Gefahr? Die Königin hatte ihm das Leben geschenkt. Sie würde wohl kaum noch einmal seinen Tod befehlen. Allerdings ... Wer wusste schon, was in den Köpfen von Elfen vor sich ging? Und in der Stadt musste es Tausende geben, die ihn hassten. Die jeden Menschen hassten. Luc dachte an Emerelles Worte. Er hatte nicht gewusst, welchem Zweck die beiden großen Schiffe dienten. Er hatte es nicht einmal geahnt. Und würde er den Orden führen, er würde niemals einen solch schändlichen Angriff befehlen. Aber was nutzte dieses Brüten? Es war geschehen. Und er war dabei gewesen! Er könnte es verstehen, wenn ein Vater, der Frau und Kinder verloren hatte, sich heimlich in diese Kammer schlich, um ihm die Kehle durchzuschneiden. Oder einer der Verstümmelten. Jeder in dieser Stadt hatte Grund genug, sich an ihm zu rächen.

Luc dachte an den Jubel, als er ins Hafenbecken geworfen worden war. Was Emerelle getan hatte, war niederträchtig gewesen. Ein Spektakel für ihr Volk. Aber den Jubel der Männer, Frauen und Kinder an den Kais konnte er verstehen. Er selbst hatte sich oft nächtelang seinen Rachefantasien ergeben, nachdem die Elfen Gishild entführt hatten.

Ermattet legte er sich auf sein Kissen zurück. Wie sollte ein Ritter jetzt handeln? Mit verbundenen Augen konnte er weder kämpfen noch fliehen. Sollte er einfach warten? Nein! Er wollte sein Schicksal selbst bestimmen.

»Es tut mir leid, was geschehen ist«, sagte er schließlich. »Ich hatte keinen Einfluss auf die Taten meines Ordens. Ich weiß, das macht es nicht besser. Ich bitte nicht um mein Leben. Tu, was immer du tun musst. Ich erwarte dein Urteil.«

Eine Stimme sprach. War es Mann oder Frau? Er verstand kein Wort. Dann herrschte wieder Stille. Eine Ewigkeit schien zu vergehen. Das Schnarchen war verstummt. Doch noch immer wurden Steine geklopft. Luc wusste nicht, was er noch sagen sollte. Er spannte sich. Hielt sein Henker die Klinge schon über seine Kehle?

Endlich bekam er Antwort. Von einer anderen Stimme. Sie klang zart und verletzt. Wieder verstand Luc kein einziges Wort.

»Myrielle sagt, dass sie dir verzeiht.« Das war die erste Stimme.

Luc schluckte. Er stellte sich ein Kind vor, dem ein Arm fehlte. Eine kleine Gestalt. Ein Kind, dem der Ritterorden, dem Luc die Treue geschworen hatte, alles genommen hatte. Er biss sich auf die Unterlippe. Ein Kind, wie er es einmal gewesen war, vor langen Jahren, als die Pest, die er nicht beim Namen zu nennen gewagt hatte, ihm alles genommen hatte.

Tränen stiegen ihm in die Augen und durchtränkten den Verband.

Wieder war da die verletzte Stimme. Leise und fremd. Sie klang besorgt.

»Myrielle fragt, ob du schlimme Schmerzen hast.«

Die Gefühle übermannten Luc. Er schluchzte. Unfähig, etwas zu sagen, schüttelte er den Kopf.

Etwas berührte seine Hand. Er spürte kleine, kräftige Finger.

»Es tut ... mir leid«, stieß Luc abgehackt hervor. Er versuchte seine Gefühle niederzukämpfen. Das Schluchzen in seiner Kehle zu ersticken. Er zitterte. Dann griff er nach dem Verband an seinem Kopf. Er wollte das Kind sehen. Das Elfenmädchen, dem die Neue Ritterschaft das Leben zerstört hatte und das ihm dennoch verzeihen wollte.

»Das solltest du nicht tun!«

Luc ignorierte die Stimme. Er riss den Verband ab und stöhnte auf. Es war ein Gefühl, als senkten sich Dolche in seine Augen. Die Kammer war durchdrungen von Bahnen aus gleißendem Licht. Er hörte eine Bewegung. Das Mädchen schien zurückgewichen zu sein. Jedenfalls hatte es seine Hand losgelassen.

Der Ritter schloss die Lider und presste Daumen und Zeigefinger seiner Linken auf die schmerzenden Augen.

»Du kannst blind werden durch diesen Unsinn. Wem ist

damit geholfen? Du kannst von Glück sagen, dass es Nacht ist.«

»Nacht?« Vorsichtig öffnete Luc ein Auge, nur einen winzigen Spalt weit. Ein Stück voraus brach ein breiter Lichtspalt ins Dunkel. Seitlich leuchtete eine große Kugel. Und da war eine Gestalt, nur eine Armeslänge entfernt. Schmal, die Proportionen stimmten nicht. Die schemenhafte Gestalt wirkte asymmetrisch. Das also war Myrielle. Er schloss das Auge. Wieder wallten die Gefühle in ihm auf. Er wollte so vieles sagen und fand doch keine Worte.

»Danke.« Das war alles, was er über die Lippen brachte.

Die ältere Stimme übersetzte. Luc hatte das Gefühl, sie zu kennen. Aber es gab nur einen aus dem Volk der Elfen, der außer Emerelle je zu ihm gesprochen hatte. Jener Anführer der Ritter, die gekommen waren, um Gishild aus Valloncour zu rauben. Der Krieger, den er damals zum Duell gefordert und der ihm das Leben geschenkt hatte.

Das Mädchen begann wieder zu sprechen. Diesmal war es anders. Es war, als sei ein Damm in ihr gebrochen. Luc verstand keines der Worte, aber das war auch nicht nötig. Allein der Klang der Stimme verriet die Verzweiflung. Die Seelenqual. Sie hatte eine Frage gestellt.

Der Elfenritter ließ sich Zeit. Als er endlich sprach, klang seine Stimme belegt. »Myrielle hat gefragt, warum ihr Menschenkinder sie so sehr hasst, dass ihr kamt und ihre Eltern getötet habt.«

Luc war sprachlos. Er dachte daran zu sagen, dass es darauf keine Antwort gab, die ein Kind verstehen könnte. Aber das wäre grausam. Sie hatte ein Recht auf Aufrichtigkeit. »Vor langer Zeit sind Elfen in mein Land gekommen, und sie haben einen Mann getötet, der meinem Gott besonders nahe war und der sehr wichtig für mein Volk war. Damit hat der Krieg begonnen. Vor vielen hundert Jahren war das.«

»Meinst du den heiligen Guillaume?«, fragte der Elfenkrieger barsch. »Es waren Menschen, die Ritter des Königs Cabezan, die ihn töteten. Ich war damals dort. Ich wollte ihn holen. Meine Krieger haben geblutet, um ihn zu beschützen. Meine Gefährten Nomja und Gelvuun ließen ihr Leben. Nichts ist so, wie ihr Menschen es erzählt. Deine Kirche ist auf Lügen begründet.«

Luc wollte auf diese dreisten Lügen antworten, doch dann riss er sich zusammen. Sich vor dem verzweifelten Kind über Glaubensfragen zu streiten, war zu erbärmlich. Er begriff nicht, wie der Elfenritter sich derart hatte gehen lassen können! Blinzelnd blickte er zu Myrielle. Noch immer war sie nicht mehr als ein verschwommener Schemen für ihn. Ihr Gesicht eine ovale Fläche mit zwei dunklen Abgründen. Sie sah ihn an, und er begriff, wie armselig seine Erklärung gewesen war. »Der Krieg ist sehr alt. Beide Seiten haben einander schreckliche Wunden geschlagen in den Jahrhunderten.«

Der Elfenritter übersetzte. Luc glaubte noch immer einen Nachklang von Zorn in dessen Stimme zu hören. »Ihre Eltern hätten diese Welt niemals verlassen, sagt sie. Sie haben nie einem Menschen etwas zu Leide getan.«

Luc überlegte. Er könnte sagen, dass große Kriege auf solche Kleinigkeiten keine Rücksicht nahmen. Das wäre nur wahr. Und grausam. Er durfte sie doch nicht noch mehr verletzen! Von ganzem Herzen wünschte er sich, ihr Frieden zu geben. Aber er wollte sie auch nicht belügen. »Vor drei Jahren haben Elfenkrieger meine Schule überfallen. Sie haben Kinder und Lehrer getötet. Ich wollte an diesem Tag meine Freundin heiraten. Sie haben sie mit sich fortgenommen. Seitdem habe ich sie nicht wiedergesehen. Seit damals sann mein Ritterorden auf Rache. Dass wir hierherkamen, hatte nur einen Grund. Wir wollten Rache.«

Das Mädchen hörte der Übersetzung zu und antwortete sofort. Ihre Stimme war aufgebracht und verzweifelt. »Aber ihr seid doch auch Ritter! Wie könnt ihr Unrecht mit Unrecht vergelten? Kannst du den Schmerz über deine verlorene Freundin vergessen, wenn du mich leiden siehst? Die Ritter Albenmarks schützen die Schwachen. Was für Ritter seid ihr?«

Lucs Augen tränten. Er versuchte sie anzusehen, doch Myrielle war ein Stück von seinem Lager zurückgewichen. Sie stand jetzt vor der großen Kugel aus gleißendem Licht. War es eine Kerze, die ihn so sehr blendete? Ihm wurde bewusst, dass er sich in Nebensächlichkeiten flüchtete, um der Antwort zu entgehen. Wenn er wirklich ein Ritter sein wollte, dann musste er sich stellen.

Luc wünschte sich, er könnte den Elfen sehen, doch er war unsichtbar zwischen Licht und Dunkel. Nur eine Stimme.

»Ich ... wir ...« Er fühlte sich nackt. Ein Ritter zu sein, das hatte ihm immer alles bedeutet. Seit jenem Tag vor so vielen Jahren, als Michelle mit ihm aus seinem Dorf fortgeritten war.

»Bist du noch ein Ritter?«, übersetzte der Elf.

»Ja!« Er zögerte keinen Herzschlag. Erst als es aus ihm herausgebrochen war, fragte er sich, ob er das Recht hatte, diesen Ehrentitel noch für sich zu beanspruchen.

»Dann kann ich dir also vertrauen. Du bist keiner von den Mördern. Du wirst Kinder beschützen?«

Luc war fassungslos. Ihre Worte zerrissen ihm das Herz. Und er kannte nur eine Antwort auf ihre Frage. »Ich werde dich mit meinem Leben beschützen.« Seine Stimme war rau und kehlig. »Das schwöre ich bei Tjured, meinem Gott.«

»Darf ich in dieser Nacht in deinem Zimmer schlafen?«

Luc starrte das blasse Oval an. Was ging in dem Mädchen vor? Wenn er nur ihre Gesichtszüge sehen könnte, ihr Mienenspiel. Sie war eine Elfe! War das am Ende ein perfider Plan, um seine Loyalität seinen Ritterbrüdern gegenüber zu erschüttern?

Elfen war alles zuzutrauen, so hatte er es immer wieder gelernt. Aber sie war noch ein Kind ... Hatte Emerelle sie geschickt?

»In ihrem Zimmer schläft ein junger Troll«, erklärte die Stimme des Übersetzers, ohne dass Myrielle etwas gesagt hätte. »Er schnarcht so sehr, dass sie nicht schlafen kann. Sie möchte ihre Matratze und ihr Bettzeug hierherbringen. Sie ist sehr erschöpft. Der Troll ... riecht auch ein wenig streng. Du stinkst nicht, sagt sie.«

»Sie ist willkommen«, entgegnete Luc ein wenig steif. »Ich hoffe, ich schnarche nicht.«

Der Elfenritter übersetzte seine Worte. Dann hörte Luc Schritte und das Rascheln von Decken. Er wollte sich bei ihr noch einmal entschuldigen. Aber was sollte er sagen? All seine Worte konnten nur hohl klingen.

Das Mädchen fragte den Elfen etwas. Es hörte sich an, als sei seine Antwort ausweichend. Noch einmal drängte Myrielle mit einer Frage.

»Was ist los?«

»Sie möchte, dass ich ihr ein Märchen erzähle. Eine dumme Geschichte, die nur falsche Hoffnungen in ihr wecken wird!«

»Wie alt ist sie denn?«

»Sieben Jahre.«

»Und du glaubst, Hoffnung kann schaden?«

»Wer bist du, mir eine Lektion erteilen zu wollen?«

Luc zuckte mit den Schultern. »Wie alt bist du, Ritter?«

»Ich zähle mein Leben nicht mehr nach Jahren, sondern nach Jahrhunderten. Mein Alter interessiert mich schon lange nicht mehr. Seit dem Winter, in dem Alfadas König des

Fjordlands wurde, habe ich aufgehört zu zählen.« Der stolze Krieger klang jetzt nur noch müde und traurig. Er hatte seinen Hochmut abgelegt.

»Bei mir ist kaum mehr als ein Jahrzehnt vergangen, seit ich sieben Jahre war. Was glaubst du, wer von uns beiden die Gefühle des Mädchens besser kennt? Trau ihr zu, dass sie die Geschichte, die sie hören möchte, aushalten kann. Sie kennt sie doch ohnehin schon, sonst könnte sie dich ja nicht danach fragen.«

Eine schlanke Gestalt, ganz in Weiß, trat aus dem Dunkel. Luc versuchte blinzelnd, sie besser zu erkennen. Doch seine tränenden Augen versagten ihm noch immer den Dienst.

Der Elf beugte sich zu ihm herab. »Klug zu reden hast du gelernt in deiner Ordensschule. Jetzt verstehe ich besser, warum die Menschenkinder so anfällig für die Lehren der Kirche sind.«

»Ich galt unter meinesgleichen stets als wenig begabt, weil ich mein Herz auf der Zunge trage.«

Luc bildete sich ein, den Blick des Elfen wie eine Berührung zu spüren. Ganz nah war ihm der Krieger. Deutlich roch der Junge das Waffenfett. Und noch ein anderer, angenehmerer Duft ging von ihm aus. Es war kein Parfüm.

»Myrielle fragt nach einer Geschichte, die eine alte Freundin von mir kurz vor ihrem Tod niedergeschrieben hat. Neben vielen anderen Dingen erzählte sie von einem Mausling namens Breitnase. Er hat für meine Freundin eine silberne Hand erschaffen. Obwohl er nur so groß wie dein Ringfinger war, zählte er gewiss zu den begabtesten Zauberern, Mechanikern und Alchemisten, die je in Albenmark lebten. Er vermochte verlorene Gliedmaßen neu zu erschaffen.« Obwohl das Mädchen die Sprache der Menschen gewiss nicht verstehen konnte, senkte der Elfenkrieger seine Stimme zu einem Flüstern. »Breitnase war ein Meister, wie es nie wieder einen anderen geben wird. Und dass Ganda über ihn schrieb, hat seinen Ruhm bis in die entferntesten Winkel Albenmarks getragen.«

Luc hatte das Gefühl, dass der Elfenritter lächelte, auch wenn sein Gesicht nur eine ovale Fläche blieb.

»Gandas Buch ist wie alle Koboldgeschichten eine Mischung aus Wahrheit und tolldreisten Lügen. Das alles ist sehr lange her. Sie lebte zu Zeiten des heiligen Jules. Und er war es auch, der ihr die Hand abhackte. Oder besser gesagt, es war der, der sich hinter Jules verbarg. Aber ich schweife ab. Durch ihr Buch ist Breitnase so berühmt geworden, dass Verstümmelte aus allen Winkeln Albenmarks zu ihm kamen. Lamassu und Minotauren, Kobolde aller Art ebenso wie Faune, Apsaras und sogar einer der letzten Schlangenmagier suchten ihn auf. Und Breitnase war zu freundlich, um jemandem seine Bitte abzuschlagen. Ich sagte dir ja schon, wie klein Mauslinge sind ... Er ist vergangen. Er hat sich einfach aufgelöst. Er ist nicht fortgelaufen. Es heißt, er sei eins geworden mit dem Ort, an dem er arbeitete, einer Lichtung in einem Eichenwald nahe Yaldemee.«

»Aber wie kann sie sich denn bei diesem Ende falsche Hoffnungen machen?«, wandte Luc ein.

»Das ist noch nicht das Ende der Geschichte. Jetzt kommt der Märchenteil. Seit Breitnase tot ist, sollen sich auf der Lichtung, mit der er eins wurde, Wunder ereignen. Manchmal, wenn man zur rechten Zeit kommt und ein reines Herz hat, so heißt es, wirken die Kräfte Breitnases nach. Sehr selten findet jemand, der die Nacht auf der Lichtung verbringt, seine Verstümmelung am nächsten Morgen geheilt. Über Jahrhunderte sind Tausende dorthin gezogen. Ich kenne niemanden, der nach Breitnases Verschwinden wirklich geheilt wurde. Inzwischen gehen immer weniger dorthin. Doch das Märchen von der verzauberten Lichtung lebt fort. Es weckt Träume, die nur in bitterer Enttäuschung enden können. Deshalb wollte ich Myrielle diese Geschichte nicht erzählen.«

Luc lehnte sich zurück und schloss die brennenden Augen. »Vielleicht hast du recht«, sagte er zögerlich. »Ich hätte mich nicht einmischen sollen.«

»Was, sagtest du auch, sei dein Fehler? Du trägst dein Herz auf der Zunge. Jetzt, da ich dich ein bisschen besser kenne, werde ich dir deine Worte nicht nachtragen. Myrielle ist eingeschlafen. Unser langes Geschwätz war wohl ermüdend. Du solltest auch ruhen, Luc. Ich mache mir Sorgen um deine Augen. Du hättest den Verband noch nicht abnehmen sollen.«

»Es war doch nur eine Kerze«, murmelte Luc müde.

»Für dich ist ihr Licht stark wie die Mittagssonne. Du hättest besser auf Emerelle gehört.«

DER BEWEIS

Fernando schwitzte stark. Er kämpfte verzweifelt gegen seine Übelkeit an. Der Gestank nach verbranntem Fleisch war zu viel für seinen Magen. Er war nur Schreiber, kein Krieger und erst recht kein Folterknecht. Er war nicht dazu geschaffen, so etwas auszuhalten.

Tarquinon griff in Miguels Haar und zog ihn daran empor. Lippen und Brust des Bruders waren mit geronnenem Blut bedeckt. Die Augen waren so verdreht, dass fast nur noch das Weiße zu sehen war. »Verreck mir nicht, du Bastard!«, sagte der Großmeister ärgerlich.

Miguel war auf einen Stuhl geschnallt worden. Neben ihm auf einem kleinen Tisch lagen stahlfunkelnde Foltergeräte, Zangen, Sägen und gebogene Messer. Kein Tropfen Blut hatte sie benetzt.

»Die Kugel eines Knochenklopfers hat seine Brustplatte gestreift und eingedrückt. Seine Rippen sind wie Reisig zerbrochen und haben seine Lungen durchbohrt. Sein Leben liegt in Tjureds Hand. Leider ist er nicht in der Verfassung, uns etwas zu sagen.« Der Großmeister deutete zu einem Priester, der vor seine grauweiße Kutte eine Lederschürze gebunden hatte. »Habe ich dir schon Bruder Mathias vorgestellt?«

»Nein.« Fernando rieb sich die schweißnassen Hände an der Reithose ab.

»Er gehört zu den Fragenden. Warst du schon einmal zugegen, wenn sie ein Gespräch führen? Sie sind sehr überzeugend.«

Der Schreiber musterte den Priester. Bruder Mathias war nicht sonderlich groß. Lange, schlanke Hände ragten aus den weiten Ärmeln seiner Kutte. Deutlich malten sich Sehnen und Adern unter der Haut ab. Der Priester hatte volle Lippen. Seine tief liegenden grauen Augen blickten freundlich. Doch in den Mundwinkeln hatten sich tiefe Falten eingenistet. Fernando schätzte den Priester auf weniger als dreißig Jahre.

»Mathias hat das Gespräch mit den beiden Fragenden geführt, die auf Honorés Liste der Verschwörer standen. Einer von beiden war sein geliebter Lehrer. Bruder Mathias gilt als Meister darin, eine subtil fordernde Unterhaltung zu führen. Er erfährt immer, was er wissen will. Doch von seinen beiden Ordensbrüdern vermochte er nichts über die Verschwörung herauszubringen. Freilich sind Fragende auch viel erfahrener darin, Dinge zu ergründen oder aber zu verschweigen. Deshalb sollten sie nicht das Maß sein. Die Heptarchen haben entschieden, sie hinzurichten, obwohl der Brief Honorés der einzige Hinweis darauf war, dass sie sich am Verrat gegen die Kirchenfürsten beteiligt haben. Bruder Mathias war sehr betrübt darüber. Er würde sich deshalb gern auch mit dir unterhalten.«

Fernando schluckte. »Ich bin nur ein einfacher Schreiber.«

Mathias deutete auf einen hochlehnigen Stuhl. »Magst du nicht Platz nehmen, während wir uns unterhalten?«

»Ich stehe lieber.«

»Nicht, dass du mich falsch verstehst, Fernando. Ich bin dir sehr dankbar, dass du mich über die Pläne von Bruder Honoré unterrichtet hast«, sagte Tarquinon, ohne sich dabei die mindeste Mühe zu geben, durch ein Lächeln die Atmosphäre zu entspannen. Er hakte sich bei Fernando ein und zog ihn zu einer der hohen Wandnischen, in denen die Ritter aus Honorés Gefolge angekettet waren.

Ein schriller, lang anhaltender Schrei, der schließlich in unartikuliertem Wimmern endete, übertönte kurz alle anderen Geräusche. Sie befanden sich in einem weiten, von Kerzen beleuchteten Kellergewölbe. Etwa ein halbes Dutzend Fragende und vielleicht zwanzig Knechte und Soldaten waren anwesend, um sich mit den Gefangenen zu beschäftigen.

»Erkennst du ihn?« Tarquinon nickte in Richtung des Mannes, der am nächsten zu ihnen an die Mauer gekettet war.

Fernando betrachtete die elende Gestalt. Ein dicker Verband, der den Kiefer stützte, bedeckte einen großen Teil des Gesichts. Auf der linken Seite war er von dunklem Blut getränkt. Nur ein einzelnes Auge war zu sehen. Es war fest auf Fernando gerichtet. Tödliche Wut spiegelte sich darin. Der Schreiber musste sich gar nicht das gut verarbeitete Lederwams ansehen, um zu wissen, wer dort in Ketten hing.

»Ich habe mich dazu verleiten lassen, ihm ins Gesicht zu schießen. Aber wie du siehst, habe ich meine Sache nicht gut gemacht. Er hat den Kopf zur Seite gerissen, und der Wangenschutz seiner Sturmhaube hat meiner Kugel die tödliche Kraft geraubt. Sie hat ihm die Wange durchschlagen, mehrere Zähne zertrümmert und die Zunge halb abgerissen. Es ist kein vernünftiges Wort mehr aus ihm herauszuholen.« Tarquinon trat neben den verstümmelten Primarchen und machte sich an dessen Verband zu schaffen. Honoré stöhnte schon bei der leichtesten Berührung auf, obwohl man ihm ansah, wie sehr er sich bemühte, sich zu beherrschen.

Der Großmeister drückte den Kopf seines Rivalen grob gegen die Wand und zupfte dann mit spitzen Fingern den Verband über dessen linkem Ohr zur Seite. »Du sollst hören können, was gesprochen wird. Ich wünsche, dass du alles begriffen hast, wenn du von uns gehst.« Dann wandte er sich wieder an Fernando.

»Ich kann nicht sagen, dass ich eine hohe Meinung von Bruder Honoré habe. Aber eins muss man ihm zugutehalten. Er ist gewiss nicht dumm, auch wenn die Umstände verhindern, dass er an diesem Gespräch teilhaben kann. Es passt nicht zu ihm, einen Brief zu verfassen, in dem so deutlich ein Verrat beim Namen genannt wird. Und in dem auch noch all seine Mitverschwörer aufgelistet sind. Tatsächlich sind sie samt und sonders Kirchenleute, die keinen makellosen Ruf haben, wenn man sie sehr gut kennt. Was mich und auch Bruder Mathias verwundert, ist die Tatsache, dass keiner der sieben Hingerichteten in den Gesprächen, die ihrem Ableben vorausgingen, Nennenswertes über die Verschwörung zu berichten wusste. Sicher, es gibt immer harte Burschen, die ihre Geheimnisse mit ins Grab nehmen … Aber das kann man wirklich nicht von allen sieben sagen. Vier haben schon nach einer Stunde intensiven Miteinanders alles gestanden, was wir ihnen in den Mund legten. Aber ihnen war nichts Neues zu entlocken. Jedenfalls nichts, was ein vernünftiger Mensch glauben würde. Was meinst du, woran das liegen mag, Fernando? Du kannst ganz frei reden. Bruder Mathias, den dieses Rätsel auch brennend beschäftigt, steht so weit entfernt, dass er nicht hören kann, was hier besprochen wird. Nun, Fernando ...«

Der Schreiber schluckte. Er sah, wie einem jungen Ritter an der Wand gegenüber ein glühendes Eisen in die Achselhöhle gedrückt wurde. Wieder musste er gegen die aufkommende Übelkeit ankämpfen. Er hatte es kommen sehen! Seine Befürchtungen waren wahr geworden.

»Wir könnten unser Gespräch auch unter weniger angenehmen Umständen fortsetzen«, sagte Tarquinon. »Vielleicht willst du ja doch auf dem Stuhl von Bruder Mathias Platz nehmen?«

Fernando straffte sich. Nun galt es, die eigene Haut zu retten. »Ich nehme an, dass du den Brief, der die Handschrift des Primarchen und auch dessen Siegel trägt, für eine Fälschung hältst. Damit hast du natürlich vollkommen recht.« Der Großmeister lächelte, während Honoré ihn am liebsten mit seinem Blick durchbohrt hätte. »Mir ist schon lange bekannt, was für ein kluger Mann du bist, Tarquinon. Wie sonst sollte man in der Schlangengrube von Aniscans überleben? Und ohne dich beleidigen zu wollen, muss ich dir doch sagen, dass mich der Umgang mit Bruder Honoré gelehrt hat, eine gewisse Vorsicht walten zu lassen, wenn man es mit klugen Männern zu tun hat. Wie groß muss für dich die Versuchung sein, mich als Mitwisser zu haben? Ich weiß, dass dir der gefälschte Brief sehr gelegen kommt. Nun hast du endlich etwas an der Hand, womit du die Neue Ritterschaft vernichten kannst. Wenn du es geschickt anstellst, wird es künftig nur noch einen großen Kirchenorden in Waffen geben.«

»Ich streite nicht ab, dass du mir einen großen Gefallen getan hast, Fernando.«

Der Schreiber betrachtete Honoré. Wie vergänglich Macht doch war. Er würde nicht so enden! »Wie viel ist es dir wert, den Primarchen so vor dir zu sehen?«

Tarquinon lachte herzhaft. »Glaubst du, ich würde für etwas bezahlen, das ich schon besitze? Du verkennst die Lage, Schreiber. Du hast keine Bedingungen zu stellen. Was willst du mir noch bieten? Du hast unerwartet meinen größten Traum wahr werden lassen. Jetzt ist eher der Augenblick, in dem du um dein Leben fürchten solltest, statt mit mir nachträglich um etwas zu feilschen, das ich schon bekommen habe.«

»Ich stehe lange genug in Diensten der Kirche, um deren Dankbarkeit zu kennen, Großmeister. Ich rede deshalb nicht von Vergangenem. Alles, was du von mir bisher erhalten hast, war ein Geschenk, und ich bin zufrieden zu sehen, dass es dich mit großer Freude erfüllt. Doch nun sollten wir über die Zukunft reden. Wusstest du, dass Bruder Honoré verschiedene Dokumente besaß, die von dir persönlich handschriftlich verfasst wurden?«

Tarquinon kniff die Augen leicht zusammen. Fernando ließ sich nicht beirren.

»Du hast die Angewohnheit, einen seltsamen Schnörkel unter deine Initiale zu setzen. Willst du noch mehr über deine Handschrift hören? Oder über dein Siegel? Ein sehr altes Siegel ... man kann es leicht fälschen. Sogar mit einer rohen Kartoffel. Und die haben obendrein den Vorteil, dass man sie mit einem einzigen Happen spurlos verschwinden lassen kann.«

»Worauf willst du hinaus?«

»Ich habe drei Briefe verfasst. Du musst entschuldigen, wenn sie deinen Namen und dein Siegel tragen. Fälschungen zu erstellen, gehört zu meinen schlechten Eigenarten, aber ich bin zuversichtlich, dass ich diesen charakterlichen Makel bald überwinden werde, wenn du die Freundlichkeit besitzt, mir dabei zu helfen.«

»Du glaubst, du kannst mich erpressen? Ein Wort von mir, und du wirst dieses Gewölbe nie mehr verlassen.«

»Da hast du sicherlich recht, aber du solltest dich fragen, wie lange es danach dauern wird, bis du so wie der Primarch an eine Wand gekettet sein wirst. Zwei der Briefe, die ich geschrieben habe, werden dem Heptarchen Gilles, dem obersten Siegelbewahrer Tjureds, in zwei Monden zugestellt werden. Nur mein persönliches Erscheinen kann das verhindern. Man sagt, dass Gilles ein Mann ist, der sehr enge Begriffe von Ehre und Gerechtigkeit hat, was bei einem Heptarchen eine nicht ganz alltägliche Eigenschaft ist. Der dritte Brief wird in zehn Jahren in die innere Stadt geschickt, falls ich zwischenzeitlich dahinscheide. Meine Gesundheit sollte also künftig einer deiner ersten Gedanken sein.«

Auch wenn Tarquinon sich bemühte, weiterhin gelassen und selbstsicher zu wirken, war sein überhebliches Lächeln verschwunden.

»Du glaubst, du könntest mir Bedingungen stellen? Vielleicht habe ich keine Mühe, Briefe abzufangen, die an Gilles de Montcalm gerichtet sind, weil in seiner Schreibstube ein Spitzel von mir sitzt.«

»Sicherlich hättest du wenig Mühe, wenn du wüsstest, auf welchem Weg meine Nachricht ihn erreicht.« Fernando breitete die Hände aus. »Aber du weißt es nicht. Und was wäre, wenn ich dich belogen habe und meine Nachricht an einen anderen Heptarchen gerichtet ist? Kannst du sie alle beobachten lassen? Ich glaube nicht.«

»Ich habe mir nichts zuschulden kommen lassen ...«

»Bitte, Tarquinon. Eine solche Naivität ist deiner unwürdig. Oder glaubst du, Honoré hätte getan, wofür er jetzt bluten muss? Vertrau mir, ein Brief vermag alle Dinge, so wie sie jetzt stehen, wieder ins Gegenteil zu verkehren. Zumal, wenn er vermeintlich von deiner Handschrift ist. Und so wie ich die Dinge einschätze, hast auch du nicht nur Freunde unter den Heptarchen. Das heißt, wenn der Brief den Richtigen erreicht, dann wird es ihm egal sein, ob sein Inhalt über jeden Zweifel erhaben ist. Unter euresgleichen gilt doch wohl der Grundsatz: schuldig bei Verdacht.«

Honoré stöhnte leise. Dadurch, dass Tarquinon den Verband zurückgezogen hatte, hatte die Wunde wieder zu bluten begonnen.

»Was willst du eigentlich, Schreiber?«, fragte der Großmeister.

»Was alle wollen. Ein ruhiges, sorgenfreies Leben. Ich möchte eine der zwölf Schatzkisten erhalten, die Honoré mitgebracht hat. Und dann werde ich mich in Luft auflösen. Du wirst nie mehr von mir hören, Tarquinon. Und auch du kannst ruhig schlafen, denn ich habe genug Briefe für ein ganzes Leben verfasst. Ich werde keine neuen mehr schreiben.«

»Für wen hältst du dich? Für einen Fürsten? Hast du völlig den Verstand verloren? Für das Gold und Geschmeide einer einzigen dieser Kisten könntest du eine kleine Stadt kaufen.«

»Natürlich entscheidest du, was dir wichtiger ist«, entgegnete Fernando dreist. »Den zwölften Teil deiner Beute abzugeben und dafür ruhig zu schlafen oder deinen Frieden für ein bisschen mehr Reichtum zu opfern.«

»Weißt du, was ich glaube, Schreiberling? Du bist nicht annähernd der harte und skrupellos vorausplanende Mann, als der du dich hier verkaufst. Du bist ein Maulheld. Ein Pakt, wie du ihn dir wünschst, muss mit Blut geschlossen werden. Und diesmal werden es nicht andere sein, die für dich das

Blut vergießen. Du musst selbst beweisen, dass du ein Mann bist, der über Leichen gehen würde.«

Fernando blickte mit einem mulmigen Gefühl zu Tarquinon. »Und was soll ich tun?«

»Honoré brauchen wir noch lebendig, er soll in Anwesenheit der Heptarchen hingerichtet werden. Aber ich habe Sorge, dass Gilles de Montcalm ihn noch einmal besuchen könnte, um mehr über den Putsch gegen die Kirchenfürsten zu erfahren.«

»Ich denke, er kann nicht mehr sprechen.«

Tarquinon deutete auf Honorés linke Hand. »Er könnte noch schreiben.«

»Du willst, dass ich die Hand abschneide?« Allein bei der Vorstellung überlief Fernando ein Schauder.

»Sie abzuschneiden wäre keine gute Idee. Zu viele Männer wissen, dass er nur die Rechte verloren hat. Und es ist der ausdrückliche Wunsch der Heptarchen, dass Honoré bei seinem Aufenthalt in diesem Gewölbe keine neuen Verletzungen zugefügt werden.«

Fernando war erleichtert. Also ging es nicht darum, Blut zu vergießen! »Was erwartest du von mir?«

»Mein Hufschmied hat nach meinen Angaben ein besonderes Werkzeug für mich angefertigt. Ich wünsche mir, dass du es benutzt.«

»Gibt es nicht zu viele Zeugen?«, wandte der Schreiber ein.

»Allen Männern hier vertraue ich. Außer dir natürlich. Aber das soll uns nicht davon abhalten, unser Geschäft zu besiegeln.« Er wandte sich ab und ging zu einem Becken mit glühenden Kohlen, neben dem rußgeschwärzte Werkzeuge lagen. Er nahm etwas, das Fernando nicht richtig erkennen konnte.

Dann kehrte er zurück. »Dein Siegel.«

Der Schreiber betrachtete verwundert den Gegenstand, den Tarquinon ihm in die Hand drückte. Es war ein schwerer Schmiedehammer, auf dessen Kopf zwei übereinanderliegende Hufeisen genietet waren. »Was soll ich damit?«

»Du gibst Honoré damit zwei kräftige Schläge auf die linke Hand. Ich will seine Knochen brechen hören, wenn du zuschlägst.«

»Aber du darfst ihn doch nicht verletzen …«

»Siehst du hier unten Pferde? Natürlich haben wir ihn hier nicht verletzt. Das ist bedauerlicherweise während des Kampfes geschehen. Wie es scheint, hat ihm ein herrenloser Gaul auf die Hand getreten. Leider wird er mit einer zerquetschten Hand nichts mehr anfangen können. Es ist notwendig, das zu tun, wenn wir ganz sichergehen wollen, dass er vor seinem Tod nichts mehr niederschreiben kann, um unsere Geschäfte zu verderben.«

Fernando nahm den Hammer. Er war unglaublich schwer, der Kopf ein großer, dunkler Eisenklumpen.

Honoré zerrte an seiner Kette. Er bewegte seine Linke und stieß dabei unartikulierte Laute aus.

Tarquinon ging zu den Werkzeugen und nahm sich eine Kneifzange mit langem Griff. Gnadenlos packte er Honorés Mittelfinger und zog die Hand hoch. So fest hielt er die Zange, dass sie durch das dünne Fleisch bis auf den Knochen schnitt. Honoré hielt jetzt still. Er sah Fernando an, nackte Angst im Blick.

»Ich kann das nicht«, sagte Fernando.

Der Großmeister lachte zynisch. »Ich wusste es. Du vergießt nur mit deiner Schreibfeder Blut. Sieh dich um! Jeden Mann hier unten an den Wänden hast du auf deinem Gewissen. Zwei Briefe von dir genügten, um sie alle hierherzubringen. Was ist ein Hammerschlag auf eine Hand im Vergleich zu dem Gemetzel, das du angerichtet hast?«

»Ich kann es nicht«, sagte der Schreiber noch einmal. Wieder stieg Übelkeit in ihm auf. Er ließ den Hammer fallen.

»Dann wirst du etwas anderes tun. Ich habe eine Reihe von ... nennen wir sie Widersacher. Da wir alle Diener Gottes sind, können es schließlich keine Feinde sein. Ich werde dir heute Mittag eine Liste mit ihren Namen schicken. Es wäre schön, die Namen auf zwei oder drei Dokumenten zu finden, die wir unter den Papieren Honorés finden. Natürlich müsste aus den Aufzeichnungen eindeutig hervorgehen, dass auch sie in das Komplott gegen die Heptarchen verwickelt waren. Erledige diese eine Arbeit für mich, und ich lasse dich mit einer Truhe voller Gold ziehen. Dies oder der Hammer! Eine eingeschlagene Hand oder ein ganzer Keller voller Leichen. Womit wirst du leichter leben können?«

Fernando blickte auf den Hammer. »Ich schreibe den Brief.«

Mit seinem langen, weißen Haar wirkte der Großmeister edel. Sein fein geschnittenes Gesicht, seine Haltung, all das ließ ihn wie einen vorbildlichen Ritter erscheinen. Einen Krieger, der in die Jahre gekommen war. So hatte sich Fernando als Kind einmal alternde Helden vorgestellt. Er wünschte sich, er könnte noch einmal in die Welt seiner Kindheit flüchten. Eine Welt, in der Gut und Böse deutlich voneinander getrennt waren. Und wo es keine Schlächter mit dem Antlitz von Helden gegeben hatte.

Tarquinons Gesicht wirkte jetzt härter. »Das genügt mir als Beweis. Ich glaube dir, dass du deine Briefe verschickt hast. Das ist deine Art zu morden.« Er bückte sich nach dem Hammer.

Fernando wandte sich ab. Er wollte es nicht sehen! Er presste sich die Hände auf die Ohren. Und doch hörte er die halb erstickten Schreie. Er versuchte, an all die Männer zu denken, die Honoré ohne Bedenken hatte ermorden lassen. Seine Strafe war gerecht, versuchte er sich einzureden und wusste es doch besser.

EIN NEUES ZEITALTER

Ollowain blickte auf den großen Falrach-Tisch, den Emerelle inmitten des runden Beratungssaals hatte aufstellen lassen. Schwarz waren die Figuren der Tjuredkirche, weiß die der Fjordländer und ihrer Verbündeten aus Albenmark. Fürst Fenryl hatte den Tisch gemeinsam mit dem Fürsten Tiranu von Langollion aufgestellt. Die Konstellation der Figuren sollte die derzeitige Lage im Fjordland und den angrenzenden Regionen darstellen. Was Ollowain sah, war niederschmetternd. Und zugleich weckte es Falrach in ihm, eine frühere Inkarnation, die seit den Ereignissen des letzten Trollkriegs in ihm lauerte. Mühsam unterdrückt, stets bereit, die Herrschaft über ihn zu übernehmen. Falrach würde diese Lage meistern, wenn er aufhörte, ihm Widerstand zu leisten. Er wurde stärker. Die Zeit arbeitete für ihn. Der Schwertmeister wandte den Blick von dem großen Tisch ab. Das Spiel, das einst vom Meisterstrategen Albenmarks entwickelt worden war, stärkte dessen Präsenz in ihm.

»Wir sollten uns den Forderungen dieser unreifen Göre auf dem Thron nicht beugen«, erklärte Tiranu. »Wie kann sie uns aus dem Land werfen, für dessen Freiheit Hunderte von Elfen mit dem Leben bezahlt haben?«

»Du solltest lieber Tausende von Albenkindern sagen«, grollte Orgrim, der König der Trolle. »Ihr Elfen habt dort nicht allein gekämpft.«

»Und doch bleibt es ihr Land«, wandte Yulivee ein. »Wir können Gishilds Entscheidungen nicht einfach ignorieren. Sie ist die Königin. Und wir sind dort nur Gäste. Wer will schon Gäste um sich haben, die zu den Scharfrichtern an einer großen Liebe wurden.« Sie blickte zu Emerelle.

»Wie schätzt du die Lage ein, Ollowain?«, wollte die Königin wissen.

Ihre Frage zwang ihn, wieder zum Falrach-Tisch zu sehen. Sein Blick änderte sich. Es waren mehr als nur Spielsteine. Die Flotte der Ordensritter, die sowohl Vahan Calyd als auch die Küste des Fjordlands bedrohte, nahm Gestalt für ihn an. Er sah ein Meer voller Galeassen, Galeeren und Transportschiffen. »Wir müssen diese Flotte treffen. Sie ist der Schlüssel zu allem, was der Orden tun kann. Und wir haben diese Gelegenheit nicht mehr lange. Wenn sie sich erst einmal an Land festgesetzt haben, wird es schwerer werden, sie zu besiegen.«

Hatte sich seine Stimme verändert? War sie kühler und härter geworden, oder bildete er sich das nur ein?

Auch er galt als ein guter Heerführer. Aber er wusste nur zu gut, dass er dem legendären Feldherrn Falrach nicht das Wasser reichen konnte.

»Bist du mit deinen Gedanken woanders?«, warf Yulivee spöttisch ein.

Ollowain räusperte sich. »Da die junge Königin im Augenblick offenbar nicht klar denkt, müssen wir das für sie tun, bis sie ihren eingebildeten Verlust verwunden hat. Die Flotte des Feindes ist das eigentliche Problem und nicht die Befindlichkeiten einer launischen Menschenkönigin.«

»Du sprichst mir aus dem Herzen!«

Ollowain schluckte. Das hatte ausgerechnet Tiranu gesagt. Mit ihm einer Meinung zu sein, war mehr als bedenklich. Ollowain sah verzweifelt in die Gesichter der Anwesenden. Es gab keine eindeutigen Anzeichen dafür, wann Falrach in ihm die Oberhand gewann. Außer dass er plötzlich mit Männern einer Meinung war, die er als Ollowain verachtet hätte.

Orgrim wirkte ernst. In der Miene des Trolls konnte man nicht lesen. Tiranu lächelte ihm zu. Auch er wirkte verwundert, dass sie beide einmal einer Meinung waren. Yulivee war augenscheinlich überrascht, ja, verärgert über ihn. Der Kentaur Appanasios schien nicht wirklich bei der Sache zu sein. Er stocherte mit einem Holzspan in den Zähnen herum und blickte auf den Falrach-Tisch. Fenryl sah ihn mit durchdringen Adleraugen an, ohne etwas von sich preiszugeben. Und Emerelle? Er wusste, sie würde es begrüßen, wenn Falrach in ihm wieder erstarkte. Sie hatte den Feldherrn, der einst für sie sein Leben geopfert hatte, immer in ihrem Herzen bewahrt.

»Wenn wir abwarten, bis diese Flotte zu uns kommt, schwächen wir unsere ohnehin nicht gute Ausgangsposition. Wir sollten die Angreifer sein und sie stellen, solange sie noch in ihrem Festungshafen liegt. Ich würde vorschlagen, in einem Maße Magie einzusetzen, wie wir es bislang nicht getan haben, und für den Angriff Schwarzrückenadler zu nutzen. So könnte auch eine verhältnismäßig kleine Angriffstruppe großen Schaden anrichten. Besonders nützlich wäre es, wenn Yulivee jenen Zauber noch einmal wirken würde, mit dem sie uns alle überraschte, als wir die Entführer der jungen Prinzessin Gishild verfolgten.«

»Eher siehst du mich Tjured anbeten!«, entgegnete die Magierin aufgebracht. »Ich habe dir schon vor Jahren gesagt, dass ich meine Magie nicht mehr einsetzen werde, um Leben auszulöschen.«

»Du hast dich also entschieden, zuzusehen, wie sie das Fjordland überrennen und dann nach Albenmark kommen. Für mich ist das Hochverrat!« Tiranu hatte eine Figur vom Falrach-Tisch genommen, die augenscheinlich Yulivee darstellen sollte. Einen Augenblick lang sah es aus, als wolle er die Figur durchbrechen.

Der Streit hatte Appanasios aus seinen Gedanken aufgeschreckt. Er sah aus, als freue er sich über den Streit.

Ollowain sah zu Emerelle. Warum unternahm sie nichts? Es war schlechter Führungsstil, sich in einer solchen Lage nicht einzumischen. Und warum verriet sie nicht, dass Luc noch lebte? Er sollte die Königin zwingen, ihre Zurückhaltung aufzugeben!

»Was denkst du, Herrin? Was ist zu tun, um die Kirchenheere aufzuhalten?«

»Beziehe Yulivee nicht in deine Pläne ein. Sie ist keine Kriegerin. Versuche nicht, sie zum Blutvergießen zu zwingen. Ich werde Boten an alle versprengten Albenkinder in der Zerbrochenen Welt und in der Welt der Menschen aussenden. Ich werde sogar nach den Kindern der Dunkelalben schicken, den verschollenen Zwergen. Wenn wir Albenmark retten wollen, dann wird dies nur gelingen, wenn wir alle Seite an Seite stehen. Wenn die Menschenkinder des Fjordlandes unsere Hilfe zurückweisen, dann werden wir sie ihnen nicht aufzwingen. Allerdings werden dann nicht nur die Elfen gehen. Ich werde alle Kinder Albenmarks in ihre Heimat zurückrufen.«

»Wofür haben wir all die Jahre gekämpft, wenn wir jetzt davonlaufen?« Orgrim, der König der Trolle, trat einen Schritt auf Emerelle zu. Er hatte vor Wut die Fäuste geballt.

Ollowain stellte sich zwischen ihn und die Königin. »Wir haben zu unseren Verbündeten gestanden. Und indem wir kämpften, haben wir auch die Nachtzinne und die anderen

Trollfesten im Norden des Fjordlands vor den Tjuredpriestern bewahrt. Ein kluger Feldherr weiß, wann die Zeit zum Rückzug gekommen ist. Mir ist bewusst, dass du das größte Opfer bringen musst.« Ollowain dachte an die schrecklichen Kämpfe bei der Nachtzinne im letzten Trollkrieg. Auch wenn Orgrims Königssitz in Albenmark lag, sein Herz würde immer bei der Felsenfeste sein, bei der einst seine Familie ermordet worden war.

Der Schwertmeister sah sich um. Alle hier im Raum hatten einander schon bekriegt. Wie sollte man mit einer solchen Schar Albenmark verteidigen? War ihr Kampf nicht von vornherein zum Scheitern verurteilt? Er war es müde, die Bürde der Verantwortung zu tragen. Schlacht um Schlacht zu schlagen.

In den letzten Tagen hatte er viel Zeit mit Luc verbracht. Und er beneidete den jungen Ritter. So wie er wollte er sein, allein seiner Ehre verpflichtet. Der Menschensohn war mit einer verrückten Bitte an ihn herangetreten. Es war eine Dummheit, aber er hatte sich mit einer solchen Leidenschaft für diesen Plan begeistert.

Wo ist meine Leidenschaft geblieben?, dachte Ollowain. Ist sie mit Lyndwyn gestorben? Nie mehr hatte er geliebt, seit sie ins Mondlicht gegangen war, gemordet von der Dienerin der Trollschamanin Skanga.

»Ollowain?«

Der Schwertmeister sah auf. Hatte die Königin öfter als einmal seinen Namen genannt? Er spürte, wie ihm Blut in die Wangen schoss. »Herrin?«

»Leite den Rückzug aus dem Fjordland ein. Und arbeite einen Plan aus, wie die Tjuredkrieger zurückgeschlagen werden können, wenn sie sich an der Invasion Albenmarks versuchen.«

Ollowain blickte auf den Falrach-Tisch. »Wir können sie

nicht zurückschlagen, Herrin. Nur aufhalten. Für Albenmark ist es am besten, wenn möglichst lange um das Fjordland gekämpft wird. Wenn du uns Zeit erkaufen willst, dann entschuldige dich bei Gishild, Herrin. Und offenbare ihr, dass die Dinge nicht so sind, wie sie scheinen.«

»Du verweigerst meinen Befehl?«

»Du hast mich darum gebeten, dir zu sagen, wie die Tjuredkrieger zurückgeschlagen werden können. Der beste Weg zu verhindern, dass sie hierherkommen, ist, sie dazu zu zwingen, ihre Schlachten in ihrer Welt zu schlagen.« Selten hatte Ollowain sich so offen gegen Emerelle gestellt, und nie in Gegenwart anderer. War auch das Falrach? Oder war er so verzweifelt, sich seinem alten Ich nicht zu ergeben, dass er alle Grenzen überschritt?

»Ollowain, ich liebe dich!« Yulivee nahm ihn in den Arm und küsste ihn auf die Wangen. »Ich dachte, du bist steif wie ein Stock und Emerelle so treu ergeben wie ...« Sie hüstelte. »Eben zu treu ergeben.« Sie wandte sich an alle. »Er ist der beste Feldherr Albenmarks. Wir sollten auf ihn hören!« Bei ihren letzten Worten sah sie zu Emerelle.

Das Antlitz der Königin war wie eine Maske. Nichts verriet ihre Gedanken. Doch sicher hasste sie ihn jetzt, dachte Ollowain.

»Auch ich halte es für klüger, wenn wir außerhalb der Grenzen Albenmarks kämpfen«, sagte Tiranu ruhig. »Aber wir brauchen eine neue Strategie. Wenn wir weitermachen wie bisher, können wir höchstens erreichen, dass wir unsere Niederlage hinauszögern. Sie halten uns für Dämonenkinder. Entfesseln wir doch alle Macht Albenmarks. Und wenn Yulivee nicht kämpfen mag, vielleicht solltest du dann noch einmal in die Schlacht ziehen, Herrin. Einst warst du eine Kriegerin, so wie wir. Hast du dir deinen alten Kampfgeist erhalten?«

»Kampfgeist wird aus Stolz geboren«, erwiderte sie, und man musste sie sehr gut kennen, um den leisen Unterton des Zorns in ihrer Stimme herauszuhören. »Wenn unsere Verbündeten uns zurückweisen, dann verletzt das meinen Stolz.«

»Aber wer zu stolz ist, der ist bald allein.« Es war das erste Mal, dass Appanasios etwas sagte. Er wirkte ungewöhnlich nachdenklich. »Ich glaube, es ist gut, all unsere verlorenen Brüder und Schwestern nach Albenmark zurückzurufen, auch die Verbannten und jene, die im Zorn gegangen sind. Ich stimme dir zu, dass wir all unsere Kräfte brauchen werden. Aber sind nicht auch die Fjordländer zu Brüdern für uns geworden? Wenn wir ehrlich sind, dann waren sie der Schild Albenmarks. Wir müssen ihnen helfen, doch nicht nur mit dem Schwert. Wir sollten ihnen eine Zuflucht in Albenmark anbieten. Ich würde einen Küstenstrich in Dailos an sie abtreten … Wenn sie denn dort leben mögen. Wir müssen jetzt damit beginnen, diejenigen zu retten, die mit uns gehen wollen. Die Tage des Fjordlands sind gezählt.«

»Wohl gesprochen, Pferdebruder«, stimmte Orgrim zu. »Auch ich würde ihnen Land überlassen. Südlich der Walbucht gibt es Fjorde wie in ihrer Heimat. Dieses Land würde ihnen weniger fremd sein als Dailos.«

Ollowain war sprachlos. Solange er lebte, führten Trolle und Kentauren einen nicht enden wollenden Kleinkrieg miteinander. Sie stahlen einander Vieh, und ihre jungen Krieger wurden zu Männern, wenn sie das Blut der Nachbarn vergossen. Auch wenn es seit dem letzten Trollkrieg keine großen Schlachten mehr gegeben hatte, war die Grenze zwischen dem Windland und der Snaiwamark nie friedlich gewesen.

»Seid ihr beide betrunken?«, fragte Tiranu, doch er lächelte dabei.

»Werd' nicht frech!«, grollte Orgrim. »Nur weil ich Mitleid mit ein paar Menschenkindern habe, heißt das nicht, dass ich weich geworden wäre und vergessen hätte, wie man einen elfischen Klugschwätzer aus seinem Blechhemd schält.«

»Herrin?« Der Kentaur machte eine etwas ungelenke Verbeugung. »Ich will dich nicht erzürnen. Und ich will auch nicht, dass du dich demütigst. Ich werde zu den Menschen gehen. Ich kenne den König ganz gut. Ich werde mit ihm trinken und über diesen toten Ritter mit ihm reden. Ich bin mir sicher, dass er nicht traurig über dein Urteil ist. Dieser Luc war wie Galle für ihn. Jeden Schluck aus dem Kelch der Liebe hat er ihm bitter gemacht. Erek hat gelernt, wie er sein Weib nehmen muss ...«

Yulivee fing lauthals an zu lachen. Auch Tiranu und Orgrim stimmten ein, und sogar Fenryl lächelte.

»Was denn?« Appanasios sah hilfesuchend zur Königin.

»Sprich nur weiter, Fürst.«

Er sah die anderen noch einmal an. »Also, was ich sagen wollte ... Ich glaube, dass Gishilds Groll nicht von Dauer sein wird. Sie ist besonnen und sie weiß, dass sie uns braucht. Wollen wir ihr nicht eine Brücke bauen?«

»Versuch dein Glück, Appanasios«, sagte Emerelle. »Ihr dürft nun gehen. Nur Ollowain soll bleiben.«

Der Schwertmeister sah den anderen nach. Keiner verlor ein Wort über den kühlen, fast unhöflichen Abschied. Sie kannten ihre Königin.

»Was ist mit dir?«

Er zögerte einen Augenblick, die Wahrheit zu sagen. »Ich habe Angst, Falrach erstarkt in mir. Ich bin meiner nicht mehr sicher. Ich fühle mich mir selbst fremd. Der Tod hat keinen Schrecken für mich ... Aber in einem Leib gefangen zu sein, der mir nicht gehorcht, meinem Leben nur noch zuzusehen, während ein anderer es führt ... Das macht mir Angst. Und zugleich frage ich mich, ob ich Albenmark dieses Opfer nicht schuldig bin. Vielleicht könnte Falrach das Blatt noch wenden.« Ollowain blickte auf den Spieltisch. Das Bild, das sich bot, war zum Verzweifeln. Zu groß war die Übermacht ihrer Feinde.

»Falrach würde siegen«, sagte Emerelle mit verletzender Zuversicht.

»Was also soll ich tun?«

»Erinnerst du dich an die Zeit, nachdem ich den Thron verloren hatte?«

Natürlich konnte er sich nicht daran erinnern. Das waren Falrachs Jahre gewesen! Er war gefangen gewesen, ein Opfer des Elija Glops. Ein schmächtiger Lutin, ein heimtückischer Agitator hatte ihn besiegt. Und dass er noch einmal zurückgekehrt war, war allein Glück gewesen – Glück und das Verdienst derer, die ihn niemals aufgegeben hatten. Aber durfte er an all dem festhalten, wenn sein Glück der Zukunft Albenmarks im Wege stand?

»Ich erinnere mich nicht«, sagte er. »Was wirst du mit dem Jungen tun? Warum schickst du Luc nicht einfach ins Fjordland?«

»Kann man ihm denn trauen? Oder wird er versuchen, Gishild dazu zu überreden, sich der Tjuredkirche zu ergeben?«

»Was sagt deine Silberschale? Du hast doch die Macht, in die Zukunft zu sehen.«

Emerelle breitete in hilfloser Geste die Hände aus. »Ich sehe unendlich viele Zukünfte. Das, was sein wird, wandelt sich in jedem Augenblick. Die Zukunft ist nicht fest gefügt, Ollowain. Wir formen sie durch unsere Taten. Und ich habe das Gefühl, dass die Silberschale mich auf subtile Weise betrügt. Sie zeigt nur die dunklen Seiten. Sie will mich manipulieren. Sie ist sehr alt. Ich habe den Verdacht, dass sie kein Geschenk der Alben ist. Ich fürchte bisweilen, sie wurde von den Devanthar erschaffen. Jedenfalls traue ich den Bildern nicht mehr, die sie zeigt.«

»Und wenn unsere Zukunft wirklich so schrecklich ist?«

»Nein, das kann nicht sein!«, erwiderte die Königin mit einer Entschiedenheit, die fast schon hysterische Züge hatte. »Es gibt immer Hoffnung.«

»Was zeigt sie dir denn?«

Sie sah ihn unendlich traurig an. »Zu viel ... Ich sehe, wie das Zeitalter der Elfen endet. Ich sehe, wie ich das Werk der Alben zerstöre. Ich sehe das Banner des Aschenbaums über dem Herzland wehen. Und ich sehe ...« Sie seufzte. »Nein, diese Last muss ich allein tragen. Du magst Luc, nicht wahr?«

Ollowain nickte. »Ja. Er weckt in mir eine Sehnsucht. Ich hätte niemals geglaubt, dass ich einen Menschensohn beneiden könnte.«

»Er ist gefährlich, auch wenn die Gabe des Devanthar in ihm verloschen ist. Er versucht dich zu einer romantischen Dummheit zu überreden, nicht wahr? Und du bist geneigt, ihm nachzugeben, obwohl du voller Sorge um Myrielle bist.«

Es war beklemmend, jemandem gegenüberzustehen, der um Fehler wusste, die man noch nicht begangen hatte. »Kannst du mir einen Rat geben, meine Königin?«

Emerelle lachte. »Nein, das wäre sinnlos. Du wirst nicht auf mich hören, sondern auf dein Herz. Das ist der größte Unterschied zwischen dir und Falrach. Es gibt nur eines, was ich dir sagen kann: Wenn du an Luc zweifelst, dann töte ihn. Sofort, ohne zu zögern. Ich habe viele Zukünfte gesehen, in denen du ihn richtest. Er ist der Schlüssel zu unserem Schicksal. Er war es, der die Grenze zwischen Albenmark und der Welt der Menschen niedergerissen hat. Er hat die Macht, alles zu zerstören, oder aber Albenmark zu retten. Wenn er den falschen

Weg einschlägt, dann liegt es an dir, uns vor dem Unglück zu bewahren. Du darfst dann nicht zögern. Sonst entgleitet uns das Schicksal unserer Welt.«

»Ich sehe nichts Böses in dem Jungen.«

Emerelle seufzte. »Damit hast du recht. Er hat ein gutes Herz. Er würde uns unwissentlich ins Verderben stürzen. So wie er unwissentlich der Neuen Ritterschaft das Tor nach Albenmark aufgestoßen hat. Die Welt, wie wir sie kennen, wird keine zwei Jahre mehr bestehen, Ollowain. Etliche Veränderungen können wir längst nicht mehr aufhalten. Aber es liegt in unserer Hand, ob Albenmark noch ein Ort sein wird, an dem es sich zu leben lohnt. Darüber entscheiden du und der Junge.«

»Ich will kein Scharfrichter sein.«

»Danach fragt das Schicksal nicht. Wenn du nicht mit Luc gehst, dann wird Falrach in dir erstarken. Du weißt ja, er macht keine romantischen Dummheiten. Auch er vermag Albenmark vor dem Banner des Aschenbaums zu bewahren. Aber wenn ich die Wahl hätte, dann würde ich lieber in der Zukunft leben, die Ollowain uns schenken kann.«

Der Schwertmeister sah sie überrascht an. Wie konnte sie sich gegen Falrach entscheiden, der sein Leben für sie gegeben hatte? Würde sie wirklich ihren Geliebten für Albenmark opfern? »Wird danach Frieden sein?«

»Du bist der Schwertmeister, Ollowain.« Sie zögerte.

Angst stand in ihren weiten, hellbraunen Augen und eine Traurigkeit, die ihm das Herz bedrückte. Hatte er sich in ihr getäuscht? Wollte sie gar nicht Falrach …

»Du wirst niemals in Frieden leben, mein Freund. Nun geh und folge deinem Herzen. Ich habe dir schon mehr gesagt, als mir zusteht.«

DER HEPTARCH

Fast hätte Tarquinon es zu spät erfahren. Gilles de Montcalm liebte Überraschungen. Und er war zutiefst misstrauisch. Eine Woche lang hatte Tarquinon dem Rat der Heptarchen täglich von den Verhören berichtet. Es galt, einschneidende Entscheidungen zu treffen. Er hatte seinen Brüdern die Briefe vorgelegt. Auch den neuen Brief, den dieser verdammte Bastard für ihn verfasst hatte. Der Mistkerl war fort. Er hatte sich schier in Luft aufgelöst, obwohl Tarquinon drei fähige Männer zu seiner Beschattung abgestellt hatte. Er würde ihn wiederfinden. Wer so viel Gold besaß, wie Fernando für seinen Verrat bekommen hatte, der fiel über kurz oder lang auf. Und wenn er noch so schlau war.

Tarquinon sah Gilles an der hohen Bronzepforte stehen, hinter der es hinab zu den Gewölben der Fragenden ging. Der Heptarch plauderte mit den Wachen. Es sah alles harmlos aus. Allerdings hatte Gilles sieben freie Ritter mitgebracht, Adlige mit altem Stammbaum. Viele Heptarchen hielten sich eine Leibwache aus Edlen, die aus der Region stammten, in der sie ihren Aufstieg innerhalb der Kirche begonnen hatten. Misstrauen war wohl die herausragendste Eigenschaft aller Kirchenfürsten. Sie umgaben sich mit Ringern, Söldnern oder adeligen Leibwächtern, mit Vorkostern und Wahrsagern. Sie versuchten, sich gegen alle Unwägbarkeiten des Lebens abzusichern, denn allzu selten starb ein Heptarch eines natürlichen Todes, auch wenn dies außerhalb der Mauern der inneren Stadt in der Regel nicht bekannt wurde.

Tarquinon hatte nur drei Leibwächter mitgebracht. Er hatte nicht lange nachdenken können und wollte nicht, dass sein Auftritt bedrohlich wirkte. Nicht einmal ein Viertel einer Stunde war verstrichen, seit er davon gehört hatte, dass Gilles sich aufmachte, um die Gefangenen zu besuchen. Alles hatte zu schnell gehen müssen. Jetzt wünschte er sich, er hätte den Mut gehabt, mehr Männer mitzubringen.

»Mein lieber Tarquinon, du hättest dir wirklich nicht die Mühe machen müssen, mir deine Aufwartung zu machen.« Der alte Heptarch lächelte ihn herzlich an, auch wenn seine Worte in Wahrheit bedeuteten: Du hättest nicht kommen sollen!

»Mein teurer Freund, wie kann ich zurückstehen, wenn du dich dem Gestank und der Mühsal eines Besuches an diesem Orte aussetzt?«

»Wie man mir zugetragen hat, warst du heute bereits dreimal im Kerker.« Die fleckigen gelben Zähne des Heptarchen nahmen seinem Lächeln den Glanz. »Man könnte den Eindruck gewinnen, dass du gern an diesem Ort des Schreckens verweilst.«

Tarquinon fragte sich, ob das eine Drohung war. Hatte der Alte die Intrige etwa durchschaut? »Es ist meine Pflicht, die mich an diesen Ort führt, der so fern von Gott ist.«

Gilles hob eine Braue. »Es ist deine Pflicht, fern von Gott zu sein?«

»Wie meinst du das?« Es fiel Tarquinon schwer, höflich zu bleiben.

Der alte Heptarch brach in ein meckerndes Lachen aus und klopfte ihm beschwichtigend auf den Arm. »Nur ein Scherz, Bruder. Nur ein Scherz.«

Der Großmeister musterte verstohlen die Begleiter des Heptarchen. Es waren sechs Männer und eine Frau. Ein Mannweib, das sich darin gefiel, weder Rock noch Kleid zu tragen, wie es sich geziemt hätte. Sie alle waren groß und schlank. Sie trugen enge Hosen und Stiefel, dazu bunte, geschlitzte Lederwämser. Es entging Tarquinons Blick nicht, dass mindestens drei von ihnen unter dem Wams ein engmaschiges Kettenhemd trugen. Sie alle waren mit Rapier und Parierdolch bewaffnet, den Standessymbolen des Adels. Man konnte ihnen im Gegensatz zu Söldnern nicht verbieten, bewaffnet die innere Stadt zu betreten.

»Gefällt dir Leila, Bruder? Sie hat im letzten Jahr das große Fechterturnier in Marcilla gewonnen und den Meisterfechter unseres lieben Freundes, des Erzverwesers Marcel de Lionesse, wie einen dressierten Affen aussehen lassen. Sie stammt von den Tearagi, die der heilige Clemens in den Schoß unserer geliebten Kirche führte, obwohl ich gestehen muss, dass sie einige recht heidnische Angewohnheiten beibehalten haben.«

Leila neigte ihr Haupt zum Gruß. Sie wäre eine hübsche Frau gewesen, hätte sie sich nicht ein verschlungenes Blumenmuster auf ihr Kinn tätowieren lassen. Barbarisch! Jetzt erinnerte sich Tarquinon, von ihr gehört zu haben. Sie hatte sich eine Weile in Equitanien verdingt und sich dort den zweifelhaften Beinamen Skorpion verdient, weil sie angeblich gern ihre Klingen vergiftete. Sie konnte noch nicht lange in Diensten des alten Heptarchen stehen.

Das Mannweib hatte die Haare zu Dutzenden dünnen Zöpfen geflochten, die ihr weit über die Schultern hinabhingen. Sie verströmte einen aufreizenden, bittersüßen Duft.

Gilles klopfte mit dem Knöchel auf eines der Bilder, mit denen das Bronzetor bedeckt war. »Das Tor sieht ja aus wie die Tafel eines Moritatensängers, Bruder.«

»Es zeigt die gängigsten Argumente der Fragenden«, entgegnete Tarquinon. »Wer dort hinuntergeht, der soll wissen, was ihn erwartet. Manchmal hilft allein der Anblick der Bilder schon, die Zunge der Verstockten zu lösen. Du wirst bemerkt haben, dass dieses Tor sieben Schlösser hat. Man hat es nicht so stark gesichert, weil man Furcht hat, dass die Gefangenen fliehen könnten. Die Schlösser gibt es einzig deshalb, um einen Grund zu schaffen, ein wenig vor dem Tor zu verweilen. So haben die Verstockten Zeit sich anzusehen, was man alles tun kann, um ein Gespräch zu beeinflussen.«

Gilles schüttelte sich. »Ich frage mich, wie nah die Menschen Tjured waren, die sich das hier ausgedacht haben.«

»Bezweifelst du etwa die Loyalität der Fragenden?«

Gilles antwortete darauf nicht. Er ließ den Blick über die ins Messing gegrabenen Bilder schweifen und schüttelte immer wieder den Kopf. Der Heptarch trug eine dunkelblaue, taillierte Soutane aus feinem Stoff, dazu eine silberne Bauchbinde. Er war hochgewachsen und dürr. Sein Gesicht war von einem fleckigen Braun, was bei einem kirchlichen Würdenträger, der eigentlich nur selten der Sonne ausgesetzt sein sollte, ungewöhnlich war. Ein ordentlich gestutzter Spitzbart und das schulterlange silbergraue Haar unterstrichen sein schmales Gesicht. Er schnitt eine Grimasse, als habe er Verdauungsprobleme.

»Lieber Bruder, es ist wirklich nicht notwendig, diesen Ort des Schreckens aufzusuchen.«

»Wie könnte ich dir zumuten, dich allein den Schrecknissen der Wahrheit auszusetzen?«, entgegnete Gilles mit einem feinen Lächeln.

Das siebente Schloss wurde geöffnet, und die Wachen am Tor zogen die schweren Pforten auf. Direkt dahinter lag eine von Fackeln beleuchtete Treppe, die hinab zu den Kammern der Fragenden führte.

»Wenn du so freundlich wärest, mir den Weg zu Bruder Honoré zu weisen? Ich würde ihn mir gerne persönlich ansehen.«

Also darum ging es. Tarquinon lächelte in sich hinein. Honoré lebte zwar noch, aber es war sichergestellt, dass man von ihm nichts mehr erfahren konnte. Er hatte Wundbrand bekommen, heftiges Fieber schüttelte ihn. Er war nur noch ein Schatten seiner selbst. Von ihm ging keine Gefahr mehr aus.

Der Großmeister führte Gilles zum Fuß der Treppe und in das Labyrinth unterirdischer Tunnel und Gewölbe. Zu Zeiten, als Aniscans noch eine Heidenstadt war, hatte man hier die Toten bestattet. Es war ein Netzwerk alter Grabkammern. Ein Ort, an dem der Tod schon immer gegenwärtig war.

Der Gestank von verbranntem Fleisch hing in der Luft. Schwere Holztüren schluckten die meisten Geräusche, doch nicht alle. Beständig hörte man ein leises Wimmern, ähnlich dem Geräusch des Windes, wenn er durch zerklüftete Felsen streicht. Manchmal gab es ein Aufjaulen, einen einzelnen Schrei.

Tarquinon beobachtete Gilles aus den Augenwinkeln. Der Heptarch war hartgesotten. Ihm schien das nichts auszumachen. Jedenfalls ließ er sich nichts anmerken, wohingegen Leila sich keine Mühe gab, ihren Abscheu zu verbergen.

Die Türen aus schmutzigem, grauweißem Holz trugen Kreidemarkierungen, damit man das gesuchte Gewölbe leichter finden konnte und nicht unnötig eine Befragung störte. So oft waren die Kreidezeichen abgewischt und wieder erneuert worden, dass sich die Kreide als zäher, weißer Schlamm auf den Eisenbändern der Türen abgesetzt hatte und tief in die Maserung des Holzes eingezogen war.

Tarquinon verharrte vor der Tür, die ein H, einen stilisierten kahlen Baum und eine Waage zeigte. Man schrieb niemals Namen auf die Türen. Wer in diesen Kerkern saß, gehörte zu den bestgehüteten Geheimnissen der Fragenden.

Der Großmeister klopfte mit dem Knauf seines Dolches gegen das Holz. Einige Zeit verstrich. Endlich hörte man das Geräusch eines Riegels, der zurückgeschoben wurde. Die Tür öffnete sich und gab den Blick auf eine Kammer frei, die weniger als vier Schritt durchmaß. Der helle Sandstein der Mauern war mit Rußstreifen bedeckt, die gewölbte Decke schwarz wie ein bewölkter Neumondhimmel.

Ein junger Fragender hatte ihnen geöffnet. Verwundert betrachtete er den prächtig gewandeten Heptarchen und warf Tarquinon dann einen überraschten Blick zu.

»Bruder Mathias, vor dir steht unser guter Freund, der ehrenwerte Gilles de Montcalm, Heptarch zu Aniscans und oberster Siegelverwahrer Tjureds. Er wünscht, sich mit eigenen Augen ein Bild von der Befragung der Verräter zu machen«, erklärte Tarquinon.

Der Priesterbruder trat zur Seite. Er wischte sich die Hände an der schweren Lederschürze ab, die er umgebunden hatte. Außer ihm war nur ein Schreiber in schäbigen grauen Kleidern anwesend. Seine Aufgabe war es, den Verlauf des Verhörs festzuhalten. Er war ein untersetzter Kerl mit schweißglänzendem Gesicht. Er zog sich in den hintersten Winkel des Kerkers zurück und wäre augenscheinlich am liebsten unsichtbar gewesen.

Auf eine Holzbank in der Mitte der Kammer war ein muskulöser Mann mit strähnigem, schwarzem Haar gebunden. Seine Arme waren weit nach hinten gestreckt. Seine Brust war von Prellungen blau und grau gefärbt. Der ganze Brustkorb wirkte asymmetrisch, als seien die Knochen unter der Haut durcheinandergeraten. Der Kopf des Mannes war zwischen zwei Holzblöcken eingekeilt, die über eine große Schraube enger gestellt werden konnten. Man hatte ihm einen Trichter in den Mund gestopft. Auf dem Boden neben ihm standen mehrere Tonkrüge. Es roch nach säuerlichem Erbrochenen.

Ein eiserner Ständer, auf dem eine Pfanne mit glühenden Kohlen ruhte, strahlte Hitze aus. Seltsame Werkzeuge aus schwarzem Eisen lagen auf einer Bank neben der Pfanne. Die Luft war stickig. Rauch kratzte in der Kehle.

An der Wand gegenüber der Tür gab es zwei tiefe Nischen, die in uralter Zeit wohl einmal Särge aufgenommen hatten. In einer der Nischen lag eine ausgemergelte Gestalt unter einer grauen Decke. Das Gesicht war fast völlig von einem schmutzigen Verband verdeckt.

»Wer ist der Kerl auf der Streckbank?«, fragte Gilles streng. »Ich dachte, wir sind in der Zelle Bruder Honorés. Was geht hier vor?«

»Das ist Miguel de Tosa, Ordensmarschall der Neuen Ritterschaft. Er befehligte die Eskorte des Primarchen«, erklärte Tarquinon.

»Und wann gedachtest du, den Rat der Heptarchen über seine Anwesenheit zu unterrichten?«

»Er hat lange mit dem Tod gerungen. Erst seit wenigen Tagen geht es ihm etwas besser. Ich wollte bei der Zusammenkunft heute Abend ...«

»Natürlich!« Gilles machte eine Geste, als verscheuche er mit der Hand eine lästige Fliege. »Du solltest mich nicht für dumm verkaufen, Bruder Tarquinon. Ich stehe seit mehr als zwanzig Jahren an der Spitze der Kirche. Länger als jeder andere im Rat der Heptarchen. Ich wäre nicht all die Zeit über in Amt und Würden geblieben, wenn ich nicht ein untrügliches Gespür für Intrigen hätte. Du bist für mich wie ein Weinkelch, geschnitten aus klarem Bergkristall. Ich sehe, was sich hinter deinem makellosen Äußeren verbirgt. Hinter der Maske des ehrgeizigen Glaubensstreiters. Ich sehe das Dunkle in deiner Seele, Tarquinon. Deine Besessenheit. Die Machtgier. Und den Wunsch, die Neue Ritterschaft zu zerschmettern, koste es, was es wolle!«

Der Großmeister blickte zu seinen Leibwachen. Sie befanden sich noch draußen auf dem Flur. In der Tür aber stand Leila. Sie lehnte lässig im Rahmen. Eine Hand ruhte auf dem Korb ihres Rapiers.

Sollte er versuchen, dieses Problem gewaltsam zu lösen, würde er den Kürzeren ziehen.

Gilles lächelte ihn an. »Ich glaube, im Augenblick kann ich sogar deine Gedanken lesen.« Der Alte wandte sich an den Fragenden. »Nimm Bruder Miguel den Trichter aus dem Mund. Das sieht obszön aus. Ich wünsche, dass er von Stund an behandelt wird, wie es sich für einen Ordensmarschall geziemt. Die Befragungen haben ein Ende! Ich bin mir sicher, dass dabei ohnehin keine Antworten gewonnen werden, die auch nur das Papier wert sind, auf die man sie niederschreibt.«

Der Fragende beeilte sich, den Wünschen des Heptarchen nachzukommen.

Gilles beugte sich über Miguel. Seine Lippen waren aufgeplatzt, die Schneidezähne durch das gewaltsame Einführen des Trichters zersplittert. »Danke«, lallte er benommen.

Der Heptarch strich ihm über das zerzauste Haar. »Die Befragungen haben nun ein Ende, Bruder.«

Tarquinon blickte wieder zu Leila. Sie versperrte nach wie vor den Weg durch die Tür. Hätte er nur mehr Leibwachen mitgenommen! Er hätte Gilles ermorden lassen und einfach behaupten können, es sei zu einem Aufstand der Gefangenen gekommen, dem der Siegelverwahrer unglücklicherweise zum Opfer gefallen war.

»Bruder, ich erhebe Anklage. Ich ...«

»Nein, nein, mein Junge. Ich bin nicht gekommen, um mir deine Wahrheit anzuhören. Ich wollte nur, dass man dich und die anderen würdig behandelt.«

»Aber ich ...«

»Bitte, Bruder. Ich bin nicht hier, um mit dir zu reden. Respektiere meine Wünsche, oder du zwingst mich, dir einen Knebel anlegen zu lassen. Muss das sein?«

Tarquinon traute seinen Ohren nicht. Was hatte der Alte vor?

Gilles trat an die Wandnische und nahm die graue Decke weg. Unwillkürlich verzog er das Gesicht, holte ein Spitzentuch aus dem Ärmel seiner Soutane und presste es sich auf Mund und Nase. »Das soll Bruder Honoré sein?«

»Seine Wunden sind brandig ... Und er schleppt sich meistens nicht zum Eimer, der dort hinten in der Ecke steht. Es kommt bedauerlicherweise häufig vor, dass sie sich auf diese Weise an den Fragenden rächen. Wenn man nur durch den Mund atmet, ist es nicht ganz so schlimm.«

»Nimm den Verband ab, Tarquinon! Ich will sein Gesicht sehen. Und achte darauf, dass du ihm nicht aus Versehen die Kehle durchschneidest, wenn du die Binden abnimmst.«

Der Großmeister machte sich mit spitzen Fingern an die Arbeit. Honoré stank zum Erbarmen. Er lag apathisch in der Wandnische und schien nicht mehr richtig wahrzunehmen, was um ihn herum geschah. Der Primarch war bis auf die Knochen abgemagert, denn durch die Kieferverletzung war er kaum noch in der Lage gewesen, Essen zu sich zu nehmen. Nur dünne Suppe konnte er mit großer Mühe noch schlucken.

Der Großmeister nahm eines der kleinen Messer, die von den Fragenden benutzt wurden. Vorsichtig zerschnitt er Schicht um Schicht der Leinenstreifen. Sie waren mit Wundsekret durchtränkt und klebten auf der Gesichtshaut.

Gilles schnappte hörbar nach Luft. »Bei Gott, was ist das?«

Tarquinon hob die letzte Verbandsschicht ab. Die Gesichtshaut des Primarchen war rings um die Wunde in der Wange blauschwarz verfärbt. Der Mundraum lag teilweise offen. Die Zunge war dick angeschwollen. Überall wimmelten Maden.

»Das ist das Einzige, was man gegen den Wundbrand tun kann«, erklärte der Großmeister. Auch er musste ein wenig zurücktreten. Der Gestank der Wunde war einfach unerträglich. »Die Maden fressen das entzündete Gewebe. Wenn die Verletzungen nicht zu schwer sind, dann können sie den Wundbrand besiegen. Du siehst, wir sorgen uns um das Wohlergehen Bruder Honorés.«

»Das hier ist eine Schande, Tarquinon. Wir sind Diener Gottes. Das hier ist unserer nicht würdig!«

»Es ist das übliche Vorgehen bei Befragungen. Was glaubst du, woher die Aussagen in den Prozessen um Ketzerei und Hochverrat kommen? Hier werden sie gewonnen, auf genau diese Weise. Das ist die Wirklichkeit, Bruder, und wenn du sie nicht ertragen kannst, dann solltest du lieber wegsehen, so wie du es bisher getan hast. Ich hatte dich vor einem Besuch hier unten gewarnt, wie du dich erinnerst.«

»Halte mich nicht für dumm, Tarquinon!« Der Heptarch deutete auf den Stumpf, an dem einmal Honorés rechte Hand gesessen hatte. »Von ihm hier wollte man keine Aussagen. Ganz im Gegenteil, mir scheint, dass man sich die allergrößte Mühe gegeben hat, um zu verhindern, dass Bruder Honoré uns noch etwas mitteilen kann.«

»Er wollte eine Pistole auf mich richten«, sagte Tarquinon mit einem Achselzucken.

»Wäre es nicht ein Leichtes gewesen, ihm mit der Klinge die Waffe aus der Hand zu schlagen?«, entgegnete Leila. »Man hätte sie nicht gleich abhacken müssen. Wie ich hörte, seid Ihr ein geübter Fechter, Großmeister.«

Tarquinon war außer sich, dass diese gemietete Mörderin es wagte, ihn einfach so anzusprechen. »Bei allem Respekt vor deiner Kunst«, erwiderte er in eisigem Tonfall. »Dies war kein Duell, sondern eine Schlacht. Nicht allein Bruder Honoré kämpfte. Unter solchen Bedingungen sorgt man dafür, dass eine Waffe kein zweites Mal auf einen gerichtet werden kann. Nur so überlebt man.«

»Und die andere Hand?«, mischte sich Gilles ein. Er beugte sich vor. »Was ist das?«

Die linke Hand des Primarchen war dick geschwollen. Die Fingerkuppen und Nägel waren schwarz. Deutlich sah man den Abdruck eines Hufes auf dem zerschundenen Fleisch des Handrückens.

»Ein Pferd ist darauf getreten. Eigentlich hätte man die Hand abnehmen müssen. Die Knochen sind zersplittert. Man kann sie nicht mehr heilen. Auch diese Wunde ist brandig. Aber ich hatte Sorge, dass ich üblen Verdächtigungen ausgesetzt sein würde, wenn dem Primarchen beide Hände fehlen. Und wie ich sehe, war meine Sorge nicht unberechtigt!«

Gilles schüttelte väterlich den Kopf. »Junge, ich sagte schon einmal, du solltest mich nicht für dumm verkaufen. Dieses eine Mal lass ich es dir noch durchgehen. Auf deine Art bist du etwas Besonderes. Du erinnerst mich daran, wie ich einmal war. Aber hoffe lieber nicht darauf, dass ich aus Sentimentalität leichtfertig werden könnte. Ich habe die Briefe unseres Bruders Honoré einem Gelehrten vorgelegt, der ebenfalls ihre Echtheit bestätigte. Ich weiß nicht, wie du es gedreht hast, an diese Briefe zu kommen. Und ich sage dir auch ganz offen: Solange es mit rechten Dingen zugeht, werde ich dir niemals beweisen können, dass es Fälschungen sind.«

Er blickte hinab auf Honoré, und Tarquinon kam es so vor, als kläre sich der apathische Blick des Primarchen. Hörte er ihnen zu?

»Ich kenne Honoré, denn ich habe sein Treiben seit langem von Ferne beobachtet. Ich hatte vor ihm mehr Angst als vor dir, Tarquinon. Nun mach nicht so ein Gesicht! Honoré ist ein Meister der Täuschung und Intrige. Neben ihm nur die zweite Stelle einzunehmen, ist wahrlich keine Schande. Aber kommen wir zum Wesentlichen zurück. Eben weil ich ihn so gut kenne, bin ich mir ganz sicher, dass er niemals etwas über eine Verschwörung gegen die Heptarchen schriftlich niedergelegt hätte. Und das Allerletzte, was er in seinem Leben getan hätte, wäre, Listen von Verschwörern aus der Hand zu geben, ohne sich ganz sicher sein zu können, wo sie landen. Und dann noch sein Siegel darauf zu setzen.« Gilles schnalzte mit der Zunge, als habe er gerade eine Delikatesse darauf zergehen lassen. »So würden irgendwelche Stümper vorgehen oder jemand, der will, dass seine Verschwörung auffliegt und er auf dem Richtplatz landet.«

Der Heptarch tat einen Seufzer. »Bruder Honoré ist gewiss niemand, der sich darüber Gedanken gemacht hat, wie er auf möglichst spektakuläre Weise aus dem Leben scheiden könnte. Sieh ihn dir nur an! Selbst jetzt, da er nicht mehr reden kann und seine beiden Hände zerstört sind, kämpft er noch um sein Leben. Ein paar Tage noch, und er würde sicherlich mit dem dicken Zeh Buchstaben in Sand malen. Wenn man ein bisschen Geduld mit ihm hätte, könnte er sich gewiss noch mitteilen.«

Gilles ließ den Blick durch die enge Kammer schweifen. »Darum geht es doch hier unten.« Er sah jetzt Bruder Mathias an. »Es sollen Dinge herausgefunden werden, die der Kirche von Nutzen sind. Was mich angeht, so habe ich Bruder Honoré immer für einen sehr nützlichen Diener Tjureds gehalten. Gewiss hatte er einen Ehrgeiz, dem man auf kurz oder lang hätte Grenzen setzen müssen. Aber er hätte sicherlich noch eine große Zukunft gehabt. Zumal die Neue Ritterschaft durch ihren Überfall auf Albenmark unglaublich reich geworden ist. Du weißt so gut wie ich, dass unbegrenzte Geldmittel schon seit langem in unserer Kirche der sicherste Rückhalt sind, wenn man hochgesteckte Ziele erreichen will. Hast du einmal folgende Rechnung aufgemacht, Tarquinon? Zwölf Schatzkisten mit Elfengold. Das macht zwei Kisten für jeden Heptarchen. Außer dem einen, den man gerne abgewählt sehen möchte. Glaubst du, unsere hohen Brüder im Rat der Heptarchen hätten dieser Versuchung widerstehen können? Vielleicht gar verbunden mit dem Versprechen, dass es noch weitere großzügige Spenden geben würde?«

Tarquinon blickte wieder zur Tür. Gilles sprach zu leise, als dass Leila ihn hätte hören können. Sie war wachsam, ließ sie beide nicht aus den Augen. Ein Wink ihres Soldherrn, und es würde Blut fließen. Bei den Tearagi war das Heidentum trotz aller Bekenntnisse zur Tjuredkirche noch tief verwurzelt. Sie würde sicherlich nicht zögern, einen Großmeister und Heptarchen zu töten, wenn sie den Befehl dazu erhielt. Vielleicht wäre es ihr sogar ein Vergnügen, den Großmeister des Ritterordens zu töten, der ihr Volk vor Jahrhunderten bekehrt hatte?

Honoré gab einen seltsamen Laut von sich. Seine Augen starrten mit unglaublicher Intensität, als wolle er die Worte, die seine Zunge nicht mehr zu formen vermochte, mit Blicken übermitteln.

»Bin ich der Wahrheit nahe gekommen?«, fragte Gilles gütig.

Honoré nickte. Wieder stieß er ein paar lallende Laute aus. Er hob die verstümmelten Hände. Die abgestorbenen, schwarzen Finger zeichneten etwas in die Luft.

Tarquinon hatte das Gefühl, als habe sich etwas Kaltes, Stacheliges in seinem Bauch eingenistet. Ihn schauderte. Die feinen Härchen auf seinen Handrücken hatten sich aufgerichtet. Jetzt kam also alles heraus. Er hätte besser zielen sollen, als er auf Honorés Kopf geschossen hatte. Er kannte ja die Geschichte, dass er schon einmal eine Schussverletzung überlebt hatte, die jeden anderen umgebracht hätte.

»Nun, Tarquinon, ich habe mich gefragt, wer den größten Nutzen davon hätte, dass Honoré stirbt. Und was wohl geschehen würde, wenn sein ganzer Ritterorden des Hochverrats verdächtig wäre. Hast du mir vielleicht ein Angebot zu machen?«

Honoré versuchte sich aufzurichten. Jetzt stieß er unablässig schmatzende Laute aus. Er riss den Mund auf, als hoffe er, dass seine Worte dadurch verständlicher würden. Deutlich konnte man seine dunkel verfärbte Zunge sehen. Geifer rann aus der Wunde in seiner Wange, und der Gestank, der ihn umgab, schien an Intensität noch zuzunehmen.

Gilles wedelte ärgerlich mit dem Seidentüchlein, das er sich vor das Gesicht gehalten hatte. »Bitte, Bruder Honoré, habe den Anstand, auf anständige Weise zu verrecken, und behellige uns nicht mit deinen Ausdünstungen.«

Tarquinon traute seinen Ohren nicht. »Welches Angebot würde dich erfreuen, Bruder?«

Der alte Kirchenfürst schnaubte ärgerlich. »Komm, Tarquinon, lass uns nicht feilschen wie die Marktweiber. Das ziemt sich nicht für Männer mit unserer Machtfülle. Du machst mir ein Angebot. Und lass dich lieber nicht lumpen.«

»Ich ziehe aus und erobere mit meinem Ritterorden die neue Welt für dich. Und du bekommst den fünften Teil aller Schätze, die dort gefunden werden.« Tarquinon sah Gilles' Lächeln und fluchte innerlich. Hatte er zu viel geboten?

»Ach, Bruder, was will ich mit Gold? Ich kann mir schon lange alles leisten, was mein Herz begehrt. Mich interessiert nur mehr die Macht. Du bist wie eine Giftschlange. Mit einem Stiefeltritt könnte ich deinen Kopf zermalmen. Wenn ich dich aber unbehelligt lasse und dir den Rücken zuwende, dann muss ich befürchten, schon im nächsten Augenblick deinen Giftzahn in meiner Wade zu spüren. Also muss ich dir die Giftzähne ziehen. Wir ändern die Ordensregel, das ist es. Künftig wird es einen Primarchen geben, der dem Großmeister in allen Rechten gleichgestellt ist. Und alle Befehle des Großmeisters müssen künftig auch das Siegel des Primarchen tragen, um gültig zu sein. Dein Orden verlegt sein Haupthaus nach Aniscans, damit ich künftig leicht Einblick in alle Unterlagen nehmen kann. Die Zahl der Ordensritter, die sich zur gleichen Zeit in der Inneren Stadt aufhalten dürfen, wird auf fünfzig beschränkt, damit ich mir keine Sorgen machen muss, dass es zu einem Aufstand kommt.«

»Welchen Nutzen hätte ich davon?«, fragte Tarquinon, und es kostete ihn einige Mühe, diese Worte nicht im Zorn zu sprechen. »Du entmachtest mich!«

Gilles deutete zu Honoré. »Du könntest morgen schon dort an seiner Stelle liegen, wenn ich heute Abend im Rat meine Gedanken über den Machtkampf zwischen unseren beiden großen Ritterorden vortrage. Ohne Zweifel hast du Honoré großes Unrecht angetan. Das schreit nach Sühne. Andererseits ist auch Bruder Honoré nie davor zurückgeschreckt, alle, die ihm im Weg standen, zu beseitigen. So haftet seinem Schicksal geradezu ein Hauch göttlicher Gerechtigkeit an. Aber kommen wir zu deinem Gewinn. Die Neue Ritterschaft wird mit dem Kirchenbann belegt. Alle Ritter, alle Liegenschaften und Schiffe, einfach alles, was dem Orden gehört, wird der Obhut des Ordens vom Aschenbaum unterstellt. Deinem Orden allein wird der Ruhm gehören, Albenmark zu erobern. Die Neue Ritterschaft aber wird aufhören zu bestehen.«

Honoré stieß einen wilden Schrei aus. Er stützte sich auf seinen Armstumpf und stemmte sich hoch. Blankes Entsetzen spiegelte sich in seinen entstellten Zügen.

»Würdest du das Ding da bitte zur Ruhe bringen«, sagte Gilles kühl und winkte dabei nach Bruder Mathias. »Aber tu ihm nichts zu Leide. Er muss noch vorzeigbar sein, wenn man ihn aufs Henkersgerüst bringt.«

Tarquinon konnte nicht fassen, was er hörte. »Dein Angebot ehrt mich. Ich ...«

»Du machst am besten dein Maul zu und hörst auf zu starren. Lass uns nun gehen! Es gibt noch etliches zu besprechen. Ich werde mich dafür einsetzen, dass heute Abend im Rat die Todesurteile gegen all deine Verschwörer beschlossen werden. Außerdem soll ein Edikt erlassen werden, das den Orden der Neuen Ritterschaft durch Urteil der Heptarchen auflöst. Wir werden dieses Edikt zunächst geheim halten, damit wir die Entwaffnung der Neuen Ritterschaft vorbereiten können. Ich denke, es wäre klug, wenn wir bei all ihren Ordensniederlassungen am selben Tag vorstellig würden und ihre Aushändigung verlangten. So werden sie keine Gelegenheit erhalten, sich zum Widerstand zu organisieren. Wir müssen auch ein paar schöne Geschichten ersinnen, die man unter das Volk streuen kann. Vielleicht, dass sie heimlich Unzucht mit Elfen getrieben haben … Wir sollten das mit ihren geheimen Riten auf der Ordensburg in Verbindung bringen. Je ungeheuerlicher die Geschichte ist, desto begeisterter wird man sie im Volk aufnehmen. Die Ritter dürfen dort keinen Rückhalt mehr finden. Mach dir nichts vor, Tarquinon. Die Neue Ritterschaft hat sich viele Jahre lang darum bemüht, dass die einfachen Leute sie als die besseren Ritter betrachten. Dein Orden hingegen ist ein dekadenter Haufen. Wir müssen dieses Bild vollständig umkehren, wenn wir die Neue Ritterschaft für immer ausmerzen wollen.«

LIUVAR ALVEREDAR

Luc konnte es immer noch nicht fassen. Er hatte es geschafft. Er wusste nicht, was Ollowain umgestimmt hatte, aber der Elfenritter hatte nachgegeben. Sie würden ihre Reise machen – gegen jede Vernunft.

Myrielle war die ganze Nacht über so aufgeregt gewesen, dass sie keinen Schlaf gefunden hatte. Und ihm war es nicht besser ergangen.

Grelle Mittagssonne brannte auf seinem Gesicht. Er blinzelte. In der Mitte des Hofs stand ein gewaltiger Baum, dessen Wurzeln wie dunkle Schlangen über das Pflaster krochen. Es roch nach warmem Stein und Pferdeschweiß. Myrielle war schon aufgesessen.

Er tastete nach dem Sattelhorn und zog sich hoch. Seine Augen tränten vom Licht.

»Geht es?«, fragte der Elfenritter.

Luc war ein wenig beunruhigt, aber er verbarg seine Sorgen hinter einem Lächeln, in das er all die wahrhaftige Freude legte, die er empfand, weil sie ihre Reise antraten.

Myrielle sagte etwas. Der Elfenritter lachte.

Er hatte ihn noch nie zuvor lachen gehört, dachte Luc. Wieder blinzelte er. Alles war wie hinter einem zarten Schleier. Er konnte nichts deutlich sehen, egal wie sehr er die Augen auch verdrehte.

Seine Finger ertasteten die Zügel. Das Leder schnitt ihm in die Haut. Warum waren seine Hände so zart geworden? Nein, nicht nachdenken! Keine Fragen! Dies war ein Tag der Freude. Und es tat unendlich gut, wieder in einem Sattel zu sitzen.

Die kleine Gruppe setzte sich in Bewegung. Ollowain zog ein Lastpferd am Zügel hinter sich her. Myrielle redete ohne

Unterlass auf den Elfen ein. Irgendwo weit über ihren Köpfen in einem der hundert Fenster, die wie Bienenwaben den Innenhof umlagerten, erklang trauriges Flötenspiel. Es war eine Melodie, die ihren Weg direkt ins Herz fand, bis es sich so wund anfühlte wie eine Hand, die zu lange das Schwert gehalten hatte.

Der weiße Ritter verschwand in einer dunklen Höhlung, die sich plötzlich vor ihnen auftat. Ein Tortunnel, der unter dem Palastturm hindurch in die Ruinenstadt führte. Wie Herzschlag hallte der Rhythmus der Hufe von den Mauern wider. Das Zwielicht im Tunnel war angenehm. Lucs Augen hörten auf zu tränen. Dann umfing sie wieder die gnadenlose Mittagsglut.

Der junge Ritter schloss die Lider und ließ die Zügel hängen. Er ergab sich seinen anderen Sinnen. Er genoss das Gefühl zu reiten, die starken Muskeln der Stute zu spüren. Jetzt, da er seine Augen dem Licht verweigerte, konnte er sich daran erfreuen. Die Sonne liebkoste sein Gesicht. Er spürte Schweiß über seine Stirn perlen. Ein leichter Wind kam von der See her. Er brachte den Geruch von Salz und Staub, von Brackwasser und fremder Blütenpracht, von Rauch und scharf gewürzten Fischspießen.

Luc tastete nach der Feldflasche, die an seinem Sattel hing. Er nahm einen tiefen Schluck. Das Wasser schmeckte süßer als in seiner Welt.

Dann ließ er sich treiben. Die Hände auf das Sattelhorn gestützt, lauschte er dem Gespräch zwischen Ollowain und Myrielle, ohne auch nur ein Wort zu verstehen. Er ertappte sich dabei, die Melodie der Flöte vor sich hin zu summen, die sie auf dem Palasthof verabschiedet hatte.

Zum ersten Mal seit langer Zeit fühlte er sich unbeschwert und frei.

Der Hufschlag änderte sich, wurde dumpfer. Mit halb zugekniffenen Augen sah er sich um. Die Welt war grau und weiß, der Boden ein durchbrochener Spiegel. Er blinzelte; es dauerte lange, bis er ein wenig klarer sah. Die Spiegel waren überflutete Felder, gerahmt von schmalen, grasbewachsenen Wegen. Was für eine eigentümliche Landschaft! Ein riesiges Wassermosaik.

Vereinzelt standen Ochsen mit armdicken Hörnern im Wasser.

Er schloss die Augen wieder und wiegte sich im Sattel. Lag es am Zauber dieser verwunschenen Welt, dass er nichts deutlich sah, oder hatte Ollowain recht behalten? Hatte er den Verband zu früh abgenommen? Er empfand keine Angst vor dieser Verletzung. Sie war ihm lästig, gewiss, und sie würde sein Ende als kämpfender Ritter bedeuten. Aber war seine Zeit als Ritter nicht ohnehin vorüber?

Das Geräusch des Hufschlags hatte sich erneut verändert. War er kurz eingenickt? Als sei der Himmel von Hunderten Blitzen zerfurcht, glitten Licht und Schatten über sein Gesicht. Bäume! Sie ritten durch einen Wald. Er wäre jetzt lieber im Wasser, dachte er flüchtig und wunderte sich dann über seine eigenen Gedanken. Er hatte Wälder immer gemocht. Warum war er sich selbst plötzlich fremd?

Es musste an seinen Augen liegen. Aber das würde schon noch besser werden!

»Wir sind angekommen«, sagte Ollowain plötzlich.

Luc sah sich um. Vor ihnen wucherte ein riesiger Busch, durchsetzt mit hellen Flecken. Rings herum standen große Bäume. Kobolde schienen in den Ästen zu hocken und sie zu beobachten. Sie gaben seltsame, kehlige Laute von sich. Ganz nah erklang ein Vogelruf, wie Luc ihn noch nie gehört hatte.

»Darf ich euch Yulivee vorstellen? Eine gute Freundin. Meistens.«

Ein Lachen erklang. »Wie aufmerksam! Und dies ist Ollowain, der ritterlichste aller Ritter. Meistens.«

Luc empfand es als seltsam, die Dämonenkinder miteinander scherzen zu hören. Aus dem Munde der Tjuredpriester hatte er immer nur gehört, wie kaltherzig und grausam die Elfen waren. Diese hier entsprachen mehr den Geschichten Gishilds. Hatte sie nicht auch einmal von einer Yulivee erzählt?

»Wir sind hier bei einem Albenstern«, erklärte die Elfe. Sie beherrschte seine Sprache fast ohne Akzent. »Er führt uns auf einen Pfad aus Magie und Licht. Auf diesen Wegen kann man weite Strecken in wenigen Augenblicken zurücklegen. Der Ort, den ihr besuchen möchtet, liegt viele Tagesreisen entfernt. Über den richtigen Albenpfad erreichen wir ihn mit ein paar Schritten. Ich werde dich bei der Hand nehmen und führen, Luc. Man darf die Pfade auf keinen Fall verlassen. Jenseits des Weges aus Licht liegt ein Abgrund.«

»Und Myrielle?«

»Keine Angst, sie wird an meiner Seite sein«, antwortete Ollowain. »Sie kennt die Albenpfade und weiß, wie sie sich zu verhalten hat. Nur um dich machen wir uns ein wenig Sorgen.«

Luc mochte es nicht, dass man sich über ihn mehr Gedanken als über ein Kind machte. Aber er schwieg.

Die Elfe führte ihn auf den großen Busch zu. Erst als er unmittelbar davorstand, erkannte er, dass es ein völlig überwucherter Pavillon war. Schwerer, berauschender Blütenduft hing in der Luft. Luc strauchelte über eine Stufe und wäre gestürzt, hätte Yulivee ihn nicht am Arm gehalten. Niemand sagte etwas zu dem Vorfall.

Myrielle redete auf Ollowain ein. Sie klang fröhlich und ausgelassen, ganz anders als im Palastturm Emerelles. Ihre gute Laune war ansteckend. Es war das Richtige, was sie taten, dachte Luc zufrieden. Hier ging es nicht um ihn, sondern nur um das Mädchen. Einem Kind einen Traum erfüllen, so etwas hatte er noch nie in seinem Leben getan. Und selten hatte er sich so von stiller Zufriedenheit erfüllt gefühlt wie jetzt.

Yulivee sagte etwas in ihrer Muttersprache, und die Natur schien den Atem anzuhalten. Die Vogelstimmen in den Bäumen verstummten, und selbst das Rascheln der Blätter im Wind erstarb. Es waren Worte der Macht. Luc stand ganz still. Er dachte daran, wie die *Nordstern* zum Meeresboden gestürzt und seine Mannschaft gestorben war. Er spürte die Kraft der Elfenmagie in jeder Faser seines Körpers. Der Boden unter seinen Füßen schien ein Stück nachzugeben. Dann plötzlich erwuchs vor ihm ein Bogen aus vielfarbig schillerndem Licht.

Luc musste den Blick abwenden. Er hob schützend den Arm vor seine Augen. Eines der Pferde schnaubte nervös. Myrielle aber stieß einen Begeisterungsruf aus.

»Komm«, sagte die Elfenmagierin und ergriff Lucs Hand.

Er spürte ein seltsames Prickeln auf der Haut, als er durch den Bogen aus Licht trat. Der Boden unter seinen Füßen war jetzt von andersartiger Beschaffenheit, weich und federnd. Unter jedem seiner Schritte gab er ein wenig nach.

Es war unheimlich still. Wie mit dem Messer geschnitten, erstreckte sich ein Pfad aus Licht vor ihm. Ein zweiter Lichtbogen kam ihm viel schneller näher, als es bei ihrem langsamen Tempo hätte möglich sein sollen.

Dann umgab ihn Kälte. Unter seinen Füßen knirschte gefrorenes Gras. Eisiger Wind biss in sein Gesicht. Er war froh, die Albenpfade wieder verlassen zu haben.

Ollowain schnallte Mäntel vom Packsattel.

Myrielle kicherte. Sie besprach etwas mit der Elfe.

Ein sanfter Faustschlag traf ihn ins Gesicht. Kalt. Myrielle redete auf die anderen ein. Sie klang bestürzt.

Luc wischte sich über das Gesicht. Schnee haftete an seinen Fingern.

»Sie entschuldigt sich«, sagte Yulivee. »Sie hatte eigentlich mit dem Schneeball auf deine Brust gezielt.«

Luc räusperte sich und versuchte ein grimmiges Gesicht aufzusetzen. Er ging in die Hocke, und seine Finger strichen über die dünne Schneeschicht. »Sag ihr, dass sie besser schnell davonlaufen sollte. Schließlich sind wir Ritter für unsere Rachsucht bekannt.« Seine klammen Finger formten einen Ball. Er konnte Myrielle nur als Schatten vor weißem Hintergrund erkennen.

Sein Schneeball verfehlte sie, wie er es geplant hatte, und er fluchte auf gotteslästerliche Weise, während die Kleine vor Vergnügen quiekte. Fast augenblicklich traf ihn der nächste Schneeball, und er ließ sich mit einem Aufschrei nach hinten stürzen.

Ollowain sah ihnen verwundert zu. Er mischte nicht mit, aber er störte ihr Treiben auch nicht. Erst als Myrielle sichtlich erschöpft war, endete die Schneeballschlacht. Sie saßen auf und folgten Ollowain, der sie aus dem verschneiten Hügelland, in das sie das magische Tor versetzt hatte, in Richtung eines Waldes führte.

Schwarze Vögel kreisten über ihnen am Himmel. Luc vermutete, dass es Raben oder große Krähen waren. Sie folgten ihnen in den Wald, als sei ihre kleine Reitergruppe wanderndes Aas.

Die Bäume, die sie umgaben, hatten ihr Laub abgeworfen. Statt Blättern raschelten bunte Papierstreifen in den Ästen. Luc hatte unablässig das Gefühl, beobachtet zu werden. Einmal meinte er, Gemüseeintopf zu riechen, und ihm lief das Wasser im Munde zusammen. Doch wer immer es war, der ihnen folgte, er zeigte sich nicht.

Das Hochgefühl der Schneeballschlacht war verflogen.

Myrielle blickte sich ängstlich um. Luc hielt sich dicht an ihrer Seite. Er glaubte zwar nicht wirklich, dass *sie* in Gefahr war, aber er spürte, dass sie sich besser fühlte, wenn er neben ihr ritt.

Im letzten Dämmerlicht des Winterabends erreichten sie eine Lichtung, in deren Mitte sich ein zerklüfteter Monolith erhob. Der leichte Windhauch, der mit den Papierstreifen in den Ästen spielte, war eingeschlafen. Der Duft von Myrrhe und Weihrauch stand wie gefroren in der Luft. Auch andere Wohlgerüche, die Luc nicht zu benennen vermochte, schmeichelten seiner Nase.

Der Monolith war zerfurcht, als hätten Regen, Schnee und Sturmwinde seit Jahrtausenden seine Oberfläche bearbeitet. Es gab Felsnischen mit verlassenen Vogelnestern und am Sockel eine tiefe Höhlung, in der zwei kleine, bernsteinfarbene Lichter glommen. Dort waren Dutzende Kisten und Töpfe aufgestellt. Manche waren im Laub und Schnee begraben, andere sahen ganz neu aus. Überall steckten Blumen, und Luc fragte sich, wo sie mitten im Winter wohl herkommen mochten.

»Dies ist der Platz, an dem Breitnase verschwunden ist«, erklärte ihm Ollowain. »Viele Albenkinder glauben, dass er eine Höhle im Herzen des Monolithen bewohnt und den Tod besiegt hat.«

Myrielle stieg ab und machte sich an den Satteltaschen des Packpferds zu schaffen. Yulivee eilte ihr zu Hilfe.

Luc sah sich um. »Was sind das für Papiere in den Bäumen?«

»Die Mauslinge haben sie aufgehängt. Viele der alten Eichen sind bewohnt. Jeden Herbst, wenn die Blätter fallen, hängen sie Gedichte ins Geäst, die dem Nordwind schmeicheln. Sie glauben, dass er ein eitler Bursche ist und Bäume nicht entwurzeln wird, die sein Loblied preisen.«

»Und du glaubst das nicht?«

»Wir sind hier frei zu glauben, was wir mögen, Luc. Es ist nicht wie in deiner Welt.«

Ein scharrendes Geräusch ließ ihn herumfahren. Es klang, als würden hundert Schwerter gleichzeitig gezogen. Unter dem Monolithen schob sich etwas hervor: ein riesiger, silberner Lindwurm mit bersteingelben Augen. Er sperrte das Maul auf. Schwarzer Geifer troff von seinen Fangzähnen.

Myrielle trat ihm ohne Angst entgegen. Sie hielt ein kleines Kästchen hoch. Luc kannte es. Er wusste, dass sie darin den Schmuck verwahrte, den ihre Mutter an dem Abend getragen hatte, als sie starb. Er war alles, was ihr von ihren Eltern noch geblieben war.

»Breitnase hat den Lindwurm erschaffen. Er ist ganz aus Silberstahl gefertigt. Nichts Lebendiges ist in ihm«, raunte Ollowain. »Er nimmt Geschenke von denen, die darauf hoffen, dass Breitnase ihnen neue Gliedmaßen erschafft. Er stellt die Gaben einfach vor dem Monolithen ab. Soweit ich weiß, ist noch keines der Geschenke von dort fortgeholt worden. Wie sollte das auch geschehen, wenn der Beschenkte nicht mehr lebt.«

Yulivee gesellte sich zu ihnen. Und sie machte sich nicht die Mühe zu flüstern. »Ich kenne noch eine andere Geschichte über den Lindwurm. Angeblich hat Breitnase ihn für einen Regenwurm erschaffen, auf den er versehentlich einen Hammer fallen ließ, so dass sein halber Leib zerquetscht wurde. Ich glaube eher daran, denn diese Kreatur passt genauso gut zu den Fantasien über größenwahnsinnige Regenwürmer wie zum seltsamen Humor von Mauslingen. Du solltest nicht vergessen, dass die Mauslinge zu den Koboldvölkern gehören. Und diese sind berüchtigt dafür, dass sie Scherze lieben, die alle anderen, freundlich ausgedrückt, befremdlich finden.«

Luc sah die Elfe verwundert an, doch er konnte nicht deutlich genug sehen, um in ihrem Gesicht zu lesen.

»Ich muss dich vor Yulivee warnen«, sagte Ollowain. »Sie wurde von einem Dschinn erzogen. Und auch ihr sagt man nach, dass sie einen etwas eigentümlichen Sinn für Humor hat.«

Der Lindwurm verneigte sich indessen vor Myrielle und nahm vorsichtig das kleine Kistchen zwischen seine Zähne. Dann blickte er in ihre Richtung und zog sich schließlich scharrend in seine Höhle zurück. Das Schmuckkästchen stellte er auf ein überfülltes Felssims.

»Und jetzt?«, fragte Luc.

»Jetzt wirst du etwas trockenes Holz suchen, und wir sehen uns nach einer windgeschützten Stelle um, um dort ein Lager aufzuschlagen. Man muss auf der Lichtung übernachten.« Yulivee senkte ihre Stimme, als Myrielle zu ihnen zurückkehrte. »Vielleicht wird dann ... etwas geschehen. Auf jeden Fall aber hast du der Kleinen ihr Lachen zurückgegeben und ihr eine wunderbare Schneeballschlacht geschenkt. Ich finde, allein das war unsere Reise wert.«

Er ging zum Rand der Lichtung und tastete im Dunkel nach dürren Ästen. Er schrammte sich die Hände an gesplittertem Holz auf, strauchelte und stieß sich einmal den Kopf an einem Eichenstamm. Dann kam Myrielle. Sie trug einen Stein, wie er ihn auch einmal gefunden hatte. Er leuchtete von innen heraus. Luc dachte an die Heidengöttin im Rosengarten in den Ruinen. An die Göttin, die er enthauptet hatte. Das Herz wurde ihm schwer.

Myrielle sagte etwas. Sie leuchtete in sein Antlitz. Das Licht des Steins schmerzte nicht in seinen Augen.

Myrielle wiederholte ihre Worte, doch er konnte sie nicht verstehen. Er kniete sich vor ihr in den Schnee. »Yulivee wird mir gleich übersetzen, was du sagst.«

Das Mädchen versuchte es noch einmal. Endlich zuckte sie mit den Schultern. Der leere Ärmel pendelte dabei hin und her.

Luc presste die Lippen zusammen. Hoffentlich irrte sich Ollowain. Er würde alles darum geben, wenn die Kleine in dieser Nacht ihr Wunder bekam.

»Liuvar Alveredar«, sagte sie feierlich und gab ihm einen scheuen Kuss auf die Wange. Dann klemmte sie sich so viel Reisig, wie sie nur tragen konnte, unter den Arm und kehrte zum Lager zurück.

Der junge Ritter legte sein Holz bei der Feuerstelle nieder. Myrielle blies mit Begeisterung auf die Glutfunken, die Yulivee in ein Bett aus Zunder geschlagen hatte.

Er ging hinüber zu Ollowain, der die Pferde versorgte.

»Was heißt Liuwa Alwereda?«

»Wie kommst du darauf? Wer hat das zu dir gesagt?«

»Sag mir einfach, was es heißt.«

»Liuvar Alveredar ist eine alte Grußformel. Man begrüßt sich unter Blutsverwandten so. Oder unter sehr engen Freunden. Man sagt das nicht oft, weißt du. In deiner Sprache würde es ungefähr heißen: Frieden für den Freund.«

DER MANN,
DER NICHT KÖNIG SEIN WOLLTE

Erek blickte hinauf zum Pass, den die kleine Reiterschar erklomm. Er verstand Gishild einfach nicht! Aber das war ja nichts Neues.

»Mach nicht so ein Gesicht. Du bist König. Die Männer respektieren dich. Du wirst herrschen, solange sie fort ist.«

Erek seufzte. »Möchtest du mit mir tauschen?«

Sigurd lachte auf. »Bei den Göttern, nein! Wenn ich die Wahl hätte, einen Arsch voller Furunkel zu haben und damit über die Berge zur Nachtzinne reiten zu müssen, oder aber meinen Allerwertesten auf ein Samtkissen auf dem Thron zu betten ... Junge, ich müsste keinen Herzschlag lang nachdenken. Ich bin nicht zum König geschaffen.«

»Ich auch nicht«, gestand Erek. Wieder blickte er hinauf zum Pass. Gishilds roter Umhang wehte wie eine Fahne im Wind. »Wird sie lange bleiben?«

»Ein paar Tage vielleicht ... Hat sie nichts gesagt?«

Erek schüttelte den Kopf. Nein. Gestern erst hatte sie ihn wieder zu sich gelassen. Die vergangene Nacht hatte ihm solche Hoffnung gemacht. Sie hatte ihn geliebt, wild und leidenschaftlich. So war es nie zuvor zwischen ihnen gewesen. Heute Morgen noch war er so glücklich gewesen. Er hatte geglaubt, alles hätte sich geändert. Ja, sie hatten in der Nacht fast gar nicht gesprochen. Aber manchmal brauchte Liebe auch keine Worte.

Am Morgen dann hatte sie ihm erklärt, dass sie zum Wolkenspiegel wolle. Erek kannte den See nur aus Erzählungen. Er lag weit im Norden auf einem Pass, den man nur überqueren konnte, wenn der See im Winter zufror. Gishilds kleiner

Bruder war dort einst ertrunken. Und ihr Urahn, Ulric Winterkönig, hatte dort einst mit seinem Weib ein ganzes Heer von Trollen aufgehalten. Es war ein unheimlicher Ort, hieß es. Angeblich gab es ein verborgenes Heiligtum der Götter dort. Nur die Königsfamilie besuchte den See.

»Sie läuft fort, nicht wahr?«

Sigurd sagte das nicht geringschätzig. Dennoch mochte Erek nicht, dass jemand so von Gishild sprach. Selbst dann nicht, wenn es stimmte. »Sie läuft nicht fort! Sie sucht Frieden und wird in sich gehen.«

»Es war dumm, die Elfen davonzujagen!«

»Sie fühlte sich verraten«, wandte Erek ein und wusste doch genau, dass solche Gefühle einer Königin nicht zustanden.

»Bist du nicht froh, dass er tot ist?«

»Gishild hat ihn geliebt. Er kann kein übler Kerl gewesen sein. Ich bin froh, dass ich ihm nie begegnet bin.« Erek hatte es stets gemieden, viel über ihn nachzudenken. Der Ritter war wie Gishilds Schatten gewesen. Er war immer zugegen und nie greifbar. Erek war erleichtert, dass dieser Schatten nun endlich gewichen war. »Ich werde Boten zu den Jarls schicken. Wir müssen eine Entscheidung treffen, sobald Gishild zurückkehrt. Ich habe verbreiten lassen, dass sich die Albenkinder nur vorübergehend zurückziehen, weil sie ein großes Fest in ihrer Heimat feiern.«

Sigurd schmunzelte. »Du fängst ja doch an zu regieren, Mann, der du kein König sein magst. Ich pass auf sie auf. Sie ist wie meine Tochter. Jetzt, im Sommer, gibt es nur einen Zugang zum See. Meine Mandriden werden gut auf sie achten. Sie will dort allein sein, aber wer zu ihr möchte, der muss zunächst an uns vorbei. Sie ist sicher.«

»Natürlich!« Erek sagte es zu hastig. Er hatte keine Sorgen, dass jemand Gishild etwas antun würde. Etwas ganz anderes nagte an ihm. Warum ging sie an den Platz, an dem ihr kleiner Bruder ertrunken war? Sie machte sich immer noch Vorwürfe deshalb. Sie hätte damals auf ihn aufpassen sollen. Die Bürde war zu groß für ein kleines Mädchen gewesen. Genau wie die Bürde, einen Krieg führen zu müssen, der nicht zu gewinnen war. Erek hatte Angst, dass sie sich etwas antun würde.

Vielleicht wollte sie sich opfern? Wenn sie tot wäre und alle Albenkinder das Land verlassen hätten, dann könnte man wahrscheinlich Frieden mit der Tjuredkirche schließen. So würde sie das Fjordland davor bewahren, wie Drusna in einem endlosen Krieg Weiler für Weiler und Stadt für Stadt zerstört zu werden. Sie stand dem Frieden im Weg. Solange sie lebte, würden die Fjordländer wahrscheinlich kämpfen, weil sie Hoffnung hatten. Aber wenn sie tot wäre ...

Beklommen blickte er ihr nach. Wie ein goldenes Banner wogte ihr Haar im Wind. Sie zügelte den prächtigen Schimmel, den sie ritt, seit sie ins Fjordland zurückgekehrt waren, und blickte zurück zu ihnen. Sie war durch und durch eine Königin!

Gishild winkte ihnen. War es ein Abschiedsgruß, oder wollte sie Sigurd ein Zeichen geben, ihr endlich zu folgen? War ihre Liebesnacht gestern ein Abschied gewesen?

Erek hatte kein gutes Gefühl. Aber er wusste auch, dass er sie nicht aufhalten konnte.

»Ich glaube, in dir steckt mehr von einem König, als du ahnst.« Sigurd zog seinen Wallach herum. »Mach's gut, Junge. Wir sind in ein paar Tagen zurück.«

Er sah dem Alten nach, bis er zu Gishild aufgeschlossen hatte. »Lass mich nicht im Stich«, sagte er leise. Er würde in den Luth-Tempel gehen und dem Gott ein großzügiges Opfer darbringen. »Es darf nicht auf diese Weise zu Ende gehen!«

DER TOD UND DAS MÄDCHEN

Luc schreckte aus dem Schlaf hoch. Er war in Schweiß gebadet, obwohl es schneidend kalt war. Er hatte geträumt, wie ihm glühende Nadeln in die Augen gestoßen wurden. Das Lager am Rand der Lichtung war verlassen, die Decken zurückgeschlagen. Er sprang auf und wollte schon rufen, als er die anderen sah. Myrielle ging mit ausgebreiteten Armen auf den Monolithen zu.

Der silberne Lindwurm war erneut aus seiner Höhle gekrochen und wiegte sich im Rhythmus des melancholischen Flötenspiels. Ollowain und Yulivee standen ein wenig abseits. Es war die Elfe, die auf der Flöte spielte.

Luc hatte das Gefühl, dass Myrielle in Gefahr war. Warum waren die beiden anderen nicht an der Seite des Mädchens?

Der junge Ritter erhob sich. Bahnen aus grünsilbernem Licht wogten zwischen den Bäumen, deren Äste sich in zarten Raureif gekleidet hatten. Der Nacht war verwunschen, durchdrungen von Magie. Die Wald und die Lichtung waren wunderschön anzuschauen und zugleich so fremd, dass sie unheimlich wirkten.

Er erhob sich und wollte zu ihr gehen, doch er hatte das Gefühl, von einer körperlosen Macht zurückgedrängt zu werden. Etwas war dort draußen ... Vielleicht kam es aus dem Licht oder auch aus dem uralten Monolithen.

Silbernes Licht umspielte Myrielle. Und plötzlich war sie verschwunden. Im selben Augenblick war auch der Bann gebrochen. Luc lief auf die Lichtung hinaus und rief den Namen des Mädchens. Er erhielt keine Antwort.

Er folgte ihrer Spur im Schnee bis zu der Stelle, wo sie verschwunden war. »Was ist das für eine Magie? Was ist mit ihr geschehen?«

Das grünsilberne Licht zog sich tiefer in die Wälder zurück. Hatte es Myrielle geholt? Luc sprang auf und wollte zum Rand der Lichtung laufen, als Ollowain ihm den Weg vertrat.

»Sie ist ins Mondlicht gegangen. Du wirst sie nicht mehr finden. Ihr Schicksal hat sich vollendet.«

»Was soll das heißen? Du redest ja, als sei sie tot!«

»Du musst nicht um sie trauern, Luc. Wir Elfen sterben und werden wiedergeboren. Dieser Kreis endet erst, wenn wir unsere Erfüllung finden. Dann gehen wir ins Mondlicht. Es geschieht sehr selten, dass man Zeuge eines solchen Ereignisses wird.«

»Aber sie lebt noch?«

»Das kann ich dir nicht sagen. Wahrscheinlich nicht in der Art, wie wir es kennen.«

Luc verstand nicht, wie der Elfenritter das meinte. Er tastete über den zerwühlten Schnee. Überdeutlich sah er die winzigen Eiskristalle. All seine Sinne waren zum Zerreißen gespannt. Er schmeckte den auffrischenden Nordwind auf den Lippen und die Vielzahl von Düften, die um den Monolithen wogten.

»Das ist nicht gerecht!« Er schlug mit den Fäusten in den Schnee. Frost biss ihm in die Knöchel. »Sie sollte doch einen neuen Arm bekommen. Was habt ihr für grausame Götter! Warum haben sie das Mädchen in Vahan Calyd überleben lassen? Warum musste sie so viele Schmerzen erdulden, nur um dann hier, an dem Ort, an den ihre Hoffnungen und Träume sie gebracht haben, zu sterben? Das ist nicht gerecht!«

»Luc, sie ist nicht tot. Nicht so, wie du es verstehst.«

»Hör auf mit deinen elfischen Spitzfindigkeiten! Sie ist aus dem Leben gegangen. Oder irre ich mich da vielleicht?«

Der Elfenritter blieb ihm eine Antwort schuldig.

»Du hättest mir sagen müssen, dass dies geschehen kann. Dann wäre ich niemals mit ihr hierhergekommen.«

»Es war ihr Schicksal, diesen Ort aufzusuchen. Oder vielleicht war es auch ihr Schicksal, dir zu begegnen. Mit dir eine Reise zu machen und ihr Lachen wiederzufinden. Oder einfach nur die beiden Worte Liuvar Alveredar zu dir zu sagen. Ausgerechnet zu dir, dessen Brüder ihre Eltern gemordet und sie verstümmelt haben. Sie ist in Frieden und Harmonie gegangen. Wir leben in Zeiten, in denen diese Gunst nur wenigen zuteilwird.«

»Erzähl mir nicht, dass das Ziel des Lebens der Tod ist, Elf!«

Ollowain ließ sich von seinem beleidigenden und anklagenden Tonfall nicht aus der Ruhe bringen. »Sag mir, was das Ziel des Lebens ist, Menschensohn, wenn es nicht der Tod ist. Jedes Leben mündet in den Tod!«

»Sie war zu jung. Zu ...«

»Myrielle war jung. Doch ihr Leben war alt. Sie ist oft wiedergeboren worden. Ich bin mir sicher, dass sie erleichtert ist, ihre Erfüllung gefunden zu haben.«

Luc sah in das alterslose Antlitz des Elfenritters. Vielleicht könnte er ihm ja glauben, wenn er nicht so traurige Augen hätte. Sie waren so fremd, die Elfen. So anders.

DER GESANDTE

Louis hatte das Gefühl, sein Hemdkragen müsse ihn ersticken. Nach neuester Mode hatte er den spitzenbesetzten Kragen umgeschlagen, so dass er auf dem schwarzen Kürass seines Halbharnischs auflag. Das neue Hemd war am selben Tag aus Aniscans gekommen wie die Nachricht, die schwer wie ein Weinfass in der ledernen Rolle lag, die er in der Rechten hielt.

Ihm war schon klar, dass er seit seinem Missgeschick während der Schlacht um das Lager Eisenwacht bei seinem Ordensmarschall in Ungnade gefallen war. Bruder Erilgar hatte zwar wortreich ausgeführt, was für eine Ehre es sei, dieses Kommando zu übernehmen, aber Louis wusste es besser. Man hätte ihn genauso gut zum Henker schicken können wie hierher.

Der Hauptmann aus dem Orden vom Aschenbaum sah zurück zum Hafen. Seine Galeere wurde von einer Ehrengarde geschützt. Eine verlogene Ehre war das! Die Pikeniere waren dazu abkommandiert, darauf zu achten, dass niemand von Bord ging.

Zwei junge Ritter eskortierten ihn zum alten Festungsturm, der dem prächtigen Hafen der Neuen Ritterschaft seinen Namen gegeben hatte. Man erzählte sich, dass der Ritter, der hier einst Wache gehalten hatte, verrückt geworden sei und die Novizen, die er unterrichten sollte, ermordet habe. Es war höchste Zeit, dass man den Blutbaum stutzte! Zu stolz und zu arrogant war diese Ritterbrut geworden. Wenn man sich nur den Hafen ansah! Alles war neu gebaut, alles war sauber. Die Soldaten, die man zu sehen bekam, sahen aus, als hätten sie sich gerade zur Parade zurechtgemacht. So viel Drill und Disziplin ... Man konnte geradezu fühlen, dass hier etwas nicht mit rechten Dingen zuging.

Seine Eskorte führte ihn ausgerechnet zu dem alten Rabenturm. Wollte man ihn beleidigen? Dies war das einzige Gebäude, das nicht neu errichtet worden war!

Er blickte noch einmal zurück. Die Karavelle, der große Lastsegler, der seine Galeere begleitet hatte, war nahe der Hafeneinfahrt vor Anker gegangen. Falls er in drei Stunden nicht zurückkehrte, wusste der Kapitän, was er zu tun hatte. Außer Sicht der Insel lag noch ein drittes Schiff. Hatte er mit dem schnellen Segler bis zur Dämmerung nicht Verbindung aufgenommen, dann würde er nach Vilussa eilen und den Ordensmarschall benachrichtigen, dass es Schwierigkeiten mit dem Hafen Rabenturm gebe.

»Bitte, nach dir, Bruder.« Beide Ordensritter seiner Eskorte deuteten eine Verbeugung an. Er wurde also tatsächlich in den baufälligen Turm komplimentiert. Das fing ja gut an!

Louis versuchte, sich seinen Ärger nicht anmerken zu lassen. Er stieg die ausgetretenen Treppen hinauf in den ersten Stock. Dort erwartete ihn ein schnauzbärtiger Kerl. Mit der grünen Pumphose, der roten Bauchbinde und dem gelben Hemd sah er aus wie ein Narr. Auf dem Tisch in der Kammer lagen Seekarten und ein breitkrempiger Hut mit Pfauenfedern. Was für ein Geck!

»Darf ich vorstellen?«, sagte einer der jungen Ritter. »Der Flottenmeister Alvarez de Alba.«

Louis musterte den Mann verwundert. Er hatte gehört, dass de Alba ein fähiger Seefahrer und mutiger Kapitän war. Sein Äußeres aber passte so gar nicht zu den Geschichten, die man über ihn erzählte. Außer vielleicht der üppige, gut gepflegte Schnauzbart.

Louis verneigte sich. »Louis de Belsazar, Hauptmann in der Ritterschaft vom Aschenbaum.« Dass er sich selbst vorstellen musste, war ihm überaus peinlich. Aber das kannte man ja von den Rittern vom Blutbaum. Auf Etikette gaben sie nicht viel. Althergebrachtes war ihnen zuwider.

»Was verschafft mir die Ehre deines unerwarteten Besuchs, Bruder?«

Dir werden deine Spitzfindigkeiten noch vergehen, dachte Louis. Er trat an das Fenster, an dem der Flottenmeister stand, und überreichte die gesiegelte Lederrolle, die alles verändern sollte.

»Ungewöhnlich, einen einfachen Boten mit drei Schiffen auf die Reise zu schicken.« De Alba strich über das große, bronzene Fernrohr, das vor ihm auf dem Fenstersims lag. »Eine Arbeit aus Seyper. Außer zweifelhaften Büchern werden dort wirklich erstklassige Gläser geschliffen. So erscheint einem das Ferne ganz nah. Einen schönen Segler hast du da draußen zurückgelassen, Bruder.« Er wandte sich an die Eskorte. »Holt mir die Schwestern de Droy. Ich glaube, hier liegt etwas an, das nicht von zwei Männern allein besprochen werden sollte. Ach, und ehe ich es vergesse: Findet Claude de Blies, den Capitano der *Windfänger*, und richtet ihm aus, er soll eine Entermannschaft zusammenstellen und die Karavelle unserer Ordensbrüder besetzen. Sollte er dabei auf Widerstand stoßen, hat er meine ausdrückliche Erlaubnis, alle notwendige Gewalt einzusetzen, und außerdem …«

»Bist du von Sinnen, Bruder?«, entfuhr es Louis. »Du kannst doch nicht …«

»Oh, doch. Ich kann, wie du sehen wirst. Und im Übrigen bin ich eines gewiss nicht: von Sinnen. Glaubst du, mir ist nicht klar, warum du mit einer alten Karavelle hier einläufst? Wenn sich die Dinge schlecht entwickeln, dann soll der Capitano dort unten sein Schiff in der Hafeneinfahrt auf Grund setzen, oder irre ich mich? Damit würde meine Flotte auf Tage gefangen sitzen. Du glaubst doch nicht, dass ich dabei tatenlos zusehen werde!«

»Von deinen Taten wird man in Aniscans erfahren!«, entgegnete Louis zornig. De Alba war also tatsächlich so ein Fuchs, wie Bruder Erilgar behauptet hatte. Aber das würde ihm letzten Endes nichts nutzen. Louis schob sich einen Finger unter den Kragen und lockerte ihn ein wenig.

»Ich entschuldige mich, wenn dir mein Verhalten den Hals dick werden lässt.« Der Flottenmeister sagte das mit einem Lächeln, das seine Entschuldigung Lügen strafte.

Der Ritter dachte an den Brief. Ob er noch vor der Dämmerung zum Märtyrer werden würde? Auf jeden Fall würden dem Flottenmeister seine Späße vergehen. So wie all den Komturen, die heute, in dieser Stunde, ein Schreiben gleichen Inhalts erhielten. Der Orden vom Aschenbaum stand unter Waffen, bereit, jeden Widerstand zu ersticken, wo er auch aufflammte. Nur an zwei Orten konnte die Neue Ritterschaft hoffen, über längere Zeit erfolgreich Widerstand leisten zu können: in Valloncour und hier in der Hafenfeste Rabenturm.

De Alba griff wieder nach dem Fernrohr und spähte hinaus auf die See. Befürchtete er, dass er dort noch mehr Segel entdecken würde?

»Möchtest du zusehen, wie dein Schiff geentert wird? Dein Capitano kann dich auf der Plattform des Turmes sehen, wenn wir hinaufgehen. Vielleicht willst du ihm ein Zeichen geben?«

»Er ist ein besonnener Mann, im Gegensatz zu dir, Bruder Flottenmeister. Er wird sich angemessen verhalten.«

»Dir ist schon klar, was diese Flotte vollbracht hat?« Bruder Alvarez wies mit einer weit ausholenden Geste auf die Schiffe, die tief unter ihnen vor Anker lagen.

»Ich weiß, was ihr nicht vollbracht habt. Das ist die Flotte, die fehlte, um die Flucht der Heidenkönigin Gishild zu vereiteln. Mit so vielen Schiffen wäre es ein Leichtes gewesen, den Seeweg ins Fjordland zu blockieren.«

De Alba lächelte provozierend. »Wenn man in Aniscans erfährt, was wir getan haben, dann ist dieses Versäumnis bedeutungslos.«

Louis entspannte sich ein wenig. Er wusste ja, was in dem Brief stand. Er konnte es kaum erwarten, das Gesicht des Flottenmeisters zu sehen, wenn er ihn las. »Ich weiß, dass das Schreiben in dieser Rolle die Siegel aller sieben Heptarchen trägt. Bist du dir wirklich sicher zu wissen, welchen Ereignissen sie Bedeutung zumessen?«

»Unsere Taten haben den Lauf der Heidenkriege in neue Bahnen gelenkt. Ich bin nicht in Sorge, auch wenn du hier auftrittst wie ein Fragender, den man zu Ketzern geschickt hat.«

Auf der Treppe erklangen Schritte. Zwei Ritterinnen traten in die Turmkammer. Die eine von ihnen erkannte Louis sofort. Sie war dabei gewesen, als man ihn vor acht Jahren mit seinen Männern in Marcilla in ihrem Turm eingemauert hatte. Sie hatte diese Intrige ersonnen und war für das schrecklichste Kapitel im Buch seines Lebens verantwortlich. Die ganze Überfahrt lang hatte er sich ausgemalt, was er mit ihr anstellen würde, wenn sich der Flottenmeister unterwarf.

»Dies sind Lilianne und Michelle de Droy«, sagte de Alba.

»Die Ritterinnen sind mir bekannt.« Es waren drei gewesen, deren Lügen ihn fast ums Leben gebracht hätten. Drustan, der Einarmige; ihn hatte sein Schicksal schon ereilt. Lilianne de Droy, die gefallene Komturin von Drusna, und ihre Schwester Michelle de Droy, die nie zu hohen Würden aufgestiegen war. »Ich beglückwünsche euch, dass ihr euch so gut von der Pest erholt habt. Tjureds schützende Hand muss auf euch ruhen.«

Die jüngere der beiden wirkte verunsichert. Aber nicht Lilianne. Sie hatte ein ungewöhnlich langes, markantes Gesicht. Die ehemalige Komturin war keine Frau, die man auf den ersten Blick eine Schönheit nennen würde. Ihre gerade Nase, das etwas zu kantige Kinn und ihr schlanker, durchtrainierter Körper ließen sie knabenhaft erscheinen. Nicht einmal fingerbreite, blonde Borsten sprossen aus ihrem Kopf. Es sah aus, als habe sie sich erst vor kurzem den Schädel kahl geschoren. Vielleicht aus Buße …

»Ich erinnere mich, Bruder Louis de Belsazar.« Schwester Lilianne schlug einen unverbindlichen Ton an, als hätten sie sich nie in einem Streit auf Leben und Tod gegenübergestanden. »Wir sind uns einmal in Marcilla begegnet.«

Etwas verwirrte Louis. In seiner Erinnerung hatte sie eine blasse Narbe, die eine Augenbraue teilte und hinab bis auf die Wange reichte. Aber vielleicht irrte er sich. Ihr an Überheblichkeit grenzendes, selbstbewusstes Auftreten, ihre Gesten, der Tonfall, in dem sie sprach … All das stimmte mit seinem Bild von ihr überein und war ihm hundertfach in seinen Albträumen begegnet.

»Sag, bist du nicht auch der Ordensbruder, der das Kommando in der Schlacht um die Eisenwacht führte? Wie hast du es angestellt, dem Massaker lebend zu entkommen? Wie ich hörte, hatten die meisten deiner Ritterbrüder und der Soldaten unter deinem Kommando weniger Glück.«

»Für eine Niederlage der Feinde Tjureds war der Orden vom Aschenbaum schon immer bereit, jeden Preis zu bezahlen, Schwester. Ganz im Gegensatz zur Neuen Ritterschaft.« Er deutete durch das Fenster zum Hafen hinaus. »Wenn diese Flotte vor der Küste Drusnas gekreuzt wäre, so wie es die Heptarchen befohlen hatten, dann wären uns die Heiden und die Anderen nicht im letzten Augenblick entschlüpft!«

»Das sagt der Mann, dem die Königin der Heiden zwischen

den Fingern hindurchschlüpfte, als sie schon sicher in der Falle saß.« Lilianne lächelte ihn an. »Bitte verzeih mir, wenn ich deinen Worten vor diesem Hintergrund nicht allzu viel Gewicht beimesse.«

»Lilianne, bitte!« Der Flottenmeister trat an den großen Tisch und winkte mit der Lederrolle, die Louis ihm ausgehändigt hatte. »Bruder Louis ist unser Gast, auch wenn er, wie es scheint, mit Neuigkeiten kommt, die es erforderlich machen, dass uns von See aus der Capitano eines schnellen Seglers beobachtet.« Ohne viel Aufhebens zerbrach er das Siegel.

Louis schob erneut einen Finger in den Spitzenkragen. Das verdammte Ding war zu eng! Das Schreiben aus Aniscans würde alles verändern. Entweder würde er in wenigen Augenblicken einer der mächtigsten Männer seines Ordens oder aber tot sein. Louis lehnte sich an das Fenstersims. Im Hafen sammelten sich kleine Gruppen von Soldaten. Im Schutz eines großen Lastenseglers waren sieben große Boote versammelt worden. Bald würde der Sturm auf die *Heidenfresser* beginnen.

DER BLICK AUFS FENSTER

Fingayn atmete aus und ließ den Bogen sinken. Der Maurawan versuchte durch sein Atmen die Spannung aus seinen Gliedern fließen zu lassen. Sieben Stunden wartete er jetzt schon auf die Gelegenheit zum perfekten Schuss. Fast wäre es so weit gewesen. Er wollte, dass Zeugen anwesend waren, wenn seine Pfeile trafen. Die Ritter sollten wissen, dass nichts und niemand sie vor Emerelles Zorn schützen konnte. Selbst inmitten einer bewaffneten Eskorte würden sie sich nicht mehr sicher fühlen.

Unter anderen Bedingungen wäre er ruhiger gewesen. In der Wildnis konnte er tagelang auf seine Beute lauern. Reglos zu verharren, war ihm zur Natur geworden. In den Jahrhunderten seines Lebens war er der vollkommene Jäger geworden. All seine Gaben hatte er auf diese Bestimmung ausgerichtet. Er nutzte die Kraft der Magie, um seine Witterung vor der Beute zu verschleiern oder einen Geruch anzunehmen, der Zutrauen erweckte. Er hatte sich schon inmitten von Büffelherden bewegt und selbst zur Brunftzeit die misstrauischen Leitbullen getäuscht.

Aber das hier war eine Herausforderung ganz eigener Art. Sich an einem Ort zu bewegen, wo auf engstem Raum Tausende feindliche Krieger zusammengepfercht waren, war mehr als tollkühn. Er trug die schlichten Kleider eines Arbeiters, um kein Aufsehen zu erregen. Sein langes Haar hatte er mit einem Tuch zusammengebunden, das auch seine spitzen Ohren verbarg. Wenn er unter Menschen war, ging er geduckt, um seinen hohen Wuchs zu verbergen und wie ein Arbeiter zu erscheinen, der ein Leben lang zu schwere Lasten auf seinem Rücken getragen hatte. Er stank nach Schweiß und schlechtem Essen. In sein Gesicht war Schmutz gerieben, um zumindest vor flüchtigen Blicken zu verbergen, dass ihm kein Bart spross.

Fingayn blickte hinab zum Fenster des alten Turms. Er mochte den Krieger mit dem auffälligen Schnauzbart. Das war nicht gut; es störte ihn dabei, seine Arbeit mit der nötigen innerlichen Distanz zu verrichten. Man konnte ein Opfer respektieren, aber es zu mögen, war leichtfertig. Deshalb würde er ihn als Ersten töten, damit er nicht länger darüber nachdenken musste.

Wenn nur dieser Ritter vom Aschenbaum nicht vor dem Fenster stünde! Er versperrte die Sicht ins Zimmer. Der Maurawan konnte gerade einmal einen Teil der Brust und den Kopf des Flottenmeisters erkennen. Er würde sich zutrauen, auch dieses Ziel zu treffen, aber wenn sich der Kerl am Fenster nur ein klein wenig bewegte … Nein! Es ging nicht. Er musste auf eine bessere Gelegenheit zum Schuss warten. Für jedes seiner Opfer hatte er einen Pfeil. Fehlschüsse waren nicht vorgesehen.

Er zog den Umhang über die Schultern, damit der Seewind ihn nicht auskühlte, während er reglos an der Zinne lehnte. Das Muster auf dem Stoff verschob sich leicht, als er die Kapuze hochschlug. Es zeigte rote Ziegelsteine mit grauen Fugen dazwischen. Sein Zauber passte ihn vollkommen der Umgebung an.

Fingayn hatte den höchsten Turm des Hafens ausgewählt, um sich auf die Lauer zu legen. Von dort hatte er einen guten Blick auf das Fenster des Rabenturms, das zum Kartenraum gehörte. Der Flottenmeister war dort jeden Tag für ein paar Stunden. Es war nur eine Frage der Zeit, bis sich die Gelegenheit zum perfekten Schuss ergab. Erfreulicherweise trug er fast nie eine Brustplatte. Um eine Eisenplatte zu durchschlagen und eine tödliche Verletzung zu verursachen, hätte er näher an ihn herangemusst.

Fingayn sah zu den zwei Federn, die er mit Möwenkot auf der Zinne vor sich befestigt hatte. Sie zitterten nur leicht im Westwind. Sein Pfeil würde kaum abdriften, wenn er zum Schuss käme.

Der Elf sah zum Nordwall. Dorthin hatte man die Arbeiter vom Turm abgezogen. Eine der neuen Mauern hatte breite Risse aufgewiesen, und alle verfügbaren Arbeiter waren aufgeboten worden, um ein Stützgerüst und eine Erdrampe zu bauen. Aber wie lange würde es dauern, bis die Arbeit vollendet war? Noch ein paar Stunden? Oder einen Tag?

Natürlich konnte er auch bei Nacht hier oben lauern, aber in den Abendstunden war der Flottenmeister nur selten im alten Turm.

Fingayn stampfte leicht mit den Füßen auf, damit das Blut besser in seinen Beinen zirkulierte. Unten stürmte ein Trupp leicht gerüsteter Fechter durch die Gasse. Würden sie die Eingänge zum Tempelturm besetzen? Es war unmöglich, dass man ihn entdeckt hatte.

Von der Baustelle erklang ein lang gezogenes Hornsignal. Das Zeichen für die Mittagspause.

Die Fechter liefen zum Hafen. Sie stiegen in Boote, die hinter einem großen Kauffahrtschiff versteckt lagen. Was ging hier vor sich?

Der Ritter vom Aschenbaum stand nicht länger am Fenster.

Doch jetzt hatte sich der Flottenmeister bewegt. Er stand hinter der Ritterin mit dem blonden Haar.

Der Elf hob den Bogen. »Komm schon! Zwei Schritt nach rechts. Einer genügt auch. Komm!« Fingayn nahm den Pfeil und legte ihn auf die Sehne. Er hatte eine dreikantige Spitze mit Widerhaken. Sie war nur lose auf den Schaft gesetzt. Wenn man versuchte, so einen Pfeil aus einer Wunde zu ziehen, blieb die Spitze trotzdem im Fleisch stecken.

Ein Trupp Arbeiter kam vom Nordwall marschiert. Es gab drei Fluchtwege vom Dach des Tempelturms. Noch. Wenn die Arbeiter auf das Gerüst stiegen, saß er in der Falle.

Eine Bö ließ die Federn auf der Zinne vor ihm erzittern. In die Versammlung im Turm kam Bewegung.

»Komm, Alvarez. Komm.«

Vom Hafen ertönten Schreie.

Fingayn blickte hinüber. Die kleinen Boote mit den Fechtern griffen das große Schiff des anderen Ritterordens an. Warum zerfleischten sich die Menschensöhne untereinander? Egal. Alvarez würde gewiss ans Fenster treten, um zu sehen, was dort vor sich ging.

»Komm, Flottenmeister!«

EIN GANZ BESONDERES SCHIFF

»Kappt das Ankerseil!«

Zwei Äxte sausten nieder und zerteilten das dicke Hanfseil. »Bringt das Schiff in die Fahrrinne!« Capitano Juan de Vacca legte allen Zorn in seine Stimme. Es tat gut zu schreien. Und zum Schreien war ihm auch zumute. Warum hatte man ausgerechnet ihn und die *Heidenfresser* für diese Mission ausgewählt? Er kannte den Grund, aber das hieß nicht, dass er damit einverstanden war. Seine *Heidenfresser* war mit Abstand das größte Schiff gewesen, das in Vilussa vor Anker gelegen hatte. Eine Gruppe Seeleute nahm die langen Stangen, die unter einer Plane verborgen auf dem Hauptdeck gelegen hatten.

Juan drehte sich um. Hinter der Karracke kamen Ruderboote mit Entermannschaften hervor. Er hatte es kommen sehen. Die Vorbereitungen in Villusa waren mehr als nur eine Vorsichtmaßnahme gewesen. So etwas tat niemand einem Schiff an, um auf alle Eventualitäten vorbereitet zu sein. Zumindest die Brüder Erilgar und Ignazius hatten das gewiss vorausgesehen.

»Zieht die Männer von den Lenzpumpen ab. Arkebusenschützen zu mir aufs Achterdeck!« Jetzt kam es darauf an, die verdammten Entermannschaften noch ein klein wenig aufzuhalten.

Der erste Seesoldat kletterte die Stiege hoch.

»Los, bezieh Stellung an der Reling! Ist deine Waffe schussbereit?«

»Ja, Herr. Aber ich kann doch nicht ...«

»Was du kannst oder nicht kannst, das werde ich dir sagen, Kerl. Außerdem habe ich dir nicht befohlen zu schießen. Es reicht, wenn die da unten glauben, dass du jeden Moment schießen würdest. Mehr will ich nicht.« Er packte den Schützen beim Arm und schob ihn zur Reling. »Mach hin, Mann!«

Juan biss sich auf die Lippen. Die *Heidenfresser* bewegte sich unendlich langsam. Zoll um Zoll schwenkte sie herum in die Hauptfahrrinne des Hafens. Bis zur Einfahrt waren es noch mindestens hundert Schritt. Der Wind war zu unbeständig; Segel zu setzen, machte keinen Sinn. Ohne Schleppkähne würden sie nicht so weit kommen. Das Staken ging zu langsam. Er musste gut abpassen, wann er den Befehl gab, der ihm das Herz zerbrechen würde. Wenn er es richtig anstellte, würde er mindestens zwanzig größere Kriegsschiffe im Hafen gefangen setzen. Auch das wäre ein Erfolg.

»Capitano! Dein Schiff steht nun unter der Befehlsgewalt der Neuen Ritterschaft. Ich werde an Bord kommen und das Kommando übernehmen.«

Juan trat an die Reling. Im vordersten Boot stand ein leicht untersetzter Kerl, der mit seiner Bauchbinde eher wie eine Witzfigur auf den Schautafeln der Moritatensänger aussah denn wie ein Ritter. Der Capitano legte mit übertriebener Geste eine Hand an sein Ohr. »Was sagst du, Bruder? Ich verstehe dich nicht.« Einer der Arkebusenschützen neben ihm kicherte. Inzwischen waren zehn Seesoldaten in Stellung gegangen.

»Halt dein Schiff an!«

»Was?«

»Verdammter Bastard, ich weiß, dass du mich verstehst!«

» ... nich begehst?«, rief Juan zurück. »Wie meinst du das? Ich verstehe den Sinn deiner Worte nicht.« Er blickte zu den Tonnenbojen, mit denen die Hauptfahrrinne markiert war. Nur ein kleines Stück noch, dann hatten sie es geschafft.

»Die Arkebusiere in den Booten haben die Lunten entzündet. Sie können jeden Augenblick feuern.«

»Das sehe ich selbst«, zischte der Capitano den Soldaten an seiner Seite an. Wenn dort unten Heiden säßen, hätte er schon längst den Befehl zu schießen gegeben. Aber er konnte doch nicht gegen Brüder im Glauben ins Feld ziehen. Er hatte Seite an Seite mit der Neuen Ritterschaft gekämpft. Was war in die Welt gefahren, dass sie einander nun bewaffnet gegenüberstanden?

Das erste der Boote ging längsseits. Ein Enterhaken griff nach der Reling.

»Schlagt die Flutlöcher auf!«, rief er.

Der Befehl wurde mittschiffs wiederholt, dann erklang er noch ein drittes Mal tief aus dem Rumpf. Juan konnte die dumpfen Hammerschläge bis zum Achterdeck hören. Obwohl er wusste, dass es nicht möglich war, glaubte er sein Schiff unter den Schlägen erzittern zu spüren. Das Todeszucken der *Heidenfresser* hatte begonnen.

»Werft allen Ballast ab, Männer, und springt über Bord.«

Die Soldaten sahen ihn sprachlos an.

»Glotzt nicht so! Legt die Arkebusen nieder! Weg mit den Bandelieren und Rapieren! Lasst alles hier, was euch beim Schwimmen behindert.« Er zwinkerte dem Mann neben sich zu. Statt eines Bartes hatte er noch Flaum im Gesicht. »An deiner Stelle würde ich mich von den schönen Stiefeln trennen. Die laufen voll Wasser und ziehen dich nach unten.«

Die Schiffszimmermänner kletterten aus der Frachtluke. Juan war erleichtert. Alle vier hatten es geschafft. Sie hatten keinen trockenen Faden mehr am Leib.

Die *Heidenfresser* machte immer noch ein wenig Fahrt.

»Alle Mann von Bord!«, rief Juan seinen letzten Befehl. Die Männer waren vorbereitet. Er hatte ihnen gestern erklärt, was geschehen mochte, wenn es schlecht lief mit den Ordensbrüdern vom Blutbaum. Dennoch zögerten die meisten. Es ging ihnen nicht besser als ihm. Sein eigenes Schiff inmitten einer befreundeten Flotte zu versenken, das war widersinnig. Aber der Befehl des Ordensmarschalls Erilgar war eindeutig gewesen. Sobald der Verdacht aufkam, dass die *Heidenfresser* gekapert werden sollte, musste sie dort versenkt werden, wo sie den größtmöglichen Anteil der Schiffe im Hafen behinderte. Die Flotte der Neuen Ritterschaft durfte nicht entkommen.

Endlich sprangen die ersten seiner Leute über Bord. Fast gleichzeitig kletterten einige Soldaten der Neuen Ritterschaft über die Reling. Niemand versuchte sie zu behindern. Im Gegenteil. Einige seiner Seesoldaten streckten ihnen die Hände entgegen und halfen ihnen das letzte Stück hinauf. Er hätte lachen mögen, wenn nicht sein Schiff der Preis dieser Groteske gewesen wäre.

Er dachte an die Nacht im Trockendock, als er zugesehen hatte, wie der Rumpf der *Heidenfresser* aufgeschnitten worden war. Vier Flutlöcher waren in den Boden des Schiffs geschnitten worden. Man hatte sie wieder verstopft, aber so hergerichtet, dass die Pfropfen aus Holz, Leinwand und Teer leicht herauszuschlagen waren. Die ganze Fahrt über hatte sein wunderschönes Schiff Wasser genommen. Ununterbrochen hatten sie an den Lenzpumpen gestanden. Das Sterben der *Heidenfresser* hatte schon im Trockendock begonnen. Was nun folgte, war nur noch der letzte Akt.

Der pummelige Kerl mit der Bauchbinde kam an Bord. Er hatte einen hochroten Kopf und schnaufte wie ein wütender Stier. Ohne innezuhalten, kam er die Stiegen zum Achterdeck hinauf.

Juan zog sein Rapier samt Scheide aus seinem Wehrgehänge.

»Du ... stehst ... unter Arrest!« Der Anführer der Entermannschaft war völlig außer Atem.

Juan verneigte sich knapp. »Ich übergebe dir mein Schiff und meine Mannschaft und überliefere mich deiner Gnade. Ich bin Juan de Vacca, Capitano der *Heidenfresser*.« Er streckte dem Ritter sein Rapier entgegen.

Auf keinerlei Widerstand zu stoßen, ja nicht einmal mit Flüchen und üblen Beschimpfungen konfrontiert zu werden, brachte den Ritter sichtlich aus der Fassung. Endlich nahm er das Rapier. »Claude de Blies, Capitano der *Windfänger*.« Er räusperte sich. »Hiermit erkläre ich dich für unter Arrest stehend. Du wirst natürlich mit allen Ehren behandelt werden, die deinem Stand gebühren und ...«

Die *Heidenfresser* neigte sich zur Seite. Juan griff nach der Reling.

De Blies machte einen akrobatischen Satz nach vorne und bekam gerade noch ein Tau zu packen. Auf dem Hauptdeck waren etliche Männer gestürzt.

Juan beugte sich über die Reling. Die *Heidenfresser* machte immer noch ein wenig Drift. Sie würde es bis zur Hauptfahrrinne schaffen. Sein Schiff hatte schon bedenklich Schlagseite.

»Hörst du das?«, fragte er leise. »Das ist ihr Todeslied.«
»Was?«

Juan schloss die Augen und lauschte. Er konnte das Tosen

des Wassers vernehmen, das durch die Flutlöcher drang und gluckernd höher stieg. Ein Teil der Ladung schwamm auf dem Wasser und schlug von innen gegen den Schiffsrumpf. Sogar das Fiepen von Ratten konnte man vernehmen, die in heller Panik aus den Laderäumen flohen.

»Bemannt die Lenzpumpen!«, schrie der Capitano vom Blutbaum. »Los, macht hin, Männer!«

Wieder lief ein Ruck durch den Rumpf. Die *Heidenfresser* hatte nach Backbord hin schon fast zwanzig Grad Schlagseite.

»Gib es auf, Bruder«, sagte Juan. »Sie ist nicht mehr zu retten. Bring deine Leute in Sicherheit.«

ROTE UND SCHWARZE AMEISEN

Lilianne hatte das Gefühl, dass ihr der Boden unter den Füßen schwand. Sie klammerte sich an die Tischkante und sah zu Alvarez. Der Flottenmeister war leichenblass. Sein mächtiger Schnauzbart zitterte.

Sieben Siegel hingen an schmalen Seidenbändern unter dem Brief. Die Siegel der Heptarchen von Aniscans.

»Euer Orden ist mit dem Kirchenbann belegt. Er wird dem Orden vom Aschenbaum unterstellt. Von diesem Tag an gibt es die Neue Ritterschaft nicht mehr. Jede Ordensniederlassung der Neuen Ritterschaft erhält an diesem Tag nämliches Schreiben der Heptarchen. Es wurden auch Truppen zusammengezogen, um etwaigen Widerstand zu zerschlagen.« Er lächelte. »Ich hoffe auf eure Vernunft. Ich bin hier, um das Kommando über den Hafen Rabenturm zu übernehmen. Wer sich gegen die Befehle meines Ordens stellt, der wird zum Ketzer erklärt und mit aller Härte verfolgt werden.«

»Du hast mehr Mut, als ich dir zugetraut hätte«, sagte Lilianne. »Hier stehen zwanzigtausend Mann unter Waffen. Glaubst du, dass wir uns einfach ergeben, nur weil du uns einen Brief vorlegst? Du wirst doch nicht ...«

Michelle legte ihr die Hand auf den Arm. »Ganz gleich, was wir tun werden, vergiss nicht die Gebote der Gastfreundschaft. Er ist nur der Überbringer der Nachricht.«

»Das siehst du falsch, Schwester«, entgegnete Louis triumphierend. »Der Hafen Rabenturm und die Insel wurden zu einer neuen Ordensprovinz ernannt. Und ich bin euer Komtur. Mein Wort ist Gesetz!«

Vom Hafen erklang Lärm. Etliche Stimmen riefen durcheinander. Louis blickte über die Schulter. »Wie ich sehe, sitzt nun der größte Teil eurer Flotte fest.«

Alvarez stürmte zum Fenster. Lilianne folgte ihm auf dem Fuß.

»Dich erstick ich in Trollscheiße«, schrie der Flottenmeister außer sich vor Zorn. »Oder ich schmeiß dich gleich hier aus dem Fenster.« Er packte Louis, der sich strampelnd gegen Alvarez zu wehren versuchte.

»Nicht!« Lilianne fiel ihrem Freund in den Arm. »Glaub mir, ich würde ihn auch gern aus dem Fenster werfen«, zischte sie. »Aber wir müssen einen kühlen Kopf bewahren. Solange der Mistkerl lebt, haben wir mehr Handlungsmöglichkeiten.« Sie sah zum Hafen. Die Karavelle *Heidenfresser* lag etwa hundert Schritt vor der Hafeneinfahrt. Sie hatte so schwere Schlagseite, dass die Rah des Großsegels schon fast das Wasser berührte.

Louis befreite sich aus dem Griff des Flottenmeisters. Keuchend taumelte er zum Tisch, fort vom Fenster. »Das war es dann ...«

Michelle verstellte ihm den Weg zur Treppe. »Nicht du entscheidest, wann dieses Gespräch endet.«

Alvarez starrte auf den Hafen. Er wirkte wie entrückt.

Lilianne trat zum Tisch und sah sich noch einmal das Schreiben an, das Louis überbracht hatte. Es war ohne Zweifel echt. Und es stellte ihre Welt auf den Kopf. Was, bei allen Heiligen, hatte Honoré getan, das die Kirchenfürsten dazu veranlasst hatte, die Neue Ritterschaft aufzulösen?

»Du wirst viel Gelegenheit haben, diese Tätlichkeit zu bereuen.« Louis sprach mit rauer Stimme und rieb über seinen Hals. Ein Muster roter Flecken zeichnete sich auf seinen Wangen ab.

»Ich bitte dich im Namen des Flottenmeisters um Entschuldigung«, sagte Lilianne, so höflich sie nur konnte. Am liebsten hätte sie diese Ratte im Hafen ersäuft, aber es galt, den Schaden einzugrenzen. »Wenn du die Freundlichkeit hättest, uns vorübergehend allein zu lassen? Wir müssen uns beraten.«

»Was gibt es da noch zu beraten? Das Schreiben der Heptarchen ist an Deutlichkeit doch wohl kaum zu überbieten.«

»Es wäre eine noble Geste, uns die Förmlichkeiten der Übergabe in Ruhe beraten zu lassen. Ich habe auch Sorge, dass Teile unserer Ritterschaft diesem Befehl nicht nachkommen werden, ohne Widerstand zu leisten. Es gilt nun zu überlegen, wie wir dies verhindern können.« Sie erkannte an seinem Blick, dass er sie durchschaute. Dennoch wandte er sich zum Gehen.

»Ich werde mit dem Capitano meiner Karavelle sprechen. In einer Stunde komme ich zurück. Dann erwarte ich eure Entscheidung.«

Lilianne trat zum Fenster und wartete, bis sie Louis aus

dem Tor des Turms treten sah. Der Flottenmeister stand noch immer reglos. Er betrachtete die Arbeiter, die das Gerüst am Tempelturm hinaufstiegen. Seine Lippen bebten leicht.

»Wir müssen uns dieser Herausforderung stellen«, sagte Lilianne sanft. Dann nahm sie ihn beim Arm und zog ihn vom Fenster fort.

»Es war falsch von mir ...«, stieß Alvarez hervor.

»Ohne Frage. Es schränkt unsere Möglichkeiten ein.« Lilianne rollte eine Karte der Dvina-See auf dem Tisch aus. »Versuchen wir uns einmal zu vergegenwärtigen, wie unsere Lage ist. Wir sind durch Honorés Befehl seit Wochen von jeglichen Informationen abgeschnitten. Unsere Vorräte gehen zur Neige. Wir haben keine andere Wahl, als den Rabenturm bald zu verlassen.« Ihr Finger fuhr über die Karte.

»Die Truppen des Ordens vom Aschenbaum stehen um Haspal und bereiten sich auf die Invasion des Fjordlands vor. Ihre Flotte ist der unseren weit unterlegen. Unser Stützpunkt Paulsburg ist so gut befestigt, dass sie es nicht wagen werden, ihn anzugreifen. Wahrscheinlich sind wir hier im Norden deutlich stärker als der Orden vom Aschenbaum. Wir könnten ihr Heer bei Haspal von jeglicher Versorgung über See abschneiden und es zum Rückzug zwingen.«

»Du planst, Krieg gegen unsere Ordensbrüder zu führen?«, fragte Michelle.

»Wir haben ihn nicht angefangen«, antwortete Alvarez. »Deine Schwester hat vollkommen recht. Unsere Lage ist gar nicht so schlecht. Wir ...«

»Bevor man einen Krieg beginnt, sollte man sich darüber im Klaren sein, was zu gewinnen ist und um welchen Preis. Das lernt jeder Novize auf der Ordensburg in seinem ersten Jahr.«

»Willst du uns Taktikunterricht geben?« Alvarez schlug mit der Faust auf das Schreiben der Heptarchen. »Was für eine

Art Ritterin bist du? Unterwirfst du dich einem Stück Pergament?«

»Meine Treue gilt Tjured«, erwiderte Michelle ruhig. »Zuletzt bin ich ihm verantwortlich für meine Taten. Vorher aber habe ich an meine Männer zu denken. Wie schütze ich sie? In Aniscans befinden sich unser Ordensmarschall, unser Primarch und unser Großmeister. Begreifst du eigentlich, dass du vielleicht der Letzte aus der Führung des Ordens bist, der noch lebt?«

Alvarez sah sie mit offenem Mund an. Seine Worte waren ihm im Hals stecken geblieben.

Lilianne wunderte sich über ihre jüngere Schwester. Sie hatte sie immer für impulsiv, ja sogar aufbrausend gehalten. Die letzten Jahre hatten sie verändert. »Deine Einwände sind berechtigt, Schwester. Wir können uns im Norden halten und wahrscheinlich auch in Valloncour. Dazwischen liegt die halbe Welt. Die Kräfte unseres Ordens sind geteilt. Wir müssen klug agieren, wenn wir den Feldzug beginnen. Vielleicht sollten wir zum Schein auf Louis' Forderungen eingehen. Das würde uns mehr Zeit verschaffen.«

»Erinnerst du dich an den Garten unseres Vaters?«

»Was hat der Garten mit der Intrige zu tun, die man in Aniscans gegen unseren Orden gesponnen hat?«

»Alles, Lilianne. Hast du sie vergessen, die roten und die schwarzen Ameisen? Wir haben ihren Krieg unsere halbe Kindheit lang beobachtet. Du mochtest die roten. Sie waren größer, bessere Krieger. Sogar ihre Nester waren schöner. Aber sie waren immer nur wenige. Eine Kriegerameise der roten konnte leicht gegen zwei oder drei schwarze Ameisen bestehen. Aber zuletzt sind die Roten untergegangen, umzingelt von allen Seiten. Auf jeden Krieger kamen zehn oder zwanzig Schwarze. Sie haben den Roten die Beine abgebissen und den Hinterleib. Es waren Kämpfe ohne Ehre. Was glaubst du, wie ein Krieg gegen den Aschenbaum enden wird? Und bedenke, du stellst dich nicht allein gegen Tarquinon und seine Ritter. Du stellst dich gegen die ganze Kirche. Wer uns hilft, der wird zum Ketzer. Woher sollen wir neue Rekruten bekommen, um unsere Verluste zu ersetzen? Hier aus Drusna? Die unterworfenen Adeligen werden ihre Freude daran haben, zuzusehen, wie wir uns gegenseitig zerfleischen. Dieser Krieg ist bereits an dem Tag verloren, an dem wir ihn beginnen.«

»Ich scheiß auf die Ameisen!«, polterte Alvarez los. »Wenn du davonlaufen willst, bitte!« Er wies zur Treppe. »Ich brauche Ritter, die nicht vergessen haben, wem sie alles verdanken.«

Lilianne erinnerte sich gut an den Krieg der Ameisen. Obwohl sie Michelle immer gepredigt hatte, dass sie beide sich nicht in die Kämpfe einmischen sollten, hatte sie den roten manchmal Obst und Küchenabfälle in die Nähe ihrer Nester gelegt. Vor allem zuletzt, als die Schwarzen schon fast den ganzen Garten erobert hatten. Ihr war klar, dass ihnen niemand helfen würde, wenn auf der Ritterschaft der Kirchenbann lag. »Sie hat nicht unrecht, Bruder.«

»Du auch?« Alvarez schüttelte den Kopf. »Ich glaube es nicht. Ist Ritterschaft für euch zur Mathematik geworden? Hat man je von einem Helden gehört, der rechnet, bevor er sein Schwert zieht? Ihr redet von Kindertagen ... Erinnert ihr euch an die Geschichten eurer Väter? Welcher Ritter hat je seine Aussicht auf einen Sieg berechnet, wenn er allein einem Troll entgegentrat, um eine Jungfer zu beschützen?« Er legte seine Rechte auf die Brust. »Wahre Ritterschaft erwächst aus dem Herzen! Mein Herz weiß, was richtig und was falsch ist. Und ich habe den Mut, danach zu handeln, was mein Herz mir rät. Zahlen spielen bei dieser Entscheidung keine Rolle. Wenn du anders denkst, dann bist du nur eine Soldatin, Lilianne, und keine Ritterin. Vielleicht geht die Zeit der Ritter zu Ende. Aber ich weiß, was ich bin.«

Lilianne wollte antworten, aber die Worte lagen ihr wie dunkle Galle auf der Zunge. Sie blickte zu Michelle. Auch ihre Schwester rang mit sich. »Und wenn wir nur zum Schein auf sein Angebot eingehen ...«

»Würde ein Ritter die Jungfer vorübergehend dem Troll überlassen, um dann in der Nacht zurückzukehren, wenn er hoffen darf, seinen Feind im Schlaf zu überrumpeln?«

»Hör doch auf mit diesem Mist!«, platzte es aus Michelle heraus. »Was hat die Jungfer davon zuzusehen, wie ihr Ritter in Stücke gerissen wird? Mach es dir nicht so leicht, Alvarez! Der Ritter entscheidet allein über sein Leben. Wir entscheiden über viele tausend. Und siehst du denn wirklich nicht ein, dass wir, wenn wir uns gegen den Orden vom Aschenbaum stellen, der Sache unserer Erzfeinde dienen? Wir schwächen die Kirche. Und das in dem Augenblick, wo wir endlich den Weg nach Albenmark gefunden haben und gegen den Erzfeind kämpfen können statt gegen seine verblendeten heidnischen Helfershelfer.«

»Der Wanderer, der stets nur fest sein Ziel vor Augen hat, droht auf seinem Weg abzustürzen. Ich hatte in den letzten Wochen viel Zeit nachzudenken. Wenn Honoré von uns genommen ist, dann wird dies unserem Orden nutzen. Das ist das einzig Gute, was ich aus der Nachricht von Bruder Louis lese. Aber bedenke eins, Michelle. Wenn ich auf dem Weg zu meinem großen Ziel aufhöre, auf mein Gewissen zu hören, was bin ich dann, wenn ich mein Ziel erreiche? Auf jeden Fall nicht mehr der Mann, der die Reise begonnen hat. Es gibt sogar noch ein besseres Beispiel. Du wirst mir zustimmen, wenn du ...« Plötzlich taumelte Alvarez, als habe er einen Stoß in den Rücken bekommen. Er beugte sich vor und stützte sich keuchend auf den Tisch. Blut spritzte auf den Tisch. Aus seiner Brust ragte eine mit Widerhaken besetzte Pfeilspitze.

Lilianne packte den Flottenmeister und zog ihn zur Seite, weg vom Fenster. »Geh in Deckung!«, rief sie Michelle zu. Doch ihre Schwester lief zum Fenster.

»Der Schütze muss auf dem Dach des Tempelturms sein!«

»Lil ...« Alvarez klammerte sich fest an ihren Arm. Seine Beine gaben nach. Ihre Kleider waren durchtränkt von seinem Blut. Ein langer, weißer Pfeilschaft steckte in seinem Rücken.

»Ich hol mir den verdammten Meuchler!«

Lilianne sah die Tränen auf Michelles Wangen. Sie blickte auf die breite Blutspur am Boden. Alvarez' Hände packten zu wie Schraubstöcke.

»Du musst ... Ritterin ...!« Verzweiflung lag im Blick des Flottenmeisters. Er bot all seine Kraft auf, um ihr noch etwas zu sagen.

»Ritter ...«

»Ich weiß. Wir werden Ritter sein, das verspreche ich dir. Der Blutbaum wird auf unserem Wappenschild bleiben. Unsere Ehre wird nicht zu Asche werden.«

Alvarez lächelte. Sein Griff lockerte sich. Er war tot.

DER SCHUTZ DER HEILIGEN

Fingayn nahm den Köcher und lief zur anderen Seite des Turmdachs. Er hatte viel zu lange gewartet! Überall auf dem Gerüst waren schon Arbeiter, und es war reines Glück, dass noch keiner bis zu ihm aufs Dach hinaufgestiegen war. Doch hier konnte er nicht mehr bleiben.

Er schwang sich über die Zinnen und landete auf einem der Gerüstbretter. Dort griff er nach einer der Stützstangen und schwang sich auf die nächste Ebene des Gerüsts hinab.

Von der anderen Seite des Turms konnte er Rufe hören. Die Hatz hatte begonnen. In Gedanken hatte er durchgespielt, was er tun würde. Die Treppe im Tempelturm war der schnellste Weg hinauf und auch hinab. Er hätte dort nach dem Meuchler zu suchen begonnen.

Fingayn presste sich gegen das rote Mauerwerk und zog seinen Umhang hoch. Weiter unten hörte er jemanden auf dem Gerüst. Er lauschte. Einen einzelnen Arbeiter konnte er niederstrecken. Aber wenn es mehrere waren, würde gewiss noch einer Gelegenheit finden, Alarm zu geben.

Weit unter ihm waren Stimmen zu hören.

»Besetzt alle Aufgänge zum Gerüst!«, rief eine Frauenstimme.

Fingayn fluchte stumm. Die Menschenkinder waren nicht dumm. Aber er war vorbereitet.

Er hielt sich im Schatten und kletterte tiefer, bis er eine der hohen Fensteröffnungen erreichte. An zwei Stellen waren bereits prächtige Buntglasfenster eingesetzt. Doch die übrigen Fenster waren nur verschattete Höhlen im dicken Mauerwerk.

Der Maurawan stieg in eine der Öffnungen. Auch im Innern des Tempelturms gab es einzelne Gerüste. Ein Teil der Mauern war hinter einer dicken Schicht aus Putzwerk verschwunden. Es roch nach Kalk und Farbe. Breite Lichtbahnen durchschnitten das Zwielicht.

Schatten tanzten über die Wände, wenn sich ein Arbeiter auf den Gerüsten an den Fenstern vorbeibewegte.

Fingayn blickte hinab. Der Boden bestand aus grauem Estrich, auf dem wohl einmal ein Mosaikboden verlegt werden sollte. Das Innere des Tempelturms war ein einziger riesiger Raum, der lediglich durch einige umlaufende Galerien gegliedert wurde. Überall waren Kisten und Fässer gestapelt. Es herrschte ein Durcheinander, für das Fingayn nur ein treffendes Wort einfiel: menschlich.

Er schlüpfte durch das Fenster auf ein Gerüst, das leicht schwankte, als er es betrat. Im Innern des Tempelturms war die Mehrzahl der Gerüste nicht an den großenteils schon verputzten Wänden befestigt. Auf ihnen herumzuklettern, erforderte entweder eine gehörige Portion Mut oder aber unbeschreibliche Dummheit.

Das Holz knarrte unter seinem Gewicht. Unten im Turm suchten Krieger mit Fackeln und Blendlaternen nach dem Mörder ihres Flottenmeisters. Stahl funkelte im warmen Licht der Flammen. Etwa zehn Mann kamen stampfend die große, hölzerne Wendeltreppe hinauf, die sich bis zum Dach des Tempelturms wand.

Fingayn hielt sich in Deckung und kletterte zur Galerie hinab, deren Geländer mit geschnitzten Vogelköpfen verziert war. Hier standen einige lange, schmale Kisten, deren Deckel mit Wachssiegeln und Pergamentstreifen bedeckt waren. Gestern Nacht hatte Fingayn eine der Kisten vorsichtig aufgebrochen und dabei sorgsam darauf geachtet, dass der flüchtige Betrachter keinen Schaden bemerken konnte. In der Kiste hatten Kissen und ein dickes Samttuch gelagert. Und ein paar Knochen, die zum Teil ebenfalls beschriftet oder mit Wachssiegeln versehen gewesen waren. Er hatte die Knochen an eine Meute räudiger Straßenköter verfüttert.

Nun öffnete er das Versteck und legte sich in die Kiste. Vorsichtig schob er den Deckel wieder an seinen Platz. Mit seinem Dolch hatte er ein paar Atemlöcher in die Seitenwand gebohrt. Hier drinnen sollte er sicher sein.

Der Lärm der aufgebrachten Männer drang nur noch gedämpft zu ihm vor. Der Stoff roch ein wenig modrig. Fingayn atmete regelmäßig durch den Mund und versuchte den Gestank zu ignorieren.

Er war fast eingeschlafen, als die lange Kiste leicht vibrierte. Holz knirschte unter Schritten. Jemand war auf der Galerie.

Der Maurawan zog seinen Dolch. Der Erste, der den Deckel anhob, würde seinen Weg zu Tjured machen.

BLUT UND TINTE

Louis blickte auf den Leichnam des Flottenmeisters hinab. Er lag auf dem Kartentisch. Das Pergament mit den Siegeln der Heptarchen war vom Blut des Toten durchtränkt. In seinen bunten Kleidern sah Alvarez wie ein Jahrmarktsnarr aus.

»Ich hoffe, du glaubst nicht, dass ich damit etwas zu schaffen habe.«

Lilianne drückte dem Toten die Augen zu. »Wenn ich das glauben würde, hätte ich dir eigenhändig die Kehle durchgeschnitten. Es war ein Elfenpfeil. Wir werden den Kerl finden.«

Louis blickte zum Fenster. Wie hatte es ein Elf zum Rabenturm schaffen können? Mit noch mehr Soldaten und Rittern als hier im Hafen konnte man sich kaum mehr umgeben. Ob ihre Magie ihnen erlaubte, sich unsichtbar zu machen?

»Du wirst sicherlich verstehen, dass sein Tod mir keine Tränen entlockt. Der Vorfall am Fenster ...«

»Du könntest deinen Hut abnehmen«, sagte die Ritterin kühl. »Das genügt.«

Louis klemmte sich den Schlapphut unter den Arm. Er wartete, ob Lilianne von sich aus etwas sagte, doch die Ritterin blickte nur unentwegt in das Antlitz des Toten. Ihre Hände tasteten über Alvarez' Haar und ordneten es.

Louis kam der Gedanke, dass sie sich wie eine Geliebte aufführte. Vielleicht kannten die beiden sich ja seit ihrer Zeit als Novizen? Er betrachtete die Muster, die das Blut auf die Karten und Pergamente auf dem Tisch gezeichnet hatte. Rote Finger, die nach fernen Küsten griffen. Kleine Pfützen, in denen dunkle Schlieren aufgelöster Tinte zu sehen waren.

Ihm kam es vor, als sei eine Ewigkeit verstrichen, als er sich schließlich räusperte. »Ich will dich nicht in deiner Trauer stören, aber es ist an der Zeit, eine Entscheidung zu treffen. Wenn ich dem Segler draußen auf See kein Signal gebe, dann wird er nach Vilussa zurückkehren, und der Kapitän wird dem Ordensmarschall berichten, dass ich nicht von meiner Mission zurückgekehrt bin. Habt ihr eure Beratungen abgeschlossen, bevor ...« Er suchte nach einer Formulierung, die nicht teilnahmslos klang.

»Ich werde den Festungshafen nicht unter dein Kommando stellen, Bruder Louis. Diesen Befehl konnte ich dem Schreiben der Heptarchen nicht entnehmen. Dein Name war dort an keiner Stelle genannt.« Sie sah ihn durchdringend an.

Louis gab sich alle Mühe, seine Enttäuschung zu verbergen. Er hatte geahnt, dass ihm diese Mission mehr Ärger als Ehren einbringen würde. »Damit stellst du dich gegen die Befehle meines Ordensmarschalls. Er hat mir die Kommandogewalt über den Hafen Rabenturm verliehen.«

»Bei allem Respekt vor deinem Ordensmeister, aber ihm schulde ich erst Gehorsam, wenn sich die Neue Ritterschaft dem Orden vom Aschenbaum unterstellt hat. Bis dahin nehme ich so weitreichende Befehle nur von den Heptarchen in Aniscans entgegen. Als ehemalige Komturin von Drusna werde ich von Stund an das Kommando über alle Truppen und Schiffe meines Ordens in dieser Provinz übernehmen.«

»Die Befehle der Heptarchen waren eindeutig. Die Neue Ritterschaft ist aufgelöst. Sie soll in den Orden vom Aschenbaum eingegliedert werden«, widersprach Louis.

»Dem widerspreche ich nicht. Aber um diese Eingliederung zu vollziehen, braucht mein Orden eine neue Führung. Diese Verantwortung werde ich übernehmen. Und in dieser Rolle werde ich mit deinem Ordensmarschall verhandeln.«

»Du verdrehst wissentlich den Inhalt der ...«

Lilianne deutete auf das blutdurchtränkte Pergament. »Könntest du so freundlich sein und mir zeigen, inwieweit meine Taten mich in Widerspruch zu den Befehlen der Heptarchen setzen? Ich sage, ich unterwerfe mich ihrem Wort. Ich akzeptiere, dass die Neue Ritterschaft aufgelöst werden soll. Wie das vonstattengeht, werde ich allerdings nur mit deinem Ordensmarschall als dem ranghöchsten Vertreter deines Ordens in dieser Provinz besprechen.«

»Du verstößt gegen den Geist des Befehls. Das weißt du genau ...«

»Würdest du jetzt so freundlich sein, den Turm zu verlassen und deinem Schiff das vereinbarte Flaggensignal zu übermitteln? Dir ist schon klar, dass es aufgrund deiner Versäumnisse aus einem Missverständnis heraus zu kriegerischen Handlungen zwischen unseren beiden Orden kommen könnte. Ich werde noch in dieser Stunde einen Raben mit einer Nachricht nach Paulsburg schicken, wenn du dich meinen Befehlen widersetzt.«

Louis schluckte seinen Zorn hinunter. Diesen einen Sieg mochte sie noch haben. Aber es würde nicht lange dauern, bis sich das Blatt wendete. Bald würde er ihr Befehle geben. Und er würde nichts von dem vergessen, was sie ihm angetan hatte.

DER DREIBEINIGE HUND

Michelle trat aus dem Tempelturm. Es regnete in Strömen. Sie fühlte sich elend und niedergeschlagen. Den Rabenturm nahm sie nur als verschwommenen Schatten wahr. Lichtschein fiel durch das Fenster, hinter dem Alvarez gestorben war. Sie schlug mit der Hand gegen die nasse Mauer des Turms. Wenn sie wenigstens den Mörder zu fassen bekommen hätte. Was war geschehen? Hatte Gott sich von ihrem Orden abgewandt?

»Sagt mir, dass es wenigstens eine Spur gab!«

Die Männer um sie herum sahen zu Boden. Stunden hatten sie im Turm verbracht. Alle Zugänge zu den Gerüsten waren bewacht gewesen. Sie hatten jeden Winkel ausgeleuchtet, von den hohen Fensternischen bis in den letzten Winkel der Kellergewölbe. Sie hatte die Kisten durchsucht und etliche Stapel mit Baumaterial auseinandergezerrt, aber der Mörder war wie von der Erde verschluckt. Nur Magie konnte sein spurloses Verschwinden erklären.

Regen rann ihr durch den Kragen den Nacken hinab. Ein eisiger Finger strich über ihren Rücken. Alle Härchen ihres Körpers stellten sich auf.

»Gehen wir noch einmal alles durch. Hauptmann!«

»Wir haben den Turm umstellt, kaum dass du auf der Straße warst, Schwester. Wir haben alles durchsucht.« Der Offizier war ein Mann, der wohl schon in den Vierzigern war. Er hatte ein ausgezehrtes, faltiges Gesicht. Grauschwarze Stoppeln lagen wie ein Schatten auf seinen Wangen. Sein Haaransatz war fast bis zur Mitte seines Schädels zurückgewichen. Die verbliebenen Haare klebten ihm in dünnen Strähnen auf der regennassen Haut. »Sag mir, was wir nicht getan haben.«

Sie wusste, dass sie ungerecht zu den Männern war. »Er wird versuchen, auf ein Schiff zu kommen. Durchsucht den Hafen. Jedes Schiff!«

»Glaubst du, er ist mit den Rittern vom Aschenbaum gekommen?«

Sie überlegte kurz, dann schüttelte sie den Kopf. »Nein. Wir führen doch keinen Krieg miteinander. So etwas hätten sie niemals gewagt. Los! Macht euch auf zum Hafen! Und durchsucht auch ihre Galeere! Es ist das einzige Schiff, das den Hafen verlassen darf.«

»Und du, Schwester?«

Michelle blickte hinauf zum erleuchteten Fenster. »Ich werde Abschied nehmen.« Mehr als zwanzig Jahre hatte sie ihn gekannt. Sie hatte viele Brüder und Schwestern in dieser Zeit sterben sehen. Aber dass Alvarez gehen könnte … Daran hatte sie nie gedacht. Sein Lachen und seine heitere Art waren in schweren Zeiten stets ein zuverlässiger Trost gewesen. Kaum etwas hatte ihn erschüttern können. Und stets war er der Erste gewesen, der sich von Rückschlägen erholt und wieder nach vorne geblickt hatte. »Ich komme nach zum Hafen.«

Der Hauptmann nickte. Er rief nach seinen Männern. Die Schar formierte sich zu einer lockeren Kolonne. Jeder von ihnen blickte auf, als sie unter dem Turmfenster vorbeizogen.

Michelle griff nach der Laterne, die neben ihr auf dem Boden stand. Sie fühlte sich unendlich müde. Ein nasser Hund kauerte hinter einer hölzernen Schubkarre, dicht bei der Turmmauer. Er hatte schmutziges, gelbbraunes Fell, war aber wohlgenährt. Michelle kannte ihn, so wie jeder in der Hafenfestung. Er hatte nur drei Beine, und irgendein Schelm hatte ihm beigebracht, allein auf den Hinterbeinen zu laufen. Wer das einmal gesehen hatte, der vergaß es nicht mehr. Jeden Tag machte der gelbe Hund seine Runde durch die Schenken. Und nirgends ging er leer aus. Jetzt kaute er an einem alten Knochen, den er mit der verbliebenen Vorderpfote aufs Pflaster drückte.

Etwas an dem Knochen kam ihr seltsam vor. Michelle ging vor dem Hund in die Hocke. Misstrauisch blickte er zu ihrer Hand auf. Ein leises Knurren stieg tief aus seiner Kehle.

Michelle öffnete die Blende ihrer Laterne. Der Knochen sah aus wie eine Rippe. Sie schlug dem Hund mit der Rückhand übers Maul.

Kläffend schnappte er nach ihr. Sie richtete sich auf, verpasste ihm einen Tritt. Mit einem Jaulen sprang er auf die Hinterbeine und lief davon.

Sie bückte sich nach dem Knochen und drehte ihn im Licht der Laterne. Ein Psalm war darin eingeritzt. Sie keuchte. Dann zog sie ihr Rapier und stürmte zurück in den Tempelturm. Der Elf hatte nicht nur Alvarez ermordet, er war auch an dem einzigen Ort untergekrochen, den sie in ihrer heiligen Scheu bloß oberflächlich untersucht hatten. Er musste auf der Galerie mit den Reliquienkästen sein. Und er hatte die Knochen eines Heiligen den Hunden zum Fraß vorgeworfen!

EIN SCHÖNER ABEND

Tarquinon genoss den Abend. Es war warm für einen Herbsttag. Er saß auf der Tribüne, die man für die Heptarchen und fast hundert andere hohe Würdenträger der Kirche auf dem Platz des heiligen Zorns errichtet hatte. Er bemerkte sehr wohl, dass die meisten der Kirchenfürsten sich langweilten, obwohl keiner von ihnen es wagte, mit seinen Nachbarn zu flüstern. Sie betrachteten die flatternden Banner hinter der Todesbühne oder blickten einfach zum Himmel oder auf ihre kostbar bestickten Schuhe.

Tarquinon verachtete diese Weichlinge. Ihm bereitete es Freude, dem Tod ins Angesicht zu sehen. Nicht mehr lange, dann hätte Henk van Bloemendijk sein Leben ausgehaucht. Der Abt hatte den Mund weit aufgerissen. Sein Gesicht war blaurot verfärbt. Der Henker verstand sein Geschäft. Er vermochte das langsame Ersticken auf ein Viertel von einer Stunde auszudehnen. Er drehte die Garotte sehr langsam zu. Lockerte sie zwischendurch ein wenig, nur um sie sogleich wieder zuzuziehen.

Tarquinon nahm ein kurzes Fernrohr und richtete es auf das Gesicht des Abtes. Der Augenblick des Todes war jetzt ganz nah. Ein paar Herzschläge noch, und er würde vor Tjured stehen. Ob sich auf seinem Gesicht ein Abglanz von der Begegnung mit dem Göttlichen zeigen würde? Immerhin starb er unschuldig. Wenn er nicht zu Tjured ging, wer dann!

Das geflochtene Lederband der Garotte hatte sich tief in den fleischigen Hals gegraben. Die Arme, die an den Stuhllehnen festgeschnallt waren, zuckten hilflos. Henk war einer von denen, die Tarquinon auf die zweite Namensliste hatte setzen lassen. Ein treuer Diener der Kirche, dessen Frömmigkeit in den letzten Jahren seltsame Blüten getrieben hatte. Er predigte den Ausgleich mit den Heiden und war davon überzeugt, dass die Macht der Worte Gottes stärker war als jedes Schwert. Seiner Meinung nach war es nur eine Frage der Zeit, bis die Heiden ihren Irrglauben einsehen würden. Er war sogar der Ansicht, dass man sich mit den Anderen verständigen und vielleicht etwas von ihnen lernen könnte. Solche Gedanken waren blanke Ketzerei. Aber was noch beunruhigender war: Seine Thesen über die Macht von Gottes Wort stellten gleichzeitig die Existenz der beiden Ritterorden in Frage. Henk hatte mächtige Freunde innerhalb der Kirche gehabt, deshalb war er einer Anklage wegen Ketzerei entgangen und hatte seine Gedanken in Wort und Schrift verbreiten können. Nun saß er gemeinsam mit den meisten dieser Freunde auf der Todesbühne.

Der Kopf des Abtes kippte zur Seite. Es war vorüber. Tarquinon hörte den Mann neben sich erleichtert aufatmen. Er sah seinen Nachbarn mit Befremden an. Gehörte etwa auch er zu den heimlichen Freunden des Abtes? Es war ein älterer Herr mit schütterem, grauem Haar und einem fliehenden Kinn, das seinem Gesicht gemeinsam mit der großen Nase ein vogelartiges Aussehen gab.

Der Priester klopfte sich auf die Brust, als er Tarquinons Blick bemerkte. »Ein altes Lungenleiden. Immer wenn Regen kommt, wird mir die Brust eng.«

Der Großmeister nickte. Jetzt erinnerte er sich, woher er den Alten kannte. Er war der Vorsteher der Schreibstube des Heptarchen Gilles de Montcalm.

Tarquinon entschied sich, dem Sekretär keine weitere Aufmerksamkeit zu zollen, sondern sich ganz auf den nächsten Tod zu konzentrieren. Nun würde der Henker Miguel de Tosa, dem Ordensmarschall der Neuen Ritterschaft, das Leben aus der Kehle quetschen. Vielleicht machte der Ritter im Angesicht des Todes ja eine bessere Figur als die anderen.

Der Henker versicherte sich, dass der Knebel fest im Mund des Ordensritters saß. Alle Delinquenten wurden geknebelt. Man nahm die Knebel erst heraus, wenn die Garotte schon so fest am Hals saß, dass es unmöglich war zu reden. Es gab nichts Ermüdenderes als die Unschuldsbeteuerungen von Priestern! Das Recht auf ergreifende letzte Worte war ihnen zugleich mit dem Todesurteil aberkannt worden.

Miguels Hände lagen fest auf den Lehnen seines Stuhls. Er wirkte gefasst. Er und Honoré wussten, was dieser Tag für die Geschichte der Kirche bedeutete. Tarquinon hatte sie über alle Vorgänge unterrichtet. Heute waren sämtliche Komtureien der Neuen Ritterschaft besetzt worden. Jedes Gehöft und Lagerhaus, das dem Orden gehörte, war in den Besitz des Ordens vom Aschenbaum übergegangen. All dies war zur gleichen Stunde geschehen, so dass es der Ritterschaft unmöglich war, sich zu organisieren und zur Wehr zu setzen. In Aniscans hatte es einiges Blutvergießen gegeben. Die Besatzung des Ordenshauses hatte Widerstand geleistet, aber zwei ganze Regimenter waren eingesetzt worden, um den Willen der knapp vierzig Ritter zu brechen.

In den nahe gelegenen Ordenshäusern hatte es keine Gegenwehr gegeben. Ein Schreiben mit den Siegeln aller sieben Heptarchen war für jeden, der treu zur Kirche stand, über jeden Zweifel erhaben. Nur wegen Valloncour und der Festungshäfen Rabenturm und Paulsburg machte Tarquinon sich einige Sorgen. Dort war die Neue Ritterschaft stark. Aber sein Ordensmarschall, Bruder Erilgar, war ein geschickter Taktiker. Er würde diese Aufgabe meistern.

Tarquinon lehnte sich in seinem bequemen Stuhl zurück. Die Garotte schnitt bereits tief in das Fleisch Bruder Miguels. Der Henker nahm dem Ritter gerade den Knebel aus dem Mund. Miguel versuchte etwas zu sagen, aber er brachte nur ein unartikuliertes Keuchen zu Stande.

Der Großmeister betrachtete Honoré. Der Primarch saß zusammengesunken auf seinem Platz. Fieberschübe ließen seinen ausgemergelten Körper erzittern. Man hatte ihm den Verband abgenommen. Sein Gesicht war grässlich entstellt. Der Wundbrand hatte ein Loch bis auf den Knochen in seine Wange gefressen. Es war höchste Zeit gewesen, ihn auf die Todesbühne zu bringen. Bei ihm bestand die Gefahr, dass er einfach im Kerker verreckte und sich so seiner öffentlichen Demütigung entzog.

Der Henker hatte darauf verzichtet, Honoré einen Knebel anzulegen. Der Primarch war ja ohnehin zum Schweigen verdammt. Die zwölf Schatztruhen, die er mitgebracht hatte, um sich das Wohlwollen der Heptarchen zu erkaufen, standen auf der Bühne aufgereiht. Tarquinon hatte aus jeder von ihnen einen Teil Gold genommen, um den verräterischen Schreiber auszubezahlen.

Der Gedanke an diesen kleinen Schurken vergällte Tarquinon die Freude an seinem Triumph. Er hatte ihn ziehen lassen müssen. Aber in dieser Angelegenheit war das letzte Wort noch nicht gesprochen.

Honoré kämpfte gegen seine Lethargie an. Der Tod seines Ordensmarschalls war jetzt nahe. Als Nächster würde er erdrosselt werden.

Der Primarch setzte sich auf. Der Fieberglanz war aus seinen Augen gewichen. Grenzenloser Zorn spiegelte sich in seinem Blick.

»Seht nur!«, stammelte der Sekretär mit dem Vogelkopf.

Tarquinon traute seinen Augen nicht. Was da vor sich ging, war nichts weniger als ein Wunder. Auf der Tribüne der Kirchenoberen brach ein Tumult los.

MENSCHEN UND IHRE HÄFEN

Als das leichte Zittern aufhörte und sich die Schritte und Stimmen entfernten, wagte Fingayn es, den Deckel seines Verstecks ein Stück weit zu öffnen. Schräg gegenüber, auf der anderen Seite der Turmhalle, sah er, wie Männer mit Brecheisen Kisten öffneten. Warum sie sein Versteck nicht näher untersucht hatten, blieb ihm schleierhaft.

Vorsichtig schob er den Deckel zur Seite und schlüpfte aus der Knochenkiste. Dann verschloss er sie und kletterte erneut hinauf zum Fenster. Er bewegte sich lautlos wie ein Schatten.

In der ersten Fensternische verharrte er. Die Krieger hatten lange nach ihm gesucht. Ein paar waren im Tempelturm zurückgeblieben. Die Mehrheit jedoch sah er im strömenden Regen abmarschieren. Er überlegte, ob er es wagen sollte, auch sein zweites Ziel anzugreifen. Aber es war vermutlich klüger, das Schicksal nicht zu sehr herauszufordern. Er brauchte einen Fluchtweg von der Insel. Bis die Schiffe unter dem Aschenbaumbanner eingetroffen waren, hatte sich tagelang nichts im Hafen bewegt. Er wusste nicht, was hier vorging, aber es würde schwierig werden, die Insel zu verlassen. Die Ritterin konnte er auch ein anderes Mal jagen. Nun war es klüger, sich einen ruhigeren Ort zu suchen.

Vorsichtig stieg er das Gerüst hinab. Der strömende Regen war ihm ein willkommener Verbündeter. Er schlug seine Kapuze hoch und tauchte in die nasse Finsternis. Kein Tropfen durchdrang den dicht gewebten Stoff seines Umhangs.

Fingayn mied alle belebten Straßen. Auf Umwegen schlich er zum Hafen. Es war, als habe er in ein Wespennest gestochen. Überall waren Soldaten unterwegs. Sie überprüften jeden, der ihren Weg kreuzte. Es wäre klüger, seinen Bogen und die Pfeile zurückzulassen. Wenn man ihn anhielt und zur Rede stellte, würde schnell auffallen, was er unter seinem weiten Umhang verbarg.

Der Maurawan drückte sich in einen dunklen Hauseingang. Sein Umhang hatte eine fast schwarze Farbe angenommen. Die Magie zehrte an seiner Kraft. Er fror ein wenig. Die Hecklaternen auf der Galeere, die der Ritter vom Aschenbaum gebracht hatte, waren entzündet. Ganz offensichtlich war das Schiff bereit zum Auslaufen.

Auf seinem Deck und entlang des Kais wimmelte es nur so von Soldaten. Selbst auf dem Wasser waren Boote mit Wachen. Fingayn schürzte die Lippen zu einem flüchtigen Lächeln. Das machte es interessanter. Er sollte die Menschen nicht unterschätzen, auch wenn er ihnen in fast allen Aspekten überlegen war. Silwyna war wahrscheinlich ihr Hochmut zum Verhängnis geworden. Tiranu selbst hatte ihm erzählt, wie er Silwyna gefunden hatte. Er mochte den Fürsten von Langollion nicht sonderlich, aber es gab keinen Grund, an der Wahrheit seiner Worte zu zweifeln. Wie Silwyna eine Kugel in den Rücken bekommen haben konnte, hatte Fingayn nicht verstanden. Sie musste einfach Pech gehabt haben. Anders war das nicht zu erklären. Er würde dem Schicksal keine Gelegenheit geben, ihn auf diese Weise zu strafen.

Der Wind peitschte den Regen in Böen gegen die Häuserwände. Fingayn verließ seine Deckung. Er ging geradewegs auf die gemauerte Uferbefestigung zu. Was zu tun war, widerstrebte ihm, aber es war der sicherste Weg zur Flucht. Er sprang ins Wasser.

Ekel übermannte ihn, als die dunkle Brühe über seinem Kopf zusammenschlug. Sein weiter Umhang behinderte ihn beim Schwimmen. Er tauchte zwischen den hölzernen Säulen eines Landestegs wieder auf, öffnete die Schließe und rollte den Kapuzenmantel zusammen.

Obwohl der Regen das Wasser aufwühlte, war der Gestank allgegenwärtig. Menschen! Sie schütteten die Abfälle der ganzen Stadt in den Hafen und hofften darauf, die Kraft der Gezeiten würde ihren Dreck hinaus ins Meer tragen.

Er spähte über das aufgewühlte Wasser. Die Boote patrouillierten in zu weitem Abstand. Es sollte nicht schwer sein, an ihnen vorbeizukommen.

Fingayn sah sich unter dem Landesteg um. Der Regen reichte nicht hierher. Das Wasser war ruhiger. Halb verfaulte Kohlköpfe trieben dicht bei der Hafenmauer. Und der aufgedunsene Kadaver einer Katze. Wahrscheinlich hatte man sie ins Wasser geworfen, um ihr beim Ertrinken zuzusehen. Im Vergleich zu den Menschen waren Trolle ein Volk von Philosophen und Kulturfreunden.

Er dachte an den schnauzbärtigen Mann, den er erschossen hatte. Er war anders gewesen. Was der Ritter vom Aschenbaum ihm wohl gesagt hatte? Warum hatte er den Boten aus dem Fenster werfen wollen? Fingayn war sich bewusst, dass er unnötig viel Zeit hatte verstreichen lassen, um den tödlichen Schuss zu setzen. Er hätte gern ergründet, was in dem Turmzimmer vor sich gegangen war und warum das Schiff vom Aschenbaum sich in der Mitte des Hafens selbst versenkt hatte. Ob die beiden großen Ritterorden eine Fehde begonnen hatten? Aber warum ließ man den Boten dann auf der Galeere ziehen? Es war nutzlos, sich den Kopf über Menschen zu zerbrechen. Sie waren zu unberechenbar!

Er schwamm zu der Galeere hinüber. Regen peitschte ihm ins Gesicht. Seine Kleider, die sich voll Wasser gesogen hatten, hafteten schwer an ihm. Das kalte Wasser zog ihn in die Tiefe.

Fingayn mied das Heck der Galeere, auch wenn das Licht der Laternen bei dem starken Regen nicht weit reichte.

Kommandos schallten durch die Nacht. Ruder wurden ausgefahren. Das Schiff sah nun aus wie ein riesiger Wasserläufer. Bug- und Heckleine wurden eingeholt. Hundert Ruderblätter zerwühlten die dunkle See.

Der Maurawan ließ sich ein wenig zurückfallen. Er griff nach der Leine des Beiboots, das dicht hinter dem Heck trieb. Erschöpft hielt er sich fest und ließ sich aus dem Hafen ziehen.

INTRIGEN

Emerelle sah den Schwertmeister nachdenklich an. Er trug Weiß. So makellos sah er aus. Das hatte er Falrach voraus. Sie würde nie mit ihm darüber reden können. Die Königin vermutete, dass Falrach es zumindest ahnte. Ihr Herz gehörte Ollowain. Aber sie konnte ihn nicht halten. Nie hatte er

Lyndwyns Tod verwunden. Ihr war er treu geblieben, durch all die Jahrhunderte. Und so absurd und selbstzerstörerisch es war, gerade deshalb liebte sie Ollowain. Sie wusste, dass sein Tod nahe war. Aber sie konnte ihn nicht halten. Ebenso wenig, wie man den Wind halten konnte.

»Du magst den Jungen, nicht wahr?«

»Ich weiß nicht, ob man ihm trauen kann. Seine Lehrer haben ganze Arbeit geleistet. Er ist tief durchdrungen von seinem Glauben an Tjured. Allerdings hat er sich auch ganz den Idealen der Ritterlichkeit ergeben. Und er spürt, dass er in Widerstreit gerät. Aber ich kann nicht sagen, wie er sich entscheiden wird, wenn er gezwungen wird, sich für eine Seite zu bekennen.«

Emerelle lächelte. »So viele Worte und doch keine Antwort. Sag es ruhig. Du magst ihn.«

Der Schwertmeister breitete hilflos die Hände aus. »Ich fürchte, ich kann das nicht verneinen.«

Die Königin dachte an Aruna, die im Turm der mondbleichen Blüten über Lucs Träume gewacht hatte. Jeder, der einige Zeit mit dem Jungen verbracht hatte, mochte ihn. Selbst sie konnte sich eines Gefühls der Sympathie für ihn nicht entziehen. Und das trotz all dem, was sie in der Silberschale gesehen hatte. Er hatte den Feind nach Albenmark gebracht. Und er würde es wieder tun, wenn sie ihn am Leben ließ. Allerdings könnte sie Gishild zurückgewinnen, wenn sie ihn ins Fjordland schickte. Sein und Gishilds Schicksal waren untrennbar miteinander verwoben. Er durfte nicht zu früh sterben. Auch dann wäre Albenmark verloren.

»Was soll ich mit ihm tun? Sogar Yulivee liegt mir in den Ohren, ihn zu verschonen. Soll ich ihn ins Fjordland schicken?«

»Tust du Gishild damit wirklich einen Gefallen? Sie hat gerade begonnen, sich mit Erek zu arrangieren. Er erinnert mich an Mandred. Vielleicht ist er nicht gerade der Hellste, aber er hat das Herz am rechten Fleck. Und er liebt die Königin wirklich. Manchmal ist es schwer zuzusehen, wie sie ihn behandelt.«

Mein romantischer Träumer, dachte Emerelle. Aber es kam hier nicht auf Gefühle an. »Es geht nicht darum, Gishild einen Gefallen zu tun. Wir brauchen das Fjordland. Bring Luc an den Königshof von Firnstayn. Wenn sie ihn sieht, dann wird Gishild sich wieder daran erinnern, wie sehr sie das Bündnis mit Albenmark braucht. Wir sind ihre letzte Hoffnung auf den Sieg.«

Ollowain sah sie ärgerlich an. »Sind wir das wirklich? Oder geht es nur darum, den Krieg so lange wie möglich von unserer Heimat fernzuhalten?«

»Du bist mein Feldherr, Ollowain. Mich interessiert deine Meinung, wenn es um Schlachten geht. Mehr wünsche ich von dir nicht zu hören. Alles, was wir brauchen, sind ein paar Monde Zeit. Dann werden wir den Menschenkindern für immer die Möglichkeit genommen haben, nach Albenmark vorzustoßen. Verschaffe mir diese Zeit! Halte die Heere der Ordensritter auf. Ganz gleich, was es kostet!«

MANDRED TORGRIDSON

Erek hielt den Kopf geneigt. Es war ein lausig kalter Herbsttag. Nieselregen hatte die Arbeit an den Schanzwällen der Stadt zu einem kräftezehrenden Herumstolpern in zähem

Schlamm gemacht. Er war so verdreckt, dass ihn vermutlich seine eigene Mutter nicht erkannt hätte, dennoch hielt er es für klüger, vorsichtig zu sein. Dies war kein Ort, an dem man sich als König herumtreiben sollte. Er schmunzelte. Genauso wenig wie Gräben voller Schlamm. Von dem, was er sich früher unter einem König vorgestellt hatte, war er ziemlich weit entfernt. Und das war auch gut so. Zum Samtkissenfurzer taugte er nicht.

Er nahm einen tiefen Schluck aus dem grauen Steingutkrug. Nur ein paar Tage noch bis zum Apfelfest. Hoffentlich war Gishild bis dahin zurück. Eigentlich sollte es den neuen Apfelwein erst zum Fest geben, aber der Wirt hielt es in dieser Hinsicht nicht so genau mit den alten Traditionen der Stadt.

»Ich sage dir, die Lage ist gar nicht so übel.« Ein großer, blonder Kerl am Nachbartisch hatte offensichtlich schon so viel getrunken, dass er seine Stimme nicht mehr unter Kontrolle hatte. Er sprach lallend und dabei so laut, dass ihn jeder ringsum gut verstehen konnte.

Um die Antwort seines Gefährten zu verstehen, musste Erek die Ohren spitzen. Die Stimme ging in der Lärmkulisse der belebten Schenke fast unter. Der Kerl redete von einem Bruder, der Kauffahrer war, jedoch fast ruiniert, weil er keinen Hafen mehr anlaufen konnte. Nur Schmuggelgeschäfte waren noch möglich, seit die Tjuredpriester vor einem Jahr jeglichen Handel mit Heiden verboten hatten.

»Der soll sich mal nicht so anstellen. Soll er den Gürtel halt enger schnallen. Uns geht es doch noch ganz gut. Ich sag dir mal, wann es uns schlimm geht. Wenn der alte Mandred Torgridson wieder auftaucht. Dann wird es übel.«

»Das ist doch eine Kindergeschichte!«

Der Betrunkene prustete. Ein Sprühnebel aus feinsten Apfelweintropfen traf das Gesicht seines Freundes. »Kindergeschichten, sagst du? Ich wär' etwas vorsichtiger mit solchen Reden. Ich bin mir sicher, dass es Gegenden gibt, wo man auch Trolle für verdammte Kindergeschichten hält. Hier ist das Fjordland. Unsere Sagen sind die Wirklichkeit. Unsere Kampfgefährten sind Kentauren und Kobolde. Und verdammte langohrige Elfen. Grünes Geisterlicht verzaubert unseren Himmel, wenn der Winter einzieht. Und wenn es richtig übel für uns aussieht, dann kommt Mandred Torgridson zurück, um uns mit seiner Axt aus der Scheiße zu holen. Wenn der rotbärtige Kerl wieder durch die Straßen stapft, dann wissen wir, dass es besser ist, das Maul zu halten, weil uns die verdammte Scheiße schon bis zur Unterlippe steht. Aber er wird das schon richten.«

»Dein Mandred ist längst tot. Seit Jahrhunderten hat ihn niemand mehr gesehen.«

Der Blonde lachte schallend. »Und was soll das beweisen? Doch nur, dass es uns gut geht! Seit Jahrhunderten hat kein Feind mehr unsere Grenzen überschritten. Also konnte der alte Bock sich amüsieren gehen.«

»Niemand lebt so lange«, wandte sein Freund ein.

»Kennst du die alten Geschichten nicht mehr? Er ist mit dem zaubermächtigen Nuredred und mit dem Schwertkönig Faredred auf einer großen Reise. Sie suchen die schönste aller Elfendamen, die von einem Unhold verschleppt wurde. Aber der alte Knabe hat nie vergessen, dass Blut dicker als Wasser ist. Und so lange er nicht oben in der Königshalle sitzt, um unseren König Erek unter den Tisch zu saufen, so lange sind wir nicht wirklich in Schwierigkeiten.«

»Dummes Gerede. Warum sind denn die Elfen und all die anderen abgehauen? Ich sag dir, was los ist. Die Ratten verlassen das sinkende Schiff. Uns geht es an den Kragen. Und wir stehen verdammt noch mal ganz allein da, wenn man von den paar flohzerfressenen Drusniern absieht, die hierher geflohen sind, um uns auf der Tasche zu liegen.«

»Du irrst dich! Keine Ahnung hast du. Mandred wird kommen, wenn es hart auf hart geht. Und die Elfen haben uns auch noch nie im Stich gelassen. König Alfadas hat mit seinem Blut einen Bund mit ihnen geschlossen. Seitdem haben wir in keiner großen Schlacht ohne sie gekämpft. Du wirst schon sehen!«

Erek war sein Wein bitter geworden. Er stellte den Krug auf den Tisch und ging zur Tür. So sehr er den Blonden mochte, musste er doch dessen Kameraden zustimmen. Er hatte keine Ahnung, wie schlecht es um sie stand.

DAS GOTTESURTEIL

Honoré fühlte sich schwindelig, obwohl er saß. Alles war seltsam weit weg. Er wusste, dass er Fieber hatte. Immer wieder sanken ihm die Augenlider zu. Der Schlaf war willkommen. Er löschte die Schmerzen aus.

Der Primarch zwang sich, den Kopf aufzurichten. Die Sehnen seines Halses schienen zu glühen. Er hatte keine Kraft. Das Kinn sank ihm wieder auf die Brust.

Er war sich bewusst, dass er nicht mehr im Kerker war. Vor ihm war eine Wand aus verschwommenen Farben. Ein grässliches, röchelndes Geräusch drang an seine Ohren. Der Tod war nahe. Er spürte es, tief in seinem Bauch. Dort wuchs eine kalte Angst, die das Feuer seines Fiebers löschte.

Blinzelnd versuchte er zu begreifen, was um ihn herum geschah. Die Wochen im Kerker hatten seine Augen empfindlich werden lassen. Roter Abendhimmel spannte sich über ihm. Die Wand aus Farben nahm Formen an. Da war eine Tribüne, besetzt mit kirchlichen Würdenträgern. Sie alle schienen ihn anzusehen.

Honoré wollte zurückweichen. Er war auf einen hochlehnigen Stuhl gefesselt.

Das Röcheln wurde leiser.

Der Primarch drehte den Kopf. Er blickte in das Antlitz seines Kameraden Miguel. Die Augen des Ordensmarschalls waren so weit vorgequollen, als wollten sie jeden Moment aus ihren Höhlen treten. Rote Adern durchzogen das Weiß. Miguels Zunge zuckte unkontrolliert in seinem weit aufgerissenen Mund. Sein Kopf war rot wie ein überreifer Apfel.

Todesangst packte Honoré. Er wollte nicht sterben. Seine Zeit war doch noch nicht gekommen! Tjured, hilf!, wollte er schreien, aber seine Zunge war nur ein wunder, unförmiger Klumpen, der keine Worte mehr zu formen vermochte.

Der Primarch ballte die Fäuste und bäumte sich gegen die Fesseln auf. Es war sinnlos. Die breiten Lederbänder waren zu stark. Das Fieber hatte ihn verlassen, wahrscheinlich besiegt durch seine Todesangst. Er besann sich auf seine Gabe, das Geschenk, das Tjured ihm mitgegeben hatte. Die heilenden Hände.

Er versuchte sich seine Zunge vorzustellen. Vorsichtig bewegte er sie. Sie war zu kurz. Und geschwollen. Wie war ihre Form gewesen, als er noch sprechen konnte?

Er fühlte sich stärker. Sein wiedergeborener Wille zum Widerstand war eine Kraft, die ihn innerlich aufrichtete. Seine Zunge fühlte sich warm an. Etwas bewegte sich in seiner Wange. Es war ein Gefühl, als würden Holzsplitter durch sein Fleisch gezogen.

Tränen rannen ihm über die Wangen.

Miguel starb. Er sah seinem alten Kameraden in die Augen,

als der Tod kam. »Wir sehen uns bei den Türmen von Valloncour«, murmelte er leise.

Es dauerte ein wenig, bis ihm bewusst wurde, dass er wirklich gesprochen und die Worte nicht nur in Gedanken geführt hatte. Unsicher strich er sich mit der Zunge über den Gaumen. Sie fühlte sich warm an und weniger geschwollen. Er wollte nach seiner Wange tasten, aber die lederne Fessel hielt seinen Arm gefangen.

Sein Gesicht glühte, als habe er gerade eine heftige Ohrfeige bekommen. Er dachte daran, wie sein Antlitz im Spiegel ausgesehen hatte. Wie es wieder aussehen sollte! Etwas war hier, das ihm Kraft gab, obwohl Aniscans schon seit vielen Jahrhunderten alle Heilkraft verloren haben sollte.

Waren es die Truhen? Die magischen Schätze der Elfen? Läuterte die reinigende Kraft Tjureds die verwunschenen Artefakte aus Vahan Calyd und heilte dabei zugleich sein geschundenes Fleisch?

Er stöhnte vor Schmerz, als sich die gesplitterten Knochen in seiner Hand ausrichteten. Eine Kraft, glühend wie Feuer, floss durch die tote Hand.

Er bemerkte, dass etwas im Publikum vor sich ging. Die Gaffer, die sich an der Hinrichtung ergötzt hatten, sprangen auf. Einige deuteten auf ihn. Selbst die Heptarchen wurden von der allgemeinen Unruhe ergriffen.

»Seht doch, ein Wunder!«, rief ein alter Mann, der dicht bei den Kirchenfürsten saß. »Lob Tjured! Er hat uns ein Wunder geschenkt.«

Honoré wurde bewusst, dass dies der Augenblick war, seinem Schicksal eine neue Wende zu geben. Er war der Letzte auf der Todesbühne, der noch lebte. »Ich wurde verleumdet, so wie alle, die heute an meiner Seite starben!«

Es wurde schlagartig still unter den Kirchenfürsten. Tarquinon richtete sich in seinem Sessel auf. Honoré war klar, dass er seinem Erzfeind keine Gelegenheit lassen durfte, das Blatt noch einmal zu wenden.

»Der Großmeister vom Aschenbaum schoss mir in den Mund, damit ich den Lügen, die er über mich und die Neue Ritterschaft verbreitete, nicht widersprechen konnte. Es gab nie eine Verschwörung gegen die Heptarchen. Die Truhen, die hier vor mir stehen, waren ein Geschenk! Ich habe meine Ritter nach Albenmark geführt und die Königin der Elfen getötet. Ihre blutbenetzte Krone liegt in einer dieser Truhen. Weil die Ritter vom Aschenbaum meinem Orden diesen Ruhm nicht gönnten, mussten so viele tapfere Männer unschuldig sterben. Ich klage dich des Hochverrats an, Tarquinon. Und Tjured selbst gab mir meine Zunge zurück, damit dein Verrat an ihm und seiner Kirche gesühnt werden kann! Im Namen von Gottes Gerechtigkeit verlange ich, dass Tarquinon, Großmeister vom Aschenbaum, verhaftet wird!«

Tarquinon hatte sich inzwischen zu voller Größe aufgerichtet. Sein Gesicht war ernst, aber sollte er erschrocken sein, so verbarg er es meisterlich. »Ich frage euch, Brüder, ist das Gottes Werk, dessen Zeuge wir hier sind? Seht genau hin!« Er wandte sich an die übrigen Heptarchen. »Bruder Gilles! Sag mir, was du siehst!«

Der oberste Siegelverwahrer wirkte verärgert, aber nun blieb ihm keine andere Wahl, als sich auf Tarquinons Spiel einzulassen. »Ich sehe einen Mann, dessen Wunden sich vor meinen Augen auf wunderbare Weise geschlossen haben.«

»Das ist es, was seine mit elfischer Tücke gesetzten Worte euch sehen lassen wollen. Aber ich sehe auch elf Verräter, die hingerichtet wurden. Warum sollte Tjured ein Wunder wirken und den zwölften erretten, wenn sie alle zu Unrecht angeklagt waren? Ja, es erscheint wie ein Wunder, wie sich die Wunden Bruder Honorés schlossen. Aber ist es Gottes Werk? Er selbst sagte, er sei in das Reich der Anderen vorgestoßen.

Warum erfahren wir erst jetzt davon? Welchen Grund gab es, eine solche Tat zu verbergen? Ist es am Ende vielleicht gar kein Wunder, sondern Zeugnis der Magie der Anderen, was wir sahen? Hat er einen Pakt mit ihnen geschlossen? Und was kann der Preis dafür gewesen sein, wenn nicht Verrat an unserer Kirche?«

Honoré war fassungslos darüber, wie glaubwürdig Tarquinon die Wahrheit verdrehte. Der Primarch war sich bewusst, dass er schnellstmöglich eine schlagfertige Antwort liefern sollte, oder sein Schicksal wäre trotz der wunderbaren Heilung seiner Wunde besiegelt.

»Wer bringt unsere Heere nach Albenmark, wenn ich tot bin? Wer weiß, wie der Weg in die andere Welt zu öffnen ist? Wenn ihr meinen Worten nicht glaubt, dann begebt euch zum Festungshafen Rabenturm. Dort lagern Tausende Männer, die mit mir im Reich der Elfen waren und bezeugen können, dass wir Feuer und Schwert zu unseren Feinden getragen haben.«

Tarquinon hob in dramatischer Geste die Hände. »Sprichst du vielleicht von den Männern der Flotte, die nicht kam, als wir sie riefen, um dem Heidenkrieg ein vorzeitiges Ende zu bereiten? Brüder, viele von euch wissen, dass mein Ordensmarschall die Heere der Elfen und Heiden besiegte. In haltloser Flucht zogen sie nach Haspal. Doch die Flotte meines Ordens wurde durch ein Unglück geschwächt. Wir brauchten die Schiffe der Neuen Ritterschaft. Mit ihrer Hilfe hätten wir den Sieg vollkommen gemacht. Doch sie erschienen nicht, und unser Feind konnte über das Meer flüchten. Jeder Capitano der Neuen Ritterschaft weiß, was geschah. Sind das die Männer, die wir nach der Wahrheit befragen sollen?«

»Dass ich die Wahrheit sage, beweisen allein schon die Truhen mit der Beute aus der Elfenstadt, die wir zerstörten!«, entgegnete Honoré hitzig.

»Was beweist das Gold? Wer sagt, dass es nicht ein Geschenk der Elfen ist, um deine gottlosen Intrigen zu stützen? Deinen Griff nach der Macht.« Wieder wandte sich Tarquinon an die Versammlung der Kirchenfürsten. »Viele von euch haben die beiden Briefe gesehen, die das Siegel Bruder Honorés tragen. Und wir kennen dich, Bruder. Wir wissen, wie gewandt deine Zunge ist. Doch geschriebene Worte vermagst nicht einmal du wegzureden. Dein Verrat ist bewiesen. Und ich frage dich noch einmal: Wenn all dies Lug und Trug gewesen sein sollte und wenn deine Heilung ein Wunder war, warum hat Tjured sich nicht der anderen Unschuldigen erbarmt?« Er wies mit weit ausladender Geste zu den Stühlen mit den Toten. »Warum mussten diese Männer sterben, wenn sie treue Diener Gottes waren? Kann es Tjured egal sein, dass in seinem Namen Unrecht geschieht? Was für ein Bild Gottes müssten wir haben, wenn wir daran glaubten, dass er an dir ein Wunder vollbracht hat? Wir müssten ...«

»Genug!« Die Stimme, die Tarquinon unterbrach, war von solcher Autorität, dass selbst der Großmeister nicht wagte zu widersprechen. Gilles de Montcalm, der Siegelverwahrer Gottes, erhob sich von seinem Platz. »Ihr beide bereitet der Kirche Schande, wenn ihr hier in aller Öffentlichkeit wie zwei keifende Fischweiber zankt! Ganz gleich, ob es sich um ein Wunder oder um einen Betrug handelt, der Wille Gottes darf nicht auf diese Weise diskutiert werden! Das Todesurteil ist hiermit ausgesetzt, nicht aufgehoben. Ein Kirchentribunal wird deinen Fall noch einmal verhandeln, Bruder Honoré, und dieses Mal wirst du Gelegenheit erhalten, dich zu deinem Verrat selbst zu äußern. Löst die Fesseln des Primarchen und führt ihn in den Kerker zurück!«

DIE RÜCKKEHR DER ELFEN

Lucs Herz schlug wie eine Trommel. Tausende Male hatte er von diesem Augenblick geträumt. Er führte den schneeweißen Hengst aus dem Licht. Kalter Wind schlug ihm ins Gesicht. Der Himmel war grau. Nieselregen zog übers Land, und tiefe Wolken schoben sich zwischen zerklüfteten Felsschluchten hindurch.

Einigermaßen ernüchtert blieb er stehen und sah sich um. Ein grober Stoß ließ ihn vorwärtstaumeln. Ein Troll stapfte an ihm vorbei und grollte etwas. Luc verstand nur das Wort Ollowain.

Ein Kobold mit einer bösartigen Miene kam zu ihm herüber, während sich ein Stück den Hang hinab Elfen und Trolle unter ihren Bannern formierten. Der Kobold lächelte ihn an und zeigte dabei zwei Reihen spitzer Zähne. »Er meint, er würde sich mit deinem Haar den Hintern abputzen, wenn Fürst Ollowain nicht auf dich aufpassen würde. Wie dir vielleicht schon aufgefallen sein dürfte, sind Trolle nicht gerade berühmt für ihre geschliffene Rhetorik, aber im Gegensatz zu manch anderen Albenkindern kannst du dich bei ihnen stets darauf verlassen, dass sie meinen, was sie sagen.«

Luc betrachtete den Kobold voller Zweifel. Er hatte sich in einen Pelz gehüllt, der aussah, als habe er einmal einem Gassenköter gehört, und zitterte leicht in der Kälte. »Und zu welcher Sorte Albenkinder gehörst du, was die Glaubwürdigkeit angeht?«

»Ich bin ein Kobold!«, sagte sein Gegenüber, als sei damit alles erklärt.

»Und ich bin Luc ...«

»Ich weiß«, unterbrach ihn der Kobold. »Der Narr, der darauf besteht, in seiner Rüstung als Ordensritter in Firnstayn einzureiten. Wenn du wüsstest, was für Wetten unter den Kentauren über dein mutmaßliches Ende inmitten eines wütenden Mobs kursieren, würdest du blass werden. Diese Pferdeärsche haben einen – gelinde gesagt – deftigen Humor. Besonders ihr Anführer Appanasios. Ich habe übrigens auch gewettet. Aber bevor du nun bald das Zeitliche segnest, würde mich eines noch interessieren. Ist es eher Stolz oder natürlich angeborene Dummheit, die dich dazu bringt, in der Rüstung eines Tjuredritters mit dem Wappen des Blutbaums auf deiner Brust in die Stadt deiner Feinde zu reiten?«

»Ich würde sagen, eine gesunde Mischung aus beidem«, entgegnete Luc frostig. »Meine Rüstung ist mein Ehrenkleid. Die Elfen haben sie auf meinen ausdrücklichen Wunsch gefertigt.«

Der Kobold wiegte den Kopf. »Diese Mischung ist wohl die Grundvoraussetzung, um Ritter zu werden. Ich hatte gelegentlich schon den Eindruck, dass es um Ollowain ganz ähnlich steht.«

»Dann befinde ich mich ja in guter Gesellschaft.«

Der Kobold lachte schallend. »Ein Ordensritter, der sich bei einem Elfen in guter Gesellschaft befindet. Junge, du hast die rhetorische Brillanz eines Trolls. Und ich dachte, ihr lernt an euren Schulen, wie man dummen Bauern das Hirn aus dem Schädel quatscht!«

»Wie stehen denn die Wetten, dass ich den ersten Tag in Firnstayn überlebe?«

Der Kobold wirkte überrascht. »Na ja, um ehrlich zu sein, dass du draufgehst, glaubt keiner. Sie wetten eher darum, was für eine Sorte Abreibung man dir verpassen wird.«

Luc tastete nach der Geldkatze an seinem Gürtel. Ollowain hatte ihm ein wenig Silber überlassen, ihn aber eindringlich davor gewarnt, allein in Firnstayn unterwegs zu sein. Da er also vermutlich die ganze Zeit an Gishilds Königshof verbringen würde, war er auf seine Barschaft nicht angewiesen.

»Ich setze zehn Silberstücke darauf, dass mir gar nichts geschieht.«

»Ha! Da kannst du mir dein Geld genauso gut gleich in die Hand drücken.«

»Also, wer nimmt die Wetten an?«

»Der Bannerträger von Fürst Appanasios. Aber wenn du den Rat eines welterfahrenen Kobolds haben willst: Lass es! Du wirst diesen Tag nicht ungeschoren überstehen.«

Luc lächelte. »Und wenn du mich ein bisschen besser kennen würdest, dann würdest du dich hüten, gegen mich zu wetten. Jetzt bring mich zu dem Bannerträger.«

Der Kobold zuckte mit den Achseln und ging den steilen Berg hinab. Immer neue Truppen marschierten durch das Tor aus Licht, das sich inmitten eines Steinkreises erhob. Es war das seltsamste Heer, das Luc jemals gesehen hatte. Grimmige Koboldarmbrustschützen, die große Schilde auf ihren Rücken trugen, trieben eine Karawane aus Maultieren den Berg hinab. Einige Gestalten mit Bocksbeinen und Haarbüscheln, die wie dunkles Moos überall auf ihrem Körper wucherten, schwärmten aus und verschwanden in den Nebelbänken, die den Berghang einhüllten.

Riesige Echsen mit dreifach gehörntem Kopf und einem Kragen aus Panzerschuppen traten aus dem Steinkreis. Fuchsgestaltige Kobolde ritten auf den Rücken der Kreaturen und hatten dort sogar mit bunten Laternen geschmückte Zelte aufgeschlagen.

Elfenritter sammelten sich unter einem wehenden Seidenbanner. Eine Schar Reiter ganz in Weiß wurde vom Fürsten Ollowain angeführt, während sich ein Stück entfernt eine Gruppe Krieger unter einem schwarzen Banner versammelten, auf dem eine blutrote Rose, umgeben von Dornenranken, prangte. Diese Krieger ritten ausschließlich Rappen. Ihre schwarzen Harnische glänzten wie Insektenpanzer. Luc hatte den Eindruck, dass alle ein wenig Abstand zu dieser düsteren Reitertruppe hielten.

Tierbändiger mit weißen Löwen eskortierten eine Kavalkade von Streitwagen, von denen ein jeder ein eigenes, großes Banner führte. Ein wenig erschien es Luc, als ginge es mehr darum, einen möglichst prachtvollen Festzug aufzubieten denn ein schlagkräftiges Heer. Wer wollte ernsthaft in Zeiten, in denen feuerspeiende Bronzeschlangen und Knochenklopfer das Schlachtfeld regierten, Ritter in Streitwagen ins Feld schicken?

Der Kobold, der ihn begleitete, schien allgemein bekannt zu sein. Selbst Trolle grüßten ihn. Luc versuchte zu schätzen, wie stark die Armee war, die sich hier sammelte. Wohin würden sie ziehen? Er gab das Zählen auf, als ihm bewusst wurde, dass er, ganz gleich was er tat, auf jeden Fall zum Verräter werden würde. Entweder betrog er die Neue Ritterschaft oder Gishild, der er geschworen hatte, sie zu beschützen.

Endlich erreichten sie die Pferdemänner. Fliegenschwärme umgaben die Reiterschar. Sie rochen nach altem Schweiß, nassem Pferdehaar und Dung. Die meisten trugen schlecht gepflegte Bärte. Ihre Haare waren ungekämmt und oft mit Lederbändern notdürftig zusammengebunden. Anstelle von Sätteln trugen sie Lastgeschirre, auf denen allerlei Habseligkeiten festgeschnallt waren. Kupferkessel und goldene Trinkpokale, aufgerollte Mäntel, Amphoren aus rotem Ton, die mit anzüglichen schwarzen Figuren bemalt waren, Säcke mit Bohnen und dick mit Salz eingeriebene Schinken. Dazu kamen Waffen aller Art. Die Griffe von Säbeln und Reiterschwertern ragten über ihren Schultern auf. Manche waren mit langen Lanzen bewaffnet. Eine Schar Kentauren, deren Leiber so massig wie die von Brauereipferden waren, trug seltsame

Kampfstäbe, an deren beiden Enden lange Schwertklingen funkelten. Diese Krieger machten einen etwas gepflegteren Eindruck. Sie trugen blank polierte Bronzekürasse und seltsam archaisch anmutende Helme, die Kämme aus bunt gefärbtem Rosshaar schmückten.

Der Kobold hatte hier und da ein Grußwort für einzelne der Kentauren übrig. Bald waren sie auf allen Seiten umringt von den Pferdemännern. Es mussten Hunderte sein, die durch das Tor aus Licht getreten waren, und immer noch kamen neue Grüppchen hinzu. Luc entging nicht, dass die meisten ihn mit unverhohlenem Missfallen betrachteten.

Der Kobold hielt auf einen Kentauren zu, der vor sich eine Bannerstange in den Boden gerammt hatte. Er hielt ein goldenes Trinkhorn in der Hand, das wie eine sich windende Schlange geformt war. Es war so groß, dass es wohl mehrere Flaschen Wein fasste. Der Krieger trank in tiefen Zügen. Ein dünnes rotes Rinnsal troff von seinen Mundwinkeln auf seine Brust.

Ein Pferdemann mit zerzaustem schwarzen Bart sah ihm dabei zu. Der Kerl sieht aus wie ein Wegelagerer, dachte Luc. Er trug ein Bandelier mit Pistolen quer über der Brust. In den Händen hielt er ein goldenes Horn, das wie eine nackte Frau mit einem Fischleib geformt war. Verlegen blickte Luc zum Himmel.

Eine Standarte, wie die Kentauren sie führten, hatte Luc noch nie gesehen. An die Fahnenstange war eine Querstange gebunden worden, so dass sie wie ein großes T aussah. Von der Querstange hingen große zerzauste Haarbüschel. Es gab rote und blonde Haare, auch schwarze und alle erdenklichen Braunschattierungen. Manche Haare waren zu Zöpfen geflochten. Die meisten jedoch waren kurz. Je länger Luc die Haare ansah, desto unwohler fühlte er sich.

»Einige ihrer Bräuche sind schon recht barbarisch«, bemerkte der Kobold. »Du musst wissen, dass ihr Land an das Königreich der Trolle grenzt. Solche Nachbarn zu haben, verändert einen ...«

»Du meinst, die Haare sind ...« Luc mochte nicht aussprechen, was er dachte.

»Tja, ich fürchte, du siehst da eine Sammlung an Überresten von Ritterbrüdern. Allerdings nehmen sie nur die Haare von Anführern oder von Kriegern, die besonders tapfer gekämpft haben. Wenn du das jetzt aber für sonderlich unzivilisiert hältst, dann solltest du einmal zusehen, was Trolle nach der Schlacht tun. Da dreht es einem wirklich den Magen um, sag ich dir. Und ich stehe nicht in dem Ruf, zimperlich zu sein ...«

Luc hob abwehrend die Hände. »Ich will es gar nicht wissen.«

Der Kentaur mit dem schwarzen Bart sagte etwas. Er sah Luc feindselig an. Erst jetzt bemerkte der Ritter die feinen, hellen Narben, die Brust und Arme des Kentaurenkriegers bedeckten. In wie vielen Schlachten er wohl schon gekämpft hatte?

»Darf ich vorstellen«, sagte der Kobold. »Das ist Appanasios. Und der Krieger mit dem Schlangenhorn ist Meliandros, sein Bannerträger.«

Luc verneigte sich knapp und nannte seinen Namen.

Als Antwort spuckte ihm der Schwarzbärtige vor die Füße.

»Ich glaube, Appanasios würde sich sehr freuen, wenn du nach dem Griff deines Rapiers greifst. Kentauren sind nicht dafür berühmt, sehr ritterlich zu kämpfen. Wahrscheinlich würde er dir den Kopf wegschießen, bevor du blank ziehen könntest.«

Luc sah den Pferdemann voller Verachtung an. »Und wie antwortet man auf so ungehobeltes Verhalten? Soll ich jetzt meinen Latz öffnen und ihm vor die Hufe pinkeln?«

Sein Koboldgefährte stieß ein meckerndes Lachen aus und sagte etwas zu den Kentauren. Der Krieger mit dem Schlangenhorn grinste breit.

Inzwischen hatte sich ein weiter Kreis um die Standarte gebildet. Mehr als hundert der wilden Pferdekrieger sahen zu, was geschehen würde.

»Täusche ich mich, oder würde Meister Schwarzbart gern mein Haar auf sein Feldzeichen nageln?«

»Du hast es tatsächlich nicht verstanden, Junge. Das macht er mit Feinden, vor denen er Respekt hat. Ich glaube, dich möchte er einfach nur unter seinen Hufen zermalmen.«

Luc dachte einen Moment lang nach. Er hatte nicht vor, lange Umgang mit Kentauren und den anderen Kreaturen Albenmarks zu pflegen. »Er ist also der Meinung, dass er mich in allen männlichen Tugenden übertrifft?«

Der Kobold übersetzte. »Er ist nicht einmal der Meinung, dass du ein richtiger Mann bist.«

»Würdest du ihm bitte sagen, dass ich mit ihm um zehn Silberstücke wette, dass ich etwas sehr Männliches zu tun vermag, das er mir nicht nachmachen kann?«

Abgesehen von gelegentlichem Hufescharren war es sehr still im weiten Kreis der Pferdemänner. Appanasios' Antwort erntete schallendes Gelächter.

»Er nimmt die Wette also an?«, fragte Luc.

Der Kobold wirkte ernsthaft besorgt. »Du solltest dir das überlegen. Sie können recht rüpelhaft werden. Ich war einmal auf einer ihrer Begräbnisfeiern, da haben sie …«

Luc streckte dem Fürsten die Hand entgegen, und dieser schlug ein.

»Du hättest mich erst übersetzen lassen sollen, du Idiot!«, fluchte der Kobold. »Er hat andere Bedingungen genannt. Wenn du verlierst, dann will er sich ein ordentliches Stück Fleisch von deinem Allerwertesten abschneiden, weil er meint, dass kein Pferd es verdient, dass du auf ihm sitzt.«

Luc zwang sich zu einem selbstsicheren Lächeln. »Und wenn ich gewinne?«

»Dann gehört dir das Trinkhorn. Das ist mehr als nur das Gold, es ist das Horn der Fürsten von Dailos. Viele Jahrhunderte lang schon. Du solltest dir das noch einmal überlegen. Ich kann ihm sagen, dass du etwas falsch verstanden hättest ...«

»Das ist schon in Ordnung. Wie heißt du eigentlich?«

»Brandax. Hör mal, ich bring dich hier jetzt weg. Wir schaffen das. Du stehst unter Ollowains Schutz. Das wissen die ... Jedenfalls einige, glaube ich.«

Luc trat ein Stück zurück. Er winkelte ein Bein an und griff leicht schwankend nach seinem Hosenlatz. Dann atmete er tief durch. Dass alle ihn anstarrten, machte es nicht leichter. Er sah zum Himmel hinauf und dachte an das Geräusch fließenden Wassers. Endlich glückte es!

»Sag diesem Pferdebarbaren, wenn er ohne Hilfe auf einem Bein stehend pinkeln kann, dann darf er sich so viel Fleisch von meinem Arsch abschneiden, wie er will.«

Brandax lachte. »Das war nicht klug, aber ich muss gestehen, ich bin beeindruckt.«

Luc streckte die Hand vor. »Das Trinkhorn!«

Diesmal war keine Übersetzung notwendig. Der Kentaur war aschfahl. Muskelstränge zuckten an seinem Hals. Aber er übergab das Horn.

Luc betrachtete das obskure Trinkgefäß. Obwohl es nicht einmal halb voll war, war es schwerer als eine Arkebuse. Seine Finger strichen über die merkwürdige Frauengestalt. Kurz entschlossen hob er das Horn an die Lippen und nahm einen tiefen Zug. Er schnalzte mit der Zunge. »Guter Wein.«

Er gab das Horn dem Kentaurenfürsten zurück. »Da Fürst

Ollowain dich sicherlich davon abgehalten hätte, dein Messer an meinem Allerwertesten zu wetzen, wäre es schäbig, wenn ich meinerseits den Gewinn einfach behalten würde. Dieses Horn soll einmal dein Sohn in Händen halten, um auf seinen ruhmreichen Vater zu trinken.«

Brandax übersetzte. Luc sah den dicken Knorpel am Hals des Kentauren auf und nieder zucken, als hätte er einen Kloß zu schlucken.

Ohne auf eine Antwort zu warten, wandte Luc sich ab. Die Mauer der Kentauren teilte sich vor ihm. Einzelne Krieger klopften ihm auf die Schulter, als er vorüberging.

»Das war ein eindrucksvoller Scherz, Menschensohn.«

Luc grinste. »Ich habe an der Ordensschule zwar verschlafen, wie man dummen Bauern das Hirn aus dem Schädel quatscht, aber ich habe sehr gut aufgepasst, als es darum ging, wie ich als Ritter den Respekt eines barbarischen Söldnerhaufens gewinne.«

»So etwas lernt man da ...« Der Kobold runzelte die Stirn. Sein Gesicht sah jetzt aus wie ein altersdunkles, zusammengeknülltes Pergament.

»Ist Gishild eine gute Anführerin?«

»Sie ist bei ihrem Volk sehr beliebt.«

»Ich will ihre Taten nicht schmälern, Brandax. Aber so zu führen, hat sie an der Ordensschule gelernt. Sie weiß, wie man Herzen gewinnt.«

Der Kobold schnitt eine Grimasse. »Nein, nein. Ich glaube nicht, dass man all das lernen kann. Da ist ein Zauber um sie ... Sie ist etwas Besonderes. Das war sie schon, bevor deine Ritter sie entführt haben.«

»Sie zu rauben, war eine schändliche Tat, wenn es auch letztlich aus edlen Motiven heraus geschah. Ich bin gewiss der Letzte, der Gishild ihren Zauber absprechen würde. Aber die Talente, die sie mitbrachte, wurden in Valloncour geschult. Als sie kam, war sie, bildlich gesprochen, wie ein rostiges, altes Schlachtermesser. Unsere Lehrer haben sie zu einem eleganten und tödlichen Parierdolch umgeschmiedet.«

»Ein Dolch, dessen Spitze nun auf die Herzen ihrer ehemaligen Lehrer gerichtet ist«, bemerkte Brandax gallig.

»Wir reden nicht über richtig und falsch. Ich sage dir nur, was mit ihr in Valloncour geschehen ist.«

Sie gingen eine Weile schweigend nebeneinander her. Luc hätte gern mehr über diesen seltsamen Kobold gewusst. Wer war er? Offensichtlich hatte er Gishild schon gekannt, als sie noch ein kleines Mädchen gewesen war.

Brandax führte ihn zu seinem Pferd nahe dem Steinkreis zurück. Der schneeweiße Hengst war das edelste Tier, das er je geritten hatte. Luc hatte viele Geschichten über Elfenpferde gehört, das meiste aber als versponnenen Unsinn abgetan. Jetzt war er sich nicht mehr so sicher. Sein Hengst wirkte ausdauernd und wendig. Und klug. Wenn man ihm in die Augen sah, hatte man nicht das Gefühl, ein Tier vor sich zu haben. Er nahm Anteil. Und er hatte seinen eigenen Willen.

Luc hatte das Gefühl, dass sein Pferd nicht davon erbaut war, ihn wiederzusehen. Er zuckte mit den Schultern und grinste. »Ist Appanasios ein Verwandter von dir? Er wollte mir ein Stück aus dem Hintern schneiden, damit du mich künftig nicht mehr tragen musst.«

Der Hengst schnaubte. Luc hätte schwören mögen, in den wachsamen Augen den Schalk funkeln zu sehen. Aber er ließ es zu, dass sein Reiter in den Sattel stieg.

Ollowain hatte ihm verweigert, einen Schild mit seinem Wappen zu führen. Aber die Rüstung allein verriet ihn schon als Ordensritter. Und er trug das kleine emaillierte Wappen über seinem Herzen, mit dem Silberlöwen auf schwarzem Grund, der Bluteiche des Ordens, dem Ruder als Zeichen für die Zeit auf der *Windfänger* und dem Nordstern, den er für Gishild in seinem Schild trug.

Brandax war auf einen Esel geklettert und hatte in einem geflochtenen Korb Platz genommen. Unritterlicher als er konnte man kaum aussehen.

»Hat man dich abgestellt, um auf mich aufzupassen, Kobold?«

»Nein, mir gibt hier keiner Befehle«, entgegnete Brandax gelassen. »Ich bin allein aus Neugier hergekommen. Ich wollte sehen, ob du nach deinem Abenteuer mit den Kentauren nun nach Höherem strebst und dich vielleicht mit der Horde Trolle dort hinten anlegst. Im Übrigen wäre ich gern Zeuge, wie ich meine Wette gewinne. Falls du es wissen willst, ich habe auf Fischabfälle gesetzt.«

Luc reckte das Kinn vor. Diese trotzige Geste hatte er von Gishild übernommen. »Ich glaube nicht, dass man irgendetwas nach mir werfen wird. Gishild wird mich empfangen.«

»Du erinnerst dich schon noch daran, dass sie eine verheiratete Frau ist?«

»Ja.« Er ließ den Kopf sinken. Daran hatte er tatsächlich nicht mehr gedacht ... Wie würde es sein, vor ihr zu stehen und sie nicht berühren zu können? Und was für ein Mann war dieser Erek?

Flötenspiel erklang. Zwischen den stehenden Steinen war Yulivee erschienen. Sie trug Blumen im Haar und sah aus wie eine Frühlingsgöttin. Ein frischer Wind kam auf und zerriss die grauen Wolken. Breite Bahnen aus Licht fielen auf den Berghang. Auch wenn sie seine Feinde waren, musste Luc eingestehen, dass die Streitmacht, die sich versammelt hatte, eindrucksvoll aussah. Es fehlten Kanonen und die riesigen Blöcke marschierender Pikeniere. Das Heer Albenmarks war auch nicht sehr groß. Luc schätzte es auf wenig mehr als viertausend Mann. Aber so klein die Truppe auch war, sie strahlte einen überirdischen Glanz aus. Wie ein Wirklichkeit gewordenes Märchen erschien die Schar unter den wehenden Seidenbannern der Elfen. Funkelnd brach sich das Licht auf Speeren und silbernen Rüstungen. Selbst die wilden Trolle und Kentauren wirkten erhaben in den breiten Lichtbahnen, die nun über den Berghang wanderten.

»Sie sind gut darin, eindrucksvoll auszusehen, nicht wahr?«

Luc nickte nur. Er konnte sich des Eindrucks, den diese Parade auf ihn machte, nicht entziehen, auch wenn er wusste, dass alle Pracht auf einem Schlachtfeld wenig gelten würde.

Mit erstaunlicher Disziplin fügten sich die Einheiten zu einer großen Kolonne, die den Berghang hinabzog, über ein Gelände, das zu bewältigen die Truppen der Ordensritter mehr als einen Tag gebraucht hätten.

Der auffrischende Wind trieb Wolken und Nebelschleier davon. Nach einer Weile schälte sich ein Fjord mit kristallklarem Wasser aus dem Dunst. Ferne Hänge mit Obstplantagen, einzelne Wälder, die sich zwischen von Bruchsteinmauern gesäumten Feldern erhoben. Das Land war wohlgeordnet. Man sah ihm an, dass Menschen es viele Jahrhunderte lang bearbeitet hatten.

Am Ufer des Fjords erhob sich eine große Stadt.

Lucs Herz schlug schneller. Das musste Firnstayn sein, die graue Stadt am kalten Fjord, von der Gishild so oft erzählt hatte. Eindrucksvolle Festungswerke fassten die Siedlung ein, breite Erdrampen und ein Labyrinth aus Gräben. Mit fachmännischem Blick musterte Luc die Verteidigungsanlagen. Die geometrischen Muster aus Dreiecken, die sich zu Sternforts und Redouten fügten, deren überschneidende Schussfelder das Vorfeld der Befestigungen in Todesfallen verwandelten. Noch immer wurde an den Erdwällen gearbeitet. Die grasbewachsenen Rampen, deren Rückseiten durch graue Bruchsteinmauern abgestützt wurden, waren angelegt, den Kanonenkugeln der Belagerer ihre Wirkung zu rauben. Schlug eine gusseiserne Kugel gegen eine Mauer, entfaltete sie ihre volle Zerstörungskraft; eine Erdrampe aber schluckte die Kugel. Es bedurfte endloser Tage, um eine Bresche in eine solche Verteidigungsanlage zu schlagen.

»Gefällt dir mein Werk?«

Luc sah den Kobold überrascht an. »Du hast das entworfen?«

Brandax lächelte ihn selbstzufrieden an. »Ja. Dir ist natürlich klar, dass wir dich jetzt nicht mehr laufen lassen können. Diese Informationen wären für unsere Feinde Gold wert. Sobald du dich verdächtig verhältst, werde ich dir eigenhändig die Kehle durchschneiden.«

»Das ist doch Unsinn. Jeder Wanderer, der hier hinauf in die Berge steigt, kann einen Plan der Stadt und ihrer Festungsanlagen zeichnen. Wahrscheinlich hat mein Orden längst Aufzeichnungen über die Verteidigungswälle.«

»Vielleicht macht es mir ja einfach nur Spaß, Kehlen durchzuschneiden?«, entgegnete der Kobold und zeigte seine angespitzten Zähne.

Luc atmete tief aus. Eigentlich wollte er noch etwas erwidern. Das war sicher ein Scherz. Bestimmt. Sie waren eben anders, die Anderen. Er versuchte den Kobold zu ignorieren, der ihn unverwandt ansah, und dachte stattdessen an Gishild. Sein Blick schweifte wieder zur Stadt am Fjord. Zwischen den Hafenmauern ragte ein Wald von Masten auf. Ein beachtlicher Teil der Flotte des Fjordlands lag dort versammelt, schlanke Galeeren und einige der neuen, hochbordigen Karavellen. Die Neue Ritterschaft hatte erst wenige dieser Schiffe auf Kiel gelegt. Aber Luc war sich sicher, dass sie eines nicht allzu fernen Tages die Galeeren und Galeassen ganz verdrängen würden. Sie waren diesen Schiffen in seichten

Küstengewässern oder bei unstetem Wind zwar unterlegen, aber dafür konnten sie viel mehr Geschütze und Seesoldaten tragen. Und sie vermochten fern der Küsten auf hoher See zu segeln. Es hieß, jenseits des großen Meeres liege noch ein ganzer Kontinent. Aber bislang fehlte es an den Schiffen, um dieses Land erschließen zu können. Da lag die fremde Welt der Anderen seit dem Angriff auf Vahan Calyd viel näher.

Luc betrachtete die Steinhäuser der Stadt mit ihren hohen, spitzen Giebeln. Er hatte sich das Fjordland barbarischer vorgestellt. Gewiss, die Gassen und Straßen Firnstayns verliefen in unübersichtlichen Kurven und ohne ordnenden Plan. Aber die Häuser sahen solide aus.

An einer Stelle gab es einen großen, grasbewachsenen Hügel, auf dem eine Eiche wuchs. Das musste der Ort sein, an dem Gishilds Ahnen begraben lagen.

Nicht weit entfernt stand der Palast. Er war überraschend schlicht und wirkte mehr wie ein großer Gutshof. Selbst die Halle, deren Dach angeblich von goldenen Säulen getragen wurde, sah von außen nicht sonderlich beeindruckend aus.

Weit hinter den neuen Verteidigungswällen hatten sich die alten, grauen Stadtmauern mit ihren Türmen und den zinnenbewehrten Brustwehren erhalten. An manchen Stellen waren Fachwerkhäuser auf der Mauer errichtet, oder sie war durchbrochen worden, um Platz für neue Straßen zu schaffen.

Die Hafenanlagen erstreckten sich mehr als eine Meile entlang des Fjords. Das Ufer war unter wuchtigen, grauen Mauern verschwunden. Breite Anlegestellen griffen gleich riesigen Armen in den Fjord hinein. Auf einer künstlich aufgeschütteten Insel erhob sich ein Fort, hinter dessen Brustwehren bronzene Kanonenrohre schimmerten. Auch diese Festung war so angelegt, dass sich ihre Schusslinien mit denen der wuchtigen, nur wenige Schritt über das Wasser ragenden Kanonenbahnen der äußeren Festungsanlagen des

Hafens überschnitten. Nur eine Stelle, wo sich eine schroffe Klippe aus dem Wasser erhob, schien ein Schwachpunkt zu sein. Man konnte sehen, dass dort mit dem Bau von Verteidigungswerken begonnen worden war, doch ruhten die Arbeiten zurzeit.

Es würde viel Blut kosten, diese Stadt zu erobern. Aber Luc hatte keinen Zweifel daran, dass die vereinten Heere der Tjuredkirche letztlich siegen würden. Hoffentlich hatte Gishild ein Einsehen! Sie wusste doch, gegen welchen Feind sie antrat.

Auf dem Hof des Palasts liefen Leute zusammen. Auch vor den Toren der Stadt sammelten sich Einwohner. Ferner Hörnerklang hallte über den Fjord. Das Heer der Verbündeten war entdeckt worden.

Es war ein langer Weg, den Berg hinab, am Fjord entlang. Die Ersten, die sie grüßten, waren ein paar Waldarbeiter. Verwundert beobachtete Luc, wie freundlich die Kentauren willkommen geheißen wurden, während man den Elfen zwar respektvoll, aber doch mit Distanz begegnete. Zu unnahbar erschienen die Ritter Ollowains und die Elfenkrieger in den schwarzen Rüstungen.

Gespannt sah Luc immer wieder zur Stadt hinüber. Jeden Augenblick erwartete er, eine Reiterschar unter dem königlichen Banner aus einem der Tore hervorbrechen zu sehen. Warum ließ Gishild sich so viel Zeit? Wollte sie ihre Verbündeten vielleicht auf dem Hof ihres Königssitzes empfangen?

Sie erreichten ein Festungsvorwerk, das hinter einer Holzbrücke inmitten eines breiten Grabens lag. Einige Arbeiter in schmutzigen Hemden winkten ihnen zu. Ollowain, der an der Spitze der kleinen Armee ritt, zügelte sein Pferd und beugte sich zu einem bärtigen Mann hinab.

»Das ist ihr König«, sagte Brandax.

Luc wollte seinen Augen nicht trauen. Dieser bullige Kerl

mit dem schlammbespritzten Gesicht sollte Gishilds Mann sein?

»Starr ihn lieber nicht so an!« Die Stimme des Kobolds klang belustigt, so als habe er Gefallen an seinem Entsetzen. »Wenn er auf dich aufmerksam wird, dann wird er dir bestimmt nicht freundschaftlich auf die Schulter klopfen.«

Luc ignorierte den Rat. Er konnte nicht anders. Dies also war der Mann, den man Gishild ins Bett gestoßen hatte. Ein ungewaschener Bauernlümmel!

Die Kolonne zog über die Brücke. Als sie auf gleicher Höhe waren, sah der König ihn. Er runzelte die Stirn. Dann sagte er etwas zu dem Mann an seiner Seite.

»Du solltest ihn nicht für dumm halten, Luc.«

Er drehte sich im Sattel um. Ihre Blicke kreuzten sich. Er versuchte sich den Mann in einer Rüstung vorzustellen. Er würde in der Tat einen stattlichen Krieger abgeben.

Sie passierten ein Tor, und Erek verschwand aus seinem Blickfeld. Jubel brandete ihnen entgegen. Jenseits des Tores lag ein Marktplatz. Hunderte Firnstayner hatten sich dort versammelt. Plötzlich war die Luft erfüllt von schwebenden Blütenblättern. Ein Raunen ging durch die Menge. Es roch nach Frühling, nach jungem Gras und zarten Knospen.

»Yulivee übertreibt ein wenig, findest du nicht auch?« Brandax wedelte mit einer Hand vor dem Gesicht, als wolle er üblen Gestank vertreiben.

Vögel aus gleißendem Licht schwebten zwischen den Bannern der Elfen. Musik erklang, eine leise, sphärische Melodie. Fremd für menschliche Ohren und doch nicht unheimlich. Kinder lachten. Die Menschen entlang des Platzes schwenkten die Arme zum Gruß.

Luc betrachtete ihre Gesichter. Sie wirkten erleichtert.

»Seht nur, da ist einer der Schlächter!«

Er wandte den Kopf. Ein schlaksiger, älterer Mann mit grauen Bartstoppeln deutete auf ihn. »Da, auf der Brust trägt er das Wappen der Mörder!«

Brandax duckte sich in seinen Korb.

Etwas traf Luc in den Rücken. Immer mehr Menschen deuteten auf ihn. Manche bückten sich jetzt. Andere buhten ihn aus.

Ein Trupp Elfenreiter ließ sich zurückfallen.

Wieder traf Luc etwas.

Brandax lachte feixend. »Schlamm und Fischeingeweide. Ich hab es dir doch gesagt!«

Luc sah sich fassungslos um. Wo war Gishild?

VERLASSEN

Luc hatte sich baden müssen. Nachdem sich eine Gruppe Elfenritter dicht um ihn geschart hatte, war er ohne weitere Zwischenfälle hinauf zum Königshof gelangt. Dort hatte man ihn zwar nicht mit Abfällen beworfen, aber er war kühl empfangen worden.

Jetzt stand er halb verborgen hinter einer der dicken, mit Goldblech beschlagenen Säulen des großen Festsaals. Am anderen Ende der Halle saß der Mann, der Gishilds Bett erobert hatte. Gewaschen und in saubere Gewänder gekleidet, wirkte er nicht einmal unsympathisch. Eine dunkelhaarige Frau saß an seiner Seite. Luc vermutete, dass dies wohl Gishilds Mutter war.

Der Blick des Königs wanderte über die Gäste. Suchte er

ihn? Wo war Gishild? Er hatte die Frau, die das heiße Wasser für seinen Badezuber gebracht hatte, nach ihr gefragt und auch zwei Pferdeknechte bei den Ställen. Aber niemand antwortete ihm. Jetzt wünschte er sich, er hätte auf Ollowains Rat gehört und sein Wappen verborgen. Wie einen Aussätzigen mied man ihn. Und was würde der König tun?

Luc starrte in den Zinnbecher mit Wein, den er sich von der Festtafel genommen hatte. Er hatte sich alles anders vorgestellt. Natürlich war ihm klar gewesen, dass er nicht einfach in die Stadt reiten konnte, um Gishild in die Arme zu schließen. Er hatte von heimlich getauschten Blicken und einem verstohlenen Lächeln geträumt. Von Nachrichten, die vertrauenswürdige Diener ihm zusteckten, und von flüchtigen Küssen in einem Pferdestall oder einer entlegenen Vorratskammer. Einer Liebesnacht auf einem Heuboden, die den Zauber ihrer ersten Nacht in Iskendria wieder belebte.

Wie dumm er gewesen war! Gishild hatte sich nicht einmal blicken lassen. Wie sollte sie auch! Seine Anwesenheit brachte nichts als Scherereien.

Luc stellte den Weinbecher fort, ohne daraus getrunken zu haben. Selten in seinem Leben hatte er sich so fehl am Platz gefühlt. Er trat aus einer Seitentür der Halle und ging hinüber zu den Ställen. Vermutlich gab es irgendwo einen Elfen, der ihn beobachtete. Sie würden ihn nicht so ohne Weiteres ziehen lassen.

Er blickte zum Himmel hinauf und suchte den Nordstern. So hatte er Gishild oft genannt. Sie war der Leitstern seines Lebens gewesen, so wie der Nordstern dem Navigator bei Nacht half, seinen Kurs zu halten.

Die Nacht war wolkenverhangen. Selbst der Mond war nur zu erahnen. Die Sterne waren ausgelöscht. Luc lächelte zynisch. Das passte. Sein Nordstern blieb unsichtbar. Er dachte daran, sich zu betrinken.

»Du bist ja nicht sehr gesellig.« Brandax trat aus einem der Eingänge des großen Stalls.

Luc war in der Tat nicht danach zumute, ausgerechnet diese Gesellschaft zu haben. »Hat man dich als meinen Aufpasser abgestellt?«

Der Kobold grinste. »Brauchst du einen? Auch wenn ich den Eindruck habe, dass du nicht der Hellste bist, hatte ich doch das Gefühl, dass du schon ganz gut auf dich selbst aufpassen kannst. Dein Auftritt bei den Kentauren war nicht schlecht. Sogar Appanasios kann inzwischen darüber lachen. Ihm das Trinkhorn zurückzugeben, war ein kluger Zug. Obwohl ... Du hast es wahrscheinlich ohne nachzudenken aus lauter Ritterlichkeit getan, denn wie ich schon sagte, für den Hellsten halte ich dich nicht.«

»Wie kommst du eigentlich darauf, dass ich mir endlos deine Beleidigungen anhören mag? Hast du keine Angst, dass ich dir einfach den Hals umdrehen könnte?«

Der Kobold brach in schallendes Gelächter aus. »Du? Nein, davor fürchte ich mich wirklich nicht. Das ist ja das Schöne an euch, die ihr die naiven Tugenden der Ritterlichkeit wirklich lebt. Du würdest niemals einem unbewaffneten Kobold, der dir kaum bis zum Knie reicht, auch nur ein Härchen krümmen. Das wäre ja, als schlügest du ein Kind.«

»Die Leute draußen auf dem Markt waren da anderer Meinung«, entgegnete er bitter.

»Was zählen die schon? Die kennen dich nicht. Du hättest darauf verzichten sollen, dein Wappen offen zu tragen, wie dir geraten wurde. Es gibt wohl keine Familie in der Stadt, die nicht einen Sohn, Schwager oder Enkel in Drusna verloren hat. Und Geschichten über die Schandtaten der Ritterorden gibt es mehr als Salme unten im Fjord. Eine Rüstung zu tragen, macht eben noch keinen Ritter. Aber du bist anders.

Und durch deine Dickköpfigkeit habe ich heute eine Menge Silber verdient.«

Luc nickte. »Tja ... Fischabfälle. Woher wusstest du das?«

Die spitzen Zähne des Kobolds funkelten im Dunkel. »Ich lebe schon viele Jahre hier in der Stadt. Ich kenne sie gut. Hinter dem Tor, durch das wir gekommen sind, lag der Fischmarkt. Einen Fisch, den man noch verkaufen will, schmeißt man nicht einmal nach einem Kinderschlächter. Da war es naheliegend, an das Gekröse zu denken. Im Übrigen habe ich mich an deiner Seite gehalten, damit du nicht zwischen den Reihen der Elfenritter reitest. Dort hätte man dich möglicherweise gar nicht bemerkt, und du wärst ungeschoren bis zum Königssitz gekommen.«

Luc traute seinen Ohren nicht. »Du hast dafür gesorgt, dass ich mit diesem Zeug beworfen werde?«

Brandax hob abwehrend die Hände. »Nein, jetzt werde nicht ungerecht. Ich habe lediglich die Wahrscheinlichkeit verbessert, dass man dir ein unerfreuliches Willkommen bereitet. Dafür zu sorgen, dass so etwas geschieht, blieb nicht die Zeit. Du musst es so sehen: Ich hatte eine Menge Silber gewettet. Und ich bin doch nur ein armer, kleiner Kobold.«

Luc war versucht, dem Dreckskerl einen Tritt zu verpassen, dass er quer über den Hof flog.

»Da du mir heute den Tag versilbert hast, Junge, hatte ich mir überlegt, dir einen kleinen Gefallen zu tun. Hast du einen Wunsch?«

Luc schnaubte verächtlich. »Lass mich einfach in Ruhe.«

Brandax zuckte leicht mit der Schulter. »Wie du meinst.« Er ging ein paar Schritt. Dann drehte er sich noch einmal um. »Du kennst schon die Märchen über Albenkinder, die Menschen einen Wunsch erfüllen.«

»Du meinst die Geschichten, in denen man einen zweiten

Wunsch braucht, um die katastrophalen Folgen des ersten Wunsches wieder ins Lot zu bringen?«

Der Kobold schüttelte den Kopf. »Dass wir so einen schlechten Ruf haben! Na, dann mach ich mich mal davon. Ich hatte ja gedacht, dass du alles dafür geben würdest, deine große Liebe wiederzusehen. Aber wer versteht schon Menschen?«

Luc zögerte. Trieb Brandax sein Spiel mit ihm? Oder meinte er es wirklich ernst? »Warte!«

Der Kobold winkte ab und ging weiter. »Nein, ist schon gut. Ich brauche mir nicht noch weitere Beleidigungen anzuhören. Glaubst du denn, ich hätte kein Herz? Deine Ablehnung trifft mich zutiefst. Was habe ich dir getan?«

Luc schluckte seinen Stolz hinunter und lief Brandax nach. »Es tut mir leid, wenn ich dich beleidigt habe. Ich hatte heute keinen versilberten Tag. Bitte entschuldige.«

»Ach, Junge. Sei doch nicht gleich so ernst. Das war nur ein Scherz.«

Das reichte jetzt! »Macht es dir Freude, mich zu quälen?«

Der Kobold drehte sich zu ihm um. »Den Weg zu Gishild kann ich dir wirklich zeigen. Die Frage ist allerdings: Was ist es dir wert? Die Zeit für Geschenke ist jetzt vorbei.«

Luc streckte hilflos die Hände vor. »Ich habe nichts.«

»Ich will kein Gold oder Silber. Ich will, dass du mir einen Wunsch erfüllst. Und du musst mir bei deiner Ehre schwören, dass du es ohne zu zögern tust, ganz gleich, was ich von dir will.«

»Ja, gut.« Er würde wahrhaftig alles tun, um Gishild endlich wiederzusehen. »Was verlangst du also?«

Der Kobold sah ihn abwägend an. Er wirkte plötzlich größer, ja bedrohlich. »Der Witz ist, dass du mir schwörst, mir meinen Wunsch zu erfüllen, und erst dann erfährst, was ich von dir fordere. Wenn deine Liebe so groß und bedingungslos ist, sollte das keine allzu schwere Bürde für dich sein.«

»Ich schwöre bei meiner Ehre, dass es so sein wird, wie du es willst.«

Brandax sah ihn jetzt fast mitleidig an. »Du liebst sie mehr als dein Leben, nicht wahr? Ich weiß nicht, ob es klug ist, aber ich werde dir helfen. Hol deinen Elfengaul. Wir müssen fort aus der Stadt.«

»Aber was ist mit Gishild? Du hast mir doch versprochen ...«

»Sie ist nicht hier, Menschensohn. Was glaubst denn du, warum du sie noch nicht gesehen hast? Sie hat keine Ahnung, dass du noch lebst. Das Letzte, was sie über dich gehört hat, war, dass Emerelle dich hinrichten ließ. Seitdem ist sie nicht mehr sie selbst. Sie treibt sich hoch oben in den Bergen herum. An einem See, der ihrer Familie nur Unglück gebracht hat. Weiß der Henker, was sie da tut.«

»Und dein Wunsch?«

»Das ist eine andere Sache. Du stehst von nun an in meiner Schuld. Für einen Kerl wie mich ist es eine feine Sache, einen Ritter in der Hinterhand zu haben. Manchmal geraten wir Kobolde ganz unversehens in Schwierigkeiten. Das hat mit unserem Naturell zu tun.« Er lächelte verschlagen. »Da ist es gut, wenn man auf einen Kerl wie dich zurückgreifen kann.«

»Du wirst doch nicht etwa verlangen, dass ich etwas Ehrenrühriges tue!«

»Das weiß ich jetzt noch nicht. Vielleicht werde ich deine Schuld auch nie einfordern. Zerbrich dir darüber jetzt nicht den Kopf. Du hast mir dein Wort gegeben, aus der Sache kommst du nicht mehr heraus. Wenn du jetzt so freundlich wärst, dein Pferd zu holen ... Oder ist deine Sehnsucht nach der Königin am Ende doch nicht so groß?«

Luc gehorchte. Doch während er den Hengst sattelte, schalt er sich einen Narren. Wie hatte er sich auf ein Geschäft mit einem Kobold einlassen können!

Brandax nahm vor ihm im Sattel Platz. Er gab ihm Anweisung, die Stadt durch das Apfeltor zu verlassen. Die Wachen dort öffneten, ohne Fragen zu stellen, das schwere Eichentor, als sie den Kobold erkannten. Es stimmte offensichtlich, dass er Gishilds Baumeister war. Jeder schien ihn zu kennen.

Brandax flüsterte dem Hengst etwas ins Ohr. Das Tier preschte in halsbrecherischem Tempo nach Norden. Der Mond und die Sterne blieben hinter den Wolken verloren. Sie waren noch nicht weit von der Stadt entfernt, als Nieselregen einsetzte.

Der Kobold summte leise eine Melodie. Das Wetter schien ihm nichts auszumachen. Luc war froh, dass Brandax nicht in der Stimmung war zu reden. Er war erschöpft. Es fiel ihm schwer, sich im Sattel zu halten.

Höher und höher ritten sie in die Berge. Drei Pässe überquerten sie. Bald hatten sie die letzte Bauernkate hinter sich gelassen. Die Finsternis, die sie umfing, war vollkommen. Der Elfenhengst fand dennoch seinen Weg.

Der erste Silberstreif, der Herold der Sonne, die über den Horizont stieg, ließ die Berge wie schwarze Scherenschnitte gegen den Himmel aufragen. Eisiger Wind trieb dunkle Wolken dicht über die Gipfel. Luc bemerkte eine seltsame Statue am Wegrand, einen grob geschnitzten Holzmann, der über und über mit rostigen Eisenstücken bedeckt war.

»Wir sind da«, sagte Brandax und sprang behände vom Pferd. »Warte hier auf mich!«

»Wohin gehst du?«

Der Kobold antwortete nicht. Er eilte auf eine Gruppe haushoher Felsbrocken zu, die nahe dem Zenit des vierten Passes lagen. Binnen Augenblicken war er zwischen den Steinen verschwunden.

Luc ließ sich müde aus dem Sattel gleiten. Seine Glieder waren steif vom langen Ritt, und er war durchgefroren. Er hatte nicht geahnt, dass der Kobold ihn hoch in die Berge führen würde. So war er ohne Mantel aufgebrochen, angetan nur mit den Kleidern, die ihm die Elfen für das abendliche Fest geliehen hatten. Inmitten der wilden Landschaft musste er wie ein Geck aussehen.

Finger aus zartem rosa Licht krochen die schroffen, grauen Hänge hinab und ließen Zungen des ersten Schnees in Pastellfarben aufleuchten.

Luc rieb sich fröstelnd mit den Händen über die Arme. Wo steckte der verdammte Kobold?

Sein Hengst schnaubte unruhig.

»Du bist hier weit entfernt von deinem Gott, Ritter.«

Erschrocken fuhr Luc herum. Vielleicht zwanzig Schritt hinter ihm stand ein alter, graubärtiger Krieger. Mit schweren Stiefeln, einem gefütterten Wams und einem dicken roten Wollumhang war er bestens für die Berge gerüstet. In den Händen hielt er eine große doppelköpfige Axt.

Lucs Hand glitt zum Rapier an seiner Seite.

Kaum dass seine Hand den Griff der Waffe berührte, richteten sich weitere Gestalten zwischen den Felsen längs des Weges auf. Die meisten hatten altertümliche Schwerter. Doch zwei zielten mit Radschlosspistolen auf ihn.

Luc fluchte. Er hörte ein wohlvertrautes, metallisches Knacken. Der alte Krieger hatte ebenfalls eine Pistole unter seinem Umhang hervorgezogen und spannte mit dem Kantschlüssel die Feder.

Luc zog Rapier und Parierdolch. Was für ein Narr er gewesen war, dem Wort eines Kobolds zu trauen! Hier oben würde man niemals seine Leiche finden.

DER WEG DER KRIEGER

Eine kleine Insel tauchte zwischen den treibenden Nebelschwaden auf. Das Zelt, das auf einer Landzunge aufgeschlagen war, leuchtete wie eine große Laterne. Zwei Schattenrisse waren gegen das gedämpfte Licht zu erkennen.

Lilianne atmete tief durch. Es war leichtfertig, auf das Wort der Ritter vom Aschenbaum zu vertrauen. Aber ihr blieb keine andere Wahl. Wenn sie es nicht versuchte, dann würde ein Kampf beginnen, den sie auf lange Sicht nur verlieren konnten. Michelle war in der Hafenfestung zurückgeblieben. Sie hatte eigentlich mitkommen wollen, doch Lilianne hatte darauf bestanden, diesen Weg allein zu nehmen.

»Anlanden!«, befahl sie dem Bootsführer.

Das Ruderboot schwenkte ein wenig nach Steuerbord. Nur Augenblicke später knirschte Kies unter dem Rumpf. »Wartet auf dem Schiff!«

»Du solltest nicht gehen, Herrin«, sagte einer der Ruderer. Lilianne erkannte den Mann. Er war einer der Veteranen der Schlacht am Bärensee.

»Du weißt doch, dass ich meine Männer nie auf einen Weg führe, den ich nicht ohne zu zögern als Erste gehen würde, Janosch.«

»Du kennst meinen Namen.« Die Stimme des alten Soldaten zitterte.

Lilianne lachte. »Ich vergesse niemals den Namen eines Mannes, der mich nackt gesehen hat. Du hast mir auf der *Sankt Raffael* deinen Umhang gegeben, nachdem drei deiner Kameraden mich vor dem Ertrinken gerettet hatten.« Sie sah die anderen Männer im Boot an. »Ich wette, Janosch hat euch die Geschichte von der nackten Komturin schon hundertmal erzählt. Und seinen Umhang von damals hütet er wahrscheinlich wie die Reliquie einer Heiligen.«

Die Krieger grinsten. Lilianne wusste, dass jeder von ihnen ohne zu zögern an ihrer Seite gegen ein Heer von Trollen marschieren würde. Allein schon deshalb musste sie gehen. Diese Männer durften nicht in einem sinnlosen Zwist um die Macht in der Kirche geopfert werden.

»Pass auf dich auf, Herrin!«, rief Janosch ihr nach, als sie ins flache Wasser sprang und zum Strand watete.

Als sie vom Ufer zurückblickte, war das kleine Ruderboot schon im treibenden Nebel verschwunden.

Lilianne sah zum Zelt, presste die Lippen zusammen und ging mit entschlossenen Schritten ihrem Schicksal entgegen. So hatte sie es immer getan. Ganz gleich, ob sie ihr Weg zu einer Phalanx mordlüsterner Trolle führte oder so wie jetzt möglicherweise in die Verliese der Fragenden.

Rings um das Zelt gab es keine Wachen. Vielleicht hatten sich die Ritter vom Aschenbaum ja an die Vereinbarung gehalten. Sie schlug die Plane zurück. Zwei Ritter standen an einem Kartentisch. Lilianne erfasste mit einem Blick, worum es ging. Bunte Holzklötze auf dem Tisch markierten Truppenverbände. Und es standen sehr viel mehr rote als schwarze Klötze auf der Karte Drusnas.

»Willkommen, Schwester Lilianne«, begrüßte sie der ältere der beiden Ritter. Er war ein schlanker Mann, dessen Gesicht von Wind und Wetter gefurcht war. Sein graues Haar war kurz geschoren. Der Spitzbart an seinem Kinn erinnerte an einen Dolch. Er trug schlichte schwarze Kleidung und einen weißen Mühlradkragen, wie Lilianne ihn schon lange nicht mehr gesehen hatte.

Der andere Ritter war jünger. Doch auch in seinem Haar zeigte sich schon erstes Grau. Er hatte ein fleischiges Gesicht mit glatt rasierten, roten Wangen. Seine Nase war gebogen wie ein Falkenschnabel, die Lippen nur ein schmaler Strich. Er war von gedrungener Gestalt, was durch den Kürass, den er trug, noch unterstrichen wurde. Beide sahen sie aus wie Männer, die nicht davor zurückscheuten, in der Schlacht in der ersten Reihe zu stehen.

»Darf ich dir Bruder Ignazius vorstellen?«, sagte der jüngere der beiden.

»Ignazius Randt?«

Der Alte deutete eine Verneigung an. »Bitte verzeih meine schlechten Manieren. Es wäre meine Aufgabe als einfacher Ritterbruder gewesen, Bruder Erilgar, den Ordensmarschall der Ritterschaft vom Aschenbaum, zuerst vorzustellen.«

Lilianne lächelte über das eitle Spiel der beiden. Ignazius war selbst einst Ordensmarschall gewesen. Warum er dem Jüngeren sein Amt überlassen hatte, wusste die Ritterin nicht. Sie blickte auf den Kartentisch.

»Stimmt das Kräfteverhältnis auf der Karte?«

»Könnten wir uns gleich zum Eingang des Gesprächs darauf einigen, auf Lügen und Intrigen zu verzichten?« Es war Bruder Ignazius, der dies sagte.

»Stimmt die Karte?«

Die beiden Ritter tauschten einen Blick. Dann nickte Erilgar. »Ja. Wir sind den Truppen des Blutbaums deutlich unterlegen. Nach unseren Schätzungen hat dein Orden mindestens 25 000 Mann unter Waffen in dieser Provinz. Wir hingegen könnten vielleicht 15 000 Mann aufbieten. Was die Flotten angeht, ist eure Übermacht sogar noch deutlicher. Du sollst wissen, dass wir kein Interesse daran haben, gegen unsere Ritterbrüder Krieg zu führen. Nicht dass wir davor zurückschrecken würden. Auch du weißt, dass ihr auf lange Sicht nicht gewinnen könnt. Aber wenn wir die Dinge etwas leidenschaftsloser als die Kirchenfürsten von Aniscans betrachten, dann können beide Orden bei einem solchen Streit nur verlieren. Wohingegen unsere fast besiegten Feinde womöglich Jahre gewinnen, um sich auf eine Verteidigung des Fjordlands vorzubereiten.«

Lilianne nickte. Sie war überrascht, dass die beiden so offen sprachen. Sie vermutete, dass Bruder Ignazius noch immer der Kopf des Ordens war, auch wenn Erilgar das Amt des Ordensmarschalls ausübte. »Ich bin mit euch einer Meinung, doch wenn ich Bruder Louis' Befehlen Folge leisten soll, sehe ich keinen anderen Weg als den Streit. Ich kann nicht einfach die Waffen strecken und Hunderte meiner Ritterbrüder eurer Gnade überantworten. Was die Ordensregimenter angeht, mache ich mir keine Illusionen. Die einfachen Pikeniere und Arkebusiere werden sich größtenteils nicht widersetzen, künftig unter eurem Banner zu fechten.«

Ignazius drehte die Spitze seines Bartes nachdenklich zwischen Daumen und Zeigefinger. »Vergiss einfach Bruder Louis. Ihn hatten wir geschickt, weil der Orden seinen Verlust leicht hätte verkraften können. Wir haben niemals angenommen, dass du einen unserer Ritter als Komtur anerkennen würdest. Bei dem Temperament von Bruder Alvarez hatten wir viel mehr befürchtet, dass wir den Kopf unseres Boten als Antwort zurückerhalten würden. Unsere Hoffnung war, dass ein Gespräch wie dieses zu Stande kommen könnte.«

Lilianne sah die beiden an. »Und? Ich bin hier, aber offen gestanden weiß ich keine Lösung. Meine Ritter werden sich nicht einfach eurem Orden unterstellen. Wie können wir einen Kampf vermeiden, wenn ihr den Befehlen der Heptarchen folgt?«

»Das, Lilianne, liegt allein in deiner Hand. Du bist der Schlüssel. Tritt zu unserem Orden über!«

Die Worte trafen sie wie ein Schlag ins Gesicht. Eine solche Frechheit hatte sie von Bruder Ignazius nicht erwartet. Im Gegenteil, auch wenn sie ihm zuvor nie persönlich begegnet war, hatte sie ihn bislang als einen der fähigsten Militärtheoretiker ihrer Zeit verehrt. Sie kannte alle seine Schriften. Und seine Bücher waren die Grundlage ihres Unterrichts in Valloncour gewesen.

»Ein solcher Verrat an meinem Orden steht für mich nicht zur Debatte. Wenn das alles ist, was ihr vorzuschlagen habt, können wir das Gespräch nun beenden.«

Der alte Ritter schüttelte ärgerlich den Kopf. »Nur der Höflichkeit halber, Schwester, lass mich meinen Faden zu Ende spinnen und versuch den Stolz, der deinen Blick verschleiert, für einen Augenblick zu vergessen. Wenn du zu unserem Orden übertrittst, dann hat Bruder Erilgar die Machtbefugnis, dich noch in dieser Stunde zur Komturin zu ernennen. Der Komturin der neuen Ordensprovinz Rabenturm. Damit führst du das Oberkommando über eure Truppen. Du müsstest sie davon überzeugen, fortan unter dem Aschenbanner zu reiten, aber wir werden jedem Ritterbruder das Recht auf sein persönliches Wappen belassen. Und wenn er in diesem Wappen das heraldische Symbol des Blutbaumes führt, werden wir darum kein Aufhebens machen. Das ist alles, was wir zu einer vernünftigen Einigung beitragen können. Bitte denk mit kühlem Kopf über dieses Angebot nach. In Aniscans sind Dinge geschehen, auf die wir keinen Einfluss mehr haben. Die Neue Ritterschaft wurde durch die Heptarchen mit dem Kirchenbann belegt. Dein Orden ist aufgelöst, Lilianne. Nun liegt es an dir, zu retten, was noch zu retten ist, und zumindest hier in der Provinz Drusna einen Bruderkrieg zu vermeiden. Ich weiß, welches Gewicht dein Wort und deine Taten in der Neuen Ritterschaft haben, Schwester. Darum bitte ich dich: Handle besonnen.«

DAS FEHLENDE GLIED

Honoré wusste nicht, ob es Tag oder Nacht war. Ihn umgab Finsternis. Er wusste, wo er war. Diesmal war er bei vollem Bewusstsein gewesen, als sie ihn hierhergeschleppt hatten. Ein kalter Eisenring umschloss seine Hüften. Er war an die Wand gekettet, in eben jener Nische, in der er zwischen Leben und Tod dahinvegetiert hatte. Der Nische, die dafür vorgesehen war, einen Sarg aufzunehmen. Einen Leichnam.

Doch jetzt war er allein in dem Kerkergewölbe. Es gab keinen Fragenden und keinen Schreiber. Seltsamerweise fehlten ihm die beiden mehr als Miguel. Sie hatten seine Fieberträume und seine Ängste beherrscht. Sie hatten ihm Schmerz bereitet und Erleichterung geschenkt.

Honoré hatte das Gefühl, dass seine Sinne unnatürlich geschärft waren. Er konnte die Tinte des Schreibers riechen. Wahrscheinlich hatte er das kleine Tintenfass im Stehpult hinten in der Ecke nicht verschlossen. Er war ein etwas schlampiger Kerl gewesen ... Der Primarch war sich fast sicher, sich an die Tintenflecken auf seiner Kutte zu erinnern. An die Zeit, nachdem er auf dem Platz des heiligen Zorns niedergeschossen worden war, erinnerte er sich hingegen kaum. Es war, als seien von einem dicken Buch nur ein paar einzelne Seiten geblieben.

Honoré spannte sich. Die Kette verhinderte, dass er die Wandnische verlassen konnte. Es war kühl, seit die Kohlenpfanne nicht mehr brannte.

Er hatte Durst. Es juckte ihn unter der linken Achsel. Ob er sich Läuse eingefangen hatte? Sein Stumpf stieß gegen den linken Arm. Er atmete schwer aus. Daran, dass ihm die rechte Hand fehlte, hatte er sich immer noch nicht gewöhnt.

All seine Wunden waren verheilt. Er war wieder im Vollbesitz seiner Kräfte. Aber was nicht mehr da war, hatte auch nicht heilen können.

Er hob den Stumpf vor seine Augen. Nichts! Die Dunkelheit war vollkommen. Er rieb das vernarbte Ende seines Arms über sein Gesicht. Es war weich. Honoré versuchte sich vorzustellen, wie es wohl aussehen mochte.

Ein Geräusch ließ ihn innehalten. Jemand war an der Tür zu seinem Kerker. Der Sperrriegel scharrte über das Holz. Licht blendete ihn. Er musste die Augen verschließen.

Jemand trat ein. Er roch nach Weihrauch. Und da war auch ein anderer Geruch. Er erinnerte ihn an Schiffe. Honoré brauchte einen Moment, bis er ihn benennen konnte. Hanfseile!

»Nur damit wir uns nicht missverstehen, Bruder. Ich bin hier, weil ich ein Ärgernis aus der Welt schaffen möchte.«

Honoré hätte diese Stimme unter Tausenden wiedererkannt. Sie gehörte Gilles de Montcalm. Der Primarch zwang sich, ruhig zu atmen. Er hielt die Augen geschlossen. Er wusste, wenn er versuchte, sie zu öffnen, würde ihn das Licht blenden. Und ob er wollte oder nicht, ihm würden Tränen in die Augen treten. Diesen Anblick wollte er Gilles nicht gönnen!

»Wen hast du mitgebracht, Bruder?«

»Den Henker von der Todesbühne. Er ist ein gewissenhafter Mann. Er möchte seine Arbeit zu Ende bringen.«

»Und was für ein Mann bist du, Gilles? Ein kluger oder ein gewissenhafter?«

»Ich glaube, diese beiden Attribute charakterisieren mich nicht. Jedenfalls nicht, wenn es darum geht, mein Wesen in einem einzigen Wort zusammenzufassen. Wenn dies das Ziel ist, wäre es wohl am treffendsten, mich einen vielseitigen Mann zu nennen.«

»Ist das ein Angebot?«

Der Heptarch lachte leise. »Hast du etwa noch Hoffnung? Warum sollte ich dich leben lassen? Glaubst du, dein Wunder und die Tatsache, dass alle bedeutenden Kirchenfürsten der Region zugesehen haben, würden mich davon abhalten, dich töten zu lassen? Das Einzige, was du damit erreicht hast, ist, dass eine öffentliche Hinrichtung nicht mehr in Frage kommt.«

»Du glaubst also den Anschuldigungen?«

Stille. Plötzlich spürte Honoré warmen Atem auf seinem Gesicht. Hatte sich der Heptarch über ihn gebeugt? Oder war es der Henker mit seiner Garotte? Er öffnete die Augen. Licht traf ihn wie stählerne Dornen.

»Willst du mich beleidigen?«

Die Stimme war zu weit fort. Das verschwommene Gesicht über ihm gehörte also dem Henker.

»Weißt du, Bruder, du bist der einzige Würdenträger in unserer Kirche, vor dem ich mich wirklich gefürchtet habe. Ich beobachte deinen Aufstieg schon seit vielen Jahren. Du erinnerst mich daran, wie ich einmal gewesen bin. Und da ich mich gut kenne, weiß ich, es wäre eine tödliche Dummheit, dich am Leben zu lassen.«

»Gottes Hand ruht auf mir. Du hast gesehen, was ich vermag. Wie willst du den anderen Heptarchen meinen Tod verkaufen? Werden sie hinnehmen, dass ein Mann, der in aller Öffentlichkeit ein Wunder wirkte, im Kerker ermordet wurde?«

»Natürlich nicht. Und ich werde der Erste sein, der fordert, dass man deinen Tod sühnt. Weißt du, Bruder, in diesem Augenblick hält sich Tarquinon in einem anderen Kerker hier unten auf. Er ist dort mit mir verabredet. Nur werde ich nicht kommen. Die Wachen hier sind mir wohlbekannt. Sie stehen allesamt in Diensten der Fragenden. Und die Fragenden legen großen Wert darauf, dass ich ihnen wohlgesinnt bin. Ich werde also kommen und gehen, ohne dass man mich gesehen hat. Tarquinon hingegen nicht. Er ist jetzt, in der Stunde deines Todes, hier unten. Seinen Hass auf dich konnte jeder sehen, der auf dem Platz des heiligen Zorns zugegen war. Er wird es schwer haben, jemanden von seiner Unschuld zu überzeugen. Du hingegen wirst nach dem Wunder, dessen Zeuge wir werden durften, ganz gewiss deinen Platz unter den Heiligen unserer Kirche finden.«

Honoré war klar, dass es vergebens wäre, bei Gilles um sein Leben zu betteln. Was waren die Ziele des Heptarchen? Macht? Noch weiter, als er aufgestiegen war, konnte man innerhalb der Kirche nicht mehr gelangen. Es konnte ihm einzig darum gehen, seine Stellung zu behaupten und vielleicht der Erste unter fast Gleichen zu sein.

»Es geht dir darum, die militärische Macht der beiden Ritterorden zusammenzufassen und unter deiner Kontrolle zu haben, nicht wahr?« Honoré sagte das nur, um einen Augenblick Zeit zu gewinnen.

Gilles machte sich nicht die Mühe, darauf zu antworten.

Der Henker packte Honoré und legte ihm geschickt ein Hanfseil um den Hals.

Der Primarch versuchte sich zu wehren, doch bevor er seine Finger zwischen die Schlinge und den Hals bekommen konnte, saß das Seil schon zu straff. »Es gibt noch einen dritten Orden«, stieß er japsend hervor.

»Du enttäuschst mich, Bruder. Das ist sehr billig.«

»Was glaubst du, wer das Tor nach Albenmark geöffnet hat? Der dritte Orden hat sich seit seiner Gründung darauf vorbereitet. Was glaubst du, woher meine Macht kommt, Wunden zu heilen? Es gibt noch mehr Männer und Frauen, die meine Fähigkeiten haben. Und wenn sie dich nicht unterstützen, dann wirst du niemals nach Albenmark gelangen.«

»Vielleicht ist das Geheimnis meines Erfolgs, dass mein

Ehrgeiz sich immer im Rahmen meiner Möglichkeiten orientiert hat. Ich glaube nicht an deinen dritten Orden, Bruder Honoré. Vielleicht bin ich ja einfältig, aber ich vermag mir nicht vorzustellen, dass es innerhalb unserer Kirche eine Gruppierung mit nennenswerter Macht geben könnte, von der ich nichts weiß. Du enttäuschst mich. Jetzt ist es genug.«

Die Schlinge zog sich enger um Honorés Hals. »Hat dein Darmleiden sich in den letzten Wochen verschlechtert?«

»Was?«

Das Hanfseil wurde ein wenig gelockert. Honoré nutzte sofort die Gelegenheit, um die Finger zwischen das Seil und seinen Hals zu bringen.

»Was weißt du von meiner Krankheit?«

Honoré zögerte. Er wusste so gut wie gar nichts. Zwei Bedienstete aus dem Haushalt des Heptarchen gehörten zu seinen Spitzeln, aber viel hatten sie ihm nicht verraten können. Nun galt es, aus dem Wenigen eine Lüge zu dichten, die für Gilles glaubwürdiger klang als die Wahrheit über den dritten Orden. »Wer heilen kann wie ich, Gilles, der kann auch Siechtum und vorzeitigen Tod bringen. Ging es dir schlechter, seit ich im Kerker sitze? Hattest du häufiger Durchfälle und Leibkrämpfe?« Honorés Worte waren reine Spekulation, doch wenn er es geschickt anstellte, hätte er den Heptarchen bald in der Hand. »In deinem Haushalt gibt es einen Mann, den du für loyal hältst. Er hat wie ich die Gabe zu heilen oder aber Krankheit und Siechtum zu bringen. Wenn ich sterbe, dann wird er befürchten, dass ich den dritten Orden verraten habe. Und um diese geheime Gruppe innerhalb unseres Ordens zu schützen, wird er dich ermorden.«

Gilles schnaubte verächtlich. »Warum bemühst du dich mit einer solchen Mär? Denkst du, ich würde dir glauben? Das klingt allzu weit hergeholt. Da wäre es doch einfacher, einen Giftmischer unter mein Küchenpersonal zu bringen. Und nehmen wir einmal an, ihr hättet diese Macht, warum hast du mich und Tarquinon dann nicht einfach mit deinen zornigen Blicken getötet? Gleich nach deinem Wunder ... Was für ein Auftritt wäre das gewesen!«

»Gegen Giftmischer kann man sich mit einem Vorkoster schützen. Gegen meinen Mann nicht. Sag mir doch einfach: Ging es dir schlechter in den letzten Tagen?« Honoré hoffte verzweifelt, dass sich die Aufregungen nachteilig auf den Gesundheitszustand des Heptarchen ausgewirkt hatten.

Das Hanfseil wurde fortgenommen. Honoré konnte zwar noch immer nicht sehr gut sehen, aber der Schattenriss, der über ihn gebeugt gestanden hatte, zog sich zurück. Hatte er tatsächlich Gilles' wunden Punkt gefunden?

»Was hätte ich davon, dich am Leben zu lassen? Mein Preis wäre, darauf zu verzichten, die Oberhoheit über die vereinten Ritterorden zu gewinnen.«

»Du hast gesehen, wie ich mich geheilt habe, Bruder. Ich will dir nichts vormachen. Die Kraft, aus der ich dieses Wunder schöpfen konnte, hat sich aufgezehrt. Aber wenn wir nach Albenmark kommen, dann werde ich dich heilen. Du hast gesehen, wie elend ich war, dem Tod näher als dem Leben.« Er hob seine Linke und bewegte die vollkommen geheilten Finger, um seinen Worten mehr Nachdruck zu verleihen. »Du weißt, jeder Feldscher und jeder Medicus hätte mir diese Hand abgenommen. Sie war nicht mehr zu retten. Ich gehe davon aus, dass du meinen Werdegang kennst. Es war nicht das erste Mal, dass ich tödlich verwundet wurde und mich überraschend erholt habe.«

Gilles atmete schwer aus.

Warum sagte er nichts? Hatte er ihn doch nicht überzeugen können? Honoré hatte das Gefühl, dass sein Herzschlag laut wie Trommelschlag war. Er musste das Angebot erhöhen. Noch zweifelte Gilles. Er musste ihn überzeugen! Jeder weitere Augenblick, den er zweifelte, mochte alles wieder ändern. »Komm in die Festung Rabenturm. Alles, was ich benötige, um dich zu heilen, ist dort.«

Der Alte stieß ein zynisches Lachen aus. Und er sagte immer noch nichts!

Honoré begriff, dass der Heptarch ein Spiel mit ihm trieb. Er hätte nicht so schnell nachgeben dürfen. Nun hatte er ihm nichts mehr zu bieten. Gilles hatte ihn hereingelegt. Vielleicht hatte er nie die Absicht gehabt, ihn zu ermorden? Vielleicht war er nur gekommen, um alles aus ihm herauszuholen? Ihn auszuquetschen wie einen Apfel in der Mostpresse? Und er hatte es geschafft.

Honoré verfiel in störrisches Schweigen.

Die Stille zog sich schier endlos hin. Die Augen des Primarchen hatten sich jetzt an das Licht gewöhnt. Er sah den Alten ganz deutlich. Im Fackellicht erschienen die Falten in dessen Antlitz wie in Stein gemeißelt. Endlich gab er nach.

»Das ist also dein bestes Angebot, Bruder? Du willst mich dazu verleiten, den Ort zu besuchen, an dem deine Macht am größten ist? Wo zwanzigtausend Mann unter Waffen auf mich warten? Du wirst einen Brief schreiben und den Befehl erteilen, dass die Dinge, die du brauchst, hierhergebracht werden!«

Honoré hob seinen Armstumpf. »Ich war Rechtshänder. Selbst wenn ich tatsächlich diesen Brief schreibe, wird er nicht aussehen, als sei er in meiner Handschrift verfasst.«

Der Heptarch lächelte hintersinnig. »Dann werden wir deine rechte Hand wohl wieder finden müssen.«

War Gilles verrückt? Welchen Nutzen sollte ein totes Stück Fleisch ... Da begriff er. Und zum ersten Mal, seit er Aniscans betreten hatte, lachte er. »Ja! Bring meine rechte Hand hierher zurück, und du bekommst alles von mir, was du haben möchtest!«

DIE HELDEN DES FJORDLANDS

Luc starrte in die Pistolenmündung. Die Waffe zitterte leicht. Der alte Krieger stand ihm am nächsten. Wenn er angreifen wollte, dann sollte er es bei ihm versuchen. Auch wenn der Kerl mit einer Pistole auf ihn zielte. Sterben würde er so oder so, da machte er sich nichts vor. Gegen diese Übermacht konnte er nicht gewinnen, und es gab auch keinen Fluchtweg.

»Nenn mir deinen Namen, du Wicht!«

»Luc de Lanzac, Ritter der Neuen Ritterschaft.« Er konnte sehen, wie es im Gesicht des Alten arbeitete. Kannte der Kerl ihn etwa?

»Ich habe dir doch gesagt, dass er es ist«, erklang nun die Stimme von Brandax. »Jetzt hör auf mit dem Unsinn, Sigurd.«

»Meine Herrin hat einmal den Stahl der Neuen Ritterschaft dicht unter dem Herzen zu spüren bekommen. Damals stand sie unter dem Schutz einer Waffenruhe. Dieser verlogenen Bande traue ich nicht. Ein Name allein ist allzu billig. Es bedarf mehr, um mich zu überzeugen, dass er derjenige ist, für den er sich ausgibt.«

»Ist das Altersstarrsinn?« Der Kobold trat zwischen den Felsen hervor. »Wir haben unseren Spaß gehabt, jetzt lass ihn ziehen. Er ist wirklich der, für den er sich ausgibt.«

»*Du* hast deinen Spaß gehabt, Brandax. Ich habe nichts anderes getan, als meine Pflicht zu erfüllen.«

Die Pistolenmündung zielte noch immer auf Lucs Gesicht. Der junge Ritter sah den Kobold finster an. Der kleine Mistkerl hatte also genau gewusst, was sie beide hier erwartete.

»Die Königin hat mir einiges über ihren Ritter erzählt. Wenn du der bist, für den du dich ausgibst, dann kannst du mir natürlich sagen, wann du sie zum ersten Mal geküsst hast.«

Luc sah zu den anderen Männern und hatte Mühe, seinen Zorn im Zaum zu halten. »Du willst ein treuer Diener Gishilds sein? Was gehen die intimsten Geheimnisse deiner Königin all diese Männer an?«

»Jeder dieser Männer würde ohne zu zögern für sie sterben. Wir sind die Mandriden. Wir dienen der Königssippe des Fjordlands seit tausend Jahren, und nie gab es einen Verräter unter uns. Jetzt sprich, oder ich muss annehmen, dass du nicht weißt, wonach ich dich gefragt habe!«

Luc sah in den Augen des Alten, dass er wahrhaftig nicht mehr lange zögern würde zu schießen.

»Es war auf einer Steilklippe am Meer. Wir waren auf eine Galeere verbannt. An jenem Tag hatte es einen schweren Unfall an Bord gegeben. Wir haben …«

»Das genügt!« Der Krieger ließ die Waffe sinken. Er trat dicht vor Luc und sah ihn durchdringend an. »Wenn du sie wirklich liebst, warum bist du dann hier? Ist dir nicht klar, welch schreckliches Unglück du ihr bringen wirst? Sie ist eine verheiratete Frau! Und dies hier ist kein Land, in dem man den Ehebruch einer Frau für eine romantische Narretei hält.« Er seufzte. »Wenn sie ein Mann wäre … Hast du überhaupt eine Ahnung, welche Schwierigkeiten du ihr bereitest? Auch für Königinnen gelten Gesetze. Sie wird nicht mehr die sein, die sie einmal war, wenn du auf diesen Pass hinaufreitest.«

»Ist sie noch die Königin, die du kanntest?« Luc hatte nur wenig gehört, aber das, was ihm zu Ohren gekommen war, hatte ihn zutiefst erschreckt. »Wie lange ist sie schon hier oben?«

Der alte Krieger senkte den Blick. »Fast drei Wochen.« Seine Stimme klang brüchig. »Sie wird …« Er schüttelte den Kopf. »Du hast recht.«

»Ich verspreche dir, ich werde sie zurück an den Königshof bringen. Sie wird nicht länger davonlaufen. Als wir Kinder waren, habe ich ihr geschworen, ihr Ritter zu sein. Ich werde sie genauso mit meinem Leben beschützen wie du und deine Krieger. Und wenn wir zurück sind bei Hof, dann wird nichts geschehen, wodurch ihre Ehre befleckt werden könnte!«

Der alte Krieger sah ihn auf seltsame Weise an. Dann schob er die Radschlosspistole unter seinen Mantel. »Ich glaube dir, dass du sie wirklich liebst, Junge. Und ich weiß, sie liebt dich auch. Das werdet ihr nicht verbergen können. Wenn ich dich zum Pass hinauflasse, wird eine Tragödie ihren Anfang nehmen.« Er winkte seinen Kriegern, und sie gaben den Weg frei.

Luc war überrascht. Sigurds Worte und Taten schienen nicht zusammenzugehen.

»Weißt du, Ritter, ich kenne die Heldengeschichten deiner Heimat nicht. Aber hier im Fjordland nehmen sie immer ein schlimmes Ende. Es muss an diesem Land liegen. An den Menschen, die es hervorbringt. Bitte sag mir, dass es in deiner Heimat anders ist.«

War der Hauptmann ihrer Leibwache verrückt? Doch er meinte offensichtlich ernst, was er sagte. »Ich habe geschworen, an ihrer Seite zu sein, wann immer sie mich braucht. Und ich weiß, sie braucht mich jetzt. Es ist, wie ich dir gesagt habe: Ich würde mein Leben für sie geben.«

Er ging zu seinem Hengst. Niemand hinderte ihn daran, in den Sattel zu steigen. Er wendete das Pferd, blickte in die Runde und ritt dann dem Pass entgegen. Dabei ging ihm der traurige Blick des Alten nicht aus dem Sinn.

AUFERSTANDEN VON DEN TOTEN

Erek traute seinen Augen nicht. Tief unten im Pass, dort wo die Nacht noch nicht dem beginnenden Morgen gewichen war, hatte er seinen Rappen gezügelt und beobachtete nun, was geschah. Einige Augenblicke lang hätte er darauf gewettet, dass die Mandriden den Ritter in Weiß einfach in Stücke hacken würden.

Er ballte die Fäuste in hilflosem Zorn. Sie ließen den Fremden hinauf auf den Pass, an den Ort, der ihm als dem Gatten der Königin verwehrt geblieben war. Es konnte nur eine Erklärung dafür geben. Erek hatte es schon befürchtet, als er den Ritter mit dem Blutbaum in seinem Wappenschild auf der Brücke gesehen hatte.

Er hatte Ollowain nach dem jungen Ritter gefragt und dann Appanasios. Beide hatten nur ausweichend geantwortet. Er hatte das Mitleid in ihren Blicken gesehen. Dies musste Luc sein.

Erek hatte sich an den Brief geklammert, den Gishild erhalten hatte, die Nachricht vom Tod ihrer großen Jugendliebe. Das konnte doch kein Irrtum gewesen sein! Die Elfen hatten damals nicht geleugnet, dass es diese Hinrichtung gegeben hatte. Woher kam Luc? War er von den Toten wiederauferstanden?

Erek wünschte sich in die Grube zurück. Auf den Pfahl aufgespießt zu sein, war leichter zu ertragen gewesen. Warum strafte Luth ihn so hart? Er blickte zum Himmel hinauf, der im zarten Rosa des ersten Morgenlichts erstrahlte, als wollten die Götter ihn verhöhnen. Die Wochen, die er mit Gishild gehabt hatte, bevor sie diesen verfluchten Brief erhalten hatte, waren die beste Zeit seines Lebens gewesen. Warum hatte

Luth ihn vom Glück kosten lassen, nur um ihm jetzt lächelnd den Schierlingsbecher zu reichen?

Erek ließ die Zügel locker. Sein Rappe würde auch allein den Weg zurück nach Firnstayn finden. Er war ein Geschenk Gishilds. Ein Elfenpferd. Kein anderes Tier hätte Luc auf dessen halsbrecherischem Ritt durch die Nacht folgen können.

Erek wünschte sich, er hätte ein schlechteres Pferd gehabt und ihm wäre versagt geblieben zu sehen, wie Luc durchgelassen wurde.

Er würde sich betrinken, überlegte der König. Und vielleicht würde er eine der Baderinnen vom Fischmarkt kommen lassen. Sie waren sehr diskret, hatte er gehört. Und sehr einfühlsam.

Der König fluchte. Nein, das hatte er in all den Monden, die Gishild ihn zurückgewiesen hatte, auch nicht getan. So tief würde er nicht sinken! Er würde um sie kämpfen. All das, was in den letzten Wochen geschehen war, konnte doch nicht in einem Augenblick vergehen. Ihre Gefühle waren echt gewesen. Sie liebte ihn!

DER WOLKENSPIEGELSEE

Luc blickte auf einen weiten See. Er lag nur wenig unterhalb des Passes. Schneebedeckte Berge rahmten ihn ein; ihre Flanken fielen fast senkrecht zum Wasser hin ab. Zwei breite Gletscherzungen mündeten in den Bergsee. Die erste Morgensonne badete die eisige Szenerie in warmes Licht.

Luc fröstelte es. Das Wasser war unbewegt wie ein riesiger Spiegel. Schwarzer Sand und Geröll ließen den schmalen Uferstreifen öde und trostlos erscheinen. Dieser Ort war nicht für Menschen erschaffen, ging es Luc durch den Kopf. Und er fragte sich, wie Gishild es hier oben fast drei Wochen lang hatte aushalten können.

Er ritt zum Ufer hinab und suchte nach Spuren. Alles hier oben wirkte unberührt. Kein Fußabdruck fand sich im Sand, keine Feuerstelle. Nichts!

Unheimliche Stille lag über dem See. Kein Vogel zeigte sich am Himmel. Wo war Gishild?

Nach Westen hin war das Ufer von Felstrümmern übersät. Nach Osten wurde es schon bald von einer Felswand abgeschnitten. Am gegenüberliegenden Ufer erhob sich ein großer, roter Felsen, der entfernt an einen Turm erinnerte. Dort schien es einige Felsnischen und Höhlen zu geben. Aber um dorthin zu gelangen, musste man den See durchschwimmen. Luc schätzte, dass er etwa eine halbe Meile breit sein musste.

Der Ritter saß ab. Er schreckte davor zurück, in der feierlichen Stille Gishilds Namen zu rufen. Es war lächerlich! Jahre hatte er darauf gehofft, sie endlich wiederzusehen, und nun brachte er nicht einmal ihren Namen über die Lippen!

Er begann zwischen den Felsen zu suchen. Systematisch arbeitete er sich vor.

Die Sonne trat hinter den Bergen hervor. Ihr Licht brachte keine Wärme. Ein lautes Platschen schreckte Luc aus seinen Gedanken. Von einem der Gletscher hatten sich Eisbrocken gelöst und waren in den See gestürzt. Wellen schwappten an das schwarze Ufer.

Nahe beim Wasser fand er einen großen Felsen, in dessen windabgewandte Seite eine Nische gebrochen worden war. Seine Finger tasteten über den Stein. Deutlich waren die Spuren von Meißeln zu erkennen. Diese Nische war von Menschenhand geschaffen. Er fand einige Holzsplitter und dünne Äste im Geröll. Ein paar Stücke Holzkohle verrieten, dass dies einmal ein Lagerplatz gewesen war, aber ganz offensichtlich war er schon lange nicht mehr benutzt worden.

Luc suchte noch mehr als eine Stunde. Die Sonne stand schon hoch am Himmel, als er zu dem verlassenen Lagerplatz zurückkehrte. Er blickte auf das Wasser hinaus. Wo war sie? Er begann sich Sorgen zu machen. War sie geflohen? Das passte so gar nicht zu der Gishild, die er kannte. Und wohin hätte sie gehen sollen? Das gegenüberliegende Ufer konnte man nur erreichen, wenn man durch den See schwamm. Und was lag dahinter? Nach allem, was er gehört hatte, gab es dort nur ödes Bergland und irgendwo, verborgen in einem Berg, eine große Festung der Trolle.

Auf den See hinauszublicken, beruhigte ihn. Himmel, Berge und Gletscher betrachteten in dem Wasser ihr Ebenbild wie in einem riesigen Spiegel. Eine stille Magie ging von diesem Ort aus, die tief an die Seele rührte. Hier hatte sich in Jahrtausenden nichts verändert. Ein Menschenleben war nur ein Atemzug angesichts der Ewigkeit der Berge.

Plötzlich zerbarst der Spiegel. Etwas Rotgoldenes war durch die Wasseroberfläche gestoßen. Nackte, weiße Schultern wurden von langem Haar umspielt.

Luc stand auf und trat ans Wasser. Die Schwimmerin hatte ihn noch nicht bemerkt. Woher war sie gekommen? Seit dem Morgengrauen war niemand außer ihm am Ufer gewesen. Wie eine Meerjungfer schien sie vom Grund des Sees aufgestiegen zu sein und schwamm mit kräftigen Zügen.

Langsam erhob er sich, ohne den Blick von ihr abzuwenden. Trotz all der Jahre, die vergangen waren, hatte er sie auf den ersten Blick erkannt.

Er schien wie unter einem Zauberbann zu stehen. Wie ein

Schlafwandler ging er auf das Ufer zu. Eiseskälte griff nach seinen Knöcheln, als er in das Wasser trat.

Gishild hielt inne. Sie sah über die Schulter. Deutlich konnte er ihr Antlitz erkennen. Schrecken und Hoffnung spiegelten sich in ihren Zügen. Ihre Lippen öffneten sich, brachten aber kein Wort hervor.

Zögerlich kam sie näher, wie ein scheues Tier. Jeden Augenblick bereit zur Flucht.

Sie stieg aus dem Wasser. Das nasse Haar lag schwer auf ihren Schultern. Sie war nackt, bis auf ein Amulett an ihrem Hals. Ihr Gesicht war dunkel, von Wind und Wetter gegerbt. Es wirkte hart. Die Haut straffte sich über ihren leicht vorstehenden Wangenknochen.

Ihr Leib hingegen war fast schon unnatürlich weiß. Blasse, blaue Adern zeichneten sich unter ihrer Haut ab. Ihre Brüste waren größer geworden. Luc sah weiße Narben auf ihren Armen. Der Anblick schmerzte ihn. Sie legten Zeugnis ab von den Schlachten, die Gishild geschlagen hatte. Er schämte sich. Bei ihm hatte noch nie eine Wunde eine Narbe hinterlassen.

Wo war das störrische Mädchen, das er verloren hatte? Sie war verändert. Gezeichnet.

Fast hatte sie ihn erreicht. Die Kälte schien ihr nichts anhaben zu können, während er bereits zu zittern begann. Er konnte es nicht unterdrücken. Seine Beine fühlten sich taub an. Sie gehorchten nicht mehr seinem Willen.

Gishild streckte die Hand aus und berührte sanft seine Wange. Sie tat es so vorsichtig, als fürchte sie, er sei nur ein Trugbild, das vergehen würde, wenn andere Sinne als nur ihre Augen es erfassen wollten. Die Scheu in ihrem Blick war nicht gewichen. Er hatte das Gefühl, dass da etwas an ihm war, das ihr missfiel oder das sie als fremd empfand.

Sie trat dicht vor ihn. Ihre Augen hielten die seinen gefangen. Sie streichelte seine Wange. Ihre Lippen bebten. Und ihre Hände glitten tiefer. Geschickt knöpfte sie sein Wams auf und ließ es über seine Arme gleiten. Sie löste die Verschnürung seines Hemdes. Ihre Fingerspitzen berührten seine Brust, und ein wohliger Schauer überlief ihn.

Gishild sprach noch immer kein Wort. Ihre Hände krallten sich in den Ausschnitt des Hemdes. Mit einem Ruck zerriss sie es bis zum Saum.

Ihre Finger tasteten über seine Brust. Sie streichelten und kniffen ihn. Sie war wie eine Blinde, die mit den Händen lesen wollte, was ihren Augen verborgen blieb.

Plötzlich zog sie ihn dicht zu sich heran. Ihre Brustwarzen streiften über seine Haut. Sie zog ihm das zerrissene Hemd aus. Warme Lippen liebkosten seinen Hals. Er stand reglos. Ein langer Seufzer entrang sich seiner Kehle. Luc konnte sein Herz schneller schlagen spüren. Jede ihrer Berührungen trieb es zu wilderem Galopp an.

Gishilds Hände fanden die Verschnürung seiner Schamkapsel. Mit schnellen, zielsicheren Griffen bahnte sie sich ihren Weg. Damit war der Zauberbann gebrochen. Er beugte sich vor, küsste ihren Hals und ihre Schultern. Streichelte das schwere, nasse Haar. Seine Hände waren so begierig wie die ihren. Gemeinsam streiften sie seine Hose und Stiefel ab. Sie taumelten dem Ufer entgegen, ohne sich loszulassen.

Ihre Lippen fanden keine Zeit, Worte zu formen. Sie liebkosten einander. Suchten die verborgensten Stellen. Und es war wie in jener Nacht in Iskendria in der Karawanserei nahe der Gasse der Goldschmiede, umgeben vom Duft frisch geschnittenen Pfeifenkrauts, nur dass sie diesmal kein Wort sprachen. Wie ein Verdurstender das Wasser, begehrten ihre Körper die Liebe.

GOTTES KRIEGER

Als Lilianne in das Zelt zu den beiden Rittern zurückkehrte, lag eine neue Karte auf dem Tisch. Sie zeigte das Fjordland und die angrenzenden Regionen. Es war eine gute Karte, auf der die Wege zwischen den Siedlungen mit Entfernungsangaben versehen waren und jeder Pass eingetragen war. Es war eine Karte, wie sie Feldherren benutzten, die ihre Siege sorgfältig planten und nicht allein auf die Gunst des Schlachtenglücks vertrauten.

Die beiden Ritter sahen sie an, sagten aber nichts.

Lilianne hatte sich eine kleine Rede zurechtgelegt, als sie rastlos am Ufer auf und ab gewandert war. Doch jetzt, da sie sich bekennen musste, war ihr Kopf wie leer gefegt. Alles in ihr sträubte sich, doch es gab nur eine vernünftige Entscheidung.

»Ich habe mich entschlossen, meinen Orden zu verraten, um meine Ritterbrüder zu retten. Hiermit schwöre ich der Neuen Ritterschaft ab. Mehr habe ich nicht zu sagen.« Sie stieß die Worte mit einer solchen Hast hervor, dass sie sich fast verhaspelt hätte.

Erilgar trat vor, packte sie bei beiden Armen und küsste flüchtig ihre Wangen. »Ich sehe eine Braut Tjureds vor mir, eine Kriegerin von Mut und edlem Geist. Es ist ein Privileg des Ordensmarschalls, Krieger, die sich auf einem Schlachtfeld besonders hervorgetan haben, im Rang eines Ritters in den Orden aufzunehmen. Deine Ruhmestaten auf den Schlachtfeldern Drusnas sind mir wohlbekannt, doch noch mehr Respekt habe ich vor dem Kampf, den du in der letzten Stunde mit dir selbst auszufechten hattest. Knie nun nieder, Lilianne de Droy.«

Sie gehorchte den Regeln des jahrhundertealten Rituals. Bruder Ignazius reichte Erilgar ein Rapier, dessen brünierter Korb eine weitverzweigte, schwarze Eiche darstellte. Der Ordensmarschall berührte mit der Spitze der Klinge ihre Schultern.

»Erhebe dich, Schwester im Orden vom Aschenbaum, Ritterin Lilianne de Droy, Komturin der Ordensprovinz Rabenturm.«

Lilianne hatte das Gefühl, als sei ein Berg auf ihre Schultern geladen worden. Sie drückte den Rücken durch, dann erhob sie sich. Die beiden Ritter lächelten freundlich. Sie brachte das nicht fertig.

»Deine erste Aufgabe wird es sein, Ritter und Truppen deines Ordens auf das Banner des Aschenbaums zu vereidigen. Du ...«

Sie winkte ab. »Ich habe unser Geschäft durchaus verstanden. Ihr müsst es mir nicht noch einmal erklären. Meine ehemaligen Brüder und Schwestern sind an erster Stelle Krieger Gottes. Schlachtfelder sind die Tempel, auf denen sie Tjured huldigen.« Sie deutete auf die Karte. »Lasst uns darüber reden, wie wir gemeinsam Messen feiern werden. Nur damit werde ich sie überzeugen können, dass unsere beiden Orden eins werden müssen. All unsere Kräfte sollen auf ein gemeinsames Ziel gerichtet sein.«

Ignazius trat vor den Kartentisch. »Ich sehe die Gefahr, dass sich der Krieg um das Fjordland ähnlich lange hinziehen könnte wie die Kämpfe um Drusna. Es gibt nur wenig flaches Land. Berge, Wälder und Fjorde begünstigen den Verteidiger. Der Schlüssel für einen schnellen Sieg ist ihre Königin. Bringen wir sie in unsere Gewalt, dann brechen wir ihren Willen zum Widerstand. Sie allein ist es, die ihre Fürsten hoffen lässt, uns gegen jede Vernunft noch einen Sieg abzutrotzen. Ihr Volk ist durch die endlosen Feldzüge in Drusna kriegsmüde geworden. Wenn wir ihre Königin haben und einen großzügigen Frieden bieten, dann werden, abgesehen von ein paar unverbesserlichen heidnischen Dickschädeln, alle ihre Schwerter niederlegen. Stimmst du dieser Einschätzung zu, Schwester?«

Lilianne sah im Geiste das kleine rothaarige Mädchen vor sich, das sie einst tödlich verletzt auf ihren Armen getragen hatte. Und sie dachte an die störrische junge Frau, zu der sie in den Jahren an der Ordensschule geworden war. »Wie wollt ihr sie bekommen? Sie ist eine kluge Heerführerin geworden. Sie denkt wie wir, und dies, verbunden mit der Verschlagenheit der Feldherren der Elfen, wird uns vor große Schwierigkeiten stellen.«

»Dass sie denkt wie wir, ist zugleich auch ihre Schwäche. Sie braucht einen Sieg! Und sie muss ihn erringen, bevor der Winter jeden Kriegszug zu einem unberechenbaren Risiko macht«, fuhr Ignazius fort. »Wie geprügelte Hunde sind sie aus Drusna geflohen. Der Großteil ihrer Truppen besteht aus Freiwilligen. Sie gehen den Winter über in ihre Dörfer zurück. Wer würde im nächsten Frühjahr wieder unter ihrem Banner kämpfen wollen, wenn das Jahr mit einer Niederlage endet, die jegliche Hoffnung erstickt? Wir fangen sie, wie man einen Hai fängt. Wir werfen ihr einen blutigen Köder hin, dem sie nicht widerstehen kann.«

Ignazius führte seinen Plan aus, und Lilianne musste ihm zugestehen, dass er Gishild wahrhaft kannte.

Sie sah auf die Karte. Die Stadt, in der über den Untergang des Fjordlands entschieden werden würde, war nur ein kleines Schmugglernest. Der Name war ihr wohlvertraut. Gishild war dort beliebt, denn sie hatte den tyrannischen Stadtfürsten am Tag ihrer Krönung mit eigener Hand gerichtet.

»Dein Plan ist gut durchdacht, Bruder. Allerdings erlaube ich mir in Anbetracht unserer vereinten Heeresmacht einen ergänzenden Vorschlag. Ich weiß nicht, wie gut du mit der Geschichte der Heiden vertraut bist. Vor langer Zeit wurde ihr Königreich schon einmal zerschlagen. Wir sollten uns ein Beispiel an ihren alten Feinden nehmen.«

DER GESTOHLENE TAG

Als Luc erwachte, fühlte er sich, als sei eine ganze Rinderherde über ihn hinweggezogen. All seine Glieder schmerzten. Spitze Steine hatten sich in seinen Rücken gebohrt, und er fror erbärmlich. Gishild lag neben ihm, den Kopf auf eine Hand gestützt, und sah ihn an. Es war ganz wie früher, als sie ihm oft beim Aufwachen zugesehen hatte.

»Du lebst«, sagte sie und strich ihm eine Haarsträhne aus dem Gesicht.

Luc räusperte sich. Auch das war wie früher! Oft wusste er einfach nicht, was er sagen sollte. Endlich nickte er. Ein kalter Windhauch strich über sie hinweg. Ihm klapperten die Zähne. Gishild hatte nicht einmal eine Gänsehaut. Sie fühlte sich warm an. Weich. Vertraut.

Seine Finger tasteten über die Narben an ihren Armen. »So viele Kämpfe.« Er begriff nicht, warum sie den aussichtslosen Krieg nicht beendete. Aber er hütete sich davor, sie danach zu fragen.

Sie drehte sich auf den Rücken und blickte in den stahlblauen Himmel. »Ich könnte den ganzen Winter hier bleiben. Ist es nicht wunderschön hier?«

Luc war drauf und dran zu sagen, dass es vor allem kalt war, aber er wollte nicht als verweichlicht gelten. Allerdings war ihm unbegreiflich, warum sie nicht fror. »Ein schöner See«, sagte er endlich.

Sie sah ihn an. Eine schmale Falte erschien über ihrer Nase. »Du bist nicht gerne hier?«

Bei Tjured, warum mussten Frauen immer alles in den falschen Hals bekommen? »Ich würde mir einen Arm abschneiden, um bei dir sein zu können. Quäl mich nicht. So lange habe ich mich nach dir gesehnt.«

»Was ist in Vahan Calyd geschehen?«

Er erzählte ihr die Geschichte von der Scheinhinrichtung und vom vorangegangenen schändlichen Angriff auf den Elfenhafen.

Gishild sah ihn mit großen Augen an. »Es ist also wirklich wahr. Ihr seid nach Albenmark gesegelt.«

»Ich weiß nicht, wie es gelang. Ich war sehr geschwächt. Ich habe Honorés Wunde geheilt. Danach war ich selbst tagelang krank. Es scheint sich ein Wunder ereignet zu haben, während ich den Primarchen heilte. Tjured will, dass nun die Schlacht um Albenmark beginnt.«

»Unsinn!«, sagte sie harsch und schüttelte den Kopf. »Lass uns nicht darüber reden. Ich danke den Göttern, dass du noch lebst. Und ich muss ... Du bist ja völlig durchgefroren.«

Er lächelte und schlotterte vor Kälte. »Ich bin in einem wärmeren Land geboren. Ich fürchte, ich bin nicht so abgehärtet wie du.«

Der Schalk funkelte in ihren Augen. »Ja, so sieht es aus.« Sie blickte zum Himmel, als könne sie in den treibenden Wolken lesen. »Wir haben nicht zu lange geschlafen. Die Mittagsstunde ist kaum verstrichen. Komm mit ins Wasser.«

»Bitte nicht!«

»Ist das der Recke, der mir einst versprochen hat, mich aus jeder Gefahr zu erretten?«

Luc war nicht nach solchen Scherzen zu Mute. »Bitte, wir sollten ein Feuer machen …«

»Womit? Kannst du aus Steinen Feuer machen? Komm, vertraue mir.« Sie stand auf und lief zum Ufer hinab.

Mit einem Seufzer stand er auf. Das war ganz die Gishild, die er kannte! Sie stieg ins Wasser, ohne auch nur das Gesicht zu verziehen. Etwa zweihundert Schritt vom Ufer entfernt zog leichter Nebel über den See. Gishild schwamm darauf zu.

Luc hatte das Gefühl, als schnitten Messer in sein Fleisch, so eisig war der See. Er fluchte, trat auf einen spitzen Stein und hüpfte noch lauter fluchend tiefer ins Wasser. Dann warf er sich nach vorn. Es war so kalt, dass er einen Moment lang keinen Atem mehr bekam. Noch nie in seinem Leben hatte er so erbärmlich gefroren!

Er begann zu schwimmen, doch die Kälte schien ihm alle Kraft aus den Gliedern zu ziehen. Seine Bewegungen wurden immer schwerfälliger. Bald musste er darum kämpfen, den Kopf über Wasser zu behalten.

Plötzlich war Gishild neben ihm. Sie packte ihn und zog ihn neben sich her. Ein leicht fauliger Geruch trieb über dem Wasser. Es stank nach verdorbenen Eiern. Das Wasser vor ihnen schäumte, als sei etwas Riesiges am Grund des Sees erwacht und dränge empor zur Oberfläche. Er dachte an die Heidengötter. War dies ein heiliger Ort? Gab es sie wirklich?

Das Wasser war erfüllt von Tausenden kleinen Luftblasen. Und es war jetzt warm! Es tat gut! Langsam kehrte das Leben in seine tauben Glieder zurück.

Gishild legte ihr Amulett etwas um den Hals. Sie küsste ihn. »Entschuldige, manchmal bin ich etwas unbedacht.«

Er verstand nicht, was sie meinte. Er war der Dummkopf!

Er hätte sich ja nicht darauf einlassen müssen, ihr ins eisige Wasser zu folgen. Sein Stolz und die Überzeugung, dass er schon genauso viel aushalten könnte wie sie, hatten ihn in diese Lage gebracht.

»Magst du mir noch einmal folgen?«

Sie wirkte jetzt gar nicht wie eine Königin. Eher wie ein Kind, das zerknirscht war, weil man es bei einem dummen Streich erwischt hatte.

Luc fühlte sich nun viel besser. Die Kälte war ganz aus seinen Gliedern gewichen. »Ich folge dir überallhin. Du weißt doch, ich bin dein Ritter.«

»Diesmal werde ich dich an einen wunderbaren Ort bringen. Nur meine Familie kennt ihn.« Sie schwamm ein Stück in Richtung Ufer, und dann tauchte sie.

Luc holte tief Atem. Das Wasser des Sees war sehr klar. Deutlich konnte er die Felsen am Grund sehen. Sie schienen einen weichen Pelz zu tragen. Er stutzte. Nahe beim Ufer leuchtete ein schwaches Licht in einer Spalte, als brenne dort eine Laterne im Wasser.

Gishild schwamm darauf zu. Hinter dem Spalt öffnete sich ein Tunnel. Einer der verzauberten Elfensteine, wie Luc ihn einst im Rosengarten in der Ruinenstadt auf dem Heidenkopf gefunden hatte, war in den Fels eingelassen.

Der Tunnel mündete nach wenigen Schritt in einer weiten Höhle. Lucs Kopf stieß durch die Wasseroberfläche. Die Luft hier war angenehm warm. Gishild stieg eine schmale Treppe hinauf.

Der junge Ritter sah sich staunend um. Es schien, als sei die Höhle natürlichen Ursprungs. An einigen Stellen waren Zaubersteine der Elfen in den Fels eingefügt. Sie tauchten den weiten Raum in ein weiches, bernsteinfarbenes Licht. In die Wände waren unzählige Nischen geschlagen. Dort lagen Schwerter und Pfeilspitzen, Brustpanzer und Helme. Eine vergoldete Harfe, ein Spinnrad, Knochen, in die merkwürdige Symbole geritzt waren. Sogar drei Kinderpuppen aus Holz sah Luc. Einen Jungen, ein Mädchen und einen schwarzen Hund.

»Wo sind wir hier?«

»Die Höhle hier ist dem Andenken meiner berühmtesten Ahnen gewidmet. Wer nicht weiß, was es mit den Stücken auf sich hat, dem mag das alles wie Plunder erscheinen. Aber wenn ich hier bin, dann wird die Geschichte meiner Familie für mich lebendig, dann weiß ich, wofür ich kämpfe!« Sie deutete auf einen zerschlagenen Schild. »Diesen Schild führte mein Ahne, König Liodred, in der Dreikönigsschlacht. Fjordländer, Elfen und Trolle schlossen damals ein Bündnis, um den ersten Versuch der Tjuredkirche zurückzuschlagen, meine Heimat zu erobern. Sie errangen einen großen Sieg. Doch Liodred verschwand kurz nach der Schlacht. Er folgte meinem Ahnherrn Mandred auf die Albenpfade und kehrte nie mehr zurück.«

Sie drehte sich und machte eine Geste, als wolle sie all die seltsamen Hinterlassenschaften ihrer Ahnen umfassen. »Die Knochen dort drüben gehörten Ragna, der Tochter König Njauldreds. Sie warf sie, um in den Bildern, die sie formten, die Zukunft zu erkennen. Manche der Knochen stammten von den Trollen, die in diesem See ertranken, als Ulric Winterkönig und sein Weib Halgard sich opferten, um eine Invasion abzuwehren. Ragna soll ein Kind von Mandred empfangen haben, denn unser Ahnherr besucht das Fjordland von Zeit zu Zeit, obwohl er vor mehr als tausend Jahren geboren wurde. Der Bogen dort ...«

Luc hob die Hände. »Das sind zu viele Geschichten. Sie sind zu verwickelt. Du musst sie mir langsam erklären. Ich fürchte, ich kann dir sonst nicht folgen. Du hast einen Ahnherrn, der vor tausend Jahren geboren wurde und immer noch von Zeit zu Zeit das Fjordland besucht. Und, habe ich das richtig verstanden, er zeugt dann Kinder mit seinen Enkeltöchtern?«

Gishild lächelte. »Das hört sich vermutlich etwas seltsam an. Mein Ahnherr Mandred ist mit seinen Elfenfreunden Nuredred und Faredred seit vielen Jahrhunderten auf Wanderschaft, um nach der Geliebten der beiden Elfen zu suchen. Manchmal kehrt er hierher ins Fjordland zurück. Mit einigen meiner Ahnherrinnen hat er wohl tatsächlich Kinder gezeugt.« Jetzt grinste sie breit. »Andere haben wohl einfach behauptet, sie seien ihm begegnet, um sich aus einer misslichen Lage herauszureden. Wenn eine Frau meiner Familie ein Kind von Mandred empfängt, werden keine weiteren Fragen mehr gestellt.«

Luc war nicht wirklich begeistert von dieser Geschichte. »Du meinst Ehebrecherinnen …«

Sie hob warnend den Zeigefinger. »Pass auf, was du sagst. Hast du dir schon einmal Gedanken darüber gemacht, was wir am Seeufer getan haben?«

»Das ist etwas anderes! Ich kannte dich lange vor deinem Mann. Er ist …«

»Er ist nach den Gesetzen des Fjordlands mein Mann. Die meisten meiner Jarls hätten kein Verständnis für das, was wir getan haben. Die Strafe für einen Fremden, der Unzucht mit einer verheirateten Fjordländerin treibt, besteht darin, bis zum Hals in die Erde eingegraben zu werden. Und dann hetzt man ein paar Bärenbeißer auf ihn, die ihm den Kopf zerfleischen. Die Bestrafung der Frauen dauert länger und ist deutlich grausamer.«

Luc atmete langsam aus. Was für ein verfluchter Haufen von Barbaren!

»Ich weiß, was du jetzt denkst«, sagte Gishild gereizt. »Bevor du dir ein Urteil über mein Volk erlaubst, denk einmal daran, was die Fragenden mit ihren Opfern anstellen.«

»Aber das sind Ketzer und Verräter«, wandte Luc ein.

»Ach, ich vergaß. Das ist natürlich etwas völlig anderes. Da ist jede Grausamkeit gerechtfertigt. Schließlich geht es um das höhere Wohl der Kirche und um die Ehre Tjureds.«

»Genau«, entgegnete Luc und hätte sich, kaum dass das Wort über seine Lippen gekommen war, am liebsten die Zunge abgebissen. Er hatte ganz vergessen, wie ironisch sie manchmal sein konnte.

Gishild brach in schallendes Gelächter aus. »Du bist noch immer wie früher.«

Aber ihr Lachen war nicht mehr das warme, nicht verletzende Lachen. Es hatte etwas Bellendes, Wildes. Es war das Lachen einer Verzweifelten.

»Du bist einer von ihnen, Luc, aus tiefstem Herzen. Und du liebst mich. Auch das aus tiefstem Herzen. Wie hältst du das aus? Zerreißt es dir nicht das Herz?«

Er nickte. »Ja, manchmal fühlt es sich so an.«

»Sieh dich um, Luc. Dies hier sind die Reliquien meiner Familie. Jedes Stück, das du siehst, ist mit mir verbunden. In jedem Tal dieses Landes haben meine Ahnen ihr Blut vergossen. Die meisten Geschichten, die ich dir erzählen könnte, enden tragisch. Aber sie haben nie aufgegeben. Ich bin die letzte von ihnen. Und auch mir wird es bestimmt sein, mein Blut hier zu vergießen. Du kennst die Heere, die deine Kirche gesammelt hat, besser als ich. Ich glaube nicht, dass ich diesmal noch siegen kann. Aber ich weiß, ich werde nicht aufgeben zu kämpfen. Selbst dann nicht, wenn ich mich allein der Invasion entgegenwerfen muss. Wenn du an meiner Seite bleibst, dann kannst du nur auf Blut und Tränen hoffen. Und wenn wir zurück in Firnstayn sind, müssen wir unsere Liebe verbergen. Diese Liebe würde mein Königreich zerstören. Sie darf nicht sein. So sehr ich sie mir wünsche. Komm, ich muss dir noch etwas zeigen!«

Sie ging in den hinteren Teil der Höhle. Dort deutete sie auf ein Loch im Felsen, das von Hunderten goldenen Spinnen umgeben war. Fast sahen die Tiere in dem Bernsteinlicht lebendig aus. Luc staunte über die Kunstfertigkeit des Handwerkers, der dies erschaffen hatte. So zart waren die Beine der Spinnen! Onyxsplitter waren ihre Augen. »Hinter diesem Durchgang liegt eine Höhle, die Luth, dem Schicksalsweber, geweiht ist. Es ist der Ort, an dem ich die letzten Wochen verbracht habe. Ein Ort, der schöne Träume schenkt, wenn man an etwas Schönes zu denken vermag. Doch trägst du Dunkelheit im Herzen, so wirst du dort dem Wahnsinn verfallen.«

»Traust du mir nicht?«

»Hätte ich Grund dazu?«

Sie sagte das so entwaffnend offenherzig, dass Luc sich schämte, gefragt zu haben. Er bückte sich. Der Durchgang war beklemmend eng. Wie in einem Trichter rückten die Wände immer näher zusammen. Seine Schultern schrammten am Felsen entlang. Purpurnes Licht schlug ihm entgegen und veränderte alle Farben. Die Höhle, die er nun erreicht hatte, war wie ein großes, unregelmäßiges Ei geformt. Aus ihren Wänden wucherten purpurne Kristalle. So dicht saßen sie, dass kein Stück Fels mehr zu sehen war. Jemand hatte Trittsteine gesetzt, die sich wie Stelzen zwischen den Kristallen erhoben. In der Mitte der Höhle stand ein hölzernes Gerüst, auf dem Decken und Felle lagen.

Luc setzte vorsichtig den Fuß auf den vordersten Stein. Er trug ihn. Langsam tastete er sich weiter und stieg dann die kurze Leiter zu dem Gerüst hoch. Die Höhle war nicht sehr groß. Sie maß vielleicht drei und einen halben Schritt. Die Schlafstatt beherrschte ihr Inneres.

Luc vermochte nicht zu sagen, woher das Licht kam, das die Kristalle aufleuchten ließ. Es roch nach Fellen, verschüttetem Wein und Schweiß.

Das Holzgerüst knirschte bedenklich, als er sich darauf niederkniete. Die Decke war zu niedrig, als dass er sich hätte aufrichten können. Gishild folgte ihm.

»Hier habe ich von dir geträumt, Luc. Als es hieß, du seiest tot, da ist meine Welt zerbrochen. Ich kam hierher, um mich in der Höhle meiner Ahnen an meine Pflicht zu erinnern und neue Kraft zu schöpfen. Doch stattdessen habe ich mich hier verkrochen. Ich habe die meiste Zeit geschlafen. Und von dir geträumt. Jetzt sind meine Träume Wirklichkeit geworden. Meine Götter haben dich mir geschenkt. Aber ich weiß nicht, ob es ein Segen oder ein Fluch ist.«

Luc fühlte sich unbehaglich. Dieser Ort war zu fremd! Es war leicht, sich vorzustellen, dass die Götzen der Heiden hier Macht besaßen. So wie im Rosengarten in den Ruinen nahe seinem Heimatdorf.

Gishild legte die Rechte flach auf seine Brust, dorthin, wo sein Herz schlug. Ihre Hand war angenehm warm. Die Berührung hatte etwas Beruhigendes. Er schloss die Augen und war in den Klippen hoch über der Bucht, in der die *Windfänger* vor Anker lag. Dort, wo Gishild ihn zum ersten Mal geküsst hatte.

Erschrocken riss Luc die Augen wieder auf.

Gishilds Lippen berührten die seinen. Er zog sich zurück.

»Hab keine Angst. Das ist keine Magie. Nichts, wovor du dich fürchten müsstest. Hier erwacht, was wir zutiefst in uns tragen. Ich weiß, dass es in deinem Herzen nichts gibt, wovor wir uns fürchten müssten.«

»Und unsere Liebe, die dein Königreich zerstören kann?«

»Hier sehen uns nur die Götter. Hier sind wir frei.« Sie runzelte die Stirn. »Was ist mit deinen Augen?«

Ihre Gedankensprünge verwirrten ihn. Erst Götter und dann seine Augen ... »Was soll damit sein?«

»Sie sehen anders aus. Da sind feine silberne Einsprengsel ... So wie man in Granit Kristalle sieht. Draußen am See ist es mir gar nicht aufgefallen.«

»Vielleicht liegt es am Licht hier.«

»Vielleicht.« Sie sah ihn weiterhin eindringlich an. Plötzlich spürte er ihre Hand auf seinen Schenkeln. »Ich will dich. Ich weiß nicht, was ich tun soll. Wie kann ich nach Firnstayn zurückkehren, zu meinem Mann? Ich will hierbleiben. Und ich will, dass dieser Krieg endlich aufhört!«

»Und wenn du deinen Mann verstößt und mich heiratest? Wenn du deinen Göttern abschwörst, wird der Krieg zu Ende sein.«

»Das kann ich nicht! Sie haben meine Familie geschützt. Mein Land! Wenn ich ihnen abschwöre, dann ist es so, als würde ich sie morden. Sie leben, solange es Menschen gibt, die an sie glauben. Du weißt, was geschehen wird, wenn die Tjuredkirche ins Fjordland kommt. Sie werden die Erinnerung an die alten Götter tilgen. Ich habe die Heiligen Haine in Drusna brennen sehen. Ich werde für meine Götter kämpfen!«

Er sah in ihren Augen, was sie nicht ausgesprochen hatte. Sie war entschlossen, für ihre Götter zu sterben. »Von nun an werde ich bei dir sein, welchen Weg auch immer du gehst. Nimm mich in deine Leibwache auf, dann kann ich ständig in deiner Nähe sein.«

»Das geht nicht. Du ...«

»Ich habe dir geschworen, dein Ritter zu sein. Ich werde nichts tun, was deine Ehre befleckt.«

Sie lächelte. »Dann dürftest du nicht hier sein.«

Er wollte aufstehen, doch sie hielt ihn zurück. »Ich will, dass du hier bist. Dieser Tag gehört uns. Unserer Liebe. Danach werde ich wieder Königin sein.«

VOM SCHICKSAL
UND VON BAUCHSCHMERZEN

Gilles blickte auf den Stapel von Papieren, der sich neben ihm auf dem Tisch türmte, und seufzte.

»Ihr dürft nicht so viel arbeiten, Herr«, flüsterte sein Kammerdiener, während er ihm einen tönernen Becher mit Kräutersud reichte.

Der alte Heptarch schnupperte daran. Fenchel, Anis und Kümmel. Ihm stand der Sinn viel mehr nach einem schweren Rotwein, doch das würde nicht helfen. Wenn er sich entschied, zu Bett zu gehen, würde er vielleicht eine Opiumpfeife rauchen, um Schlaf zu finden. Jetzt konnte er sich noch keinen Rausch leisten.

Wieder blickte er auf den Stapel mit Papieren. Er musste sie zumindest überfliegen, wenn er wissen wollte, was im riesigen Kirchenreich vor sich ging. Wenn er die Zügel schleifen ließ, dann würde sie ihm bald ein anderer aus der Hand nehmen. Männer wie Honoré und Tarquinon gab es zuhauf!

»Herr, Ihr müsst diese Medizin trinken. Sie soll noch warm sein, wenn Ihr sie zu Euch nehmt!«

Gilles sah seinen alten Leibdiener an. Roger stand seit mehr als sechzig Jahren in Diensten seiner Familie. Er konnte ihm bedingungslos vertrauen. Oder etwa nicht? Er betrachtete den Alten eindringlich. Suchte nach Anzeichen von Verrat. Schwitzte er? Wich er seinem Blick aus? War irgendetwas anders als sonst? Warum insistierte Roger heute so sehr darauf, dass er den Kräutersud schnell trank? War das nur Sorge? Oder gab es einen anderen Grund?

»Du hast den Tee selbst zubereitet?«

»Natürlich, Herr! So wie jeden Abend.«

Gilles schnupperte noch einmal an dem Becher. Der Anisduft überlagerte die anderen Gerüche. Roger verhielt sich wie immer.

Der Heptarch trank. Es tat gut, den warmen Tee die Kehle hinabrinnen zu spüren. »Leg noch etwas Holz auf das Feuer, und dann kannst du dich zurückziehen, Roger.«

»Ihr solltet auch zu Bett gehen, Herr.«

»Ich kann nicht.« Gilles griff nach dem obersten Blatt des Stapels. »Leg mir ein paar warme Ziegel ins Bett. Die Kälte macht mir zu schaffen.«

Den ganzen Tag schon zog eisiger Regen über die Stadt hinweg. Es schien, als würde es in diesem Jahr einen frühen Winter geben. Gilles' Rechte krampfte sich um die Sessellehne. Die Linke, mit der er den Bericht über die Erstürmung des Ordenskonvents in Steenbergen hielt, zitterte. Die Krämpfe kamen jetzt in weiten Abständen. Nicht wie am Morgen. Es fühlte sich an, als ziehe jemand unendlich langsam eine mit Widerhaken besetzte Kette durch sein Gedärm. Er sah zu dem Eichenstuhl mit dem eingefügten Nachttopf, der in der Ecke des Zimmers stand. Stunden hatte er heute darauf verbracht. Es war erniedrigend! Den ganzen Tag hatte er sich nicht aus dem Haus gewagt. Selbst an der Versammlung der Heptarchen hatte er nicht teilnehmen können. Er war zu erschöpft.

Roger verließ leise das Zimmer. Gilles leerte den Becher mit dem Kräutersud und blickte in das Feuer des Kamins. Er spürte die Wärme der Flammen auf dem Gesicht. Die Hitze tat ihm gut. Er stellte sich immer vor, dass sie bis in sein Gedärm drang und den Durchfall austrocknete. Sein Doktor behauptete zwar, das sei Unsinn, aber was wusste der Quacksalber schon? In all den Jahren hatte er ihn nicht zu heilen vermocht. Allerdings hatten seine Tränke, die Aderlässe und das Schröpfen ihn auch nicht umgebracht. Das war schon einiges wert, wenn man sich ansah, welchen Preis einige seiner Ordensbrüder für die Kunst berühmter Heilkundiger gezahlt hatten!

Der Krampf ließ nach, und Gilles versuchte sich auf den Text zu konzentrieren. In Steenbergen waren etwa zwanzig Ritter und nur wenig mehr als hundert Waffenknechte in einem befestigten Konvent kaserniert gewesen. Sie hatten sich geweigert, das Ordenshaus zu übergeben und zum Orden vom Aschenbaum überzutreten. Es war zu einer regelrechten Schlacht gekommen, bei der sogar Teile der Stadt in Brand geraten waren. Die Zahlen am Ende des Berichts waren erschütternd. Nur drei Männer der Neuen Ritterschaft hatten überlebt. Nahm man die Bürger hinzu, die umgekommen waren, belief sich die Zahl der Verluste auf mehr als siebenhundert Menschenleben. Und feine Wollstoffe, für die Steenbergen berühmt gewesen war, würden dort in diesem Winter nicht mehr gefertigt werden, denn zu den niedergebrannten Gebäuden zählten auch die Gewandhäuser der Stadt.

Verärgert legte Gilles den Bericht auf den Stapel mit der erledigten Arbeit. Er blickte zu dem Stehpult, dicht beim Kamin. Eigentlich war er geneigt, den Kommandeur, der für dieses Desaster verantwortlich war, nach Aniscans zu zitieren. Doch dazu müsste er zum Stehpult, um eine Anmerkung unter den Bericht zu schreiben. Oder er müsste nach Roger läuten, damit der ihm einen Schreiber holte.

Gilles seufzte. Und dann lächelte er. Die militärische Karriere eines Stümpers würde kein jähes Ende nehmen. Bauchschmerzen hatten den Kerl gerettet.

Der Heptarch nahm das nächste Blatt vom Stapel. Es war das Todesurteil für Honoré. Ein Federstrich, und dieser große Intrigant würde von der Bühne der Macht verschwinden. Von allen Würdenträgern der Kirche war Honoré der Mann, der ihm am gefährlichsten werden konnte.

Wieder plagte ihn ein Krampf. Gilles beugte sich vor und presste eine Faust auf den schmerzenden Bauch. Seit Stunden dauerte das nun. Was, wenn Honoré nicht gelogen hatte? Hunderte Zeugen hatten gesehen, wie sich seine Wunden geschlossen hatten. Konnte Honoré ihm helfen? Einen Brief zur Festung Rabenturm zu schicken, gefiel Gilles gar nicht. Der Primarch plante etwas.

Noch waren keine Nachrichten aus dem Norden eingetroffen. Die Wege waren selbst für Brieftauben und Raben zu weit. Niemand konnte sagen, ob sich die Truppen der Neuen Ritterschaft gegen das Diktat der Kirche erhoben hatten.

Gilles stöhnte vor Schmerz. Dieses Leid für immer vergessen zu können ...

Von Fernando fehlte jede Spur. Er selbst hatte zwar auch ein paar begabte Fälscher an der Hand, aber dieser impertinente Bastard hatte darauf bestanden, dass Fernando für ihn schreiben sollte. Leider ging es um mehr als nur darum, eine Schrift zu fälschen. Gilles war davon überzeugt, dass Honoré irgendwelche Codes benutzte, die nur ihm und seinen Vertrauten bekannt waren. Er konnte nicht einfach so einen Brief zur Festung Rabenturm schicken.

Der Heptarch legte das Todesurteil zur unerledigten Post zurück. »Heute noch nicht«, murmelte er. Nicht, solange noch Hoffnung war.

DIE SCHUBLADE

Die Laufplanke krachte auf den steinernen Kai. Lilianne zögerte einen Augenblick, den schmalen Holzsteg zu betreten. Nichts würde mehr so sein, wie es war, wenn sie dieses Schiff verließ. Die Würdenträger des Ordens hatten sich dort unten versammelt, allen voran Michelle. Wie sollte sie es ihrer Schwester erklären? Sie sah die Fragen in den Gesichtern ihrer Ordensbrüder. Niemand verstand, warum sie an Bord einer prächtigen Galeasse der Ritterschaft vom Aschenbaum zurückgekehrt war und ihre Galeere ihr nur mehr als Eskorte folgte.

Lilianne straffte sich. Auch das war nur eine Schlacht. Eine Schlacht der Worte! Die Entscheidung war längst gefallen. Für sie gab es kein Zurück mehr.

»Wir werden im alten Turm beraten«, sagte Lilianne, kaum dass sie festen Boden betreten hatte. »Ich bitte euch, dass ihr euch bis dahin geduldet. Ich bin erschöpft von der Reise und werde mich nun in meine Gemächer zurückziehen. Die Beratung findet zur Stunde des Sonnenuntergangs statt. Michelle, bitte folge mir. Es gibt zwischen uns eine Familienangelegenheit zu klären.«

Natürlich stellten doch einige ihrer Brüder und Schwestern Fragen, aber Lilianne ignorierte sie einfach. Sie durfte sich keinen Fehler erlauben. Im Augenblick gab es nur Gerüchte, aber wenn sie etwas erklärte, dann schuf sie neue Tatsachen.

Lilianne bewohnte die Dachräume eines Hauses, das nahe der Bastion an der Westmauer lag. In dem Gebäude war der Zeugmeister mit seinen Schreibern untergebracht. Das Erdgeschoss wurde von Magazinen beherrscht, in denen Waffen und Ausrüstung lagerten. Die beiden Stockwerke darüber waren voller Schreibstuben. Unter dem Dach aber war es verhältnismäßig ruhig.

Michelle hatte den Anstand zu warten, bis Lilianne ihren Schwertgurt abgeschnallt hatte. Dann goss sie ihnen beiden einen Becher Wein ein.

»Würdest du dich bitte setzen?«

Ihre Schwester sah sie fragend an. Dann ließ sie sich am Tisch nieder.

»Es stimmt, was Bruder Louis behauptet hat, Michelle. Die Heptarchen von Aniscans haben beschlossen, unseren Orden an den Orden vom Aschenbaum anzugliedern. Wir müssen uns ihrer Ordensregel unterwerfen. Die Ordensschule in Valloncour wird aufgelöst. Unser Banner wird über allen Türmen eingeholt. Unsere Schiffe und Regimenter, die Komtureien, Häfen und Gutshöfe, einfach alles, geht in den Besitz des Ordens vom Aschenbaum über.«

»Und was werden wir jetzt tun?«

»Was gute Soldaten immer tun sollten. Wir werden gehorchen.«

»Du willst einfach alles aufgeben?«

»Nein, ganz im Gegenteil. Ich will so viel von unserem Orden erhalten, wie nur möglich ist. Aber um das zu erreichen, müssen wir uns zunächst einmal fügen. Was glaubst du, was geschehen wird, wenn wir uns weigern? Bruder Erilgar hat bereits begonnen, seine Truppen zusammenzuziehen. Und er sammelt eine Flotte bei Haspal.«

»Dann müssen wir zuschlagen, bevor er zu stark wird!«, sagte Michelle.

»Das könnten wir tun. Ich bin mir sogar sehr sicher, dass wir siegen würden. Aber was geschieht dann?«

»Wir könnten hier im Norden herrschen.«

»Und wie lange? Die Heptarchen würden jeden, der unter

unserem Banner marschiert, zum Kirchenfeind und Ketzer erklären. Wir sind der kleinere Orden. Wir können nicht siegen. Wenn wir jetzt kämpfen, dann wird alles, was von unserem Orden bleibt, die Erinnerung sein, dass wir Ketzerritter waren, die sich gegen die Kirchenfürsten gewandt haben. Du warst es, die mich an die roten und die schwarzen Ameisen erinnerte. Du weißt, was geschehen wird, wenn wir kämpfen. Für die roten Ameisen gab es keinen anderen Weg als den langen, blutigen Marsch zur völligen Vernichtung. Wir können über unser Schicksal entscheiden.«

Michelle starrte in den Weinbecher, den sie in Händen hielt. »Und was wollen sie?«

Lilianne zählte die Forderungen der Ritter vom Aschenbaum auf. Ihre Schwester hörte ruhig zu. Dann kam der schwerste Teil. Sie wusste nicht, wie sie das, was sie getan hatte, in unverfängliche Worte kleiden sollte. Also entschied sie sich für den direkten Weg. »Ich habe der Neuen Ritterschaft abgeschworen, Michelle. Ich bin nun Ritterin im Rang einer Komturin im Orden vom Aschenbaum. Mir untersteht die neu gegründete Provinz Rabenturm.«

Michelle blickte auf. Dann fing sie an zu lachen. »Das ist gut! Das ist wirklich …« Sie stutzte. »Du meinst das nicht ernst, oder?«

»Todernst. So kann ich bestimmen, was hier geschieht. Wenn ich es nicht getan hätte, dann hätten sie Bruder Louis dieses Kommando übertragen. Ihm hätten wir uns nicht unterworfen. Ein Bruderkrieg wäre unausweichlich gewesen.«

»Wie kommst du darauf, dass sich unsere Brüder dir unterwerfen werden? Glaubst du, es ist leichter, sich einer Verräterin zu unterstellen?«

»Hast du dir einmal Gedanken darüber gemacht, wem du dienst? Ist es ein Ordenswappen? Oder bist du eine Ritterin Tjureds?«

»Lass diese Wortklaubereien! Das ist kein Rhetorikseminar. Das ist …«

»Es ist eine Frage des Glaubens, Schwester. Niemand kennt mich so gut wie du. Ich trage den Blutbaum noch immer im Herzen, auch wenn er nicht mehr auf meinem Waffenrock prangen wird. Wir sind viele. Wir werden den Orden vom Aschenbaum verändern, wenn wir in seinen Reihen aufgehen. Erinnerst du dich daran, was Ignazius Randt über den Kampf gegen einen überlegenen Feind schreibt?«

»Man darf sich keinen großen Schlachten stellen. Statt den Feind offen zu bekämpfen, muss man seine Kräfte langsam aufzehren. So wie Termiten den mächtigsten Baum fällen, indem sie ihn von innen aushöhlen. Das sind schöne Worte, Schwester. Ignazius Randt war darin schon immer gut. Aber im Feld hat er versagt. Er war nur kurze Zeit Ordensmarschall. Bist du ihm begegnet? Ich weiß, du hast ihn schon immer verehrt. War er es, der dich bekehrt hat?«

Lilianne blickte auf ihr Rapier, das in der Ecke an der Wand lehnte. Michelle hatte ihre Waffen nicht abgelegt.

»Ignazius Randt war in der Tat bei meinem Gespräch mit dem Großmeister Erilgar zugegen.«

Ihre Schwester erhob sich langsam von ihrem Stuhl. Lilianne war sich nicht sicher, wie sie ihr Verhalten deuten sollte. Früher einmal hatte sie geglaubt, sie sehr gut zu kennen. Das war in der Zeit, bevor Michelle Honoré niedergeschossen hatte. Lilianne war nicht dabei gewesen, aber in den Jahren, die seitdem verstrichen waren, hatte sie mit allen Zeugen dieses Vorfalls gesprochen. Und sie hatte nicht begriffen, wie es dazu gekommen war. Honoré war mit Michelle in derselben Lanze gewesen. Sieben Jahre lang hatten sie Tag und Nacht miteinander verbracht. Sie waren Löwen gewesen, eine verschworene Gemeinschaft. Michelle hatte ihn geliebt, diesen verdammten Mistkerl. Auch das hatte Lilianne nie verstanden. Um ihm dann kaltblütig eine Kugel durch den Leib zu schießen. Einem Wehrlosen, um dessen Leben sie noch kurz zuvor gekämpft hatte.

Lilianne war klar, dass Michelle inzwischen auch die bessere Fechterin von ihnen beiden war. Sie hatte sie oft im Fechtsaal beobachtet. Das Einzige, woran es ihr mangelte, war die Fähigkeit, kaltblütig vorauszuplanen. Sie war unberechenbar. Entschied aus dem Augenblick heraus.

Lilianne hatte geplant, in diesem Zimmer zu sein. Noch bevor sie zu dem Treffen mit Erilgar aufgebrochen war, hatte sie gewusst, dass Michelle die Erste sein musste, die sie auf ihre Seite ziehen würde. Deshalb hatte sie sich auch gleich an den Tisch gesetzt. So konnte sie sicher sein, dass sie vor der Schublade mit der geladenen Radschlosspistole sitzen würde.

Michelle stand jetzt mitten im Zimmer. Ihre Hände lagen auf den Griffen von Rapier und Parierdolch.

Lilianne tastete nach dem abgegriffenen Holzknauf der Schublade. Sie lächelte. »Ich kann ja verstehen, dass es dir die Sprache verschlagen hat. Aber wir müssen mitmachen, wenn wir das Schicksal jemals wieder zu Gunsten der Neuen Ritterschaft wenden wollen. Wenn wir jetzt gegen den Aschenbaum kämpfen, dann wird alles vernichtet werden, wofür wir eingetreten sind.«

»Und du hast beschlossen, die Termitenkönigin zu sein.«

»Ich sehe mich eher in der Rolle der Märtyrerin als in der einer Königin. Wenn mein Plan gelingt und das Termitenvolk den Aschenbaum zum Sturz bringt, dann werde ich mit ihm stürzen und als Verräterin hingerichtet werden. Nur du wirst wissen, wie es wirklich gewesen ist. Und ich verbiete dir schon jetzt, jemals etwas darüber zu sagen, denn wenn du auf meiner Seite stehst, dann wirst du mit mir fallen.«

»Wie konnte es jemals so weit kommen?«

»Frag Honoré. Ich weiß nicht, was er in Aniscans getan hat.«

»Und was werden wir tun?« Michelle drehte den Kopf und lockerte ihre Halsmuskeln. Noch immer lagen ihre Hände auf den Waffengriffen. Das mochte nichts bedeuten ...

»Ich brauche jemanden, der bedingungslos an meiner Seite steht. In den nächsten vierundzwanzig Stunden wird sich das Schicksal der Neuen Ritterschaft entscheiden. Du weißt, wie gereizt die Stimmung unter den Soldaten ist. Sie hocken hier schon viel zu lange zusammen, ohne eine Aufgabe zu haben. Und dann noch der Mord an Bruder Alvarez. Wir sitzen auf einem Pulverfass. Es dauert noch eine und eine halbe Stunde bis Sonnenuntergang. Wenn ich nicht all unsere Brüder und Schwestern überzeugen kann ... Wenn nur einer von ihnen hinausgeht in die Schenken oder Kasematten, um dort eine flammende Rede gegen den Aschenbaum zu halten, dann wird es zu einem Blutbad kommen. Wir werden uns untereinander zerfleischen. Das darf nicht geschehen.«

Michelle nickte.

»Kann ich dir vertrauen?«

Wieder nickte ihre Schwester. Lilianne war versucht, sie einen Eid schwören zu lassen, verwarf die Idee aber wieder. Das zu verlangen, käme einer Beleidigung gleich. Sie musste ihr vertrauen. Ihr blieb keine andere Wahl. »Du musst Folgendes tun, Michelle ...«

IN DER AALGROTTE

Corinne hielt sich auf der schattigen Seite der Gasse und beobachtete die Rückkehr der Verräterin. Man sah ihr an, dass sie einmal zum Orden gehört hatte. Ihre Haltung zu Pferd, der Stolz in ihren Augen. Es war ungeheuerlich, dass sie ihre Familie derart hintergangen hatte. Valloncour hatte ihr alles gegeben. Und ihr Dank waren Krieg und Intrigen.

Die Ritterin schnaubte verächtlich. »Du hast dich mit dem Meister der Intrigen angelegt. Dafür wirst du deinen Preis bezahlen.«

Corinne sah der kleinen Reiterschar zu, die durch das Gedränge auf dem Fischmarkt nur langsam vorankam. Sich mit einem Haufen in Kettenhemden und stinkende Felle gekleidete Barbaren als Leibwache zu umgeben! Sie schüttelte den Kopf. Ob Gishild sich vor den Kerlen ekelte? Sie sahen aus, als seien sie einer alten Geschichte entsprungen. Ihre stämmigen kleinen Pferde wirkten grotesk. Die schweren Streitäxte und Schilde waren die Waffen vergangener Jahrhunderte. Und dann hatten sich noch einige mit Pistolen behängt. Grimmige Helme, die ihre Augen verbargen, schränkten zugleich auch ihre Sicht im Kampf ein. Solche Helme mochten von Nutzen sein, wenn man Schild an Schild kämpfte. Doch im Duell waren sie ein tödliches Hindernis. Der Narr, dem sie letzte Woche gegenübergetreten war, war gestorben, bevor er begriffen hatte, wie dumm es war, mit einem solchen Helm gegen einen Rapierfechter anzutreten.

Corinne versuchte sich die Gesichter der Leibwächter einzuprägen, die Gishild folgten. Diese Mandriden waren trotz ihrer mangelhaften Ausrüstung ernst zu nehmende Gegner. Jeder von ihnen war angeblich bereit, vorbehaltlos sein Leben für die Königin zu opfern. Gishild hatte elf von ihnen in ihrem Gefolge. Der Anführer, ein alter Kerl, ritt ein Elfenross. Leider trug die Hälfte der Krieger Helme mit einem Augenschutz, so dass man sie nicht genau erkennen konnte. Ohnehin fand Corinne, dass diese Bärtigen einer wie der andere aussahen. Eine grässliche Mode!

Nur einer der Männer war rasiert. Er hatte eine erstaunlich helle Gesichtshaut. Leider konnte sie von ihm nur Mund und Kinn sehen, da der Rest unter dem Helm verborgen blieb. Er hatte seinen Fellumhang merkwürdig drapiert, so dass er sich hoch auf seinen Schultern türmte. Fast mochte man meinen, der Kerl wolle sich verstecken. Er war ein guter Reiter. Jedenfalls wenn man einen Blick dafür hatte. Er saß nicht wie ein Bauer im Sattel. Wer er wohl war?

Corinne entschied sich, sich tiefer in den Schatten der Gasse zurückzuziehen. Es war erstaunlich, mit welcher Begeisterung die Bewohner Firnstayns ihre Königin empfingen. Corinne war der Ansicht, dass die Herrscherin auf das Beschämendste versagt hatte. Sie war vor ihren Pflichten geflohen! Mitten in einem Krieg für drei Wochen seine Kommandogewalt nicht auszuüben ... Dafür gab es bei einem Oberkommandierenden keine Entschuldigung!

Die Ritterin hatte Sorge, dass man ihr anmerken würde, wie wenig Enthusiasmus sie für die Königin empfand. Das wäre nicht gut bei der aufgeheizten Stimmung in der Stadt. Sie war eine Fremde, bei ihr sah man ohnehin genauer hin.

Als Leibwächterin eines Kaufmanns war sie ins Fjordland gereist und hatte in der Hauptstadt ihren Dienst quittiert, um sich als freie Söldnerin zu verdingen. Ihre Haare waren gestutzt, so dass sie kaum noch einen Finger breit waren. In Gonthabu, der Stadt, in der ihr Handelsherr das Fjordland betreten hatte, hatte sie ihr Gesicht mit barbarischen Mustern bemalen lassen. Die Gefahr, von einem Krieger wiedererkannt zu werden, gegen den sie einmal auf dem Schlachtfeld gekämpft hatte, war zwar nicht groß, aber es war klüger, jedes auch noch so kleine Risiko zu meiden. Ihre Mission war ohnehin schon gefährlich genug.

Bewaffnet war sie mit Rapier und Parierdolch wie alle Meisterfechter des Südens. Sie trug enge Hosen und ein kurzes, geschlitztes Wams. Auf eine dralle, bunte Schamkapsel, wie sie eigentlich zu diesen Männerkleidern gehörte, hatte sie verzichtet. Ein weiter, grauer Umhang verdeckte die Pracht ihrer Gewänder.

Mit festen, selbstsicheren Schritten bewegte sie sich durch das Gedränge. Trotz des kalten, nassen Wetters waren die Gassen noch sehr belebt. Puppenschnitzer, Kräuterhändler und Zuckerbildgießer boten ihre Waren an. Dabei stank es nach Fisch und Rauch und all dem Abfall und den Fäkalien, die die Bewohner der hohen Fachwerkhäuser einfach aus ihren Fenstern hinab in die Gosse schütteten.

Corinne hielt sich in Richtung des Fjords. Die Gassen fielen leicht zum Ufer hin ab. Hier dominierte der Gestank nach geräuchertem Fisch die Gerüche. Rauch brannte in den Augen. Die Häuser waren hier nicht mehr bunt gestrichen. Hinter abgeplatztem Lehmputz wirkte das Weidenflechtwerk der Wände wie verschorfte Wunden. Die meisten Fensterläden waren zugezogen. Nur wenige Passanten waren hier unterwegs. Man sah Gestalten in Hauseingängen herumlungern. Näherinnen und Flickschuster boten ihre Dienste an. Havenburg war ein Stadtteil, in den es besonders viele der Flüchtlinge aus Drusna verschlagen hatte. Kriegshelden von einst waren zu Tagelöhnern und Zuhältern geworden. Dies war ein Ort, an dem die dunklen Leidenschaften blühten. Hier konnte man alles bekommen, zu junge Mädchen, verbotene Kämpfe zwischen Kriegern und Bärenbeißern. Blut war hier billig.

Corinne ging an den hohen Mauern des Waisenhauses vorbei. Sie hörte die harschen Befehle des Abendappells und den Marschtritt der Kinder. Allein in Firnstayn gab es drei Waisenhäuser. Dort herrschte militärische Disziplin. König Gunnar hatte sie einrichten lassen, um dort Jungen und Mädchen, die ansonsten in der Gosse dahinvegetiert wären, als Nachwuchs für seine Heere auszubilden. Corinne hatte sich eines der Häuser vor ein paar Tagen angesehen. Sie kamen ihr vor wie schlechte Kopien der Ordensburg in Valloncour. Dort fehlte es an allem. An solch jämmerlichen Orten konnte man nicht auf den Weg zu Ehre und Ruhm geführt werden. Dort wurden lediglich tumbe Totschläger herangezogen.

Schräg hinter dem Waisenhaus lag die Aalgrotte, der Ort, an dem der Mann, den sie suchte, sich bevorzugt aufhielt. Sie hatte kein Verständnis dafür, wie man sich derart gehen lassen konnte, wie der Drusnier es tat, doch die Befehle Honorés waren eindeutig gewesen.

Das Haus war schäbig. Alle Fenster waren verriegelt. Im Erdgeschoss waren sie sogar mit Brettern vernagelt. Aber die Tür war einzigartig. Es widerstrebte Corinne, gegen das dunkle, rotbraune Holz zu klopfen. Es zeigte Hunderte sich über- und untereinander windende Aale. Das Schnitzwerk war plastisch hervorgehoben und mit einem Lack überzogen, der die Aale glänzen ließ. Die ganze Arbeit wirkte obszön. Freiwillig hätte sie so eine Tür niemals durchschritten.

Sie zog ihren Parierdolch und klopfte mit dem Knauf energisch gegen das Holz. Es dauerte einen Augenblick, bis ihr geöffnet wurde. Eine hübsche, aber mürrisch blickende Frau öffnete ihr und musterte sie mit unverhohlenem Missfallen. »Das ist kein Ort für Frauen.«

Corinne nannte den Namen. »Er erwartet mich. Und er wird nicht erfreut sein, wenn er hört, es habe an dir gelegen, dass ich nicht kommen konnte.«

Die Veränderung, die die Frau durchlief, hätte nicht drastischer ausfallen können. Die Fassade der Schönheit war wie weggewischt. Ihr Gesicht, ihre Körperhaltung, sogar ihr Geruch, alles war zum Spiegel nackter Angst geworden. »Ich wusste nicht ...«

»Bring mich einfach zu ihm!« Die Ritterin fragte sich, was hinter der Aaltür geschah. Selbst die Fragenden vermochten es nicht, Menschen mehr Angst einzuflößen.

Die Tür schloss sich hinter Corinne. Sie wurde durch einen großen Raum geführt, in dem es nach Pfeifenkraut, Schweiß und käuflicher Liebe roch. Es gab viele Nischen entlang der Wände. In einigen regte sich etwas. Leises Stöhnen war zu hören. Sie sah nicht hin.

Es ging eine Treppe hinab. Der Geruch änderte sich. Feuchtigkeit und Erde waren hier beherrschend und der muffige Gestank von Schimmel. Der Boden im Keller war nass und schlammig. Ein Schrei kam plötzlich und durchdringend wie ein heimtückischer Dolchstoß.

Corinnes Rechte lag auf dem Griff ihres Dolches.

Die Frau klopfte an eine Tür. Dahinter war Wimmern zu hören. Sie klopfte noch einmal.

Es wurde geöffnet. Corinne hätte das Gesicht fast nicht wiedererkannt. Es war mit Blut und Schlamm besprizt. »Was! Du weißt, dass ich ...« Der Mann sah sie an und verstummte.

Er lächelte. Tiefe Falten gruben sich in seine Mundwinkel. »Es ist erstaunlich, an was für Orte Ritterinnen in diesen Zeiten kommen.«

»Genauso überraschend ist es zu sehen, was für Geschäften Helden in diesen Zeiten nachgehen«, entgegnete sie kühl.

Er wandte sich um.

Corinne konnte einen flüchtigen Blick in die Kammer werfen. Im lehmigen Boden war eine Grube ausgehoben, in der eine Gestalt kauerte, die aussah, als sei sie ganz aus nassem Schlamm geformt. Nur die Augen nicht; sie waren wie

Smaragde, gefasst in Marmor. Weit aufgerissene Spiegel der Angst.

»Bringt diese Sache zu Ende«, sagte der Drusnier mit einer wegwerfenden Bewegung. Dann trat er aus der Tür. Er hob die schmutzigen Hände.

Die Frau, die Corinne hergebracht hatte, reagierte sofort. Sie streifte ihr Kleid ab und reichte es ihm.

»Gehen wir hinauf«, sagte der Drusnier und wischte sich mit dem feinen Stoff übers Gesicht. Er nahm sich Zeit, seine Hände gründlich zu säubern. Am Treppenabsatz warf er der Nackten das besudelte Kleid zu.

»Hast du vor, mich zu beeindrucken?«, fragte Corinne ärgerlich.

»Hätte ich das nötig?«

Wie konnte ein Mann wie er nur ein solches Lächeln besitzen. Es war warmherzig und gewinnend. Es passte überhaupt nicht zu dem, was sie gesehen hatte.

Der Drusnier führte sie hinauf in eine der düsteren Nischen des großen Zimmers. Die Frau folgte ihnen wie ein Schatten. Sie hatte ihr Kleid wieder angelegt.

»Bring uns Wein. Und etwas Brot und Käse. Ich bin hungrig.« Er ließ sich auf einem mit dunkelrotem Samt bezogenen Diwan nieder. »Was führt dich hierher? Suchst du Unterhaltung? Einen netten Jungen vielleicht?«

Corinne löste den schweren Beutel von ihrem Gürtel und warf ihn dem Drusnier in den Schoß.

Er öffnete die Börse, nahm eine der Münzen heraus und drehte sie langsam im spärlichen Licht. »Elfengold?«

»Schlag mit einem Hammer drauf, und niemand kann mehr sagen, woher die Münze kommt. Dann ist es nur noch Gold. Das ist der zehnte Teil dessen, was du bekommst, wenn vor dem Frühling ein Leben endet, das schon viel zu lange gedauert hat.«

Der Drusnier wog den Goldbeutel in der Hand. »Es gibt wohl nur ein Leben in dieser Stadt, das einen solchen Preis wert ist.«

»Ich bin nicht hier, um mit dir zu philosophieren. Du weißt, wer gemeint ist.«

Er schloss den Beutel und schob ihn hinter sich zwischen die Kissen auf dem Diwan. »Warum machst du es nicht? Du hast doch sogar auf einer Schule die hohe Kunst des Blutvergießens gelernt.«

»Ich komme nicht nahe genug heran«, entgegnete sie kühl und versuchte, die Beleidigung zu ignorieren.

»So ist das, wenn man seine Leichen nicht ordentlich im Keller begräbt, sondern auf den Schlachtfeldern in Drusna den Wölfen und Raben überlässt. Da schließen sich manche Türen.«

»Ich glaube, wir haben nicht denselben Humor.« Sie stand auf.

»Du solltest etwas freundlicher sein. Ein Wort von mir, und du bist eine tote Frau. Du bist hier sehr weit fort von jedem, der dir helfen könnte.«

»Sehe ich aus wie eine Frau, die deine Hilfe braucht?«

Auch er erhob sich jetzt. »Meine Erfahrung ist, dass Frauen, die man stundenweise mieten kann, eigentlich immer einige Sorgen in ihrem Leben haben.«

Corinne atmete tief durch. »Ich vermiete meine Klingen.«

»Die ohne dich nicht viel wert sind. Versuch es nicht schönzureden. Das ist es nicht. Wie viel kostet es denn, dich als Stellvertreterin für einen Ehrenhändel anzuheuern?« Er nickte in Richtung des Diwans. »Ich bin ja jetzt ein recht wohlhabender Mann. Würdest du auch in einem Keller arbeiten?«

»Ich denke nicht, dass wir im gleichen Geschäft tätig sind.«

Er rollte mit den Augen. »Nicht? Du meinst, es gibt eine anständige und eine unanständige Art zu morden?«

»Es war ein Ehrenhändel ...«

Er schnitt ihr mit einer harschen Geste das Wort ab. »Erzähl mir nichts, ich weiß Bescheid. Der Junge war noch keine sechzehn. Ja, er war ein aufbrausender Kerl, der betrunken ein paar Nasen und Zähne eingeschlagen hat. Die falschen Nasen und Zähne. Und ein Fjordländer, der etwas auf sich hält, kann nicht ablehnen, wenn er zu einem Duell gefordert wird. Und wenn er dann noch gegen eine Frau kämpfen soll ... Hatte er getrunken?«

Sie sagte nichts. Aber sie wusste, dass er sich Mut angetrunken hatte. Das taten Großmäuler meistens.

»Du hättest diesen tollpatschigen Axtschwinger mit bloßen Händen besiegen können. Der Kampf hat nicht einmal so lange gedauert, wie man braucht, um eine Prise Schnupftabak zu nehmen und sich die Nase zu schnäuzen. Und du willst mir erzählen, wir seien nicht im gleichen Geschäft tätig? Welches andere Wort als Mord gibt es für das, was du getan hast? Versteh mich nicht falsch, ich mache dir keine Vorhaltungen. Ich bin kein moralischer Mann. Moral und Ehrvorstellungen habe ich in Mereskaja begraben, als ihr meine Schwester geholt habt und ihre Tochter. Ihr habt mich zu dem gemacht, was ich bin. Also spiel dich vor mir nicht als ehrenhafte Ritterin auf. Wir arbeiten im gleichen Geschäft. Wenn hier jemand von sich sagen kann, dass er nur die Klinge ist, dann bin ich das wohl. Mir war noch nicht der Gedanke gekommen, Gishild zu töten. Aber Messer müssen ja auch nicht denken, nur schneiden.«

EINE ANDERE SCHLACHT

»... und ich bin zum Orden vom Aschenbaum übergetreten.«

Lilianne sah in die Runde, um die Wirkung ihrer Worte abzuschätzen. Es war erstaunlich, wie vielfältig die Reaktionen waren. Ungläubiges Lächeln, Betroffenheit, ernste Mienen, Zorn. Mehr als dreißig ranghohe Ritter hatte sie um sich versammelt, vom Galeassenkapitän bis zum obersten Verwalter der Hafenspeicher. Es waren gestandene Männer und Frauen. Die meisten kannte sie seit vielen Jahren.

»Hast du keine Ehre mehr?«, fragte Catherine, die Befehlshaberin der Schwarzreiter.

»Ganz im Gegenteil. Ich bin bereit, nicht nur mein Leben, sondern auch meine Ehre für den Orden zu opfern. Solltest du allerdings darauf bestehen, dass ich ehrlos bin, dann bin ich gern bereit, diesen Irrtum mit der Klinge zu klären.« Lilianne hatte sich diese Worte im Voraus gut überlegt. Sie hatte mehr Widerstand und offenen Protest befürchtet. Bei nur zwei oder drei Widersachern konnte sie hoffen, die Angelegenheit durch Duelle zu Ende zu bringen.

»Schwestern! Dies ist nicht die Stunde für eitle Klingentänze.« Bruder Justin, der Verwalter der Lagerhäuser, stützte sich schwer auf den Kartentisch. Sein Holzbein scharrte über den Boden. »Unser ganzer Orden ist zum Preis einer Intrige in Aniscans geworden. Sie erwarten, dass wir uns so verhalten. Dass sich die besten von uns gegenseitig an die Kehle gehen und man alle, die übrig bleiben, durch Waffengewalt oder Erpressung gefügig machen kann. Wollen wir es ihnen wirklich so leicht machen? Was hätte Alvarez getan, wenn er noch unter uns wäre?«

Lilianne seufzte. Das war keine Hilfe. Er hätte den Hafen zum Kampf rüsten lassen.

»Ihr alle wisst, dass ich ein guter Freund des Flottenmeisters war. Wir waren in derselben Lanze …« Die Stimme des Ritters klang brüchig, als er weitersprach. »Ich habe ihn immer verehrt … An diesem Abend bin ich zum ersten Mal froh, dass er nicht mehr unter uns weilt. Dass er all dies nicht erleben muss. Und dass er nicht die falsche Entscheidung treffen kann. Er war ein Draufgänger, ein Weiberheld und ein Kamerad, wie man sich keinen besseren wünschen kann, um an seiner Seite in die Schlacht oder eine Hafenschenke zu ziehen. Aber jetzt glaube ich, dass es Tjureds Wille war, dass er gehen musste. Die Dinge fügen sich in eine größere Ordnung. Unser Orden wird nicht vernichtet sein, solange es Ritter gibt, die den Blutbaum im Herzen tragen. Ganz gleich, welches Banner über unseren Häuptern weht. Aber wenn wir jetzt kämpfen, wenn wir uns den Heptarchen widersetzen, dann wird man uns die Herzen herausschneiden. Und am Ende werden nur noch unsere Feinde übrig sein, um den kommenden Generationen von uns zu berichten. Wenn ihr euren Orden liebt, dann folgt Lilianne. Ich jedenfalls werde es tun!«

»Was ihr vorschlagt, ist ehrlos!«, protestierte Catherine.

»Was tust du, wenn auf dem Schlachtfeld ein Pfeil auf dich abgeschossen wird?« Justin, der immer ein stiller, zurückhaltender Mann gewesen war, hatte jetzt einen Ton angeschlagen, als spräche er mit einem störrischen Kind.

»Wer bist du, so mit mir zu reden?«

»Antworte!«

»Ich schieße zuerst. Das passiert nicht …«

»Nimm an, du hast keine Waffe, so wie unser Orden im Augenblick völlig wehrlos ist.«

»Dann weiche ich aus, wenn ich den Pfeil rechtzeitig sehe. Ich …«

»Und warum tust du das jetzt nicht?« Justin sah sie der Reihe nach alle an. »Geht das in eure Dickschädel nicht hinein? Was wollt ihr noch aufhalten? Die Heptarchen haben beschlossen, dass unser Orden aufgelöst wird. Es ist schon geschehen, auch wenn jetzt noch unser Banner auf den Türmen weht. Unseren Orden gibt es nicht mehr. Der Pfeil ist abgeschossen. Wir können störrisch stehen bleiben und uns die Brust durchbohren lassen. Oder wir können ausweichen. Dann, und nur dann wird unser Orden vielleicht wiederauferstehen. Es müssen genug von uns übrig sein. Wer soll für den Blutbaum kämpfen, wenn nicht wir?«

»Es ist so, wie Bruder Justin sagt!«, bekräftigte Lilianne. »Wenn wir jetzt kämpfen, dann ziehen wir unseren Untergang ein paar Jahre hin. Aber wir werden gründlich vernichtet werden. Kämpfen wir nicht, ist der Baum gefällt. Aber das Wurzelwerk bleibt und kann neue Triebe hervorbringen. Akzeptiert, dass ich meinen Preis zahlen musste, um euch zu führen. Nennt mich eine Verräterin, wenn ihr wollt. Aber befolgt meine Befehle, ganz gleich, welche Zweifel ihr auch habt. Eines könnt ihr nicht bestreiten: Ich war eine von euch. Ich weiß, wofür eure Herzen schlagen. Wenn es mich nicht gibt, dann wird ein Ritter aus den Reihen des Ordens vom Aschenbaum kommen, um euer Komtur zu sein. Und wenn ihr kämpft, dann ist jeder tote Ritter, ganz gleich unter welchem Banner er reitet, ein kleiner Sieg für das Fjordland und die Anderen.«

Catherine fasste sich mit beiden Händen an die Schläfen, als plagten sie stechende Kopfschmerzen. Ihre Hände glitten über ihr goldenes Haar, bis sich die Finger hinter dem Kopf fanden und ineinander verschränkten. »Wer hat uns das angetan?«

»Das werden wir nur herausfinden, wenn wir überleben. Und nicht einmal das genügt. Wir müssen Ehre gewinnen. Auch wenn man uns das Banner nimmt, wird nicht so schnell vergessen sein, wer wir sind. Wir müssen die Kühneren sein! Wir müssen die glanzvolleren Siege erringen! Die erste Schlacht, die es zu schlagen gilt, ist, dass ihr hinausgeht und eure Männer überzeugt. Und wenn das geglückt ist, dann werden wir das letzte Königreich der Heiden zerstören. Noch in diesem Winter!« Lilianne trat zum Regal, holte die Karte des Fjordlands hervor und rollte sie auf dem Tisch aus.

»Wir werden Folgendes tun ...« In allen Einzelheiten erläuterte sie ihren Plan. Während die anderen Ritter berieten, trat sie ans erleuchtete Fenster und gab Michelle heimlich ein Zeichen. Jetzt konnte ihre Schwester die hundert Schwertkämpfer, die im Tempelturm verborgen gewartet hatten, wieder in ihre Quartiere schicken.

FREUNDE

Gishild lachte schallend auf. Die verbliebenen Gäste schreckten auf und blickten in ihre Richtung. Es war tief in der Nacht. Die große Festhalle hatte sich fast geleert. Die goldenen Säulen glühten im Licht der letzten Kerzen.

Alexjei war überaus amüsant. Er war scharfsinnig und humorvoll. So hatte sie ihn aus Drusna gar nicht in Erinnerung gehabt.

Erek sah vom Thron zu ihnen hinüber. Seine Lider waren schwer vom Met. Seit sie zurückgekehrt war, trank er fast in einem fort. Es war schwer, sich ihm zu verweigern. Langsam hatte sich ihr Vorrat an Ausreden erschöpft. Die Tage des Blutes währten nicht so lange, Kopfschmerzen auch nicht. Wenn sie sich neben ihm ins Bett legte, kam sie sich wie eine Hure vor. Er war ihr Mann, so hatten es die Jarls beschlossen. Aber sie fühlte sich weniger denn je als seine Frau. Und sie war zu feige gewesen, es ihm ins Gesicht zu sagen. Manchmal schämte sie sich. Doch wie sollte sie Worte finden für das, was geschehen war? Dabei spürte er, dass sich etwas verändert hatte.

»So tief in Gedanken, Herrin?«

Gishild zwang sich zu einem Lächeln. Sie durfte sich nichts anmerken lassen. Der Hof hatte tausend Augen und noch mehr Ohren. Sie dachte an ihre Pläne für die Nacht. Noch konnte sie zurück. Die Mandriden waren eingeweiht. Heute Nacht würde sich zeigen, wie treu sie waren.

»Was machen deine Schattenmänner, Alexjei?«

Der Fürst lächelte traurig. »Willst du die Wahrheit oder lieber eine gute Geschichte hören, Herrin?«

»Ich fürchte, es sollte die Wahrheit sein.«

»Die ist nichts für königliche Ohren. Einige sind Diebe geworden oder verdingen sich als Leibwächter für Huren und andere zwielichtige Gestalten. Manche betrinken sich. Zwei sind in die Wälder gegangen und haben sich erhängt. Und einige besonders Enttäuschte sind sogar nach Drusna zurückgekehrt. Ich kann dir nicht sagen, ob sie sich gestellt haben oder sich als Strauchdiebe in den Wäldern durchschlagen.«

»Einen hast du vergessen.«

»Mitnichten. Da mir klar war, dass du um ihn weißt, Herrin, habe ich darauf verzichtet, ihn zu erwähnen. Es ist zu entwürdigend.«

»Es ist doch nicht deine Schuld«, wandte sie ein.

»Ich war ihr Anführer in den Wäldern. Hier bin ich nur

noch ein Flüchtling wie alle anderen auch. Ich hätte mich besser um ihn kümmern sollen. Du könntest ihn vor dem Galgen bewahren ...«

»Nein.« Es ärgerte Gishild, dass er sich so weit vorgewagt hatte. »Er hat einen Kaufmann getötet und sein Haus ausgeraubt. Ich kann mich nicht über das Gesetz stellen.«

»Hast du es einmal von seiner Warte aus betrachtet, Herrin? Der Kaufmann hat seine Tochter verführt, sie geschwängert und dann davongejagt. Meine Männer sind stolz. Er konnte das nicht auf sich sitzen lassen.«

»Wenn er darauf verzichtet hätte, die Geldtruhe zu leeren, dann hätte ich etwas für ihn tun können. Aber so ...«

»Ich fürchte, das Silber einzustecken, ist ein naheliegender Gedanke, wenn man in der Gosse lebt und nicht weiß, was man am nächsten Tag zu beißen haben wird.«

»Ich kann für ihn nichts mehr tun!«, sagte Gishild nun mit aller Entschiedenheit. »Aber du kannst etwas für deine anderen Männer tun. Such die Schattenmänner zusammen. Und hol dir jeden Drusnier dazu, von dem du glaubst, dass er das Zeug hat, mit deinen Schattenmännern zu ziehen.«

»Verstehe ich es recht, Herrin? Es sollen nur Drusnier sein? Warum?«

»Vielleicht, weil ich möchte, dass meine Kaufleute sich sicherer fühlen.«

Der Bojar lachte. »Du kaufst einfach das Gesindel von der Straße und schickst es in den Krieg, wo man über das Kehlendurchschneiden Heldenlieder singen wird. Ein wahrhaft königlicher Scherz!«

»Es war mir ernst ...«

Alexjei hob beschwichtigend die Hände. »Das glaube ich, Herrin. Nur Könige können sich so etwas erlauben. Womit wirst du sie bezahlen?«

»Elfengold.«

Der Bojar lächelte auf eigentümliche Weise. »Natürlich. Womit sonst.«

»Kann ich mich auf ihre Loyalität verlassen?«

»Ich will dir nichts vormachen, Herrin. Ihre Vaterlandsliebe haben sie an den Ufern Drusnas zurückgelassen. Jetzt sind sie nur noch dem Gold loyal.«

»Das genügt. Davon ist reichlich vorhanden. Wie viele Männer kannst du zusammenbringen?«

»Allein in Firnstayn werde ich über hundert finden.«

»Dann fang morgen an, Alexjei. Wir wollen schließlich nicht, dass noch einer am Galgen endet.« Aus den Augenwinkeln sah Gishild, wie Erek den Thron verließ. Er torkelte leicht. Ein Diener eilte herbei, um ihn zu stützen. Es tat ihr im Herzen weh, ihn so zu sehen. Er hatte es nicht verdient …

»Du entschuldigst mich?«

Alexjei verbeugte sich. »Danke, Herrin. Eins noch, wenn du erlaubst.«

Es war spät. Und sie wurde erwartet. »Ja.«

»Es gibt Gerüchte, dass Spitzel der Tjuredpriester in der Stadt sind. Womöglich sogar gedungene Mörder.«

Gishild lachte. »Diese Gerüchte gibt es seit den Tagen König Liodreds. Damit lebt meine Familie seit Generationen.«

»Nun, Herrin, wie soll ich es taktvoll sagen? Dich hat schon einmal der Dolch eines Meuchlers getroffen.«

»Das war nicht hier in Firnstayn!«

»Die Zeiten ändern sich. Bitte versteh mich nicht falsch. Aber du solltest gut auf dich achtgeben. Wir Drusnier dürfen nicht hoffen, noch einmal eine so großzügige Herrin zu finden. Verlass dich darauf, dass du ab morgen eine zweite Leibwache haben wirst.«

Gishild war amüsiert. »Eine Leibwache aus Zuhältern und Dieben.«

Alexjei schenkte ihr ein umwerfendes Lächeln. »Wahrscheinlich sind sogar ein oder zwei Meuchler dabei. Und ich schwöre bei den Göttern des Waldes, kein Priesterdolch wird deine Haut berühren, solange wir in der Nähe sind. Niemand ist besser geeignet, einen Meuchler aufzuhalten, als ein Meuchler.«

»Dann ist das Elfengold ja gut angelegt.«

»Du sagst es, Herrin.«

Er war wie ein großer Junge, dem man einfach nicht böse sein konnte. Nicht einmal dann, wenn man wusste, dass er einem am nächsten Tag erneut einen Streich spielen würde. Auf gewisse Weise war er wie ein dunkler Bruder Lucs.

»Du entschuldigst mich nun? Ich muss mit ein paar Jarls sprechen. Man beobachtet uns schon eifersüchtig. Und mein einziger Schutz vor endlosem Hoftratsch besteht darin, die Gunst meiner Aufmerksamkeit an einem Abend wie diesem möglichst gleichmäßig zu verteilen.«

»Natürlich, Herrin.« Er verbeugte sich formvollendet und zog sich zurück.

Gishild war erstaunt, wie glatt ihr die Lüge über die Lippen gegangen war. Bisher war sie dafür berüchtigt gewesen, dass sie sich nicht um die Hofetikette scherte und wenig Rücksicht auf die Befindlichkeiten ihrer Adeligen nahm. Aber bei dem, was sie vorhatte, war es klüger, vorsichtig zu sein. Mehr als eine Stunde nahm sie sich Zeit, um sich die Klagen der Jarls anzuhören oder ihren Heldengeschichten aus vergangenen Schlachten zu lauschen. Sie trank wenig, und als sie sich zu der verborgenen Tür hinter den Thronen zurückzog, hatte sie das Gefühl, ihrer Pflicht mehr als gründlich Genüge getan zu haben.

Draußen, vor der Tür, wartete ihr Bannerträger Beorn. Wie verabredet, hatte er einen schwarzen Kapuzenmantel mitgebracht. »Sind alle Wachen auf Posten?«

»Niemand wird sich den Stallungen nähern, Königin. Alle

Eingänge sind bewacht. Auch auf den Mauern und Türmen stehen ausschließlich Mandriden.«

Gishild verbarg ihr Festgewand unter dem Mantel. Sie war versucht zu fragen, wie viele von ihren Leibwachen in dieser Nacht ihr Geheimnis teilen würden. Dann entschied sie, es lieber gar nicht wissen zu wollen.

Gemeinsam mit Beorn überquerte sie den Hof. Das Herz schlug ihr bis zum Hals. Zehn Tage lang hatte sie Luc nur von Ferne gesehen. Er hatte sich überwiegend bei den Albenkindern aufgehalten und schien sich mit dem Anführer der Kentauren recht gut zu verstehen. Jedenfalls hatte sie ihn ein paar Mal in der Gesellschaft von Appanasios gesehen. Sie hatte Appanasios darum beneidet. Einen Pferdemann!

Ihr Bannerträger war unruhig. Unablässig sah er sich um, ganz so, als seien sie auf einer Patrouille in Feindesland und nicht auf dem Hof der Königsburg im Herzen ihrer Hauptstadt.

Endlich erreichten sie die kleine Seitenpforte bei den Stallungen.

Kaum standen sie davor, schwang die Tür auf. »Sie ist jetzt bei mir«, raunte die wohlvertraute Stimme Sigurds.

Ohne dass ein weiteres Wort notwendig gewesen wäre, zog sich Beorn zurück. Noch immer sah er sich unruhig um.

Gishild schlüpfte durch die niedrige Pforte. Sie wollte hinauf auf den Heuboden, doch Sigurd packte sie beim Arm. »Bei allen Göttern, tu das nicht, Gishild. Du stürzt dich ins Unglück!«

»Du bist hier, um darauf zu achten, dass genau dies nicht passiert.«

Er fluchte leise. »Ich kann dich vor Kugeln und Dolchen beschützen. Aber ich kann nicht alle Augen und Ohren des Palasts vor dem verschließen, was heute beginnt. Es wird herauskommen!«

»Sollte ich mich vielleicht nach einem neuen Hauptmann für meine Leibwache umsehen? Fühlst du dich zu alt für diese Aufgabe?«

»Herrin, bitte!«

»Wenn du jemals geliebt hättest, dann wüsstest du, dass ich nicht anders kann.«

Sie hörte, wie er scharf den Atem einzog. Er hatte die kleine Pforte wieder geschlossen. Es war so dunkel hier unten, dass man kaum die Hand vor Augen sah. Und sie war froh, ihm nicht ins Antlitz sehen zu müssen. Sie wusste, dass sie ungerecht zu ihm war. Aber sie hatte einen endlosen Abend lang diese Stunde herbeigesehnt.

»Herrin, ich habe genug geliebt, um zu wissen, dass man die größten Dummheiten im Leben im Namen der Liebe macht. Ich möchte dich davor bewahren. Die einzige Tat, die ich bis zu meinem letzten Tag bereuen werde, habe ich aus Liebe zu meiner Frau und meiner Tochter begangen.«

Gishild spürte, wie tief sie ihn verletzt haben musste. Sie löste sich sanft aus seinem Griff. »Jeder muss seine Fehler machen. Ich danke dir für deine Sorge. Und ich bitte dich, achte auf mich. Verzeih mir meine Worte. Wenn du bei mir bist, fühle ich mich sicher.«

Er räusperte sich. »Gib auf dich acht, Herrin.« Seine Stimme klang seltsam belegt. Sie sah ihn an, doch er war nur ein Schattenriss im Dunkel.

»Wo ist er, Sigurd?«

»Dort vorne, die Leiter hinauf.«

Sie hätte dem Hauptmann noch etwas sagen sollen. Aber sie fand keine Worte. Stumm tastete sie sich vorwärts. Ihre Rechte fand die Leiter. Durch die Luke zum Heuboden fiel warmes, gelbes Licht.

Luc saß dort und wartete auf sie. Und sein Gesicht sagte mehr als alle Minnelieder, die sie je gehört hatte.

WIE DER KÖNIG ZUM NARREN WURDE

»Wie also der Leser erfahren konnte, war der König ein herzensguter Knab', dem als einziger Mangel das Fehlen eines gerüttelt Maß an Schlechtigkeit vorgeworfen werden mag, da er allzu wehrlos und gutgläubig den Machenschaften bei Hofe ausgesetzt war und stets für bare Münze nahm, was man ihm zu Rate gab. So mag es nicht wundern, dass dem ehrlichen Sweinson schon bald Hörner aufgesetzt wurden, worin die gottlosen Anderen sicherlich einen gar trefflichen Spaß sahen, denn Anstand und Wohlverhalten fehlen ihnen von Natur aus, da sie keine Geschöpfe des wohlmeinenden, allweisen Tjured sind. Es war Lucius, ein arger Schelm und Leutbetrüger, der sich als Erster den König zu seinem Opfer wählte. Der Elf verstand es meisterlich, den jungen Erek mit schönen Worten einzusalben und ihn glauben zu machen, dass er von herrscherlichen Tugenden durchdrungen sei und es der Ratschluss der Götter war, ihn dem Mannweib Gishild ins Bette zu legen. Bald schätzte Erek die Gesellschaft des Lucius vor allen anderen und vertraute den Worten des argen Wichts, wie ein Kind der Milch aus der Brust seiner Mutter vertraut. Eines Morgens aber fand Erek den Lucius in gar niedergeschlagener Stimmung und so verdrießlich war der Elf, dass weder Wein noch gute Worte halfen und unser König schon nach seinem Leibarzt rufen wollte, als sein falscher Freund endlich damit herausrückte, was ihm vorgeblich die Laune zu Galle werden ließ. Und so erzählte Lucius, man verspotte den König hinter dessen Rücken, da sein Weib stets wie ein Mann angetan war, und ob ihm denn nicht aufgefallen sei, dass nie ein anderer Mann der Königin einen Kuss stahl, mit gedrechselten Worten ihre Schönheit lobte oder den Kopf verdrehte, um einen Blick in ihr Mieder zu erhaschen.

Der gute Erek entgegnete, es sei doch nicht verwunderlich, dass niemand es wage, einer Königin und obendrein einer verheirateten Frau schöne Augen zu machen. Doch der Elf schüttelte darob nur den Kopf.

»*Was für ein freundlicher Narr du doch bist. Weißt du denn nicht, dass bei Königinnen alles ins Gegenteil verkehrt ist? Im einfachen Hause steht einmal in der Woche Fleisch auf dem Tisch. Bei deiner Königin gibt es das Fleisch jeden Tag. Nur einmal in der Woche bereitet man eine Speis ohne Fleisch, damit man sie nicht unbescheiden findet. Gemeine Leute trinken Wein an hohen Festtagen. Hier steht zu aller Zeit Wein auf der Tafel, nur an Festtagen besinnt man sich darauf, sich schlicht zu zeigen, und trinkt Wasser aus einem irdenen Kelch. Ein Bauer oder Handwerker, der hat nur ein Weib, und das teilt er mit niemandem. Und meist ist das Weib auch froh, wenn ihr Mann sie nur ein oder zwei Mal zwischen den Schenkeln besuchen kommt.*«

Der Elf beendete seine Rede und wartete, ob Erek wohl begriffe, was er meinte, oder ob er in seiner Frechheit noch deutlicher werden sollte.

Der König aber musste sich zunächst einmal setzen. »*Das erscheint mir falsch und gänzlich verdreht.*«

Lucius legte ihm väterlich die Hand auf die Schulter und hub erneut zu sprechen an. »*Das ist so, weil du ein einfacher Mann bist und dir die Sitten bei Hofe allzu fremd sind. Aber bitte, bedenke dich gut und antworte mir mit tiefster Aufrichtigkeit. Ist dies das Einzige, was dir hier seltsam und verdreht erscheint?*«

Da musste der König ihm recht geben.

»*Willst du denn ein guter König sein? Oder ist es dir lieber, wenn man sagt, der Erek hat bäurische Sitten bei Hofe eingeführt? Und sein Weib muss ein gar garstiges Stück sein. Niemand mag sie haben, so wie es sich für eine Königin gehört.*

Manche behaupten gar, sie sei kein richtiges Weib, sondern ein Hermaphrodit.«

»Was ist mein Weib? Sie ist ganz in Ordnung. Nicht so ein ...«

»Hermaphrodit?«

»Was, bei den Göttern, soll das sein?«

»So nennt man ein Weib, das redet wie ein Weib, sich kleidet wie ein Weib, bartlos ist wie die meisten Weiber, aber zwischen den Beinen, da ist sie ein Mann.«

Der gute Erek erschrak bis ins Mark, als er diese Worte vernahm. »Das sagt man über Gishild?«

»Nun, auch du wirst gehört haben, dass man sie ein Mannweib nennt.«

»Aber so ist es nicht«, beteuerte Erek. »Bitte, Lucius, wenn du ein wahrer Freund bist, dann gestatte nicht, dass man so über sie redet.«

Der Elf seufzte, als wolle es ihm das Herz zerreißen. »Die Götter wissen, was für ein guter Freund ich dir bin. Aber meinem Vater musste ich auf seinem Totenbett schwören, dass ich stets nur die Wahrheit sage und im Zweifel schweige. Wie könnte ich für Gishild sprechen, habe ich sie doch nie nackt gesehen.«

»Aber ich sage dir doch, es ist nicht, wie die Schandmäuler sagen.«

»Erek, ich weiß, wie sehr du dein Weib liebst, auch wenn du ihr nicht gestattest, eine gute Königin zu sein. Und ich weiß auch, dass du niemals schlecht von ihr sprechen würdest, selbst wenn du damit deine Tugend beflecktest und Lügen im Munde führtest. So kann ich nur frei von Dingen sprechen, die ich mit eigenen Augen gesehen habe.«

»Dann werde ich in dieser Nacht das königliche Schlafgemach nicht absperren. Komm und sieh selbst, welcher Unfug gesprochen wird.«

»So leicht geht das doch nicht! Glaubst du, ich sei ein schamloser Gesell? Ich kann deine Frau doch nicht in ihrer Nacktheit erkunden, wenn du neben mir stehst. Du solltest einen weiten Ausritt machen, nachdem du das Schlafgemach aufgesperrt hast. Und das Beste wäre, wenn ich jeden zu deinem Weib führte, der schlecht von ihr gesprochen hat. Und sie sollten alles mit ihr tun, was Männer mit Weibern anzustellen vermögen, damit sie wissen, wie sehr sie irrten.«

»Aber was wird Gishild ...«

»Ach, mein Freund, hörst du mir denn gar nicht zu? Hast du vergessen, was ich dir über Fleisch und Wein erzählt habe? Wenn die Königin viele Männer hat, wo andere Weiber nur einen haben, dann ist es ganz so, wie es bei Hofe natürlich von sich geht. Ich sagte doch schon, dies ist eine verkehrte Welt, und du wirst niemals fehlgehen, wenn du es genau andersherum anstellst, wie es unter Bauern Brauch ist.«

»Aber wenn sie ein Kind empfängt ...«

»So wird es auf jeden Fall königliches Geblüt haben. Es wächst doch in ihrem Leibe. Du musst dir also keine Sorgen um die Blutlinie der königlichen Familie machen.«

Da war Erek Sweinson zutiefst erleichtert, und er dankte seinem guten Freund für dessen Rat und die Mühen, die Lucius wieder einmal auf sich genommen hatte, um ihm die Welt bei Hofe zu erklären. Und so ließ er in dieser Nacht sein Schlafgemach unverschlossen, und er machte einen langen Ausritt. Und so hielt er es fortan in jeder Nacht, außer bei hohen Festtagen, wo er bei seiner Frau lag, so wie er es früher getan hatte. Gishild aber war erfreut, dass sie ungestraft ihren Geliebten, den Elfen, empfangen konnte. Und oft versündigten sie sich schon im königlichen Stall, kaum dass Erek davongeritten war. Unter den Knechten aber wurde es üblich, die steinerne Pferdetränke das Bad der Königin zu heißen, denn dort wusch sie sich, wenn ihr Verlangen sie schon im Stall überkommen hatte.

Natürlich blieb nicht unbemerkt, was bei Hofe geschah, und so sang man in den Gassen schon bald ein munteres Lied über die Königin. Und in dessen Kehrreim hieß es: ›Gishilde, Gishilde, führt ein Strumpfband im Schilde.‹ Dies also ist die Geschichte, wie der König zum Narren wurde.«

ZITIERT NACH: VOM NARREN, DER GLAUBTE,
KÖNIG ZU SEIN – VON DEN ABENTEUERLICHEN
TATEN DES EREK SWEINSON,
DER WIEWOHL NICHT VOM SCHWEIN GEBOREN,
DOCH KEIN MENSCHLICH LEBEN FÜHRTE
SEITE 83 ff.
VERFASST VON:
HENRICUS BLASIUS HYAZINTH VON KORFELSHAUSEN

DER VERLORENE CAPITANO

Der Wind peitschte dem Capitano eisigen Regen ins Gesicht. Es war nicht Liliannes Schuld, dachte Claude de Blies, als er sich gegen das Steuer stemmte. Der alte Luigi war ihm zu Hilfe geeilt und auch Sibelle, die junge Nautikerin. Doch die *Windfänger* gehorchte nicht mehr ihrem Willen. Die Strömung, vor der Claude dreimal gewarnt worden war, hatte das große Schiff gepackt und trieb es auf die Küste zu.

Vor fünf Tagen hatte das Unglück seinen Anfang genommen. Die sieben Galeassenkapitäne aus der Hafenfestung waren vor Lilianne getreten und hatten Hölzer gezogen.

Claude hatte das kürzeste erwischt. Die anderen waren fortgeschickt worden, und sie hatte ihm eröffnet, was seine Aufgabe sei. Als sie ihre Rede beendet hatte, war ihm klar gewesen, dass er für immer als ein Idiot dastehen würde. Wenn es wenigstens nicht das Schiff des Flottenmeisters gewesen wäre!

Claude hatte mit niemandem reden dürfen. Sein Befehl war unmissverständlich gewesen: Er sollte mit der *Windfänger* in die schmale Durchfahrt zwischen der Robbeninsel und dem Festland vorstoßen, und zwar bei schlechtem Wetter, wenn sein Schiff unweigerlich zum Spielball der Gezeiten werden würde. Und er hatte diesen mörderischen Befehl befolgt. Tjured musste ihn hassen! Erst das fehlgeschlagene Enterkommando im Hafen und nun dieser Einsatz!

Claude hatte allen Seesoldaten den Befehl gegeben, ihre Harnische abzulegen. In feindlichen Gewässern waren sie verpflichtet, stets gewappnet zu sein. Doch hier waren keine Freibeuter aus einem nahen Hafen zu befürchten. Hier galt es allein, gegen die See zu kämpfen, und da halfen Kürasse wenig.

Die Männer standen auf dem Hauptdeck und verfolgten hilflos den Kampf des Schiffs. Die starke Strömung drückte die *Windfänger* unbarmherzig nach Backbord, auf das Watt zu. Die Ruder waren nicht bemannt und die Ruderlöcher verschlossen, damit die Galeasse in der unruhigen See nicht unnötig Wasser nahm. Auch so waren die Lenzpumpen schon unablässig im Einsatz. Außerdem misstraute Claude den Ruderern. Am Abend vor dem Auslaufen waren mehr als zwei Drittel seiner Ruderer gegen Männer von anderen Schiffen ausgetauscht worden. Sie waren nicht aufeinander eingespielt. Und er wollte das Schicksal des Schiffs nicht in ihre Hände legen.

Die Spanten der *Windfänger* ächzten unter dem Druck des

Wassers auf den Rumpf. Claude gingen die Zahlen durch den Kopf. In den Lehrbüchern der Seefahrt gab es Zahlen über alles. Wenn er es gut machte und die Galeasse an der richtigen Stelle auf Grund setzte, dann würde nur ein Viertel seiner Männer ertrinken. Wenn er aber einen Fehler beging und es ganz schlecht lief, dann würde nicht einmal ein Viertel überleben.

Der Kampf neigte sich dem Ende entgegen. Backbord sah er die langen Weidenruten im Wasser aufragen, mit denen im tückischen Wattgebiet die Kanäle markiert waren, durch die das Wasser ablief. Ein kleineres Schiff, ein Küstensegler, würde dort hindurchschlüpfen können. Aber keine Galeasse mit mehr als dreihundert Mann an Bord.

Luigi stand ihm genau gegenüber. Der alte Steuermann stemmte sich mit aller Kraft in die Speichen des Rades. Er hatte schon unter Alvarez gedient. Seine Muskeln und Sehnen arbeiteten unter der rauen, wettergegerbten Haut. Sein Gesicht war eine Fratze verzweifelter Anstrengung. Die Augen aber waren voller Hass.

Der böige Wind sang in der Takelage. Eisiger Regen strich fast senkrecht über Deck. »Wir werden sie auf Kiel setzen!«, schrie Claude gegen den Sturm an. »Dort vorne ist ein guter Platz ohne Felsen.«

»Wir schaffen es«, fauchte Luigi. »Der Gezeitenstrom wird bald nachlassen!«

Claude sah die Felsen, die eine halbe Meile voraus aus der tobenden Gischt ragten. Dort würde sein Schiff restlos zerschmettert werden. Vielleicht hatten sie Glück, und die Strömung wurde schwächer. Dann konnten sie die Galeasse aus dem gefährlichen Fahrwasser bringen, und er hätte seinen Befehl nicht erfüllt. Wenn sie aber kein Glück hatten und die *Windfänger* dort zerschellte, dann würde es nur wenige Überlebende geben.

Der Capitano ließ abrupt das Ruder los. Sofort spürte er, wie das Schiff weiter nach Backbord abdriftete.

»Was tust du da, du Mörder?!«, schrie Luigi auf. »Du Mörder!«

Der Rumpf schrammte über Sand. Es gab einen Ruck, der fast alle von den Beinen riss. Dann kam die *Windfänger* überraschend noch einmal frei. Wind und Wellen hatten sie über die erste Sandbank hinweggedrückt.

Claude griff nach den Speichen des Steuerrads, um sich hochzuziehen. Er hatte sich ein Knie aufgeschlagen. Jemand am Vorderkastell schrie etwas.

Der zweite Schlag war härter. Der Vormast splitterte und ging samt Segel über Bord. Wie ein Rammbock schlug der Mast, gefangen von der Takelage, im Takt der Meeresdünung gegen den Rumpf.

»Kappt die Seile!«, schrie Claude den benommenen Männern zu. Er entdeckte den Hauptmann der Seesoldaten nahe beim Vorderkastell. »Juan! Sieh zu, dass wir den Mast loswerden!«

Die Strömung drückte das Schiff noch ein Stück weiter auf die Sandbank, dann steckte der Rumpf im Schlick fest, gehalten von der eisernen Faust des Watts. Claude wusste, dass das Schiff nie wieder frei kommen würde.

Er sah zur Küste hinüber. Der Dünenstreifen lag etwas mehr als eine halbe Meile entfernt. Bei Ebbe sollten sie es leicht hinüberschaffen, wenn kein Treibsandfeld zwischen ihnen und dem sicheren Strand lag.

Er drehte sich zur Brücke um. Luigi lehnte schwer gegen das nutzlos gewordene Steuerrad. Seine Lippen waren blutig. Vermutlich hatte er sie sich beim Aufprall durchgebissen. Sibelle, die Nautikerin, schien mit dem Gesicht gegen die Speichen des Steuerrads geschlagen zu sein. Ihr linkes Auge war zugeschwollen, aus ihrer Nase tropfte Blut. Der Regen spülte es hinab zu ihrem Spitzenkragen, der sich langsam rosa färbte.

»Schwester Sibelle, bist du in der Lage, deinen Dienst zu tun?«

Die Nautikerin nickte benommen.

»Dann stell bitte fest, wie viele Tote und Verletzte es gab.«

Die Galeasse hatte leichte Schlagseite nach Steuerbord hin. Claude versuchte, seine Gedanken zu ordnen. Der Rumpf musste untersucht, die Wasserfässer und Vorräte gesichert werden. Er blickte auf das Deck. Ein Mann lag verdreht an Deck. Sein Kopf war verschwunden. Der stürzende Mast musste ihn getroffen haben. Sonst entdeckte er keinen Toten. »Werft Taue über die Reling!«

Sicher waren etliche Männer beim Aufprall über Bord gegangen. In dem eisigen Wasser würden sie nicht lange überleben. Was war zu tun? Er rief sich die endlosen Nächte ins Gedächtnis, die er über den Seehandbüchern gebrütet hatte. Sie hatten überlebt. Und wie es schien, hatte es deutlich weniger Tote gegeben, als er befürchtet hatte.

Der Anflug eines Lächelns stahl sich auf sein Gesicht. Zum ersten Mal seit langem war er zufrieden mit sich. Er hatte einen verrückten, selbstmörderischen Befehl bekommen. Und er hatte ihn besser gemeistert, als zu erwarten gewesen war.

Etwas glitt über seinen Hals. Schnell. Scharf. Jemand packte ihn von hinten.

Es lief ihm warm in den Kragen. Er griff nach seinem Hals. Spürte die Wunde unter den Fingern. Groß wie ein zweiter Mund klaffte sie in seinem Hals.

»Schiffsmörder!«, zischte ihm Luigi ins Ohr.

ZWEI FRAUEN

Gishild erwachte vom Geräusch prasselnden Regens. Sie tastete neben sich und war erleichtert, dass das Bett leer war. Erek hatte in letzter Zeit die Angewohnheit, sehr früh aufzustehen.

Die Königin drehte sich um und versuchte wieder einzuschlafen. Ob Erek es gespürt hatte? Er ließ sich jedenfalls nichts anmerken.

Sie trafen sich nur unregelmäßig. Und jedes Mal, nachdem sie und Luc sich geliebt hatten, wusch sie sich in der Pferdetränke unten im Stall. Sie gab sich alle Mühe, jede Spur zu verwischen. Gishild seufzte. Sie hatte sich all das anders vorgestellt. Wenn sie Firnstayn verlassen könnte, wäre es leichter. Aber Tag für Tag gab es so viele Entscheidungen zu treffen.

Sie sehnte die Stunde herbei, in der der Angriff der Tjuredkirche begann. Dann endlich konnte sie von hier fort! Ständig fühlte sie sich beobachtet. Jedes Lächeln, jeder Blick war plötzlich vieldeutig.

Sigurd war seit der ersten Nacht im Stall sichtlich gealtert. Der Winter zog herauf. Er hinkte. Der Wetterwechsel ließ ihn die alten Narben spüren.

Gishild drehte sich auf den Rücken und sah die Decke an. Das Zimmer war weiß getüncht. In einer Ecke hing in einem alten Spinnennetz ein vertrockneter Spinnenkadaver. Obwohl er dort schon länger sein musste, war er ihr erst gestern aufgefallen. Wie lange würde es wohl noch dauern, bis sie sich unrettbar in ihrem Netz von Lügen verfing?

Würden die Jarls sie verurteilen? Sie wussten alle, dass sie sie brauchten. Allerdings machten Gerüchte die Runde, dass Mandred Torgridson bald zurückkehren würde, um das Fjordland zu retten. So wie er es einst zu König Liodreds Zeiten getan hatte.

Gishild richtete sich auf. Das Brüten half nicht. Sie sollte sich ankleiden.

Kaum dass sie einen Fuß aus dem Bett setzte, wurde ihr übel. Sie schaffte es gerade noch zur Waschschüssel. Mit beiden Händen umklammerte sie den Rand. Es dauerte lange.

Erschöpft ging sie in die Knie und wischte sich mit dem Ärmel über Mund und Nase. Versuchte jemand, sie zu vergiften? Es war das dritte Mal in dieser Woche, dass der Tag so begann. Straften sie die Götter? War sie krank?

Die Bodenfliesen waren eisig. Die Kälte tat gut.

Gishild umklammerte die Knie mit beiden Händen und wiegte sich sanft.

»Du erinnerst mich oft so sehr an deinen Vater, dass es mir schwerfällt zu glauben, dass du auch meine Tochter bist.«

Die Königin fuhr erschrocken herum. Ihre Mutter saß auf dem zerwühlten Bett. Sie trug einen dicken Pelz.

»Du schleichst wie eine Katze«, murmelte Gishild. Roxanne musste lautlos hereingekommen sein, als sie über die Schüssel gebeugt gewesen war.

»Ein ganzes Heer hätte hier durchziehen können, als du die Waschschüssel umarmt hast. Du solltest das Fenster öffnen.«

Sie tat es. Und ärgerte sich. Roxanne hatte ihr gar nichts zu sagen! Auch sie hatte sie bedrängt, Ereks Weib zu werden. Hätte sie sich nur nicht darauf eingelassen!

»Du bist wie Gunnar. Er war ein Dickkopf und Raufbold. Es vergeht kein Tag, an dem ich ihn nicht vermisse. Weißt du, dass er ein hoffnungsloser Romantiker war? Das traut man den Fjordländern gar nicht zu … Er war oft nicht da, wenn ich ihn gebraucht hätte. Und ich habe ihn verflucht.

Aber er hat mich niemals betrogen. Das weiß ich, tief in meinem Herzen.«

»Was willst du mir sagen?« Das Letzte, was sie jetzt brauchte, waren Vorhaltungen von ihrer Mutter. Wenn die Übelkeit wich, hatte sie einen Hunger wie ein Bär, der aus dem Winterschlaf erwachte. »Komm zur Sache! Ich mag es nicht, wenn man lange um den heißen Brei herumredet. Auch das habe ich von meinem Vater!«

»Ich denke, du trägst einen Thronfolger unter deinem Herzen.«

Gishild lachte auf. »Nein. Bestimmt nicht. Ich kann jetzt nicht ...«

»Darum scheren sich Kinder nicht! Jedes Mal, wenn ich ein Kind empfangen hatte, ging es mir so wie dir jetzt.«

»Ich habe gestern zu viel getrunken.«

»Glaubst du, ich kenne dich nicht? Ich weiß, dass du nicht viel trinkst, wenn du nachts sehr lange in der Festhalle bleibst, um mit deinen Jarls zu sprechen. Ich bin alt, aber noch nicht blind. Und ich habe gehört, wie du dich gestern erbrochen hast. Ich stand vor der Zimmertür und wollte eigentlich zu dir. Wie lange geht das schon so?«

»Ich bin krank!«

Jetzt lachte Roxanne. »Ja, das ist eine Krankheit, die nur Frauen bekommen. Und auch nur solche, die sich mit Männern abgeben.«

Gishild schoss das Blut in die Wangen. »Ich bin verheiratet! Wie kannst du ...«

»Ich sagte doch schon, ich bin alt, aber nicht blind. Mach mir nichts vor! Weißt du wenigstens, von wem es ist?«

Gishild umklammerte ihre Knie fester. »Ich bin krank!«

»Wie lange schon?«

»Mehr als eine Woche. Fast zwei.«

Roxanne schüttelte den Kopf. »Glaub mir, ich weiß, wovon ich rede. Du hast dir ein Kind gefangen. Wird dir auch tagsüber übel?«

»Manchmal«, gestand sie widerwillig. »Aber meistens passiert es morgens. Ich habe auch das Gefühl, dass alles viel stärker riecht. Manchmal wird mir übel, wenn ich Dinge einfach nur rieche. Bei Käse ist es so ...«

»Geht es dir auch bei nassem Fell so?«

Gishild sah ihre Mutter überrascht an. »Ja.«

Roxanne erhob sich und strich ihr durch das Haar. »Ach, mein Mädchen ... Was willst du jetzt tun? Das Kind behalten?«

Gishild vergrub das Gesicht zwischen den Armen. Plötzlich fühlte sie sich wie ein Kind. Sie wünschte sich, dass ihre Mutter sie fest an sich drückte. Sie wollte bei ihr unterkriechen, so wie damals, als sie ein kleines Mädchen war und es keine Sorge gab, die ihre Mutter nicht für sie aus der Welt schaffen konnte.

»Wenn es zu sehr nach *ihm* aussieht, dann wird es gefährlich für euch alle drei«, sagte Roxanne leise. »Ich kann dir helfen.«

Gishild schüttelte den Kopf. Sie könnte kein Kind von Luc töten! War es wirklich seins? Es waren kaum mehr als zwanzig Tage vergangen, seit er zum Wolkenspiegelsee gekommen war. Sie dachte an die Zeit vor ihrer Flucht in die Berge. Daran, wie oft sie bei Erek gelegen hatte. Hatte sie vielleicht ein Kind von ihm empfangen? Und dann bei einem anderen Mann gelegen?

Roxanne ging neben ihr in die Knie und drückte sie an sich. Plötzlich konnte Gishild ihre Tränen nicht mehr zurückhalten. Sie umklammerte ihre Mutter, wie sie es nicht mehr getan hatte, seit sie ein Kind gewesen war.

»Du musst das nicht heute entscheiden, Gishild. Aber bald. Du kannst das nicht lange verbergen.«

WILLKOMMENE NACHRICHTEN

»Wann ist das geschehen?«, fragte Gishild aufgeregt.

»Vor fünf Tagen, Königin. Ich habe drei Pferde zu Schanden geritten, um dir die Botschaft zu bringen.«

»Steh auf. Ich mag es nicht, wenn jemand vor mir kniet.« Der Junge, den sie in den Thronsaal gebracht hatten, war noch keine fünfzehn Jahre alt. »Wo?«

»Nicht weit von Aldarvik, Herrin. Sie haben die Gehöfte nahe am Strand aufgesucht. Sie haben alles mitgenommen. Aber sie haben dafür bezahlt.«

Das war neu, dachte sie. In Drusna hatten die Ordensritter zwar manchmal davon gesprochen, dass ausgeplünderte Bauern entschädigt werden sollten, und sie hatten sogar Pfandbriefe ausgestellt, aber soweit sie gehört hatte, war niemals eines ihrer Versprechen auf Geld eingelöst worden.

Sigurd stand neben ihrem Thron.

»Es hat angefangen«, sagte er leise. »So schnell. Ich hätte nicht gedacht, dass sie noch vor dem Winter …«

»Es war ein Schiffsunglück«, unterbrach ihn Gishild.

»Und was macht ein Schiff voller Soldaten vor unserer Küste?«

»Da werden wir sie wohl fragen müssen.« Gishild war erleichtert, dass es endlich losging. In Firnstayn zu sitzen und zu warten, dass die Invasion begann, war nicht ihre Sache. Die Götter hatten ihr ein Geschenk gemacht.

Am Königshof war es unerträglich geworden. Das Starren und Flüstern. Erek … Und so sehr sie sich nach Luc sehnte, hatte sie es nicht gewagt, ihm zu sagen, dass sie schwanger war. Es wäre gut, vom Hof zu entfliehen. Sie sollte ein paar Tjuredritter in Ketten nach Firnstayn bringen. Sobald der Schnee ihre Untertanen in ihren Häusern gefangen hielt, war es besser, wenn es Gesprächsstoff über einen tollkühnen Handstreich der Königin gab, als dass sich die Menschen Tag für Tag aufs Neue fragten, wo der Krieg wohl beginnen würde.

»Du kannst da nicht einfach ...«

Gishild stand von ihrem Thron auf. An diesem Tag trug sie Rüstung. Schlagartig verstummten alle Gespräche in der Halle. »Sigurd, ich schätze deine Dienste sehr«, sagte sie mit schneidender Stimme. »Aber maße dir nicht an, mir Befehle zu geben. Was ich kann und was nicht, liegt nicht in deinem Ermessen!«

»Aber Herrin ...«

»Genug! Ich werde ein paar Elfen mitnehmen und Alexjei mit seinen Schattenmännern.«

Es war seit Jahrhunderten nicht mehr vorgekommen, dass ein König des Fjordlands ohne eine Eskorte seiner Mandriden ausritt. Aber Gishild wollte endlich wieder frei sein! All ihre Leibwächter wussten um ihr schändliches Geheimnis. Sie wollte sie einfach nicht um sich haben, ebenso wenig wie Luc oder Erek. Und wenn sie Glück hatte, dann nahmen ihr die Götter die Entscheidung mit dem Kind ab. Es würde ein scharfer Ritt werden. Jeden Tag konnte der erste Schnee kommen und den Weg unpassierbar machen.

»Wir reiten in zwei Stunden. Holt mir Yulivee und Alexjei! Setzt den Jungen an ein Feuer und gebt ihm eine warme Suppe zu essen.« Ganz klar sah sie vor sich, was zu tun war. Sie war eine Kriegerin. Für den Hof war sie nicht geschaffen.

DER MAKEL DER MENSCHEN

Fingayn kauerte auf dem hölzernen Dach des prächtigen Lagerhauses. Seit Jahrhunderten versuchte er die Menschen zu verstehen. Bei den Fjordländern war er sich sicher, sich ihrer Art des Denkens zumindest angenähert zu haben, aber das hier … Unter ihm tummelte sich eine unübersehbare Masse von Pöbel. Dazwischen eilten fliegende Händler mit langen Stangen voller frischer Brezel umher, Wasserverkäufer und Männer, die Fetzen der Büßerhemden jener fünf Männer und zwei Frauen verkauften, die heute ihr Leben lassen würden. Die Hemden der Verurteilten waren tatsächlich zerrissen. Fingayn hatte von seinem Platz auf dem Dach einen guten Blick auf die sieben. Aber er zweifelte daran, dass die kleinen Stofffetzen, die so reißenden Absatz fanden, tatsächlich von den Gefangenen stammten. Nach seinen Erfahrungen mit den Menschen gab es unter ihnen stets einige, die auch vor den unmoralischsten Geschäften nicht zurückschreckten. Was daran erstrebenswert war, so einen Stofffetzen zu besitzen, blieb ihm völlig unbegreiflich.

Irgendein Possenreißer war auf einen der sieben Scheiterhaufen gestiegen. Mit krächzender Stimme sang er ein Spottlied auf die Ritter vom Blutbaum. Der Text des Liedes war so absurd wie das ganze Ereignis. Dieser Liedermacher behauptete, die Ritter hätten Unzucht mit den Elfen getrieben und sich heimlich mit den Anderen verbündet, um die Heptarchen von Aniscans zu ermorden.

Fingayn dachte an die mörderische Schlacht um die Ordensburg zurück. Hatten die Menschen das vergessen? Reichte ihr Gedächtnis so kurz? Wie konnten sie glauben, dass diese Ritter Unzucht mit Elfen trieben?

Die grölende Menge feuerte den Sänger an, und wann immer er neue Lügen über die Ritter vortrug, wurden seine Worte von Buhrufen und übelsten Schmähungen gegen die Verurteilten begleitet.

Fingayn war versucht, diese schleimige kleine Kröte für immer zum Schweigen zu bringen. Aber wenn er einen Schuss wagte, bevor die Feuer entzündet wurden, würde er sein Versteck auf dem Dach verraten und die Aufmerksamkeit des Pöbels auf sich ziehen.

Auch er war hier, um eine Hinrichtung zu vollstrecken. Aber er würde es schnell machen. Ihm war durchaus bewusst, dass sein Opfer, gemessen an dessen eigenen Wertmaßstäben, ein ehrenhafter Mann war. Nur, dass er bedauerlicherweise zu einer Gefahr für die Albenmark werden konnte: Bruder Jerome Olivier, Anführer der Schwarzen Schar, Kriegsheld der Heidenkriege in Drusna und dann Komtur von Algaunis, der alten Königsstadt Fargons. Man hatte ihn wahrscheinlich hierher versetzt, damit er in Frieden alt werden und jüngeren Rittern seine Erfahrungen weitergeben konnte. Soweit Fingayn herausgefunden hatte, war die Rothaarige zu seiner Rechten eine Magistra aus Valloncour. Bernadette war ihr Name. Sie stand dort unten einfach nur, weil sie das Pech gehabt hatte, zur falschen Zeit am falschen Ort zu sein. Nach allem, was Fingayn gehört hatte, leistete Valloncour noch Widerstand, und aus eigener Anschauung konnte er nur bestätigen, dass die Halbinsel so gut wie uneinnehmbar war.

Böiger Wind zerrte am Umhang des Maurawan. Von Osten zogen schwere Gewitterwolken heran. Der Gossenpoet auf dem Scheiterhaufen hatte sein lästerliches Lied endlich beendet. Die Würdenträger der Stadt hatten sich auf der weiten Terrasse des Gildenpalasts eingefunden, der die gesamte Westseite des Marktplatzes einnahm.

Fingayn studierte die selbstgefälligen Gesichter der Männer und Frauen, die in ihrem Leben stets nur mit List und Tücke gefochten hatten. Wie anders sah da doch Jerome Olivier aus. Er hatte einen großen, kantigen Kopf. Das Haar war kurz geschoren und an den Schläfen leicht ergraut. Es war das Haupt eines Kriegers.

»Bekennt ihr euch der Unzucht mit Elfenhuren schuldig? Bekennt ihr euch schuldig, die Heiligen Schriften des Tjured benutzt zu haben, um euch, nachdem ihr die Notdurft verrichtet hattet, damit zu säubern?« Ein empörtes Raunen ging durch die Menge, und der hagere Redner im blauen Gewand eines Tjuredpriesters machte eine kurze Pause, um der Menge Zeit zu lassen, ihren Unmut kundzutun. »Bekennt ihr euch schuldig, die Statue unserer Heiligen Frau Annabelle mit den Safrangewändern einer Hure behängt zu haben?«

»Ihr gottlosen Bastarde«, schrie ein hysterisches Weib mit sich überschlagender Stimme. Ein Stein traf die rothaarige Ritterin hart im Gesicht. Blut tropfte auf ihr Büßerhemd.

»Bekennt euch schuldig, und ihr werdet der Garotte übergeben«, ereiferte sich der Richter.

»Das Einzige, was ich bereue, ist, für Geschmeiß wie euch in Drusna mein Blut vergossen zu haben! Dort sind Heiden unter meinem Schwert gestorben, die mehr Anstand und Moral hatten als ihr!« Jeromes Stimme übertönte leicht das Geschrei des Pöbels. Es war die Stimme eines Kriegers, der inmitten von Schlachtengetümmel seine Befehle gegeben hatte.

»Lasst sie brennen!«, schrien sie dutzendfach.

Fingayn zog die Sehne auf seinen Bogen.

»Dann übergebe ich eure sündigen Leiber dem reinigenden Feuer Tjureds!«, rief der Priester.

Fackelträger traten aus den Reihen der Pikeniere, die den Mob ein paar Schritt von den Scheiterhaufen zurückhielten.

Der Maurawan zog den Pfeil, der Jeromes Namen trug, aus seinem Köcher.

Die Fackeln wurden in die Scheiterhaufen gestoßen. Das ölgetränkte Reisig stand schnell in hellen Flammen. Der Wind riss den Rauch hinfort, so dass den sieben ein schneller Erstickungstod verwehrt blieb. Die Fackeln schlugen bald bis zu den Leibern empor. Funken brannten sich in die Büßerhemden. Die Ritter versuchten mutig zu sein. Ihre schmerzverzerrten Gesichter blickten in den Himmel. Das Haar der Rothaarigen fing Feuer und verging in einem einzigen Augenblick. Dann begann der Erste zu schreien.

Bis zu diesem Augenblick war es still auf dem weiten Platz gewesen, doch der Schmerzensschrei brach den Bann. Die Menge johlte vor Vergnügen. Ein Weib brach durch die Absperrung der Pikeniere, hob ihr Kleid und streckte den Verurteilten ihren nackten Hintern entgegen.

Fingayn legte den Pfeil auf den Bogen. Jerome wand sich in Qualen. Kein Laut kam über seine Lippen.

»Ich hoffe, du findest Gerechtigkeit bei deinem Gott«, flüsterte der Elf und ließ den Pfeil von seiner Sehne schnellen.

Dann zog er einen grau befiederten Jagdpfeil und erschoss die Rothaarige.

Erst als der dritte Ritter mit einem Pfeil in der Brust zusammensackte, reagierte die Menge. Durch die Flammenwände der Scheiterhaufen hatten sie keine gute Sicht.

Fingayn sah, wie die Ersten mit ausgestreckten Armen zum Dach hinaufdeuteten. Aber er schoss weiter. Jeder Pfeil erlöste einen der Ritter.

Eine Arkebusenkugel schlug einen halben Schritt neben ihm in die hölzernen Dachschindeln. Bewaffnete stürmten das Haupttor des großen Lagerhauses.

Der Maurawan schoss den siebten Pfeil ab. Was er getan hatte, war dumm gewesen, aber er hatte sich schon lange nicht mehr so gut gefühlt wie in diesem Augenblick. Er lief über den Dachfirst, so dass die Menge ihn gut sehen konnte.

Weitere Arkebusen knallten. Er war dabei, denselben Fehler wie Silwyna zu machen, dachte er flüchtig. Er sollte diese verfluchte Menschenbrut nicht unterschätzen. Wenn nur genug von ihnen schossen, dann würde ihn unweigerlich eine der Kugeln treffen.

Er erreichte das Ende des Dachs und blickte in den Abgrund. Die Straße lag fast zwanzig Schritt tiefer. Dort unten waren bereits Soldaten eingetroffen, die drohend mit ihren Piken gestikulierten.

Fingayn sprang auf den Balkenarm des Flaschenzugs, der dicht unter dem Dachfirst über die Straße ragte. Mit einer Hand packte er das Seil und schwang sich durch die Luke im Giebel. Federnd landete er auf dem Holzboden des obersten Speichers. Hier gab es keine Fenster. Ein paar Schritt, und die Finsternis verschlang ihn.

Der Maurawan löste die Sehne von seinem Bogen. Vom Treppenaufgang tönte der schwere Schritt genagelter Stiefel. Hier würden sie ihn nicht bekommen! Da war er sich ganz sicher. Er hatte seine Flucht gut geplant. Diesmal würde es noch einfach werden. Aber sein nächstes Ziel war die Ordensburg auf Valloncour, wo er vor Jahren fast lebendig verbrannt worden wäre. Dorthin gehen zu müssen, machte ihm Angst. Und er wusste, er konnte seine Aufgabe nicht allein bewältigen.

DAS TOTENBANNER

Capitano Juan Garcia hielt trotz des Aufruhrs, der in seinem Innern herrschte, die Hand mit dem Glas ganz ruhig. Er schwenkte es langsam von Hügelkamm zu Hügelkamm. Nichts. Auch keine verdächtigen Rauchzeichen.

Er drehte sich um und blickte hinaus auf die See. Tag um Tag betete er darum, einen Segler unter dem Banner des Aschenbaums zu sichten. Irgendein kleines Küstenschiff, das sie entdeckte und ihre verzweifelte Lage meldete.

Sein Glas verharrte beim Wrack der *Windfänger*. Das Schiff hatte der zehrenden Kraft der Gezeiten besser standgehalten, als er erwartet hätte. Noch immer lag es weitgehend intakt auf der Sandbank. Inzwischen war alles, was brauchbar war, von Bord geschafft worden. Er hatte überlegt, Feuer in das Wrack legen zu lassen, aber er hatte es nicht übers Herz gebracht. Die besten Jahre seines Lebens hatte er an Bord dieser Galeasse verbracht. Er konnte sie nicht verbrennen. Und es war auch nicht notwendig. Keine Macht der Welt würde sie mehr von dieser Sandbank holen.

Möwen kreisten um den verbliebenen Mast. Sie stritten um die letzten Reste ihres makabren Mahls. Von der Rah hingen die Überreste des Steuermanns Luigi. Kaum eine Stunde war nach seinem schändlichen Mord vergangen, da hatte Juan das Standrecht vollzogen und den alten Steuermann aufknüpfen lassen. Luigi hatte während des Standgerichts gar nicht erst versucht, die Tat zu leugnen. Das Blut an seinen Ärmeln und Händen war noch nicht getrocknet gewesen, als sie ihn gehenkt hatten.

Nach dem Mord an Bruder Claude hatte Juan das Kommando über die Überlebenden der *Windfänger* übernommen. Er war als Capitano der Seesoldaten der ranghöchste, noch lebende Offizier. Bei Ebbe hatte er die Männer und die Vorräte an Land gebracht. Gleich in der ersten Nacht hatte er kleine Trupps entsandt, um bei allen Gehöften in Reichweite Vorräte zu requirieren. Die Bauern waren für die Güter, die man ihnen genommen hatte, reichlich entlohnt worden. Und wie es schien, ging sein Kalkül auf, denn statt eines rachsüchtigen Mobs waren schon in der zweiten Nacht willige Händler vor den Wällen seiner behelfsmäßigen Dünenburg erschienen und hatten ihnen weitere Lebensmittel verkauft. Zu völlig überhöhten Preisen natürlich, aber er hatte nicht lange gefeilscht.

Der Küstenstreifen mit seinen labyrinthischen Wasserwegen und den unzähligen kleinen Inseln war wie geschaffen für Schmuggler. Große Schiffe wagten sich kaum einmal in dieses Gewässer. Und wenn, dann erging es ihnen nur allzu leicht wie der *Windfänger,* die mit ihrem makabren Totenbanner an der Rah der Beweis dafür war, dass hier die Herrschaftsverhältnisse wie auf hoher See nicht mehr galten.

»Was hat ihn nur dazu gebracht, die *Windfänger* in den Kanal bei der Robbeninsel zu steuern?« Sibelle, die Nautikerin, hatte lange schweigend an seiner Seite gestanden. Wie die meisten Seeleute war sie eher geschwätzig; ein Wesenszug, den Juan nicht teilte. Er hatte seine ganz eigenen Vorstellungen darüber, was Claude zu diesem Wahnsinn bewogen haben mochte. Aber er war kein Mann, dem es lag, sich endlos in fruchtlosen Spekulationen zu ergehen.

Der Capitano der *Windfänger* war nicht dumm gewesen. Hatte er etwas gemerkt? Auf der ganzen Reise hatte er die Ruderer nur zweimal bei relativ ruhiger See Dienst tun lassen. Sie wären nicht in der Lage gewesen, die Galeasse zu retten. Fast alle Männer, die man in der Nacht, bevor sie ablegten, an

Bord gebracht hatte, waren erprobte Seesoldaten, auch wenn sie sich als Ruderer ausgegeben hatten. Juan wusste, dass es so war. Die neue Komturin hatte ihn darüber in Kenntnis gesetzt. Aber warum sie dies tat, hatte sie nicht gesagt. Es ergab einfach keinen Sinn.

Normalerweise war eine Galeasse mit etwa zweihundert Ruderern und hundert Seesoldaten besetzt. Dazu kamen noch Seemänner, die die Segel bedienten, und Kanoniere. Erwartete man ein Gefecht und hielt sich nahe eigener Häfen auf, mochten auch mehr Seesoldaten an Bord sein. Auf dieser Fahrt waren hundertfünfzig der Ruderer in Wahrheit Arkebusiere, Pikeniere oder Schwertfechter. Dazu kamen noch einmal hundertfünfzig reguläre Soldaten. Ihre Kampfkraft war also dreimal so hoch, wie man erwarten mochte. Der kleine Frachtraum war voller Waffenkisten und Munition gewesen. Das alles lagerte nun trocken an Land. Die Männer waren ausgerüstet und bereit. Aber bereit wozu?

Als Invasionsstreitmacht waren sie viel zu schwach. Nicht einmal die kleine Hafenstadt Aldarvik, die nur ein Stück nördlich lag, hätte Juan mit dieser Streitmacht erstürmen können.

»Wir haben noch für drei Tage Proviant und Wasser«, sagte Sibelle ungefragt.

Juan nickte nur. Das war ihm bestens bekannt. Er deutete den Strand hinauf. »Dort kommen unsere Freunde wieder.«

Drei hochrädrige Karren, gezogen von riesigen Gäulen, waren zwischen den Dünen eine halbe Meile nördlich erschienen. Juan winkte zwei Männern, ihm als Eskorte zu folgen. Er ließ nicht zu, dass sich die Fjordländer seinem Dünenfort auf mehr als fünfhundert Schritt näherten. Es war nicht nötig, dass sie vor der Zeit entdeckten, wie er sich auf das Unvermeidliche vorbereitet hatte. Die Schiffsgeschütze waren nachts an Land geschafft worden. Und in der Schiffsladung hatten sich ein paar Kisten befunden, deren Inhalt Juan bewiesen hatte, dass ihr Capitano weder unfähig noch verrückt gewesen war. Vermutlich hatte er geheime Befehle gehabt, so wie er sie hatte.

Der drahtige Soldat trat aus der Deckung der kleinen Bastion, die den einzigen Zugang zu seinem Dünenfort sicherte. Er folgte dem fast unsichtbaren Pfad, der in verrückten Kehren durch den Sand führte. Seine Eskorte, eine Fechterin und ein in die Jahre gekommener Arkebusier, achtete sorgfältig darauf, in seiner Spur zu bleiben.

Der Anführer der Fjordländer war in nass glänzendes Ölzeug gekleidet. Er hatte seinen breitkrempigen Hut tief ins Gesicht gezogen. Eine schillernd rote Feder am Hut war der einzige Farbtupfer der massigen, schwarzen Gestalt. Sein Gesicht blieb im Schatten der Krempe verborgen.

»Hattest du Lust auf einen längeren Spaziergang, oder was sollte das gerade, Capitano?«

Der Fjordländer hatte eine Stimme, wie man sie haben mochte, wenn man sein halbes Leben in üblen Spelunken verbrachte, um in dunklen Ecken raunend zweifelhafte Geschäfte abzuwickeln. Juan wusste, dass dieser Küstenstreifen verrufen war, nur von Schmugglern und Strandräubern bevölkert zu sein.

»Heute ist der Tag des heiligen Raffael, und wir ehren unseren Gott Tjured, indem wir uns für alles ein wenig mehr Zeit nehmen und nichts geradlinig oder auf naheliegende Weise erledigen«, log Juan, ohne zu zögern.

Der Fjordländer stieß einen knurrenden Laut aus. »Dann komme ich wohl besser morgen wieder.« Er hob die Hand und drehte den ausgestreckten Zeigefinger in der Luft. Seine Männer begannen die großen Pferde in Bewegung zu setzen und die Karren zu wenden.

»Warte! Das heißt nicht, dass ich heute keine Geschäfte machen würde. Es war nur meine Art, dich zu warnen, dass du ein wenig mehr Geduld haben solltest.«

»Sehe ich aus wie ein geduldiger Mann?«

»Ich biete dir hundert Goldstücke für jeden Karren mit Lebensmitteln.«

»Das ist mir zu geradlinig.« Er lachte leise. »Du wirst mir vielleicht nicht glauben, aber ich bin ein sehr vorsichtiger Mann. Wie die Dinge stehen, wird dein Gott bald meine Götter vertreiben. Da möchte ich es mir doch nicht jetzt schon mit ihm verscherzen, indem ich die Bräuche zu Ehren des heiligen ... Wie hieß er auch gleich?«

»Raffael ...« Juan war klar, dass sein Gegenüber ihn durchschaut hatte. Er wusste nicht einmal den Namen des Mannes. Aber er herrschte hier. Seitdem er das erste Mal gekommen war, hatte es kein anderer Händler mehr gewagt, die Dünenburg aufzusuchen.

»Das ist sehr gutes Essen hier. Der Winter steht vor der Tür, Soldat. Was soll ich sagen? Meine eigenen Leute müssen hungern, wenn sie dir ihre Vorräte verkaufen. Und ihnen ist klar geworden, dass man Gold nicht essen kann. Das macht es nicht leichter, etwas für euch zusammenzukratzen. Eine Wagenladung kostet dich hundertfünfzig.«

Juan schluckte. Dafür könnte man einen recht ansehnlichen Hof samt reichlich Vieh und einem Dutzend Knechten und ihren Familien kaufen. Er würde kaum so viel besitzen, wenn er sich eines Tages zur Ruhe setzte. »Ich habe nur noch dreihundert«, gestand er.

»Ladet zwei Karren ab«, befahl der Fjordländer ungerührt.

Juan sah sein Gegenüber an. Wenn er nur die Augen dieses Mistkerls sehen könnte! Erwartete der etwa, dass er bettelte? Niemals! Er hob die Hand. Das war das Zeichen für die Wachen im Lager, die Truhe mit dem letzten Gold herauszutragen.

»Weißt du was, Alter? Ich mach dir ein Geschenk. Bis Sonnenuntergang wird die Königin Aldarvik erreichen. Wenn sie morgen hierherkommt, ergib dich. Sie bringt die übelsten Halsabschneider mit sich, die man sich vorstellen kann.«

»Ich fürchte, von Soldaten erwartet man, dass sie kämpfen«, entgegnete Juan gelassen.

»Erwartet man auch von dir, dumm zu sein?«

»Wenn das ehrenhaft ist.«

Der Fjordländer deutete hinaus ins Watt, zum Wrack der *Windfänger*. »Wenn ihr kämpft, dann werdet ihr morgen Abend alle wie der Kerl dort sein. Möwenfutter!«

DIE MATHEMATIK DES KRIEGES

»Der Kutter mit dem grünen Segel ist ausgelaufen, Bruder Ordensmarschall.«

Erilgar atmete erleichtert auf. Er hatte sich also nicht verrechnet. Ein Teil des Krieges war reine Mathematik. Wie viele Soldaten brauchte man, um eine Bastion mit zehn Kanonen zu stürmen? Wie viele Schiffe waren notwendig, um diese Soldaten zu transportieren? Und wie viele Schiffe brauchte man, um Lebensmittel und Ausrüstung der Soldaten zu transportieren? Mit wie vielen Verlusten durch stürmische See war im Herbst zu rechnen?

Selbst das Verhalten von Menschen war zu einem gewissen Grad berechenbar. Sie kannten Gishild nach den Jahren des Kampfes in Drusna gut genug. Dass ihre ehemaligen Lehrer nun bereitwillig Auskunft über sie gaben und man die Spitzelnetzwerke der Neuen Ritterschaft und des Ordens vom Aschenbaum zusammengefasst hatte, machte es noch leichter. Je mehr Informationen vorlagen, desto kleiner wurde die Summe der Unwägbarkeiten in der großen Rechnung des Krieges.

Einen Tag hatte er gerechnet, bis die Nachricht vom Schiffbruch in Aldarvik eintraf und man den Beschluss fasste, die Königin zu rufen. Vier bis fünf Tage für einen schnellen Reiter, um nach Firnstayn zu kommen. Vorausgesetzt, die Pässe waren noch frei. Fünf bis sechs Tage, um eine schnelle Truppe von Firnstayn nach Aldarvik zu bringen. Wieder vorausgesetzt, dass die Pässe noch frei waren. Also waren es zehn bis zwölf Tage, bis Gishild erscheinen würde. Ein Heer konnte sie nicht schnell genug bewegen. Aber das brauchte sie auch nicht, um eine Schar Schiffbrüchiger zu überwältigen.

Auf Liliannes Anraten hatte er dafür gesorgt, dass die Schiffsbesatzung der *Windfänger* aus wesentlich mehr Soldaten bestand, als zu erwarten war. Sie könnten also stärkeren Widerstand leisten, als Gishild annehmen durfte. Das war eine Vorsichtsmaßnahme gewesen, um einige der unsicheren Faktoren in der Rechnung auf niedrigem Niveau zu halten.

Seine Planungen hatte er so eingerichtet, dass die Invasionsflotte bei normalen Wetterbedingungen für den Herbst in der Dvina-See am elften Tag nach dem Schiffbruch der *Windfänger* bei der Robbeninsel eintraf. Gedeckt durch die Insel, war sie von Aldarvik aus nicht zu sehen. Einige kleine Kutter, voll besetzt mit Soldaten, waren auf Patrouillenfahrt, um zu verhindern, dass ein Fischer oder Schmuggler die Flotte entdecken und Nachricht nach Aldarvik bringen würde.

Der Ordensmarschall verließ äußerst zufrieden sein Zelt und trat hinaus in den strömenden Regen. Noch drei Stunden bis zur Dämmerung. Die weite Bucht auf der Ostseite der Robbeninsel lag voller Schiffe: einundfünfzig Kriegsschiffe aller Klassen und über hundert Transporter. Im ersten Morgengrauen würde die Flotte vor Aldarvik erscheinen und mit der Beschießung des Hafens beginnen. Zeitgleich würden nördlich und südlich der Stadt Truppen an Land gehen. Der Kutter mit den grünen Segeln würde sichere Fahrtrouten durch das Watt markieren, so dass die Truppentransporter gefahrlos anlanden konnten.

»Du wirkst sehr zufrieden, Bruder Erilgar.«

Der Ordensmarschall wandte sich zu Schwester Michelle um. Sie war die Oberbefehlshaberin des kleinen Kontingents der Neuen Ritterschaft, das die Invasionstruppen begleitete. Sie trug weder Hut noch Helm. Ihr nasses langes Haar klebte in hellen Strähnen auf dem Kürass. Sie war recht hübsch für eine Kriegerin, dachte Erilgar beiläufig. Dann besann er sich auf ihre Frage. »Ich ziehe immer wieder große Befriedigung daraus, wenn ich eine schwierige Rechenaufgabe gelöst habe.«

Michelle sah ihn verständnislos an. Sie war eben nur eine Kriegerin und keine Feldherrin. Ihre Schwester hätte vermutlich begriffen, was er meinte. Doch Lilianne war selbst gerade damit beschäftigt, eine Rechenaufgabe zu lösen. Wenn das Wetter keine unerwarteten Kapriolen schlug, sollte ihre Flotte bereits die Neri-See erreicht haben.

DER MEISTER DES TODES

Honoré legte den Bericht über die Ketzerverbrennungen in Algaunis zur Seite und starrte aus dem Fenster ins Dunkel der Nacht. Gilles de Montcalm hatte ihn in seinen Palast verlegen lassen. Er war nach wie vor ein Gefangener, aber der Heptarch versuchte, ihm das Leben leichter zu machen. Am Morgen hatte man ihn sogar gefragt, ob er den Wunsch verspüre, eine Dame zu empfangen. Und als er abgelehnt hatte, hatte der Kammerdiener sehr diskret nachgefragt, ob lieber ein Knabe kommen solle.

Honoré schnaubte. Diese bedeuteten ihm nichts! Und die Folter ging auf eine andere Art weiter. Jeden Tag bekam er die Berichte über die Fortschritte bei der Zerschlagung der Neuen Ritterschaft vorgelegt. Es war unglaublich, dass zwei Briefe genügt hatten, dieses Unglück heraufzubeschwören. Hätte er Fernando nur früher beseitigt! Das war der Lohn der Schwachen. Die Vernichtung!

Die Tür zum Zimmer öffnete sich. Der alte Leibdiener des Heptarchen trat ein. »Mein Herr wünscht dich zu sehen.«

Honoré erhob sich langsam. Jedes Mal, wenn er gerufen wurde, hatte er Sorge, dass Gilles seiner nun überdrüssig geworden sein könnte. »Geht es deinem Herren gut?«

Der Diener verzog keine Miene. »Das wirst du sehen, wenn du ihm begegnest.« Er trat aus der Tür und führte Honoré hinauf zum Turmzimmer, in dem Gilles verweilte, wenn er nachts nicht schlafen konnte.

Der Heptarch sah jämmerlich aus. Zusammengesunken kauerte er in einem Lehnstuhl vor dem Kamin. Seine Hände klammerten sich wie Krallen an die Stuhllehnen. Sie schienen nur noch aus Haut, Knochen und dicken, blauen Adern zu bestehen. Das Gesicht des Kirchenfürsten war blass. Schweiß stand ihm auf der Stirn. Er trug eine Nachtmütze und einen dicken, pelzgefütterten Morgenmantel, obwohl in der Turmkammer stickige Hitze herrschte. Auf dem Bauch des Alten lag eine speckige Wärmflasche.

»Es tut mir leid, dich in so einem schlechten Zustand zu sehen, Bruder.«

Gilles bedachte ihn mit einem Lächeln, das an das Zähnefletschen eines Gossenköters erinnerte. »Das glaube ich dir sogar. Wenn ich sterbe, dann wird Tarquinon den Rat wahrscheinlich innerhalb weniger Tage davon überzeugen, dass es klüger ist, dich heimlich in deinem Kerker erwürgen zu lassen. Vermutlich hat er sogar recht, wenn er so denkt.«

»Wie kann ich dir zu Diensten sein?« Honoré hielt es für klüger, auf diese Worte erst gar nicht einzugehen.

»Beschaff diese Wunderdinge aus der Festung Rabenturm!«

Honoré hob seinen Armstumpf. »Ich werde nie mehr einen Brief in einer Handschrift verfassen, die meine Vertrauten als die meine erkennen würden. Es sei denn, der räudige, kleine Fälscher ...«

»Das hatten wir alles schon«, unterbrach ihn der Heptarch. »Du bist doch ein kluger Kopf. Ich hoffte, dir wäre eine andere Lösung eingefallen. Vielleicht sollte ich einfach ...«

»Bei allem Respekt, Bruder. Aber da sich die Neue Ritterschaft derzeit unverschuldet im Krieg mit der Kirche befindet, fürchte ich, wird man einem Befehl von dir, mehrere Schatzkisten nach Aniscans auszuliefern, wohl kaum nachkommen.«

Gilles zuckte zusammen und presste sich beide Hände auf den Bauch. Er stöhnte leise. Honoré dankte Tjured für die Krämpfe. So blieb ihm noch ein wenig Zeit nachzudenken.

»Haben sich meine Truppen in der Festung Rabenturm verschanzt?«, fragte er schließlich. »Oder sind Lilianne und Alvarez zum Angriff übergegangen?«

Gilles stieß einen langen Seufzer aus. Entkräftet schüttelte er den Kopf. »Solche Auskünfte wirst du von mir nicht erhalten. Ich habe ein Problem mit meinen Gedärmen, nicht mit meinem Verstand.«

»Ich wollte mir nicht ...«

»Spar dir deinen Atem.« Der Heptarch blickte ins Feuer. Das Kinn war ihm auf die Brust gesunken. Er furzte laut.

Honoré überlegte, ob er den Alten und seinen Leibdiener einfach erwürgen könnte. Er war zweifellos kräftiger als die beiden. Dann erinnerte er sich wieder an den Stumpf. Der Primarch lächelte zynisch. Er würde nie wieder jemanden erwürgen können!

»Was amüsiert dich?«

»Wie viel Macht hast du im Rat?«

»Genug!«

»Würdest du es wagen, Aniscans für ein halbes Jahr zu verlassen, Bruder?«

Das Leder des Sessels knarrte leise, als Gilles den Kopf hob. »Ein paar Wochen könnten gehen ... Aber ein halbes Jahr?« Der Heptarch gab einen schmatzenden Laut von sich. »Nein, das wäre dumm. Macht ist etwas, das gepflegt sein will. Und sie ist flüchtig ...«

»Wenn wir ins Fjordland reisen, könnten wir einen der magischen Steinkreise der Heiden suchen.«

Der Alte stieß ein abgehacktes, atemloses Kichern aus. »Mir scheint, es ist doch etwas dran, wenn man der Neuen Ritterschaft Ketzerei vorwirft. Was hätten wir beide an einem solchen Ort verloren?«

»Tjured hat mir die Gabe gegeben, solche Orte zu entweihen und zu vernichten. Und während ich das tue, vermag ich zu heilen. Du könntest wieder ganz gesund werden. Ich bin sicher, im Vollbesitz deiner Kräfte wäre es ein Leichtes für dich, etwaigen verlorenen Einfluss zurückzugewinnen, wenn du nach Aniscans heimkehrst.«

»Warum fällt es mir nur so schwer zu glauben, dass du mein Bestes im Sinn haben könntest?«

»Diese Frage wirst du dir wohl selbst beantworten müssen, Bruder.« Honoré schaffte es nicht ganz, einen ironischen Unterton zu vermeiden.

»Man müsste warme, doppelwandige Zelte anfertigen ...«, murmelte der Heptarch.

»Wie meinen ...«

»Der Frühling ... Er kommt spät im Heidenland, nicht wahr? Ich vertrage es nicht, wenn mir kalt wird. Es wäre sehr viel vorzubereiten. Man brauchte Schiffe ... Und eine starke Ehrengarde. Hast du eine Vorstellung, was ich auf eine solche Reise alles mitnehmen müsste? Meine Schreiber, Leibärzte und Diener ... Das will gut durchdacht sein. Ich verfaule von innen heraus. Wenn ich nichts tue, dann werde ich in einem Jahr tot sein. Auch dann verliere ich alle Macht ... Warum also nicht reisen? Aber es muss gut vorbereitet sein. Alte Männer brauchen ein wenig Komfort.«

Honoré konnte sein Glück kaum fassen. Der Alte hatte den Köder geschluckt! Im Norden war die Neue Ritterschaft gewiss noch stark. Honoré konnte sich nicht vorstellen, dass Lilianne sich hatte überrumpeln lassen. Sie hatte zwanzigtausend Mann und eine große Flotte. Sie würde ihn befreien, wenn sie erfuhr, dass er zurückkehrte!

»Die Nähe des Todes kann manchmal sehr beflügelnd wirken, Bruder«, sagte der Alte mit einem Unterton, der Honoré nicht gefiel.

»Es ist richtig, diese Reise zu machen, Gilles!«

»Das meinte ich nicht. Falls du versuchen solltest, mir zu schaden, wird es dir schlecht ergehen. Verlass dich darauf, dass ich genug getreue Diener habe, die auch nach meinem Ableben noch gewissenhaft meine Befehle vollstrecken werden. Ich habe mir überlegt, dass du den Tod ähnlich gründlich kosten sollst wie ich. Eine Garotte ist viel zu gnädig … Auch wie Tarquinon dich im Kerker behandelt hat, war gänzlich ohne Raffinesse.« Die Augen des Heptarchen glänzten fiebrig. Seine Leibkrämpfe schienen vergessen. »Die alten Priesterfürsten von Iskendria waren Meister des Todes. Man kann das Leiden über viele Monde strecken. Ich habe heute den Befehl gegeben, mit der Hinrichtung eines Mörders zu beginnen. Du wirst ihn jeden Tag besuchen, damit du ganz klar vor Augen hast, was mit dir geschieht, wenn du versuchst, mich zu hintergehen. Und sollte ich überraschend ableben, erwartet dich dasselbe Schicksal. Selbst wenn mein Tod natürlicher Art gewesen wäre.« Er lachte meckernd. »Du musst nicht so verkniffen dreinblicken. Wir sind doch gute Freunde, nicht wahr? Also bist du nicht in Gefahr. Oder?«

EINE GALEASSE FÜR EINE KÖNIGIN

Der Mann mit dem breitkrempigen Hut zeichnete einen weiteren Wall in den Schlamm. »Sie haben eine regelrechte Festung in die Dünen gebaut, Herrin. Ich konnte nicht hineingelangen, aber ich würde von einem unbedachten Sturmangriff unbedingt abraten.«

»Sind die Sandwälle sehr steil, oder kann man sie hinaufreiten?«

Der Mann zog mit seiner Reitgerte zwei Pfeile in den schlammigen Boden. »Hier würde es gehen.« Dann zeichnete er eine gewundene Schlangenlinie vor die Bastion am Eingang. »So sind sie gestern aus der kleinen Festung herausgekommen. Da muss es irgendetwas geben, was im Sand verborgen ist. Vielleicht Fallgruben.«

»Oder sie wollten dich vielleicht auch nur täuschen«, gab die Königin zu bedenken.

Sie blickte zum Himmel hinauf. Warum war dieser verdammte Kerl nicht schon gestern Abend gekommen? Der Himmel war wolkenverhangen. Das erste Zwielicht sickerte über den Horizont. Noch brauchte man eine Laterne, um die Zeichnung am Boden zu erkennen, aber bald würde es hell sein. Sie konnte ihren Angriff nicht noch länger verzögern.

»Denke an die Fallgruben bei der Eisenwacht«, mahnte sie Yulivee.

»Ich habe nicht vergessen, wie Erek auf dem Holzpfahl hing und man mich in der Grube fast niedergestochen hätte. Wahrscheinlich kennen alle Krieger des Aschenbaums diese Geschichte. Ein kluger Feldherr könnte sogar auf die Idee kommen, dass es genügt, auf gewundenem Weg aus seiner Sandburg zu marschieren, um mich davon abzuhalten, seine jämmerliche Befestigung an ihrem schwächsten Punkt anzugreifen.«

»Woher hätte er wissen sollen, dass du kommst?«, gab die Elfenmagierin zu bedenken.

»Wollen wir nicht endlich unsere Metzgerarbeit erledigen, damit wir zeitig frühstücken können?« Appanasios nahm das Stöckchen aus dem Mund, mit dem er zwischen den Zähnen herumgestochert hatte, und spuckte auf die Skizze im Schlamm. »Wir machen viel zu viel Aufhebens um ein paar Schiffbrüchige, die wahrscheinlich sofort die Waffen strecken werden, wenn sie unsere ruhmreichen Heerscharen aufmarschieren sehen.«

Gishild reckte das Kinn. Sie hatte keine Zeit mehr zu verlieren! Wenn es heller wurde, konnten die feindlichen Arkebusiere auf den Wällen besser zielen. Ihre Verluste würden dann deutlich höher ausfallen.

Sie hob den Arm. »Alles aufsitzen!«

In die Heerschar, die sich auf dem Markplatz und in den angrenzenden Gassen drängte, kam Bewegung. Männer löschten ihre Pfeifen oder schoben sich noch hastig einen letzten Bissen Brot in den Mund. Unter den Kentauren erklang lautes Gelächter. Pferde wieherten. Ihr großer Hengst trat in die Zeichnung im Schlamm. Sein Huf verwischte die Linien, die das Tor des Dünenforts darstellten. Gishild schmunzelte. Das war ein gutes Omen. Sie schwang sich in den Sattel. Ihre Schar war nicht sehr groß. Keine dreihundert Reiter. Die meisten waren Drusnier, die Alexjei angeworben hatte. Dazu kam eine Schwadron Kentauren unter dem Kommando des Fürsten Appanasios, einige Elfenritter, die Yulivee als Eskorte dienten, und zwei Dutzend Maurawan. Die Elfen waren als Einzige nicht beritten. Dennoch hatten sie es ohne Schwierigkeiten geschafft, beim Gewaltmarsch über die Berge mit dem Rest der Schar Schritt zu halten.

Auch etliche Freiwillige aus Aldarvik hatten sich den Truppen angeschlossen, allerdings argwöhnte Gishild, dass es ihnen in erster Linie darum ging, die Dünenburg zu plündern und anderen das Kämpfen zu überlassen.

In den Gassen kam es zu einem üblen Gedränge. Der Abmarsch verzögerte sich noch weiter. Gishild trommelte nervös mit den Fingern auf dem Sattelknauf, während Appanasios wild fluchend versuchte, seine Kentaurenschar zu disziplinieren.

Ein Hornruf ertönte vom Hafen her.

Endlich drängten die Kentauren durch das nördliche Stadttor.

Eine Glocke begann zu läuten. Dann noch eine.

Gishild sah sich ungeduldig um. Der Abmarsch geriet erneut ins Stocken. Etliche Reiter hielten an und blickten zurück. Das Murmeln und Fluchen in der Marschkolonne war verstummt. Selbst die Pferde waren ruhig.

Ein dumpfes Donnern ertönte. Dann hörte man ein Splittern und Krachen. Unmittelbar darauf folgte ein neuer Donnerschlag, und eine gewaltige Salve ging los.

Zersplitterte Schindeln rutschten von einem Dach am Ende der Gasse.

Eine Frau kam über den Platz gelaufen. Sie winkte mit beiden Armen. »Überall sind Schiffe!«, schrie sie. »Das ganze Meer ist voller Schiffe! Ich habe noch nie so viele gesehen!«

Gishild war ganz benommen. Wie konnte das sein ....

»Wir müssen hier weg«, sagte Yulivee leise, aber mit fester Stimme.

Gishild schüttelte den Kopf. »Ich kann nicht.«

»Verstehst du nicht? Es war kein Schiffbruch!«

Eine Kanonenkugel zog fauchend über ihre Köpfe hinweg. Pferde scheuten.

»Es war eine Galeasse«, erwiderte Gishild. »Ein sehr großes Schiff. Als Novizin war ich auf ... Niemand gibt so ein Schiff auf.«

»Eine Galeasse als Preis für den Kopf einer Königin. Das scheint mir kein schlechter Tausch zu sein.«

Ein korpulenter Mann drängte sich durch die Menge. Er sah dem Jarl Guthrum ähnlich, den sie in ihrem Thronsaal im Duell besigt und dann verbannt hatte. »Herrin, es landen Truppen im Norden der Stadt! Bitte, vergiss die Fehde zwischen unseren Sippen. Rette Aldarvik!«

»Wir müssen fliehen, bevor sie die Stadt einkreisen«, drängte Yulivee.

Gishild wusste, dass es vernünftig wäre, auf die Elfe zu hören. Doch wenn sie jetzt davonlief, wäre die Moral ihrer Untertanen vernichtet. Wer sollte im nächsten Jahr einer Königin in den Krieg folgen, die gleich beim ersten Gefecht, das in ihrem Land geführt worden war, vor den Feinden Reißaus genommen hatte?

»Wir besetzen den Strand! Im Augenblick der Landung können wir sie vielleicht zurückschlagen. Dies wird das letzte Mal sein, dass sie ihre Übermacht nicht nutzen können. Folgt mir!«

DIE EIGENARTEN VON RITTERN

Das große Transportschiff schaukelte stark in der Dünung. Die Ladeluken waren geöffnet, um Licht hinab auf das Pferdedeck zu lassen. Es stank erbärmlich hier unten. Die Tiere waren völlig verängstigt; sie spürten die nahende Gefahr. Raffael blickte auf die große Laderampe, die noch ein Teil der Bordwand war. Seemänner lösten die Sperrriegel, die die Rampe hielten. Ihr Rand war mit besonders behandelten Tüchern eingefasst. Irgendein Wasser abweisendes Zeug, das den Rumpf dicht hielt. Raffael erinnerte sich, den Namen dafür vor langer Zeit auf der *Windfänger* gelernt zu haben. Vor einer Ewigkeit, als sie noch Kinder gewesen waren und die Welt noch nicht aus den Fugen geraten war.

In wenigen Augenblicken würde die Rampe herabgelassen werden, und dann würde er zu den Ersten gehören, die ins Heidenland ritten. In das Königreich, über das das kleine, blonde Mädchen herrschte, mit dem er vor so vielen Jahren gemeinsam im Weihbecken in Valloncour gestanden hatte.

»Angst?« Esmeralda lächelte ihn selbstsicher an. Mit ihrer mächtigen gebogenen Nase sah sie aus wie ein Raubvogel. Sie schien tatsächlich Spaß an diesem verrückten Angriff zu haben.

»Natürlich habe ich Angst! Keine Angst zu haben, wäre ja wohl nicht normal!«

Sie grinste. »Ich fürchte, zu den wichtigsten Eigenarten von Rittern gehört es, dass sie sich ohne zu zögern an jene Orte begeben, von denen gewöhnliche Menschen schreiend flüchten.«

»Warum hat mir das nur keiner gesagt in der Nacht, als ich mich entscheiden musste, die goldenen Sporen zu wählen?«

»Weil du auf dieses Schiff gestiegen bist, obwohl du wusstest, dass du die ganze Überfahrt lang dein Essen großzügig mit den Fischen teilen würdest. Weil du dich freiwillig für die erste Angriffswelle gemeldet hast ...«

Raffael zeigte auf die Rampe. »Wenn ich gewusst hätte, wie wir von Bord gehen würden, hätte ich keinen Fuß auf dieses verfluchte Schiff gesetzt!«

Der schwere Rumpf hob und senkte sich in der Dünung. Und Raffael konnte spüren, wie sich sein Magen mit dem Schiff hob und senkte. Er biss die Zähne zusammen und blickte hinauf zu der großen Ladeluke. Rinnsale von Regenwasser tropften auf das Pferdedeck hinab. Die Wände der Boxen waren mit dickem, abgestepptem Stoff gepolstert. Die meisten Tiere hatten die Überfahrt gut überstanden, obwohl sie fast die ganze Zeit gegen schwere See anzukämpfen gehabt hatten.

Die Seeleute machten sich inzwischen mit Stemmeisen an der Rampe zu schaffen. Fluchend kämpften sie mit der Abdichtung, bis sich plötzlich ein Spalt in der Bordwand auftat.

Raffael tastete nach den Amuletten, die an den Zügeln seiner Stute hingen, und betete zum heiligen Raffael, seinem Namenspatron, der einst bei der Eroberung der Hafenstadt Iskendria sein Leben gelassen hatte.

»Aufsitzen!«, rief Esmeralda.

Raffael schwang sich in den Sattel. Seine Stute tänzelte unruhig. »Wollen wir wetten, dass sich die Hälfte der Gäule, die wir über die Rampe jagen, die Beine bricht?«

Esmeralda lachte leise. »Mit dir wetten, Raffael?« Sie zog die Zügel stramm. Ihr schwarzer Hengst versuchte auszubrechen.

Mit einem Laut, der an ein Stöhnen erinnerte, sank die Rampe in die See hinab. Holzlatten waren darauf quer genagelt, um den Hufen der Pferde wenigstens ein kleines bisschen Halt zu geben. Gischt spritzte über das Holz. Raffael blickte zum Ufer. Der Strand war keine hundertfünfzig Schritt entfernt. Näher konnte sich die Karracke nicht an die Küste wagen, auch wenn sie einen flachen Rumpf hatte und für den Einsatz in seichten Küstengewässern gebaut war.

»Wir sehen uns bei den Türmen von Valloncour!«, rief der junge Ritter und gab seiner Stute die Sporen. Seite an Seite mit Esmeralda preschte er die Rampe hinab.

Die graue Stute warf den Kopf zurück, als sie ins Wasser klatschte. Raffael konnte spüren, dass sie keinen Grund unter den Hufen fand. Mit allen Kräften schwamm sie dem Ufer entgegen. Er selbst war bis zu den Hüften im Wasser. Unablässig murmelte er seine Bitten an den heiligen Raffael, und er schwor sich, dass er nie wieder einen Fuß auf ein Schiff setzen würde. Jedenfalls nicht auf eines, dem eine riesige

Klappe in den Rumpf geschnitten war, über die man Trottel wie ihn an einem stürmischen Herbstmorgen in eisiges Meerwasser jagte.

Als die Stute endlich festen Boden unter die Hufe bekam, wagte er es zurückzublicken. Fünf Schiffe hatten Rampen herabgelassen und spien Reiter aus. Dutzende Ruderboote, dicht besetzt mit Pikenieren, Arkebusieren und Fechtern, eilten dem Strand entgegen.

Raffael sah, wie ein brauner Hengst auf der Rampe des benachbarten Schiffs ins Rutschen kam. Er knickte einfach seitlich weg und riss noch zwei weitere Pferde mit sich. Der Ritter sah weg. Ihm war klar, was es bedeutete, selbst in einer leichten Rüstung aus dem Sattel in die See zu stürzen.

Wasser quoll über die Stulpen seiner Stiefel, als er die Stute mit leichtem Schenkeldruck ein Stück den Strand hinauftrotten ließ. Nicht zurücksehen, dachte er immer wieder. Du lebst. Den anderen kannst du nicht helfen.

Er dachte an die Besprechung am Vorabend zurück. Michelle hatte ihnen klare Befehle gegeben. Es war wichtig, sich daran zu halten. Nicht nachdenken … Einfach nur den Befehlen folgen. Er war ein Ritter. Er musste den anderen Männern ein Vorbild sein!

Raffael zog den schweren Reitersäbel und deutete nach links. »Eine Reihe bilden!« Er war erleichtert, dass man den inneren Aufruhr seiner Stimme nicht anmerken konnte. Er hörte Hufschlag hinter sich. Die meisten würden es schaffen, dachte er. Bestimmt! Aber wetten würde er darauf nicht.

Die neuen Reiter sahen in ihm einen Veteranen, genauso wie in Esmeralda. Sie hatten zwei Jahre in Drusna gekämpft. Die meisten Krieger wurden nach einem Jahr abgelöst, um friedlichen Garnisonsdienst irgendwo im Süden zu leisten. Er hatte sich mit Esmeralda noch einmal gemeldet. Sie hatten zusammen mit Jerome gefochten. Der Ritter war eine lebende

Legende im Orden. Er hatte die Schwarze Schar in unzählige Gefechte geführt. Allein unter ihm gedient zu haben, machte sie beide für die Rekruten schon zu Veteranen.

Endlich fasste er sich ein Herz und blickte zurück. Kanonendonner rollte über den Strand. Die Flotte hatte mit der Beschießung der Hafenfestung begonnen. Immer mehr schwarz gewappnete Gestalten kämpften sich aus den Fluten an den Strand. Die Männer und Frauen schlossen wacker zu ihm auf.

Esmeralda preschte den Strand entlang und rief Befehle.

Das Licht war noch nicht gut. Die Stadt am Strand war nur ein schwarzer Schatten. Es regnete in Strömen. Aber Raffael war so froh wie schon lange nicht mehr. Er hatte es überstanden! Seine Hosen waren nass, das Pferd noch immer halb verrückt vor Angst, aber das Schlimmste war geschafft.

Verwundert sah er, wie die Stadt einen Schatten gebar. Eine lange, schwarze Linie, die wie der Fangarm eines Tintenfisches nach ihren Opfern greifen wollte.

Raffael spürte die Kälte des Herbstmorgens seinen Rücken hinaufkriechen. Reiter! Wie konnten die verdammten Fjordländer so schnell reagieren? Hatten sie von der bevorstehenden Invasion gewusst?

Der Länge der Kolonne nach zu urteilen, kamen ihnen mindestens zweihundert Feinde entgegen. Sie durften es nicht bis zum Strand schaffen! Die Truppen landeten zersplittert in kleinen Einheiten. Jetzt waren sie leicht zu besiegen. Und die Schiffe konnten ihnen keine Unterstützung geben. Auf den massigen Transportern gab es keine schweren Geschütze, deren Reichweite Schüsse bis hin zum Strand erlaubt hätte.

»Folgt mir!« Der junge Ritter hob die schwere Klinge. Dann preschte er der schwarzen Linie entgegen. Sie mussten den Feind aufhalten. Esmeraldas Worte kamen ihm in den Sinn.

Ich fürchte, zu den wichtigsten Eigenarten von Rittern gehört es, dass sie sich ohne zu zögern an jene Orte begeben, von denen gewöhnliche Menschen schreiend flüchten. Mit dreißig Mann ritt man nicht zweihundert Feinden entgegen! Hoffentlich sah Esmeralda gut zu und überlebte. Es wäre schade, wenn seine Familie von diesem Abgang nicht erfahren würde. Er war der erste Ritter in einer Sippe, die etliche berühmte Pferdediebe und Glücksspieler hervorgebracht hatte. Es wäre schön, wenn man die kommenden Generationen überzeugen könnte, sich an das Althergebrachte zu halten.

Der schattenhafte Fangarm löste sich in einzelne Gestalten auf. Er sah, wie die Reiter ihre Arkebusenläufe auf dem angewinkelten linken Arm abstützten, um besser zielen zu können.

Unregelmäßiges Feuer schlug ihnen entgegen. Eine Bleikugel prallte gegen seinen Kürass, ohne Schaden anzurichten. Noch hundert Schritt. Jetzt zogen auch die Fjordländer blank und gaben ihren Pferden die Sporen.

Noch dreißig Schritt. Die Formation der Feinde zerfaserte. Die Männer auf den besten Pferden ritten ihren Kameraden voraus. Ein riesiger Kerl, der einen Rabenschnabel schwang, hielt direkt auf ihn zu. Dicht neben ihm ritt eine Furie in schimmernder Rüstung.

»Jetzt werdet ihr sehen, wann man im Reitergefecht Schusswaffen einsetzt«, murmelte Raffael und zog eine der beiden gespannten Sattelpistolen. Noch zehn Schritt. Er hob die Waffe, um zu zielen, da sah er, wie zäher, grauschwarzer Schleim aus dem Lauf tropfte. Der Rabenschnabel zielte auf seinen Kopf. Er wollte das Reiterschwert hochreißen, um den Hieb abzufangen, doch er wusste, dass er zu langsam war. Jetzt würde ihn dieser verdammte Ritt ins Meer also doch noch töten.

DAS BLUT DER AHNEN

Gishild fluchte wie ein Kentaur, als sie die Reiterschar am Strand sah. Da auf allen Schiffen das Banner des Aschenbaums wehte, hatte sie gehofft, keinem ihrer alten Ritterbrüder zu begegnen. Doch die Schwarze Schar gehörte zur Elite der Neuen Ritterschaft. Sie waren die besten leichten Reiter des Ordens. Luc hatte ihr erzählt, dass sich Esmeralda bei ihnen gemeldet hatte. Ob sie wohl da unten am Strand war? Und war dort auch Jerome, der Held der Pistoliere, der die Schwarze Schar in unzähligen Scharmützeln in den Wäldern Drusnas angeführt hatte?

Doch jetzt war keine Zeit für Sentimentalitäten. Die Neue Ritterschaft war die Speerspitze der Invasionsarmee. Sie hatte es sich nicht ausgesucht, mit ihren alten Kameraden Krieg zu führen!

Gishild gab ihrem Hengst die Sporen. Er war einer der besten Läufer, den das königliche Gestüt hervorgebracht hatte.

»Überflügelt sie!«, rief Gishild über das Donnern der Hufe hinweg. Sie würde sich durch diese kleine verzweifelte Schar nicht vom Strand abdrängen lassen!

Etwas an dem Anführer der Feinde war seltsam. Er war recht klein für einen Ritter, und er hielt sich nicht vorschriftsmäßig im Sattel. Diese Art zu reiten erinnerte sie an ihre Jahre in Valloncour. Einer ihrer Löwenbrüder hatte immer wieder Ärger mit den Reitlehrern gehabt, weil er sich zu weit über den Hals der Pferde beugte. Dabei war er der beste Reiter ihrer Lanze gewesen.

Noch fünfzig Schritt. Sie hielt sich dicht bei Alexjei. Jetzt zog der Schwarze Reiter seine Sattelpistole. Er hatte den Augenblick perfekt abgepasst. Er könnte Alexjei auf kürzeste Distanz ins Gesicht schießen, noch bevor dieser dazu kam, mit dem Rabenschnabel zuzuschlagen. Das war der Drill der Schwarzen Schar!

Gishild gab ihrem Hengst die Sporen und verpasste dem Drusnier einen Stoß. Der Schuss kam nicht. Alexjei traf den Ritter nicht. Jetzt war Gishild mit dem Schwarzen Reiter auf einer Höhe. Zu nah, um noch einen Schwerthieb zu landen. So schlug sie ihm mit dem schweren Bronzekorb ins Gesicht, das durch den eisernen Helmschirm und die Wangenklappen kaum zu erkennen war.

Dann passierten die Reiter einander. Hinter ihr erklangen das Klirren von Stahl und die Schreie der Kämpfenden. Sie wendete ihren Hengst. Alexjei hob den Rabenschnabel, um sie zu grüßen. »Du musst nicht auf mich achtgeben. Das tun schon meine Götter.«

Die Worte ärgerten sie. Eingebildeter Kerl! Wäre das Pulver des Schwarzen Reiters nicht nass gewesen, wäre sein Schädel in blutigen Stücken über den Strand verteilt.

Gishild atmete tief durch. Sie wusste um die Gefahr, die tief in ihrem Blut lag. Die Gefahr, sich in der Schlacht einfach von ihren Gefühlen treiben zu lassen. Von der Wut und dem Wunsch, Blut zu vergießen. Ihr Vater war so gewesen. Und vor ihm noch viele andere in ihrer Sippe. Dies eine wollte sie von ihren Jahren unter den Rittern unbedingt behalten: die Disziplin, inmitten der Schlacht einen kühlen Kopf zu bewahren. So kämpften Sieger!

Sie wandte sich vom Gemetzel mit den Schwarzen Reitern ab. Sie hatten sich geopfert, um ihren Kameraden in den Booten Zeit zu erkaufen. Die meisten Drusnier und Kentauren kämpften mit der kleinen Schar. Aber die Elfen waren anders. Sie hielten sich zurück und warteten. Sie beobachteten sie.

»Zum Strand!«, rief Gishild. Sie ritt einem Reiter entgegen, der gerade erst ans Ufer gekommen war. Der Krieger war noch benommen vom Kampf gegen die See.

Die Königin täuschte einen Schlag auf den Kopf an. Als der Mann matt den Arm hob, änderte sie die Richtung ihres Angriffs und stach ihm durch die ungeschützte Achsel. Die Klinge glitt glatt aus der Wunde zurück. Blut spritzte pulsierend über den blausilbernen Stahl. So zu töten hatte sie auf der Ordensburg gelernt. Sie wusste um die große Ader, die man mit einem Stich durch die Achsel treffen konnte. Viele Stunden hatten sie im Hospiz verbracht. Sie hatten Wunden verbunden und Verletzungen studiert. Hatten gelernt, wie man Menschen heilte und wo sie besonders verletzlich waren. Doch jede Stunde Unterricht war im Grunde nur einem Ziel gewidmet gewesen: zu lernen, wie man im letzten Krieg siegt. Mit allen Mitteln. Und all diese Mittel würde sie gegen die Diener Tjureds einsetzen!

Sie sah auf die See hinaus. So viele Schiffe.

Ihre Maurawan schossen einen Trupp aus Arkebusieren zusammen, der sich am Strand formieren wollte. Der Schaum, der mit der Flut ans Ufer spülte, war rot von Blut.

Auch der Kampf mit dem ersten Trupp der Schwarzen Reiter war entschieden. Die Kentauren und Drusnier wandten sich dem Ufer zu und jagten die Männer und Frauen, die angelandet waren. Aus einigen Booten schlug ihnen Arkebusenfeuer entgegen.

Gishild sah die Gestalten in den schwarzen Rüstungen, die reglos im hellen Sand lagen. Sie musste vergessen, dass sie in Valloncour einmal Freunde gehabt hatte. Freunde kamen nicht mit blankem Schwert in der Hand, um einem das Land zu stehlen.

Sie ritt zu den Maurawan. »Habt ihr Brandpfeile?«

Eine junge Elfe, die sich das Gesicht mit einem rotbraunen

Pflanzenmuster bemalt hatte, blickte zu ihr auf. »Was sollen wir brennen lassen?«

Gishild sah zu den großen Transportschiffen. Dort standen die Soldaten dicht gedrängt an der Reling. Sie sollte befehlen, auf die Schiffe zu schießen, die noch nicht begonnen hatten, ihre Truppen anzulanden. Das Gedränge würde die Löscharbeiten behindern. Und dort war der größtmögliche Schaden anzurichten. Ein Satz aus einem der Bücher, aus dem Lilianne de Droy gern zitiert hatte, ging ihr wieder durch den Kopf: *Krieg ist Mathematik.* Ignazius Randt hatte das geschrieben. Als Novizin hatte sie Lilianne gleichermaßen gehasst und bewundert.

Sie deutete mit der Spitze des Schwertes auf einen der Transporter. Für Lilianne wären das gewiss nur Zahlen, deren Summe zuletzt über Sieg und Niederlage entschied. Für sie waren es Feinde. Wenn sie sie jetzt schonte, würden dafür an einem anderen Tag mehr von ihren Leuten sterben.

»Könnt ihr das große Transportschiff dort hinten treffen?«

Die Maurawani prüfte den Wind. »Es ist weit. Ein schwieriger Schuss.«

»Alle Bogenschützen sollen ihr Feuer auf dieses Schiff vereinen. Schießt, bis es in hellen Flammen steht. Und dann wählt einen anderen Transporter, der noch nicht damit begonnen hat, Soldaten anzulanden.«

»Ich verstehe.« Die Elfe lief zu den übrigen Maurawan. Sie entzündeten ein Feuer am Strand.

Einige Boote schaukelten führerlos in der Brandung. Ihre Reiter hatten sie noch im Wasser angegriffen und alle an Bord niedergehauen, bevor auch nur einer der Soldaten einen Fuß an Land setzen konnte.

Die übrigen Boote blieben auf See. Sie hielten sich außer Reichweite. Vereinzelte Schüsse fielen, aber in der Dünung war es unmöglich zu zielen. Solange die Boote ihre menschliche Fracht nicht ans Ufer brachten, gab es für die Männer an Bord der großen Transportschiffe keine Möglichkeit, dem Feuersturm zu entkommen, den die Maurawan entfachen würden.

Schon flogen die ersten Pfeile in steilem Bogen der Karracke entgegen. Die Elfen hatten gut gezielt. Ihre Geschosse trafen hoch in die Segel. Der Regen hatte nachgelassen. Schon fingen die ersten Segeltücher Feuer.

Yulivee kam zu ihr hinüber. »Bist du zufrieden?«

Die Königin blickte über den Strand. Die Männer und Frauen aus Aldarvik, die sich ihnen angeschlossen hatten, waren dabei, die Toten zu plündern. »Das werde ich nicht gutheißen!«

»Den Toten ist ganz gleich, ob man ihnen jetzt Stiefel und Rüstungen stiehlt. Darum geht es nicht.«

»Aber mir ist es nicht egal! Es gibt Regeln. Ich ...«

»Die da draußen sind wehrlos, Gishild. Gibt es nicht auch dafür Regeln?«

»Diese Schiffe sind voller Bewaffneter. Wir haben den einzigen Augenblick abgepasst, in dem wir ihnen Schaden zufügen können, ohne dass sie sich wehren können. Ich verstoße gegen keine Regel, wenn ich meine Heimat vor ihnen beschütze.«

»Hörst du ihre Schreie nicht? Was glaubst du, werden sie den Bewohnern von Aldarvik antun, wenn sie siegen?«

Gishild wollte darüber nicht nachdenken. »Durch das, was ich tue, verhindere ich, dass sie siegen!« Sie sah, wie die Männer und Frauen in Scharen über Bord sprangen, viele in voller Rüstung. Sie mussten wissen, dass sie so nicht ans Ufer kommen konnten. Und doch wählten sie lieber diesen Tod, als lebendig zu verbrennen. Das Schicksal, das man Ketzern zudachte und manchmal auch Heiden, die ihren Göttern nicht abschwören wollten.

»Wo ist das Mädchen geblieben, das einst mit Silwyna durch die Wälder streifte? Das Mädchen, das nicht zusehen konnte, wenn ein Fuchs sich ein unvorsichtiges Eichhörnchen schnappte und ihm die Kehle durchbiss? Wie konntest du dich so sehr verändern?«

»Wo warst du in der Nacht, als mir in den Wäldern Drusnas ein Dolch in die Brust gestoßen wurde? Wo warst du, als ich gegen meinen Willen in der Ordensburg von Valloncour gefangen gehalten wurde? Die Gishild, die du kanntest, liegt irgendwo am Rand des langen Weges begraben, den du mich hast alleine gehen lassen.«

Yulivee wendete ihr Pferd und ritt davon.

»Verdammte ... blöde Kuh!«, zischte Gishild, unfähig ihre Wut zu beherrschen. Was stellte sich die Elfe denn vor? Dass sie über Aldarvik die weiße Flagge hissten und mit den Angreifern verhandelten, doch bitte keine Häuser mehr in Brand zu schießen und überhaupt bei ihrer Invasion darauf zu achten, dass möglichst nichts und niemand beschädigt wurde? Wenn Staaten einander bekämpften, war das kein ritterliches Duell!

Ärgerlich winkte sie ein paar drusnischen Reitern. »Vertreibt die Plünderer vom Strand! Ich kann hier nur Krieger gebrauchen! Diebe haben die Erlaubnis, in der Stadt zu bleiben!«

Die Männer sahen sie verwundert an. Aber als sie die Wut in ihren Augen sahen, beeilten sie sich, ihrem Befehl nachzukommen.

Gishild ritt zu den Maurawan. Die Elfen verrichteten mit stoischer Ruhe ihr tödliches Handwerk. Eine Karracke stand bereits in hellen Flammen. Bei einer zweiten würde es nicht mehr lange dauern, bis die Besatzung keine Hoffnung mehr haben durfte, das Feuer noch beherrschen zu können.

»Aufhören!«

Einer der Elfen sah sie verwundert an.

»Könnt ihr so schießen, dass ihnen klar ist, dass wir die Schiffe hätten in Brand setzen können?«

Jetzt ließen alle die Bögen sinken. »Würdest du das bitte erklären?«, fragte die Elfe mit dem bemalten Gesicht. »Ich fürchte, ich kann deinen Gedanken nicht folgen. Du möchtest, dass wir aufhören, deine Feinde zu töten?«

»Wenn ich wünsche, meine Befehle zu diskutieren, werde ich dich das wissen lassen. Macht denen da draußen klar, dass wir ihre Schiffe verbrennen könnten, wenn wir es wollten. Und damit lasst es bewenden!«

Die Maurawan sahen einander an. Ihre Gesichter waren wie Masken, aber Gishild ahnte, was sie von ihr dachten.

Appanasios kam über den Strand gepprescht. »Herrin! Herrin! Sie landen auch im Süden der Stadt. Hunderte haben schon den Strand dort besetzt. Sie schneiden die Wege nach Aldarvik ab. Wenn wir in die Stadt zurückwollen, dann müssen wir uns beeilen. Wir sollten uns in die Berge zurückziehen. Aldarvik wird in spätestens zwei Stunden von allen Seiten umzingelt sein. Wenn wir jetzt nicht …«

Eine gewaltige Explosion löschte jedes andere Geräusch. Der Krach war so ungeheuerlich, dass man ihn mit dem ganzen Körper spürte.

Ein starker Wind fegte über den Strand. Gishilds Umhang zerrte an ihrer Rüstung. Ihr Pferd stieg. Hitze berührte ihr Gesicht. Planken, Taufetzen und Körperteile prasselten auf den Strand nieder. Nur ein paar Schritt entfernt bohrte sich ein Stück von einem Mast in den Sand, als habe ein riesiges, zorniges Kind einen Stock in den Sand gestoßen, enttäuscht vom Spiel mit seinen Bleisoldaten.

Ein fremdartiges Geräusch hatte sich in Gishilds Ohren eingenistet. Wie ein Vogelschrei, der nie die Tonlage wechselte. Vor ihr im Sand lag ein Fuß mit einem Stück Wade. Es gab keine Stofffetzen und auch keinen Schuh. Nur nacktes Fleisch. Ganz sauber, wie auf dem Ladentisch eines Fleischhauers.

Etwas schlug gegen die Schulterkachel ihrer Rüstung. Sie sah an sich hinab. Wasser- und Bluttropfen hatten ihre Rüstung benetzt. Sie verliefen langsam zu verwobenen Mustern auf dem polierten Stahl.

Alexjeis Pferd war gestürzt. Der Fürst ohne Land lag unter dem massigen Leib eingeklemmt. Zwei seiner Männer gruben mit ihren Schwertklingen den nassen Sand auf und versuchte ihn unter dem Kadaver herauszuziehen.

Gishild blickte auf die See hinaus. Drei der großen Karracken waren gekentert. Wie gestrandete Wale lagen sie dort. Die Masten wiesen zum Ufer hin. Überall klammerten sich Männer fest. Das Durcheinander erinnerte an einen Ameisenhaufen, durch den man mit einem Ast gerührt hatte.

Etliche der kleinen Boote waren einfach verschwunden, ebenso das brennende Schiff. Es war nichts mehr da. Doch sterbend hatte es das Feuer weitergereicht. Überall kämpften Mannschaften verzweifelt mit brennenden Segeln. Etliche Masten und Rahen waren gebrochen und hingen wie ausgerenkte Glieder herab. All das hier erinnerte sie an den Tag in Villusa, an dem sie in ihrem blinden Zorn das Totenfeuer für ihren Vater entfacht hatte. Ganz allein … Sie hatte den Pulverturm der Burg und nur eine Stunde später ein großes Magazin im Hafen gesprengt. Siebzehn Schiffe waren dabei zerstört worden, das wusste sie. Wie viele Menschen gestorben waren, hatte sie nie erfahren. Es war ein Totenfeuer gewesen, das bis in den Himmel hinauf zu sehen gewesen war. Bis zu den Goldenen Hallen, wo ihr Vater auf sie wartete.

Heute hatte es nicht so werden sollen. Der Gestank von kalter Asche und verbranntem Fleisch zog über den Strand. Die Dünung spülte Tote an. Dicht an dicht lagen sie an der Flutgrenze, manche nackt mit makellosen Gliedern, als seien sie gerade einem Bad entstiegen, andere mit grässlich zerfetzten und verbrannten Leibern.

Sie hatte das nicht gewollt. Die Götter wussten es! Sie hatte nicht geahnt, dass es ein Pulverschiff war, auf das sie die Maurawan schießen ließ. »Ich habe es nicht gewusst ...« Sie hörte ihre eigenen Worte kaum.

Nur wenige Geräusche drangen wieder bis zu ihr vor. Doch noch immer überlagerte der merkwürdige Ton alles andere. War es der Todesschrei der vergehenden Seelen? Bekamen sie eine Stimme, wenn nur genug von ihnen gleichzeitig aufschrien?

Alexjei war unter seinem Pferd hervorgeholt worden. Er rief etwas. Sie konnte ihn nicht verstehen. Aber sie ahnte, was er wissen wollte. Zurück in die Stadt? Oder in die Berge?

Ihre Kriegerschar war vom Ufer zurückgewichen. Sie waren so fassungslos wie sie. Wie verstörte Kinder wirkten sie, die einen Streich hatten spielen wollen, der ungeahnte Ausmaße angenommen hatte.

Gishild wusste, dass Yulivee recht gehabt hatte: Aldarvik würde für den Befehl bluten, den sie den Bogenschützen gegeben hatte.

REGELN

»Es gibt Regeln. Sie weiß das!«

Raffael blickte in die Flammen des kleinen Feuers. Sie saßen halbwegs windgeschützt zwischen den Dünen. Feiner Nieselregen zischte in der Glut. Es war erbärmlich kalt. Die gepolsterten Kleider, die Raffael unter der Rüstung trug, waren den ganzen Tag nicht getrocknet. Das Eisen seines Harnischs zog ihm die Wärme aus dem Leib. Er musste ihn ablegen. Es war einfach unvernünftig, an einem Feuer zu sitzen, dessen Wärme nicht zu ihm vordringen konnte.

Endlich stand er auf, streifte die schweren Lederhandschuhe ab und öffnete mit zitternden Fingern die ledernen Rüstungsschnallen.

»Sie weiß, dass es Regeln gibt. Wir alle haben sie gelernt.« Esmeralda wiederholte die Worte immer wieder. Sie hatte ihre Rüstung schon lange abgelegt. Aber seit Raffael ihr gesagt hatte, dass er Gishild gesehen hatte, war sie nicht mehr sie selbst.

Klirrend fiel sein Beinpanzer zu Boden. Im Feuerschein sah er, dass seine Fingernägel blau vor Kälte waren.

Das Geräusch hatte den endlosen Kreis von Esmeraldas Gedanken durchbrochen. Sie sah zu ihm auf. »Du bist ganz sicher, dass du sie gesehen hast?«

Raffael seufzte. »Ja. Sie hat mir das Leben gerettet.« Er versuchte, die Schnallen der Halsberge aufzubekommen, die auf seinem Kürass auflag und seine Kehle vor Schnitten schützte.

Endlich fiel es Esmeralda ein, ihm zu helfen. Schweigend streiften sie den Rest seiner Rüstung ab. Seine Kleider dampften. Er zog sich bis auf das Hemd aus. Fröstelnd beugte er sich über das Feuer und streckte die Hände den Flammen entgegen.

»Da war ein Drusnier, der mir mit seinem Rabenschnabel den Helm eingeschlagen hätte, wäre Gishild nicht gewesen. Ich habe sie erst im letzten Augenblick erkannt. Aber ich bin mir ganz sicher, dass sie es war.« Raffael massierte seine geschwollene Wange. Der Hieb, den sie ihm mit dem Korb ihrer Waffe verpasst hatte, hatte ihn zwei Zähne gekostet. Doch er hatte ihm das Leben gerettet. Er war aus dem Sattel gestürzt und von den stampfenden Hufen des Reitergefechts fast verschont worden. Nur vier oder fünf Tritte hatte er abbekommen. Doch seine Rüstung hatte ihn vor ernsthaftem Schaden bewahrt. Seine Männer hatten weniger Glück gehabt. Alle, die er zu seinem Gegenangriff um sich geschart hatte, waren niedergemacht worden. Er aber war einfach im Sand liegen geblieben und hatte sich tot gestellt. Er schämte sich deshalb nicht. Allein und von Gishilds Schlag benommen, hätte er nichts ausrichten können.

Esmeralda hatte sich vor ihren Verfolgern in die Dünen gerettet, als ihr klar geworden war, dass die Schlacht am Strand verloren war. Es war nicht ehrenrührig, sein Leben zu retten, um an einem anderen Tag mit neuer Hoffnung zu kämpfen. Durch sie war keiner ihrer Kameraden in Gefahr geraten. Und doch nagte es an ihrer beider Stolz. Ihre Welt war heute aus den Fugen geraten. Und sie versuchten sie wieder zu richten.

»Es war Gishild«, bekräftigte er noch einmal. »Ich habe sie beobachtet, als ich am Boden lag. Sie hat mir sogar ein zweites Mal das Leben gerettet. Sie hat ein paar Krieger geschickt, die die Plünderer vertrieben haben. Die hätten mir ohne zu zögern für meine Stiefel die Kehle durchgeschnitten.«

»Ich sage doch, sie kennt die Regeln. Wir haben nebeneinander gesessen und sie gelernt.«

Raffael erinnerte sich an den fernen Winter, in dem sie um den Kamin in ihrem Turm gesessen hatten und Drustan von den Regeln des Krieges erzählt hatte. Sie dienten dazu, das Grauen einzudämmen. Der blutrünstigen Bestie, die in jedem von ihnen lauerte, Fesseln anzulegen. Magister Drustan hatte damals schönere Worte dafür gefunden.

Er dachte oft an den traurigen, einarmigen Ritter, der bis zum Tag des großen Hochzeitsfestes ihr Lehrer gewesen war. Nach den beiden Jahren in Drusna konnte Raffael besser verstehen, wie ihr Magister zu dem Mann geworden war, dessen Launen sie als Novizen so sehr gefürchtet hatten.

Den ganzen Winter lang hatte er immer wieder von den Regeln des Krieges erzählt. Man hob keine Waffe gegen Frauen, Kinder oder Greise. Es sei denn, diese waren bewaffnet und führten den ersten Streich. Man machte niemanden nieder, der sich ergeben wollte und die Waffen gestreckt hatte. Man versorgte auch verwundete Feinde, wenn die Schlacht vorüber war.

So viele Regeln gab es. Aber im Grunde ließen sie sich in einem einzigen Satz zusammenfassen: Man vermied jede unnötige Grausamkeit.

Diese Regeln unterschieden Soldaten von Barbaren. Und wer ein Ritter sein wollte, für den galten noch mehr Regeln. Man schoss nicht gezielt auf gegnerische Hauptleute. Man hieb keinem Feind in den Rücken. Man trat einander nicht mit ungleichen Waffen gegenüber.

Raffael konnte nicht begreifen, wie Gishild gleich zweimal sein Leben retten und dann befehlen konnte, das Pulverschiff in Brand zu setzen. Er hatte gesehen, wie sie unter allen Schiffen vor der Küste ausgerechnet dieses ausgewählt und den Befehl gegeben hatte, es zu beschießen. War das ihre Rache für den Angriff auf die Elfenstadt? Raffael war nicht dabei gewesen, aber als die Flotte untätig beim Rabenturm gelegen hatte und die Kämpfer, die in Albenmark geplündert hatten, ihre Schätze in die Wirtshäuser trugen, war oft darüber gestritten worden, ob die Krieger des Ordens nach dem Massaker von Vahan Calyd nicht ihren Anspruch verwirkt hatten, sich noch Ritter zu nennen. Es hatte ihn zutiefst beschämt, dass es Anne-Marie gewesen war, eine Löwin aus seiner Lanze, die eines jener beiden Schiffe in den Elfenhafen geführt hatte, die dort explodiert waren.

»Wir sollten sehen, dass wir zu den Ersten gehören, die Aldarvik stürmen.«

Esmeralda sah ihn verwundert an.

»Was glaubst du, was dort geschehen wird? Jeder, den ich kenne, hat heute Kameraden verloren.« Er blickte auf seinen Kürass. Das kleine emaillierte Wappen, das dort über seinem Herzen saß, war alles, was von der Neuen Ritterschaft geblieben war. Ihre Banner hatte ihnen der Orden vom Aschenbaum geraubt, ebenso wie ihre Schiffe und Festungen. Nur das war noch geblieben.

Er nahm den Brustpanzer und wischte den Schmutz von seinem Wappen. Einige seiner Ritterbrüder hatten in ihrer Wut und Verzweiflung nach der Auflösung des Ordens die Emailleschilde von ihren Brustpanzern geschlagen. »Wirst du mir helfen, Esmeralda?«

»Was stellst du dir vor? Dass wir uns schützend vor die Barbaren stellen, die sich hinter ihren Festungswällen verschanzt haben?«

Raffael hielt ihrem zornigen Blick stand. »Genau das. Wenn die Wälle fallen und der Sieg errungen ist, dann kommt die Stunde der Mörder und Ritter. Ich weiß ganz sicher, auf welcher Seite ich stehen werde.« Er strich über den Blutbaum in seinem Wappen. »Sie haben uns in Valloncour zu Rittern erzogen. Wir sollen in allem ein Vorbild sein. Die besten Fechter und Schützen. Die Mutigsten im Angriff. Aber das ist nicht alles. Wir sind auch die Gerechten, die die Regeln des Krieges nicht verletzen werden. Ich glaube, was in Albenmark geschah, hat zum Sturz unseres Ordens geführt. Dort haben unsere Anführer aufgehört, Krieg nach unseren Regeln zu führen. Und Tjured hat unseren Orden dafür bestraft.«

»Ja, alles wofür wir gekämpft haben, gibt es nicht mehr!«, stimmte ihm Esmeralda zu.

»Aber das entscheiden doch wir. Der Ordensmarschall vom Aschenbaum kann mir gewiss mein Leben nehmen, aber nicht meine Ehre. Die kann nur ich allein durch meine Taten zerstören. Und die Neue Ritterschaft wird erst dann vernichtet sein, wenn die Letzten von uns gestorben sind oder ihre Ehre verkauft haben. Unsere Banner und Burgen sind dahin. Aber viel mehr als das zählen unsere Taten. Sie werden bestimmen, wie die Kinder Tjureds uns in Erinnerung behalten. Hilf mir, den Schmutz von unseren Wappenschilden zu wischen. Der Krieg um das Fjordland wird der letzte Krieg sein, den die Kirche führt. Hier wird entschieden, ob man unserer als Helden gedenkt oder als einem verlorenen Haufen, angeführt von verräterischen Ketzern.«

SCHIFFE ZÄHLEN

Sigurd kniete neben dem Mann nieder, dem sie neben der Feuergrube in der Festhalle ein Lager bereitet hatten. Er hatte keine Nase mehr und auch einen halben Fuß verloren. Er kannte seinen Namen nicht. Der Fremde hatte kaum die Kraft zu reden. Die wenigen Worte, die er hervorzubringen vermochte, waren Wichtigerem vorbehalten.

Vor drei Tagen hatten Jäger ihn auf dem Wehrberg nahe Firnstayn gefunden, wo er sich in den Ruinen eines alten Gehöfts verkrochen hatte. Er war der einzige Überlebende von drei Boten, die Aldarvik verlassen hatten. Der Mann hatte schon mit einem Fuß in den Goldenen Hallen gestanden. Allein der Zauberkraft Morwennas war es zu verdanken, dass er noch lebte.

Sigurd blickte in die Runde der Männer und Frauen, die um ihn versammelt standen. Alle Anführer ihrer Verbündeten waren gekommen und auch die wenigen Jarls, die der verfrühte Wintereinbruch in Firnstayn festgehalten hatte.

»Er hat Aldarvik vor zweiundzwanzig Tagen verlassen«, sagte Sigurd. »Da lebte Gishild noch.«

Er sah, wie sich Ereks Hände zu Fäusten ballten. Er wusste, wie der Junge sich fühlen musste. Er selbst machte sich die größten Vorwürfe, nicht gegen ihren Willen mit ihr geritten zu sein.

»Ich verstehe nicht, warum sie keinen der Maurawan geschickt hat.« Der Elfenfürst Ollowain strich sich nachdenklich über das Kinn. »Weder der Schnee noch die Berge hätten sie aufhalten können. Sie wären innerhalb weniger Tage hier gewesen.«

Sigurd räusperte sich. »Sie hat gar keinen Boten geschickt. Dieser Mann kommt vom Jarl von Aldarvik.«

»Ich verstehe das nicht«, murmelte der Elf.

»Kennst du sie denn immer noch nicht?«, eiferte sich Tiranu. »Sie ist eine dickköpfige Närrin.«

»Mäßige deinen Ton, wenn du von der Königin sprichst, oder ich pack dich bei den Eiern und schleif dich aus dem Thronsaal«, knurrte Erek.

»Bitte, wir alle sollten einen kühlen Kopf bewahren«, versuchte Sigurd die Gemüter zu beruhigen. So sehr Erek ihm auch aus dem Herzen gesprochen hatte, das Letzte, was sie jetzt brauchten, war ein neuer Streit mit den Elfen.

»Was gibt es groß zu beraten? Wir stellen ein Entsatzheer zusammen und hauen Gishild heraus.«

Sigurd seufzte. Bisher hatten sie angenommen, dass sie wegen des frühen Wintereinbruchs keine Nachricht von Gishild erhalten hatten. Niemand hatte daran gezweifelt, dass sie mit ihrer Streitmacht die schiffbrüchigen Ordensritter überwältigen würde. Insgeheim hatte Sigurd sogar vermutet, dass es der Königin ganz recht war, in Aldarvik festzusitzen und so den Problemen bei Hof entgehen zu können.

»Nicht einmal meine Männer kämen in dem hohen Schnee über die Pässe«, gab Orgrim, der Herrscher der Trolle, zu bedenken. »Es ist unmöglich, ein Entsatzheer zu schicken.«

»Dann nehmen wir die Albenpfade. Es muss doch einen Weg nach Aldarvik geben!«

»Ich habe das bereits bedacht«, erklärte Ollowain. »Es ist keine Lösung. Es gibt keinen Albenstern nahe der Stadt. Alles, was wir erreichen würden, wäre, dass uns andere verschneite Pässe den Weg blockieren. Wir können Aldarvik nicht erreichen.«

»Und über See? Die Flotte in Gonthabu! Es kann doch nicht lange dauern, die Flotte wieder seetüchtig zu machen.«

»Nicht dass ich dir zu nahe treten möchte, König Erek«, sagte Tiranu in einem Tonfall, der das Gegenteil verhieß. »Die Flotte ist in einem schlechten Zustand. Mehr als die Hälfte der Schiffe ist für eine Fahrt während der Winterstürme untauglich. Sie würden in der schweren See sinken, noch bevor sie das offene Meer erreichen.«

»Und die Flotte Albenmarks?«

»Ist auf hoher See und nicht zu erreichen«, behauptete Tiranu.

Sigurd bemerkte, wie Ollowain den Fürsten von Langollion mit einem finsteren Blick bedachte.

»Weiß der Bote, wie stark die Ordensflotte vor Aldarvik ist?«, fragte der Schwertmeister.

Der Hauptmann der Mandriden musste sein Ohr bis fast an die Lippen des entkräfteten Mannes bringen, um dessen Worte zu verstehen. »Etwa fünfzig Kriegsschiffe aller Klassen. Die Galeeren und Galeassen wurden inzwischen auf den Strand gezogen. Sie machen den größeren Teil der Kampfflotte aus. Man hat die Geschütze von den Schiffen geholt, um die Belagerungsbatterien vor der Stadt zu verstärken.«

»Weiß jemand, wie stark die Festungswerke der Stadt sind?« Sigurd war vor vielen Jahren das letzte Mal in Aldarvik gewesen. Und er konnte sich an keine nennenswerten Festungswerke erinnern.

»Alte Steinmauern. Die werden schon in Trümmern liegen, wenn die Ordensritter sich nicht wie Idioten aufführen. Es gibt nur zwei oder drei Erdwerke und einige wenige Kanonen.« Brandax, der Kobold, der seit Jahren den Ausbau der Festungswerke von Firnstayn überwachte und auch sonst alle befestigten Plätze des Fjordlands besichtigt hatte, hob entschuldigend die Hände. »Wir haben nie mit einem Angriff auf Aldarvik gerechnet. Die Stadt ist völlig unbedeutend. Selbst bei besten Wetterbedingungen kann man von dort aus nur schwerlich ein Heer ins Herz des Landes führen. Wenn die Ritter versucht hätten, Gonthabu zu stürmen, das wäre eine harte Nuss gewesen. Aber Aldarvik? Das wird mehr durch Mut als durch Mauern verteidigt.«

»Ist der Bote sich sicher, dass nur fünfzig Kriegsschiffe vor der Stadt liegen?«, fragte Tiranu.

Langsam kochte auch Sigurd die Galle über. »Unter diesen Umständen sind fünfzig Schiffe doch wohl mehr als genug!« Er bemerkte, wie der Fürst von Langollion und Ollowain Blicke tauschten. Beide wirkten besorgt. »Gibt es etwas, was der Rat wissen sollte?«

Tiranus Gesicht zeigte keinerlei Regung. Doch Ollowain konnte er ansehen, dass dieser sich unwohl fühlte.

»Ich dachte, der Streit mit der Königin sei aus der Welt. Verbündete sollten keine Geheimnisse voreinander haben!«

»Darum geht es nicht«, sagte Ollowain beschwichtigend.

Sigurd fiel erst jetzt auf, dass Menschen und Albenkinder in getrennten Gruppen im Saal standen. Früher war das nicht so gewesen. »Worum geht es dann?«

»Wir haben einen Angriff auf Albenmark befürchtet. Einen Angriff, wie sie ihn auf Vahan Calyd geführt haben. Deshalb ist unsere Flotte auf hoher See und erwartet die Ordensflotten. Wir haben die Häfen in Drusna beobachtet. Schon vor vierzig Tagen sind die ersten Schiffsverbände zusammengezogen worden. Sie haben eine riesige Flotte bei der Hafenfestung Rabenturm versammelt. Das war vor vier Wochen.«

»Vor vier Wochen!«, rief Erek empört.

Auch Sigurd war erschüttert, dass ihre Verbündeten ihnen das verschwiegen hatten. »Wann gedachtest du, den Kronrat darüber zu benachrichtigen?«

»Wir waren nicht der Auffassung, dass das Fjordland bedroht ist«, entgegnete Ollowain steif. »Vor allen Dingen, nachdem wir die Flotte aus den Augen verloren haben.«

Der Hauptmann der Mandriden traute seinen Ohren nicht. »Ihr habt eine Flotte von mehr als fünfzig Kriegsschiffen aus den Augen verloren? Und deshalb dachtet ihr, es wäre klüger, uns nicht davon in Kenntnis zu setzen? Ich fasse es nicht. Ihr ...«

»Dort draußen ist schwere See«, verteidigte sich der Schwertmeister. »Und unsere Späher mussten großen Abstand halten. Sie sind in eine riesige Nebelbank gesegelt und verschwunden. Wir haben angenommen, sie hätten es noch einmal geschafft, einen Weg nach Albenmark zu finden.«

»Und was stimmt mit den fünfzig Kriegsschiffen vor Aldarvik nicht?«, fragte Erek. »Warum hast du wegen der Zahl noch einmal nachgefragt, Tiranu?«

»Weil mehr als achtzig Kriegsschiffe von der Festung Rabenturm aufgebrochen sind. Die vereinigten Flotten der Neuen Ritterschaft und des Ordens vom Aschenbaum. Und die Flotte wird von mehr Transportern, Kuttern und anderen Versorgungsschiffen begleitet, als so ein Bauernlümmel wie du zählen kann. Du wirst ...«

»Das genügt«, schnitt Ollowain ihm das Wort ab.

Erek blieb erstaunlich ruhig. Er war sehr blass geworden. »Was glaubst du, wo sind die fehlenden Schiffe, Fürst Ollowain?«

Der Elf machte eine hilflose Geste. »Sie können überall sein. Auch auf dem Meeresgrund. In dieser Jahreszeit eine solche Flottenbewegung durchzuführen, ist tollkühn. Niemand konnte damit rechnen. Aber solange wir sie nicht gefunden haben, wird Emerelle keinen Flottenverband freigeben, um nach Aldarvik zu segeln. Und weniger wird nicht genügen, um es mit einem so starken Gegner aufzunehmen.«

»Also opfert ihr Gishild!«, sagte Erek gefasst. »Ich denke, ihr habt Verständnis dafür, dass der Kronrat heute für weitere Beratungen auf die Anwesenheit seiner elfischen Verbündeten verzichtet. Auch wir haben nun ein paar Dinge hinter verschlossenen Türen zu besprechen.«

SPINNENMÄNNER

Fingayn sah sich unbehaglich um. Dass ihn seine Suche schließlich in eine Menschenstadt führen würde, hätte er nicht erwartet. Und dass die Zeit so sehr drängen würde, wie er seit einer halben Stunde wusste, hätte er sich auch nicht träumen lassen.

Er brauchte die Hilfe eines Kobolds, den die Mehrheit der Albenkinder für ein Phantom aus den Zechgeschichten von Trollen und Kentauren hielten. Oder für ein Überbleibsel aus der unseligen Tyrannei des Elija Glops, der es tatsächlich geschafft hatte, dass die Koboldvölker für einige Jahre den Thron Albenmarks beherrscht hatten, auch wenn nie einer aus ihren Sippen zum König gewählt worden war.

Aber der Maurawan wusste es besser. Den Kobold namens Smirt gab es wirklich. Und er musste ihn aus dieser Stadt bringen, bevor das Unheil kam.

Fingayn drückte sich in einen Hauseingang, um einer Gruppe johlender Fjordländer Platz zu machen. Sie hatten begonnen, ihre obskuren Winterfeste zu feiern, zu denen es gehörte, dass man sich bis zur Bewusstlosigkeit betrank. Ihm war schleierhaft, was für eine Art Vergnügen die Menschen daraus zogen. Aber er hatte beschlossen, gänzlich damit aufzuhören, sich über Menschen Gedanken zu machen. Wie sollte man ein Volk verstehen, das es für außerordentlich reinlich hielt, jeden Morgen sein Nachtgeschirr durch das Fenster zu entleeren, mit der Folge, dass man, sobald man einen Fuß vor die Tür setzte, in die Fäkalien der letzten Nacht trat? Statt sich über den Dreck und Gestank zu ärgern, nahm er nun regelmäßig die Dienste von Stiefelputzern in Anspruch.

Der Elf bog in eine Gasse, in der es nach Erbrochenem und

schlecht eingelegten Heringen stank. Fingayn vermied es, den schlammigen Boden näher zu betrachten, der jeden seiner Schritte mit einem schmatzenden Geräusch begleitete.

Ganz am Ende der Gasse hingen Leinen mit nasser Wäsche. Darunter fand er die rote Tür, nach der er gesucht hatte. Man musste drei Stufen hinabsteigen, um zu ihr zu gelangen. Das alte Steinhaus, zu dem sie gehörte, schien über Jahrhunderte unter seinem eigenen Gewicht langsam in den weichen Boden eingesunken zu sein.

Fingayn öffnete, ohne anzuklopfen. Der Schankraum war fast leer. Nahe der Türe aßen zwei Männer, die ganz offensichtlich keine gebürtigen Fjordländer waren. Einer von ihnen sah kurz zu ihm herüber. Dann setzten sie leise ihr Gespräch fort.

Der Wirt winkte Fingayn und deutete auf eine weitere Tür in einem dunklen Winkel des Schankraums.

Der Elf entschied sich, darauf zu vertrauen, dass man ihn als einen reichen Geschäftspartner betrachtete und niemand ein Interesse daran haben konnte, ihm die Kehle durchzuschneiden und lediglich seine Börse zu plündern. Immerhin hatte er allein für dieses Treffen schon mit einem erbsengroßen Rubin bezahlt.

Das Zimmer hinter dem Schankraum war winzig. Die Decke war so niedrig, dass er den Kopf einziehen musste. Ein Schemel vor einem Kaminloch war das einzige Möbelstück. Darauf saß ein Kobold, der ihn aufmerksam musterte.

Schließlich wies sein Gastgeber auf den gestampften Lehmboden neben dem Kamin. »Bitte nimm doch Platz.«

Obwohl Fingayn sich über die ungehobelte Art des Kobolds ärgerte, machte er gute Miene zum bösen Spiel. »Wie ich sehe, investierst du dein Geld nicht in Möbel.«

Der Kobold lächelte und zeigte eine Doppelreihe nadelspitzer Zähne. »Jedenfalls nicht in Möbel, die ich in einem Haus in einem Königreich unterbringe, das demnächst mit Feuer und Schwert erobert werden wird.«

»Noch ist es nicht so weit.«

Der Kobold lächelte amüsiert. »Natürlich. Du wirst es wissen, denn schließlich verkehrst du zumindest gelegentlich in Kreisen, in denen zwielichtige Gestalten wie ich gewiss niemals willkommen wären.«

»Wie meinst du das?«

»Ein Maurawan kann seine Schwierigkeiten allein lösen. Wenn du also mit etwas zu schaffen hast, das zu groß ist für dich, dann wird jemand hinter dir stehen, der größer ist als du.« Er zwinkerte. »Das nur, damit eines geklärt ist: Mir ist durchaus bewusst, dass wir uns nicht wirklich um eine deiner Angelegenheit kümmern. Natürlich werde ich niemals fragen, für wen du eigentlich arbeitest.«

»Ist das der Grund, warum du dich hier in dieser Stadt verkrochen hast?«

»Was soll ich sagen ... Meine Geschäfte erfordern Diskretion. In Albenmark gibt es zu viele, die meinen Kopf verlangen. Hier suchen sie nicht nach mir. Und meine Dienste sind teuer genug; ich kann es mir leisten, dass nur sehr wenige zu mir finden. Du solltest mir jetzt verraten, was du haben möchtest. Meine Verbindungen sind noch besser als in den Geschichten, die man über mich erzählt. Ich kann dir alles verschaffen, von einer Hornschildechse, bewaffnet mit einer Ballista und vier schweren Windenarmbrüsten und bemannt mit einem Trupp blutrünstiger Lutin, bis hin zum kleinwüchsigen Mausling, der sich Türschlösser von innen ansehen kann.«

Fingayn berichtete ihm in knappen Worten von seinem Plan.

Der Kobold kicherte in sich hinein. »Du willst, dass ich dorthin gehe, wo Ollowain den größten Tritt in seinen Elfenarsch bekommen hat?«

Der Maurawan öffnete den kleinen Lederbeutel mit den Smaragden. »Steine aus den verwunschenen Minen von Inbuse. Jeder von ihnen ist ein Vermögen wert. Ich dachte mir, eine Legende kauft man vielleicht am besten mit einer Legende.«

Smirt nahm den Beutel und blickte hinein. »So weit also reicht der Schatten deines Auftraggebers …«

»Meine *Auftraggeberin* wusste sogar, wo ich dich finden würde und wie ich Kontakt zu dir herstellen kann.«

Der Kobold strich sich nachdenklich über die Brauen. »Sehr schmeichelhaft, ihre Aufmerksamkeit zu genießen«, sagte er zynisch.

»Ich fürchte, es ist schon vorgekommen, dass ihr gegensätzliche Interessen vertreten habt.«

»Du solltest nicht vorschnell über Gut und Böse urteilen. Du …«

»Du hast einen gewissen Ruf, Smirt. Wirst du mir also helfen? Du solltest dich sehr schnell entscheiden.«

»Ich lasse mich von dir nicht erpressen. Ich …«

Fingayn senkte die Stimme. »Vielleicht sollte ich dir sagen, was mich zu der Eile drängt …«

Nachdem er berichtet hatte, was er gesehen hatte, war der Kobold der Meinung, augenblicklich reisebereit zu sein.

NEBEL

―――◆―――

Sie kam aus dem Nebel. Er war ein Geschenk Gottes. Die Überfahrt war eine schwere Prüfung gewesen; das Meer hatte fast ein Drittel ihrer Schiffe genommen. Und Ignazius Randt hatte ihr gesagt, die Stadt würde noch einmal ein Drittel nehmen. Dazu würde sie es nicht kommen lassen.

Lilianne ging tief gebeugt unter dem Reisigbündel. Sie trug die Kleidung einer einfachen Bauersfrau. Unter ihren strohgefüllten Holzschuhen knirschte der erste Schnee. Es war lausig kalt. Ein Stück hinter ihr kamen zwei ihrer Ritterbrüder. Beide waren schon etwas älter. Sie hatten sich während der Seefahrt nicht rasiert und trugen ihr Haar in Unordnung, damit sie unter den Barbaren nicht auffielen.

Lilianne wusste, dass die Wachen am Tor sich in Sicherheit wiegten. Sie waren hunderte Meilen vom Krieg entfernt. Die Wälle der Erdschanzen, die gleich riesigen, grasbewachsenen Sternen die Stadt einfassten, waren kaum besetzt.

Zweihundert Schritt waren sie an einem der Wälle vorbeigelaufen. Bei einem Angriff würde auf diesem Stück von beiden Seiten Flankenfeuer kommen. Aber im Nebel waren die Wälle kaum zu erkennen.

Lilianne hatte sich das Gesicht mit Schmutz beschmiert. Sie hoffte, dass man sie einfach durchwinken würde. Wer wollte schon etwas von einem alten, nach Gänseschiss stinkendem Weib? Sie erreichte die Brücke. Vor den inneren Schanzen lag ein breiter Wassergraben. Sie kannte die Pläne der Stadt bis in die Einzelheiten, ihre Spitzel hatten sie ihr besorgt. Stunden um Stunden hatte sie in ihrer Kajüte darüber gebrütet. Dreißig Schritt breit war der Graben. Bei einer Belagerung hätten sie einen Kanal graben müssen, um ihn trockenzulegen.

Ihre Holzschuhe klapperten auf den schweren Bohlen. Die Brücke war so konstruiert, dass eine Handvoll erfahrener Zimmerleute sie in zwei Stunden völlig zerstören konnten.

Ein Wachtposten tauchte im Nebel auf. Eine Meerschaumpfeife mit langem, dünnem Stiel hing ihm aus dem Mundwinkel. Er trug eine dicke Wollmütze statt eines Helms. Den Umhang hatte er eng um die Schultern geschlungen. Zu eng! Er würde ihn behindern.

Lilianne spähte an ihm vorbei. Da war nur Nebel. Die Brücke schien ins Nichts zu führen.

Er sprach sie an.

Lilianne duckte sich noch ein wenig tiefer unter ihrer Last.

Wieder sagte er etwas. Seine Stimme klang fordernd. Die Ritterin tastete unter ihrer Schürze nach dem Messer. Sie drehte sich ein wenig. Dann stieß sie dem Mann das Reisigbündel ins Gesicht. Er taumelte zurück, zu verblüfft, um auch nur zu fluchen.

Lilianne ließ ihre Last fallen. Das kleine Schälmesser beschrieb einen blitzenden Bogen. Blut spritzte über den Neuschnee. Der Soldat ging zu Boden. Seine Beine zuckten. Er sah sie an. Seine großen braunen Augen waren voller Entsetzen. Er wusste, dass er starb. Er wollte schreien, doch über seine Lippen kam nur ein Röcheln. Sein Blut schmolz sich einen Weg durch den Schnee und troff über den Brückenrand.

Ihre beiden Kameraden hatten zu Lilianne aufgeschlossen. Keiner sagte ein Wort. Sie wussten, dass jetzt Eile geboten war.

Abgesehen vom Klappern ihrer Holzschuhe war es totenstill.

Etwas bewegte sich vor ihnen.

Lilianne blieb stehen. Der Nebel schien feste Konturen anzunehmen. Was war da?

Die beiden Ritter blieben ebenfalls stehen.

Sie konnte jetzt das Blut in ihren Ohren rauschen hören. Die Gestalt im Nebel verursachte kein Geräusch, obwohl sie sich doch bewegte. Sie war unförmig ...

Plötzlich stand ein großer Ganter vor ihr, schneeweiß bis auf seinen Schnabel. Behäbig watschelnd zog er vorbei, ohne auch nur Notiz von ihr zu nehmen.

Lilianne stöhnte auf vor Erleichterung.

Ketten griffen von oben aus dem Nebel nach dem Brückengeländer. Wie ein Maul tauchte der Torgang vor ihr auf. Die Glut eines Feuers in einem Eisenkorb leuchtete die gewölbte Decke aus. Gerade noch konnte man eine Nische erkennen, die seitlich in den Wall führte.

Beim Feuerkorb standen nur zwei Soldaten.

Lilianne verlangsamte ihre Schritte, um mehr Zeit zu gewinnen. Sie starrte aus den Augenwinkeln, den Kopf unter ihrer Reisiglast gebeugt. Es waren tatsächlich nur zwei. Ihre Gebete waren erhört worden!

Wieder wurde sie angesprochen. Oder hatten die Wachen ihre beiden Kameraden gemeint? Eine Hellebarde, die in einen langen, dreikantigen Dorn auslief, lehnte an der Wand neben dem Feuerkorb.

Sie schlugen alle drei zur gleichen Zeit zu. Lilianne sprang den hinteren der beiden Wächter an. Sein Kopf schlug hart gegen die Mauer. Sie presste ihm eine Hand auf den Mund und schnitt ihm die Kehle durch. Sein Blut benetzte ihre Kleider. So würde sie nicht weiter in die Stadt vordringen können.

Sie ließ den Wachposten zu Boden sinken und zog ihre Schürze aus. Dann schmierte sie sich Schlamm aus dem Torweg auf ihr fadenscheiniges Kittelkleid.

Ein merkwürdiges Geräusch ließ sie innehalten. Ein Schnüffeln, wie von einem Jagdhund. Nur lauter.

Aus der Wandnische trat eine riesige Gestalt. Ein Troll! Um Gottes willen! Wie konnte man einen Troll zur Wache abkommandieren?

Der Hüne kam ihnen entgegen. Er trug eine Keule, die er leicht hin und her pendeln ließ.

Lilianne schob ihr Messer zurück. Ob der Blutgeruch den Troll angelockt hatte? Und warum gab dieses Monstrum keinen Alarm? War es sich sicher, dass es sie ohne Hilfe besiegen würde?

Lilianne wich ein Stück zurück. Natürlich würde der Troll siegen! Er war so groß, dass er mit dem Kopf fast bis zum Zenit des gewölbten Tortunnels reichte.

Einer ihrer Kameraden stürmte an ihr vorbei. Der Troll zerschmetterte ihn mit einem lässigen Schlag aus der Rückhand. Als wiege er nicht mehr als ein Daunenkissen, riss ihn der Keulenhieb von den Beinen und ließ ihn mit klatschendem Geräusch gegen die Wand schlagen. Der Troll hatte nicht einmal seinen Schritt verlangsamt.

Abgesehen von einem Lendenschurz war der Hüne nackt. Wulstige Narben, die seltsame Muster formten, schmückten seine fassbreite Brust.

Lilianne trat gegen den Eisenkorb. Glühende Holzscheite purzelten quer durch den Torweg. Der Troll hielt inne. Seine schwingende Keule verharrte. Er war barfuß.

Die Ritterin griff nach der Hellebarde an der Wand. Der Mut der Verzweiflung ergriff sie. Sie packte die Waffe am äußersten Ende des Schaftes und stürmte vor. Der Troll hob die Keule. Doch sie war schneller. Die Spitze der Hellebarde traf ihn direkt unter dem Kinn in den Hals und stieß durch seinen Rachen in den Schädel hinein. Das Ungeheuer war augenblicklich tot. Wie ein nasser Sack stürzte er nach vorn.

Lilianne eilte zu ihrem Kameraden, der zusammengesunken an der Wand des Torwegs lag. Jede Hilfe kam zu spät. Der Keulenhieb hatte ihm den Brustkorb zerschmettert. Sie flüsterte ein eiliges Gebet.

Auf der Brücke tauchten schattenhafte Gestalten auf. Sie würden das Tor besetzen, während ausgewählte Ritter die Schanzen entlang des Torwegs bemannten. Lilianne konnte kaum fassen, was für ein Glück sie hatten! Nun galt es, den tollkühnsten Teil des Plans zu verwirklichen. Sie wusste, dass heute ein Festtag der Heidengötter war, und vertraute fest darauf, dass die Garnison in ihren Quartieren feierte. Wenn ihr Glück noch ein wenig anhielt, dann mochte es ihnen gelingen, die Truppen der Stadt in ihren eigenen Kasematten einzusperren.

VON ELFEN, KOBOLDEN UND ANDEREN

»Wohin bringst du mich?«

»In Sicherheit.«

Smirt war sich nicht mehr sicher, ob es eine gute Entscheidung gewesen war, sich dem Elfen anzuvertrauen. Dessen Behauptung war so ungeheuerlich, dass er zunächst überzeugt gewesen und sofort mit ihm aufgebrochen war. Aber jetzt kamen dem Kobold Zweifel. Immerhin hatte er diesen Trick selbst schon bei Verhandlungen eingesetzt, um seine Geschäftspartner zu überstürzten Entscheidungen zu verleiten.

Sie liefen in einen abgelegenen Teil des Hafens. Immer mehr Betrunkene kreuzten ihren Weg. Hier zu sein, beunruhigte Smirt nicht. Die Bewohner der Stadt waren schon seit Langem an den Anblick von Kobolden gewöhnt. Die meisten von ihnen behandelten sie freundlicher, als Elfen es getan hätten. Das war noch ein weiterer Grund, warum Smirt sich hier niedergelassen hatte. Aber dass dieser Maurawan ihn so leicht gefunden hatte, gab ihm zu denken. Die Königin musste die Spinnenmänner ausspioniert haben! Smirt wusste nur zu gut, dass Emerelle keine hohe Meinung von ihm hatte. Die Spinnenmänner hatten Alathaia zu nahegestanden. Emerelle hatte ihnen die Rolle, die sie im Schattenkrieg gespielt hatten, nie verziehen. Es war dumm, so nachtragend zu sein, dachte der Kobold verärgert. Er würde gern Geschäfte mit der Königin machen. Nun, vielleicht war das hier ein Anfang.

Verdammter Nebel! Man konnte kaum so weit sehen, wie man spucken konnte! Dass Emerelle einen Maurawan nach ihm ausgeschickt hatte ... Womit sie ihn wohl gefügig gemacht hatte? Gesprächig war er ja nicht gerade.

»Dir ist schon klar, dass es im ganzen Königreich nur eine Stadt gibt, die besser befestigt ist als Gonthabu.«

Der Elf antwortete nicht. Er zeigte nicht einmal durch die kleinste Geste, dass er ihn überhaupt gehört hatte. So waren sie, diese Dreckskerle. Die Dienste von Kobolden waren ihnen immer willkommen, wenn es etwas zu erledigen gab, wobei sie sich nicht selbst die Hände schmutzig machen wollten. Aber ansonsten behandelten sie Kobolde so wie einen Hundehaufen: Sie gingen ihnen aus dem Weg. Smirt wünschte, er hätte zu Zeiten des großen Elija Glops gelebt. Damals hatten sich für ein paar Jahre die Verhältnisse völlig umgekehrt. Da waren Kobolde die Herren in Albenmark gewesen.

Vor ihnen erklang ein Schrei im Nebel. Sie mussten nah am Fjord sein, hier war es noch kälter. Smirt hörte Schritte in ihre Richtung kommen. Jemand schrie etwas von Göttervögeln. Eine derbe Antwort ertönte, und darauf folgte allgemeines Gelächter. Offenbar war vor ihnen im Nebel auch eine Gruppe von Zechern.

Ein rothaariger Fjordländer taumelte an ihnen vorbei. Seine Kleider waren mit Schneematsch und Schlamm bedeckt. Offenbar war er mehrfach gestürzt. Er blutete aus einer Wunde am Kopf. In seinen Augen spiegelte sich blankes Entsetzen. Er sah den Elfen an. »Geh nicht da lang, Kamerad. Die Götter haben die Totenraben geschickt. Das Ende aller Tage ist gekommen. Ich sage es dir, das Ende aller Tage!«

Smirt hatte sich in einen Hauseingang gedrückt, als der Mensch erschienen war. Bei Betrunkenen wusste man nie ... Totenraben, so ein Unsinn! »Schrecklich, was Alkohol aus Männern machen kann, nicht wahr?«

Der Maurawan antwortete nicht.

Arroganter Klugscheißer, dachte Smirt. Aber solange der Elf Smaragde aus Inbuse schiss, durfte er sich ruhig so benehmen.

Sie kamen an einer Truppe von Zechern vorbei, die sich um ein Fass auf einem Handkarren versammelt hatten und aus vollem Halse anstößige Lieder grölten. Einer der Männer bot ihm ein Trinkhorn an. Das liebte er an Gonthabu! Die Menschen hier im Hafen waren den täglichen Umgang mit merkwürdigen Fremden gewöhnt. Selbst Kobolden, Trollen und Kentauren gegenüber verhielten sie sich ganz natürlich. Nicht so wie die Leute tiefer in den Bergen, denen man stets ihre abergläubische Scheu anmerkte.

»Du trinkst besser nichts«, sagte der Elf.

Smirt ignorierte den Rat. Er mochte den Honigmet der Menschen. Allerdings nahm er nur einen kleinen Schluck. Er war dickköpfig, aber kein Narr!

Als er sah, dass der Maurawan einfach weiterging, beeilte

er sich ihm zu folgen. Sie verstanden keinen Spaß, die Elfen. Sein Auftraggeber war in einer Gasse zwischen halb verfallenen Bootsschuppen verschwunden. Ein Hund jaulte plötzlich auf. Ein herzzerreißender Laut, der abrupt abbrach. Smirt tastete instinktiv nach dem Dolch in seinem Gürtel. Verfluchter Nebel! Ob der Elf seine miese Laune an einem Hund ausgelassen hatte? Smirt hatte seinen Führer aus den Augen verloren. Er duckte sich hinter eine Tonne. »Wo bist du?«

Komm um die Ecke, kleiner Mann. Smirt schnappte nach Luft. Die Stimme war in seinem Kopf. Er wusste, was ihn erwartete. Und er wagte nicht zu zögern. Durch den Nebel erspähte er den Elfen. Und er war nicht allein.

Dicht beim Wasser wartete ein riesiger Vogel. Einen Fuß hatte er auf den Kadaver eines großen, schmutziggrauen Hundes gestellt. Ein blutiger Fleischfetzen hing von dem mächtigen Adlerschnabel. Smirt musste den Kopf in den Nacken legen, um zu dem Schwarzrückenadler aufzublicken. Der Vogel war größer als ein Troll.

»Es tut mir leid, dich bei deinem Mahl zu unterbrechen, aber unser Aufbruch drängt, mein Freund. Ich habe eine wichtige Nachricht nach Firnstayn zu bringen«, sagte der Elf. Zu diesem verlausten Federvieh konnte er also freundlich sein! Es war wohl eine Frage der Größe ...

Dir ist klar, dass ich deine Gedanken so deutlich wie gesprochene Worte verstehe?

Scheiße!

Alle Gedanken, kleiner Mann.

Entschuldigung. »Ich ... Das ist ziemlich fremd.« Mit diesen Adlern könnte man niemals vernünftige Geschäfte machen. Sie ... Smirt bemühte sich, an etwas ganz anderes zu denken. Die Brüste seiner Geliebten, das war es. Er sollte an nichts anderes mehr denken, solange der riesige Vogel in der Nähe war. Nur noch Frauenbrüste! Dann würde er schon aufhören, in seinem Kopf herumzuspionieren. Dass Federvieh so neugierig sein konnte! Ja, diese Gedanken darfst du ruhig kennen!

»Setz dich auf seinen linken Fuß und halte dich gut fest.«

Natürlich der Fuß, der auf dem Hund gestanden hatte und völlig blutverschmiert war, dachte Smirt ärgerlich.

Der Maurawan ließ sich auf dem anderen Fuß nieder. Smirt machte es ihm nach. Das Bein des Vogels war so dick wie ein junger Baum. Mit einigem Unwohlsein betrachtete er die Krallen, die fast so lang wie Säbelklingen waren.

»Unser Gefährte heißt Steinkopf«, sagte der Elf.

»Angenehm, Smirt.«

Der Schwarzrückenadler stieß einen Schrei aus und breitete die Schwingen aus. Groß wie Segel waren seine Flügel. Er machte einige unbeholfene, hüpfende Bewegungen.

Smirt klammerte sich ängstlich an dem Bein fest. Ohne Sattel auf einem durchgehenden Esel zu sitzen, war im Vergleich dazu ein Spazierritt!

Ich mag es nicht, mit Eseln verglichen zu werden.

»Das war nur eine Metapher. Du solltest es nicht persönlich nehmen.«

Der Adler hob ab. Seine Flügelschläge wirbelten den Schnee von den Bootsschuppen. Er glitt in weitem Bogen in den Hafen hinein und verfehlte nur um Haaresbreite einen Schiffsmast.

Smirt wünschte sich, er hätte auf den Rat des Elfen gehört und nichts getrunken. Wenn er vom Adler kotzte, wäre sein Ruf als kaltblütiger Mörder für alle Zeiten ruiniert.

Wenn ich dein Mittagessen in meinem Gefieder wiederfinde, werfe ich dich ab. Sorgen über deine Zukunft musst du dir dann keine mehr machen.

Sie ließen den Hafen schnell hinter sich. Der Maurawan wirkte ganz entspannt. Er hielt sich zwar fest, aber seine Augen waren geschlossen. Wie oft er wohl schon mit einem Adler geritten war?

Er legt dich herein, kleiner Mann. Er ist hellwach.

»Warum verrätst du mir das?«

Du musst nicht mit mir reden. Deine Stimme kann ich durch mein Flügelschlagen und den Wind gar nicht verstehen. Deine Gedanken genügen. Und jetzt sieh nach unten zum Wasser. Siehst du die schwimmenden Nester?

Smirt konnte nur Schatten erkennen. Entlang der Küste schienen zahlreiche Schiffe vor Anker zu liegen. Über dem Strand gab es Lücken im Nebel. Man sah Boote, die Krieger anlandeten. Arkebusiere, die sie bemerkt hatten, feuerten in die Luft, und Steinkopf stieg höher in den Nebel, bis die Armee im Dunst verschwand, als sei sie nur ein böser Traum gewesen.

Sie werden Gonthabu nicht einfach erstürmen, dachte der Kobold. Die Stadt ist sehr gut befestigt.

Ich kenne mich nicht aus mit den Menschensöhnen und ihren Kämpfen um Brutplätze. Aber über die Männer mit den toten Bäumen weiß ich, dass sie nur kommen, wenn sie davon überzeugt sind zu siegen. Deshalb müssen wir nach Firnstayn. Die Königin muss schnell ihre Krieger schicken, um den Kämpfern im Nistplatz zu helfen, sonst wird sie einen großen Teil ihres Reviers verlieren.

LILIANNES LIST

Lilianne legte das Schloss an die Kettenenden und überprüfte noch einmal den Sitz der Kette. Dann sah sie sich um. Der Hof vor der Kasematte war leer. Am Tor wurden die Leichen der Wachen fortgeschafft. Die zweite Welle ihrer Ritter drang in die Stadt ein, mehr als hundert handverlesene Männer und Frauen in Zivilkleidung, die alle wichtigen Stellungen der Stadt besetzten. Bisher verlief der Angriff außerordentlich gut, besser, als sie im Stillen erhofft hatte. Die Einwohner Gonthabus und auch die Garnison waren völlig arglos. Sie feierten ihr Fest. Niemand ahnte, wie nah der Feind war.

Durch das schwere, eisenbeschlagene Tor drang der Lärm der Feiernden. Die Eichenbohlen des Tors waren fast vier Zoll stark. Die würde niemand aufbrechen. Und selbst wenn! In weniger als einer Stunde würde ein Knochenklopfer auf den Eingang der Kasematte gerichtet sein. Sollten sie nur versuchen auszubrechen.

Die Komturin sah sich im Innenhof um. Der Nebel war ein wenig lichter geworden, aber immer noch dicht genug, um ihrem Angriff Deckung zu geben. Tjured war ihrem Orden gnädig, so viel war sicher. Bessere Bedingungen als heute hätte es für dieses Unternehmen nicht geben können.

Alle Gebäude am Hof waren neu. Dieser Teil der Festungsanlagen war gewiss noch keine drei Jahre alt. Man hatte die ganze Stadt mit einem breiten Gürtel aus Gräben und Schanzen umgeben. Eine Belagerung im Winter wäre eine Katastrophe geworden und hätte Tausende von Menschenleben gekostet. Wenn es ihr gelang, die Stadt in die Hand zu bekommen, dann konnte sie sicher sein, dass man sie bis zum Frühjahr nicht mehr von hier vertreiben würde. Und ihre Schiffe wären im großen Hafen geschützt. Im Grunde war das Fjordland schon zur Hälfte besiegt, wenn Gonthabu an die Neue Ritterschaft fiel. Sie atmete schwer aus. An den Orden vom Aschenbaum. Das Wappen, das auf ihrem Waffenrock prangte, trug sie noch immer nicht im Kopf, geschweige denn im Herzen. Sie musste achtgeben. Im Orden vom Aschenbaum gab es viele Neider. Wenn sie sich beim falschen Anlass versprach, mochte das schwerste Folgen haben.

»Wir sind so weit.« Ein junger Ritterbruder war an ihre Seite getreten. »Alle Zugänge sind besetzt. Wir haben die Rauchabzüge für die Kasematten gefunden.«

Lilianne nickte. Sie nahm von dem jungen Ritter die Leinentasche mit den Granaten entgegen und stieg auf die breite Rampe zur Geschützstellung hinauf. Die schweren Bronzekanonen, die auf den Hafen hinauswiesen, schienen gut gepflegt. Die Lafetten der Geschütze waren erst vor kurzem frisch gestrichen worden.

»Hier, Komturin.« Der junge Ritter wies auf einen ummauerten Schacht, durch den ausgelassene Rufe der feiernden Besatzung drangen.

Lilianne rief sich die Pläne in ihre Gedanken. Verdeckte Geschützstellungen tief in den Mauern und Erdwällen. Tonnengewölbe, die wochenlangem Beschuss widerstehen würden. Mannschaftsräume, Vorratslager, eine große Messe direkt vor der Küche. All dies war vom Hof her nur durch drei Tore zu betreten, von denen Tunnel in ein weit verzweigtes Labyrinth mündeten. Man hatte dies so gebaut, um die Anlage besser verteidigen zu können. Doch mit einem Angriff von innen hatten die Baumeister nicht gerechnet.

Der Ritter reichte Lilianne eine Messinghülse, in der eine dicke, glühende Lunte steckte.

Die Komturin nahm eine der schweren, mehr als faustgroßen Eisenkugeln aus dem Beutel. Sie prüfte den Sitz der

Lunte, die darin steckte. Die Zündschnur war länger als ihr Mittelfinger. Sie zog das Messer, mit dem sie die Wachen getötet hatte. Die Klinge war noch nicht gereinigt. Sie kappte die Schnur in der Mitte.

»Das ist sehr kurz, Komturin«, wandte der Ritter ein.

»Dann solltest du wohl besser ein paar Schritt entfernt stehen, wenn ich die Lunte entfache.« Sie blickte zu ihrem Ordensbruder auf. Er war blutjung, einer der Novizen, die in diesem Sommer zum Ritter geworden waren. Jetzt trug er die schäbige Kleidung eines Tagelöhners. Aber sein Gesicht passte nicht zu diesem Aufzug. Er sah edel aus ... und er hatte ausdrucksvolle dunkelblaue Augen. Lilianne wusste, dass er neben ihr stehen bleiben würde, ganz gleich, was sie tat. Seine Angst, als ein Feigling zu gelten, war größer als die Angst davor, durch eine vorzeitig explodierende Granate verstümmelt zu werden.

Lilianne blies die Lunte in der Messinghülse an. Dann entzündete sie die Granate. Die Lunte zischte. In aller Ruhe ließ sie die Eisenkugel in den Schacht fallen und legte sich dann auf den kalten Boden. Die Explosion folgte, kaum dass sie lag. Rauch drang aus dem Abzug. Sie malte sich aus, wie die Eisensplitter der Granate durch die gedrängt volle Messe gefegt waren.

Die Festtagslieder waren verstummt. Stöhnen und das Geschrei Verwundeter hallten im Schacht wider. Aufgeregte Rufe. Lilianne lauschte eine Weile. Sie hielten es für einen Unfall, auch wenn sie sich nicht erklären konnten, was geschehen war. Die Komturin beugte sich über den Schacht.

»Hier spricht Lilianne de Droy. Ich bin die Befehlshaberin der Truppen, die in diesem Augenblick Gonthabu besetzen. Ich fordere euch hiermit zur bedingungslosen Kapitulation auf. Ihr habt eine Stunde Bedenkzeit. Alle Zugänge zu den Kasematten sind verbarrikadiert. Knochenklopfer werden vor den Eingängen in Stellung gebracht werden. Auch die übrigen Garnisonen sind gefangen gesetzt oder ausgelöscht. Die Stadt ist in unserer Hand. Mit Entsatz solltet ihr nicht rechnen. Wenn ihr euch in einer Stunde nicht ergebt, werden die Kampfhandlungen eröffnet. Ich bitte euch als Ritterin, vergeudet euer Leben nicht in einem sinnlosen Gefecht. Ich habe die Pläne der Kasematten und bin darauf vorbereitet, euch dort drinnen auszuräuchern. Denkt an eure Familien und an die Zukunft des Fjordlandes. Euer Land wird euch brauchen, wenn dieser Krieg vorüber ist. Werft eure Leben nicht in einem sinnlosen Kampf fort.«

Sie hörte ein vertrautes Geräusch und zog hastig den Kopf zurück. Ein Schuss wurde abgefeuert. Die Kugel klatschte weit unter ihr ins Mauerwerk des Schachts.

»Eine Stunde!«, rief Lilianne erneut.

ABSCHIED

»Du kannst nicht gehen! Du musst sein, was Gishild in dieser Stunde nicht ist. Du musst herrschen. Sie als Königin vertreten.«

Erek hielt die Lippen zusammengepresst und nickte. Sie standen im königlichen Stall. Außer ihnen beiden war niemand mehr hier. Sigurd war überrascht, wie gefasst der König blieb, obwohl es keine Zeugen ihres Gesprächs gab. Die Unglücksnachricht hatte sie am frühen Abend erreicht und alles verändert. Eigentlich hatte Erek trotz aller Widerstände eine

Entsatzmacht nach Aldarvik führen wollen. Aber nun wurde das Königreich an zwei Fronten angegriffen, und das zu Einbruch des Winters! Niemand, der seinen Verstand beieinander hatte, führte in einer Jahreszeit Krieg, in der das Wetter höhere Verluste fordern würde als der Feind, gegen den man eigentlich zu kämpfen beabsichtigte. Aber die Tjuredpriester waren offensichtlich völlig verrückt geworden. Den Angriff auf Aldarvik konnte Sigurd ja noch verstehen. Die kleine, schlecht befestigte Stadt würde keine lange Belagerung nötig werden lassen. Aber Gonthabu ... Das war Irrsinn! Und diesen Wahn ihrer Feinde mussten sie nutzen! Sobald die Truppen der Priesterschaft geschwächt waren, vielleicht nach dem ersten schweren Wintersturm, würden sie den Belagerern in den Rücken fallen und sie zurück ins Meer prügeln.

»Du musst das Land führen. Du bist der König.«

Erek stand breitbeinig vor ihm, er hatte die Fäuste geballt. Er rang um Fassung, das konnte man ihm ansehen. »Ich weiß!«, stieß er schließlich hervor. »Ich schulde es dem Fjordland.«

»Und Gishild. Niemand wird sich so für ihre Sache einsetzen wie du.«

»Dieser Ritter, ihr alter Freund ... Er hat das Lager der Albenkinder verlassen. Er ist auf dem Weg zu ihr.«

Sigurd sah Erek forschend an. Wusste er etwas? Nein, Gishilds Gemahl war kein Ränkeschmied, das war zu sehr gegen seine Art. »Du bist gut informiert, mein König.«

»Orgrim hat es mir gesagt. Dieser Luc scheint die Gabe zu haben, das Herz eines jeden zu gewinnen, dem er begegnet. Sogar der Trollkönig spricht gut von ihm. Auch Appanasios und Ollowain. Wahrscheinlich wäre er ein besserer König als ich.«

Sigurd lachte auf. »Du glaubst doch nicht wirklich, dass die Fjordländer einen Ordensritter auf ihrem Thron hinnehmen würden. Bei aller Liebe zu Gishild, das ist ausgeschlossen! Du musst dir keine Sorgen machen. Du bist König, dieses Band wurde von den Göttern gesegnet. Menschen werden es nicht so schnell zerreißen.« Sigurd dachte an die Hochzeitsnacht und schämte sich für seine dreisten Lügen.

»Weißt du ...«, seufzte Erek, »wenn er sie nur lebend dort herausbringt! Mir ist alles egal. Sie darf nur nicht sterben. Die Götter wissen, wie sehr ich mich nach ihr sehne. Ich würde nackt über die Berge gehen, um zu ihr zu kommen. Ich würde mir bei lebendigem Leib die Haut abziehen lassen für sie!«

Die Worte des Königs rührten den Hauptmann der Mandriden. Erek meinte es wirklich so. Er liebte Gishild aus tiefstem Herzen. »Jeder weiß, was du im Kampf um Eisenwacht für sie getan hast. Mach dir nicht so viele Sorgen. Ich kenne niemanden, der schlecht von dir denkt.«

Erek seufzte. »Du magst ihn auch, nicht wahr? Er war oben am See. Ich habe ihn unter deinen Mandriden gesehen. Ein bartloser Jüngling fällt in deiner Schar zu sehr auf, auch wenn du ihm einen der alten Helme auf den Kopf setzt. Es wird viel über ihn geredet. Ich bin nicht der Einzige, der ihn bemerkt hat.«

Sigurd wusste nur zu gut, dass ihnen die Sache schon jetzt zu entgleiten begann. Auch die nächtlichen Besuche der Königin in den Ställen waren trotz aller Vorsicht der Mandriden nicht völlig unbemerkt geblieben. Im Grunde war Sigurd ganz dankbar, dass Gishild in Aldarvik war. So konnte Gras über die Sache wachsen.

»Was hältst du von ihm, mein Freund?«

Die letzten Worte schmerzten. Erek schätzte ihn noch immer, obwohl er doch wusste, dass die Mandriden Luc unter sich versteckt hatten. Ob der König auch ahnte, was sonst vor sich ging? Er war eine zu ehrliche Haut! Das war nicht gut für einen Herrscher.

»Ich glaube, er ist ein Ritter im besten Sinne. Und ich weiß, dass auch er Gishild aus tiefstem Herzen liebt. Aber er ist töricht. Nicht so wie du ... Ohne einen Führer ist er dort draußen aufgeschmissen. Er wird niemals über die Berge kommen. Er ist halt nicht von hier.«

»Und deshalb brichst du jetzt auf. Du wirst ihn suchen und ihm helfen, nicht wahr?«

Sigurd senkte den Blick. »Ich ... ich muss zu Gishild. Ich hätte sie nicht ohne ihre Wachen ziehen lassen dürfen.« Er überlegte, ob er Erek von Alexjei erzählen sollte. Besser nicht. Das würde seine Sorgen nur mehren, ohne dass der König die Möglichkeit hätte, Gishild in irgendeiner Form zu helfen.

»Findest du nicht, dass du zu alt für solche Abenteuer wirst, Sigurd? Ich weiß, dass du dich immer noch nicht von den Wunden des Sommers erholt hast. Du solltest ...«

Der Hauptmann hob die Hand. »Sag einem Mann, der dein Vater sein könnte, nicht, was er tun soll! Ich steh das schon durch. Ich gehöre noch nicht zum alten Eisen! Wenn du in meinem Alter wärst ... Ach, was weißt du schon. Wenn ich morgens aufwache und nichts tut mir weh, dann kann das nur eines bedeuten: Ich bin über Nacht verstorben.« Er grinste. »Nun lass mich ziehen.«

Erek trat vor und nahm ihn in die Arme. »Bring sie mir zurück! Und wenn du dazu die Hilfe von diesem Luc brauchst, dann hast du meinen Segen. Nur bring sie mir zurück, mein Freund.«

Sigurd schluckte. Dann nahm er die Zügel der beiden Pferde, die er ausgewählt hatte. Er murmelte leise etwas. Erek war zu gut, um König zu sein. Jeder andere hätte Luc ein paar Meuchler hinterhergeschickt.

FAMILIENBANDE

Ingvar sah seinen Neffen an. Er stand vor der eingestürzten Nordwand der Festhalle. In der Ferne donnerte eine Kanone. Auf der Wand waren die Reste ihres Stammbaums zu sehen. Eine Hälfte der Namen war ausgelöscht, die Bildnisse waren verschwunden. Mit dem bröckelnden Putz zu Boden gefallen.

Sie beide waren allein hier. Durch den zerstörten Dachstuhl fiel der Schnee. Der Boden war nur noch mit zerbrochenen Steinen und Schindeln bedeckt. Jedes Stück Holz war längst gestohlen.

»Wir sollten sie ausliefern«, sagte Sören.

Der Jarl hatte schon lange vermutet, dass sein Neffe so dachte. Sören war ein gefährlicher Mann. Er schlug ganz nach seinem Vater Guthrum. Er war in etliche undurchsichtige Geschäfte verwickelt. Kein Mann, der ein ehrliches Gewerbe betrieb, kleidete sich in Schwarz. Das war die Farbe jener, die durch die Nacht schlichen, wenn sie ihren Geschäften nachgingen. Helle Farben mied sein Neffe, wie jede aufrechte Seele Wiedergänger und Aufhocker fürchtete. Selbst seine drei Kutter trugen dunkelgrüne Segel statt der üblichen weißen.

»Wie stehst du dazu, Onkel?«

»Sie ist eine Heldin. Und unsere Königin …«

»Und sie hat meinen Vater in die Verbannung geschickt, wo ihn ein schneller Tod ereilte.«

Ingvar sagte dazu nichts. Er hatte Gishild an dem Tag verflucht, an dem er davon erfahren hatte. Aber nachdem er mit mehreren Augenzeugen der Auseinandersetzung im Thronsaal gesprochen hatte, musste er zugestehen, dass sein Bruder der Königin keine Wahl gelassen hatte. Und es gab noch schwerwiegendere Gründe. »Wenn wir sie ausliefern, dann werden uns unsere eigenen Leute aufknüpfen. Sie verehren sie fast so, als sei sie der wiedergekehrte Mandred.«

»Blinde Narren sind das! Sie begreifen nicht, dass Gishild das Grauen hierhergebracht hat. Sieh dir unsere Stadt an. Die Hälfte der Häuser besteht nur noch aus Ruinen. Die Kanäle füllen sich mit Schutt. Das Land ist in weitem Umkreis ausgeplündert und gebrandschatzt. Und jeden Tag verrecken Dutzende Männer, Frauen und Kinder, die du als Jarl beschützen könntest. Wie viele Leben willst du Gishild noch opfern?«

»Ich bin gerührt, wie sehr dir das Wohl unserer Stadt am Herzen liegt. Sollte ich mir Sorgen machen, dass du vielleicht Jarl werden möchtest?«

Sören lachte auf. »Nein, Onkel! Für kein Gold der Welt. Ich will nur wieder in Ruhe meinen Geschäften nachgehen.«

»Ich dachte, du verdienst sehr gut daran, Lebensmittel zu Wucherpreisen zu verschachern.«

»Meine Lager sind fast leer. Nun wird es Zeit, auf andere Art unser Familienvermögen zu mehren.«

Es fiel Ingvar schwer, die Beherrschung zu wahren. Sein Neffe vereinte alle Eigenschaften in sich, die seine Sippe reich gemacht hatten. Alles, was er selbst verachtete. Er sollte ihn ausliefern! Aber Sören war der einzige Sohn seines Bruders. Kinder hatte Sören keine – jedenfalls keine, die er anerkannt hätte. Ingvar hatte Skrupel, Sören etwas anzutun, obwohl er sich keinen Illusionen darüber hingab, dass sein Neffe ebenso fühlen könnte. »Was ist denn der Tageswert unserer Königin?«, versuchte er zu scherzen.

»Unsere Stadt nicht zur Plünderung freizugeben.«

Ingvar fluchte innerlich. Natürlich war ihm klar, was mit Aldarvik geschehen würde, sollte es gestürmt werden. Drei Angriffe hatten sie bislang abgewehrt. Aber lange konnte sich die Stadt nicht mehr halten. Er mochte nicht daran denken, was geschehen würde, wenn die Pikeniere Aldarvik stürmten.

»Du siehst, du bist es unserer Familie und unserer Stadt schuldig.« Sören setzte seinen Hut auf. »Nun entschuldige mich, Onkel. Ich habe noch ein Geschäft zu tätigen.«

DER PUPPENSPIELER

Bruder Gilles wurde mit jedem Tag hinfälliger, aber so gut gelaunt wie heute hatte Honoré ihn schon lange nicht mehr erlebt. Der Alte summte vor sich hin, als er den fürstlich eingerichteten Kerker betrat.

»Fehlt es dir an etwas, mein lieber Freund?«

Er hob den Stumpf seiner Hand. »Einmal abgesehen von den Dingen, die sich nicht mehr ändern lassen, geht es mir gut.«

»Sei nicht so verbittert, Bruder. Du wirst bald wieder in den Norden reisen.«

Honoré legte die Papiere zur Seite, die er studiert hatte – weitere Listen der Ordenshäuser, die von der Ritterschaft des Aschenbaums übernommen waren. Abgesehen von Valloncour schien der Widerstand zusammenzubrechen. Aus dem Norden aber erhielt er keine Nachrichten.

»Wohin werde ich reisen?«

»Nachdem ich am Mittag mit Bruder Tarquinon gespeist hatte, hatte der Großmeister des Ordens vom Aschenbaum die Idee, dass es eine gottgefällige Tat wäre, wenn wir alle als

Heptarchen die Mühen einer Reise ins Fjordland auf uns nähmen, um dort Zeugen des Untergangs der Heiden zu werden. Heute Abend hat er vor dem Rat eine flammende Rede von einem neuen Zeitalter gehalten, das anbrechen wird. Davon, wie wir alle sieben noch auf dem Felde der letzten Schlacht den Beginn des Gottesfriedens verkünden werden. Du hättest es erleben sollen, Honoré. Unser Bruder steckte voller Visionen.«

»Und er hält das alles für seine Ideen?«

Der Alte lächelte. »Ja. Ich war sogar derjenige, der vor den Strapazen und Unsicherheiten der Reise gewarnt hat. Ich habe dagegen gestimmt, und meine Brüder im Rat haben mich einen alten, kranken Zauderer genannt.« Jetzt brach er in schallendes Gelächter aus. »Es war wie im Puppentheater. Ich habe meine Fäden gezogen, und alle meine Puppen tanzten. Und sie glauben sogar noch, dass sie mich mit ihrer Entscheidung unter Druck setzen. Ich bin mir sicher, der eine oder andere meiner lieben Brüder hofft darauf, dass mich die Anstrengungen der Reise dahinraffen werden. Sie werden sehr überrascht sein, wenn ich am Ende regelrecht auflebe.«

»Wann werden wir aufbrechen?« Wenn er nur zurück nach Drusna käme! Dort würde er den Widerstand der Neuen Ritterschaft anführen. Und er würde die Zeit zurückdrehen. Nur nach Drusna musste er kommen und die Regimenter des Ordens wieder hinter sich bringen!

»Was glaubst du, bist auch du eine Puppe, Honoré? Hast du manchmal das Gefühl, dass du nach dem Willen von anderen tanzt?«

»Nein, nie!«

Gilles lächelte hintersinnig. »Dann bist du entweder sehr klug oder sehr dumm. Warst du heute schon im Kerker? Du solltest nicht vergessen, was dich erwartet, wenn du mich hintergehst.«

Bei der bloßen Erinnerung an den Besuch trat ihm blanker Schweiß auf die Stirn. Er hatte in seinem Leben schon vieles gesehen, aber was sie im Auftrag des Heptarchen mit diesem Mann anstellten ... Schon an den Geruch zu denken, machte ihn ganz krank.

»Geht es dir gut, mein lieber Bruder? Hast du auch manchmal das Gefühl, dass Gott sehr grausam ist? Gestern habe ich erfahren, dass der Mann, den du jeden Tag besuchst, damit du nie sein Schicksal erleiden musst, unschuldig ist. Er hatte tatsächlich nicht gelogen. Er ist gar kein Mörder! Der eigentliche Täter wurde gefasst. Natürlich können wir unseren Freund jetzt nicht mehr begnadigen. Wir müssen auch gut bedenken, wie wir ihn für die Reise bereit machen, damit er auch dann noch in deiner Nähe ist. Ich glaube, in seinem derzeitigen Zustand ist er sehr empfindlich. Schon der Anblick der Sonne könnte ein Schock sein, der ihn umbringt. Wahrscheinlich kommt nur eine Reise mit dem Schiff in Frage. Aber wie schützen wir uns vor dem Gestank? Fragen über Fragen ...«

»Haben deine Männer Fernando gefunden?«

Die gute Laune des Heptarchen begann sichtlich abzuflauen. »Nein. Dieser Schreiber verfügt in der Tat über ganz außergewöhnliche Talente. Es ist, als habe ihn der Erdboden verschluckt. Aber wir werden ihn schon finden.« Gilles sah Honoré fest in die Augen. »Niemand entgeht den Fragenden, mein Freund.«

EIN SPAZIERGANG FÜR ALTE MÄNNER

Der Ordensmarschall strich gedankenverloren den Streifen aus grünem Segeltuch glatt, mit dem die Nachricht an dem Pfeil befestigt gewesen war, den man ihm in der Nacht gebracht hatte. Niemand konnte sagen, wie lange das Geschoss schon in der Schanze gesteckt hatte. Es war mit Eis verkrustet gewesen. Zum Glück war die Tinte der Nachricht nur wenig verlaufen.

Erilgar straffte sich und blickte zu den Offizieren, die er in seinem Zelt versammelt hatte. »Wir haben Nachricht von einem Tunnel erhalten, der über dreihundert Schritt unter verschiedenen Kanälen hindurch zur östlichen Bastion führt. Ich habe die Nachricht durch Späher überprüfen lassen. Sie haben den Ausgang des Tunnels an der beschriebenen Stelle in einem Gebüsch versteckt gefunden. Die Stelle ist von Aldarvik aus nicht einsehbar.«

Michelle sah ihn zweifelnd an. »Könnte das nicht auch eine Falle sein?«

Erilgar nahm den Stoffstreifen und zog ihn straff. »Wir haben in der Stadt einen Verbündeten. Seine Nachrichten haben sich bisher stets als zuverlässig erwiesen. Natürlich ist es gefährlich. Auf diese Mission werde ich nur Freiwillige schicken.«

»Wie sieht dein Plan aus, Bruder?«

»Wir werden die östliche Bastion unter schweren Beschuss nehmen. In der Stadtmauer dahinter gibt es bereits mehrere Breschen. Wir konnten sie jedoch nicht stürmen, solange wir starkes Flankenfeuer von der Bastion zu erwarten hatten. Ein Großangriff auf die östlichen Verteidigungswerke der Stadt wird alle Kräfte der Verteidiger binden. So darf unser Stoßtrupp hoffen, nicht sofort auf starken Widerstand zu treffen. Wird die Bastion genommen, dann ist die östliche Stadtmauer nicht mehr zu halten. Mit ein wenig Glück werden wir Aldarvik dann im Sturm nehmen.«

»Es gibt viele Kanäle in der Stadt«, gab Michelle zu bedenken. »Jede Brücke wird hart umkämpft werden.«

Erilgar sah die Ritterin vom Blutbaum missbilligend an. »Das ist das Wesen von Schlachten. Wenn auf beiden Seiten tapfere, zu allem entschlossene Krieger streiten, dann wird es immer harte Kämpfe geben. Doch selbst wenn wir hohe Verluste haben, werden sie keinesfalls so verheerend ausfallen wie die Verluste durch Krankheit und Frost, die wir tagtäglich hinnehmen müssen. Dieses Heer braucht gute Quartiere, oder der Winter wird es fressen!«

»Ich melde mich freiwillig für den Stoßtrupp, der in den Tunnel geht.« Ein junger Ritter mit dunklem, gelocktem Haar trat aus den Reihen der Offiziere hervor. Erilgar erinnerte sich an den Mann. Er gehörte zu den wenigen Überlebenden des Invasionstages am Nordstrand.

»Wenn du gestattest, werde ich den Stoßtrupp anführen«, sagte nun Michelle.

Die Begeisterung, mit der sich gleich zwei Streiter der Neuen Ritterschaft meldeten, machte den Ordensmarschall stutzig. Er sah in die Runde. Die Capitanos der Fußregimenter wichen seinem Blick aus. Sie alle waren gestandene Soldaten und wussten, was ein Angriff durch einen Tunnel bedeutete. Wenn sie verraten wurden, wenn dies tatsächlich eine Falle war, dann würde kaum einer von denen, die den Tunnel betreten hatten, das Tageslicht wiedersehen. Es bestand die Möglichkeit, dass eine Sprengfalle wartete, die die Angreifer lebendig begrub. Vielleicht konnte auch Wasser aus einem der Kanäle abgeleitet werden, und alle würden ersaufen wie die Ratten.

Wenn er es genauer bedachte, hatte Erilgar nichts dagegen, wenn sich viele Ordenskrieger der Neuen Ritterschaft freiwillig meldeten. Sie hatten sich in den drei Wochen seit der Landung zunehmend seltsam verhalten. Mangelnden Mut oder Aufsässigkeit konnte man ihnen nicht vorwerfen, eher im Gegenteil. Sie warfen sich tapfer wie Löwen in die Schlacht. Aber im Lager hockten sie meist unter sich. Sie beteten oft oder sangen gemeinsam Choräle. Beim Angriff durch den Tunnel würden wahrscheinlich viele von ihnen ihr Leben lassen. Das hieß, dass es in Zukunft weniger Ärger mit ihnen geben würde.

»Gibt es hier jemanden, der Schwester Michelle und ihren Rittern die Ehre streitig machen möchte, durch den Tunnel direkt ins Herz der Feinde vorzustoßen?«

Einige seiner Offiziere lächelten. Wahrscheinlich hatten sie seine Hintergedanken durchschaut.

»Ich würde gern mit Schwester Michelle gehen.«

Erilgar traute seinen Ohren kaum. Es war sein väterlicher Freund Bruder Ignazius, der gesprochen hatte, ein alter Mann, dessen militärisches Genie außer Frage stand und der doch nie mit dem Schwert in der Hand auf dem Schlachtfeld geglänzt hatte.

Ignazius war augenscheinlich amüsiert, wie ihn alle anstarrten. »Ihr seht aus, als hättet ihr gerade ein Tier mit zwei Schwänzen gesehen. Dieser Angriff ist doch wie geschaffen für einen alten Mann wie mich. Im Tunnel muss man nicht rennen. Man macht dreihundert Schritt, ohne dass einem die Kugeln um die Ohren pfeifen. Genau das Richtige also für einen Soldaten, den das Alter gemächlicher hat werden lassen.«

Ihm diesen Wunsch vor allen Offizieren der Armee abzuschlagen, wäre eine offene Beleidigung. Erilgar musste Zeit gewinnen, um noch einmal mit ihm zu reden. Was bezweckte er damit?

»Also gut, Brüder und Schwestern. Ich werde die Geschütze vor dem Ostwall zusammenziehen lassen und mit dem verstärkten Beschuss der Festungswerke dort beginnen. Im Morgengrauen in zwei Tagen beginnt unser Angriff!«

VON PFERDEN, STÄDTEN UND PLÄNEN

Luc betrachtete den alten Hauptmann von Gishilds Leibwache misstrauisch. Er sah nicht so aus, als würde er sich noch einmal aus eigener Kraft erheben.

»Ich habe mich an eines ihrer Lager herangeschlichen und sie belauscht. Bei Morgengrauen wird der Angriff beginnen.«

Sigurd hustete. »Dann sollten wir uns beeilen. Beten wir zu den Göttern, dass die Maurawan uns nicht erschießen, bevor wir bis zu den Mauern gelangt sind.«

»Deinen Göttern werde ich mein Leben nicht anvertrauen. Ich habe einen anderen Plan.«

Der Mandride stieß einen knurrenden Laut aus. »Was soll das? Wir hatten doch abgesprochen, es so zu machen. Was willst du ändern?«

»Im Morgengrauen beginnt ein Großangriff. Das hatten wir nicht vorhersehen können. Es ist eine wunderbare Gelegenheit, in die Stadt zu gelangen. Viel weniger gefährlich als unser alter Plan.«

Sigurd richtete sich auf seinem Lager auf. Er hatte sich dick in Decken gewickelt. Raureif nistete in seinem Bart.

Sein Gesicht hatte keine Farbe mehr. Es war grau wie bei einem Toten. Der Weg über die Berge hatte ihn seine letzte Kraft gekostet. »Du willst mir erzählen, dass wir mitten unter Hunderten von diesen Tjuredkriegern herumlaufen sollen und dass das ungefährlicher ist, als sich bei Nacht in die Stadt zu schleichen? Ich bin alt, und ich bin nicht auf eine Schule gegangen, in der man lernt, wie Kriege zu führen sind, Jüngelchen, aber du solltest nicht versuchen, mich für dumm zu verkaufen!«

Das Temperament des Alten war wirklich eine Plage, dachte Luc. Vermutlich gab es Steine, mit denen man besser reden konnte als mit diesem sturen Dickschädel. »Bitte, hör mir doch erst einmal zu. Den Maurawan würde es kaum entgehen, wenn wir uns an die Stadt heranschleichen. Es wäre ein unglaubliches Glück, wenn wir lebend an ihnen vorbeikämen …«

»Aber genau das war doch bislang unser Plan«, murrte Sigurd. »Was ist auf einmal so schlecht daran?«

»Wir hatten keine andere Wahl. Aber dieser Angriff im Morgengrauen ist ein Geschenk Tjureds. Hunderte Männer werden auf die Mauern zustürmen. Die Wahrscheinlichkeit, dass ausgerechnet uns Pfeile oder Kugeln treffen, ist sehr gering.«

»Einmal davon abgesehen, dass dich irgendeiner von deinen alten Ritterfreunden erkennt und uns die Köpfe abhackt. Dieser Einfall ist genauso verrückt wie der mit den Pferden auf dem verschneiten Hang. Was hatten wir davon? Alle Pferde sind tot!«

Seit Tagen hielt Sigurd ihm diesen Vorfall vor. Sie hatten bei leichtem Tauwetter einen weiten, verschneiten Hang hinabsteigen müssen, und er hatte Angst vor Lawinen gehabt. Deshalb hatte er ein Pferd vorgeschickt. Leider hatten sich die beiden anderen Pferde losgerissen und waren ebenfalls den

Hang hinabgeprescht. Und es war gekommen, wie er befürchtet hatte: Der Schnee hatte sich unter dem Gewicht der Tiere gelöst und war in einer gewaltigen Lawine zu Tal gegangen. Sie selbst waren dann unbeschadet über den Berghang gekommen! Sigurd mochte das nicht einsehen. Er redete immer wieder von den toten Pferden. Natürlich war es nicht beabsichtigt gewesen, dass die drei Tiere starben! Aber wenn sie einfach so den Hang hinabgeritten wären, dann würden sie jetzt alle unter den Schneemassen begraben liegen.

Luc atmete tief durch. Er würde nicht mit Sigurd streiten! Es ging dem Alten zu schlecht. Wahrscheinlich hatte er gar nicht mehr die Kraft, sich bis zur Stadt durchzuschlagen. Anfangs hatte Sigurd sich jeden Morgen die Füße mit Schnee eingerieben. Seit ein paar Tagen machte er das nicht mehr. Er zog seine gefütterten Stiefel überhaupt nicht mehr aus. Luc befürchtete das Schlimmste. Der Weg über die Berge hätte sie beide fast umgebracht. Von dort würde keine Verstärkung für Aldarvik kommen. Und dorthin konnte man aus der Stadt auch nicht fliehen. Wenn sie es tatsächlich lebend bis hinter die Stadtmauern schafften, dann saßen sie gefangen. Und die Pikeniere, die Luc belauscht hatte, waren sehr zuversichtlich gewesen, im Morgengrauen zu siegen. Es war verrückt, in dieser Lage in die Stadt zu gehen! Dort erwartete sie nur Unheil und Tod. Aber all das war Luc egal, wenn er nur bei Gishild war.

»Ich habe mal gesehen, wie zwei Maurawan ein Zielschießen auf Fliegen veranstaltet haben, die neben einem Misthaufen auf einem Scheunentor saßen. Wenn uns die Elfen entdecken, sind wir tot. Was das angeht, stimme ich dir zu.« Sigurd schnäuzte sich in seinen Handschuh und wischte den Rotz an seinem Hosenbein ab. »Aber sag mir mal, wie du es schaffen willst, dass Gishild und ihre Verteidiger uns nicht abstechen, wenn wir zusammen mit den Angreifern laufen.«

Was diesen Teil des Plans anging, war sich Luc selbst noch nicht ganz sicher. Aber das würde er Sigurd nicht auf seine dicke, rote Nase binden. »Vertrau mir! Ich habe da eine sehr gute Idee. Ich sag es dir, wenn es so weit ist. Jetzt sollten wir uns erst einmal durch die feindlichen Linien bis zum vordersten Schanzgraben schleichen.«

»So läuft das nicht, Jüngelchen. Jetzt hörst du mir mal zu! Ich bin zwar nur ein Bauernsohn, aber ich habe mein ganzes Leben lang Schlachten geschlagen. Ich möchte dieses eine Mal keine Widerworte von dir hören! Wir werden Folgendes tun ...«

AN LAND ERTRINKEN

In der Nacht hatten die Batterien begonnen, Aldarvik mit glühenden Kanonenkugeln zu beschießen. Nahe dem Ostwall waren mehrere Brände ausgebrochen. Ihr unruhig tanzendes Licht huschte über verschneite Felder und die zugefrorenen Kanäle.

Raffael fragte sich, wer diesen Befehl gegeben hatte. Sie brauchten die Stadt doch dringend als Winterquartier. Wenn sie niederbrannte, mochten sie vielleicht heute siegen, aber sehr bald schon würden sie es bitter bereuen.

Wieder blickte er auf die Kanäle. Sie stahlen dem Meer Land. Zur Küste hin gab es etliche Deiche und hier, rings um die Stadt, ein wahres Labyrinth an Entwässerungsgräben. Gerüchte machten die Runde, dass man die Deiche nur an der richtigen Stelle durchstechen musste, und das ganze Gebiet rings um Aldarvik würde überflutet. Der junge Ritter schob den Gedanken beiseite. Das waren gewiss nur Geschichten, wie sie sich Soldaten nachts am Lagerfeuer erzählten, wenn jeder den anderen mit neuen, noch größeren Schrecken übertrumpfen wollte. Gewiss hingegen war, dass das Eis auf den Kanälen zu dünn war, um einen Krieger in Rüstung zu tragen. Unmittelbar vor dem Angriff würden ausgewählte Soldaten Übergänge schlagen, indem sie große Reisigbündel ins Wasser warfen und Stege über die schmaleren Gräben legten.

Raffael blickte zu dem klaffenden Loch im Erdreich, in das er hinabsteigen sollte. Ich habe es besser getroffen, redete er sich ein.

»Angst?« Esmeralda zwang sich ein Lächeln auf die Lippen.

»Angst hatte ich vor Drustan und seiner Rute. Du erinnerst dich doch daran, was der alte Mann gesagt hat. Das hier wird ein Spaziergang.«

Ihre Züge entspannten sich ein wenig. Das Lächeln war jetzt echt. Einmal abgesehen von ihrer Adlernase sah sie gar nicht so schlecht aus, dachte Raffael. Früher war ihm das nie aufgefallen. Nur dass sie ziemlich große Brüste hatte.

»Woran denkst du?«

Er räusperte sich. »Das sind tiefgründige philosophische Betrachtungen über ...«

Jetzt lachte sie leise. »Ich kenne dich! Du denkst bestimmt daran, wie du jemandem mit einer betrügerischen Wette das letzte Geld aus den Taschen ziehen kannst.«

»Stimmt. Du kennst mich gut.«

»Ich wünschte, ich wäre wie du«, gestand sie. »Heute habe ich zum ersten Mal wirklich Angst. Es ist verrückt ... Wir waren so oft auf See. Das hat mir nie etwas ausgemacht. Aber heute fürchte ich zu ertrinken. Dort unten in diesem Loch. In der Finsternis.«

»Ich wette mit dir, dass du nicht ertrinken wirst.«

Esmeralda lächelte traurig. Ihr Mund war zu groß. Aber ihre Zähne waren makellos, wie zwei Reihen Perlen hinter den breiten Lippen. »Und was ist dein Einsatz? Was kann ich gewinnen, wenn ich recht behalte?«

»Du musst das anders herum sehen. Ich habe noch nie eine Wette verloren.«

»Und was willst du als Einsatz?«

»Du kommst heute Abend in mein Zelt, wenn alles überstanden ist. Wir trinken meine letzte Flasche Wein und lachen über deine Angst, an Land zu ertrinken.«

Raffael hatte den Eindruck, dass sie ein wenig errötete, aber bei dem schlechten Licht war er sich da nicht ganz sicher.

»Du hast Hintergedanken!«

»Du sagtest, du kennst mich. Dann weißt du ja: Ich habe immer Hintergedanken, wenn es um das Wetten geht.«

Er hatte befürchtet, sich mit diesem Spruch eine Ohrfeige einzuhandeln, aber sie blieb ruhig. »Wenn ich gewinnen sollte, dann bringst du mich nach Valloncour. In unseren Turm.«

»Achtung!«

Der harsche Befehl verhinderte, dass er ihr darauf antworten konnte. Sie alle stellten sich in einer Reihe auf. Einer lächerlich kleinen Reihe. Michelle hatte nur vierzig Ritter ausgewählt. Ausgenommen von Ignazius Randt gehörten sie alle zur Neuen Ritterschaft.

Ihre Anführerin schritt die Reihe ab. Für jeden hatte sie ein paar Worte. Raffael überlegte, dass er das wohl nicht könnte. Und er hatte auch die Vorstellung, dass Ritterbrüder, die er einmal bei einer Wette ausgenommen hatte, nicht sonderlich erbaut wären, wenn er als Befehlshaber ihre Reihe abschreiten würde.

Michelle überprüfte bei jedem die Waffen. Sie hatte ihnen verboten, Rapiere oder Säbel mitzunehmen. Die langen, sperrigen Waffen würden sie im Tunnel nur behindern, und im dichten Handgemenge, das sie zu erwarten hatten, waren sie ebenfalls hinderlich. Jeder hatte sich deshalb so viele Pistolen in den Gürtel gesteckt, wie er aufzutreiben vermochte, dazu Messer und kurze Beile. Wären nicht ihre Rüstungen gewesen, so sähen sie wie eine Bande von üblen Strauchdieben aus.

Auch hatte jeder von ihnen eine breite, weiße Schärpe angelegt, damit ihre Kameraden sie gut erkennen konnten, wenn der Sturm auf die Stadt ein Erfolg wurde. So würde es dann im Eifer des Gefechts nicht zu tragischen Verwechslungen kommen.

»Na, Raffael. Wie stehen die Wetten für unsere Unternehmung?« Michelle zupfte ihre Schärpe zurecht und sah ihn verschmitzt lächelnd an. Sie schien gar keine Angst vor dem Marsch durch den Tunnel zu haben.

»Wir werden am Abend alle reiche Ritter sein.«

»Dann habe ich ja zum ersten Mal in meinem Leben auf die richtige Seite gesetzt.«

Einige lachten. Den meisten war nicht danach zumute.

Michelle schritt die Reihe bis zum Ende ab. Jeder Dritte von ihnen trug eine Laterne.

Als sie auch mit dem letzten Ritter gesprochen hatte, hob sie die Hand. Schweigend begann ihr Marsch in die Dunkelheit.

Es roch nach Schimmel und feuchter Erde. Im gelben Licht der Laternen konnte jeder deutlich sehen, wie morsch die Balken waren, die die Decke über ihnen abstützten. Der Boden war mit Pfützen gesprenkelt. An manchen Stellen hatte das

Wasser tiefe Furchen in die Tunnelwände gegraben. Dort war der Gang mit Brettern verschalt.

Dumpf hörten sie den Kanonendonner über ihren Köpfen. Manchmal stürzten kleine Lehmklumpen von der Decke. Als der Tunnel sich nicht mehr weiter senkte, erreichten sie eine große Pfütze.

Raffael ging etwa in der Mitte der Kolonne. Esmeralda hielt sich vor ihm. Als sie die Pfütze sah, blieb sie stehen. »Wir müssen weiter«, raunte er ihr zu. Doch sie war wie versteinert. Sie hielt ihre Laterne hoch und starrte auf das Wasser.

»Weiter!«, drängte jemand hinter ihnen. Die Kolonne drohte zu zerreißen.

»Du siehst doch, dass nichts geschieht!«, flüsterte Raffael. »Bitte geh!«

»Ich ... ich kann nicht. Ich ...«

Raffael hatte mit Esmeralda in einem Dutzend oder mehr Gefechten gekämpft. Ihr Mut stand außer Frage. Aber für jeden gab es einen Punkt, an dem er zerbrach ... Esmeralda war ihm sehr nahe gekommen.

Er drängte sich an ihr vorbei, nahm ihr die Laterne ab. »Halt dich fest. Schließ die Augen und folge mir.« Er sprach leise und einfühlend und legte die freie Hand auf ihre. »Weißt du noch, der Sommer, als wir mit der *Windfänger* in Iskendria waren? Damals habe ich meinen Meister gefunden. Ich bin nie mehr in meinem Leben bei einer Wette derart hereingelegt worden ...«

Raffael war froh, dass die anderen nicht mehr drängten. Er ging weiter, und seine Löwenschwester folgte ihm. Den ganzen Weg über erzählte er leise Geschichten von hellen Sommertagen und von Reisen auf dem weiten Meer. Manche erfand er. Andere hatten sie tatsächlich erlebt.

Esmeralda hielt die Augen geschlossen. Und selbst er fühlte sich besser in der stickigen Unterwelt, solange er seinen Geschichten lauschte.

Das Wasser stieg langsam höher. Nach einer Weile reichte es ihnen bis zu den Hüften. Es war eisig. Immer schwerer fiel es ihm, den Zauber der längst vergangenen Sommertage in Worte zu fassen. Seine Beine waren taub von der Kälte. Das Wasser war wie ein Vampir, nur dass es kein Blut saugte, sondern Wärme.

Endlich stieg der Tunnel wieder an. Sie konnten nicht mehr weit von der östlichen Bastion entfernt sein. Es ging jetzt sehr steil nach oben. Und jedes Mal, wenn über ihnen eine eiserne Kanonenkugel in die Erdwälle schlug, spürten sie den Treffer bis in die Tiefe hinab. Immer häufiger rieselte Erde aus den Brettern, mit denen der Tunnel verschalt war.

Raffael blickte zurück. Esmeralda hielt die Augen noch immer geschlossen. Ihre Lippen waren graublau, das Gesicht aschfahl von der Kälte. Ihr blieb es erspart, die eingebrochenen Verschalungen zu sehen.

Endlich schlossen sie wieder zu den anderen auf. Michelle erwartete sie.

»Wo wart ihr? Wir können nur gemeinsam losschlagen. Was ist geschehen?«

»Ich konnte nicht ins Wasser«, sagte Raffael.

»Das ist nicht ...«, begehrte Esmeralda auf.

»Darüber reden wir ein anderes Mal. Prüft eure Pistolen! Zwanzig Schritt den Tunnel hinauf liegt der Ausgang. Wir werden gleich angreifen!«

Sie wandte sich ab und drängte sich an den Ritterbrüdern vorbei nach vorn.

Ignazius war der Letzte in der Reihe vor ihnen. Er war mit Schlamm beschmiert und sah sehr erschöpft aus. Dennoch brachte er ein Lächeln zustande. »Ich habe auch gedacht, ich müsste in dem kalten Wasser sterben. Meine Beine sind wie zwei Stöcke. Ich habe kein Gefühl mehr in ihnen. Ich glaube, beim Angriff werde ich keine große Hilfe mehr sein.«

»Ich weiß, warum du hier bist«, sagte Raffael.

Ignazius sah ihn traurig an. »So ist es nicht. Ich bin nicht gekommen, um euch zu bespitzeln.«

»Ich weiß, aber du bist hier, um die Ehre des Aschenbaums zu retten. Damit man nicht sagen kann, es seien nur die Ritter des Blutbaums gewesen, die die Bastion gestürmt haben.«

»Wir sind doch jetzt alle Ritter vom Aschenbaum.« Er schüttelte den Kopf. »Darum geht es nicht, Junge. Ich will dich nicht enttäuschen, aber in zwanzig Jahren redet niemand mehr darüber, wer hier oben sein Leben gegeben hat. Dann ist der Kampf des heutigen Tages nur einer von vielen Siegen in der langen Geschichte unserer Kirche. Ich bin hier, weil ich angefangen habe, morgens Blut zu husten. Ich bin nicht mehr jung. Die Kälte in meinem Zelt bringt mich um. Ich habe sehr viel über den Krieg geschrieben, aber wenn ich ehrlich bin, habe ich meine Schlachten mit der Feder geschlagen. Als Ordensmarschall hatte ich keinen Erfolg. Ich wollte mein Ritterleben nicht damit beschließen, mir in einem Feldbett die Lunge aus dem Leib zu husten. Ich möchte in meinen Stiefeln stehend an der Seite echter Ritter sterben. Deshalb bin ich hier. Ich habe euch reden hören. Ich wollte nicht lauschen ... Und ich werde euch nicht verraten! Ich weiß, was ihr plant, wenn die Soldateska plündernd in die Stadt einbricht. So wie ihr sollten Ritter sein. Wenn ich sterbe, dann möchte ich das bei euch tun.«

Raffael streckte ihm die Hand entgegen. »Willkommen an unserer Seite.«

»Danke, Junge. Das bedeutet mir ...«

Plötzlich kam Bewegung in die Reihe. Der Alte wandte sich ab. Er wollte nicht zurückstehen. Sie waren in ein Kellergewölbe durchgebrochen. Leere Fässer und aufgebrochene Kisten standen durcheinander.

Weiter vorn war eine Treppe. Die Kälte war wie von Zauberhand aus Raffaels Gliedern gewichen. Er zog eine seiner Pistolen. Das Gewölbe war erfüllt vom Geräusch ihrer Schritte. Es kam ihm unglaublich laut vor. Gleichzeitig hörte er den Gefechtslärm außerhalb der Mauern. Selbst wenn sie hier mit Trommeln und Pfeifen einmarschierten, würde sie oben vermutlich niemand bemerken.

Atemlos stürmte er die Treppe hinauf.

Laute Schreie erklangen. Warnrufe. Dann Schüsse.

Raffael trat aus einem engen Tor auf einen Hof. Ein Feuer brannte in einer Grube. Zwei Rampen führten zu den Flankenbatterien, die den Angreifern auf den Ostwall zusetzten. Ein Junge mit einem altertümlichen, breiten Schwert kam auf Raffael zugelaufen.

Der Ritter hob die Pistole und feuerte. Sein Gegner wurde durch die Wucht des Treffers regelrecht von den Beinen gerissen. Er ging dicht neben dem Feuer zu Boden.

Raffael stellte die Laterne ab und zog seinen Parierdolch. Ein scharfes, metallisches Krachen ließ ihn zusammenzucken. Eine Arkebusenkugel hatte den Kürass des Mannes neben ihm durchschlagen. Blut sickerte über die geschwärzte Panzerplatte. Sein Ritterbruder zog eine der Pistolen aus seiner Bauchbinde und marschierte auf die Rampe links von ihnen zu. Seine Schritte waren steif.

Weitere Arkebusen feuerten von den Erdschanzen herab.

Er sah, wie eines der Geschütze aus seiner Stellung gerollt und zum Hof hin ausgerichtet wurde.

»Für Tjured!« Michelle hatte die Rampe erklommen. Vielleicht ein Dutzend Ritterbrüder umringten sie.

»Für Tjured!«, schrie nun auch Raffael aus Leibeskräften.

Die Arkebusenschützen stürmten den Rittern entgegen.

Die Kolben ihrer schweren Waffen krachten auf die Rüstungen.

Raffael begann zu laufen. Seine Reiterrüstung schepperte bei jedem Schritt. Sie machte ihn langsam. Eine Kugel streifte seinen Küraß und glitt an der Platte ab. Sein Atem ging keuchend. Plötzlich stand ein Kerl vor ihm, der seine Arkebuse wie eine riesige Keule schwang. Raffael duckte sich, unterlief den Schlag und stieß dem Fjordländer seinen Dolch unter den Rippenbogen. Der Mann sackte ihm entgegen. Seine Augen waren selbst im Augenblick des Todes voller Hass.

Die Wucht ihres Angriffs hatte die Arkebusiere zurückgetrieben. Irgendwo im Getümmel erschallte ein Horn. Es klang wie hysterisches Geschrei.

Die Geschützbedienungen verließen ihre Kanonen, um die Schützen zu verstärken. Mit Rammen und Wischern, Dolchen und Knüppeln griffen sie an. Es war ein verzweifeltes, letztes Aufgebot.

Raffael zog eine weitere Pistole und feuerte. Er hatte den breiten Wehrgang der Bastion erreicht. Ein Kerl mit dem Barett eines Drusniers griff ihn an. Er führte ein Breitschwert mit Korb. Raffael parierte den ungestümen Angriff mit seinem Dolch. Mit der Linken warf er die Radschlosspistole hoch und fing die schwere Waffe am Lauf auf. Während sein Dolch die Klinge des Drusniers band, schlug er dem Krieger mit dem Pistolenknauf ins Gesicht. Der Hieb hätte ein Kalb getötet, doch der stämmige Drusnier taumelte nur benommen zurück.

Raffael setzte nach. Diesmal war er schneller. Mit dem gepanzerten Arm schlug er die Klinge des Gegners zur Seite und versetzte ihm einen sauberen Stich durch den Hals. Es war ein Angriff wie aus der Fechtstunde. Hunderte Male geübt.

Er wandte sich um, und die Welt wurde zu hundert scharfkantigen Steinsplittern. Wie Hagel hämmerten sie auf seine Rüstung ein. Ein größerer Stein schlug auf seine Stirn, dicht unterhalb des Schirms der Sturmhaube. Er wurde von den Beinen gerissen.

Raffael schüttelte sich benommen. Rings um ihn lagen Verwundete. Freund wie Feind waren gleichermaßen getroffen worden. Doch die Schwarze Schar in ihren Halbharnischen und die anderen Ritter waren besser davongekommen als die Artilleristen und Arkebusiere.

Eine Kanonenkugel zog fauchend über seinen Kopf hinweg. Langsam begriff er, was geschehen war. Eine Kugel musste einen der großen Schanzkörbe aus geflochtenen Weidenruten getroffen haben. Mit den Körben hatten die Verteidiger die Breschen in der Brustwehr gefüllt. Und irgendein Narr hatte in einen der Körbe Steine gefüllt! Die Reglements zur Geschützstellungssicherung, die er als Novize auswendig gelernt hatte, verboten solchen Unsinn auf das Schärfste. Aber hier führten eben Fischer und Bauern Krieg! Die dachten nicht daran, was geschehen würde, wenn eine Volleisenkugel einen Korb mit Steinen traf!

Zornig rappelte sich Raffael auf. Ihre eigenen Batterien hatten noch nicht bemerkt, dass die Stellung gestürmt war, und sie feuerten ohne Unterlass weiter. Im Dämmerlicht konnten sie nicht erkennen, wer die Wälle bemannte.

Der Ritter rannte auf den mittleren Abschnitt des Wehrgangs zu. Er sprang über die Lafette einer zerschmetterten Bronzeschlange hinweg. In der Ferne hörte er das Grollen der eigenen Geschütze. Schatten huschten über seinen Kopf. Eine Kugel traf das Schanzwerk; Klumpen gefrorener Erde prasselten auf ihn nieder. Endlich erreichte er sein Ziel: das Banner von Aldarvik, drei goldene Fische auf rotem Grund. Es wehte an einer langen Stange, die mit Seilen am Stumpf eines älteren, zerschmetterten Fahnenmasts festgebunden war. Ein paar Schnitte, und das Banner der Stadt sank in den Schneematsch. Jetzt würde der Beschuss enden!

Ein gellender Schrei ließ Raffael herumfahren. Durch das gemauerte Tor auf der Westseite des Hofes stürmten feindliche Pikeniere. Mitten unter ihnen sah er Gishild. Sie trug leichtfertigerweise keinen Helm. Ihr langes rotblondes Haar war unverwechselbar. Eine Eskorte aus Elfen begleitete sie.

»Zu mir!«, rief Michelle. »Sammeln! Alle zu mir!«

Raffael schnitt die Fahne von der Stange und schlang sie sich wie eine Bauchbinde um die Hüften. Dann beeilte er sich, zurück zu Michelle und den Seinen zu kommen.

Einzelne Schüsse krachten. Gishild formierte ihre Schar zum Angriff. Diesmal würde sie die Rampe hinaufkommen. Sie reihte sich zwischen den Pikenieren ein und wies die Männer auf ihre Plätze.

Raffael erreichte die Gruppe der Ritter. Sie waren in der Unterzahl. Und sie hatten keine Elfen. Besorgt sah er, wie die schlanken Krieger zur Seite ausschwenkten. Sie würden über die andere Rampe steigen.

Die langen Piken ihrer Feinde senkten sich. Die Männer in den vorderen beiden Reihen trugen Helme und Brustplatten mit Beinschürzen.

Raffael zog die letzte geladene Pistole aus seinem Gürtel. In der Linken hielt er seinen Parierdolch.

Esmeralda stand neben ihm. Sie hatte ein breites Haumesser von einem der toten Artilleristen als Waffe gewählt.

»Ignazius!«, rief Michelle. »Nimm dir ein paar Mann und halte die Flanke gegen die Elfen.«

Der Alte hatte kaum noch die Kraft, sich auf den Beinen zu halten. Raffael sah feine, dunkle Sprenkel auf dem Kinn des Ritters und hoffte, dass es nicht sein Blut war.

Ignazius winkte ihm zu. »Zu mir!«

Esmeralda fluchte leise. »Lieber hundert Piken als fünf Elfen.«

Zu zehnt stellten sie sich den Elfen entgegen. Raffael musste daran denken, was sie über den Kampf mit den unheimlichsten Kriegern aus den Heerscharen der Anderen gelernt hatten. Sie sollten sich keinesfalls auf ein Gefecht einlassen, wenn sie nicht die drei- oder vierfache Übermacht hatten.

»Die sind auch nur aus Fleisch und Blut!«, sagte Ignazius, als könne er in seinen Gedanken lesen. Vielleicht stammte die Anweisung zum Gefecht mit Elfen ja sogar aus einem seiner Bücher.

Eifersüchtig blickte Raffael auf das Rapier des alten Mannes, das er gegen Michelles Anweisung als Waffe gewählt hatte. Er hätte jetzt auch gern eine richtige Klinge statt seinem Parierdolch. Entschlossen hob er die Pistole.

Die Elfen waren jetzt auf dem Wehrgang. Nur zehn Schritt trennten sie noch. Er feuerte. Der blonde Elf, auf den er gezielt hatte, machte eine Bewegung wie ein Tänzer. Die Kugel verfehlte ihn so knapp, dass Raffael sehen konnte, wie das vorbeifliegende Geschoss das lange Haar des Kriegers aufwirbelte.

Raffael ließ die nutzlose Radschlosspistole fallen. Diese Elfen waren tatsächlich so schnell wie in den Geschichten, die man über sie erzählte!

»Wir sehen uns bei den Türmen von Valloncour«, sagte Esmeralda, als die Elfen vorstürmten.

STURMLAUF

Luc sah die Stadt vor sich und betete für Gishild. Er hatte sich wie Sigurd eine weiße Schärpe umgehängt. Dichte schwarze Rauchwolken stiegen aus den Häusern hinter dem östlichen Wall. Der rote Lichtschein der Glut färbte den Rauch rot und orange, bevor er höher stieg und sich im Dunkel des wolkenverhangenen Morgenhimmels verlor. Die Brände überstrahlten die kraftlose Morgensonne, die zu einem Viertel über dem Horizont stand.

Kanonendonner brandete über das Schlachtfeld. »Schlachtet sie alle!«, erklang es aus hunderten Kehlen. »Schlachtet sie alle!« Nach Wochen in Schneematsch und Kälte waren die einfachen Arkebusiere und Pikeniere des Ordensheers nur noch ein abgerissener Haufen. Zorn und Blutdurst spiegelten sich in ihren Gesichtern. Sie wollten Rache nehmen für all die Qualen der Belagerungen.

Luc blickte zu Sigurd. Der Hauptmann der Mandriden humpelte. Er war nicht der einzige Versehrte in der Flut abgerissener Gestalten, die den Breschen in der Mauer entgegenbrandeten.

»Bei allen Göttern, Luc, wie sollen wir beide hier noch etwas ausrichten? Sie werden die Stadt einfach überrennen.«

»Wir sind nicht so weit gegangen, um jetzt zu verzagen.« Was er sah, machte ihm Angst. Aber er versuchte, einfach nicht an das Gemetzel zu denken, das nun in der Stadt beginnen würde. »Gishild wird etwas einfallen! Ich bin sicher, sie gibt die Schlacht noch nicht verloren.«

»Ja, stur genug dafür ist sie«, stimmte Sigurd zu.

Sie beide stürmten über einen schmalen Steg, der über einen Graben führte. Auf der Böschung lag ein Toter, dem ein abgebrochener Pfeilschaft aus der Brust ragte. Luc blickte zur Stadtmauer. Sie war noch mehr als zweihundert Schritt entfernt. »Los, schneller!«, drängte er.

Ihm fiel auf, wie wenig Hauptleute und Ritter zwischen den einfachen Soldaten zu sehen waren. Das konnte nur eines bedeuten: Der Ordensmarschall hatte den Mob losgelassen. Er gedachte die Plünderungen nicht zu verhindern. Die Stadt gehörte seinen Kriegern.

An einem Kanal stauten sich die Truppen. Ein Damm aus Reisigbündeln führte über das Wasser. Einige Männer standen bis über die Hüften im Kanal und rammten mit großen Hämmern Pfähle in den Schlamm, um den unsicheren Damm seitlich abzustützen. Es konnte immer nur ein Mann über das Reisig laufen.

Luc sah sich um, während Sigurd klugerweise den Blick gesenkt hielt. Die Waffenröcke der Soldaten hatten die unterschiedlichsten Farben. Fast alle trugen irreguläre Pelzjacken, Schals oder Mützen. In diesem zusammengewürfelten Haufen würden sie nicht als Fremde auffallen.

Es herrschte eine aufgeregte, ja euphorische Stimmung. Manche Krieger wollten sich einfach nur besaufen, doch die meisten erzählten sich gegenseitig, was sie mit den Frauen anstellen würden.

»Was ist das für ein Sauhaufen hier?«, schrie Luc die Soldaten an. »Aufstellung! Sonst liegt hier gleich der Erste im Graben und holt sich Frostbeulen an seinem besten Stück!«

Sigurd packte ihn am Arm, aber es war zu spät. Alle sahen zu ihnen hin.

»Wer bist denn du?«, rief ein Schwertkämpfer mit einem Verband um den Kopf.

Luc zog seine weiße Schärpe zur Seite, so dass sein emailliertes Wappen auf dem Brustpanzer zu sehen war. »Schon mal was von den Silberlöwen gehört? Wenn ihr eure Ärsche nicht in Reih und Glied hinstellt und einen geordneten Übergang auf die Reihe bringt, dann trete ich dir gleich als Erstem dermaßen in deinen dicken Hintern, dass du meine Stiefelspitze auf der Zunge schmeckst!«

Einige Männer lachten. Der ungeordnete Haufen begann sich aufzulösen. Sie nahmen tatsächlich Aufstellung. Und die Krieger, die neu zu ihnen stießen, folgten ihrem Beispiel.

»Platz da!«, befahl Luc. Er ging nach vorn und betrachtete kritisch den Damm. Er bestand aus Hunderten Reisigbündeln, die mit Seilen zu großen Haufen gebunden waren. Übereinandergeschichtet, füllten sie den Kanal. Zuoberst waren ein paar lange Bretter verlegt, doch der ganze Damm war in sich äußerst instabil, obwohl sich die Schanzarbeiter alle Mühe gaben, ihn mit seitlichen Stützpfählen zu sichern.

»Wer hat bei euch Wasserratten das Kommando?«

Ein stämmiger Kerl mit dichtem roten Bart meldete sich. Er war völlig durchnässt und schlotterte vor Kälte.

»Wie kann ich dir helfen, Baumeister?«

Der Pionier lächelte über den Ehrentitel, der offenbar deutlich über seinem Rang lag. »Wenn die Idioten nicht dauernd über den Damm trampeln würden, kämen wir besser voran. Das Wasser bringt meine Männer fast um. Wir strengen uns ja an …«

»Habt ihr gehört?« Luc wandte sich wieder an die Soldaten. Es waren mittlerweile über hundert, die hinter dem Übergang warteten. Und es wurden mit jedem Augenblick mehr. Soweit Luc sehen konnte, gab es nur drei Dämme, die über den Kanal geschlagen waren. »Geht hinter der Böschung in Deckung und wartet, bis die Schanzer ihr Werk vollendet haben.«

Einzelne Männer murrten.

»Da vorne ist eine ganze Stadt. Es werden schon noch genug Frauen für euch übrig bleiben.« Er lächelte böse. »Und eure Kameraden werden sich blutige Nasen holen, während sie die letzten Verteidiger durch die Straßen prügeln. Wenn ihr ankommt, könnt ihr euch dann ganz dem Plündern widmen.«

Seine Worte verfehlten ihre Wirkung nicht. Die Männer zogen sich zurück und suchten Deckung.

»Du da!« Luc zeigte auf Sigurd. »Auf die andere Seite mit dir. Ich möchte sehen, wo es besonders wackelt.«

Der Hauptmann der Mandriden gehorchte. Er ging mit gesenktem Haupt, als sei er auf dem Weg zum Galgen. Einige Soldaten spotteten über den lahmen alten Mann. Dann stieg Luc auf den Damm. An einigen Stellen trat er fest mit dem Fuß auf, so dass die Reisigbündel leicht verrutschten, woraufhin er Anweisung gab, weitere Sicherungspfähle einzuschlagen. Dann winkte er den Männern auf der anderen Seite zu. »Ich gehe vor und inspiziere die nächsten Übergänge, damit es dort etwas schneller geht.«

»Alles recht«, rief jemand zurück. »Wir wissen ja, dass du nur schneller zu den Huren kommen willst, Hauptmann.« Allgemeines Gelächter ertönte.

Luc ignorierte es und zog den humpelnden Mandriden mit sich.

»Ich kenne dich nicht«, sagte Sigurd, als sie ein Stück gegangen waren. »Du bist ...« Er machte eine unsichere Geste mit der Hand. »Du bist kein grüner Junge. Ich dachte ...«

»Ich wurde sieben Jahre auf Tage wie diesen vorbereitet. Ich ziehe es vor, mich gewählter auszudrücken, aber ich weiß, wie man Soldaten ansprechen muss. Und falls du denkst, ich hätte die Seiten gewechselt: Da hinten stehen sich bald zweihundert Mann die Beine in den Bauch. Sie werden später in die Stadt einfallen, und Gishild hat ein wenig Zeit gewonnen, ihren Rückzug und eine neue Verteidigungslinie zu organisieren.«

»Ich weiß«, sagte er. Dann grummelte er etwas.

»Was?«

»Ich hatte keine Zweifel, dass du auf Gishilds Seite stehst.«

Schweigend liefen sie der Stadt entgegen. Die Bronzeschlangen in den Geschützstellungen auf der Bastion vor dem Ostwall schwiegen nun. Aus der Stadt waren Schüsse und Schreie zu hören. Es schienen noch mehr Brände ausgebrochen zu sein. Auf allen vieren erkletterten die beiden die Bresche in der Stadtmauer, einen Hügel aus zerschmetterten Steinen. Überall lagen hier Tote.

Luc beeilte sich, auf dem Zenit des Trümmerhügels nicht zu verweilen. Vielleicht gab es in den umliegenden Häusern noch Schützen. Unmittelbar hinter dem Wall verlief eine Ringstraße. Ein Stück rechts von ihnen lag eine Schenke. Auf dem Schild über dem Eingang hing der Helm eines Ritters, der von einer Arkebusenkugel durchschlagen worden war. Die Kneipe nannte sich *Der tote Ritter*.

Luc ärgerte sich. Die Soldaten, die in die Stadt eingedrungen waren, waren offensichtlich weniger empfindlich. Sie hatten die Schenke bereits besetzt und veranstalteten ein Saufgelage, ohne sich darum zu scheren, dass ein paar Straßen weiter noch gekämpft wurde.

»Sollen wir die Schärpen abreißen?«, fragte Sigurd.

»Noch nicht!« Luc hatte ein ungutes Gefühl. Die Linien von Freund und Feind gingen hier ineinander über. Es gab keine Grenze mehr.

»Dort entlang!« Luc lief auf der Ringstraße in Richtung der Bastion. Die Straßen ins Innere der Stadt endeten alle hier, so wie die Speichen eines Rades. Die erste Gasse, die sie passierten, war mit Kämpfenden gefüllt, die sich zwischen brennenden Häusern ein blutiges Handgemenge lieferten.

Luc lief weiter. Die nächste Gasse war von den Trümmern eines brennenden Dachstuhls blockiert. Sie erreichten das

Ausfalltor zur Bastion. Es stand offen. Über einen Wassergraben führte eine Brücke zur Kanonenstellung. Luc sah Pikeniere der Fjordländer. Der Weg von der Bastion in die Stadt hinein war unheimlich leer. Ein Junge kam auf sie zugerannt. Als er sie entdeckte, wurde er langsamer. Er drückte sich an eine Häuserwand.

Luc hob die Hände, damit der Junge deutlich sehen konnte, dass er keine Waffen trug. »Lauf zurück! In der Bastion wird gekämpft.«

Vielleicht verstand der Bursche ihn nicht. Luc schätzte ihn auf vierzehn Jahre. Der Junge zog einen Dolch. Er hielt sich auf der anderen Seite der engen Straße; als er an ihnen vorüber war, begann er zu laufen, als hinge ihm ein Rudel Trolle an den Fersen.

»Was tun wir jetzt?«, fragte Sigurd. Der Hauptmann der Mandriden stützte sich an einer Hauswand ab. Er war sichtlich am Ende seiner Kräfte.

Misstrauisch sah Luc die Straße entlang. Hier brannte kein einziges Haus. Kein Kämpfer war zu sehen. War das eine Falle? Die Häuser waren schmal und hoch, Fachwerkhäuser mit aufwendig gestalteten Giebeln. Die Läden der Fenster waren weit aufgerissen.

Aus den Augenwinkeln sah Luc eine Bewegung. Da war ein Schatten … ein Mann mit einer Arkebuse. Er stand am Giebelfenster des Hauses auf der anderen Straßenseite. Deutlich sah Luc den Glutfunken am Ende der Lunte. Der Mann hob die Waffe. Er trug einen breitkrempigen Hut.

UMKLAMMERT

Die Ritter waren zu einer kleinen Schar auf dem Wehrgang zusammengedrängt. Der Sieg war zum Greifen nahe. Gishild stand inmitten ihrer Pikeniere und focht sich den Weg über den breiten Wehrgang frei. Die Maurawan, die von der anderen Seite angriffen, drängten die Ritter unbarmherzig vor sich her.

Plötzlich legte sich eine Hand auf Gishilds Schulter. Es war Alexjei. »Königin, wir müssen zurück. Der Ostwall ist gefallen. Gerade ist ein Botenjunge gekommen. Die Feinde stürmen in die Stadt. Wir müssen uns auf das Silberufer zurückziehen. Nur die Straße hinter uns ist noch frei, doch auch dort finden sich schon erste versprengte Feinde ein. Hier zu siegen, heißt unterzugehen!«

Gishild hatte Michelle zwischen den Reihen der Ritter erkannt, ihre alte Fechtlehrerin. Sie hatte es vermieden, mit ihr die Klinge zu kreuzen. In Valloncour war Michelle immer nett zu ihr gewesen. Jetzt hielt sie die Ritter um sich herum zusammen.

Gegen die langen Piken konnten die Ordensritter sich kaum zur Wehr setzen. Sie waren von den Kämpfen und dem Anmarsch zu erschöpft, um sich tollkühn in die Reihe der Pikeniere zu werfen und sich einen Weg durch den Wall der stählernen Speerspitzen zu hacken. Sie hätten sich gewiss jeden Augenblick ergeben.

Gishild blickte in das Antlitz ihrer alten Lehrerin. Die Fechterin kämpfte verzweifelt gegen die Pikenspitzen, die nach ihrem Gesicht stachen. Nein, Michelle hätte sich nicht ergeben. Sie hätte bis zuletzt gefochten. Und Gishild lag nicht daran, ihr Blut zu vergießen. Diesmal hatte sie noch die Wahl.

»Zurück!«, rief sie. »Zurück, oder wir werden von unseren Kameraden abgeschnitten!« Es war, als ob man einen Jagdhund zurückrief, der erstes Blut geleckt hatte. Die Krieger wollten töten. Sie wussten, sie konnten siegen. »Zurück!«, rief sie erneut und streckte die Arme zu den Seiten. Sie schob ihre Pikeniere auf die Rampe zu. Langsam, ohne den Feind aus den Augen zu lassen, wichen sie zurück.

Nur die Maurawan hatten ihren Befehl unverzüglich befolgt. Sie waren bereits beim Tor der Bastion und sicherten den Weg über die Brücke.

»Ich hasse das!«, fluchte Alexjei. »Wir hatten sie.«

»Nein, sie haben uns. Was nutzt es, ein paar Ritter zu töten, wenn wir dafür in Gefangenschaft geraten?«

»Was nutzt dieser ganze Krieg überhaupt?«, entgegnete der Fürst aus Drusna.

»Red nicht so!«, herrschte ihn Ingvar an, der Jarl von Aldarvik. Auch er hatte Seite an Seite mit den Pikenieren gefochten. »Wir verteidigen meine Stadt.«

»Verbrennen werden wir sie!«, zischte Alexjei. »Alles, was du retten willst, wird zerstört, weil wir es verteidigen. Du kennst doch den Befehl: Hinter uns werden die Häuser in Brand gesetzt. Damit halten wir die Ritter auf und können eine neue Verteidigungslinie am Silberufer errichten.«

Gishild sah, wie sich die Halsmuskeln des Jarls spannten. Seine Zähne schienen zu mahlen. Jarl Ingvar legte eine Hand auf die Schulter des Jungen, der die Nachricht von der drohenden Einkesselung gebracht hatte, und zog ihn mit sich.

Die Ritter blieben auf dem Wehrgang zurück. Sie machten keine Anstalten, ihnen zu folgen. Gishild trieb ihre Männer jetzt zu größerer Eile an. Einige hatten die langen Pikenstangen fallen gelassen.

Die Maurawan winkten sie über die Brücke. Die kleine Elfenschar hatte ihre Klingen in die Scheiden geschoben. Mit schussbereitem Bogen sicherten sie den Übergang auf die Ringstraße hinter dem Wall. Gishild sah zwei Männer, die sich in einen Hauseingang zurückzogen.

Ein schwarzhaariger Maurawan hob den Bogen und zielte. Doch die Männer waren bereits in Deckung. Die Straße vor ihnen, die ins Herz der Stadt führte, war frei.

In der Ferne hörte Gishild Waffenlärm und das Grölen Betrunkener.

Ein Schuss krachte. Der Junge, der sie gerettet hatte, drehte sich wie ein Tänzer und sank gegen den Jarl. Ein blutiges Loch klaffte in seiner Brust.

Gishild blickte auf. Die Luft war voller Rauch von den Bränden. Der Schütze musste irgendwo in einem der Häuser vor ihnen versteckt sein.

Traurig sah sie zu dem Jungen. Sein Mund klaffte auf und zu. Die Hände waren um den Saum seiner abgetragenen Jacke geklammert. Er versuchte, sie über das Loch in seiner Brust zu ziehen, als schäme er sich, seiner Königin einen solchen Anblick zu bieten.

»Setzt die Häuser in Brand!«, rief Gishild. Der Befehl verschaffte ihnen Zeit und nahm den Rittern das, worum es ihnen in diesem Kampf inzwischen am meisten ging: Warme Quartiere für den Winter.

Einige ihrer Krieger trugen Fackelhölzer in den Gürteln. Die Häuser entlang der Straße waren in der Nacht auf ihre Vernichtung vorbereitet worden. Auf den hölzernen Treppen und Stiegen im Inneren waren Haufen aus zertrümmertem Holz und ölgetränkten Lumpen aufgetürmt. Von dort würden sich die Flammen schnell über Böden und Decken ausbreiten.

Ihre Brandstifter schwärmten aus. Gishild ging langsam die Straße zurück und ließ dabei die Brücke zur östlichen Bastion nicht aus den Augen. Die Ritter machten noch immer keinen Versuch, ihnen nachzusetzen.

Flüchtig blickte sie zu Ingvar. In seiner Miene las sie, wie sehr er darunter litt, tatenlos zusehen zu müssen, wie seine Königin befahl, einen ganzen Straßenzug in seiner Stadt den Flammen zu übergeben.

DER JÄGER

Sören hatte es immer schon gemocht, auf die Jagd zu gehen. In der Gesellschaft von anderen Menschen fühlte er sich meist nicht sonderlich wohl. Stets musste man mit Verrat rechnen. Er hatte für seine Sippe sehr viel Gold gemacht. Und er war Guthrums Liebling gewesen. Doch nach dessen Tod war alles schlechter geworden.

Er stieß den hölzernen Ladestock in seine Flinte. Es war keine Arkebuse, wie sie die Schützen unten im Gefecht benutzten. Diese Waffe mit den Perlmuttintarsien im Schaft war unvergleichlich kostbarer. Der Lauf war mit besonderer Sorgfalt gearbeitet; man konnte damit sehr viel besser zielen als mit einer herkömmlichen Arkebuse. Es war eine Waffe für Jäger. Für Adelige. Ein kleiner Schatz.

Er zog den Ladestock heraus und blies noch einmal auf die Lunte. Er hätte ein Radschloss haben können, aber er traute ihnen nicht. Sie waren zu empfindlich. Im entscheidenden Augenblick versagten sie. Einer Lunte, die man auf Pulver drückte, konnte nur ein schlimmer Regentag zum Verhängnis werden. Das war berechenbarer.

Sören richtete sich auf und achtete dabei darauf, dass man

ihn durch das Giebelfenster nicht sehen konnte. Er drückte sich mit dem Rücken gegen die Wand und schirmte die glühende Luntenspitze mit der Hand ab.

Sie war noch da. Er atmete erleichtert aus. Sie stand unten, mitten auf der Straße. Ihre Elfen waren verschwunden. Hatten sie ihn bemerkt? Nein, bestimmt nicht. Wer würde inmitten der Schlacht auf einen einzelnen Schützen achten? Sie wurden überschätzt, diese Elfen. Vorgestern hatte er einen verrecken sehen, dem eine Kanonenkugel beide Beine abgerissen hatte. Sören hatte sich neben ihn gestellt und ihn beim Sterben beobachtet. Es gab Gerüchte, dass die Elfen zu einem silbernen Licht vergingen, wenn sie starben. Alles Kindermärchen! Der Kerl war verreckt wie jeder andere auch. Aber er hatte nicht gejammert, das musste man ihm zugutehalten. Er war ein harter Kerl gewesen. Aber harte Kerle hatte Sören schon viele getroffen. Und etliche von ihnen hatte er beerdigt.

Wieder blickte er hinab auf die Straße. Da kamen sie. Ein dichter Pulk Soldaten stürmte über die Ringstraße. Sie waren wie Wölfe. Ein Offizier war bei ihnen. Ein paar Schritt noch ...

Sören sah, wie Rauch aus dem Haus gegenüber zog. »Du wirst nicht mehr lange die Macht haben, unsere Stadt niederzubrennen, verdammte Hexe!« Das letzte Haus an der Straße gehörte ihm, ebenso wie ein großes Mietshaus zwei Straßen weiter. Sie verbrannte sein Vermögen, den Besitz, für den er jahrelang sein Leben aufs Spiel gesetzt hatte. Als Schmuggler auf See, als Händler ... Das würde nun ein Ende haben!

Die Ordenskrieger hatten Gishild und ihr Gefolge bemerkt. Der Offizier winkte mit seinem Rapier. Zwei Arkebusenschützen stützten ihre schweren Waffen auf Gabeln und zielten. Das war der Augenblick.

Sören schob den Lauf durch das Fenster. Gishild war so entgegenkommend, ganz still zu stehen. Sie sammelte ihre Krieger um sich, um die Plünderer aufzuhalten, damit die Männer, die in den Häusern Brände legten, entkommen konnten.

»Deine Feuer werden jetzt dich töten«, sagte er und zielte auf ihre Brust. Sie war weniger als fünfzig Schritt entfernt. Auf diese Distanz würde die Kugel noch leicht ihren Kürass durchschlagen.

DIE TREUE VON KÖNIGINNEN

Ollowain hasste es, als Bittsteller vor sie zu treten. Er hatte sich auf das Gespräch wie auf eine Schlacht vorbereitet, Pläne geschmiedet und wieder verworfen. Ja, er hatte sogar Falrach nicht länger unterdrückt. Er kannte Emerelle besser. Er wusste, wie man ihr begegnen musste. Und auch wenn er nicht von zweifelsfrei ritterlicher Gesinnung war, so war er ein überragender Taktiker.

In den letzten Wochen hatte er weniger gegen Falrach angekämpft. Und er hatte es nicht ausgenutzt, wenn seine Persönlichkeit die Oberhand gewann und Ollowain nur noch Zuschauer bei Falrachs Taten war. Der Feldherr hatte einen Falrach-Tisch aufgestellt und viele Stunden damit verbracht, auf dem Spielbrett eine Situation zu entwerfen, die der im Fjordland gleichkam.

Dass die Ritter noch zu Winterbeginn einen Angriff gewagt hatten, war eine üble Überraschung gewesen. Doch dass Gonthabu gefallen war, ohne auch nur einen Schuss abzugeben, war eine Katastrophe. Die zweitgrößte Stadt des Landes verloren! Von dort aus ließ sich Firnstayn blockieren. Kein Schiff konnte die Hauptstadt erreichen, ohne Gonthabu zu passieren.

Ollowain seufzte und blickte auf. Emerelle hatte ihn in die Halle mit dem Falrach-Brunnen bestellt. Sie weilte wieder in Burg Elfenlicht. Ausgerechnet diesen Ort für ihr Treffen auszuwählen, war eine Beleidigung! Die Skulpturen des Brunnens zeigten den Augenblick von Falrachs Tod. Er war gestorben, als er Emerelle vor einem Drachen gerettet hatte.

»Erinnerst du dich?« Emerelle war lautlos an seine Seite getreten.

»Das ist nicht mein Leben«, entgegnete Ollowain kühl.

»Er konnte manchmal auch sehr ritterlich sein. Ihr seid nicht so verschieden, wie du glaubst.«

Der Schwertmeister antwortete darauf nicht. Er mochte es nicht, mit Falrach verglichen zu werden.

»Ich möchte dich bitten, einen Teil unserer Flotten nach Aldarvik zu schicken«, sagte er unumwunden und warf damit seine Pläne für das Gespräch über den Haufen. Falrach wäre das wahrscheinlich nicht passiert.

»Du weißt, warum ich das nicht tue!«

Die Königin sah gut aus an diesem Abend. Sie trug ein langes weißes Kleid und dazu eine Kette aus Rubinen. Ollowain fand die Wahl des Schmucks ein wenig unglücklich; auf dem Weiß des Kleides erinnerten die Steine an frisch vergossenes Blut.

»Ich habe von unseren Spähern die Nachricht erhalten, dass die Flotte, die nach Gonthabu gesegelt ist, dort im Hafen liegt. Es ist stürmisches Wetter. Diese Schiffe werden bestimmt so schnell nicht auslaufen.«

»Du glaubst, dass ich eine Entscheidung, von der die Sicherheit Albenmarks abhängt, aufgrund der Wettereinschätzung einer Blütenfee treffe, die sich gerade einmal ein paar Tage im Fjordland aufhält? Unsere Flotte bleibt auf hoher See, postiert nahe den großen Albensternen, so dass wir sie binnen weniger Stunden zusammenziehen können, um jeden neuen Angriff durch die Ordensritter zurückzuschlagen. Ich denke, Falrach würde die Logik dieser Entscheidung begreifen.«

»Herrin, wenn ich es richtig einschätze, dann haben sie den Jungen gebraucht, um das Tor zwischen unseren Welten aufzureißen. Und er hat seine Gabe dabei verloren. Wir sind nicht in Gefahr.«

»Ich denke, diese Einschätzung kann ich besser treffen als du, Ollowain. Hast du noch weitere Fragen?«

»Herrin, wenn es dein Herz erweicht, bitte ich dich auch auf Knien. Schicke einige Schiffe nach Aldarvik. Gishild ist dort in verzweifelter Lage. Wenn sie stirbt oder gefangen wird, dann werden wir das Fjordland verlieren. Sie haben seit Jahrhunderten ihr Blut für uns vergossen. Wir können sie doch nicht einfach im Stich lassen!«

In Emerelles Miene zeigte sich kein Mitgefühl. »Wir werden sie ohnehin verlieren. Ihr Schicksal ist besiegelt. Die Frage ist nur, ob es ein paar Tage oder ein paar Monde dauert.«

Ollowain war fassungslos über so viel Kaltherzigkeit. »Umso mehr sind wir es ihnen schuldig, schnell zu handeln. Wir können sie doch nicht einfach der Gnade der Ordensritter überlassen.«

»Glaubst du, es fällt mir leicht, solche Entscheidungen zu treffen? Wenn das alles war, ist unser Gespräch nun beendet.«

Ollowain verneigte sich. »Herrin.« Er würde diese Entscheidung nicht hinnehmen! Er hatte befürchtet, dass es so enden würde. Was es nun zu tun galt, würde Emerelle nicht gefallen. Aber nach diesem Gespräch würde er sie nicht mehr um Erlaubnis fragen.

DER RITTER

Sigurd fluchte wie ein Kesselflicker. Luc hatte den Alten gepackt und sich mit ihm eine Kellerstiege hinabgeworfen, als die Pikeniere erschienen waren. Sie waren die Steinstufen hinabgerollt und hatten sich Kopf und Schultern geprellt.

»Wenn du mich umbringen willst, dann nimm doch einfach ein Messer«, grollte der Hauptmann.

Luc tastete sich benommen über den Kopf. Warmes, klebriges Blut haftete an seinen Fingern. »Wir müssen die Schärpen loswerden! Wir haben es geschafft. Wir sind hinter Gishilds Linien.«

»Ja, wenn es uns gelingt, dass sie uns am Leben lassen.« Sigurd riss sich die Schärpe ab. Er wollte sich aufrichten und stieß erneut einen üblen Fluch aus. »Ich hab mir den Knöchel verstaucht.«

Luc packte den Alten bei der Hand und half ihm auf.

»Ich sollte in einem Herrenhaus vor dem Kamin sitzen, auf jedem Bein einen Enkel. Ich werde zu alt für Lawinen, Wettläufe in voller Rüstung, Schlachten und Sprünge die Treppe hinab.«

Kommandorufe hallten über die Straße. Eine Frauenstimme war dabei. Luc spähte vorsichtig über den Rand des Treppenschachts. Die Truppen, die sich aus der Bastion zurückgezogen hatten, waren jetzt keine fünfzehn Schritt mehr von ihnen entfernt.

Luc richtete sich weiter auf. Zwischen den Kriegern stand eine schlanke Frau in Halbrüstung. Langes rotblondes Haar fiel über den polierten Stahl. Sie lebte!

Gishild richtete Männer aus, um eine Verteidigungslinie gegen die Soldaten zu organisieren, die an der Ecke zur Ringstraße auftauchten. Keiner aus ihrem Gefolge bemerkte ihn.

Wie ein Schlafwandler stieg Luc die Treppe hinauf. Keine Stunde war in den letzten zehn Tagen vergangen, in der er nicht für sie gebetet hätte. All seine Gedanken waren um sie gekreist. Und Tjured hatte seine Bitten erhört, obwohl sie die Königin der Heiden war.

Er blickte zum Himmel und wollte ein Dankgebet sprechen, als er sah, wie sich aus dem Giebelfenster der Lauf einer Waffe schob. Und er zielte auf die Gruppe, in der sich die Königin befand.

Luc war mit einem einzigen Satz die letzten Stufen hinauf. Er begann zu laufen.

»Die Schärpe!«, rief Sigurd ihm nach.

Sein Ruf ließ zwei Männer in Gishilds Gefolge herumfahren. Einer hob seine Pistole.

Luc hatte nur Augen für den Arkebusenlauf im Giebelfenster. Die Waffe zielte auf Gishild.

Ein Schuss krachte. Ein Schlag wie ein Huftritt traf Luc dort, wo seine linke Schulterkachel den Brustpanzer überlappte. Er wurde halb herumgerissen und geriet ins Taumeln.

Ein Mann mit einem vierkantigen Panzerstecher in der Hand lief ihm entgegen.

Luc taumelte weiter. Mit einem halbherzigen Fausthieb versuchte er, die Waffe zur Seite zu schlagen. Sie schrammte kreischend über seinen Armpanzer.

»Gishild!« Aus der Arkebuse im Giebel schoss ein Flammenstrahl.

Luc warf sich nach vorne. Seine Arme umklammerten Gishilds Hüften. Der plötzliche Ansturm brachte sie aus dem Gleichgewicht.

Ein Schlag traf Lucs Helm. Ein wuchtiger Hieb ging auf seine Rückenplatte nieder. Er spürte Blut im Mund. »Gishild. Ich …«

LUC

»Nicht!« Gishild riss schützend den Arm hoch.

Ingvars Klinge verharrte dicht über ihrer Hand.

»Er ist einer von uns!«

Der Jarl drehte das Schwert weg und tippte mit der Spitze auf die weiße Schärpe, die sich über Lucs Kürass spannte. »So sieht er nicht aus. Ich kenne ihn nicht.«

»Junge!« Humpelnd kam ein alter Krieger über die Straße. »Junge!«

Gishild erkannte Sigurd im ersten Augenblick nicht, so hager und abgekämpft sah er aus.

Eine Kugel schlug vor ihr in den Matsch der Straße. »Wir müssen zurück.« Ingvar winkte einem seiner Krieger und deutete auf Luc. »Nehmt ihn mit.«

Der Pikenier sah zweifelnd zu Gishild.

Ein dünner Blutfaden sickerte aus Lucs Mundwinkel. Seine Augen waren weit aufgerissen. Rauch und Feuer spiegelten sich in ihnen. Er lag reglos. Sein Anblick zerriss ihr das Herz. Seine Rüstung war zerschlagen. Auch unter dem Kürass sickerte Blut hervor.

»Los!«, befahl sie harsch. Ihre Stimme klang rau. »Alexjei! Deinen Umhang. Nehmt zwei Piken und den Umhang. Macht eine Trage und bringt ihn zum Silberufer. Schnell!«

Sigurd war neben Luc niedergekniet. Er hielt die Hand ihres Liebsten. Dann deutete er hinauf zum Giebelfenster. »Da oben. Ein Schütze. Luc wollte dich retten. Da …«

Gishild sah zum Eckhaus hinauf. Da schob sich ein Schatten vor das Fenster.

ELFEN

Sören konnte sein Glück nicht fassen! Nachdem dieser Ritter die Königin zu Boden gerissen hatte, hatte er gedacht, alles sei verloren. Statt Gishild hatte seine Kugel offensichtlich den Ritter getroffen. Er hatte sich zurückgezogen und erneut seine Büchse geladen. Umsichtig, mit tausendfach eingeübten Griffen. Aber er hatte nicht zu hoffen gewagt, dass er noch zu einem dritten Schuss kommen würde.

Die verdammten Tjuredkrieger unten auf der Straße zögerten mit einem Angriff. Sie feuerten einzelne Arkebusenschüsse ab, aber sie stürmten nicht vor. Sie waren zum Plündern gekommen. Keiner hatte Lust, an diesem Tag zu sterben. Es mussten mehr als dreißig sein, die inzwischen an der Straßenecke standen. Und ständig kamen weitere hinzu. Ihr Offizier rief Befehle. Aber niemand bewegte sich. Sören sah zur Königin hinüber. Der Ritter, der sie gerettet hatte, trug eine weiße Schärpe, genau wie die meisten Tjuredkrieger. Was mochte ihn dazu bewogen haben, die Königin zu retten?

Ein alter Mann kniete vor Gishild. Er deutete zum Fenster hinauf. Zu ihm!

Sören fluchte. Jetzt sah auch die Königin zu ihm hinauf. Er hob die Waffe. Er könnte ihr mitten ins Gesicht schießen!

Ein Luftzug streifte seine Wange. Die Glutspitze seiner Lunte fiel zu Boden. Er fuhr herum. Ein Elf in abgewetztem braunen Lederwams stand vor ihm. Sein langes Haar war hellblond, fast weiß. Ein dünner Lederriemen hielt es zusammen.

Der Elf deutete mit seinem Rapier auf das Fenster. »Spring, dann töte ich dich nicht. Vielleicht brichst du dir nur die Beine. Du bist ein Jäger wie ich. Geben wir dein Leben in die Hand deiner Götter.«

Sören blickte auf die Straße hinab und dann wieder zu dem Elfen. Er wusste, er hatte keine Gnade zu erwarten.

Der Elf hob die Klinge. »Du bist also ein kühner Mann und triffst deine Entscheidungen selbst. Mir soll es recht sein.«

Sören ließ die Waffe sinken und lehnte sie an die Wand. Dann stieg er vorsichtig auf das Sims des Giebelfensters. Hinter dem verdammten Elf quoll dichter Rauch ins Zimmer. Sören sah auf die Straße hinab. Gishild und die ihren zogen sich zurück. Sein verdammter Onkel war bei ihr.

Aus den Fenstern der meisten Häuser schlugen jetzt lange Flammenzungen. Fast alle seine Besitzungen lagen auf dieser Seite der Stadt. Er hatte nur noch seine Boote.

Der Elf tippte ihm mit der Klinge auf die Schulter. »Jetzt.«

»Möge Luth sich meiner erbarmen …« Er beugte sich vor, als wolle er springen. Dann fuhr er herum. Er warf sich in die Klinge des Elfen. Sie stach ihm durch die Schulter. Der Mistkerl ließ seine Waffe los. Sören hatte gehofft, ihn herumzureißen, das Messer aus dem Gürtel zu ziehen und ihn damit niederzumachen.

Etwas berührte ihn kalt an der Kehle.

Der Elf hielt sein Messer in der Hand. Sie waren wirklich so schnell wie in den Geschichten.

Sören spürte, wie es warm in seinen Kragen lief.

»Du hättest springen sollen«, sagte der Elf und zog ihm das Rapier aus der Schulter. »Das hättest du überleben können.«

VON VERLORENEN ZEHEN
UND VERLORENEN HOFFNUNGEN

Gishild strich über die Schäden an Lucs Rüstung. Die Kugel, die das Schulterstück durchschlagen hatte, war vom Kürass aufgehalten worden, der eine tiefe Delle davongetragen hatte. Eine tief eingekerbte Schramme hatte der Panzerstecher hinterlassen. Der Helm war aufgerissen von der Kugel, die ihr gegolten hatte. Und auf der Rückenplatte sah man die Spuren des wuchtigen Schwerthiebs, den Ingvar ihm versetzt hatte, weil er Luc für einen Ritter aus den Reihen der Ordenskrieger gehalten hatte. Der letzte Hieb hatte die Panzerplatte an einer Stelle durchdrungen. Zum Glück war der Schnitt nicht tief.

Leise flüsterte sie ein Dankgebet an Luth. Der Schicksalsweber hatte ihr ihren Ritter gebracht. Er war genau in dem Augenblick erschienen, in dem sie wohl gestorben wäre, hätte er sie nicht zu Boden gerissen. Sie dachte daran, wie er ihr einst auf den Klippen am Meer die Treue geschworen hatte. Wie er versprochen hatte, immer bei ihr zu sein. Ihr als Ritter zu dienen für immer und ewig. Tränen traten ihr in die Augen. Heute hatte er die Kinderschwüre wahr gemacht. Und sie würde ihm gehören. Für immer! Ganz gleich, was bei Hof über sie geredet würde.

Luc war noch immer bewusstlos. Ein dicker Verband war um seinen Kopf gewickelt. Die Wunde in seinem Rücken war mit sieben Stichen genäht. Er würde sich schnell erholen, hatte Yulivee ihr versprochen. Er hatte ein paar leichte Erfrierungen im Gesicht, die mit einer dicken Salbe aus Entenfett behandelt worden waren. Sie würden keine Spuren hinterlassen. Sigurd hatte weniger Glück gehabt.

Gishild war dabei gewesen, als man ihm vor einer Stunde den linken Fuß zur Hälfte abgenommen hatte. Die Zehen daran waren bereits schwarz und brandig gewesen. Wären sie nicht amputiert worden, hätte ihn das faulende schwarze Fleisch vergiftet. Nicht einmal zehn Tage hätte er noch zu leben gehabt. Und dennoch hatte sich Sigurd nach Leibeskräften gewehrt. Er wollte nicht durch das Messer eines Quacksalbers schwerer verletzt werden als in allen Schlachten, in denen er in seinem langen Kriegerleben gekämpft hatte. Schließlich hatte Yulivees Magie ihm Schlaf geschenkt. Und Gishild hatte entschieden, dass man ihm auch gegen seinen Willen den halben Fuß abnehmen sollte.

Jetzt plagten sie Zweifel. Hätte sie ihm seinen Willen lassen sollen? Zehn Tage lang würde Aldarvik dem Feind nicht mehr standhalten können. Und was dann mit ihnen geschah, wussten allein die Götter. Gishild rechnete damit, dass es zu einem mörderischen Gemetzel kommen würde.

Alle Brücken zum Silberufer waren abgerissen. In dem Teil der Stadt, den die Tjuredkrieger erobert hatten, waren fast alle Häuser niedergebrannt. Sie würden weiterhin im Schnee und in der Kälte lagern. Ihr Zorn würde sich ins Unermessliche steigern. Lange würde es nicht mehr dauern, bis der letzte Sturmangriff begann. Und diesmal gab es keinen Kanal mehr, der breit genug war, um den Aufbau einer neuen Verteidigungslinie zu erlauben.

Sie hockte sich neben Luc ans Bett. Der Untergang war nicht mehr fern. Er musste das gewusst haben. Und trotzdem war er gekommen.

Er stöhnte, dann schlug er die Augen auf. Da waren sie wieder, diese feinen, silbernen Punkte in seinen Augen. Man bemerkte sie bei einem ganz bestimmten Licht und wenn man ihn aus dem richtigen Winkel ansah.

»Ich fühle mich, als wäre ein Schiff auf mich gefallen«, sagte er matt.

»Du hast mit deinem Dickschädel eine Bleikugel platt gedrückt.«

Er hob eine Hand und tastete über den Verband um seinen Kopf. »Ich erinnere mich.« Ein schelmisches Lächeln spielte um seine Lippen. »Habe ich schon meinen Preis dafür erhalten, dass ich die holde Jungfer vor den üblen Häschern gerettet habe?«

»Deine Belohnung ist ein Bett mit frischen Laken. Ein besseres wirst du in dieser Stadt nicht finden.«

Er wirkte niedergeschlagen, aber er war zu ritterlich, um zu sagen, was er wirklich wollte. Darin hatte er sich nicht geändert. Sie beugte sich vor und küsste ihn sanft. »Du bist verwundet, Luc. Du musst deine Kräfte schonen.«

»Mir geht es schon viel besser ...«

Sie legte eine Hand auf seine Lippen. »Red keinen Unsinn! Es wäre unvernünftig ...«

»Was kann heute unvernünftig sein, wenn wir vielleicht schon morgen tot sind? Mir geht es gut. Du weißt, was ich mir wünsche ...«

Sie lächelte. »Ich nehme an, das, wonach auch ich mich sehne.« Sie öffnete ihr Lederwams. »Ich lege mich zu dir und wärme dich, so wie damals auf dem Henkersgerüst. Mehr nicht!«

Er grinste. »Natürlich.«

ERBRECHT

Ollowain war nach seinem erfolglosen Gespräch mit Emerelle unverzüglich nach Vahlemer weitergereist. Er stand im großen Salon des Schiffskontors Dalomans und wartete. An den Wänden hingen dramatische Bilder von Schiffen, die mit vollen Segeln durch stürmische See pflügten.

Dass Daloman ihn warten ließ, war ein schlechtes Zeichen. Früher hätte ein Kobold das nicht gewagt. Aber seit den Zeiten von Elija Glops hatte sich das geändert. Gerade hier im Norden, wo die Herrschaft der Elfen seit dem letzten Trollkrieg erschüttert geblieben war, nahm sich das kleine Volk viel heraus.

Ollowain war geduldig genug, seinen Unmut zu überspielen. Aber Fenryl, der ihn begleitet hatte, ging unruhig in dem großen Zimmer auf und ab. Sein Kopf ruckte hin und her, wie bei einem Raubvogel, der auf dem Wipfel einer Tanne saß und nach Beute spähte.

Endlich öffnete sich die große Tür zum Kartenzimmer. Der Kobold, der eintrat, reichte Ollowain kaum bis zum Knie. Er war ganz in Rot gekleidet. Sein Kopf war kahl geschoren, und die Ohren waren durchbohrt von goldenen Ohrringen, an denen Perlmuttamulette hingen. Er hielt eine weiße Meerschaumpfeife in der Hand, aus der ein Gestank aufstieg, der geeignet war, einen ganzen Moskitoschwarm in die Flucht zu schlagen.

Fenryl blickte mit leicht angewinkeltem Kopf auf den Kobold hinab. »Daloman der Rote?«

»In Person«, entgegnete ihr Gastgeber, ohne sich durch den unfreundlichen Ton des Fürsten von Carandamon auch nur im Mindesten beeindrucken zu lassen. »Ihr wollt mit mir ein Geschäft machen?«

»Wir brauchen deine Schiffe, Daloman«, kam Ollowain ohne Umschweife auf den Punkt.

»Wie viele?«

»Alle!«

Der Kobold leckte sich über die wulstigen Lippen. Er deutete auf eine Gruppe von Ledersesseln in unterschiedlichen Größen.

»Das sollten wir in Ruhe besprechen. Da ihr beide Fürsten seid, gehe ich davon aus, dass ihr über die entsprechenden Mittel verfügt, eine kleine Flotte anzuheuern. Ich gebiete über nicht weniger als siebzehn Schiffe, die wegen der Winterstürme alle im Hafen liegen. Einige sind für das nächste Frühjahr noch zu haben ...«

»Wir brauchen sie alle, und wir brauchen sie jetzt!«, sagte Fenryl.

Daloman hielt inne. Dann hob er abwehrend die Hände. »Vollkommen ausgeschlossen! Ich lasse sie doch nicht während der schlimmsten Sturmzeit in See stechen.«

»Die ganze Kriegsflotte Albenmarks ist auf hoher See, kleiner Mann!«, erwiderte Fenryl.

»Diese Schiffe sind anders gebaut. Und sie sind voll gestopft mit Magiern und Windsängern. Ich bin kein König und kein Fürst. Ich kann es mir nicht leisten, meine Schiffe waghalsig aufs Spiel zu setzen. Ich lebe von ihnen.«

»Bist du dir sicher, dass du es dir leisten kannst, Emerelles Zorn auf dich zu lenken? Wir beide sind in ihrem Auftrag hier.« Ollowain hoffte, der Kobold möge ihm nicht allzu deutlich anmerken, dass er log. Er hatte darin keine Erfahrung. Aber ihm blieb keine Wahl.

Daloman sah ihn mit leicht zusammengekniffenen Augen an. Hatte der Kaufmann etwas bemerkt? »Es gibt sicher ein Schriftstück der Königin mit genauen Anweisungen an mich.«

»Bist du wahnsinnig, kleiner Mann?«, brauste Fenryl auf. »Dir reiß ich die Leber heraus. Was für eine Respektlosigkeit! Wie kommst du darauf, dich für bedeutend genug zu halten, dass die Königin Albenmarks dir einen Brief schreibt? Am besten wohl noch von eigener Hand und mit einer Duftnote ihres Parfüms. Dich werde ich lehren ...«

Daloman hatte sich hinter einen der Ledersessel geflüchtet, während Ollowain Fenryl in den Arm fiel. »Bitte, mein Freund.«

»Nein! So einen Mistkerl sollte man an die Möwen verfüttern. Ich ...«

»Wohin sollten meine Schiffe denn segeln?«

»Nach Aldarvik. Das liegt an der Küste des Fjordlands.«

»Ich soll meine Schiffe in eine andere Welt schicken? Über die Albenpfade?« Der Kobold schüttelte entschieden den Kopf. »Da kann ich ja gleich hingehen und Feuer an die Segel legen lassen.«

»Die Menschenkinder sind mit einer ganzen Flotte aus ihrer Welt hierhergekommen«, entgegnete Fenryl wutentbrannt. »Sind wir vielleicht schlechtere Seeleute als sie?«

»Bitte, mein Freund.« Ollowain hielt Fenryl immer noch am Arm. Sie hatten zwar abgesprochen, dass der Fürst ausfällig werden sollte, falls sich Daloman als widerspenstig erwies, aber der Schwertmeister war sich längst nicht mehr sicher, ob sein Gefährte dies alles nur spielte oder ob das Raubvogelblut in seinen Adern gerade die Oberhand gewann.

»Daloman, bist du dir darüber im Klaren, dass die Kriegsflotte auf hoher See bleibt, um die Hafenstädte Albenmarks zu schützen? Keines dieser Schiffe ist entbehrlich, denn es besteht die Gefahr, dass die Menschenkinder einen zweiten Angriff wie den auf Vahan Calyd führen. Was glaubst du, wo deine Schiffe dann besser aufgehoben sind: hier im Hafen oder auf einer Mission, für die sich die Krone Albenmarks verbürgt?«

»Verbürgen? Soll das heißen, ihr wollt meine Schiffe haben und dafür nicht einmal bezahlen?«

Ollowain atmete tief aus. »Du weißt, dass der letzte Fürst von Alvemer vor drei Jahren in Drusna ins Mondlicht gegangen ist. Damit ist seine Familie verloschen. Das Fürstentum gehört nun der Krone Albenmarks. Die Königin bietet dir für jedes Schiff, das verloren gehen sollte, ein Dorf in Alvemer als Sicherheit.«

Der Kobold zupfte nachdenklich an den Amuletten, die von seinen Ohrringen hingen. »Die Dörfer sind unterschiedlich viel wert. Das müsste noch genauer besprochen werden. Ich meine …«

Ollowain zog eine Lederrolle aus seinem Gürtel. »Hier ist eine Liste mit zwanzig Dörfern. Ich werde nicht feilschen. Du nimmst die ersten siebzehn, oder wir suchen uns einen anderen Schiffseigner.«

»In Reilimee gibt es auch mehr Kapitäne, die Erfahrung mit Reisen in die Welt der Menschenkinder haben«, warf Fenryl ein.

»Was für ein Meer ist es, das ich befahren soll?«

»Es ist nicht sehr tief. Vielleicht gibt es ein paar Eisberge …

Aber vor Stürmen brauchst du dich nicht zu fürchten. Wir werden einen Windsänger mitnehmen. Und Elfenritter.«

»Wozu brauchen wir Krieger?«, wollte Daloman wissen.

Ollowain hob die Lederrolle. »Stell nicht zu viele Fragen. Ich denke, jeder Verlust wird für dich am Ende ein Gewinn sein.«

»Ich muss die Liste sehen!«

Fenryl winkte Ollowain zu. »Lass uns nach Reilimee gehen. Ich habe dir doch gleich gesagt, Kobolde sind zu gierig. Machen wir besser ein Geschäft mit Elfen.«

»Gut, gut, gut. Setzen wir einen Vertrag auf ... Ihr wäret schlecht beraten, wenn ihr auf Schiffe aus Reilimee vertrautet. Das sind alles nur Küstensegler. Wenn ihr ein Meer mit Eisbergen befahren wollt, dann braucht ihr gute Schiffe mit doppelter Bordwand. Schiffe, die aus Trolleichen gezimmert wurden. Schiffe, wie meine Katamarane!«

Eine Stunde später verließen die beiden Fürsten das Kontor. Fenryl ging seltsam gestelzt. Die Frauen an den kleinen Straßenständen sahen ihnen nach.

»Geht es dir gut?«, fragte Ollowain.

»Emerelle wird uns enthaupten lassen, wenn sie davon erfährt.«

»Nein. Sie wird dir im schlimmsten Fall deinen Fürstenthron nehmen, aber du fühlst dich doch ohnehin wohler, wenn du in einem Vogelnest sitzt.«

Fenryl sah ihn eigenartig an. »Sollte das ein Witz sein?«

Ollowain lächelte.

»Lass das! Witzig zu sein, ist nicht deine Sache.«

Sie gingen ein Stück schweigend nebeneinander her.

»Du bist dir sicher, dass sie uns nicht umbringen lässt? Es heißt, sie hat einen Meuchler in ihren Diensten.«

Der Schwertmeister winkte ab. »Ihr Meuchler ist anderweitig beschäftigt. Und was unseren Vertrag hier angeht ...

Mach dir keine Gedanken. Im Vergleich zu dem Geschäft, das ich mit dem König der Trolle machen werde, ist es eine Kleinigkeit, ein paar Dörfer zu verschenken, die uns nicht gehören.«

EISBEIN

Luc erwachte von Kindergelächter. In der engen Kammer war es noch dunkel. Die Läden waren zugezogen, die beiden Kerzen herabgebrannt. Sein Kopf schmerzte. Er blinzelte und war überrascht, wie gut er im Dunkel sehen konnte.

Vorsichtig streckte er sich. Gishild bewegte sich an seiner Seite. Er schloss die Augen und atmete ihren Duft. Er war unverwechselbar, genau wie früher. Er empfand ihren leichten Schweißgeruch als angenehm. Er hatte etwas Sinnliches. Dazu kam stets ein Hauch von Waffenfett und Leder. Und ihre Haare ... Ihnen haftete der Geruch des Windes an. Wechselnd nach den Jahreszeiten rochen sie nach Heu oder Herbstlaub, Frost oder Frühlingsblüten.

Wieder erschallte Kindergelächter. Vorsichtig richtete er sich auf. Die Wundnaht in seinem Rücken spannte sich und schmerzte. Er schwang die Füße über die Bettkante. Der Holzboden der Kammer war eiskalt.

Er tapste zum Fenster und stieß einen der Läden einen Spalt weit auf. Nicht weit entfernt knallte vereinzeltes Arkebusenfeuer. Direkt unter dem Fenster spielten Kinder auf dem Eis eines zugefrorenen Kanals. Sie schienen regelrecht zu schweben und drehten sich kunstvoll im Kreise. Luc sah ihnen verwundert zu. Das kleinste der Kinder, ein dick in Mäntel eingemummtes Mädchen mit langen Zöpfen, schätzte er auf weniger als fünf Jahre. Sie war außergewöhnlich schnell.

Ein Geräusch ließ den Ritter herumfahren. Gishild war aus dem Bett gestiegen. Sie gesellte sich zu ihm. »Warst du auch schon einmal Eislaufen?«

Luc schüttelte den Kopf. »Wie machen die das?«

»Du hast das noch nie gesehen?«

»Nein.«

Gishild lachte. »Hier kann das fast jedes Kind. Man schneidet Kufen aus den Schienbeinen von Schweinen. Manchmal werden auch welche aus Metall gefertigt. Man kann sie unter seine Schuhe schnallen und damit wie der Wind über das Eis gleiten.«

Luc sah den Kindern verzaubert zu. »Ist es schwer, das zu lernen?«

»Mit einer frisch vernähten Wunde würde ich es nicht versuchen. Anfangs stürzt man oft. Aber eigentlich kann das jeder.«

Eine Kanone krachte in der Ferne. Die Kinder ließen sich davon nicht stören. Wie unbeschwert sie waren! Luc fragte sich, was wohl mit ihnen geschehen würde, wenn die Stadt erstürmt wurde. Er sah zu Gishild. Ihr Blick ging in weite Ferne. Er wollte sie ansprechen, aber der Gedanke an die Kinder beschäftigte ihn noch immer. Sie mussten fort von hier. Schnell!

Gishild trat vom Fenster zurück und suchte hastig ihre Kleider zusammen. Ob sie dasselbe dachte wie er?

Hüpfend zwängte sie sich in ihre enge Hose.

»Ist alles in Ordnung mit dir?«

Sie schüttelte den Kopf. Tränen standen ihr in den Augen.

»Aldarvik stirbt, und wir denken nur an uns. Ich muss zu Yulivee. Sofort. Ich habe gerade an den Tag gedacht, an dem mein Vater starb. Ich muss etwas von ihr wissen.«

EINE FÄHRTE AUF PAPIER

Fingayn beobachtete, wie der Kobold von den Krallen des Adlers sprang und geschickt auf einem Mauersims des ausgebrannten Turms landete. Für diesen Sprung war einiger Mut notwendig, dachte der Maurawan. Der Spinnenmann war sein Geld wert. Seine Gefährten folgten dem Kobold und zuletzt die Lutin. Geschickt seilten sie sich an der Wand der Turmruine ab und erreichten einen Wehrgang. Die Hälfte der Kobolde hatte Armbrüste auf den Rücken geschnallt. Nun nahmen sie die Waffen ab und sicherten den Wehrgang.

Sieht aus, als würde der Angriff auf das Ritternest gelingen, dachte Steinkopf.

Ja. Bring mich nun herab! Fingayn war skeptisch. Er hatte die Pläne der Späher bekommen, die vor der blutigen Schlacht die Ordensburg ausgekundschaftet hatten. Hoffentlich war seitdem das Archiv nicht verlegt worden. Im Augenblick war zumindest keine starke Besatzung auf der Burg zu befürchten. Die Ordenstruppen standen im Hafen und bei den Festungen, die den schmalen Übergang zwischen der Halbinsel und dem Festland sicherten.

Steinkopf sank der Turmspitze entgegen. An diesem Ort wäre Fingayn gemeinsam mit Ollowain und Tiranu fast gestorben. Der Elf sprang ab und landete sicher auf der zerstörten Turmmauer. Eilig kletterte er zum Wehrgang hinab.

Die Kobolde waren bereits ins Haupthaus der Burg vorgestoßen.

Fingayn eilte einen Gang mit verschlossenen Türen entlang. Einer von Smirts Männern winkte ihm. Der Elf betrat das Archiv. Was er sah, war zutiefst entmutigend. Regal reihte sich an Regal. Die Kobolde hatten begonnen, Schubladen zu öffnen, in denen sich lose Blätter stapelten.

Smirt trat an seine Seite. »Bis hierher ging alles gut.«

Fingayn machte eine ausholende Geste. »Hier können wir eine Woche suchen und haben nicht einmal die Hälfte der Papiere durchgesehen. Ich hatte gedacht, dass es vielleicht zwei oder drei Schränke voll gibt. Aber das hier ...« Selten in seinem Leben hatte sich der Maurawan so niedergeschlagen gefühlt. Sie mussten vor dem Morgengrauen fertig sein. Dann würden Schreiber hierher zurückkommen.

»Immer mit der Ruhe, mein Freund. Sahandan wird dieses Problem lösen.«

Fingayn sah zu der Lutin, die sich auf einer Leiter niedergelassen hatte, die an einem der Regale lehnte. Sie summte leise ein Lied vor sich hin. Er mochte das Volk der Lutin nicht sonderlich. Sie waren Diebe, jedenfalls die meisten von ihnen. Ihm hatte es schon nicht gefallen, sie überhaupt mitzunehmen. »Und, kann sie Akten doppelt so schnell durchsehen wie wir?«

»Du solltest sie nicht beleidigen. Du weißt doch, Lutin haben ein besonderes Talent darin, Dinge zu finden. Sie wird helfen. Sie ist eine Nachfahrin von Ganda Silberhand. Das Zaubern liegt ihr im Blut. Ich müsste jetzt endlich von dir wissen, was genau du hier suchst.«

»Namen. Es heißt, sie schreiben alles über ihre Ritterbrüder nieder. Ich muss von zwei Frauen und drei Männern wissen, wo sie sich jetzt aufhalten.«

Smirt ließ den Blick durch das Archiv schweifen, und sein Lächeln gefror. Der Raum war mindestens zwanzig Elfenschritt lang und vollgestopft mit Papieren. Obendrein gab es noch eine Treppe, die hinab zu einem zweiten Dokumentenlager führte, das nicht weniger groß war.

Sahandan stieg von der Leiter und kam zu ihnen hinüber. »Ich würde vorschlagen, dass du mir jetzt die Namen nennst.«

Fingayn bedachte die Lutin mit einem finsteren Blick. Er hatte nicht so laut gesprochen, dass sie seine Worte hätte verstehen können. Sie hatte Magie benutzt, um sie zu belauschen. Das war genau das, was er von einer Lutin erwartete. »Veronique de Blais, aus der 37. Lanze der Türme. Sie muss sich hier auf der Halbinsel Valloncour aufhalten. Fangen wir mit ihr an.«

Sahandan sprach ein einziges Wort. Sie sagte es leise, ohne jedoch zu flüstern. Es war ein Wort, bei dessen Klang sich Fingayn die Nackenhaare aufstellten. Ein Wort, das ihm ein Gefühl vermittelte, als würde ihm mit einer Daunenfeder die Wirbelsäule entlanggestrichen. Die stickige, staubgeschwängerte Luft im Archiv veränderte sich. Die unzähligen Papiere raschelten leise, als bewege sie ein sanfter Lufthauch.

Jetzt sprach Sahandan den Namen aus und malte ihn zugleich mit schwungvollen Handbewegungen in die Luft. Ihre Fingerspitze hinterließ eine glühende Linie. Der Schriftzug teilte sich und schrumpfte dabei. Dann teilte er sich wieder. Und noch einmal. Jedes Mal wurden die Buchstaben kleiner, bis nur noch winzige, leuchtende Punkte übrig waren. Sie stoben auseinander und flogen in alle Winkel des Archivs davon.

Smirt und seine Männer duckten sich. Doch Fingayn blieb

ungerührt. Er hatte einst Alathaia zaubern sehen. Er wusste, was ein Wort der Macht anzurichten vermochte.

Eine der in Leder gebundenen Aktensammlungen in den Regalen leuchtete auf. Aus dem Schubkasten eines Schrankes erstrahlte helles Licht.

»Los, Jungs, holt die Papiere zusammen und seht sie durch. Was genau musst du wissen, Fingayn?«

»Veronique de Blais muss auf der Halbinsel Valloncour sein. Vielleicht ist sie sogar in dieser Burg. Ich brauche ihren genauen Aufenthaltsort. Das gilt auch für die übrigen Ritterinnen und Ritter, deren Namen ich der Lutin noch nennen werde.«

Smirt stöhnte leise. »Bei allem Respekt, Elf. Dir ist schon klar, dass es in diesem Ritterorden in den letzten Monden drunter und drüber gegangen ist? Was glaubst du, wie sorgfältig sie da ihre Akten nachtragen? Ich schätze, dass kaum ein Ritter noch an dem Ort ist, an dem er sich vor zwei Monden aufgehalten hat. Und Valloncour wird belagert. Nachrichten werden ihren Weg ebenso wenig auf die Halbinsel finden wie Waffen, Lebensmittel oder Truppenverstärkungen.«

»Lass das meine Sorge sein, Smirt. Ich bin Jäger. Alles, was ich brauche, ist eine Fährte. Ihr zu folgen, ist mein Geschäft. Und glaub mir, ich bin gut darin.«

Der Kobold zupfte an seiner Nasenspitze. »Wir könnten auch gute Geschäfte miteinander machen ...«

Ein Blick genügte, um Smirt zum Schweigen zu bringen. Fingayn wusste, dass er nie wieder ein solches Geschäft machen wollte. Es geschah auf Befehl der Königin, und er war davon überzeugt, dass seine Taten für Albenmark von großem Nutzen waren. Aber es fiel ihm schwer. Immer wieder musste er an Alvarez denken. Er hatte den Mann gemocht. Und für Jerome, der selbst auf dem Scheiterhaufen seine Ideale nicht verraten hatte, hatte er Respekt empfunden. Es war der Wunsch der Königin, dass jeder, dessen Name auf der Liste stand, durch einen Pfeil starb, der seinen Namen trug. Er musste Emerelle vertrauen, dass sie um Dinge wusste, die ihm verborgen geblieben waren, sonst würde er an seiner Aufgabe verzweifeln. Und eins wusste er ganz sicher. Für Smirt, der seine Dienste an jeden verkaufte, der sie sich leisten konnte, würde er niemals arbeiten.

Ein Blick auf die Kobolde zeigte ihm, dass sie schnell und effektiv arbeiteten. Fingayn konnte nicht umhin, Smirt zuzugestehen, dass die ungewöhnliche Gruppe aus Meuchlern, Buchhaltern und einer Lutin sich ungewöhnlich gut ergänzte.

Sie fanden Angaben über alle jene, die noch auf seiner Liste standen. Sie stellten kurze Lebensläufe für ihn zusammen und Informationen über die Orte, an denen sich die Gesuchten bisher häufig aufgehalten hatten. Die Tatsache, dass er sogar eine Liste mit Lieblingsgerichten von zweien der fünf erhielt, ließ tief blicken, wie Smirts Kobolde ihre Geschäfte mitunter erledigten.

Es dauerte fast bis zum Morgengrauen, bis die Kobolde fertig waren. Am Ende überreichte ihm Smirt einen ganzen Stapel mit Dokumenten. »Wir sollten uns nun beeilen, Fingayn. Sich ein Seil zu schnappen, das vom Bein eines fliegenden Adlers hängt, ist ehrlich gesagt nicht meine bevorzugte Art, ein Schlachtfeld zu verlassen. Ich würde es nur ungern im ersten Dämmerlicht und möglicherweise in voller Sicht von einigen Dutzend Arkebusenschützen tun.«

»Dann solltest du dich beeilen.«

»Und du?«

»Ich bleibe.« Der Maurawan klopfte auf die Akte. »Für mich gibt es noch etwas zu erledigen.«

Der Kobold nickte. Er hatte in den Tagen, die sie miteinander verbracht hatten, keine lästigen Fragen gestellt, was

Fingayn bei einem Angehörigen des kleinen Volkes ehrlich überrascht hatte. »Falls du eines Tages einmal Geld brauchen solltest ...«

Der Elf winkte ab.

»Manchmal sind unsere Aufträge auch durchaus ehrenhaft.«

»Lass uns unsere Bekanntschaft nicht mit einer Diskussion über Ehre beschweren.«

Der Kobold zuckte mit den Schultern. »Wie du meinst. Ich wünsche dir eine gute Jagd.«

»Smirt. Bleibe nicht länger in der Welt der Menschenkinder. Kehre nach Albenmark zurück. Emerelle hat alle alten Fehden für beendet erklärt. Sie hat sogar Boten auf die Suche nach den Kindern der Dunkelalben geschickt. Es heißt, ein neues Zeitalter werde anbrechen. Und alle Albenkinder sollen heimkehren. Jeglicher Groll soll vergessen sein.«

»So schlecht steht es um Albenmark?«

Fingayn wusste, dass Smirt zu klug war, um nicht die Wahrheit hinter schönen Phrasen zu erkennen. »Ja, so schlecht steht es. Die Königin braucht jeden, der kämpfen kann. Vertrau mir, sie wird dich und die Deinen mit offenen Armen empfangen.«

DER WINDSÄNGER

Der Rumpf des Schiffs tauchte tief in die See. Gischt spritzte über das Deck. Ollowain klammerte sich an die Reling. Daloman hatte sich sogar angebunden. Der Kobold fluchte ununterbrochen, seit sie durch das Albentor gekommen waren.

»Eisberg voraus!«, gellte eine Stimme vom Hauptdeck.

»Ich verfluche dich und deinen Windsänger!«, giftete Daloman.

Der Schwertmeister blickte zum anderen Ende des Achterdecks. Dort hockte zusammengekauert der junge Elf, auf den er seine Hoffnungen gesetzt hatte. Er war der einzige Windsänger, der zu finden gewesen war. Nun war ihm klar, warum er nicht bei der Flotte Albenmarks zu finden war.

»Ein seekranker Windsänger!«, jammerte Daloman. Dabei hielt er zitternd mit beiden Händen die Amulette an seinen Ohrringen fest. »Ich verfluche dich, Ollowain. Mögen sich Aale durch deine Eingeweide fressen.«

»Wenn ich auf dem Meeresboden ende, wirst du wahrscheinlich an meiner Seite liegen«, bemerkte der Schwertmeister ruhig.

»Möge dich keine Kugel deiner Feinde verfehlen, elfischer Klugscheißer! Ich ...« Eine neue Sturzsee brachte den Kobold vorübergehend zum Schweigen.

Der Schwertmeister beobachtete den Eisberg, der keine fünfzig Schritt steuerbord in der stürmischen See tanzte. Er war unberechenbar wie ein betrunkener Riese. Ihre Flotte hatte sich im Sturm verstreut. Von den siebzehn Schiffen hatten sie nur noch zu zweien Sichtkontakt.

Daloman spuckte Wasser und gab Befehl, das Hauptsegel zu reffen. Eine weitere riesige Welle rollte auf sie zu. Der Bug stieg steil in die Höhe, als sie versuchten, die Welle abzureiten.

Ollowain war sich schon lange nicht mehr so klein und unbedeutend vorgekommen wie inmitten der tobenden Elemente.

Etwas krachte gegen den Steuerbordrumpf. Überall trieben kleinere Eisbrocken in der aufgewühlten See. Der Elf wünschte, er glaube an irgendwelche Götter, zu denen er jetzt beten könnte.

Daloman feuerte durch ein Sprachrohr die Seeleute in den Wanten an. Wie Spinnen krochen sie zu den Rahen hinauf.

Der Bug des großen Katamarans stieß durch den Wellenkamm, und es ging in steiler Fahrt hinab. Der Windsänger hing über der Reling. Ollowain haderte mit sich. Er hatte ihn so dringend gebraucht, dass er keine Fragen gestellt hatte.

»Nun, Fürst. Da wir ohnehin Fischfutter werden, musst du ja kein Geheimnis mehr daraus machen, warum du all die Ballisten auf meine Schiffe hast bringen lassen und ein ganzes Heer von Söldnern.«

»Kriegern«, verbesserte Ollowain ihn. »Söldner kämpfen für Gold, Krieger für Überzeugungen.«

»Also, dann sag mir mal, warum du ein ganzes Heer von Trotteln auf meine Schiffe geschleppt hast. Ich dachte, es ging nur darum, ein paar hundert Menschenkinder in einer Hafenstadt an Bord zu nehmen.«

Ollowain kämpfte gegen seinen rebellierenden Magen an, als der Frachtkatamaran aufs Neue die Steilwand einer turmhohen Welle erklomm. »Katamarane kentern nicht, habe ich gehört.«

»Was Landratten so über Schiffe erzählen …«

Ollowain hatte verstanden. »Also gut, du hast es so gewollt. Um die Menschenkinder zu retten, werden wir sie in einer belagerten Stadt abholen. Vor der Stadt liegt eine Kriegsflotte der Tjuredpriesterschaft, die uns mutmaßlich um das Fünffache überlegen ist. Wir werden durchbrechen, die Menschen herausholen und erneut die Kampflinie ihrer Flotte durchbrechen.«

»Scherze dieser Art haben meinem Volk seinen schlechten Ruf eingebracht, Ritter.«

»Frag einmal einen meiner Ritter, ob ich für meine Scherze berühmt bin.«

Daloman sah ihn lange an. Offensichtlich wartete er immer noch auf einen Hinweis darauf, dass dies alles nur ein schlechter Witz war. Schließlich verschwand der erwartungsvolle Ausdruck von seinem Gesicht. Er spuckte aufs nasse Deck. »Also gut, Elf. Du wolltest die Wahrheit über Katamarane wissen. Sie kentern niemals über die Seite. Sie kentern über den Bug nach vorne, wenn eine Sturzsee den Bug zu tief ins Wasser drückt. Wenn das geschieht, gibt es nur sehr selten Überlebende.«

EIN VERZWEIFELTER PLAN

Gishild kniff die Augen zusammen. Sie mochte gar nicht hinsehen! So wenig Talent war ihr selten begegnet. Luc schlitterte ihr auf seinem Hosenboden entgegen und schnitt eine schmerzverzerrte Grimasse.

»Nehmt ihm die Kufen ab, bevor er sich umbringt«, wies sie die Drusnier an, die mit überlegenem Grinsen der erbärmlichen Vorstellung beigewohnt hatten. »Er kommt auf einen der Schlitten.«

»Du hast gesagt, jedes Kind kann das. Gib mir noch ein paar Stunden.«

Sie sah ihn traurig an. Sie hätte es von Herzen gern getan, aber ihnen blieb keine Zeit mehr. Es musste in dieser Nacht geschehen. Sie war sich ganz sicher, dass die Tjuredritter beim nächsten Morgengrauen zu ihrem letzten Sturmangriff ansetzen würden. Und sie wusste, diesmal würde sie die Feinde nicht mehr aufhalten können.

»Für heute musst du aufhören. Deine Wundnaht wird sich öffnen, wenn du zu oft stürzt. Bitte, Luc. Es gibt noch Plätze auf den Schlitten.«

»Die sind für kleine Kinder, die Alten und die Schwerverletzten. Ich weiß, wie wenige Schlitten wir haben. Zur Not werde ich mich an einem Schlitten festhalten, wenn ich es nicht schaffe, aus eigener Kraft auf den Beinen zu bleiben.«

Sie sah zu den Elfen, die auf ihren Schlittschuhen übten. Ihnen allen war das Schlittschuhlaufen fremd gewesen, aber schon nach wenigen Stunden des Übens bewegten sie sich so elegant wie Tänzer. Warum fielen ihnen diese Dinge so leicht? Das war nicht gerecht.

Gishild schüttelte über ihre Gedanken den Kopf. Sie waren äußerst unvernünftig. Sie sollte froh sein, dass sie mit ihrer Elfenschar wenigstens einen kleinen Ausgleich gegen die überwältigende Übermacht der Ordensritter hatte.

Sie wandte sich wieder zu Luc. »Du wirst auf einem der Schlitten sein! Das ist ein Befehl deiner Königin.«

Er sah sie mit großen Augen an. So hatte sie seit ihrem ersten Kuss nicht mehr mit ihm gesprochen. Sie hoffte, er verstand, dass sie doch nur sein Bestes wollte. Er setzte sich auf ein altes Heringsfass. Wenn er nur etwas sagen würde! Er sah so erschöpft aus. Er sollte seine Verletzungen nicht herunterspielen. Es war Glück, dass er noch lebte. Er durfte sich nicht unnötig in Gefahr bringen. Warum sah er das nicht ein?

»Ich muss gehen«, sagte sie leise.

Er nickte nur.

Vom Silberufer erklang wütendes Arkebusenfeuer. Wenn die Ritter vor der Zeit mit dem Angriff begannen, war alles verloren. Sie vertraute darauf, dass sich der Orden vom Aschenbaum nach denselben Reglements richtete, die in der Neuen Ritterschaft gegolten hatten. Nach einem Angriff sollte ein Feldherr seinen Truppen zwei Tage der Ruhe gönnen.

Sie machte sich zu den Schmieden auf. Der rhythmische Schlag der Hämmer wurde von Gelächter begleitet. Es stank nach verbranntem Horn. Dutzende Kentauren drängelten sich in der Schmiedegasse. Endlich fand sie Appanasios. Der Kentaurenfürst stand selbst an einem Amboss. Die Glut der Schmiedefeuer spiegelte sich auf seiner schweißnassen Brust. Geschickt schlug er auf ein glühendes Hufeisen ein. Mit einer langen Zange drehte und wendete er es, während das Eisen langsam dunkler wurde. Schließlich warf er es in einen Eimer mit Wasser, in dem es mit einem scharfen Zischen verschwand.

»Werdet ihr fertig?«, fragte Gishild.

Der Fürst griff nach dem Ziegenschlauch, der neben ihm an der Wand hing, und nahm einen tiefen Schluck. Er seufzte. »Nein, Herrin. Es ist keine einfache Arbeit, Eisen mit Eisdornen zu fertigen. Die meisten meiner Männer verstehen sich auf das Schmiedehandwerk, aber in dieser Stadt gibt es nur fünf Ambosse. An allen wird ohne Unterlass gearbeitet. Wenn wir einen Tag mehr hätten ...«

Gishild schüttelte den Kopf. »Es muss heute Nacht sein. Es ist Neumond. Das wird unsere Flucht begünstigen. Morgen ist es zu spät.«

Appanasios fluchte leise. »Hast du einmal ein Pferd auf Eis

gesehen? Meine Männer werden sich an den Schlitten festhalten müssen. Wäre es nicht besser, hierzubleiben und zu kämpfen? Das Eis ist auch nicht sehr dick ... Wie weit können wir darauf kommen?«

»Ein Kampf ist aussichtslos. Ich muss auch an die Frauen und Kinder denken. Und was das Eis angeht, mach dir keine Gedanken. Es wird uns tragen. Firn selbst wird uns helfen.« Sie zögerte, doch dann entschied sie, ihm nichts zu verraten. Je weniger um ihr Geheimnis wussten, desto besser. Sie war sich gewiss, dass sie aus dem Hafen heraus und ein gutes Stück aufs Meer kamen. Dann mussten sie sich entlang der Küste nach Norden wenden. Wie weit das Eis reichen würde, konnte niemand sagen. Normalerweise gefror das Meer nicht so früh im Winter. Hinauszugehen war ein großes Risiko, aber sie konnte die Bewohner Aldarviks nicht zurücklassen. Selbst wenn sie zu Erilgar ging, ihm ihr Schwert vor die Füße legte und sich ergab, würde es dem Volk nicht helfen. Gewiss würde der Ordensmarschall vom Aschenbaum großmütige Versprechen machen. Aber die Katastrophe bei der Landung und die zu lange Belagerung in Schnee und Eis hatten die Soldaten verbittert. Ganz gleich, was ihr Befehlshaber anordnete, die Besetzung würde ebenso mit Feuer und Schwert geschehen wie die Erstürmung. Die Soldaten hatten zu lange gelitten. Sie würden Rache nehmen. Niemand könnte sie daran hindern.

Der Kentaur hängte den Wasserschlauch zurück an den Haken und nahm ein neues Eisen aus der Esse. »Du bist die Königin. Du entscheidest.«

Sie straffte sich. »Wenn wir angegriffen werden, dann werden es die Kentauren sein, die uns auf dem Eis retten müssen. Die Elfen sind zu wenige und die Drusnier und Fjordländer zu erschöpft.«

»Du kannst auf uns zählen.« Die Luft um das glühende Eisen zerrann zu glasigen Schlieren. Erneut begann das Lied des Schmiedehammers zu spielen. Gishild zögerte an der Tür. Was war richtig? Sich der ungewissen Gnade ihrer Feinde auszuliefern oder auf das Eis zu fliehen, das zu früh gekommen war und das nicht der Winter gebracht hatte?

VERTRAUTER FEIND

Raffael nestelte nervös an der roten Bauchbinde mit den goldenen Troddeln, dem Symbol seines neuen Rangs. Dafür, dass er das Banner über der Bastion erbeutet hatte, war er zum Capitano befördert worden. Er vertrat Capitano Arturo Duarte, der während der Kämpfe vor zwei Tagen verwundet worden war. Damit befehligte Raffael das andalanische Regiment, mit dem sie einst in Valloncour das Kriegsspiel geübt hatten. Es waren Veteranen aus dem Krieg in Drusna, sie alle trugen die grüne Feder der Waldkämpfer. Harte Burschen, die ihn nicht sonderlich schätzten. Er hatte eine Gruppe seiner Ritterbrüder als Stab mit zu seinem neuen Kommando genommen.

Raffael hatte die Ehrung für die erbeutete Fahne ablehnen wollen. Sie alle hatten sich in der Bastion tapfer geschlagen. Besonders als die Elfen wie Wölfe in eine Schafherde in ihre Reihen gebrochen waren. Raffael hatte sein halbes Leben lang fechten geübt, und doch war er sich im Vergleich zu ihnen wie ein Kind vorgekommen, das mit einem Holzknüppel in der Hand gegen einen Ritter antrat.

Michelle hatte darauf bestanden, dass er die Beförderung

annahm. Die Schlacht war unrühmlich genug verlaufen. Sie brauchten Helden. Brauchten Erfolgsgeschichten, die sich die Soldaten an ihren Lagerfeuern erzählen konnten.

»Achtung!«

Die Offiziere standen stramm.

Erilgar betrat das Zelt. Michelle und Ignazius begleiteten ihn. »Steht bequem, Kameraden.« Der Ordensmarschall vom Aschenbaum trat an das Modell von Aldarvik, das auf dem Tisch in der Mitte des Zeltes stand.

»Wie wir alle wissen, verbrachte die Königin des Fjordlands einige Jahre an der Ordensschule in Valloncour. Zum ersten Mal stehen wir Heidenheeren gegenüber, die von jemandem geführt werden, der mit den Regeln eines zivilisierten Krieges vertraut ist. Sie ist keine Schlächterin mit einer Axt in der Hand. Sie kämpft mit dem Rapier. Ihr Stil ist elegant, nicht brachial. Ihre Finten und Paraden sind geschickt. Und ihre Stöße tödlich. Sie weiß, wie dringend wir ein Winterquartier brauchen. Deshalb ließ sie alle Häuser in dem Stadtteil verbrennen, den wir erstürmt haben. Sie kennt die Regeln des Krieges. Sie hat sie studiert wie wir alle in dieser Runde. Sie weiß, dass auf ein größeres Gefecht, wenn es nicht darum geht, einem geschlagenen Feind nachzusetzen, zwei Tage der Ruhe notwendig sind, damit ein Heer wieder zu Kräften kommt. Sie wird mit einem Angriff im Morgengrauen rechnen, und ich verspreche euch, sie wird wohl vorbereitet sein.«

Raffael missfiel, wie er von Gishild sprach, obwohl die Wahrheit seiner Worte nicht von der Hand zu weisen war.

»Dieses Mal werden wir die Heiden überraschen. Wir werden unsere Regeln brechen und nicht länger die Gefangenen von Lehrbüchern über den Krieg sein. In dieser Nacht ist Neumond. Unsere Bewegungen werden vor den Feinden verborgen bleiben.« Er machte eine Pause und sah jeden

Einzelnen von ihnen einen Herzschlag lang an. »Brüder und Schwestern. In dieser Nacht wird die Belagerung enden. Wir greifen drei Stunden nach Sonnenuntergang an. Dieses eine Mal ist der Winter unser Verbündeter. Das Eis der Kanäle ist schon jetzt so dick, dass es einen Reiter trägt. Und es wird noch kälter. Die Kanäle werden unsere Einfallstraßen in die Stadt sein. Und der Hafen. Wir werden sie über das Eis hinweg angreifen. Ich wünsche, dass dieser Angriff mit allem Elan vorgetragen wird. Morgen zum Sonnenaufgang soll es für jeden unserer Männer ein warmes Quartier geben. Wir müssen den Feind überraschen, damit es ihm nicht noch einmal gelingt, so verheerende Brände wie vor zwei Tagen zu legen. Wir brauchen die verbleibenden Häuser in gutem Zustand. Sagt euren Männern, bis zum Morgengrauen gehört Aldarvik ihnen. Danach erwarte ich Zucht und Ordnung. Und wer Feuer legt, der wird auf der Stelle durch seine Offiziere gerichtet.«

Raffaels Gedanken überschlugen sich. Das durfte nicht sein! Er wusste, was es hieß, wenn man eine Stadt den Soldaten überließ. »Bruder Großmeister.«

Erilgar sah ihn überrascht an. »Ah, unser junger Held. Was hast du zu sagen?«

»Ist es nicht ritterlicher, wenn wir gnädige Eroberer sind? Wir wollen doch in diesem Land herrschen. Sollten wir seine Bewohner dann nicht vor der Rache unserer Männer schützen? Ich dachte …«

Einige der Offiziere lachten.

»Bruder Raffael, deine Ritterlichkeit ehrt dich, doch warst du jemals bei der Erstürmung einer großen Stadt zugegen? Einer Stadt, die sich verzweifelt gegen ihr Schicksal aufgebäumt hat und die den Belagerern einen hohen Blutzoll abforderte?«

Raffael musste das verneinen.

»Es ist unmöglich, Tausende Soldaten bei Nacht und bei einem Gefecht in unübersichtlichem Gelände im Zaum zu halten. Sobald sie in der Stadt sind, werden sie zu plündern und zu morden beginnen. Keine Macht der Welt kann das verhindern. Es ist also klüger, ihnen gleich ihren Willen zu lassen und darauf zu hoffen, dass es uns gelingt, sie im Morgengrauen wieder zur Ordnung zu rufen.«

Raffael verstand die kalte Logik des Befehlshabers, aber er wollte sich noch nicht geschlagen geben. »Und wenn wir erst zum Morgengrauen angreifen?«

»Genau dann werden die Heiden uns erwarten. Unsere Verluste werden deutlich höher sein, Capitano. Auf welcher Seite stehst du? Willst du Hunderte unserer Männer opfern, um ein paar Heidenweibern die Jungfräulichkeit zu retten?« Erilgar blickte in die Runde. »Noch weitere Fragen?«

Niemand sagte mehr etwas.

»Gut. Schwester Michelle und Bruder Ignazius werden euch erläutern, wo eure Regimenter zum Einsatz kommen.« Er wandte sich an Raffael. »Und du, Bruder, wirst mit deinen Andalanen an der Spitze des Angriffs auf den Hafen stehen. In dieser Nacht wird deine Ritterlichkeit der Wirklichkeit des Krieges begegnen. Ich hoffe, dass sich dann in Zukunft weitere Dispute über meine Befehle erübrigen werden.«

IN DER SCHLANGENGRUBE

Fingayns Augen brannten, so viel Russ war in der Luft. Jeder Atemzug war eine Qual. Nie hatte er einen Ort wie diesen gesehen. Die Schlangengrube erschien ihm wie ein Ausblick auf eine Welt ohne Magie. Eine Welt, aus der die Albenkinder verschwunden waren. Einen Ort, an dem es niemanden mehr gab, der den Menschenkindern Einhalt gebot. In riesigen Feuern kochten sie hier Bronze und Eisen. Von der Schwarzwacht brachten sie die Kohle. Sie wühlten sich tief in den Leib der Erde, kehrten das Unterste nach oben und unterwarfen alles ihrem Willen.

An Tieren hatte Fingayn hier nur Ratten und Ungeziefer gesehen. Dies war kein Ort zum Leben! Veronique de Blais war auf gewisse Weise die Fürstin der Schlangengrube. Sie hatte das Kommando über die Schmieden und Gießereien. Hier geschah nichts ohne ihren Willen.

Fingayn hatte sie den Tag über beobachtet. Er hatte sich das Gesicht und sein Haar mit Russ eingerieben, die Ohren unter einer speckigen Kappe verborgen und schmutzige graubraune Kleider angelegt, die er bei einem Waschhaus gestohlen hatte. Unter den Heerscharen der Arbeiter fiel er kaum auf. Sie hatten stumpfe Blicke und grüßten einander nur selten. Lachen hörte man kaum.

Veronique legte ganz offensichtlich keinen Wert auf Pomp. Sie trug ein abgewetztes Lederwams, hohe Stiefel und eine Hose aus demselben graubraunen Stoff wie die meisten Arbeiter. Ihr Hemd mit seinem breiten Spitzenkragen war gesprenkelt mit Flecken, die sich den Mühen der Wäscherinnen widersetzten. Die Ritterin hatte eine teigige, großporige Haut, in die der Schmutz der Schlangengrube tief eingedrungen war. Das Weiß ihrer Augen war von roten Adern durchzogen.

An diesem Tag hatte Fingayn ein neues Gesicht des Krieges gesehen, das ihm trotz all der Jahrhunderte, die er nun schon lebte, fremd gewesen war. Und er hatte begriffen, wie der Ritterorden so mächtig werden konnte. Die Kirche schickte die Heere der Ritterschaft ins Feld und entlohnte sie fürstlich. Doch neben dem Lohn für die Söldner wollten auch ihre Waffen bezahlt sein. Die Waffen, die hier gegossen und geschmiedet wurden. Die Rüstungen und das Pulver. Kleidung wurde hier ebenso gefertigt wie Zaumzeug oder Sättel. Eingelegte Speisen, haltbar gemacht für lange Feldzüge. Alles, was der Krieg brauchte, um andauern zu können, wurde hier gefertigt. Hatte man einst damit begonnen, die berühmten Bronzeschlangen in der Stadt am Talgrund zu gießen, so wurden hier nun alle Güter des Krieges hergestellt. Die Schlangengrube, benannt nach den Bronzeschlangen, war zur Heimat einer größeren, ungleich mächtigeren Natter geworden. Die Schlange Krieg. Damit diese Stadt gedeihen konnte, durfte der Krieg kein Ende mehr nehmen. Es war folgerichtig, von Drusna ins Fjordland zu ziehen. Und Veronique, die Herrin dieser Stadt, würde dafür sorgen, dass der Krieg weiter nach Albenmark getragen würde. Es musste ein ewiger Krieg sein, damit der Strom todbringender Waren, den die Schlangengrube ausspie wie eine Natter ihr Gift, niemals versiegte.

In dieser Nacht war Fingayn zum ersten Mal überzeugt, dass er das Richtige tat, als er zum Morden auszog. Er war der Schild der Albenmark und ihr Schwert. Er hatte etwas von der Vision erhascht, die Emerelle gehabt haben mochte. Würden die Menschenkinder die Welt in eine riesige Schlangengrube verwandeln? Und würden sie es in ihrer grenzenlosen Gier, alles zu beherrschen, auch mit der Albenmark versuchen?

Fingayn beobachtete das stattliche Haus inmitten der schmutzigen Stadt. Vor einer Wand war ein Gerüst aufgebaut, und Arbeiter hatten begonnen, das Mauerwerk in einem warmen Gelbton zu tünchen. Offenbar nicht zum ersten Mal. Auch die übrigen Wände waren einmal mit gelber und weißer Farbe gestrichen gewesen. Doch über allem lag ein Schleier aus Russ, den der Wind nur schwer aus dem engen Tal hinaustrug. Vom Regen wurde er hinabgespült auf die Häuser, rann gleich schwarzen Tränen an den Fassaden hinab und löschte mit den Jahren jede Farbe aus.

Fingayn sah zu dem Fenster, hinter dem noch mitten in der Nacht ein Licht brannte. Die Herrin der Schlangengrube fand keine Ruhe. Jetzt stapelten sich ihre tödlichen Güter in Zeughäusern und Lagerhallen. Doch Fingayn war sich gewiss, dass der Krieg zwischen den Ritterorden nicht von langer Dauer sein würde.

Tief in den tintenschwarzen Schatten eines Kohlehaufens gekauert, wartete er. Keine Wachen patrouillierten in den Straßen. In der Schlangengrube fühlte sich die Neue Ritterschaft noch sicher. Und die Schmiede, Weber und Erzträger, die zu den Schenken oder in ihre kleinen, stickigen Kammern gingen, waren viel zu müde, um auf etwas anderes als das Stück Weg unmittelbar vor ihren Füßen zu achten.

Die Nacht hatte ihren Zenit überschritten, als das Kerzenlicht verlosch. Und Fingayn wartete noch eine weitere Stunde. Leichter Nieselregen setzte ein. Nun war endgültig niemand mehr unterwegs. Nicht einmal Nachtwächter drehten ihre Runden, um den Bürgern in müdem Singsang zu verkünden, welche Stunde geschlagen hatte.

Endlich, nach Stunden des reglosen Verharrens, schlich er über den Platz vor dem kleinen Stadtpalast. Er kletterte das Gerüst hinauf und hebelte ohne Mühe eines der Fenster auf. Keine Diele knirschte unter seinen vorsichtig tastenden Füßen. Er roch, dass es irgendwo im Haus einen Hund gab. Doch der gab keinen Laut von sich. Leichter Rosenduft hing in der Luft.

Die Kobolde hatten ihm am Vorabend den Bauplan des Stadtpalasts herausgesucht. Er wusste genau, in welches Zimmer er eindringen musste.

Langsam ging er den Flur hinab. Die dritte Tür auf der rechten Seite. Lautlos öffnete er. Ob der Hund hier lauerte? Nein. Fingayn hörte das Geräusch regelmäßigen Atems. Vorsichtig schloss er die Tür. Auf der Innenseite war sie in grellen Farben mit Rosenblüten bemalt. Auf dem Tisch neben dem Bett stand ein Strauß Rosen.

Veronique lag allein in einem großen Himmelbett. Auch der Betthimmel über ihr war mit Blumen bestickt. Hierhin also flüchtete sie vor dem Feuer und dem Schmutz der Essen. Sie hatte die Decke zur Seite gestoßen, obwohl es recht kühl war. Ein weites, knöchellanges Nachthemd mit Spitzenstickereien wärmte sie. Auf einem Stuhl, nahe beim Bett, hingen ihre schäbigen Tageskleider. Ihre Stiefel stanken nach Schweißfüßen. An dem Stuhl lehnte ein Rapier.

Fingayn stand nun dicht neben dem Bett. Ein kleiner, weißer Hund lag neben ihr auf dem Kopfkissen. Seine Schnauze hatte er in ihr strähniges schwarzes Haar geschoben. Er schnarchte leise.

Fingayn zog den Pfeil, der Veroniques Namen trug, aus seinem linken Ärmel. Es war die einzige Waffe, die er mitgebracht hatte. Fest legte sich seine Hand auf den Mund der Ritterin.

Sie war sofort wach. Die Spitze des Pfeils war keinen Zoll von ihrem linken Auge entfernt. Sie hielt still und sah ihn mit ruhigem Blick an.

»Dies Stück Silberstahl ist der Lohn Albenmarks für dein Pulver, das nach Vahan Calyd reiste.«

Er stieß den Pfeil hinab. Es knackte leise, als die Spitze durch den dünnen Knochen hinter dem Auge drang.

Der Welpe räkelte sich im Schlaf.

Fingayn zog sich zur Tür zurück. Steinkopf erwartete ihn zum Morgengrauen.

TINDRA

Luc hielt sich an der Seitenwand des dritten Schlittens fest. Am Mittag hatte er dort eigenhändig ein Seilstück angenagelt. Ihm blieb schleierhaft, wie es selbst Kinder schafften, leichtfüßig auf ihren Kufen aus Schweineknochen über das Eis zu gleiten. Er war froh, wenn er fünf Schritt weit kam, ohne zu stürzen.

Er sah zum Ende der Kolonne aus Pferdeschlitten, die sich auf dem Heringskanal versammelt hatten. Gishild hatte jeden einzelnen Schlitten überprüft. Sie hatte darauf bestanden, dass unnützer Plunder abgeladen wurde und man Plätze für die Armen schuf, die kein Pferdegespann besaßen. Es gab viel Streit und böse Worte unter den Bürgern Aldarviks. Entlang der Kolonne türmten sich Truhen mit Hausrat, sperrige Möbel, Kleiderbündel, Weinfässer und alle erdenklichen anderen Güter, über die Gishild entschieden hatte, dass sie bei ihrer Flucht nutzlos sein würden.

Luc war beeindruckt, mit welcher Autorität sie sich durchsetzte. Sie hatte sich sehr verändert in den Jahren ihrer Trennung. Sie war hart geworden.

Die Plünderer würden ihre Freude haben, wenn sie in den Kanal vorstießen. Ein ganzes Vermögen würde auf dem Eis zurückbleiben.

Luc blickte zu Sigurd. Der alte Hauptmann schlief. Er lag auf einem Strohsack hingestreckt auf dem Schlitten. Sein Gesicht wirkte eingefallen. Seit sie ihm den halben Fuß abgenommen hatten, weigerte er sich zu essen. Kein Wort hatte er mehr mit Gishild gesprochen. Und auch ihm gegenüber war er einsilbig und mürrisch gewesen. Sigurd tat Luc leid. Dennoch war er der Meinung, dass Gishild richtig entschieden hatte. Der Alte würde zwar nicht mehr in der Lage sein, die Mandriden zu befehligen, aber er würde leben!

Yulivee eilte an ihm vorbei. Sie ging barfuß auf dem Eis! Von allen Elfen, die Luc kennengelernt hatte, war sie die seltsamste. Ihr schien der Schalk im Nacken zu sitzen. Aber an diesem Abend fühlte er sich von ihr verhöhnt. Sie trug eine weite Hose aus aufreizend durchscheinendem Stoff, wie er ihn noch nie gesehen hatte, eine dünne Bluse und darüber eine ärmellose Weste, gerade so, als hätte sie sich für einen Sommerabend zurechtgemacht. Um die Hüften hatte sie ein Tuch geschlungen, in dem Flöten steckten. Wie konnte sie so taktlos sein und den Menschen auf derart übertriebene Weise zeigen, dass ihr die Kälte nichts ausmachte? Ob sie überhaupt einen Gedanken daran verschwendete, wie sich Sigurd fühlte, dem man die erfrorenen Zehen abgeschnitten hatte, wenn er sie mit bloßen Füßen auf dem Eis laufen sah? Luc überlief ein Schauer.

Nun rannte einer der Bogenschützen zum Ende der Kolonne. Es war höchste Zeit, dass die kleinlichen Streitereien ein Ende nahmen. Sie hätten schon vor einer Stunde aufbrechen sollen.

Luc stampfte mit den Schuhen auf das Eis und wäre beinahe der Länge nach hingeschlagen. Die Kufen unter seinen

Stiefeln hatte er ganz vergessen. Fluchend klammerte er sich an seinem Seilstück fest.

Er überlegte, ob er den Kürass ablegen sollte. Er hatte einen dicken Mantel über die eiserne Brust- und Rückenplatte gezogen. Doch das Metall zog ihm die Wärme aus dem Leib. Auf alle anderen Rüstungsstücke hatte er schon verzichtet, aber mit dem Panzer fühlte er sich sicher. Wenn es beim Ausbruch zu einem Geplänkel mit den Vorposten der Tjuredritter käme, mochte ihm der Kürass das Leben retten.

Er blickte auf seine Stiefel. Mit Schlittschuhen war er als Kämpfer ohnehin nutzlos. Und das kalte Eisen konnte ihn in dieser Nacht ebenso umbringen wie eine verirrte Arkebusenkugel. Sollte er ...

Jemand zupfte an seiner Jacke. Es war das kleine Mädchen mit Zöpfen, das ihm beim Üben auf den Schlittschuhen zugesehen hatte. Sie sah mit ihren großen, dunklen Augen zu ihm auf. »Du kannst noch immer nicht laufen, nicht wahr?«

Die Sache war Luc ein wenig peinlich. »Wie kommst du darauf?«

»Du hältst dich die ganze Zeit am Schlitten fest.«

»Das mache ich nur, damit er nicht umfällt.«

Sie schüttelte den Kopf. »Nein, das stimmt nicht!«

Er lachte. »Du bist klug. Ja, ich fürchte, ich werde umfallen, wenn ich loslasse.«

»Dann werde ich auf dich aufpassen«, verkündete die Kleine. »Ich kann schon sehr gut laufen.« Sie hob die Arme und drehte sich im Kreis, um ihre Worte zu unterstreichen.

»Abmarsch!«, rief Gishild und eilte auf Schlittschuhen die Kolonne entlang. »Abmarsch!«

Der Schlitten zog an, und Luc wurde von der plötzlichen Bewegung fast von den Beinen gerissen. Lachend stützte ihn die Kleine und bewahrte ihn davor, noch ein weiteres Mal aufs Eis zu schlagen. Er wollte sich verneigen und geriet schon wieder aus dem Gleichgewicht. Mit beiden Händen packte er den Strick; nun ging es einigermaßen.

»Das machst du sehr gut«, sagte das Mädchen mit einer Ernsthaftigkeit, die ihm zu Herzen ging.

»Wie heißt du eigentlich?«

»Tindra.«

»Was für ein hübscher Name. Aber glaubst du nicht, dass deine Eltern dich vermissen werden? Du kannst doch nicht die ganze Zeit bei mir bleiben.«

Sie presste die Lippen zusammen und schüttelte den Kopf. Luc verstand nicht, was das heißen sollte. »Vielleicht schaffen wir es ja zusammen bis zu deinen Eltern, wenn du mir hilfst.« Er streckte ihr eine Hand hin.

»Mein Papa ist schon lange weg. Und meiner Mama haben die fremden Soldaten einen großen Mund gemacht. Sie sagt gar nichts mehr. Ich hab alles Blut weggewischt. Aber sie sagt nichts mehr. Ich war eben noch bei ihr. Sie ist jetzt ganz hart geworden, wie das Eis. Kannst du sie wieder weich machen? Kannst du?«

Luc zog sie an sich. »Deine Mama ist zu den Göttern gegangen. In die Goldenen Hallen. Bestimmt sieht sie uns jetzt zu. Und bestimmt ist sie sehr stolz auf dich, weil du mir hilfst.«

Tindra lächelte. »Ja. Mama hat immer gesagt, dass ich sehr gut Schlittschuh laufen kann. Kommst du mit zu ihr?«

»Das geht nicht, Tindra. Wir müssen mit der Königin gehen. Sie will es so. Und du weißt ja, auf die Königin muss man hören.«

Das Mädchen nickte ernst. »Ja, das hat Mama auch immer gesagt. Wird ihr Mund wieder klein werden? Er hat ja aufgehört zu bluten.«

Luc wusste nicht, wie er Tindra erklären sollte, was geschehen war. »In den Goldenen Hallen sieht deine Mama sicher wieder genauso aus wie früher.«

Tindra wirkte erleichtert. Sie hielt ihn ganz fest bei der Hand, während der Flüchtlingszug aus der Deckung des Kanals in den zugefrorenen Hafen bog.

»Bist du der Freund von unserer Königin?«

Luc schluckte. Er hörte Sigurd auf dem Schlitten leise lachen. »Also, ich …«

»Meine Mama hatte auch einen Freund. Als mein Papa so lange weg war und gar nicht mehr wiedergekommen ist. Mama meint, dass man immer einen Freund braucht. Sonst ist alles ganz traurig.«

Luc atmete tief ein. »Deine Mama war eine sehr kluge Frau. Du …« Er hielt erschrocken inne. Ein Stück vor ihnen war Yulivee plötzlich stehen geblieben. Die Elfe streckte ihre Arme hoch, und Flammenzungen schossen dem Himmel entgegen. Sie drehten und wanden sich, als seien sie etwas Lebendiges. Und dann formten sie einen großen, schillernden Vogel, der mit weit ausgestreckten Schwingen über die Stadt davonflog. Gleichzeitig knisterte das Eis unter ihren Füßen. Und Luc spürte, wie die Kälte über die Kufen bis in seine Stiefel hinaufkroch.

»Schön!«, sagte Tindra.

Einen Herzschlag später krachte der erste Schuss.

IM LICHT DES FLAMMENVOGELS

Raffael ging in der vordersten Reihe der Arkebusiere. Er hatte seine Schützen weit auffächern lassen. Hundert Schritt hinter ihnen folgten in einem dichten Block die Pikeniere. Er hatte Esmeralda den Befehl über die Hauptmacht seines Regiments anvertraut.

Seine Männer waren voll angespannter Zuversicht. Sie fürchteten sich nicht, als Erste in die Stadt einzudringen, denn sie wussten, sie würden die beste Beute machen. Raffael war sich darüber im Klaren, dass er das Plündern nicht würde verhindern können, aber er hatte seinen Stab und alle alten Offiziere des Regiments darauf eingeschworen, nicht wie die Trolle zu wüten.

Leise knirschte das Eis unter seinen genagelten Sohlen. Kälte zog durch die Stiefel seine Waden hinauf. Kein Mond stand in dieser Nacht am Himmel. Wolkenbänder verhüllten die Sterne. Er konnte kaum den Mann sehen, der nur zwei Schritt neben ihm ging. Wie sollte er das Regiment unter solchen Bedingungen unter Kontrolle halten? So hatte er sich sein erstes großes Kommando im Feld nicht vorgestellt. Der Anführer von einer Schar von Mördern und Vergewaltigern zu sein! Leise betete er zu Tjured um Stärke.

Der junge Ritter hatte die Arme leicht abgespreizt. Es war nicht leicht, in den Reiterstiefeln auf dem Eis das Gleichgewicht zu halten. Hin und wieder hörte er einen seiner Männer hinschlagen und sich fluchend wieder aufrappeln.

Plötzlich wurde vor ihnen der Himmel rot. Deutlich malten sich die spitzen Giebel der Stadt ab. Zwischen den Häusern erhob sich eine Lichtgestalt. Ein riesiger Vogel! Das Eis des Hafens leuchtete rotgolden auf.

Seine Männer blieben stehen. Manche riefen laut Tjured um Hilfe an. Doch von dem Lichtvogel schien keine Bedrohung auszugehen. Er war einfach nur schön. Welchem Zweck er wohl diente?

»Capitano Raffael!« Der Schütze zu seiner Linken deutete auf den Hafen hinaus. »Dort!«

»Schützen, legt an!«, rief Raffael, ohne denken zu müssen. Schlanke Gestalten glitten wie im Flug über das Eis hinweg auf sie zu. Erilgar hatte sich geirrt. Sie hatten Gishild nicht überrascht. Sie hatte den Angriff offensichtlich erwartet.

»Feuer!«

Krachend entluden sich die Arkebusen. Mündungsblitze zuckten über das Eis. Der Rückstoß der schweren Waffen riss seine Männer von den Füßen. Raffael fluchte. Verdammtes Eis! Er hätte daran denken müssen.

Der Lichtvogel verschwand zwischen den Wolken. Dunkelheit legte sich über den Hafen. Deutlich war ein kratzendes Geräusch zu hören, als würden Dutzende scharfer Klingen über die gefrorene See gezogen.

Da war etwas im Dunkeln. Raffael riss sein Rapier hoch. Die Klinge traf ein so wuchtiger Hieb, dass sie ihm aus der Hand geprellt wurde. Er drehte sich halb und schlug schwer aufs Eis.

Gellende Schreie ertönten rings um ihn herum.

»Andalanen! Zurückfallen! Wir ziehen uns zu den Pikenieren zurück!« Er versuchte auf die Beine zu kommen. Ein Hieb traf die Wangenklappen seiner Sturmhaube und schickte ihn zurück aufs Eis.

Verfluchte Finsternis! Er konnte kaum die Hand vor den Augen sehen. Ein Problem, das ihre Feinde offensichtlich nicht hatten. Es mussten diese gottlosen Elfen sein!

Auf allen vieren kroch Raffael über das Eis. Die Pikeniere! Wenn sie es schafften, sie zu erreichen, dann waren sie gerettet. Die hintereinander gestaffelten Reihen der Stahlspitzen konnten diese fliegenden Elfen gewiss nicht durchdringen.

Vereinzelt krachten Schüsse. Im Mündungsfeuer sah er die Schlachtformation auf dem Eis vor dem Hafen. Und er sah seine Männer stürzen, aufs Neue zu Boden gerissen vom Rückschlag der eigenen Waffen.

»Nicht schießen!«, schrie er.

Die kurzen Blitze zeigten ihm, wie viele reglos auf dem Eis lagen. Tränen der Wut standen Raffael in den Augen. Er hatte seine Männer in diese Falle geführt. Und er wusste nicht, wie er sie wieder herausbringen sollte.

DIE SCHLACHT AUF DEM EIS

»Bitte, Yulivee! Sie schießen auf die Flüchtlinge. Bitte hilf uns. Ich weiß, was du an dem Tag, an dem mein Vater starb, getan hast. Ich weiß, was du vermagst!«

Wut, Trauer und Verzweiflung spiegelten sich im Gesicht der Elfe. »Ich kann nicht. Ich habe das Grauen gesehen, das ich über die Menschen gebracht habe. Und ich habe geschworen, es nie wieder zu tun.«

»Also willst du zusehen, wie sie auf Kinder schießen? Dort drüben sind nur Soldaten. Du würdest keine Unschuldigen töten.«

Die Elfe hob verzweifelt die Hände. »Ich kann es nicht ...«

»Nein, du willst es nicht!« Gishild war außer sich vor Wut.

»Ich jedenfalls werde nicht tatenlos zusehen!« Sie wandte sich ab und winkte Appanasios. »Angriff!«

Die Mündungsfeuer der Arkebusen wiesen ihnen den Weg. Die Kolonne der Pferdeschlitten war so weit wie nur möglich vor den Schützen zurückgewichen. Es herrschte ein heilloses Durcheinander. Gishild hatte für diesen Kampf ein kopflastiges Reiterschwert mit einem protzigen Messingkorb gewählt. Hier kam es nicht mehr auf Raffinesse und Finten an. Brutale, wuchtige Schläge würden über Sieg oder Niederlage entscheiden. Wie die Elfen, die selbst auf Schlittschuhen noch mit tödlicher Eleganz kämpften, vermochte sie nicht zu fechten. Aber das war auch nicht nötig. Ihre Wut löschte jeden anderen Gedanken. Sie wollte nur noch eins: die Feinde zerschmettern, die diese Stadt zugrunde gerichtet hatten und nun auch noch die Fliehenden niedermachen wollten. Ob sie selbst überleben würde, war ihr gleich.

Sie war schneller als die Kentauren, deren Hufe sie hinter sich auf dem Eis trommeln hörte.

Ein Schatten erstreckte sich vor ihr auf dem Eis. Sie machte einen Satz und sprang über einen Toten hinweg. Krachend schlugen ihre Kufen auf das Eis. Sie taumelte und streckte die Arme aus; weit nach vorne gebeugt, fand sie wieder ins Gleichgewicht und lief weiter.

In die Finsternis zu stürmen, war der blanke Leichtsinn. Nur im Licht der Mündungsblitze sah sie einen Atemzug lang das Eis und die Gegner. Die Elfen waren mitten unter den Arkebusieren, deren Linie zerbrochen war. Die Schützen zogen sich hastig zurück. Aus dem Augenwinkel meinte sie einen Schlitten zu sehen, der aus der Kolonne der Flüchtlinge ausgeschert war. Er hielt geradewegs auf die Feinde zu.

Der Funke einer Arkebusenlunte glühte dicht vor ihr auf. Hastig wandte sie sich ein Stück nach links. Im Licht des Funkens sah sie eine Hand, ein Stück vom Lauf der Waffe und die

Brust des Soldaten. Der Rest des Mannes blieb in der Dunkelheit verborgen.

Sie schlug mit aller Kraft zu, geriet von der Wucht des Aufpralls aus der Bahn und stützte sich mit der freien Hand auf dem Eis ab, um nicht zu stürzen. Ihr Feind schrie. Sie war weiter, bevor sie sehen konnte, welchen Schaden sie angerichtet hatte.

Im Aufblitzen der Mündungsfeuer erkannte sie, dass das Eis vor ihr voller Toter lag. Die Maurawan, die auch in finsterster Nacht sehen konnten, hatten ein Massaker unter den flüchtenden Schützen angerichtet. Doch nun hatten sich die Überlebenden in die Sicherheit der Pikeniere geflüchtet. Die ganze Einheit hatte sich eingeigelt. Wie riesige Stacheln standen die fünf Schritt langen Piken in alle Richtungen ab. Es war unmöglich, diesen Schutzwall zu durchdringen.

Die Krieger hatten am Eingang zum Hafen Stellung bezogen. Solange sie dort blieben, war es unmöglich zu entkommen.

Gishild beschrieb eine Kurve, um den drohenden Piken zu entgehen. Ein Angriff würde nur dazu führen, von Lanzenspitzen durchbohrt zu werden. Und das lange, bevor sie mit dem Schwert den ersten Gegner erreichen konnte.

Die Kentauren hinter ihr verhielten. Ratlos blickten sie zum Feind.

Jenseits des Pikenblocks erschienen neue Einheiten. Sie konnte nur undeutlich sehen, was vor sich ging. Schwarze Linien entfalteten sich auf der gefrorenen See. Noch weitere Regimenter rückten an und schickten ihre Arkebusiere voraus.

Gishild schrie vor Wut. Jetzt war alles verloren!

SCHLITTENFAHRT

»Du bist verrückt!«, schrie Luc den Alten an, und er wünschte sich, er wäre nicht auf den hochbordigen Schlitten gestiegen. Hinter den Holzwänden hatte er mit Tindra Deckung vor den Arkebusenkugeln gesucht.

»Ich bring uns hier heraus. Alle!«

Eine Kugel pfiff über den Wagen hinweg. Tindra kauerte hinter dem Kutschbock. Sie war ganz still. Luc nahm sie in den Arm. »Er passt auf die Königin auf, solange er lebt. Schon als sie ein Kind war, so wie du. Er weiß, was er tut. Wir können ihm vertrauen.« Er bedauerte, dass er Sigurd beschimpft hatte. Vor dem Mädchen sollte er sich nicht so gehen lassen. Sie bekam dann nur noch mehr Angst. Er richtete ein stummes Stoßgebet an Tjured, auch wenn er bezweifelte, dass Gott sich gegen die Krieger wenden würde, die für ihn ins Feld zogen.

Wie der Wind schoss der schwere Schlitten nun über das Eis. Vor ihnen stachen Feuerlanzen in die Nacht. Eine Kugel riss Holzsplitter aus dem Kutschbock. Die Arkebusiere hatten die Gefahr erkannt und versuchten das große Schlittenpferd zu erschießen.

»Vorwärts!«, schrie Sigurd und ließ die Peitsche über den Ohren des Kaltblüters knallen. »Vorwärts!«

Der Schlitten flog förmlich über das Eis. Sigurd kletterte über den Kutschbock und ging in Deckung. Luc hörte dicht voraus Schreie. Dann erklang ein schrilles Wiehern. Er sah, wie eine Pike durch den Hals des Kaltblüters stach und zerbrach. Der Schlitten zerschmetterte die Linie der Pikeniere. Die Männer brachten sich vor den schweren Hufen und den scharf geschliffenen Kufen in Sicherheit.

Der Schlitten prallte auf etwas. Luc spähte über den Kutschbock hinweg. Das Pferd hing tot in seinem Geschirr, aber immer noch wurde das schwere Gefährt durch seinen Schwung vorangetrieben. Der Pikenhaufen musste mehr als zwanzig Reihen tief sein.

Überall um sie herum schrien Männer. Irgendwo hinter ihnen erklangen Hurrarufe. Luc zog seinen Dolch und eine Pistole. Ihm war klar, dass sie keine Gnade erwarten durften. Ihr Wagen hatte eine Bresche in die eingeigelten Truppen geschlagen, und die Kentauren würden die Gelegenheit nutzen, um anzugreifen.

»Schließt die Lücke!«, hörte er einen Offizier rufen.

Ein Gesicht erschien über der Seitenwand des Schlittens. Es war eine Fratze der Wut. Luc trat danach.

Neben ihm richtete sich Sigurd auf. Der Fjordländer hielt eine schwere Axt in Händen. Er schwankte leicht. »Wir sehen uns in den Goldenen Hallen, Luc.«

»Ich glaube, solche wie mich lassen sie dort nicht herein.«

Sigurd drosch auf einen Krieger ein, der versuchte, über den Kutschbock zu klettern. »Da kommt jeder hin, der wacker für das Fjordland gestritten hat. Du wirst es erleben.«

Das war das Letzte, was er wollte. Tindra klammerte sich an sein Bein. Er wollte das Kind hier herausbringen. Und er wollte Gishild wieder in den Armen halten.

Die Pikeniere ringsherum hatten ihre sperrigen Waffen, die im Handgemenge nicht mehr von Nutzen waren, weggeworfen. Jeder trug auch ein Rapier oder ein schweres Haumesser. Eine Pistole flammte auf. Ein Schlag traf Luc vor die Brust, und er wurde von den Beinen gerissen.

Sigurd streckte einen weiteren Angreifer mit der Axt nieder, als ihm ein abgebrochener Pikenschaft in die Seite gerammt wurde.

Luc bekam keine Luft mehr. Tindra beugte sich über ihn und schrie etwas, aber er konnte sie nicht verstehen. In seinen Ohren dröhnte immer noch der Knall der Pistole.

DIE SCHWARZE FLÖTE

Yulivee blickte Gishild hinterher. Im Gegensatz zur Königin sah sie ganz deutlich, was geschah. Sie sah die Toten. Die Angst der Kinder. Und sie sah auch die Verstärkungen, die über das Eis vor der Stadt anrückten. Der Hafen würde zur tödlichen Falle für sie alle werden. Sie wünschte, die Nacht hätte die Wahrheit vor ihr verborgen. Sie wünschte, sie könnte zurück nach Iskendria. Fliehen in jene Zeit, bevor sie Farodin und Nuramon begegnet war. Als ihr Dschinn sie hütete inmitten einer Welt voller Bücher.

Sie dachte auch an Gishilds Vater. Yulivee war in seiner letzten Stunde an seiner Seite gewesen. Sie wusste, dass seine Gedanken damals Gishild gegolten hatten. Er hätte Frieden geschlossen mit den Kirchenrittern, hätten sie ihm nur eine Stunde am Bett seiner verletzten Tochter gewährt. Er wollte ein Lied für sie singen, das von seinem Ahnherrn Mandred handelte. Ein lustiges Lied, das davon erzählte, wie er eine mächtige Eiche betrunken gemacht hatte. Gishild hatte das Lied als kleines Mädchen geliebt. Ein paar Atemzüge später war er tot gewesen. Enthauptet von einer Kanonenkugel.

Fast zehn Jahre waren seitdem vergangen. Und nun sah sie zu, wie Gishild dem Tod entgegenstürmte. Sie sah zu, wie

Kinder von Arkebusenkugeln getötet wurden. Sie sah zu, wie die Tjuredkirche ein riesiges Heer schickte, um eine Stadt zu verschlingen. Yulivee machte sich nichts vor. Die Ordensritter würden alles Leben auslöschen, noch bevor der Morgen kam. Es lag allein bei ihr, dies Schicksal abzuwenden.

Sie hatte sich geschworen, nicht mehr zu töten. Wenn sie den Schwur nicht brach, dann würde sie das Töten zulassen. Sie war zuversichtlich, dass es ihr gelingen würde zu entkommen. Doch auf dem Eis würden jene bleiben, die Gishild vertraut hatten. Und auch das kleine Mädchen, dem König Gunnars letzte Gedanken gegolten hatten, würde sterben. Das Mädchen, das ihr vertraut hatte. Das sie unter all den anderen ausgewählt hatte, sie auf diese verzweifelte Mission zu begleiten.

Yulivee ging in die Knie. Ganz gleich, wie sie sich entschied, sie würde dem Tod in die Hände spielen.

Sie tastete über das raue Eis. Die Kufen hatten tiefe Furchen in die glatte Oberfläche geschnitten. Ihr Zauber verband sie mit der riesigen Eisplatte. Sie war wie ein Teil von ihr. Sie spürte Hunderte von Füßen darauf, das warme Blut, das schnell ein Teil des Eises wurde. Die Körper, die steif wurden.

Ganz gleich, was sie tat, Unheil würde geschehen. Ihre Entscheidung war, ob es jene traf, mit denen sie in den letzten Wochen gelacht und gelitten hatte, oder aber die Krieger, die ins Fjordland gekommen waren, um den Menschen ihre Götter zu rauben. Jene, die Vahan Calyd zerstört hatten und die gewiss erneut versuchen würden, nach Albenmark vorzustoßen, um auch dort das Banner des toten Baumes zu hissen und von dem Gott zu predigen, der alle Magie erstickte, der jeder Welt ihren Zauber nahm.

Sie tastete nach dem langen, schmalen Holzetui, das zwischen den Flöten in ihrem Gürtel steckte. Dort, wohl verschlossen, ruhte die eine Flöte, die sie seit Gunnars Todestag nicht mehr berührt hatte. Leise klickend öffnete sich der Verschluss. Wie in einem Bett aus geronnenem Blut lag sie da, die Flöte, die aus dem schwarzen Vulkanglas Phylangans geschnitten war.

Yulivee wusste, die Flöte würde all die düsteren Gefühle in ihr noch stärker entfachen. Sie war wie der Blasebalg am Schmiedefeuer. Der Stein fühlte sich angenehm warm an, als sie ihn berührte. Ohne noch zu zögern, führte sie die Flöte an die Lippen. Und sie gab all ihre Wut und Verzweiflung in das Lied, das sie spielte.

Das Eis unter ihr knisterte, als die Kälte immer weiter in die See hinausgriff. Sie wurde gewahr, wie einige unter den Kämpfenden erschrocken innehielten. Jene von zarterem Gemüt spürten, dass sich etwas veränderte. Spürten, dass die Kälte unter ihnen nicht mehr natürlichen Ursprungs war.

Sie wob den Zauber erneut, der eben erst den Feuervogel erschaffen hatte. Was sie dem Meer an Wärme nahm, zog sie in einen winzigen, glühenden Punkt zusammen. Er tanzte in der Dunkelheit und zog feine Lichtlinien hinter sich her. Yulivee spürte die Hitze der Glut auf ihren Wangen. Sie spielte weiter ihr Lied. Aus Linien wurden Formen. Ein Vogel aus Licht und Hitze entstand, nicht größer als eine Faust. Er schlug Kapriolen in der Luft und teilte sich dann wieder und wieder. Die Elfe wollte ihm so seine Machtfülle nehmen, die tödliche Kraft, die einst bewirkt hatte, dass Bronzekanonen unter der Berührung seines Flügels geschmolzen waren.

Bald tanzten hundert und mehr Vögel vor ihr im Dunkel. Sie folgten den Bewegungen der Flöte. Doch je öfter sie die Vögel teilte, desto weiter griff das Eis aus. Sie spürte, wie es den Grund des Hafens berührte und die Fische tötete, die im tiefen Wasser vor dem Frost Zuflucht gesucht hatten. Die Kälte kroch in den nassen Sand der Strände und den Schlamm der Dämme. Hart wie Stein wurde der Boden. Die Lagerfeuer rings um die Stadt verloschen. Und Angst erblühte in den Herzen der Menschen.

Sie konnte die Kraft nicht beherrschen. Die Flöte brachte Tod. Verzweifelt ließ sie los. Mit einem letzten Schwung des steinernen Instruments schickte sie den leuchtenden Schwarm den Pikenieren entgegen.

DAS GLÜHENDE HERZ

»Die Reihen schließen! Schnell!« Der große Schlitten war wie eine gewaltige Kanonenkugel durch den Schutzwall aus Piken gebrochen.

»Los! Die Reihen schließen!«

Er konnte nicht erkennen, was draußen auf dem Eis vor sich ging, aber er hörte Hufschlag. Gnade ihnen Gott, dass nicht noch mehr Schlitten kamen. Sollten es aber Reiter sein, dann würde nur eine geschlossene Reihe aus Piken sie vor einem tödlichen Gemetzel bewahren.

Er selbst nahm eine Pike auf und reihte sich an vorderster Front ein. Ein zischendes und kratzendes Geräusch kam vom Eis.

Raffael beugte sich vor. Er stützte die Pike gegen seinen linken Fuß ab. Die Spitze war auf Brusthöhe gesenkt. Seine Andalanen waren eine gute Truppe! Die Bresche in der Mauer aus Menschenleibern hatte sich bereits wieder geschlossen.

Ein Stück hinter sich hörte er Trommelwirbel und Pfeifenspiel. Seine Andalanen waren die Speerspitze des Angriffs. Doch noch drei weitere Regimenter hatten Befehl erhalten, durch den Hafen anzugreifen. Sie würden ihre Stellung hier nicht lange halten müssen.

Zwei Arkebusen krachten. Im Mündungsblitz sah er Elfen, die mit atemberaubender Geschwindigkeit über das Eis liefen. Sie hielten sich fern. Wagten es nicht, gegen die geschlossene Mauer aus Piken anzustürmen. Ein Stück entfernt erspähte er auch Pferdemänner. Sie hatten ebenfalls angehalten.

Erleichtert atmete Raffael aus. Hinter sich hörte er einen Schuss krachen. Dann ertönte ein Schrei. Seine Männer würden die Besatzung des Schlittens niedermachen.

Ein kalter Hauch strich über das Eis. Sein Magen zog sich zusammen. Weit entfernt erschienen Lichter. Er konnte nicht erkennen, was vor sich ging. Auf die Distanz sah es aus, als sammle sich dort ein Schwarm Glühwürmchen. Mit jedem Herzschlag wurde der Schwarm größer. Einen merkwürdigen Tanz führten sie auf. Mal schienen sie alle auf einen Punkt in der Mitte des Schwarms zuzufliegen, dann stoben sie wieder auseinander. Es war eine pulsierende Bewegung wie von einem großen, glühenden Herzen.

Er lachte über den Unsinn, den er sich zusammenspann.

»Was ist das, Capitano?«, fragte der Mann zu seiner Linken.

»Elfenmagie. Aber sie wird uns nichts anhaben. Du siehst ja, sie fürchten andalanischen Stahl.«

Im Licht der magischen Erscheinung konnte er nun ein wenig mehr erkennen. Dutzende Schlitten standen im Hafen. Gestalten kauerten um sie herum. Der Trupp von Pferdemännern schien keine fünfzig Mann stark. Einige waren noch bei den Schlitten. Vielleicht Reserven?

Weniger als hundert Gestalten drehten vor ihnen auf dem

Eis ihre Kreise. Sie lauerten, wagten jedoch nicht anzugreifen. Raffael begriff, was vor sich ging. »Sie wollten fliehen«, sagte er leise. Eine halbe Stunde später, und die Stadt Aldarvik wäre verlassen gewesen.

Das Eis unter seinen Füßen knirschte. Ob ihre Magie es zerbrechen konnte? Aber das wäre aberwitzig. Damit würden sie ihren Fluchtweg zerstören. Das würden sie nicht tun!

Der Tanz der Glühwürmchen endete. Sie stoben auseinander. Sie wurden größer!

»Die kommen auf uns zu!«, rief einer der Pikenträger.

»Die Reihe halten!«, befahl Raffael. »Das wird nicht schlimmer als der Schlitten!« Er hörte, wie seine Männer ihn flüsternd verwünschten. Aber sie flohen nicht!

Pfeilschnell flogen ihnen die Lichtfunken entgegen. Wie Vögel sahen sie aus. Kleine Vögel, etwa wie Meisen.

Einer der Zaubervögel schoss dicht an seinem Kopf vorbei. Ein heißer Luftzug brannte auf seinen Wangen. Einige Pikeniere warfen sich auf das Eis.

»Die Reihe halten!«, rief Raffael verzweifelt. »Denkt an die Elfen und Pferdemänner! Ihr müsst die Reihe halten, oder wir sind tot!«

Jetzt stießen die Lichtvögel wie Falken von oben auf sie herab. Wo ihre Flügel die geölten Schäfte der Piken berührten, fing das Holz Feuer oder ging entzwei, als habe es ein Axthieb gespalten.

Die ersten Soldaten warfen ihre nutzlosen Waffen weg.

»Haltet die Linie! Lasst die Piken fahren und zieht blank!«

Einige der Veteranen gehorchten. Klirrend fuhren Rapiere und Haumesser aus den Scheiden. Doch weit mehr Männer liefen einfach davon. Vom grellen Licht der Vögel geblendet, konnte Raffael nicht erkennen, was sich vor ihm tat. Aber er konnte spüren, wie das Eis unter dem Hufschlag der Kentauren erbebte. Und er hörte das Zischen, mit dem die Elfen über das Eis glitten.

»Haltet die Linie!«, schrie er noch einmal verzweifelt.

DAS VERWUNSCHENE MEER

Ein kalter Wind blies über die ruhige See. Er kam von Süden. Etwas stimmte nicht damit. Ollowain spürte ein Prickeln auf der Haut. Ein plötzlicher Schlag riss ihn von den Beinen. Alle an Deck strauchelten.

Der Schwertmeister rammte mit der Schulter gegen die Reling. Daloman war als Erster wieder auf den Beinen. Eine Rah war auf das Hauptdeck gestürzt. Der Schiffsrumpf knirschte.

»Ein Riff«, rief jemand vom Bug.

Ollowain rieb sich die schmerzende Schulter. Wie hatte das geschehen können? Er hatte Daloman gute Karten von diesem Seegebiet mitgebracht. Elfenkarten, genau vermessen. Sie waren mehr als eine Meile von der Küste entfernt. Und in diesem Seegebiet gab es weder Riffe noch Sandbänke. Einige Meilen weiter südlich erstreckte sich nahe bei Aldarvik ein tückisches Watt. Aber hier durfte nichts sein!

Daloman kletterte auf eine Kiste und blickte über die Reling. Einen Moment lang stand er ganz still. Dann wandte er sich zu Ollowain. »Ich verfluche dich, Elf! Wäre ich nur nie hierhergekommen. Du hast gesagt, hier lauerten keine Gefahren außer dem Watt und den Schiffen der Tjuredpriester! Ich wünschte, ich hätte dir nicht geglaubt!«

»Ich bedauere, wenn die Karten nicht stimmen«, entgegnete der Schwertmeister steif. Er richtete sich auf.

»Ich scheiß auf deine Karten! Sieh dir das Meer an. Verflucht. Sieh das Meer!«

Der Schwertmeister trat an die Reling. Er blickte auf Eis. So weit das Auge reichte, war das Wasser gefroren.

»Sieh dir das an! Die Wellen sind in der Bewegung erstarrt. So etwas gibt es nicht! Hier wirkt Magie! Du hast doch gesagt, die Priester könnten nicht zaubern! Sie haben meine Flotte eingefangen.«

Ollowain war sprachlos. »Das war nicht das Wirken von Menschen.«

»Nein? Von wem dann? Ich habe noch nie gehört, wie ein Meer binnen eines Herzschlags gefriert. Und das ist nicht die einzige schlechte Nachricht. Hast du bemerkt, dass der Wind gedreht hat? Er kommt jetzt von den Bergen hinter der Küste. Ich wette um das Holzbein meiner Großmutter, dass wir bald einen üblen Sturm haben werden.«

»Das wird schon nicht schlimmer als beim letzten Mal.«

»Red nicht, als hättest du eine Ahnung von Seefahrt! Der Sturm wird das Eis wieder aufbrechen. Und wenn es mehr als nur ein paar Zoll dick ist, dann werden die Eisplatten die Rümpfe unserer Schiffe zermalmen.«

Der Kobold stieg zum Hauptdeck und rief einige Seeleute zusammen. Dann stiegen sie mit Hämmern und Eispickeln gewappnet hinab auf die erstarrte See.

LETZTES BLUT

Alexjei konnte sehr wohl auf Schlittschuhen laufen, aber er hatte es nicht eilig. Die verwunschenen Vögel erleuchteten den Kampfplatz. Es war unglaublich, wie die Elfen in die Reihen der Pikeniere fuhren. Ohne Gnade stachen sie die Fliehenden nieder. Selbst jene, die stehen blieben, um sich dem Kampf zu stellen, waren ihnen rettungslos unterlegen. Sie waren einfach zu schnell. Fast sah es aus, als sei ihr Kampf ein Tanz.

Die Kentauren gingen mit weitaus weniger Eleganz zur Sache. Sie führten große, zweihändige Schwerter. Wie Metzger hieben sie auf die Feinde ein; gegen ihre wuchtigen Hiebe halfen weder Helme noch Kürasse.

Vereinzelt krachten Schüsse, doch aus Angst, ihre Kameraden zu treffen, wagten es die Arkebusiere der nachrückenden Regimenter nicht zu schießen.

Alexjei hatte nicht die Absicht, in dieser letzten Schlacht sein Leben aufs Spiel zu setzen. Überhaupt hatte er nach den Wochen der Belagerung jede Lust verloren, seine Haut noch einmal zu Markte zu tragen. Es war reines Glück gewesen, in Aldarvik zu überleben. Zwei Drittel seiner Männer waren tot und verstümmelt. Und wozu war all dies geschehen? Nur um ein weiteres Mal vor den Ritterorden davonzulaufen! Es reichte. Ihm konnte dieser Krieg gestohlen bleiben. Er lächelte zynisch. Ja, er würde sogar dazu beitragen, ihn endgültig zu beenden.

Er war bis zu dem Schlitten vorgedrungen, der durch die Reihe der Pikeniere gebrochen war. Hier lagen die Toten so dicht auf dem Eis, dass er über die weichen Leiber hinwegsteigen musste. Fluchend geriet er aus dem Gleichgewicht und fing sich mit den Händen an der Seitenwand des Schlittens ab. Kaltes Blut benetzte seine Finger.

Die Wunden der Toten und Sterbenden dampften. Es sah aus, als kröchen ihre Seelen aus den Leibern hervor, um zum dunklen Winterhimmel aufzusteigen. Ihn, der glaubte, schon alles gesehen zu haben, grauste bei dem Anblick.

Er zog sich auf die Pritsche des Schlittens hinauf. Ein Pikenier mit gespaltenem Schädel hing quer über dem Kutschbock. Auf der Pritsche lagen weitere Tote übereinander. Einer der Männer röchelte. Sein Schwager ... den schickten ihm die Waldgötter!

Alexjei warf die Toten vom Schlitten. Unter ihnen, auf dem Boden des Schlittens, lag ein Mädchen, dem man ein Rapier in die Brust gestoßen hatte. Vorsichtig nahm er sie und bettete sie in Sigurds Arme. Als Letztes stieß er den Ritter, der Gishild nachgestellt hatte, hinab aufs Eis.

In dieser Nacht wirkten wahrlich die Götter! Alles kam wieder in Ordnung. Der Beschäler der Königin war verreckt. Sein Schwager war schwer verwundet, er, der großspurige Hauptmann der Mandriden, der in der einzigen Nacht, in der er wirklich gebraucht worden war, nicht zur Stelle gewesen war. Als Vilussa erstürmt worden war, hatte er irgendwo in den Wäldern an der Seite seines Königs gekämpft. Nichts hatte er getan, um zu verhindern, dass seine Frau und sein Kind verschleppt wurden. Dass sie in der Gefangenschaft überlebt hatten, war allein sein Verdienst, dachte Alexjei bitter. Seinem Schwager war das Königshaus stets wichtiger als die eigene Familie gewesen. Jetzt ragte der zersplitterte Schaft einer Pike aus der Seite des alten Hauptmanns.

»Verreck mir nicht, mein lieber Schwager. Du hattest doch immer Kräfte wie ein Bär. Halt noch ein bisschen durch.«

Sigurd sah ihn an. Seine Augenlider flatterten.

»Ich werd uns ein neues Zugpferd holen. Keine Sorge. Wir kommen von hier fort. Und dann hol ich dir die Königin.«

Alexjei zog eine Pistole aus dem Gürtel und lud sie mit aller Sorgfalt. Er spannte das Radschloss mit dem Schlüssel. Dann legte er die Waffe unter die Decke, die auf dem Kutschbock lag.

Er schob Sigurd fort vom Kutschbock, zum anderen Ende der Pritsche. Das Blut des Mandriden durchtränkte ihm die Hose. Der Alte röchelte zum Erbarmen. »Reiß dich ein wenig zusammen. Das Schlimmste steht dir noch bevor.« Er zog seinen Dolch, schnitt durch das dicke Leder der Stiefel des Fjordländers und durchtrennte ihm die Sehnen über den Fersen. »Nur damit du mir nicht fortläufst.«

Dann legte er Sigurd wieder das Mädchen in den Arm.

Jetzt brauchte er nur noch ein Pferd. Als das Schießen begonnen hatte, waren einige der Fjordländer von ihren Schlitten und zurück in ihre Stadt geflohen. Alexjei war zuversichtlich, dass er finden würde, was er suchte.

GEFANGEN

Frierend erwachte Luc. Nie in seinem Leben war ihm so kalt gewesen. Er wollte sich aufrichten, doch das Eis hielt ihn fest.

Es war noch immer dunkel. Er hörte Stimmen. Männer gingen mit Laternen und Fackeln über das Eis. Der Ritter begriff, was geschehen war. Man hatte ihn zurückgelassen. Für tot gehalten und zurückgelassen.

Wieder versuchte er sich aufzurichten. Sein Haar war mit Blut durchtränkt und auf dem Eis festgefroren. Er stöhnte, spannte sich an. Es war unmöglich, frei zu kommen. Er versuchte sich zu erinnern, was geschehen war. Eine Kugel hatte seinen Brustpanzer getroffen. Er war gestürzt und hatte nicht mehr atmen können. Die Feinde waren von allen Seiten auf den Schlitten eingestürmt. Sigurd hatte eine Axt geschwungen und wie ein Berserker gekämpft. Und Tindra ... sie hatte dem Mandriden helfen wollen.

Luc schossen Tränen in die Augen. Ein Arkebusier hatte dem Mädchen sein Rapier in den Leib gerammt. Der Atem war in seine Lungen zurückgekehrt; er hatte geschrien, hatte helfen wollen und doch gewusst, dass alles zu spät war. Ein Pikenier hatte ihm den Korb seines Rapiers ins Gesicht geschlagen. Ein Dolchstoß war an seinem Brustpanzer abgeglitten. Er war nach hinten gestürzt und mit schrecklicher Wucht auf die Seitenwand der Pritsche geschlagen. Dann erinnerte er sich an nichts mehr.

Er musste sie wiederfinden!

Mit dem Fuß angelte er nach einem Dolch, der ein Stück entfernt zwischen den Toten auf dem Eis lag. Die Laternen waren jetzt ganz nah. Er sollte vorsichtig sein. Er wusste nur zu gut, was die Leichenfledderer mit verwundeten Feinden machten. Ein schneller Schnitt über die Kehle ... Mehr hatte er von ihnen nicht zu erwarten. Er trug gute Stiefel und einen mit Pelz gefütterten Mantel. Sie würden zu ihm kommen.

Er streckte sich. Luc hatte das Gefühl, die Haut müsse ihm samt Haaren vom Kopf abreißen. Endlich berührte seine Stiefelspitze den Dolch. Er winkelte das Bein an und zog die Waffe zu sich heran.

Seine Finger waren ganz taub vor Kälte. Er konnte den Griff fast nicht halten. Mit ungelenken Schnitten durchtrennte er sein Haar. Warmes Blut rann ihm über das Gesicht. Noch ein Schnitt. Frei!

Vorsichtig hob er den Kopf vom Eis. Er wagte es nicht, sich aufzusetzen. Er tastete über sein Gesicht. Die Nase war eingeschlagen, wahrscheinlich gebrochen. Blut rann ihm den Hals hinab. Sein Ohr! Er hatte sich ins Ohr geschnitten und es nicht einmal bemerkt! Er spürte keinen Schmerz. Mit seinen gefühllosen Fingern konnte er nicht ertasten, wie schwer er sich verletzt hatte. Sein Ohr!

Er beugte sich über das abgeschnittene Haar. Im spärlichen Licht konnte er nicht erkennen, was alles in dem blutigen Knäuel hing. Er weinte. Und er hasste sich deshalb. Rings herum lagen Dutzende Tote, und er weinte um sein Ohr.

Es begann zu schneien. Luc löste die Schlittschuhkufen von seinen Stiefeln. Sie würden ihn nur behindern. Vorsichtig, dicht an das Eis gepresst kroch er zwischen den Toten umher. Er versuchte sich zu orientieren. Er musste nach Norden! Das war der Weg, den die Flüchtlinge genommen hatten.

Als er keine Leichenfledderer mehr sehen konnte, wagte er es, sich aufzurichten. Den zerbrochenen Schaft einer Pike nutzte er als Krücke. Er war zu Tode erschöpft. Aber er würde sie wieder einholen. Er würde Gishild finden. Er war ihr Ritter. Er durfte nicht einfach aufgeben.

EINGEKREIST

Als es zu schneien begann, dankte Gishild stumm Firn, dem Gott des Winters. Der Schnee würde die Spur auf dem Eis verwischen. Sie würden sich nicht zum Ufer wenden, wie es ihre Verfolger mit Sicherheit erwarteten. Ihr Ziel war eine kleine Felseninsel nahe der Küste. Ingvar hatte ihr von dem Ort erzählt. Schmuggler versteckten sich bisweilen dort, und es gab eine Geschichte, dass einmal die ganze Besatzung eines Langboots einen Winter lang überlebt hatte. Höhlen boten Zuflucht vor dem Schnee, und obwohl es kaum Holz gab, spendeten mehrere heiße Quellen die Wärme, die man zum Leben brauchte. Aus einer brach das Wasser sogar so heiß hervor, dass man darin Fische kochen konnte.

Sie würden sich dort verstecken. Eine Woche, vielleicht auch zwei. Und wenn die Ritter aufhörten, nach ihnen zu suchen, und wenn das Wetter es zuließ, dann würden sie weiter nach Norden vorstoßen. Dort irgendwo gab es einen Albenstern. Auf diesem Weg konnten sie nach Firnstayn gelangen.

»Wir werden es schaffen!«, sagte sie leise. Sie wiederholte die Worte wieder und wieder. Sie musste nur fest genug daran glauben.

Yulivee ging neben ihr. Die Elfe stützte sich auf Appanasios. Sie war am Ende ihrer Kräfte. Die nackten Füße hinterließen blutige Spuren auf dem Eis.

»Ich danke dir«, sagte Gishild. Die Worte gingen ihr nicht leicht über die Lippen. Sie war immer noch zornig darüber, dass Yulivee so lange damit gezögert hatte, ihre Zaubermacht gegen die Pikeniere einzusetzen.

Die Elfe nickte erschöpft.

Erwartete sie, dass sie sich entschuldigte? »Du solltest dich etwas ausruhen, Yulivee. Vielleicht kann Appanasios dich auf seinem Rücken tragen.«

»Wenn meine Füße das Eis nicht mehr berühren, dann bricht die Macht des Zaubers.« Sie sprach langsam und stockend. Um jede Silbe musste sie ringen. Ihre Lippen zitterten. Ganz offensichtlich reichte ihre Kraft schon eine Weile nicht mehr aus, um sich selbst vor der Kälte zu schützen.

Sie so zu sehen, ließ Gishilds Zorn verfliegen. »Wir werden es schaffen! Und wenn wir entkommen sind, dann nur deinetwegen.«

Yulivee lächelte schwach.

Voraus erklang ein Ruf. Ein Horn wurde geblasen. Die Königin straffte sich. Sie blickte zu Appanasios, dessen Hand zum Bandelier mit den Radschlosspistolen gefahren war. Sie gingen ganz am Ende des Zuges. Als Nachhut, um die Ritter aufzuhalten, falls sie ihnen nachsetzten. Dass vor ihnen ein Feind erscheinen könnte, hatte Gishild nicht erwartet. Vielleicht Reiter? Die Schneedecke machte es leichter, auf dem Eis voranzukommen, wohingegen ihre Kolonne von Stunde zu Stunde langsamer wurde. Das Eis hatte sich auch verändert. Seine Oberfläche war uneben. Es sah aus, als sei das Meer in sanfter Dünung von einem Augenblick zum anderen erstarrt.

Auf Schlittschuhen war bei diesem Untergrund kein Vorankommen mehr. Die Letzten hatten schon vor Stunden die Kufen von ihren Schuhen geschnallt.

Wieder hörten sie voraus im Schneegestöber ein Horn. Der Ruf erklang aus einer anderen Richtung, als sei er eine Antwort auf das erste Signal.

Alarmiert blickte sie zu Appanasios.

»Sie kreisen uns ein.« Der Kentaurenfürst sprach aus, was sie dachte. »Was sollen wir tun?«

Gishild kämpfte einen Anflug von Panik nieder. Ihr fiel nichts ein. Sie war zu müde, um noch klar denken zu können. Zu müde, um noch zu kämpfen. Wenn wenigstens Luc bei ihr wäre! Doch seit dem Aufbruch hatte sie ihn nicht mehr gesehen. Er musste irgendwo weiter vorn bei den Schlitten sein. Sie sehnte sich danach, in seinen Armen zu liegen. Bei dem Gedanken bekam sie ein schlechtes Gewissen. Sie hatte ihm verschwiegen, dass sie schwanger war. Dabei war sie sich fast sicher, dass es Ereks Kind war. Manchmal gab sie sich Tagträumen hin, dass sie Lucs Kind unter dem Herzen trug. Es hätte seines sein sollen! Und jetzt hatte sie bei ihm gelegen ... Vielleicht würden die Götter sie strafen, weil ihre Liebe sie blind und schamlos gemacht hatte?

»Herrin? Was befiehlst du?«

Sie musste sich zusammennehmen! Sie sah zu dem Kentauren auf. Raureif saß in seinen buschigen Brauen und dem schwarzen Bart. Trotz der Eiseskälte trug er nur eine ärmellose, gefütterte Weste. Ob auch er sich durch Magie schützte?

»Wie viele Krieger hast du noch?«

»Hier in der Nachhut? Vielleicht zwanzig?«

»Sammle sie. Wir müssen unsere Kräfte zusammenhalten, wenn wir noch etwas ausrichten wollen.« Gishild bot der Elfe ihren Arm.

Yulivee zögerte kurz. Dann stützte sie sich auf Gishild. »Es tut mir leid«, sagte die Herrscherin, als Appanasios davontrabte.

»Sag nie, dass dir etwas leidtut«, entgegnete Yulivee matt. »Du bist eine Königin. Königinnen entschuldigen sich nicht. Sie herrschen. Deine Untertanen werden das Vertrauen in dich und deine Entscheidungen verlieren, wenn du dich entschuldigst.«

»Können wir nicht noch einmal so miteinander reden wie

früher? Als wir im Schilf gekauert haben und Sigurd uns mit Hunden suchte? Manchmal wünschte ich, ich könnte in diese Zeit zurückflüchten.«

Yulivee drückte sanft ihren Arm, sagte aber nichts. Sie stützte sich schwer auf. Der Kopf sackte ihr auf die Brust.

Wieder war ein Horn zu hören, beängstigend nah. Wo waren ihre Maurawan? Warum kamen sie nicht? Sie würde jeden Krieger brauchen. Angestrengt spähte sie in das Schneegestöber, das immer dichter wurde. Die Welt löste sich auf in tobendes Weiß. Tausende und abertausende Schneeflocken, die ihr im scharfen Wind entgegenstürmten.

Sie spürte, wie sich das Eis unter ihren Füßen bewegte. Es knirschte bedenklich. Tief unter sich hörte sie ein Grollen, das ihr das Mark in den Knochen gefrieren ließ.

Plötzlich tauchte eine Gestalt vor ihr auf, weiß wie der Schnee. Der Wind spielte mit dem langen goldblonden Haar. Gishild war wie versteinert. Sie hätte weinen mögen. Ollowain!

Der Schwertmeister kam und nahm sie und Yulivee in die Arme.

»Ihr lebt!«, sagte er mit bebender Stimme. »Ihr lebt!«

Die Königin schob ihn auf Armesweite von sich. Hätte sie ihn nicht berührt, sie hätte ihn für eine Erscheinung gehalten. »Woher kommst du?«

»Ich weiß, ich bin spät …«

Gishild berührte sanft seinen Arm. »Nein, so habe ich es nicht gemeint. Ich habe nicht auf Verstärkung gehofft. Ich … Seit Vahan Calyd glaubte ich, dass die Albenkinder nur noch mit halbem Herzen für das Fjordland kämpfen. Ich hätte nicht gedacht, dass du oder sonst jemand käme …«

Er erschien Gishild ein wenig bedrückt. Wich er ihrem Blick aus? Aber warum sollte er das tun?

»Eine Entsatzflotte war auf dem Weg nach Aldarvik.« Der

Elf wies nach Norden. »Die Schiffe stecken im Eis fest, etwa eine Stunde Fußmarsch entfernt. Ich bin mit den Elfenrittern gekommen, um dich aus Aldarvik zu holen. Deine Boten haben Firnstayn erreicht.«

Schiffe. Nicht mehr laufen. Eine warme Koje! Gishild war unendlich erleichtert. Sie hakte ihr Wehrgehänge auf und ließ Rapier und Parierdolch in den Schnee sinken. Dann öffnete sie ihre zu groß geschnittene Jacke und streifte sie ab. Darunter trug sie einen schweren Kürass mit Beinschürzen. »Hilf mir das Ding auszuziehen, Ollowain. Es ist wie ein Eispanzer und bleischwer. Ich bin froh, wenn ich diese Last nicht mehr tragen muss.«

Der seltsam befangene Gesichtsausdruck des Schwertmeisters verflog. »Das musst du wirklich nicht mehr. Meine Ritter und deine Maurawan werden dich und die Überlebenden von Aldarvik schützen. Du bist jetzt in Sicherheit.« Er half ihr, die Rüstung abzulegen.

Sie gingen zu dem Schlitten, der nun angehalten hatte. Gishild packte ihren Kürass und die Waffen auf die Pritsche. Sie fühlte sich so leicht wie schon lange nicht mehr. Es war geschafft.

Die massige Gestalt Ingvars schälte sich aus dem flirrenden Weiß. Er strahlte. »Sie sind gekommen! Die Albenkinder retten uns. Es ist wie in den Märchen. Sie werden uns in ihre Welt bringen.«

Männer und Frauen stiegen von den Schlitten und beglückwünschten sie. Der Jubel war verhalten, sie alle waren zu erschöpft. Aber er kam von Herzen.

»Gishild. Königin!« Alexjei war dicht an ihre Seite getreten. »Du musst kommen, schnell. Es ist ... Sigurd liegt im Sterben. Er hat mich geschickt. Er wird keinen Frieden finden, bevor er dich nicht noch einmal gesehen hat.«

Mit einem Schlag war ihr Hochgefühl zu Asche. »Wo?«

»Komm mit. Er liegt auf einem Schlitten, dessen Kufe gebrochen und der im Schneetreiben zurückgeblieben ist. Schnell. Es ist nicht sehr weit.«

Unter ihren Füßen erklang ein tiefes Grollen. Das Eis zitterte. Der Schrecken kehrte in die Gesichter der Menschen zurück.

»Beeilt euch! Gefeiert wird, wenn wir auf den Schiffen sind!«, rief Gishild und löste sich von der Menge.

»Nun komm!«, drängte Alexjei.

»Danke, dass du mich gesucht hast.«

Der Bojar verneigte sich. »Immer dein Diener, Herrin.«

GETÄUSCHT

―◇✦◇―

Sigurd konnte nur noch flach atmen. Der zersplitterte Pikenschaft saß tief in seiner Seite. Er war todmüde. Und er wusste, wenn er die Augen schließen würde, dann würde er sie nie mehr öffnen.

Tindra kauerte neben ihm und streichelte ihm die Hände. Manchmal blies sie auch ihren Atem darauf, um ihn zu wärmen. Sie war ein gutes Mädchen. Sigurd betete stumm, dass Luth ihren Schicksalsfaden noch nicht durchtrennen möge. Wie es schien, war sie ein Günstling des Gottes, auch wenn Luth seine Zuneigung auf makabre Weise zeigte. Das Rapier hatte nur die Schichten ihrer wärmenden Kleidung durchbohrt und sie nur leicht verletzt.

»Es wird wieder gut, nicht wahr?«

Sie sah ihn so ängstlich an, dass er es nicht übers Herz brachte, ihr zu sagen, was er wirklich dachte. »Natürlich. Die Götter lieben tapfere Mädchen. Du wirst sehen, sie helfen uns.« Mascha war etwa in ihrem Alter gewesen, als die Ordensritter sie verschleppt hatten. Was aus seiner Tochter wohl geworden war? Hatte sie in Aldarvik auf der anderen Seite gekämpft? Sigurd hatte immer Angst gehabt, dass er ihr eines Tages auf einem Schlachtfeld gegenüberstehen würde und sie einander auf Leben und Tod bekämpften, ohne sich zu erkennen.

Dieses Schicksal würde ihm erspart bleiben, wie es schien. Er lauschte auf das Knirschen im Eis. Wie lange der Zauber wohl anhalten mochte? Und würde der Schlitten schwimmen? Er konnte hier nicht weg. Um ihm die Flucht zu vereiteln, hatte Alexjei das Zugpferd mit einem raschen Schnitt durch die Kehle getötet. Seitdem saßen sie hier fest.

Er war so unendlich müde. Er überlegte, ob er es wagen durfte, die Augen nur für die Dauer eines Gebetes zu schließen. Wie anstrengend es sein konnte, die Lider geöffnet zu halten. Dies war wohl seine letzte Schlacht. Hatte er gut genug gekämpft, um auf die Goldenen Hallen hoffen zu dürfen? Und würde Gunnar, sein König, ihn dort erwarten? Wusste er um das, was er Gishild angetan hatte?

Er hörte Schritte auf dem Eis, dann eine Stimme. »Hier ist er. Auf der Pritsche!«

Die Stimme des Verräters gab ihm neue Kraft. Gishild musste erfahren, wer Alexjei wirklich war. Sie durfte dem Bojaren nicht vertrauen!

Sigurd tastete unter die Decke. Er würde Alexjei eine tödliche Überraschung bereiten.

»Sigurd!« Gishild kletterte über den Kutschbock hinweg. Der Bojar hielt sich hinter ihr. Wäre sie doch nur nicht mit ihm gekommen!

Die Königin kauerte sich neben ihn. Sie lächelte Tindra an. »Hast du auf ihn aufgepasst?«

Sigurd sah, wie Alexjei sich an der Decke zu schaffen machte. Verblüfft sah er zu ihm herüber. Dann bemerkte er das Mädchen, und er verstand.

»Suchst du das hier?« Der Hauptmann der Mandriden zog die Radschlosspistole unter der Decke hervor.

»Das ist in der Tat meine Waffe.«

Gishild sah die Pistole an. »Was soll das?«

Sigurd musste den Griff mit beiden Händen halten, damit er nicht zitterte. »Verrecke!« Er zog den Abzug durch. Feuer und Rauch spien aus dem Faustrohr. Der Rückschlag prellte ihm die Waffe aus der Hand.

Alexjei stand immer noch. Er schien unverletzt zu sein. Wie hatte er den Bojaren auf so kurze Distanz verfehlen können?

Der Drusnier trat Gishild in den Rücken. Schnell wie eine Schlange stieß er hinab, ergriff die Radschlosspistole und schlug der Königin den Griff an die Schläfe. Sie sackte in sich zusammen.

Tindra weinte und beugte sich über die Königin. Sie strich ihr das Haar aus dem Gesicht. Sigurd sah, wie Blut aus Gishilds Nase rann.

Alexjei hatte sich zum Kutschbock zurückgezogen. Er füllte Pulver in den Lauf der Waffe. »Ich hatte keine Kugel in den Lauf gegeben. Sie mit dem Ladestock hinabzustoßen, dauert ja nur einen Augenblick. Wie sich zeigte, eine gute Entscheidung. Nun kannst du mit ansehen, wie ich deiner Königin das hübsche Gesicht wegschieße. Danach töte ich das Mädchen. Schließlich kann ich mir nicht erlauben, dass es Zeugen gibt. Und zuletzt bist du dran, alter Mann.«

»Warum?« Sigurd stemmte sich hoch. Doch alles, was er erreichte, war, dass er etwas aufrechter saß.

Alexjei stieß eine Kugel in den Lauf hinab. Dann gab er Pulver auf die Pfanne und spannte mit dem Schlüssel das Radschloss. Er machte die Handgriffe geübt und ohne Hast.

»Weil ihr Drusna nicht gerettet habt. Weil ihr meine Schwester nicht gerettet habt. Weil alles, was mir in meinem Leben einmal etwas bedeutet hat, vernichtet ist.« Langsam hob er die Waffe und zielte auf Gishilds Kopf.

LETZTE WORTE

Luc hatte den Schuss gehört. Die Mündungsflamme wies ihm den Weg. Er hatte befürchtet, sich rettungslos verirrt zu haben und im Schneesturm jämmerlich zu Grunde zu gehen. Nun stürmte er mit der Kraft neuer Hoffnung vorwärts. Der Kampf konnte bestenfalls ein kleines Scharmützel sein. Wäre ihnen eine größere Truppe vom Hafen gefolgt, hätte er das gewiss bemerkt.

Luc rannte jetzt. Er hatte Sorge, doch noch die Richtung zu verlieren. Er wollte rufen, dann aber überlegte er es sich anders. Wenn dort vor ihm gekämpft wurde, war es besser, wenn er überraschend zum Gefecht vorstieß.

Ein zweiter Schuss fiel. Jetzt erkannte er den Schemen eines Schlittens im Schneegestöber. Jemand stand aufrecht im Wagen. Das Zugpferd hing tot im Geschirr.

Luc konnte nirgends einen Feind entdecken. War das nicht dieser drusnische Bojar? Er lud seine Pistole. Auf wen schoss er?

Luc erspähte das Stück Seil, das er vor Einbruch der Nacht an der Seitenwand von Sigurds Schlitten festgenagelt hatte. Was, zum Henker, hatte das zu bedeuten?

Geduckt näherte er sich dem Gefährt. Er stieg über das tote Pferd hinweg und stand unterhalb des Kutschbocks, als er das unverwechselbare Geräusch eines Schlüssels hörte, der im Schloss einer Pistole gedreht wurde. Ein Kind wimmerte leise.

Luc richtete sich auf. Er packte den Kutschbock und zog sich daran hoch.

Der Drusnier drehte sich zu ihm um. Die Pistolenmündung zeigte nun auf Lucs Gesicht. »Kommt ihr alle aus euren Löchern gekrochen, um sie zu schützen?«

Lucs Linke schnellte vor. Mit dem Pikenschaft, der ihm als Krücke gedient hatte, schlug er nach der Waffe. Doch Alexjei war ein erfahrener Krieger. Er wich dem Hieb aus und zielte erneut, als ihn Tindra ansprang.

Diesmal löste sich der Schuss.

Luc kletterte auf den Kutschbock. Sein Rapier schnellte aus der Scheide. Er machte einen Ausfallschritt.

Alexjei schlug das Mädchen nieder. Er hob die Pistole, um den Stich abzulenken, doch diesmal war er einen Lidschlag zu langsam. Lucs Klinge stach ihm durch den Hals. Sein Mund klaffte auf, doch kein Laut kam ihm über die Lippen.

Der Ritter zog die Waffe zurück. Jetzt erst sah er Gishild. Sigurd lag über ihr. Überall war Blut.

»Er hat sich über die Königin geworfen«, stieß Tindra schluchzend hervor. »Warum hat der Mann mit der Pistole das getan? Er war doch einer von uns!«

Luc beugte sich über den alten Hauptmann. Vorsichtig hob er ihn hoch und setzte ihn gegen die Pritschenwand. Sigurd atmete noch. Er lächelte ihn an. Seine Lippen bewegten sich.

Luc hatte jetzt keine Augen für ihn. Er drehte Gishild herum. Sie hatte eine Schwellung groß wie eine Pflaume an der Schläfe. Ängstlich tastete er über ihren Hals. Der Puls war stark. Ihr Herz schlug regelmäßig.

»Luc!«

Er wandte sich dem Alten zu. Sein Gesicht war unnatürlich blass. »Bitte …«

Der Ritter beugte sich vor. Sigurd griff nach seiner Hand. Mit letzter Kraft zog er ihn dicht an sich heran. Stockend flüsterte er ihm eine Geschichte über eine Nacht in den Wäldern Drusnas ins Ohr. Als er endete, war Luc zutiefst erschüttert.

»Du musst es ihr sagen.«

Er nickte dem Hauptmann zu.

»Wird sie mir vergeben?«

Was sollte er darauf antworten? Sigurd starrte ihn an. Seine Augen waren zum Himmel gerichtet. Schneeflocken nisteten in seinem Bart. Er war tot.

Traurig blickte Luc zu Gishild. So viel hatte sie verloren. Er entschied, ihr Sigurds Geschichte nicht zu erzählen. Sie sollte ihn so in Erinnerung behalten, wie sie ihn ihr ganzes Leben lang gekannt hatte. Die Wahrheit würde nur noch mehr zerstören.

Er scharrte mit den Händen etwas Schnee zusammen und presste ihn auf Gishilds Schläfe. Dann setzte er sich neben den toten Hauptmann und nahm Tindra in den Arm. Er war zu müde, um auch nur einen Schritt zu tun. Und er war sich sicher, dass man bald nach Gishild suchen würde.

DER WEG ZURÜCK ZUR MACHT

Eine derbe Hand rüttelte Honoré aus dem Schlaf. Von einem Augenblick auf den anderen war er hellwach. An seinem Bett stand ein Ritter, den er noch nie zuvor gesehen hatte. Weitere Krieger drängten sich in der Tür zu seinem Gefängnis. Nun war Gilles seines grausamen Spiels also doch noch müde geworden.

»Zieh dich an«, sagte der Mann, der ihn geweckt hatte. »Und beeil dich!«

Ob der Kerl wohl wusste, wer da vor ihm im Bett saß? Wer er einmal gewesen war? Honoré verzichtete darauf, etwas zu sagen. Und er fügte sich. Das hatte er in all den Monden gelernt. Es war besser, sich zu fügen! Man litt weniger Schmerzen.

Hastig zog der Primarch sich an. Sie ließen ihm nicht einmal die Zeit, sein Wams zuzuknöpfen. Der Anführer der Ritter drängte ihn zur Tür, warf ihm einen Umhang über die Schultern und drückte ihm einen Hut auf den Kopf. »Los, Krüppel, beeil dich. Du wirst dringend erwartet.«

Sie brachten ihn zur Treppe. Die Ritter achteten sorgsam darauf, ihn in ihrer Mitte zu halten. Er war zu stolz, sie zu fragen, wohin sie ihn brachten. Ein Trupp Rüpel, der ihn mitten in der Nacht aus dem Bett holte, verhieß nichts Gutes. Immerhin hatten sie ihm keine Fesseln angelegt.

Sie brachten ihn zu einer Seitenpforte von Gilles' Stadtpalast. Dort erwarteten sie gesattelte Pferde und noch mehr Ritter. Sie trugen nicht das Wappen des Aschenbaums, wenigstens das nicht. Vermutlich waren es verarmte Adelige, die ihre Dienste an Kirchenfürsten verkauften. Die Männer waren diszipliniert. Keiner sprach ein Wort. Nichts verriet, aus welcher Provinz sie stammen mochten. Honoré schätzte, dass sie eher aus dem Norden als aus dem Süden kamen. Zwei hatten blonde Bärte, die anderen waren sorgfältig rasiert. Ihre Haare waren unter Helmen verborgen. Sie trugen geschwärzte Halbharnische. Schwere, wollene Umhänge hingen regennass von ihren Schultern.

Eines der Pferde tänzelte unruhig.

Der Mann, der ihn geweckt hatte, half ihm in den Sattel. »Versuch nicht zu fliehen. Du hast das langsamste Pferd von uns, und wir haben Befehl, dir bei deinem ersten Fluchtversuch die Beine zu brechen.«

Honoré sah den Ritter verärgert an. »Weißt du eigentlich, wer ich bin?«

»Der Mann, dem ich die Beine brechen werde, wenn er Ärger macht. Mehr will ich gar nicht wissen!«

Honoré sagte nichts mehr. Er hatte keinen Zweifel daran, dass der Ritter seinen Befehlen nachkommen würde. Vor seiner Verwundung durch Michelle hatte er zu lange im Feld gekämpft, als dass er sich noch Illusionen über die Adeligen machte, die ihr Schwert in den Dienst der Kirche stellten, um ihren Status halten zu können. Für eine Börse voll Gold taten sie alles. Und ganz gleich, wohin sie ihn bringen würden, er wollte seinem Schicksal zumindest auf eigenen Beinen entgegentreten.

Ihr Trupp umfasste knapp zwanzig Reiter. Auf ihrem Ritt durch die innere Stadt begegneten sie keiner Menschenseele. In vielleicht einem von hundert Fenstern der Stadtpaläste, Ordenshäuser und Refugien brannte Licht. Die Kirchenstadt schlief. Oder aber man hatte ihr befohlen, die Augen zu schließen und sich ruhig zu verhalten.

Schließlich erreichten sie den Platz des Massakers an seinen Rittern und dann das hohe Tor, durch das er vor so vielen Wochen seinem Schicksal entgegengeritten war.

Als die Mauern der Inneren Stadt hinter ihm lagen, fühlte Honoré sich von einer bergschweren Last befreit. Nüchtern betrachtet, gab es, umringt von einer Schar besserer Halsabschneider, dafür keinen Grund. Und doch hatte er das Gefühl, dass sich sein Schicksal nun endlich wieder zum Guten wenden mochte.

Im bürgerlichen Teil von Aniscans war es kaum belebter als in der Kirchenstadt. Die wenigen Passanten, die zu dieser Stunde noch auf den Straßen waren, beeilten sich, aus dem Weg zu kommen, wenn der dumpfe Donnerschlag der Hufe nahte.

Am Wollmarkt bogen sie auf die große Straße zum Nordtor ab. Dort hatte man sie offensichtlich schon erwartet. Obwohl sich nicht der zarteste Streif des ersten Morgenlichts zeigte, waren die Stadttore weit geöffnet. Niemand fragte, wer sie waren und wohin sie wollten. Ja, die Torwachen ließen sich nicht einmal blicken.

Jenseits der Stadtmauern legte die Reiterschar ein schärferes Tempo vor. Sie blieben auf der Straße, die pfeilgerade nach Norden führte. Kurz vor dem Morgengrauen begegneten sie den ersten Bauernkarren, die zu den Märkten von Aniscans zogen.

Wenig später bemerkte Honoré einen Reiter auf einer Hügelkuppe, der weit ausholend mit dem Arm winkte, als er sie bemerkte. Die Straße wurde von einem Spalier kahler Pappeln gesäumt. Sie führte durch sanftes Hügelland, das von Hecken und niedrigen grauen Steinmauern in unregelmäßige Flicken zergliedert war. Gelegentlich ritten sie durch kleinere Ortschaften. Kinder liefen ein Stück mit ihnen mit und winkten. Reiter schienen hier ein gewohnter Anblick zu sein. Honoré sah, wie der Kerl, der ihm damit gedroht hatte, ihm die Beine zu brechen, einem kleinen Mädchen in einem grünen Kleid zuwinkte.

Die Straße führte nun immer steilere Hügel hinan, die wie eine riesige Treppe auf die Berge am Horizont zuführten. Als die Sonne aufging, erreichten sie ein Flusstal, in dem hunderte Trosswagen standen. Pikenhaufen und Arkebusiereinheiten hatten entlang der breiten Lehmstraße Aufstellung genommen. Auf den Flusswiesen waren hier und dort die Aschenkreise von Lagerfeuern zu sehen.

Bunte Banner wehten über den Regimentern. Honoré konnte keine einzige Ordensfahne entdecken. Inmitten der Soldaten wartete eine große, mit vergoldeten Schnitzereien überladene Kutsche, ein Achtspänner, gezogen von nachtschwarzen Pferden. Die Farbe der Tiere ließ den Primarchen trotz ihres prächtigen Zaumzeugs an einen Leichenwagen denken.

Seine Eskorte brachte ihn hinab ins Tal. Jeder sah ihnen nach. Es schien, als habe das ganze Heer nur auf seine Ankunft gewartet.

Vor der prächtigen Kutsche hielt die kleine Reiterschar an. Der Verschlag schwang auf. Steif vom langen Ritt, stieg Honoré aus dem Sattel. In der Kutsche erwartete ihn Gilles.

»Endlich, mein Lieber. Endlich!« Der Heptarch prostete ihm mit einem Kristallglas zu. »Du hast dir Zeit gelassen. Wir sind schon mehr als eine halbe Stunde aufbruchsbereit.«

Honoré war nicht in der Stimmung für solche Scherze. »Darf ich wissen, wohin die Reise geht?«

»Nach Norden, mein Junge. Nach Norden. Ich habe entschieden, so weit wie möglich über Land zu reisen. Zum einen vertrage ich Seefahrten nicht sonderlich gut, und zum anderen habe ich so Gelegenheit, meine Truppen zu sammeln.«

»Du brauchst noch mehr Soldaten?«

»Das dort draußen ist doch kaum mehr als eine Ehrenwache. Ich habe nicht genau den Überblick. Du weißt ja, ich war nie ein großer Feldherr. Es sollten jetzt etwa dreitausend sein.«

»Und wie viele werden es sein, wenn wir uns einschiffen?«

Gilles lächelte ihn breit an. »Mehr, sehr viel mehr. Du glaubst doch nicht, dass ich mich ohne eine angemessene Eskorte in ein Feldlager des Ordens vom Aschenbaum begeben werde? Der gute Tarquinon ist entschieden zu ehrgeizig, um darauf zu vertrauen, dass er die Gesetze der Gastfreundschaft einhält. Ich fürchte, auch die übrigen Heptarchen denken ganz ähnlich. Man muss in diesen Tagen ein Vermögen aufbieten, um freie Regimenter und Reiterschwadronen zu rekrutieren. Ich fürchte, noch nie war das Kriegführen so teuer wie heute. Zum Glück hast du uns allen reichlich Gold von den Elfen gebracht. Es wird die Männer bezahlen, die das Königreich ihrer treuen, heidnischen Verbündeten in Stücke hauen werden. Tjured hat manchmal einen göttlichen Sinn für Humor.«

»Ich dachte, du wolltest zum Rabenturm?«

Gilles nahm einen Schluck Wein und seufzte genießerisch. Dann klopfte er gegen die Wagentür. »Abmarsch!« Mit einem Ruck setzte sich die schwere Kutsche in Bewegung.

Honoré ließ sich auf der lederbezogenen Sitzbank gegenüber dem Heptarchen nieder. Gilles sah aus dem Fenster. Gedankenverloren betrachtete er die Landschaft.

Der Primarch lehnte sich zurück und schloss die Augen. Der Ritt hatte ihn müde gemacht.

»Weißt du, Bruder Honoré, auch wenn deine Heerführerin Lilianne sich zum Orden vom Aschenbaum bekannt hat und für ihre Wankelmütigkeit in Fragen der Loyalität mit dem Amt der Komturin in der neuen Ordensprovinz Rabenturm belohnt wurde, halte ich es doch für angebracht, auch unser erstes Reiseziel mit angemessener Eskorte zu betreten. Ich könnte mir vorstellen, dass du Schutz brauchen wirst, wenn du im Festungshafen eintriffst. Wer weiß schon, was sich deine Ritter für Hirngespinste über den Untergang ihres Ordens und deine Rolle dabei zurechtgesponnen haben? Wenn wir den Norden erreichen, solltest du besser stets in meiner Nähe bleiben. Jetzt schützen dich schließlich keine Kerkermauern mehr.«

HEIMKEHR

Luc tat nur einen einzigen Schritt und trat vom Frühling zurück in den Winter. Vor ihm erhoben sich die verschneiten Festungswerke von Firnstayn. Es war eine sternklare Nacht. Seltsames grünes Licht wogte in weiten Bahnen über den Himmel.

Neben ihm trat Gishild aus dem Albenstern. Sie streifte flüchtig seine Hand. Mehr war nun nicht mehr möglich. Von jetzt an würden sie nicht mehr allein sein.

Ollowain hatte sie im Schlitten auf dem Eis gefunden und zu seinen Schiffen gebracht. Sie waren in die Albenmark gesegelt. Luc war überrascht gewesen, als sie in einen Hafen gekommen waren, der in nichts Vahan Calyd ähnelte. Es war ein nordischer Hafen gewesen, an einem graugrünen Ozean gelegen. Dort hatte man die Verwundeten versorgt. Es hatte ihnen an nichts gefehlt. Luc hatte sich nachts sogar heimlich zu Gishild schleichen können. Sie war aufgeblüht in den wenigen gemeinsamen Nächten. Für Stunden hatte sie die Bürde ihres Königtums abgelegt und war fast wieder das Mädchen gewesen, das er einst seinen Nordstern genannt hatte.

Emerelle hatte diese Zeit der Träume beendet. Sie war höflich gewesen, aber auch sehr bestimmt. Alle Menschenkinder mussten zurück ins Fjordland. Sie selbst hatte ihnen den Weg geöffnet. So traten sie diesmal nicht durch den Albenstern hoch auf dem Felsen am Fjord, durch den Luc bei seiner ersten Reise ins Fjordland gelangt war, sondern durch den zweiten Stern nahe bei den Festungswerken.

Gishild hatte ihm erzählt, dass einer ihrer Ahnen, König Liodred, einst durch diesen Albenstern gegangen war. Er hatte den Ahnherrn Mandred und eine Elfenschar begleitet. Sie waren nie wieder zurückgekehrt. Die meisten Bewohner Firnstayns betrachteten diesen Platz als einen Ort, der Unglück brachte. Luc konnte nicht verstehen, warum Emerelle sie ausgerechnet auf diesem Weg zurückbrachte.

Eine Gruppe von sechs weiß gerüsteten Elfenrittern trat durch den Lichtbogen. Sie trugen Sigurds Leichnam auf einem Schild. Luc dachte an die Heldensagen seiner Kindertage. So hatte man in längst vergangenen Tagen die großen Recken vom Schlachtfeld zurückgebracht. Alexjeis Leichnam war auf dem Eis geblieben.

Auf den Wällen erklangen Hörner. Sie waren nicht angekündigt worden.

Ollowain und der Elf mit den seltsam starrenden Augen, der ihn oft begleitete, näherten sich Luc. »Komm mit uns! Es ist besser, wenn du die Stadt nicht betrittst.«

Luc seufzte. Er sah Gishild nach. Sie saß im Sattel eines Elfenrosses. Emerelle hatte ihr eine neue Rüstung geschenkt. Die Heilkundigen hatten alle Blessuren der Kämpfe verschwinden lassen. Irgendwie hatte ihre Magie es sogar geschafft, den trotzigen Willen der Herrin des Fjordlands wieder aufzurichten.

In schimmernder Rüstung, mit wehendem Umhang auf einem Schimmel mit langer Mähne und prächtigem Schweif sah sie nicht aus, als kehre sie aus einer verlorenen Schlacht heim. Alle Überlebenden aus Aldarvik waren neu eingekleidet. Sie trugen Stoffe und Pelze, wie man sie in Firnstayn noch nicht gesehen hatte. Ihre Taschen waren schwer von Elfengold, die Frauen mit Geschmeide behängt. Aber all der Tand vermochte die Traurigkeit in ihren Augen nicht zu verbergen. Sie hatten ihre Heimat verloren. Nach Aldarvik würden sie nie mehr zurückkehren. Das wussten sie.

»Komm, Luc«, drängte Ollowain. »Er wird bald hier sein. Nichts wird ihn halten, wenn er hört, dass sie zurückgekehrt ist. Du wirst sie morgen sehen, wenn Sigurd zu Grabe getragen wird.«

DER ELFENRITTER

Knirschend schob sich der mühlradgroße Rollstein vor den Eingang zur Gruft. Luc war froh, wieder die klare Winterluft zu atmen. Er trug seine Ordensrüstung und den Schild, an dem er die ganze Nacht über gearbeitet hatte. Zuletzt hatte Brandax ihm geholfen. Der Kobold hatte sich als erstaunlich begabter Maler erwiesen. Selbst die besten Wappenmaler des Ordens hätten den Schild nicht besser gestalten können. Er zeigte den Blutbaum neben dem Silberlöwen auf schwarzem Grund. Dazwischen das Ruder, das an ihre Zeit auf der *Windfänger* erinnerte. Und über allem stand der Nordstern, das Symbol, das Luc sich zu seinem persönlichen Wappen gewählt hatte. Ihm war es gleich, dass ihm der Blutbaum auf seinem Schild manch bösen Blick einbrachte. Er war hier ein Fremder. An Gishilds Seite durfte er nicht sein. Und unter den Elfen und den anderen Albenkindern fühlte er sich auch nur geduldet. Seit er seine Eltern verloren hatte, hatte der Orden sich seiner angenommen. Die Lanze der Silberlöwen war seine zweite Familie geworden. Ihnen würde er im Herzen treu bleiben.

Er reihte sich ein in den langen Zug der Trauergäste, die hinauf zur Königsburg gingen. Brandax wich schon den ganzen Morgen nicht von seiner Seite. Luc hatte das Gefühl, dass der Kobold dazu abgestellt worden war, auf ihn aufzupassen.

Luc hielt sich ganz am Ende des Trauerzugs. Ihm stand nicht der Sinn danach, in der Königshalle Erek neben Gishild sitzen zu sehen. Nach allem, was er über ihn gehört hatte, war Erek ein anständiger Kerl. Aber das machte es nur noch schlimmer ...

»Du ziehst ein Gesicht, als hätte man dich gezwungen, eine Maus samt Fell und Innereien zu essen.«

Luc blickte zu Brandax. Ihm stand jetzt wirklich nicht der Sinn nach dessen Späßen. Der Kobold trug einen Mantel, der aussah, als habe man ihn aus dem Fell eines räudigen Straßenköters gefertigt, und dazu gelbe Hosen und grüne Stiefel. Die Festtagsgarderobe des kleinen Kerls war wie stets von erlesener Geschmacklosigkeit.

»Du scheinst Appanasios schwer beeindruckt zu haben. Er redet von dir, als seiest du ein Held aus alter Zeit. Er hat dich sogar mit Nestheus verglichen.«

»Wer ist das?«

»Der Kerl ist lange tot. Ein ungewaschener Kentaur. Aber für die Vierbeiner ist er einer ihrer größten Helden. Er einigte die Kentaurenstämme des Windlands. Aber noch berühmter als seine Kriegstaten war seine Liebe zu Kirta. Er hatte sich das falsche Mädchen ausgesucht und damit großes Unglück heraufbeschworen. Seltsam, dass es gerade Liebesgeschichten sind, über die man noch nach Jahrhunderten spricht.«

»Was willst du mir damit sagen?«

Der Kobold lächelte breit und zeigte seine angespitzten Zähne. »Du hast gefragt. Weißt du, dass Erek hier sehr beliebt ist? Appanasios mag ihn auch.«

»Der Kentaur scheint ja sehr großmütig seine Gunst zu verschenken.«

»Komm, Luc! Nimm dich ein bisschen zusammen! Wir gehen auf ein Totenfest. Da besäuft man sich, lacht und erzählt sich die unglaublichsten Lügengeschichten über die Heldentaten des Toten. Du solltest dich betrinken. Ich meine das ernst! Kopfschmerzen sind allemal besser als Herzschmerzen.«

»Wollen wir das nicht in einer Schenke erledigen? Vielleicht ist dein Rat gar nicht so schlecht. Am liebsten würde ich die Burg meiden.«

Brandax wirkte irgendwie beunruhigt. »Das geht auf keinen Fall. Ich weiß nicht, ob du dir darüber im Klaren bist, in was für einer Lage du dich befindest. Deine Heldentaten von Aldarvik haben sich herumgesprochen. Zweimal hast du der Königin das Leben gerettet. Wenn du nicht beim Fest erscheinst, dann ist das eine Beleidigung. Solltest du ihr dort allerdings zu nahe kommen ...« Er breitete die Hände aus. »Ich gebe zu, du steckst in einem Dilemma. Ich glaube, am klügsten ist es, sich kurz blicken zu lassen und dann wieder zu verschwinden.«

Luc blickte missmutig auf den braunen Schneematsch. Hier und dort lagen zertretene Blumen. Die Elfen mussten sie wohl mitgebracht haben. Wer sonst konnte mitten im Winter frische Blumen ausstreuen?

Sie waren ein wenig zurückgefallen. Luc betrachtete die Menschen am Wegesrand. Sie mochten Gishild, sie war als Königin beliebt. Trotz des Krieges. Luc war überrascht, wie viele Leute selbst ihm zulächelten. Hatte er sich die bösen Blicke während der Totenfeier am Grabhügel am Ende nur eingebildet?

Endlich erreichten sie den Burghof. Gegenüber dem Tor waren die Mandriden aufgezogen. Zum Zeichen der Trauer trugen sie ihre Speere und Hellebarden mit der Spitze zum Boden gerichtet.

Rechts von ihnen hatten die Elfenritter Aufstellung genommen. Mit wehenden weißen Umhängen und schimmernden Rüstungen waren sie wunderbar anzuschauen. Jedenfalls die meisten. Es gab auch ein paar Trolle und Kobolde unter ihnen. Und einige Kentauren. Sogar winzige Blütenfeen, die zum Zeichen ihrer Ritterschaft weiße Armbinden trugen, waren erschienen. Außer den Blütenfeen trugen sie alle weiße Umhänge. Und selbst die bärtigen Kentauren und die Kobolde schafften es, feierlich dreinzublicken.

Sie alle sahen ihn an. Luc wich unvermittelt einen Schritt zurück und wäre fast über Brandax gestolpert.

Die letzten Jarls und Festgäste reihten sich in die Gruppen der Adeligen ein, die auf den beiden verbliebenen Seiten des Platzes Aufstellung genommen hatten.

Ein scharfer Ruf erklang. Die Mandriden und Elfenritter hoben ihre Banner. Auch unter den Jarls wurden zahlreiche Feldzeichen aufgerichtet.

Aus der Schar der Elfenritter trat Fürst Ollowain in die Mitte des Platzes. Außer dem leisen Knattern der Banner hörte man keinen Laut.

»Luc de Lanzac!« Der Elfenfürst sprach mit leiser, aber eindringlicher Stimme. »Du gehörst zur Neuen Ritterschaft und bekleidest die Ränge eines Ritters und Capitanos. Seit dein

Orden gegründet wurde, kämpfe ich gegen ihn. Einige der gefährlichsten Feinde Albenmarks sind aus den Reihen deiner Ritterschaft hervorgegangen. Ich hatte keine hohe Meinung von den Deinen. Sie kämpfen tapfer, das steht außer Frage. Doch in der Schlacht gegen Heiden und Albenkinder gelten die Gesetze der Ritterschaft für sie nicht mehr. Ich habe sie verachtet, weil sie ihre Gnade nach zweierlei Maß bemessen. Du hast mich gelehrt, dass es mein Fehler war, wenn ich euch alle nach einem Maß gemessen habe. Du bist großmütig und tapfer. Du hast deinen Leib als Schild zum Schutz der Königin gegeben. Zweimal hast du Gishild das Leben gerettet. Du zählst nicht die Köpfe deiner Feinde, bevor du dich zum Kampf stellst. Du erachtest niemanden, der in Not gerät, als zu gering, um dein Schwert zu seinem Schutze zu erheben. Das ist für mich der Geist wahrer Ritterlichkeit. Auch wenn du den Blutbaum im Schilde führst, bist du ein Krieger reinen Herzens. Ein Krieger, wie man ihn nur selten findet.«

Der Schwertmeister löste die Schmuckschnallen, die seinen weißen Umhang hielten, und legte sich den Mantel über den Arm.

»Luc de Lanzac, ich weiß, du wirst deinem Ritterorden nicht abschwören, dennoch möchte ich dir den weißen Mantel der Elfenritter anbieten. Du wärest der erste Menschensohn, der ihn trägt. Wir heißen dich willkommen. Ganz gleich, welches Wappen dein Schild trägt, wir leben nach denselben Tugenden.«

Luc wusste nicht, was er sagen sollte. Er sah zu Gishild. Sie strahlte. Lange hatte er sie nicht mehr so glücklich gesehen.

»Los, nimm schon den Umhang«, zischte Brandax hinter ihm.

Steifbeinig trat Luc vor. Er war nicht gut darin, Reden zu halten. Sein Kopf war leer. Sein Magen rebellierte. Mit Mühe schaffte er es gerade, ein Wort über die Lippen zu bringen: »Danke.«

Ollowain befestigte den Umhang an den Schulterstücken von Lucs Rüstung. »Willkommen, Bruder!«, sagte der Elf mit fester Stimme.

Waffen scharrten. Die Elfenritter zogen ihre Schwerter und streckten sie in feierlichem Gruß dem Himmel entgegen. »Willkommen, Bruder!«

Luc war überwältigt. Er hatte das nicht verdient. All das war zu viel. »Ich …« Wie sie ihn alle anstarrten. »Ich habe gekämpft wie jeder in Aldarvik. Ich habe das nicht verdient. Den Mann, der ein Held war, haben wir heute zu Grabe getragen.«

Für einen Augenblick war es unglaublich still. Dann stießen die Mandriden wie ein Mann ihre Speere und Hellebarden auf den gepflasterten Hof. Funken stoben aus dem Stahl. »Luc!«, rief eine einzelne Stimme. Wieder stießen die Waffen nieder. »Luc!« Jetzt waren es Dutzende, die riefen.

»Deine Worte zeigen mir, dass mein Herz nicht irrte«, sagte Ollowain.

Wieder sah Luc zu Gishild. Ihr Lächeln bedeutete ihm mehr als diese unerwartete Ehrung. Alles würde er dafür geben, wenn er sie jetzt in die Arme schließen könnte. Sie stand nur ein paar Schritt entfernt, und doch war sie unerreichbar.

Erek trat aus der Reihe und kam auf ihn zu. Warum er? Was hatte das zu bedeuten? »Du hast mein Weib gerettet. Damit hast du zugleich das Fjordland gerettet.« Er öffnete die Arme, drückte ihn an sich und küsste ihn auf die Wangen. »Ich weiß alles«, sagte er leise. »Für ihr Leben und deinen Heldenmut danke ich dir von Herzen. Doch wenn du sie wirklich liebst, dann wirst du dich noch heute zu den Spähern melden, die unsere Feinde in Gonthabu beobachten. Wenn du bei Hof bleibst, wirst du alles zerstören, wofür sie gekämpft hat.«

DAS ERBE

Ollowain blieb nicht lange auf dem lärmenden Fest der Menschenkinder. Sie feierten ihm zu ausgelassen. Alles war ein wenig zu grell, zu laut, zu wild. Sie wussten, dass ihre Welt unterging. Auch wenn es so ausgesehen hatte, war Gishild nicht als Heldin heimgekehrt. Die Stadt, die sie hatte verteidigen wollen, war vernichtet. Ollowain sah darin ein Omen. Wenn sie um das Fjordland kämpften, dann würde es wie in Drusna enden. Er liebte das Land und die Menschen. So oft war er hier gewesen. Er hatte gesehen, wie aus einem Fischerdorf eine mächtige Stadt geworden war, die Residenz der Könige. Doch nun war der Herbst des Fjordlands gekommen. Die alte Pracht blätterte ab. Alles würde sich ändern. Ein neues Land würde geboren werden. Er hatte mit Gishild darüber gesprochen. Sie sah es wie er; vielleicht sogar noch deutlicher.

Der Elfenritter blickte die verschneite Straße entlang. Die Menschen, an denen er mit schnellem Schritt vorübereilte, grüßten ihn. In ihrer Welt hatte er in den letzten drei Jahrzehnten mehr Zeit verbracht als in Albenmark.

Er verließ die Stadt durch das Obertor. Es war ein klarer Winterabend. Das letzte Abendrot verglühte hinter den schneebedeckten Bergen. Nach den Stunden in der rauchigen Hitze der Festhalle genoss er die klare, kalte Luft.

Er hörte das Lachen der Trolle, noch bevor er ihr Lager erreichte. Hier war keine Wache aufgezogen. Zerbrochene Knochen, aus denen auch das letzte Mark gekratzt war, lagen im Matsch zwischen den Zelten. In der Mitte des Lagers hatten sie ihre Standarten aufgerichtet. Er blickte nicht hinauf. Man wusste nie, was sie an die dicken Querstangen genagelt hatten. Nur selten war es ein angenehmer Anblick.

Er stieg über ein geborstenes Fass. Fast trat er auf einen Troll, der sich wie ein riesiges Schwein in den Matsch gegraben hatte und schnarchend seinen Rausch ausschlief. Sie hatten ihm alles genommen, was einst seiner Sippe gehört hatte. Ollowain war überrascht, einen Anflug von Verbitterung zu verspüren. Er hatte lange nicht mehr an sein Erbe gedacht. Es war verloren, und er hatte nie den Wunsch verspürt, darum zu streiten. Bis heute.

Er sah sich zwischen den Zelten um. Sie waren aus ungegerbten Häuten gefertigt. Große, hässliche Halbkugeln, die im Schneematsch kauerten. Manche waren mit einfachen Bildern in grellen Farben geschmückt. Aufgeprägte Handabdrücke, Büffel, Kentauren.

Er fand es stets schwierig, sich zu merken, welches der Zelte dem König gehörte. Orgrim legte keinen Wert auf Pomp. Das war Ollowain sympathisch. Für einen Troll war er kein übler Kerl. Solange er einen nicht zu einem Mahl an seiner Tafel einlud, konnte man mit ihm auskommen.

»Er ist hier!« Die heisere Stimme durchdrang den Lärm, der aus den anderen Zelten dröhnte. Ein Fell wurde zurückgeschlagen. Rauch zog durch die Öffnung. Das warme, gelbe Licht von Öllampen fiel auf den Schnee.

Ollowain duckte sich und trat ein. Skanga, die mächtigste Schamanin ihres Volkes, kauerte vor einem kleinen Feuer. Vor sich hatte sie ein Stück Leder ausgebreitet, auf das merkwürdige Linien und Symbole gezeichnet waren. Knochen lagen darauf verstreut. Neben ihr hatte sich Orgrim auf einem Lager aus Wolfsfellen hingestreckt. Er zupfte Fleisch von etwas, das aussah wie ein Hundekopf.

Skanga schob mit ihren gichtigen Fingern die Knochen zusammen und hob sie auf.

»Ergreifend, deine Zeremonie heute«, sagte Orgrim gelangweilt. »Ich wüsste zu gern, was Erek dem Mann ins Ohr geflüstert hat, der bei jeder Gelegenheit ins Bett seines Weibes steigt. Ich glaube, ich an seiner Stelle hätte ihn einfach auf dem Platz niedergestochen, seinen Kopf abgehackt und auf eine Stange gesteckt.«

»Er hat ihn zu den Spähern bei Gonthabu geschickt«, entgegnete Ollowain gereizt. »Für einen Barbaren ist er überraschend klug.«

Der König der Trolle schüttelte den Kopf. »Nein, ist er nicht. Diese Sache muss gelöst werden. Der Ritter wird wiederkommen. Dann geht der Tanz von vorne los. Ein König muss herrschen. Er kann Ärger nicht aus dem Weg gehen. Er zieht ihn an wie ein Scheißhaufen die Fliegen. Und wenn er nicht bereit ist, hart durchzugreifen, dann wird er bald an all den Fliegen um ihn herum ersticken.«

»Du magst Erek, nicht wahr?«

»Er ist eine ehrliche Haut.«

Ollowain atmete scharf ein.

»Du solltest ihm gegenüber nicht von Häuten sprechen«, sagte Skanga am Feuer. »Da ist er empfindlich. Ich glaube, er hat nie verwunden, was Birga mit seiner Geliebten angestellt hat.«

»Wir alle haben Tote, die wir nicht vergessen können«, entgegnete Orgrim kühl. »Er sollte besser nicht mit den alten Geschichten anfangen.«

Klackernd fielen die Knochen auf das Leder. Ollowain war sich sicher, einen Elfenknochen zwischen ihnen zu erkennen. Einen halben Kiefer, in dem noch alle Zähne steckten.

»Ich sehe deinen Tod, Schwertmeister. Dir bleibt nicht mehr viel Zeit.« Sie blickte in seine Richtung. Ihre toten, weißen Augen waren unheimlich. »Es ist ein merkwürdiger Tod für einen Krieger. Eher wie ein Unfall ... Du wirst große Schmerzen erleiden.«

»Das genügt! Ich will nicht wissen, wie es geschieht.«

Ollowain starrte in das Feuer. Der Tod hatte längst keinen Schrecken mehr für ihn. Er hatte schon zu lange gelebt. Aber er wollte nicht Tag und Stunde kennen. Und auch nicht die Umstände. Sonst würde seine Gleichgültigkeit vielleicht vergehen. »Du weißt, dass ich der einzige Erbe des Fürsten Landoran bin. Ich bin der Erbe der Snaiwamark. Die Normirga werden mir folgen, wenn ich sie rufe.«

Ein scharfes Knacken erklang. Orgrim hatte den Hundeschädel in seiner Faust zerquetscht. »Willst du einen neuen Krieg mit meinem Volk heraufbeschwören? Die Snaiwamark ist die Heimat der Trolle. Sie wurde uns von den Alben überlassen. Die Normirga gehören dort nicht hin. Sie hatten die Snaiwamark geraubt. Du hast auf gar nichts einen Anspruch, Elf. Und wenn du klug bist, gehst du jetzt!«

»Was, glaubst du, wird geschehen, wenn ich sterbe?«, erwiderte Ollowain.

Orgrim erhob sich drohend. »Wollen wir es herausfinden?«

»Lass ihn!«, zischte Skanga. »Lass ihn reden! Er weiß, dass er nicht hier stirbt.«

»Für fast ein Jahrtausend habe ich mein Erbrecht nicht geltend gemacht. Wenn ich sterbe, dann wird unter den Normirga Streit ausbrechen, und du kannst dir sicher sein, wer immer die Nachfolge meiner Sippe erringt, wird sein Recht auf den Thron der Snaiwamark einfordern.«

Der Troll sah ihn überrascht an. Nachdenklich spielte er mit einem Knochensplitter des Hundeschädels. »Was schlägst du vor?«

»Ich wünsche, dass es kein zweites Phylangan gibt. Und, ja, ich stimme dir zu, die Snaiwamark wurde deinem Volk von den Alben geschenkt. Sie ist eure rechtmäßige Heimat.«

»Meine Heimat war eher die Nachtzinne«, bekannte der König. »Ich bin stets lieber dort gewesen. Aber nun haben alle

Trolle die Welt der Menschenkinder verlassen. Wir werden die Snaiwamark niemals mehr aufgeben. Und glaube mir, wir sind stark genug, sie zu verteidigen.«

»Genau darum bin ich hier. Du bist der einzige Fürst, der die Macht hat, sich Emerelle zu widersetzen. Ich werde hier in diesem Zelt mein Testament aufsetzen. Und da ich keine anderen Verwandten habe, steht es mir frei, einen Erben zu erwählen. Ich werde alle meine Rechte am Thron der Snaiwamark an dich abtreten. Ich werde Fürst Fenryl als Zeugen berufen. Er ist in alle meine Pläne eingeweiht.«

Klackernd fielen Skangas Orakelknochen. »Du bist nicht gekommen, um Geschenke zu machen, Schwertmeister.«

»In der Tat. Dies Testament, das deinem Volk Frieden schenken wird, hat einen Preis.«

EIN PFUND FLEISCH

Honoré sah in die leere Truhe hinab, und zum ersten Mal seit langem hatte er Angst. Vorgestern war der Mann gestorben, den Gilles so lange hatte foltern lassen. Siebenundsechzig Tage hatte sein Martyrium gedauert.

»Und?« Gilles saß in dem großen Stuhl, den seine Diener hinaufgetragen hatten. Der Heptarch war abgemagert. Die Reise hatte an seinen Kräften gezehrt.

»Ich bin bestohlen worden. Sie haben alles an sich genommen. Die Elfenschätze … Ohne sie kann ich dir keine Linderung verschaffen.«

Gilles seufzte. »Hältst du mich für einen geduldigen Mann?«

»Herr, bitte ...« Honoré hob die Hände wie zum Gebet. Nie zuvor hatte er sich so machtlos gefühlt. Auf das, was von der Neuen Ritterschaft geblieben war, sollte er nicht bauen, das war ihm heute klar geworden. Sie gaben ihm die Schuld am Untergang des Ordens. Seine ganze Zukunft hing nun allein von Gilles ab. Und der Heptarch war in einem Zustand, der nicht viel Hoffnung ließ.

»Sehe ich aus wie ein geduldiger Mann?« Seine Augen brannten. »Finde Hilfe! Seit Wochen klammere ich mich an den Gedanken, hier Linderung zu finden. Finde etwas, oder du wirst meine Leiden teilen. Deine Soldaten haben doch ihre Schätze in den Schenken verprasst. Plündern wir die Wirte aus.«

»Das wird nicht helfen. Es gab nur sehr wenige Beutestücke, denen Magie innewohnte. Ich habe sie alle beschlagnahmen lassen. Die schönsten Stücke habe ich nach Aniscans gebracht. Alle anderen waren hier.«

Gilles hatte eine Hand unter seinen Mantel geschoben. Seine Lippen waren zusammengekniffen. Tiefe Falten umgaben sie in einem Strahlenkranz. Zusätzlich zu seinen Leibschmerzen litt er an einem entzündeten Zahn. Honoré hatte ihm Dutzende Male versprochen, all diese Leiden zu lindern. »Ich werde mich also erniedrigen müssen und Tarquinon darum bitten, dass er mir die Schätze überstellt, die man hier gestohlen hat. Nur ist Tarquinon irgendwo in Fargon und sammelt wie die anderen Heptarchen Truppen, um nach Gonthabu überzusetzen. Und diese Schätze sind weiß der Henker wo. Es werden Wochen vergehen, bis sie hierhergebracht werden. Wochen, die ich nicht habe.«

»Wenn wir ins Fjordland reisen ... Das Land steckt voller heidnischer Kultstätten. Auch dort könnten wir die Kraft finden!«

»Bist du dir diesmal ganz sicher?«

Honoré zögerte. Es wäre dumm, Gilles etwas vorzumachen. Sein Zorn wäre nur umso größer, wenn er noch einmal enttäuscht würde. »Ich weiß es nicht. Dort ist Magie im Land, das ist gewiss. Aber wir brauchen einen Ort von großer Macht. Einen Albenstern. Nur da kann ich dich wirklich heilen.«

»Und diese Sterne gibt es im Fjordland?«

»Von einem weiß ich ganz sicher. Er liegt nahe der Stadt Firnstayn auf einer Steilklippe.«

Gilles lehnte den Kopf gegen den Sessel zurück. »Weißt du, was mir Linderung verschaffen würde? Ich hätte Lust, dabei zuzusehen, wie du entmannt wirst. Hast du so etwas schon einmal gesehen? Männer verändern sich danach von Grund auf. Sie werden weicher, fügsamer ... Bei manchen ändert sich sogar die Stimme. Meistens werden sie auch dicker. Ich wäre sehr neugierig zu beobachten, was mit dir geschieht.«

»Herr, ich bitte dich!«

»Nein, Honoré. Ich glaube, dass ich dir das Gefühl gegeben habe, dass ich dir ausgeliefert bin. Das Gegenteil ist der Fall. Morgen wird unsere Flotte den Rabenturm verlassen. Wir segeln nach Gonthabu. Und morgen Abend werde ich dabei zusehen, wie man etwas von dir abschneidet. Morgen werde ich mich noch mit einem Pfund von deinem Fleisch zufrieden geben. Nächstes Mal wird es mehr sein. Ich werde von nun an jedes Mal etwas von dir abschneiden lassen, wenn du mich enttäuschst. Du kannst dir ja schon einmal ausrechnen, wie viele Irrtümer du dir noch leisten kannst, Honoré. Wenn es nichts mehr abzuschneiden gibt, fangen wir mit der Bootsfolter an.« Der Alte läutete die Handglocke, die auf seinem Schoß lag. Augenblicklich öffnete sich die Tür. Seine Träger und Leibwachen traten ein.

»Herr, bitte. Ich flehe dich an! Ich verliere womöglich meine Kraft, wenn du mich verstümmeln lässt.«

»Dass deine Magie etwas mit deinem Gemächt zu tun haben könnte, halte ich für unwahrscheinlich. Diese Gefahr nehme ich auf mich.«

»Willst du, dass ich dich auf Knien bitte?«

Gilles sah ihn abschätzig an. »Versuch es.«

Der Primarch ballte in hilfloser Wut die ihm verbliebene Faust. Einer der Träger des Alten grinste ihn frech an. Hier in diesem Zimmer hatte er vor einem halben Jahr noch über tausende Ritter und Soldaten geboten. Wie flüchtig war seine Macht gewesen!

»Nun, Honoré? Hältst du es für klug, mich warten zu lassen?«

Der Ritter ahnte, dass nichts, was er tat, Gilles von seinem grausamen Spiel abbringen würde. Wenn er jetzt, in Anwesenheit der Träger und Leibwächter, niederkniete, dann würde die Geschichte bis morgen Abend in aller Munde sein. Das Einzige, was ihm noch geblieben war, war seine ruhmreiche Vergangenheit. Der Kniefall würde auch sie zerstören.

»Ich werde erst morgen Abend wieder für deine Unterhaltung zur Verfügung stehen.«

Gilles klatschte. »Bravo, Ritter. Worte wie in einem Bühnenstück! Damit hast du den großen Abgang in diesem Akt. Wenn ich an morgen denke, habe ich noch eine Frage. Du kennst den Festungshafen ja besser als ich. Gibt es einen erfahrenen Fleischhauer, den du empfehlen könntest?«

DIE ANDERE KÖNIGIN

»Manche sagen, wenn ein Weib ein Kind unter dem Herzen trägt, dann wird es weniger zänkisch. Ich wurde dreimal Vater und kann dies nicht bestätigen. Aber die Frauen meines Volkes haben Zungen wie Messer; bei den Menschenkindern mag dies ja anders sein. Gishild jedenfalls war eine andere geworden, nachdem sie aus Aldarvik zurückkehrte. Vielleicht lag es daran, dass sie alle Schrecken des Krieges nun in ihrem eigenen Lande gesehen hatte. Doch ganz gleich, was der Grund dafür war, sie war von Stund an mehr eine Frau als eine Kriegerin. Kaum dass sie zurückgekehrt war, berief sie die Räte und Feldkommandeure ein. Und sie gebot ihnen, um keinen festen Platz mehr zu kämpfen, an dem auch Bauern oder Handwerker lebten. Kein Weiler und keine Stadt sollte mehr verteidigt werden. Nur Firnstayn allein. Sie stellte es ihren Untertanen auch frei, zur Kirche des Tjured überzutreten, und sicherte jedem zu, dass ihm darob weder durch Worte noch durch Taten ein Übel widerfahren sollte, wenn er den alten Göttern abschwor. Mir hat sie einmal gesagt, dass sie das, was sie liebte, nicht zerstört sehen wollte, nur weil sie es verteidigte.*

Damals verbrachte sie viel Zeit in ihren Gemächern und versammelte eine Schar von Frauen um sich. Ihr war klar geworden, dass sie zwar wusste, wie man mit dem Rapier in der Hand einem Gewappneten gegenübertrat, doch wie man ein kleines Kind hielt, es stillte und wickelte, hatte sie nie gelernt. Das berüchtigte Mannweib, das aus zahllosen Schlachten mehr als dreißig Narben an seinem Körper trug, wurde zur Frau. Erek aber, ihr Mann, wurde im selben Maße mehr zum König, in dem sie den Thron mied. Er war beliebt beim Volke, denn er war ein Herrscher, der sich nicht scheute, bei einfachen

Arbeiten Hand anzulegen, und der für jeden ein offenes Ohr hatte, ganz gleich welchen Alters und Standes er war.

Gemeinsam waren sie Herrscher, wie das Fjordland sie lange nicht gehabt hatte. Sie hätten ihrem Volk Frieden und Wohlstand gebracht, wäre es ihnen vergönnt gewesen, in einer anderen Zeit geboren zu sein.

Luc aber war voller Unrast. Er hielt sich fern vom Hof, und jene, die um seine Liebe zu Gishild wussten, waren erleichtert. Seinen Mut kühlte er bei den Spähern der Elfenritter. Kein Streich war zu tollkühn, als dass er ihn nicht gewagt hätte. Es hieß, dreimal sei er in der Maske eines Ordensritters nach Gonthabu eingedrungen, und er habe sich selbst in eine große Besprechung der Kirchenoberen und Offiziere eingeschlichen. Er setzte den Patrouillen der Ritter arg zu. Doch tötete er nie einen von denen, die den Blutbaum auf der stählernen Brustwehr trugen. Im Volke gab es bald viele Geschichten über ihn. Alle wussten, dass der Krieg nicht mehr lange währen würde und der Sieg fern war wie nie. Umso mehr brauchten sie Geschichten über kleine Siege und einen Helden. Und dieser Held ward ihnen Luc, der bald von allen nur noch der Elfenritter geheißen wurde.

Auch Emerelle ward durch den nicht enden wollenden Krieg friedlicher. Vielleicht sah sie ja in ihrer Silberschale, was noch kommen sollte. Sie beendete ihre Fehden mit den anderen Albenkindern. Sie ließ all jene suchen, die vor ihrer Herrschaft geflohen waren. Viele spürten auch, welches Unheil heraufzog, und kehrten in ihre alte Heimat zurück, ohne dass sie vom Sinneswandel der Königin erfahren hätten. Es ist oft darüber gestritten worden, ob Emerelle um den Verrat Ollowains wusste. Sie schweigt dazu, doch glaube ich, dass sie um das Schicksal des Schwertmeisters wusste und ihm die Schande ersparen wollte, seine Taten aufzudecken.

Das größte Wunder jener Tage jedoch ereignete sich in Gon-

thabu. Wir alle erwarteten, dass mit dem Frühling ein gewaltiger Heerwurm aus den Toren der Stadt hervorbrechen würde, um gen Norden nach Firnstayn zu ziehen. Doch die Ritter blieben hinter den Festungswällen verschanzt, obwohl Schiff um Schiff in den Hafen einlief...«

ZITIERT NACH:
DIE LETZTE KÖNIGIN, BAND 3 – DIE EISGEBORENEN, S. 39 ff.
VERFASST VON: BRANDAX MAUERBRECHER,
HERR DER WASSER IN VAHAN CALYD,
KRIEGSMEISTER DER HOLDEN

DAS WUNDER VON GONTHABU

»Sag mir, dass das nicht wahr ist!« Lilianne war außer sich vor Zorn. Nie zuvor war sie solcher Unvernunft begegnet.

Erilgar und Ignazius schwiegen. Der Abt, der die Botschaft überbracht hatte, sah sie pikiert an. Er war ein Mann in mittleren Jahren, von gepflegtem Äußeren, mit fein gestutztem Spitzbart und modisch gewelltem, schulterlangem Haar. Er hatte ein wenig Puder aufgetragen. Seine dunkelblaue Soutane zeigte nicht das feinste Stäubchen. Lilianne hätte ein Regiment darauf verwettet, dass der Kerl noch nie in seinem Leben auf einem verschneiten Acker übernachtet hatte oder dreißig Meilen am Stück auf seinen eigenen Füßen gegangen war.

»Meine liebe Schwester, ich verstehe deinen Unmut nicht.

Welche größere Gnade kann uns zuteilwerden, als den Wünschen der Heptarchen zu genügen? Deine Kriegstaten sind in aller Munde, Schwester. Unser lieber Freund Gilles de Montcalm zeigte sich in höchstem Maße verwundert wie auch begeistert, dass ihr durch eure Kühnheit die große Festung Gonthabu erobert habt, ohne auch nur einen einzigen Schuss abzufeuern. Wir alle sehen darin einen Beweis, dass Tjured dem letzten Feldzug wohlgesonnen ist und wir dank seiner Gnade und Unterstützung einen raschen Sieg erringen werden.«

Lilianne faltete die Hände vor der Brust, als wolle sie beten. Sie musste sich in Geduld fassen. Das hier war Politik. Mit logischen Argumenten würde sie nicht weiterkommen. »Wir haben genug Soldaten, Bruder. Weitere Verstärkungen brauchen wir nicht. Wir benötigen Stiefel und neue Uniformen. Zelte, Pulver, Pökelfleisch, Maultiere, schwere Feldstücke. Alles, was notwendig ist, um eine Armee auf dem Marsch zu versorgen. Wir haben uns den Winter über gut vorbereitet. Die Güter liegen in den Häfen Drusnas und Fargons bereit. Ihr könnt uns doch jetzt nicht die Schiffe nehmen!«

»Aber die ruhmreichsten Regimenter auf Gottes Erdenrund werden sich dem Heer in Gonthabu anschließen!« Der Abt sprach voller frommer Begeisterung. »Wie kannst du so kleinlich sein, Schiffe für Stiefel zu fordern, wenn dir ganze Soldaten geboten werden? Und mehr noch, du wirst unter den Augen aller sieben Heptarchen deine Schlachten schlagen, Lilianne. Ihre Gebete werden dich und deine Soldaten beflügeln, und du wirst noch größere Ruhmestaten als hier in Gonthabu vollbringen.«

Lilianne sah Hilfe suchend zu Erilgar und Ignazius.

»Wie viele Schiffe benötigt unser geliebter Bruder Gilles denn?«, fragte der Ordensmarschall höflich.

»Alle, die hier im Hafen liegen, natürlich. Es ist uns zu Ohren gekommen, dass der Großmeister vom Aschenbaum eine Flotte von vierunddreißig Schiffen versammelt hat und schon bald von Vilussa aus in See stechen wird. Mein Herr und Freund Bruder Gilles aber gebietet nur über siebenundzwanzig Schiffe, von denen dreizehn ganz und gar unansehnlich sind. Sicher ist euch einsichtig, dass der oberste Siegelverwahrer Tjureds, also der Erste unter Gleichen, nicht hinter Bruder Tarquinon zurückstehen und mit einer kleineren Flotte hierherreisen kann als ein Heptarch, der ihm im Range nicht gleichsteht. Tjured selbst wäre über eine solche Zurücksetzung seines ältesten Dieners unter den Heptarchen gewiss erzürnt.«

Lilianne traute ihren Ohren nicht. Dieser Speichellecker erdreistete sich zu behaupten, die kleinlichen Intrigen seines Herrn geschähen mit dem Segen Tjureds!

»Wir sind natürlich überaus erfreut, dass unser lieber Bruder Gilles seinen verdientesten Diener geschickt hat, um uns seine Wünsche und Sorgen vorzutragen. Und eine ebenso große Freude ist es uns, ihm unsere Schiffe zur Verfügung zu stellen. Wohin soll die Flotte segeln?«

»Der Heptarch weilt noch immer in der Hafenfestung Rabenturm. Die Winterstürme haben ihn dort nun schon seit mehr als zehn Wochen festgehalten. Auch befiel ihn eine leichte Krankheit. Doch dank Tjureds Gnade ist er nun vollständig genesen und fühlt sich in der Lage, die Strapazen einer Seereise auf sich zu nehmen.«

Lilianne wurde hellhörig. Wenn der Abt eingestand, dass Gilles krank gewesen war, dann musste es etwas Ernstes gewesen sein. Einen Schnupfen oder eine Magenverstimmung würde er niemals zugeben. Sie opferte ihren Nachschub also einem kranken, alten Mann, der kommen wollte, um ihr in ihren Feldzug hineinzureden. Sie sollte ihm die Schiffe überlassen und einen anderen Weg suchen.

»Es bekümmert mich zutiefst, Bruder, zu erfahren, dass unser geliebter Bruder Gilles erkrankte und den Winter in einer Festung verbringen musste, die ihm kaum die nötigen Annehmlichkeiten zu einer schnellen Genesung bieten konnte. Nun, da ich weiß, wie viel Leid er auf sich nahm, um bei uns zu weilen, erhebe ich selbstverständlich keinen Einspruch, wenn er unsere Schiffe wünscht. Meine Soldaten sind gewiss weniger schön anzuschauen als die Männer der ruhmreichsten Regimenter des Erdenrunds in ihrem bunten Tuch. Aber sie sind Veteranen. Sie werden auch in schlechtem Schuhwerk marschieren. Wir werden schon morgen mit dem Vorstoß auf Firnstayn beginnen, damit unser geliebter Bruder Gilles sich nicht unnötig lange den Strapazen eines Aufenthalts in einem Feldlager aussetzen muss. Ich bin zuversichtlich, dass die Verteidigungswerke der Stadt bis zu seiner Ankunft schon sturmreif geschossen sein werden.«

Der Abt hob abwehrend die Hände. »Nein, liebe Schwester, nein. Ich fürchte, ich habe mich missverständlich ausgedrückt. Es ist der Wunsch des obersten Siegelverwahrers, dass der gesamte Feldzug in Gegenwart aller Heptarchen stattfindet. Ich glaube, Bruder Gilles hofft sogar darauf, höchstselbst lenkend in die eine oder andere Schlacht einzugreifen. Bisher war es ihm verwehrt, Ruhm im Kriege zu erstreiten.«

Lilianne traute ihren Ohren nicht. »Bitte berichtige mich, wenn ich mich irre, Bruder. Aber der Siegelverwahrer ist über sechzig und leidend. Glaubst du, ein Schlachtfeld ist der rechte Ort für ihn?«

»Schwester, er vertraut auf Gott. Ich bin mir sicher, er wird Tjured im Kriege ebenso glanzvoll dienen, wie er es bislang in Aniscans tat.«

»Gewiss«, pflichtete Erilgar ihm bei. »Wir haben die Wünsche unseres Bruders Gilles verstanden. Wir werden ihm unsere Schiffe schicken und ihn und die anderen Heptarchen erwarten.«

Der Abt verneigte sich. »Ich werde meinem Bruder getreulich berichten.« Er richtete sich auf und sah zu Lilianne. »Er wird auch von deinem frommen Eifer erfahren.«

Die Komturin biss sich auf die Lippen.

Erilgar geleitete ihren Besucher aus dem Kartenzimmer der Festung. Lilianne lauschte auf die leiser werdenden Schritte der beiden.

»Ist dir klar, was vor sich geht?« Ignazius sagte das nicht vorwurfsvoll.

»Dieses Drama ist an Deutlichkeit wohl schwer zu überbieten. Dummheit und Ignoranz haben die Herrschaft in unserer Kirche ergriffen. Und sie werden …«

»Nein. Ich hatte befürchtet, dass du es so siehst. Dies hier ist der letzte Krieg, den die Kirche zu führen hat. Wenn wir siegen, dann ist das Heidentum ausgelöscht. Deshalb müssen die Heptarchen anwesend sein. Sie können keinem Feldherrn allein diesen Ruhm überlassen. Sie denken an die Zukunft. Der Sieger im Fjordland könnte allzu leicht auch die Macht in der Kirche an sich reißen oder es zumindest versuchen. Sind alle sieben Heptarchen zugegen, dann gibt es keinen Helden. Das Gleichgewicht der Macht bleibt gewahrt. Ich fürchte, wir werden die Mauern Gonthabus erst verlassen, wenn sich die Heptarchen mit all ihrem Gefolge versammelt haben. Und das mag noch Wochen dauern. Mach dich darauf gefasst, dass schon bald der nächste Kirchenfürst nach Schiffen für seine Regimenter, Köche, Zelte und Pantoffeln anfragen wird.«

»Wie kannst du dabei zusehen?« Lilianne geriet allein bei der Vorstellung schon außer sich. »Wir schenken den Heiden und den Anderen kostbare Zeit, um sich vorzubereiten. Hunderte von unseren Soldaten werden für diese Dummheiten mit dem Leben bezahlen.«

»Du musst es aus einer anderen Warte betrachten, Schwester. Wenn einer allein als Sieger über die Heiden dasteht, mag es zu einem Bruderkrieg innerhalb der Kirche kommen, der in seinem Ausmaß das unselige Gemetzel zwischen unseren beiden Orden bei weitem übertreffen wird. Schmiede deine Pläne für den Feldzug und übe dich in Geduld, Schwester. Und lerne für die Schlachten, die bald im Frieden geschlagen werden.«

Zunächst sollte sie lernen, ihr Temperament zu beherrschen, dachte Lilianne ernüchtert. Es war gut, den Alten zu haben, auch wenn er zum Orden vom Aschenbaum gehörte. Michelle hatte ihr während des Feldzugs in Aldarvik geschrieben, dass es um die Gesundheit von Bruder Ignazius nicht zum Besten stünde. Doch schien er wieder vollständig genesen zu sein. Der Krieg in Albenmark hatte ihn regelrecht aufleben lassen, und sie dankte Tjured dafür, dass er ihr einen so weisen Ratgeber an die Seite gestellt hatte.

EIN UNRÜHMLICHES ENDE

Fingayn wollte es mit eigenen Augen sehen. Es war leicht gewesen, der Spur Honorés bis zur Festung Rabenturm zu folgen. Er war wohl der meist verfluchte Mann seines Ordens. Der Maurawan hatte viel über den Ritter erfahren, auch Dinge, die nicht in den Papieren aus der Ordensburg standen. Honoré war ein Menschensohn von ausgesuchter Skrupellosigkeit. Wie es schien, hatte er nicht davor zurückgeschreckt, eigene Ritterbrüder ermorden zu lassen, wenn ihm das von Nutzen gewesen war. Ihn mit einem sauberen Schuss zu töten, war zu gnädig. Aber offenbar war ihm jemand zuvorgekommen.

Fingayn strich über den steinernen Sargdeckel. In ungelenken Buchstaben war der Name des Primarchen in den weichen Sandstein geschnitten. Selbst nach den Maßstäben der Menschen war es eine schlechte Handwerksarbeit. Die Titel des Ritters waren nicht aufgeführt. Sein Wappen hatte man mit billiger, roter Farbe auf den Stein gemalt. Da waren die Bluteiche und der Löwe. Und darüber der Kopf eines Einhorns. Als er den Wappenschild des Ritters zum ersten Mal gesehen hatte, war er empört gewesen. Wie konnte ein solches Ungeheuer sich das Einhorn zum Wappen wählen, das Symbol für Reinheit und edlen Geist? Doch je mehr er über Honoré erfuhr, desto besser hatte er sich in seinen verdrehten Geist hineinversetzen können. Dieses Wappen passte, wenn man es mit Hintergedanken betrachtete. Nur der Kopf des Einhorns war auf dem Schild abgebildet. Er hatte das edle Tier also enthauptet. Das war Honoré! Nur so konnte es gemeint gewesen sein.

Fingayn hatte ein Brecheisen geholt, um in den Sarg zu sehen. Er traute Honoré jeden Betrug zu. Und er wollte ganz sicher sein. Der Ritter lag erst seit drei Tagen im Sarg. Es hieß, er sei unglücklich gestürzt und habe sich auf einer Treppe das Genick gebrochen. Der Maurawan traute diesem Gerücht nicht. Das passte einfach nicht zu Honoré. Er hatte mit einem Diener gesprochen, der im Haus, das der Heptarch Gilles bewohnt hatte, in der Küche arbeitete. Der Mann schwor Stein und Bein, Honoré seit Wochen nicht mehr gesehen zu haben. Und er hatte hinter vorgehaltener Hand geflüstert, dass es wohl einen schweren Streit zwischen dem Primarchen und dem Heptarchen gegeben hatte. Honoré war einen Tag, bevor Gilles den Festungshafen verließ, verstorben.

Dass man ihn nicht in einen Bleisarg gelegt hatte, um ihn

nach Valloncour zu schicken, mochte zweierlei bedeuten. Entweder ruhte der falsche Mann in diesem Sarg, oder der Primarch war im Ansehen seiner Ritterbrüder so tief gesunken, dass sie ihm diese letzte Ehre verweigerten.

Fingayn stemmte sich mit aller Kraft gegen das Eisen. Leise knirschend öffnete sich der Sarg. Übler Gestank machte sich in der Gruft breit. Der Elf hob seine Laterne, um genauer zu betrachten, was dort lag. Dieser Mann war eindeutig seit mehr als drei Tagen tot!

Der Maurawan hielt den Atem an. Der billige Steinsarg war nicht luftdicht gewesen. Widerliches Gewürm tummelte sich auf dem Körper. Das Antlitz des Toten war unkenntlich. Aber Farbe und Länge des Haars stimmten mit dem überein, was er über Honoré wusste. Die rechte Hand war abgetrennt, der Stumpf seit vielen Monden verheilt.

Die Körpergröße und die allgemeinen Proportionen entsprachen ebenfalls dem Primarchen. Allerdings war der Mann, der dort lag, sehr ausgemergelt. Seine Kleider waren schmutzig. Er trug keine Rüstung, nur die Brustplatte mit dem zynischen Wappen hatte man ihm mitgegeben.

Fingayn hob die Platte des Kürass ab und zerriss die fadenscheinigen Kleider. Was er sah, erschütterte ihn zutiefst. Er wandte sich ab. Rang nach Atem. Deshalb war ihm der Leichnam so dünn erschienen! Der Mann war schwer gefoltert worden. Wie es schien, hatte man ihm bei lebendigem Leib große Stücke aus dem Körper geschnitten und die Wunden so weit versorgt, dass kein schneller Tod eintreten konnte. Beide Waden fehlten. Auch andere Teile ... Das musste auf Befehl des Heptarchen geschehen sein. Sie waren Ungeheuer, alle miteinander, diese Kirchenfürsten. Einer schlimmer als der andere!

Fingayn nahm den vorletzten Pfeil aus seinem Köcher und legte ihn neben den Leichnam. Er sehnte sich danach, endlich wieder in die Wälder am Albenhaupt zurückzukehren und der Welt der Menschen für immer den Rücken zu kehren. Nur ein letzter Weg noch.

Er legte die Brustplatte zurück und verschloss den steinernen Sarg. Bald würde sein Werk vollbracht sein.

PAPIERKRIEG

Erek betrachtete verzweifelt den Berg von Papieren, die sich vor ihm auf dem Tisch türmten. In der Vergangenheit hatte er Gishild gern verspottet, weil sie diesen Teil erledigt hatte. Ihr war es recht gewesen, weil sie damit einen Grund hatte, ihre Gemächer nicht zu verlassen.

Seit ihrer Rückkehr aus Aldarvik ging sie ihm aus dem Weg, wo immer sie es vermochte. Nicht ein Mal hatte er in den Monden, die seitdem vergangen waren, bei ihr gelegen. Immerhin hatte sich ihr Ritter in all der Zeit auch nicht mehr blicken lassen. Er stahl sich die Herzen der Fjordländer zusammen mit seinen Heldentaten.

Erek schob die Papiere zur Seite. Wenn ihm erst einmal ein Erbe geboren wurde, dann würde sich alles ändern, dachte er. Auch Gishild würde dann sicher anders mit ihm umgehen.

Doch so, wie er die Stunde der Geburt herbeisehnte, so fürchtete er sie auch zugleich. Würde er das Antlitz des Ritters in den Zügen des Kindes wiedererkennen? Was war dann zu tun? Gewiss würde das auch anderen auffallen.

Er sah aus dem Fenster. Die Sonne stand hoch am Himmel. Jenseits der Festungswälle wurde Heu geerntet. Er wäre jetzt lieber draußen, mit einer Sense auf dem Feld. Bei solch ehrlicher Arbeit würden seine dunklen Gedanken verfliegen. Vor Sonnenuntergang wäre es nicht so weit, hatten die Frauen gesagt.

Erek seufzte. Er konnte den Palast jetzt nicht verlassen. Vielleicht kam das Kind ja doch schon vor Sonnenuntergang.

Roxanne hatte ihn in den letzten Tagen oft besucht. Dreimal hatte sie ihm die Geschichte von der Geburt Snorris erzählt. Dinge, die Erek niemals hätte hören wollen. Sicherlich wollte sie ihn beruhigen und ihn mit ihrer Geschichte auf die Geburt vorbereiten. Aber was sie erreicht hatte, war das genaue Gegenteil. Dass die Frauen ihrer Sippe niemals bei Tageslicht ihre Kinder bekamen, war noch das Harmloseste. Vielleicht lag es ja daran, dass Roxanne schwarze Haare hatte? Bekamen schwarzhaarige Frauen ihre Kinder bei Nacht? Und Blonde im Tageslicht? Er wusste zu wenig über diese Frauendinge! Allerdings hatte es in seinem Dorf als ein schlechtes Zeichen gegolten, wenn ein Kind im Dunkeln geboren wurde. Solche Bälger bekamen ein düsteres Gemüt und schrien mehr als Kinder, die bei Sonnenschein in diese Welt kamen. Er dachte daran, unter welchem Unstern sein Sohn geboren würde. Der Feind war im Land. Bald würden die Ordensritter gen Firnstayn ziehen. Vielleicht sollte er zu den Göttern beten, dass es eine Tochter würde. Die könnte man eines Tages mit einem der Priesterfürsten verheiraten. Wenn die Ordensritter nur genug Männer im Fjordland verloren, gaben sie ja vielleicht auf und ließen mit sich verhandeln.

Erek hielt den Atem an und lauschte. Hatte er Gishild schreien gehört? Jetzt war es wieder still.

Er nahm eines der Papiere vom Tisch, um auf andere Gedanken zu kommen. Buchstaben um Buchstaben kämpfte er sich durch die Zeilen. Unbegreiflich, dass es Leute gab, die zum Vergnügen lasen! Es ging um eine Söldnerin, die durch einen Elfenpfeil getötet worden war. Warum behelligte man ihn mit so etwas? Was sollte er denn dazu entscheiden? Wie es schien, hatte sich das Weib anheuern lassen, um die Duelle anderer auszufechten. Reiche Feiglinge kämpften gerne so. Er sollte ein Gesetz erlassen, das Duellanten zwang, selbst die Klinge zu führen. Wahrscheinlich hatten sich die Verwandten irgendeines ehrlichen Jungen, der von diesem Weibsbild abgestochen worden war, gerächt und einen Meuchler gedungen. Erstaunlich nur, dass sich auch Elfen für so etwas hergaben. Bei Kentauren oder Kobolden hätte ihn das nicht gewundert. Aber Elfen ...

Er legte das Blatt zurück. Er dachte an die Fechterin, die man in einer Gasse gefunden hatte. Der Pfeil war von vorne durch ihre Brust gedrungen. Hätte man sie hinterrücks erschossen, hätte er vielleicht etwas unternommen. Aber so ging die Sache eigentlich in Ordnung. Der Gedanke an die blutüberströmte Frau weckte die Erinnerung an Roxannes Geschichten über Snorris Geburt. Wenn man ihr glauben mochte, dann war der Sturm auf die wohl verteidigte Bresche einer Festungsmauer der reinste Spaziergang im Vergleich zu dieser Geburt. Sie wäre damals fast gestorben. Gishild war Zeugin der Geburt gewesen. Und er wusste, wie viel Angst sie hatte. So wie er sie kannte, würde sie jetzt auch lieber auf einem Schlachtfeld stehen. Er sollte bei ihr sein! Aber die Frauen duldeten keinen Mann in der Nähe des Kindbetts.

Zum Glück war Morwenna da. Sie war eine dunkle, wortkarge Gestalt. Aber Roxanne hielt große Stücke auf sie. Die Königinmutter wäre wohl gestorben, wäre Morwenna nicht in jener fernen Winternacht gekommen, um Snorri auf die Welt zu holen. Aber der Junge war so früh gestorben ... Brachte es Unglück, wenn eine Elfe ein Menschenkind auf die Welt holte? Hatte sie die Pläne der Götter durchkreuzt und Luth erzürnt?

Es klopfte. Noch bevor er etwas sagen konnte, flog die Türe auf. Eine Magd mit blutigen Händen stand dort und wagte es nicht, über die Schwelle zu treten. Nein, es war keine Magd. Es war die Hebamme. Sie weinte! »Kommt, Herr. Kommt schnell!«

ANGST

Es tat weh! Sie war Schmerzen gewöhnt, aber das hier war anders ...

»Atmen. Ruhig atmen.« Morwenna stand neben ihr und beobachtete sie aufmerksam.

Gishild konnte es nicht mehr hören! Sie gab sich ja Mühe, aber es fühlte sich an, als wolle ein Kohlkopf aus ihr heraus. Die Schmerzen und dann die Gesichter der beiden Ammen ... Sie blinzelte. Wo war die zweite Amme?

»Sie blutet zu stark.«

Wer hatte das geflüstert? Gishild sah in die Gesichter um sie herum. Die Amme neben ihr hatte Angst. Warum konnte sie sich nicht beherrschen?

Es ging wieder los. Sie schrie. Es war, als würde sie zerreißen.

»Sie ist zu stark. Sie wird das Kind bei der Geburt zerdrücken.«

Das war Morwenna gewesen! Sie erkannte den Akzent der Elfe. Immer wenn sie jemanden ansah, schlossen sich die Münder. Und sie flüsterten nur. Aber mit ihren Ohren war noch alles in Ordnung, dachte Gishild wütend. Sie verstand sehr gut, was gesprochen wurde!

Die Schmerzen kehrten zurück. Sie bäumte sich auf. Schrie.

Plötzlich war da Erek. Er stand über ihr. Er sah sie lächelnd an. Er war der Einzige hier, der lächelte. Er strich ihr über die Stirn. »Du schaffst das«, sagte er voller Zuversicht. »Du hast ganz andere Schlachten geschlagen.«

Gishild stiegen die Tränen in die Augen. Sie wollte nicht weinen, aber sie konnte sich nicht beherrschen.

Er nahm jetzt ihre Hand. »Ich bin bei dir.«

Gishild hatte das Gefühl zu fallen. Sie kämpfte nicht dagegen an. Sie war schwach. Morwenna beugte sich über sie. Die Elfe berührte ihren Bauch. Eine der Hebammen hob ein Tuch hoch, so dass sie nicht sehen konnte, was sie mit ihr taten. Ängstlich blickte sie zu Erek. Er strahlte eine ruhige Zuversicht aus, die besser war als tausend Worte. Allein ihn anzusehen, gab ihr neue Kraft. Er war ihr Schicksal. Und er war ein guter Mann. Sie sollte ihn besser behandeln, freundlicher zu ihm sein. Er hatte ihr so oft geholfen. Wo Luc wohl war? Würden sie ihn zu ihr lassen? Wahrscheinlich würde Erek darüber entscheiden. Sie sehnte sich nach Luc, danach, von ihm gehalten zu werden ... Aber sie konnte Erek nicht bitten, ihren Ritter vorzulassen. Nicht jetzt. Nein, nie! Sie musste ihren Mann besser behandeln ...

Plötzlich hörte sie einen Schrei. Quäkend. Erst schwach, dann entschiedener.

Sie sah, wie Erek schluckte. Seine Augen schimmerten feucht. Er drückte ihre Hand. »Du hast es geschafft! Ein Sohn. Wir haben einen Sohn!«

Gishild versuchte sich aufzurichten, um das Kind zu sehen, aber sie war so schwach, dass sie nicht einmal den Kopf zu heben vermochte. Sie brachten das Kind weg! Was geschah da?

»Sie waschen es«, sagte Erek ruhig, als könne er in ihren Gedanken lesen. Er strich ihr das verschwitzte, strähnige Haar aus dem Gesicht. Sie sah wahrscheinlich entsetzlich aus. Und doch sah er sie voll stiller Liebe an. Sie wich seinem Blick aus. Sie hatte ihn nicht verdient.

Morwenna kehrte zu ihr zurück. »Einmal abgesehen von den Ohren ist es wirklich ein hübsches Kind.« Sie reichte ihr ein kleines Leinenbündel. Es war das erste Mal, dass Gishild die düstere Elfe scherzen hörte.

Sie nahm das Kind in den Arm. Sein Gesicht war ganz rot. Es hatte die Augen auf. Eines sah sie an, das andere war zur Decke hin verdreht.

»Ist er ganz gesund?«

Morwenna lachte leise. »Keine Sorge. Das ist bei Neugeborenen oft so. Es kann ein paar Tage dauern. Sie müssen erst lernen, mit beiden Augen in dieselbe Richtung zu blicken.« Sie sah zu Erek. »Er sieht dir ähnlich, König. Ich hoffe, er wird ein wenig hübscher als du.«

Erek lachte auf. Und Gishild hörte deutlich die tiefe Erleichterung in seinem Lachen. Endlich war es vorbei! Sie sah ihren Sohn an. Er hatte tatsächlich etwas von Erek. Wieder stiegen ihr Tränen in die Augen. Sie konnte es einfach nicht verhindern. Sie sollte nicht enttäuscht sein! Die ganze Schwangerschaft über hatte sie sich eingeredet, dass es Lucs Kind war, das in ihrem Bauch heranwuchs. Sie hatte an die Zeit in der Höhle am Wolkenspiegelsee gedacht. Sie war sich so sicher gewesen, dass das Kind in diesen Tagen gezeugt worden war!

»Du musst nicht mehr weinen«, sagte Erek mit warmer

Stimme. »Es ist geschafft. Alles ist gut. Und du hast dich tapfer geschlagen. Wie in jeder Schlacht!«

Sie sah ihn durch den Schleier der Tränen hinweg an. Und sie schämte sich. Er ahnte nicht einmal, warum sie weinte. Oder war er so ritterlich, es einfach zu überspielen? Er hatte sie immer wieder überrascht. Er war ein guter Mann.

»Darf ich meinen Enkel auch einmal sehen?« Roxanne setzte sich neben sie aufs Bett. Ihre Mutter war alt geworden in den letzten Monden. Ihr schwarzes Haar war von etlichen weißen Strähnen durchzogen. Sie nahm ihr den Jungen aus dem Arm und drückte ihn an sich.

»Wir sollten ihn Snorri nennen, wie deinen Bruder. Snorri Erekson. Das ist ein guter Name!«

Gishild sah ihren Mann überrascht an. Sie hatte ihren kleinen Bruder geliebt. Aber er hatte kein Glück in seinem Leben gehabt. War es klug, dem Kind diesen Namen zu geben?

»Eine wundervolle Idee!«, stimmte Roxanne zu, bevor Gishild etwas sagen konnte. »Snorri Erekson!« Sie wiegte das Kind in den Armen. »Das ist der Name eines Kriegers. Du wirst einmal ein bedeutender Mann sein, so wie dein Vater.«

Gishild sah, wie gut Erek die Worte ihrer Mutter taten. Sie erhob keinen Einspruch gegen den Namen. Es war nicht Lucs Sohn. Sollten die beiden über den Namen entscheiden.

»Die Mutter braucht jetzt Ruhe!«, sagte Morwenna in einem Ton, der keinen Widerspruch duldete. »Sie hat bei der Geburt viel Blut verloren. Sie muss schlafen, um wieder zu Kräften zu kommen.«

Sie hatte viel Blut verloren? Die Angst kam wieder zurück. Deshalb also war sie so schwach!

»Mach dir keine Sorgen, Menschentochter! Ich wache über dich. Ich habe lange gewartet, bevor ich eingegriffen habe. Vielleicht ein wenig zu lange ... Es ist immer am besten, wenn eine Mutter ein Kind ganz aus eigener Kraft auf die Welt bringt. Aber mach dir keine Sorgen. Es ist alles in Ordnung.«

DER HEERWURM

»Dein verdammtes Rohr wird uns noch Kopf und Kragen kosten«, fluchte Appanasios.

»Ich will sehen, was dort unten vor sich geht«, entgegnete Luc, ohne sich aus der Ruhe bringen zu lassen. Er betrachtete die Banner der kleinen Flottille, die den Fjord hinaufzog. Auf den Decks der Schiffe wimmelte es nur so von Arkebusieren. Sie dienten als Flankenschutz für den Heerwurm. Eine zweite, kleinere Gruppe von Galeeren war als Vorhut etwa zwei Meilen weiter nördlich zu sehen.

»Wird es vielleicht besser, wenn man es größer sieht?« Der Kentaur peitschte unruhig mit dem Schwanz.

Etwas stach Luc in den Nacken. Er blinzelte. Verdammte Mücken. Gott schenkte nichts, ohne einen Preis zu fordern. Das Fjordland war schön im Sommer. Hier, nahe Gonthabu, lagen die Berge ein Stück vom Wasser entfernt. Vor ihnen erstreckten sich hügeliges Waldland und Wiesen. Kleine quadratische Felder umgaben die Stadt am Horizont. Der Himmel war stahlblau. Der Duft von Kiefernharz und frisch geschnittenem Heu lag in der Luft. Es wäre ein vollkommener Tag in wunderbarer Landschaft, wären da nicht diese verfluchten Mücken. Sie waren so klein, dass man sie kaum sehen konnte. Und ihre Blutgier war unstillbar. An einem Abend hatte Luc siebenundneunzig Stiche auf seiner Haut gezählt. Und das nur an den Stellen, die er sehen konnte!

»Du solltest dich mit Salzwasser einreiben«, sagte Appanasios. »Das ist das Einzige, was hilft.«

Oder nach Pferdeschweiß zu stinken, dachte Luc. Sein Kamerad wurde erstaunlicherweise völlig verschont. Und er hatte sich noch nie mit irgendetwas eingerieben.

»Du solltest Fenryls Warnung ernster nehmen.«

Luc dachte nicht daran, das Fernrohr zusammenzuschieben. Der Elf hatte sie gewarnt, dass man zuweilen Lichtblitze im Dickicht sah, wenn sich die Sonne auf der polierten Linse des Fernrohrs spiegelte. Luc hatte das Bronzerohr schon mit schwarzer Farbe angestrichen, damit es weniger auffällig war. Aber an der Linse ließ sich nichts machen. Vielleicht könnte man einen dünnen Stofffetzen davorhängen?

»Siehst du das dort unten?«

»Ja«, murmelte er entnervt. Er hatte die Späher bemerkt. Regelmäßig patrouillierten Trupps aus berittenen Arkebusieren entlang der beiden Ufer des Fjords. Es wurden jeden Tag mehr. Und mit jedem Tag wagten sie sich weiter in die Hügel vor.

Aber Luc ließ nicht davon ab, das Kirchenheer zu beobachten. Er wollte alles sehen, und dazu brauchte er sein Fernrohr! Fenryl schien die Augen eines Adlers zu haben. Überhaupt benahm er sich manchmal wie ein Vogel. Appanasios hingegen genügte ein flüchtiger Blick. Der Kentaur wollte gar nicht genau wissen, wie viele Regimenter und Reiterschwadronen dort unten marschierten. Oder wie viele Geschütze im Tross mitgeführt wurden. Ein einziger Blick auf den meilenlangen Heerwurm genügte, um zu wissen, dass die Übermacht erdrückend war. In einer Feldschlacht war diese Armee nicht zu besiegen!

Ab und zu ließ Brandax ein paar Schwarzrückenadler, die Kobolde trugen, über dem Heerwurm kreisen. Wie vor Jahren bei den Kämpfen um die Ordensburg warfen sie stählerne Bolzen ab, die Helme und Rüstungen so leicht durchschlugen, als seien sie nur aus Pergament. Damit vermochten die Kobolde vorübergehend für Unordnung in den Marschkolonnen zu sorgen. Doch aufhalten ließ sich das Heer davon nicht. Es waren nur Nadelstiche. Und Luc empfand diese Art des Kämpfens als ausgesprochen unritterlich.

Eine Schar Menschen eilte zum Ufer des Fjords. Der Ritter schwenkte das Fernrohr. Blau gewandete Priester begleiteten mehrere Familien. Auch ein paar Soldaten mit Piken und Arkebusen waren dabei. Doch sie hielten Abstand zu den anderen.

Einer der Priester watete in den Fjord hinein, bis ihm das Wasser weit über die Hüften reichte. Eine Frau folgte ihm. Als sie vor ihm stand, drückte der Priester ihren Kopf unter Wasser. Jetzt gehörte sie zur großen Herde der Tjuredkirche. Luc war froh zu sehen, dass sich aus allen Dörfern Männer und Frauen weihen ließen. Jeder, der zur Tjuredkirche übertrat, bekam verbrieft, dass sein Besitz nicht angerührt wurde. Und obendrein gab es eine Prämie von drei Goldstücken für jeden Kopf, der in den Fjord getaucht wurde. Das Gold wurde dem Familienvorstand ausgehändigt.

Die Kirche hatte aus den Fehlern in Drusna gelernt. Sie behandelte die Bewohner des Fjordlands streng, aber gerecht. Gestern am frühen Abend hatte Luc beobachtet, wie man Plünderer an einer großen Eiche am Ufer des Fjords aufgeknüpft hatte. Mehrere Regimenter hatten antreten müssen, um dabei zuzusehen.

Luc schlug sich auf die Wange. Verdammte Mücken!

»Es gibt viele Überläufer«, murrte Appanasios. »Feiglinge!«

Wer sich diesem Heerwurm nicht in den Weg stellte, war kein Feigling, dachte Luc. Er tat das einzig Vernünftige.

Schon vor einem Mond hatten erste Arbeitstrupps die Stadt verlassen. Damals waren es nur einige hundert Mann gewesen. Sie rodeten Bäume, hoben ein Straßenbett aus und schafften Sand und Schotter herbei. Sie bauten eine fünf Schritt breite gepflasterte Straße. Die Voraustrupps der Arbeiter waren inzwischen schon Meilen entfernt.

Alles dort unten geschah mit Bedacht. Das Heer rückte nur sehr langsam vorwärts, nicht mehr als zwei Meilen pro Tag. Und immer noch marschierten neue Regimenter aus den Toren Gonthabus. Es war unglaublich. Beängstigend!

Allein gestern hatten siebzehn große Schiffe im Hafen angelegt, Karracken und die neuen Karavellen. Die kleinen Küstensegler zählte Luc schon gar nicht mehr. Auch im Hafen wurde gebaut. Man schuf neue Anlegestellen und Lagerhäuser. Vor den Festungsmauern waren während des Winters zwei Ziegelbrennereien, eine große Sägemühle und etliche andere Handwerksbetriebe neu gebaut worden. Luc wusste, alles dort unten diente in irgendeiner Weise dem Krieg. Aber der Einzug der Kirchentruppen machte die Bewohner der Stadt reich. Luc war selbst ein paar Mal dort gewesen und hatte es mit eigenen Augen gesehen. Die Soldaten zahlten für alles, und sie zahlten gut.

Nur wenige Fjordländer waren nach Norden aufgebrochen, um in Firnstayn Schutz zu suchen. Wer den Heerwurm sah, der wusste, nichts und niemand konnte diese Armee aufhalten. Luc hatte lange nicht verstanden, warum die Ordenstruppen nicht schon im Frühling mit dem Angriff begonnen hatten. Doch jetzt war es ihm klar. Die Kirche zeigte ihren Stahl. Ihre ganze überwältigende Macht. Und dann zeigte sie Gold.

VON ADLERN UND LATRINEN

»Dort drüben sehe ich Lilianne. Hol sie mir her!«

Sein junger Adjutant eilte gehorsam davon, um die Ritterin vom Blutbaum aus der Schar ihrer Hauptleute zu holen. Sie mied ihn, das wusste Gilles. Aber heute würde er sich nicht darüber ärgern, entschied der Heptarch. Er war so guter Laune, dass ihn nicht einmal die lästigen Mücken verdrossen. Das Land tat ihm gut. Er war nicht ganz genesen, aber es ging ihm besser als während der Zeit im Festungshafen Rabenturm. Und es war überwältigend zu sehen, welche Kräfte die Kirche bewegen konnte. Selbst mitten im Geschehen zu sein, war doch etwas ganz anderes, als im fernen Aniscans Depeschen über den Verlauf eines Krieges zu erhalten. Hier hatte er die Macht vor Augen.

Beständig dröhnte der Marschschritt der Regimenter auf der neuen Straße. Wohin er auch sah, waren Krieger oder Priester. Und die Menschen hier waren der Kirche wohlgesonnen. Es war eine wahre Freude zuzusehen, wie sie sich im Fjord weihen ließen! Natürlich war sich Gilles darüber im Klaren, dass es bei etlichen nur Lippenbekenntnisse waren und sie heimlich weiter zu ihren Götzen beteten. Die Kirche hatte viele Jahrhunderte Erfahrung in der Missionierung. Für gewöhnlich dauerte es zwei oder drei Generationen, bis die letzten heidnischen Bräuche gänzlich verschwanden oder durch Märtyrerkulte fest in den Kirchenritus eingebunden waren. Aber das Fjordland war auf einem guten Weg.

Leider gab es bislang gar keinen Widerstand. Manchmal lieferten sich die Späher beider Seiten ein Scharmützel, aber diese Kämpfe fanden stets in Wäldern oder Schluchten statt, wo man nicht zusehen konnte. Dabei hatte Gilles sich so sehr darauf gefreut, eine Rüstung anzulegen und eine Schlacht zu lenken. Das hatte er noch nie getan. Alles über den Krieg wusste er nur aus Büchern und den Depeschen seiner Meldereiter.

Etwas wehmütig blickte er zu dem Rüstungsständer, der neben dem Kartentisch stand. Ein fein ziselierter Helm und eine dünne Brustplatte, mehr mochte er nicht mit sich herumschleppen. Schließlich hatte er nicht die Absicht, in vorderster Reihe zu fechten, wo er ernsthaft in Gefahr geraten konnte. Das überließ er Jüngeren. Sein Platz wäre der Feldherrenhügel, von dem aus er mit wehendem Umhang über seine Heerscharen gebot. Der Tag würde noch kommen, tröstete er sich. Irgendwann mussten sich die verdammten Heiden schließlich zum Kampf stellen.

Lilianne trat unter den Baldachin. Sie trug ein Hemd, braune Lederhosen und hohe Stiefel. Ihr knapp schulterlanges Haar war offen. Sie trug gar keine Rüstung, ja nicht einmal eine Bauchbinde, die ihren Rang als Offizierin auswies. Gilles runzelte die Stirn. Diese Ritterinnen vom Blutbaum gaben sich allzu freizügig, dachte er. Dagegen würde man etwas unternehmen müssen, wenn dieser Krieg gewonnen war. Es ziemte sich nicht für ein Weib, so herumzulaufen. Und insbesondere als Befehlshaberin sollte sie mehr Wert auf ihre Erscheinung legen. Sie sollte schließlich ein Vorbild für ihre Männer sein und nicht durch dieses zügellose Verhalten auch einfache Soldaten dazu ermutigen, sich gehen zu lassen. Sonst würde ihr Heer bald aussehen wie ein Haufen wandernder Vagabunden!

Er deutete auf die zwei Zoll dicken Eichenbretter, die unter dem Stoff seines Baldachins verborgen waren, so dass man sie aus der Luft nicht sehen konnte. »Was wirst du gegen die Adler unternehmen, Schwester? Ich würde mich gerne frei bewegen.«

Die Komturin wies zu einem großen Planwagen, der ein Stück entfernt auf einer Kuhweide stand. »Unter der Plane ist ein Falkonett verborgen, eine kleinere Bronzeschlange mit einem langen, gezogenen Lauf. Sie verschießt Kugeln, die etwas kleiner als Hühnereier sind. Der Boden des Wagens wurde besonders verstärkt, und für das Falkonett haben wir eine Lafette konstruiert, die es erlaubt, das Rohr in einem steilen Winkel nach oben zu richten. Leider haben wir im Augenblick nur sieben dieser Geschütze. Ich habe über den Winter sechzig Wagen verstärken lassen, um sie aufzunehmen. Wenn Michelle mit ihrer Mission in Valloncour erfolgreich ist, wird sie aus den Arsenalen der Schlangengrube etwa sechzig weitere Geschütze mitbringen. Sie werden auch bei Belagerungen von großem Nutzen sein, da sie sehr treffgenau schießen.«

Gilles war beeindruckt. Auch wenn die Komturin sich wie eine Schlampe kleidete, war sie ohne Zweifel eine fähige und gewissenhafte Heerführerin. »Und diese Falkonetts, die sind geeignet, die Adler vom Himmel zu holen?«

»Unbedingt, Bruder. Allerdings sollte man sie in großer Zahl einsetzen, um einen Erfolg zu verzeichnen, denn ein Ziel, das sich so schnell bewegt wie ein Vogel, ist nicht leicht zu treffen.«

Er nickte, so, als sei er mit all diesen militärischen Einzelheiten bestens vertraut. »Ich bin sehr zufrieden mit deiner Arbeit, Schwester. Womit warst du beschäftigt, als ich dich gestört habe?«

Sie lächelte süffisant. »Ich habe einige Hauptleute angewiesen, wo sie Latrinengruben ausheben lassen sollen.«

Gilles hielt das zunächst für einen Scherz, aber sie bot ihm keine weiteren Erklärungen. »Latrinen …« Es fiel ihm schwer, die Fassung zu wahren. Er war sich ziemlich sicher, dass sie ihn auf den Arm nahm. Sie hatte einen rebellischen

Geist, das war ihm schon bei früheren Begegnungen mit ihr aufgefallen.

Es machte ihr augenscheinlich Spaß, ihn vorzuführen. Zum Glück war sein Adjutant der einzige Zeuge dieses Gesprächs.

»So. Latrinen«, sagte er noch einmal.

»Latrinen sind im Augenblick von weitaus größerer Bedeutung für uns als die Falkonetts«, sagte sie in herablassendem Ton. »Ich weiß nicht, ob du dir jemals Gedanken darüber gemacht hast, was für einen ungeheuren Berg von Fäkalien ein Heer dieser Größe jeden Tag hinterlässt.«

»Ich gestehe, dass ich mich in Gedanken nur selten mit den Ausscheidungen von Soldaten beschäftige«, entgegnete er kühl.

»Deshalb tue ich es ja. Ausreichend Latrinen an Stellen auszuheben, wo sie kein Trinkwasser verschmutzen können, ist eine überaus wichtige Aufgabe. Wir könnten, bevor wir Firnstayn erreichen, ein Viertel dieses Heeres durch Seuchen wie Cholera und andere Übel verlieren, wenn wir nicht gut planen. So viele Verluste werden uns die Adler in einem ganzen Jahr nicht zufügen können, auch wenn ich zugebe, dass es schlecht für die Moral der Männer ist, den Angriffen eines Feindes ausgesetzt zu sein, gegen den man sich nicht wehren kann.«

»Cholera …« Zum ersten Mal seit Tagen dachte Gilles wieder darüber nach, ob es klug gewesen war, sich dem Feldzug anzuschließen. Von militärischen Dingen wusste er wenig, aber mit Erkrankungen der Gedärme kannte er sich aus. Ein Ausbruch von Cholera würde Tausende dahinraffen. Und es waren die Kinder, die Alten und die Schwachen, die zuerst starben.

»Ich bin sehr beruhigt, eine so gewissenhafte Feldkommandeurin in dir zu haben. Bitte entschuldige, wenn ich dich mit meiner laienhaften Neugier von deinen Aufgaben abgehalten habe. Ich werde dich nicht weiter behelligen.«

Sie verneigte sich und zog sich zurück. Gilles konnte sich sehr gut vorstellen, was sie von ihm dachte. Für diesen Feldzug würde er sie noch brauchen. Dann sollte er eine sehr abgelegene Komturei für sie suchen. Einen Ort, an dem es viel Ärger und nur eine Handvoll Soldaten gab, über die sie gebieten konnte. Wenn sie in Friedenszeiten sich zu langweilen begann, mochte sie gefährlich werden. Ihr fehlte das Feingefühl einer Diplomatin. Und für verwickelte Intrigen, wie sie in Aniscans das tägliche Brot waren, war sie zweifellos auch nicht geschaffen. Aber er wusste, dass ihre Soldaten sie verehrten. Selbst die Ritter vom Aschenbaum waren ihr mehr und mehr zugetan, wie seine Spitzel ihm berichtet hatten. Nach dem Krieg durfte man ihr keine Befehlsgewalt mehr lassen!

NADELSTICHE

Luc duckte sich, als die Radschlosspistole aufbellte. Die Mündungsflamme versengte ihm die Wange. Er schlug dem Kutscher den Korb seines Reiterschwerts ins Gesicht und zerrte ihn dann vom Bock.

Der Mann rollte sich in den Straßengraben und schützte seinen Kopf mit beiden Händen. Luc zog sich aus dem Sattel auf den Kutschbock. Er zügelte sein Pferd und blickte durch die Plane auf die Pritsche. Pulverfässer!

»Mach schnell!«, rief Appanasios ihm zu. »Verdammt, mach schnell!«

Luc hörte den Donner der schweren Hufe. Er löste die Messingkapsel von seinem Schulterbandelier und betete, dass der Dauerregen den dicken Luntenstummel darin nicht gelöscht hatte.

Hastig schlug er seinen Dolch durch den Deckel des vordersten Fasses und kramte eine Zündschnur aus der Ledertasche an seinem Gürtel. Er schob die Zündschnur durch den Spalt im Holzdeckel, blies den dicken Luntenstummel an und hielt ihn an die Zündschnur. Zischend erwachte sie zum Leben.

Er beeilte sich, aus dem schweren Wagen zu kommen. Appanasios hielt sein Pferd am Zügel.

Luc sprang vom Kutschbock in den Sattel. Die gegnerischen Pistoliere waren weniger als hundert Schritt entfernt. Einer der Kentauren feuerte eine Arkebuse ab, doch der Schuss zeigte keine Wirkung.

»Zurück!«, rief Appanasios.

Der kleine Reitertrupp wendete. Fünf der zehn Wagen standen in Flammen. Luc drückte sich flach an den Hals seines Hengstes. Sie preschten einem lichten Waldstück entgegen. Ein Teil der Pistoliere schwenkte von der Straße ab, um ihnen zu folgen. Die Übrigen hielten auf die Kolonne aus Planwagen zu.

Der Kutscher, den Luc vom Bock gezogen hatte, rannte wild gestikulierend auf die Reiter zu. Eine gewaltige Explosion löschte seine Rufe aus.

Lucs Hengst scheute. Eine Woge heißer Luft fegte über sie hinweg. Holzsplitter prasselten ins Dickicht vor ihnen. Einer der Kentauren strauchelte. Hinkend kam er wieder hoch. Sein linkes Vorderbein war unter dem Kniegelenk abgerissen. Trotzig zog er zwei Radschlosspistolen und stellte sich ihren Verfolgern.

Luc fluchte. Es war unmöglich, dem Kentauren zu helfen. Obwohl sich die Kolonne geteilt hatte, waren ihre Verfolger immer noch fünfmal so stark wie ihr Trupp. Und sie hatten ausgeruhte Pferde.

Sie preschten in den Wald hinein. Kahle Äste schlugen Luc ins Gesicht. Hinter sich hörte er zwei Schüsse. Weitere Schüsse folgten. Wieder fluchte Luc. Seit Wochen liefen sie immer nur davon. Wann immer sie den Versorgungsweg des Heerwurms angriffen, waren feindliche Reiterpatrouillen nicht fern. Ihnen blieb nie viel Zeit. Stets endete es mit einer gnadenlosen Hetzjagd. Und wer dabei strauchelte, der wurde zurückgelassen. Jeder Rettungsversuch hätte nur noch mehr Blut gekostet.

Sie querten eine lang gestreckte Lichtung und sammelten sich bei den drei Eiben, so wie sie es abgesprochen hatten. Luc riss eine der Pulverkartuschen von seinem Brustbandelier und lud in fliegender Hast eine seiner beiden Sattelpistolen. Kaum hatte er den Ladestock ins Rohr gerammt, erschienen am anderen Ende der Lichtung die ersten Pistoliere.

Luc spuckte die Bleikugel in den Lauf und stieß sie hinab. Eilig spannte er mit dem Schlüssel die Feder des Radschlosses. Dann gab er aus seinem Pulverhorn eine Prise des feinen Zündpulvers auf die Pfanne der Waffe. Er versuchte es mit der Hand gegen den Regen abzuschirmen und klappte schnell den Pfannendeckel zu.

Ihre Feinde waren schon über die Mitte der Lichtung hinaus. Noch zwanzig Schritt, vielleicht weniger.

Luc hob die Pistole. Er hielt sie leicht schräg und zielte auf die Brust eines der Reiter. Sein Zeigefinger krümmte sich. Das Stahlrad rieb über den Schwefelkies. Kein Schuss löste sich. Es blieb keine Zeit, die Pistole in das Sattelholster zu schieben. Er ließ sie los. Ein dünner Lederriemen verband sie mit einer Öse an seiner Brustplatte. So fiel sie nicht in den Schlamm und behinderte ihn nur wenig.

Einige der Kentauren hatten mehr Glück. Ihre Waffen zündeten. Blei schlug auf Stahl. Bolzen zischten über ihre Köpfe hinweg, als die Reiter sie schon fast erreicht hatten. Pferde strauchelten. Männer schrien. Weitere Schüsse krachten.

Etliche Reiter aus der ersten Linie der Pistoliere stürzten, gefällt von der überraschenden Salve.

»Attacke!«, schrie Appanasios und preschte den Reitern entgegen. Luc gab seinem Hengst die Sporen. Nur drei Herzschläge später war er mitten im Getümmel. Ein Hieb spaltete den Schirm seiner Sturmhaube und ritzte seine Wange. Sein gerader Stoß fand die verletzliche Stelle zwischen Halsberge und Helm. Der Arm seines Gegners sank schlaff herab, das Reiterschwert fiel zu Boden.

Eine Kugel prallte von Lucs Schulterplatte ab. Vor ihm erschien ein Reiter mit Rabenschnabel. Der Dorn der Waffe funkelte im Regen. Luc lenkte den Hieb mit einem Rückhandschlag ab. Sein Hengst wieherte. Blut rann über seinen Hals. In der Hitze des Gefechts hatte ihm eine Klinge die Spitze des rechten Ohrs abgetrennt.

Ein Hornsignal rief die Pistoliere zurück zum Waldrand.

»Lösen!«, befahl auch Appanasios.

Das Knäuel der Reiter trennte sich. Einzelne Bolzen folgten den Kirchenreitern.

Die Kentauren sammelten sich erneut unter den drei Eiben. Kobolde seilten sich von den Ästen ab. Jeder der Pferdemänner nahm einen auf seinen Rücken.

Einer von ihnen winkte Luc von seinem Seil hängend zu. Der Ritter reichte ihm die Hand. Smirt, so war sein Name. Obwohl er kleiner als ein Kind war, war der Kobold Luc unheimlich. Er hatte kalte Augen, so wie alle seine Männer. Sie waren erst vor vier Tagen aus Albenmark gekommen. Die Truppe nannte sich Spinnenmänner. Warum sie so hießen, wusste Luc nicht.

Smirt schwang sich hinter ihm in den Sattel. Er hatte eine

Windenarmbrust auf seinen Rücken geschnallt. An der Seite trug er einen schweren Beutel. Einige kurze, tückisch gekrümmte Messer steckten in seinem Gürtel. »Dann bring mich mal in Sicherheit, Elfenritter! Ich hab gesehen, wie du den Schwerthieb mit deinem Helm pariert hast. Sehr schneidig. Jeden anderen hätte das wohl den Kopf gekostet. Aber dir sagt man nach, dass du stets unglaubliches Glück hast. Bei mir ist das ähnlich. Ich wurde mit einer Glückshaut auf dem Kopf geboren.«

Luc sah den kleinen Krieger verblüfft an. »Ich auch.«

»Na, dann kann uns ja nichts passieren.«

Irgendwie klang die Stimme des Kobolds spöttisch. Erlaubte er sich einen Scherz? Aber woher hätte er das mit der Glückshaut wissen sollen? Außer Gishild hatte er nur Leon davon erzählt. Der alte Primarch war längst tot und sein Wissen tief in den Archiven der Ordensburg begraben. Wie hätte Smirt dorthin gelangen sollen? Das war ausgeschlossen!

»Rückzug!« Der Kentaurenfürst deutete auf den Wald. Noch hatten sich die Pistoliere nicht neu formiert. Und diesmal gab es keine Überraschung mehr, die die Wucht ihres Angriffs brechen konnte.

In halsbrecherischem Tempo jagten die Kentauren über Stock und Stein. Sie folgten einem Hohlweg und ritten durch dichten Eichenwald. Bald hatten sie ihre Verfolger abgeschüttelt. Doch Appanasios gönnte ihnen nur eine kurze Rast. Auf verschlungenen Pfaden führte der Kentaurenfürst sie an Firnstayn heran.

Der Fjord war von Galeeren abgeriegelt. An beiden Ufern erstreckten sich große Heerlager. Schanzarbeiter hatten damit begonnen, Gräben und Geschützstellungen anzulegen. In den Apfelgärten biwakierten Arkebusiere aus Iskendria. Regimenter aus allen Ordensprovinzen hatten sich dem gewaltigen Heerwurm angeschlossen. Die ganze Welt schien aufmarschiert zu sein, um Firnstayn zu stürmen. Und das war erst der Anfang. Luc wusste nur zu gut, dass gerade einmal die Vorhut des Heeres eingetroffen war. Der Fuhrpark der Belagerungsgeschütze stand noch bei Honnigsvald, einen halben Tagesritt südlich von Firnstayn. Die schweren Geschütze wurden dort auf Schiffe geladen, weil es wohl noch Wochen dauern würde, bis die Straße durch das felsige Gelände am oberen Fjord fertiggestellt war.

»Wo brechen wir durch?«, fragte ihn Smirt.

Luc zuckte mit den Schultern. Das entschied stets Appanasios.

»Wir nehmen die Iskendrier«, sagte der Fürst der Pferdemänner.

»Aber dort sind wir heute Morgen schon ...«, wandte Smirt ein.

»Eben. Wir sind noch nie an einem Tag zweimal durch dieselbe Truppe gestoßen. Sie werden sich völlig sicher fühlen. Außerdem sind es Arkebusiere. Bei dem Wetter wird ihr Pulver feucht sein.«

Luc sah sich beklommen das Gelände an. Die Dämmerung ging nun schnell in die Nacht über. Sie mussten über die Bruchsteinmauern hinwegsetzen. Die schmalen Wege zwischen den Apfelhainen waren verbarrikadiert oder zu stark bewacht.

Luc atmete schwer.

»Angst?«, fragte Smirt.

Der Ritter nickte.

»Das ist auch nicht meine Art zu kämpfen.«

Appanasios führte sie im Schatten des Waldrands bis dicht an die Haine heran. Der nasse Boden dämpfte das Geräusch ihrer Hufe. Diesmal gab es keinen Ruf oder Hornstoß. Nichts, was die Belagerer hätte alarmieren können. Von einem Augenblick zum anderen brach die Schar der Kentauren los.

Lucs Hände zitterten. Sein Hengst setzte über die erste Mauer hinweg. Es war ein Sprung ins Ungewisse, denn man konnte nicht genau sehen, wie tief es auf der anderen Seite hinabging. Die Apfelhaine erstreckten sich entlang einer Bergflanke. Bis nach Firnstayn ging es beständig abwärts.

Regen peitschte Luc ins Gesicht. Sein Hengst kam sicher auf. Der Kentaur neben ihm rutschte im nassen Gras aus, fing sich aber wieder, bevor er strauchelte.

Ein Warnschuss wurde abgefeuert. Die Iskendrier sprangen von ihren Lagerfeuern auf. Sie trugen lange, graue Regenmäntel. Und sie hatten nicht allzu viel Lust, sich den Pferdemännern in den Weg zu stellen.

Einzelne Schüsse fielen.

Wieder sprang Lucs Hengst. Der Ritter spürte, wie sich Smirt am Umhang festhielt.

Die nächste Mauer. Der Kentaur neben ihm war verschwunden. Luc blickte nicht zurück. Er sah nur zur Stadt hinab und betete. Firnstayn sah wunderschön aus. In dieser Nacht sollte das Apfelfest gefeiert werden, und die Elfen hatten ihre Zaubermacht aufgeboten, um es zu einem unvergesslichen Ereignis zu machen. Magische Lichter schwebten durch die engen Gassen. Und es schien, als halte ein riesiger, unsichtbarer Mantel den Regen fern. Bis zu den Apfelhainen hinauf war der Duft von Braten und Most zu riechen.

Wieder sprang der Hengst.

Noch vier Steinmauern und eine entsetzlich weite Weide, auf der man ihnen in den Rücken schießen konnte, dann würden sie die Sicherheit der Erdwerke erreichen.

DER AUFRECHTE BETRÜGER

Orgrim war dem Gespräch nur mit halbem Ohr gefolgt. Der König der Trolle dachte an die Nachtzinne. So lange war er mit der Felsenfestung hoch im Norden des Fjordlands verbunden gewesen. Der Meuchler Farodin hatte dort einst eine seiner früheren Inkarnationen getötet. Seine Familie war dort gestorben. Aber es waren auch viele gute Erinnerungen mit der dunklen Festung verbunden. Erinnerungen an lange Jagdausflüge, ausgelassene Feiern und auch an siegreiche Schlachten. Er hatte sich dort stets heimischer gefühlt als in der Snaiwamark. Nun war dieses Land für immer verloren. Es wäre töricht gewesen, Emerelles Rat in den Wind zu schlagen. Alle kehrten zurück in die Albenmark! So vieles hatte sich verändert. Das war ganz gegen die Art der Elfen. Sie, die fast ewig leben konnten, bevorzugten es, wenn Veränderungen nur sehr langsam vor sich gingen. Doch die Menschenkinder hatten sie gezwungen, sich dem Herzschlag der Menschenwelt anzupassen. Es war der Rhythmus eines zornigen, wilden Herzens. Orgrim hatte in seinem langen Leben schon vieles gesehen. Anders als bei den anderen Trollen suchte der Tod ihn nicht. Wie Skanga hatte er schon weit über die Zeit hinaus gelebt, die einem Troll zugemessen war. Aber in all den Jahrhunderten hatte er noch kein Heer gesehen, das dem der Kirchenkrieger gleichkam. Es war wie eine Naturgewalt. Ein reißender Strom, der alles hinfortriss, was sich ihm in den Weg stellte.

Alle Städte am Fjord hatten sich ihnen ergeben. Nur Firnstayn nicht. Orgrim erinnerte sich noch gut, wie das Land im Elfenwinter verwüstet worden war. Diesmal hatte es weit weniger Schaden genommen. Nur Aldarvik war zerstört.

Und ein paar Äcker, über die zu viele Krieger marschiert waren.

Er sah zu Ollowain. Auch der Elfenfürst schien seinen eigenen Gedanken nachzuhängen. Was ihn wohl zu seinem Verrat an Emerelle bewogen hatte? Ihn, den Treuesten der Treuen?

Orgrims Magen knurrte. Er sah aus dem winzigen Bleiglasfenster. Das Apfelfest hatte bereits begonnen. Er hatte Hunger! Ungeduldig sah er zur Königin und dem herausgeputzten Ritter. Die beiden redeten und redeten. Dabei gab es doch gar nicht so viel zu besprechen! Sie redeten in einem südlichen Dialekt, dem Orgrim nur schwer zu folgen vermochte. Aber er hatte durchaus verstanden, dass sie sich kannten. Sie schienen im Kampf einmal dieselbe Lanze gehalten zu haben. Um Silberlöwen war es dabei gegangen. Ganz hatte er dem nicht folgen können. Sie sprachen einfach zu schnell. Zuletzt sprachen sie auch noch über tote Silberlöwen. Orgrim hatte gar nicht gewusst, dass die Königin eine begeisterte Jägerin gewesen war.

Endlich schienen die beiden miteinander fertig zu sein.

»Bruder Joaquino hat uns für übermorgen eine Waffenruhe zugesichert«, sagte Gishild. Sie wirkte sehr aufgewühlt. »Sie werden den Abzug der Flüchtlinge und Stadtbewohner nicht behindern. Auch die Heptarchen wünschen, dass Firnstayns Bevölkerung das Schlachtfeld verlässt, bevor die Beschießung der Stadt beginnt.«

Ollowain bedankte sich knapp bei dem Ritter.

Gishild brachte den Ritter hinab auf die Straße, wo seine Eskorte wartete.

»Wie kann man einen Todfeind Bruder nennen«, sagte Orgrim. »Sie sind alle verrückt, die Menschenkinder. Auch die Königin.«

»Sie ist gemeinsam mit diesem Ritter erzogen worden.

Selbst der Krieg hat diese Bande nicht vollständig durchtrennt.«

»Das ist eine seltsame Art zu denken! Wer mit dem Schwert in der Hand in meinem Land steht, um es mir wegzunehmen, der ist mein Feind. Ganz gleich, was man früher einmal gemeinsam gemacht hat.« Orgrim sah durch das Fenster, wie die Königin den Ritter mit einem langen Händedruck verabschiedete. Appanasios und seine Bande aus Viehdieben kamen von ihrem Ausritt zurück. Sie sahen übel zusammengeschlagen aus. Noch so ein Verrückter! Die Kirchenritter hatten schon viel zu viele Truppen um die Stadt zusammengezogen, um noch Ausfälle zu wagen!

»Hast du der Königin von deinen Plänen erzählt, Elf?«

»Nein. Bisher wissen nur wir beide darum. Und Sahandan. Smirt hat die Lutin mitgebracht. Sie ist sehr begabt. Sie wird den Albenstern öffnen.«

Orgrim nickte. »Ich hatte mir schon gedacht, dass du keinen Elfen für deine Schurkerei um Hilfe bittest. Und Gishild. Hättest du ihr nicht sagen sollen …«

»Nein. Sie glaubt, wir bringen ihre Leute zur Nachtzinne. Es ist besser, sie im Unklaren zu lassen. Wenn sie die Wahrheit wüsste, würde sie vielleicht zögern. Und ich denke, auch etliche der Menschen hätten Angst, nach Albenmark zu gehen. Sie sind sehr abergläubisch.«

»Man könnte es so sehen, dass du ein paar tausend von Gishilds Untertanen entführst, Elf. Du wirst dir keine Freunde damit machen. Wenn sie erst einmal angekommen sind, dann wird ihnen sofort klar sein, dass man sie nicht zur Nachtzinne gebracht hat.«

Ollowain lächelte. »Niemand von ihnen hat die Nachtzinne je gesehen. Wir bringen sie zu einem unfreundlichen, kalten Landstrich. So stellen sie sich dein Fürstentum hoch im Norden vor. Und sie vertrauen mir. Wenn ich ihnen sage, sie seien bei der Nachtzinne angelangt, dann werden sie das glauben.«

Orgrim gefiel das alles nicht. Er würde Ollowain gewähren lassen, schließlich hatten sie einen Pakt geschlossen. Aber das Ganze bereitete ihm Kopfschmerzen. »Emerelle wird es merken. Skanga meint, dass sie spürt, wenn so viele auf den Albenpfaden wandern.«

»Aber in deinem Königreich hat sie keine Macht.«

Orgrim seufzte. Sein Hunger war verflogen. Das alles war zu verwickelt! Er wünschte, er hätte sich nicht so tief in diese verdammten Elfenintrigen hineinziehen lassen. »Ich hoffe, die Königin erinnert sich daran, dass sie in meinem Land keine Befehlsgewalt hat.«

»Was sollte sie schon tun?«, wandte Ollowain ein. »Die Menschenkinder zurückschicken? Hier ist kein Platz mehr für sie. Alle, die hier sind, haben sich gegen Tjured entschieden. Für sie gibt es keinen anderen Weg mehr. Ich habe ihnen eine schwere Entscheidung abgenommen. Was meinst du, wie viel Gnade hätten sie von den neuen Herrschern zu erwarten?«

»Und auf wie viel Gnade dürfen sie bei Emerelle hoffen?«, entgegnete der Troll. »Du kennst sie besser als jeder andere.«

»Emerelle wird es nicht wagen, sich in deine Angelegenheiten einzumischen.«

Der Troll ballte die Fäuste und öffnete sie langsam wieder. Skanga hatte ihn gewarnt, sich auf dieses Geschäft einzulassen. Aber er mochte es, der Königin die Stirn zu bieten. Und wenn die Menschenkinder hier in der Stadt blieben, durften sie nur auf den Tod hoffen. Er sah hinab zur Straße. Noch tanzten und feierten sie. Es war ein Totentanz.

AM HARTUNGSKLIFF

Gilles lauschte auf den Regen, der auf das Zeltdach trommelte. Er hatte Honnigsvald verlassen, ohne großes Aufsehen zu erregen. Sein Herz klopfte so sehr, dass es schmerzte. Auch im linken Arm verspürte er einen leichten, stechenden Schmerz. Sein neuer Leibarzt hatte sich heute noch nicht um ihn gekümmert. Es war wohl nicht klug gewesen, darauf zu bestehen, den Weg zu diesem Berg auf eigenen Füßen zu machen.

Leila, seine Leibwächterin, ließ ihn nicht aus den Augen. Sie mochte seinen dürren, rothaarigen Leibarzt nicht. Wahrscheinlich hatte sie den Betrug schon längst durchschaut, trotz des Bartes und der langen, sorgfältig gefärbten Haare.

»Zieh die Plane fort!«, wies er die Fechterin an. »Ich will es sehen.«

»Man könnte Euch entdecken, Herr.«

»Nein, das glaube ich nicht. Die Feldwachen haben Dutzende Zelte wie dieses aufgeschlagen. Und glaub mir, heute werden alle ganz andere Dinge im Kopf haben, als nach einem alten Mann Ausschau zu halten, den man noch in ... Wie hieß dieses Drecksloch von einer Stadt auch gleich?«

»Honnigsvald«, sagte sein Leibarzt.

»Ja. Honnigsvald! Den man noch in Honnigsvald vermutet. Ich will mit meinen eigenen Augen sehen, wie es geschieht.«

Leila gehorchte seinem Befehl. Das Zelt stand auf halber Höhe am Hartungskliff, direkt über einer Baumgruppe. Ein gutes Stück von dem Weg entfernt, den die Flüchtlinge nehmen würden.

Gilles empfand ein Hochgefühl wie an jenem Tag, an dem

er als jüngster Kirchenfürst in der Geschichte in den Rang eines Heptarchen aufgestiegen war. Mehr als dreißig Jahre waren seitdem vergangen. Und heute war der Tag, von dem man noch in dreißig Jahrhunderten sprechen würde. Seit er begriffen hatte, was es mit den merkwürdigen Morden auf sich hatte, die man an einigen Führern der Neuen Ritterschaft beging, hatte er auf diesen Tag hingeplant. Die Elfen glaubten, sie könnten seine Heilung verhindern! Diese Pfeile mit den Namen ... Das war eine unverhohlene Drohung! Zunächst hatte es ihn verwirrt. Aber dann war ihm klar geworden, dass sie all jene suchten und töteten, die wie Honoré die Fähigkeit besaßen, eine Wunderheilung zu vollbringen. Sie wollten verhindern, dass er, Gilles de Montcalm, der Mächtigste unter den Heptarchen, von seinem quälenden Leiden befreit wurde. Sie wollten, dass er elendig verreckte. Aber er hatte sie getäuscht! So wie sein vertrauter Freund, Bruder Charles, der einst der Erzverweser Drusnas gewesen war, die Elfen und die anderen sechs Heptarchen getäuscht hatte, als er die falsche Prinzessin Gishild mit allen Ehren in Aniscans beisetzen ließ.

Sie hatten Honoré versteckt und seinen Tod inszeniert. Und da er von seinen Ordensbrüdern gehasst wurde, hatte niemand Fragen gestellt. Aber sie würden vorsichtig bleiben. Honoré war kostbar! Was seine wunderbaren Kräfte der Heilung anging, hatte er nicht gelogen. In diesem wilden, von heidnischer Magie durchdrungenen Land gab Gott ihm seinen Segen. Er hatte Gilles von seinen täglichen Leiden befreit. All die kleinen Zipperlein beseitigt, die das Alter gebracht hatte. Allerdings war die Krankheit noch nicht in der Tiefe geheilt. Dazu hatten sie diesen Tag abwarten müssen.

Gilles ließ sich sein Fernrohr reichen. Hässlich war sie, die Hauptstadt der Heiden. Bar jeder Eleganz. In den Vororten waren viele Häuser ganz aus Holz gebaut. Ein einziger großer Misthaufen. Sie war es nicht wert, viel Blut zu vergießen. Und doch glaubten alle, dies sei das Ziel des Feldzugs. Gilles lächelte.

In den Wäldern auf der anderen Seite des Hartungskliffs standen zwanzig Schwadronen Reiter bereit. Und fünf der besten Regimenter aus Pikenieren und Arkebusieren verbargen sich dort. Weitere Truppen waren bereits in der Nacht von Honnigsvald aus in Marsch gesetzt worden. Eine kleine Flotte aus Galeeren sperrte den Fjord. Es war an alles gedacht.

Gilles ließ den Blick über die Festungsanlagen der Heiden wandern. Sie hatten viel Aufwand betrieben, um sich einzugraben. Das musste man ihnen zugestehen. Er betrachtete den jämmerlichen Strom von Flüchtlingen, die sich auf den Weg gemacht hatten. Durch die Regenschleier, die über den Fjord zogen, sah er alles ein wenig unscharf. Warum bogen sie vom Weg ab?

Ein gleißendes Licht erhob sich unweit der Stadtwälle.

Sein Leibarzt fluchte.

»Was geht da vor sich? Du hast gesagt, hier oben auf dem Kliff zwischen den stehenden Steinen sei das magische Tor!« Gilles erhob sich aus seinem Sessel. Er stellte das Fernrohr scharf. »Sie treten durch einen Bogen aus Licht, das in allen Farben schillert, und verschwinden.«

»Dieses Tor ist neu!«

Gilles unterdrückte seinen Zorn. Er mochte es nicht, wenn er unpräzise unterrichtet wurde. »Beginne mit deinem Werk.«

»Es geht nicht. Dieses Tor ist zu weit fort. So weit reichen meine Kräfte nicht.«

Gilles hätte das schwere Messingrohr am liebsten auf Honorés Kopf zertrümmert. »Dann los! Was stehen wir noch hier herum? Wir müssen näher heran!«

AM REGENBOGENTOR

Luc war die kleine Fuchsfrau unheimlich. Sie hatte das Tor geöffnet, durch das er mit Gishild und den anderen Überlebenden aus Aldarvik heimgekehrt war. Doch diesmal sollte es an einen anderen Ort gehen. Zur Nachtzinne, der Festung der Trolle hoch im Norden. Dort war man mit allem versorgt, hieß es. Lebensmittel, gespaltenes Holz und Fischtran für die Lampen, die die lange Finsternis des Winters überdauern halfen, waren in großen Mengen vorhanden. Ollowain selbst bezeugte, dort gewesen zu sein und die Lager inspiziert zu haben. Dem Feldherrn der Elfen vertraute Luc wie keinem anderen. Aber was sollte man von einem Weib halten, kleiner als ein Kind und mit einem Fuchskopf auf den Schultern?

Mit eigenen Augen hatte der junge Ritter gesehen, wie sie das Licht aus dem Erdreich hervorbrechen ließ. Wie vibrierende Schlangen in allen Farben des Regenbogens durch Zaubermacht zu einem Tor geformt wurden. Ein goldener Pfad erstreckte sich dahinter durch abgrundtiefe Finsternis.

Luc wusste, dass sie keine Wahl hatten, als der Fuchsfrau zu vertrauen. Und alle, die durch das Tor traten, wussten es ebenso. Er sah Angst und Zweifel in den ausgezehrten Gesichtern. Viele umklammerten Amulette, als sie durch das verwunschene Tor traten. Tränen flossen. Es zerriss einem schier das Herz zuzusehen. Aber sie konnten nicht bleiben. Spätestens wenn die Mörser zu schießen begannen, gab es für sie hier keinen Schutz mehr. Diese kleinen, gedrungenen Geschütze mit den zum Himmel gerichteten Rohren schleuderten ihre Sprengkugeln in steilem Bogen über die Wälle. Selbst erfahrene Kanoniere wussten nur ungefähr zu sagen, wo die Kugeln landeten. Und explodierten sie, zerrissen Eisensplitter jeden in der Nähe.

Die Flüchtlinge hatten auf den Wiesenstreifen zwischen den Erdwällen und in den Gräben gelagert. Manche waren schon zum Anfang des Sommers gekommen und hatten bis weit in den Herbst dort ausgeharrt. Unter Zeltplanen hatten sie im Schlamm gesessen. Kälte und Nässe hatten sie siechen lassen. Ihr Vieh hatten sie in ihrer Not längst geschlachtet. Mehr und mehr verwandelten sich die Streifen zwischen den Gräben in stinkende Kloaken. Selbst die Elfen mit ihrer Zaubermacht hatten in den letzten Wochen kaum noch helfen können. Schmutzig und abgerissen waren jene, die im Freien gehaust hatten. Doch nicht viel besser war es den Menschen in den festen Häusern ergangen. Verwandte und Freunde hatten die Häuser überfüllt. Und bald wusste niemand mehr, wo er das tägliche Brot hernehmen sollte.

Die große Mehrheit des Volkes war bei Haus und Hof geblieben. Ungezählte hatten den alten Göttern abgeschworen. Doch die Zahl derer, die Gishild und ihrem Glauben die Treue halten wollten, war in den Monden seit Beginn der Invasion in die Tausende gewachsen. Es war höchste Zeit, sie von hier fortzubringen.

Ohne Ende schien der Zug, der durch das Regenbogentor auf den Pfad des Lichtes trat. Priester begleiteten die Fliehenden. Überall sah man sie. Sie riefen die Gunst Luths des Schicksalswebers an oder baten Maewe, die Herrin der schönen Dinge, in der Fremde wieder auf Glück hoffen zu dürfen.

Wohl alle, die durch das Tor gingen, wussten, dass es keine Heimkehr mehr geben würde. Dies war ein Weg, auf dem man nicht zurückkehren konnte.

Luc sah nur wenige vertraute Gesichter. Dies waren Flüchtlinge aus Aldarvik, sie waren leicht zu erkennen. In den guten

Kleidern, die sie von den Elfen bekommen hatten, stachen sie unter den anderen hervor.

Auch Karren mit Verwundeten fuhren durch das Tor. Die ganze Garnison war auf den Erdwällen angetreten, um den Flüchtlingen das letzte Geleit zu geben. Die meisten waren gefasst, obwohl viele ihre Väter und Brüder zurückließen. Jeder, der eine Waffe tragen konnte und wollte, war in Firnstayn geblieben.

»Luc!« Eine helle Kinderstimme riss ihn aus seinen melancholischen Gedanken. »Seht, da oben ist der Elfenritter. Ich kenne ihn. Er kann nicht Schlittschuh laufen. Die ganze Zeit hat er sich auf mich gestützt!«

Luc sah Tindra neben einem Handwagen herlaufen. Ingvar, der Jarl von Aldarvik, war bei ihr. Luc hatte gehört, dass er das Mädchen an Kindes statt angenommen hatte.

Der Ritter winkte Tindra zu.

»Seht ihr! Es stimmt alles, was ich erzählt habe.«

Er musste lächeln. Was für Geschichten sie wohl über ihn zum Besten gegeben hatte?

Tindra winkte noch, als sie durch das Tor trat. Ihm war seltsam schwer ums Herz, als sie verschwand. Er sah zur Königin. Mit ihrem Gefolge und der Leibwache der Mandriden stand sie etwa hundert Schritt entfernt. Zu weit, um auch nur ihr Gesicht deutlich zu erkennen. Sie hielt das Kind auf den Armen, das vielleicht seines war und das er noch nie gesehen hatte.

Er wusste, dass es ein Junge war und dass er gesund und gut bei Kräften war. Mehr als zehn Monde waren sie nun schon getrennt.

Es hieß, der Junge sehe Erek ähnlich. Er mochte das nicht glauben. Aber es war gut, wenn man das bei Hof erzählte. Dann hatte Gishild es leichter.

Leichter Regen setzte ein. Eine Amme nahm das Kind und

brachte es fort. Luc überlegte, ob er ihr nachschleichen sollte. Zwei Mandriden begleiteten die Frau als Eskorte.

Er seufzte und blieb auf dem Wall. Er hatte einen guten Namen unter der Kriegergarde. Sie rechneten ihm hoch an, dass er in der Stunde von Sigurds Tod an der Seite des Hauptmanns gefochten hatte und all seinen Ruhm mit dem toten Krieger hatte teilen wollen, als man ihn zum Elfenritter gemacht hatte. Dennoch waren sie dem König verschworen. Und sie achteten darauf, dass er nicht einmal in die Nähe Gishilds gelangte. Nur sie selbst hätte diesen Befehl aufheben können, aber seit der Rückkehr aus Aldarvik hatte sie keinen Versuch unternommen, ihn wiederzusehen.

Stunde um Stunde zogen die Flüchtlinge aus der Stadt. Der Regen wurde stärker. Über den Fjord fegte ein eisiger Wind. Es kam Bewegung in die Galeeren, die den Seeweg nach Firnstayn blockierten. Eines der Schiffe schob sich ein Stück voran. Auf dem Wall erklangen Alarmrufe, doch dann drehte die Galeere bei, so dass der Bug mit den Kanonen nicht in Richtung der Stadt wies. Deutlich hörte man das Klirren der Ankerkette.

Luc sah hinab zum Tor. Es waren nicht mehr viele geblieben. Weniger als tausend. Bald würde es nur noch Krieger und eine Handvoll Unbelehrbare in der Stadt geben. Narren, die ihr Leben riskierten, um etwas zu schützen, das zu retten nicht in ihrer Macht stand.

Er sah zum Regenbogentor. Der Flüchtlingszug reichte nicht mehr bis zu den Wällen der Stadt. Die Wiese vor den Verteidigungsanlagen war zu einer Schlammwüste zertrampelt.

Eine Bö eilte über den Fjord, ließ die Schiffe an den Ankerketten zerren und peitschte das graue Wasser auf.

Und dann zerriss die Welt.

Das Regenbogentor verzerrte sich. Lichtfäden griffen aus dem Dunkel. Jene, die nahe beim Tor standen, wurden hindurchgesogen, als habe ein Strudel sie erfasst. Durch die Luft zogen sich glasige Schlieren, so wie an einem sehr heißen Sommertag, wenn die Luft über steinigem Boden zu tanzen beginnt.

Der Regen erstarb. Kein Luftzug regte sich mehr.

Die Schlieren breiteten sich aus. Auf der Wiese brach Panik aus. Pferde scheuten. Alle begannen zu laufen, und wer stürzte, der wurde ohne Gnade in den Schlamm getreten.

Fassungslos blickte er hinauf zum Hartungskliff. Er sah, wie der Himmel zerbrach, als sei er ein Spiegelglas. Und dahinter zeigte sich ein anderes, lichteres Firmament.

DER MANN, DER DIE WELT ZERBRACH

Es war ein Gefühl, als würde seine Seele an tausend glühenden Fäden aus seinem Leib gezerrt. Er schrie, bis seine Stimme brach. Eine Kraft floss durch ihn, für die Menschen nicht geschaffen waren. Seine Hand lag noch auf der Brust von Gilles. Der Heptarch richtete sich auf. Sein Haar wurde dichter. Falten glätteten sich.

Honoré konnte spüren, wie der Eiter aus dem alten Fleisch wich. Gilles Zähne saßen wieder fest im Kiefer. Die Krankheit, die sich tief ins Gedärm des Kirchenfürsten gefressen hatte, verging. Die Lungen wurden weiter.

Zugleich stürmten tausende andere Eindrücke auf Honoré ein. Er konnte alles um sich herum spüren. Alles, was lebte. Die Fische im Fjord. Die Aale im Schlamm. Er spürte, wie sich das Kind im Leib einer Schwangeren bewegte, irgendwo drüben am Ufer. Krankheiten vergingen, Narben verschwanden. Und er spürte all den Schmerz, den er von den Beladenen nahm. Alles floss durch ihn hindurch.

Er brach in die Knie. Seine Kraft war dahin. Wie hatte Luc das nur überlebt? Er wollte es abbrechen, aber er hatte keine Macht mehr über das, was geschah. War das das Ende?

Der Schmerz blendete ihn. Über ihm zerbarst der Himmel. Dann sah er nichts mehr.

Da waren Stimmen. Entsetzensschreie!

Was war geschehen? Er versuchte sich an etwas festzuklammern. Seine Erinnerung ... So viel hatte er erduldet. Er durfte jetzt nicht aufgeben! Er hatte sich in der Festung Rabenturm wochenlang in einem Schrank versteckt. In einer Kiste hatte man ihn auf das Schiff des Heptarchen bringen lassen. Er hatte ein anderer werden müssen, um dem Mörder zu entgehen, der die Bruderschaft des Heiligen Blutes auslöschte.

Plötzlich fand er Frieden. Tiefe Stille umgab ihn. Er sah, obwohl seine Augen geschlossen blieben. Wunderbare blaue Augen betrachteten ihn. Augen, wie seine Mutter sie gehabt hatte.

In seinem Kopf war eine Stimme. Leise.

Ich bin zufrieden mit dir. Das Werk ist vollbracht.

Er hatte das Gefühl, als würde etwas von ihm genommen. Er lag auf dem Boden der Galeere. Sie sahen ihn an. Er lächelte.

»Frieden. Endlich, Frieden.«

EIN KLEINER SCHRITT

Raffael stand vor der Front der Andalanen an der Seite ihres Capitanos Arturo Duarte. Der Ritter blickte auf die fremde Welt vor ihnen. Es war nur ein einziger Schritt. Aber wohin würde er führen? Mit den Schiffen auf hoher See den Übergang nach Albenmark zu wagen, war etwas anderes gewesen. Die Entscheidung war ihnen abgenommen worden. Jetzt musste jeder diesen Schritt selbst tun.

Er spürte die Blicke der Männer im Rücken. Vor ihm lag eine verschneite Landschaft mit sanften Hügeln. Er erkannte einen verfallenen Wachturm. Nicht weit davon stand eine mächtige Eiche. Die Luft vibrierte wie in großer Hitze. Die Landschaft vor ihm war leicht unscharf. Er konnte nicht erkennen, wohin er seinen Fuß setzen würde, wenn er hinübertrat.

Er sah zu Capitano Duarte. Der hagere Veteran schien zu beten. Lange stand er still. Endlich blickte er zum Himmel hinauf und rief mit lauter Stimme: »Gott, heute habe ich in deinem Namen ein schweres Tagwerk zu verrichten! Wenn ich dich in diesen Stunden vergessen sollte, bitte vergiss du mich nicht!« Mit diesen Worten tat er den Schritt durch den Schleier.

Raffael zog sein Rapier. »Vorwärts!« Er folgte dem Capitano.

Es war kühler auf der anderen Seite. Schnee knirschte unter seinem Schritt. Die Luft war angenehm, irgendwie frischer als am Fjord. Er stapfte auf den Wachturm zu. Das Gemäuer war offensichtlich schon vor Jahrhunderten aufgegeben worden. Eine Gruppe Birken wuchs im Inneren des Turms.

Das Regiment war inzwischen in guter Ordnung in die Welt

der Anderen übergetreten. Die Männer marschierten auf einer Front von fast zweihundert Schritt. Die Mitte der Schlachtreihe bildete ein massiger Pikenhaufen. Auf den beiden Flanken standen zwei Gruppen von Arkebusieren.

»Schützen!«, rief Duarte. »Erste Reihe vortreten.«

Die Männer gehorchten. Die Arkebuse schräg vor der Brust, hielten sie ihre glimmenden Lunten zwischen Mittelfinger und Zeigefinger. »Erkundet den Hügel mit dem Baum!«

Raffael sah, wie ein zweites Regiment durch den Riss zwischen den Welten trat. Eigentlich hätten die Reiter sie anführen sollen, aber als Tjured sein Wunder wirkte und ihnen den Weg in die Welt der Erzfeinde öffnete, waren die meisten Pferde in Panik durchgegangen. Es mochte Stunden dauern, bis sich die Reiterschwadronen neu formierten. Und auch dann war ungewiss, ob man die Pferde dazu bringen konnte, durch den seltsamen Schleier zu treten.

Vielleicht waren sie ja klüger als wir, dachte der Ritter beklommen.

Die Ritter bei der Eiche riefen etwas und winkten ihm zu.

Raffael erklomm den Hügel. Der Baum war ihm irgendwie unheimlich. Noch nie hatte er eine so gewaltige Eiche gesehen. Drei Männer hätten mit ausgestreckten Armen ihren Stamm nicht umfassen können.

Die Schützen deuteten auf eine Reiterin in der Ferne. Sie beobachtete sie und achtete dabei sorgfältig darauf, außer Reichweite ihrer Waffen zu bleiben.

Plötzlich sprang eine Gestalt hinter einem Busch hervor. Sie war kaum hundert Schritt entfernt. Ein nackter Mann. Ihm wuchsen Hörner aus dem Kopf.

»Das ist wahrlich eine gottlose Welt«, flüsterte einer der Arkebusiere. »Alles hier ist verdreht und seltsam.«

»Holt ein Fass Lampenöl und zündet den Baum an. Die Truppen unten am Fjord warten auf ein Zeichen von uns. Er ist das einzig Brennbare hier, das ein Feuer abgeben wird, was man gewiss auch auf der anderen Seite sehen wird.« Raffael sah trotzig zum Baumwipfel empor. Er würde sich nicht von einer alten Eiche einschüchtern lassen! Er trat ein kleines Stück zurück und strauchelte.

Der Ritter fing den Sturz mit den Händen ab. Etwas stach durch seinen Lederhandschuh. Er wischte den Schnee zwischen den Wurzeln zur Seite und fand eine moosgrüne Scherbe. Sie sah aus wie ein Stück vom Hals einer Amphore, die hier vor langer Zeit zerbrochen war.

Raffael stand auf und klopfte sich den Schnee von den Kleidern.

Zwei Schützen führten ein Maultier aus dem Tross herbei. Auf sein Tragegestell waren zwei Fässchen mit Lampenöl geschnallt. Der Vorrat für vier Wochen.

Das störrische Vieh blieb am Fuß des Hügels stehen. Weder durch Schläge noch durch gute Worte war es dazu zu bewegen, noch einen Schritt weiter zu gehen.

Wieder sah Raffael zu dem Baum. Spürte das Maultier es auch? Was war mit dem Baum? Das bildest du dir nur ein, schalt sich der Ritter in Gedanken. Es ist diese fremde Welt, die dich unruhig macht.

»Los, schnallt die Fässer ab. Tragt sie selbst hoch!«

Maulend gehorchten die Arkebusiere.

Raffael wich ein Stück vor dem Baum zurück. Nichts geschah, als seine Männer das Öl über die Wurzeln und gegen den Stamm schütteten. Es war absurd, aber irgendwie war er enttäuscht. Er hatte alles Mögliche erwartet. Dass der Baum zu sprechen begann, sich Augen im Stamm öffneten oder die mächtigen Äste auf seine Männer eindroschen. Aber nichts dergleichen geschah. Es war eben doch nur ein Baum.

»Zündet ihn an!«

DIE KINDER DES DEVANTHARS

Emerelle wendete ihre Stute. Sie hatte genug gesehen. Vor Stunden schon hatte sie eine erste flüchtige Berührung des goldenen Netzes gespürt. Etwas Fremdes hatte die Albenpfade betreten, war aber sofort wieder verschwunden.

Danach hatte sie keine Ruhe mehr gefunden. Sie hatte ihre Stute satteln lassen und war ausgeritten. Sie war schon jenseits der Shalyn Falah gewesen, als sie gespürt hatte, wie die Grenze zwischen den Welten niedergerissen wurde. Sie hatte sofort gewusst, wohin sie reiten musste. Hunderte Male hatte sie es im Wasser der Silberschale gesehen: die Krieger unter dem Banner des Aschenbaums, die im Schatten Atta Aikhjartos aufmarschierten. Und der beseelte Eichenbaum ließ sie gewähren. Selbst als sie seinen Stamm anzündeten!

Alles war genauso gekommen, wie sie es vorhergesehen hatte. Nur Tag und Stunde hatte sie nie gewusst.

Einer der Urenkel des Devanthars war ihnen also doch entgangen. Es war töricht gewesen, sich gegen das Schicksal zu stemmen. Sie hätte Fingayn nicht auf seine mörderische Mission schicken müssen. All das war nicht aufzuhalten gewesen. Es hatte damit begonnen, dass der dämonische Devanthar nach Firnstayn gekommen war. Dieser eine war den Alben entkommen, die sein ganzes Volk vernichtet hatten. Und er hatte geschworen, Albenmark zu vernichten.

Er hatte ihre Vertraute, die Zauberin Noroelle, getäuscht und mit ihr ein Kind gezeugt. Er hatte die Tjuredkirche auf jenen Weg gebracht, der ihre Anhänger schließlich hierher nach Albenmark geführt hatte. Und er hatte weitere Kinder gezeugt in der Welt der Menschen. Niemand konnte sagen, wie viele. Sie hatten ein wenig seiner zerstörerischen Macht geerbt, die der Welt ihren Zauber nahm. Nun kamen sie, um Albenmark zu erobern, und wussten nicht einmal, wessen Werkzeug sie waren.

Es war an der Zeit, die Völker Albenmarks zur letzten Schlacht zu rufen. Emerelle hatte Jahrhunderte damit verbracht, alle erdenklichen Zukünfte zu erkunden. Und sie wusste, wenn Burg Elfenlicht fiel, wenn das Banner des Aschenbaums über den Türmen ihres Stammhauses wehte, dann würde ganz Albenmark fallen. Und die Burg war nur einen halben Tagesritt entfernt.

VON ADLERN UND DEN VERLORENEN

»Die Menschenkinder strömten wie Wasser durch einen gebrochen Damm in die Gefilde Albenmarks. Doch sie waren ohne Plan. Sie wussten nicht, in welche Richtung sie ziehen mussten, um Städte oder unser Heer zu finden. Sie hatten keine Karten unserer Welt. So legten sie ein großes, befestigtes Lager an. Es lag auf einer Ebene. Ein Platz, der ihnen leichter zu verteidigen erschien als das unübersichtliche Hügelland. Heute nennen wir den Ort das Federfeld.

Unablässig rollten Wagen mit Nachschub. Regiment auf Regiment trat in unsere Welt. Emerelle aber entschied auf eine Weise anzugreifen, dass alle Erdwälle nutzlos waren. Sie besann sich auf die Erfindungen des Brandax Mauerbrecher und rief den König der Schwarzrückenadler. Ihre Fehde war angesichts der Bedrohung vergessen. Und Wolkentaucher brachte alle aus seinem Volk, die stark und kräftig waren. Die jungen, gerade flügge gewordenen genauso wie die alten und erfahrenen Himmelsherren. So groß war ihre Zahl, als sie das Lager der Tjureddiener angriffen, dass ihre Flügel die Sonne verdunkelten. Und stählerne Bolzen fielen dicht wie Hagelschlag. Doch die Menschenkinder hatten sich vorbereitet. In Wagen unter Planen verborgen, hatten sie Kanonen aufgestellt, deren Rohre steil zum Himmel gerichtet waren. Und so entfesselten sie ihrerseits einen Hagelsturm aus Blei. Blut regnete vom Himmel, und das Volk der Schwarzrückenadler wurde in nur einer Stunde fast ausgelöscht.

Wie unsere Späher später berichteten, hatten die Tjuredkrieger kaum Verluste erlitten. In ihren Zelten hatten sie Schutzdächer aus dicken Holzbrettern aufgestellt.

Daraufhin untersagte Emerelle jeden weiteren Angriff. Sie übertrug dem Fürsten Tiranu den Befehl über die Heere Albenmarks. Warum sie nicht Ollowain berief, gehört zu den großen Rätseln jener Tage. Die Verbindung nach Firnstayn war zwar durch die Heere der Tjuredkirche unterbrochen und die Stadt der Menschen mit einem dichten Belagerungsring umgeben, aber ein einzelner Maurawan hätte sich gewiss durch die Reihen der Feinde schlagen können, um den Schwertmeister zu holen.

Der Priesterkönig der Lamassu bedrängte Emerelle indes, die Menschenkinder mit Magie zu bekämpfen. Er wollte die Macht der Albensteine gegen sie entfesseln und war zuversichtlich, dass man die Feinde bezwingen könnte, ohne das Blut eines einzigen Albenkinds zu vergießen. Aber Emerelle entschied, die Macht der Magie nicht zum Angriff zu nutzen. Sie erinnerte daran, wie sehr sich einige Orte auf Langollion verändert hatten. Orte, an denen Alathaia ihre Blutmagie gewoben hatte.

So mussten Schwerter aufgeboten werden, um die Men-

schenkinder zu vertreiben. Und sie sandte ihre Boten auch in die entferntesten Winkel Albenmarks. Und es kamen alle, um zu kämpfen.

Nach Firnstayn aber schickte man keine Verstärkungen. Man überließ die Stadt ihrem Schicksal. Ja, es gab ein ausdrückliches Verbot der Königin, in die Welt der Menschen zu treten. Siebenundsechzig Tage sollte die belagerte Stadt einer erdrückenden Übermacht standhalten. Denn obwohl die Tjuredritter den Großteil ihres Heeres nach Albenmark führten, hatten sie die Belagerung keineswegs aufgegeben. Selbst in den Winter hinein führten sie die Kämpfe fort. Ihre Soldaten hatten feste Unterkünfte errichtet, um dem Frost zu trotzen. Sie hatten aus den Fehlern vor Aldarvik gelernt. Und stets hatten sie den Frühling vor Augen, denn dort, wo die Welt zerbrochen war und man hinüber nach Albenmark blicken konnte, sahen sie den Schnee weichen und die Wiesen in aller Blütenpracht erblühen, denn die Jahreszeiten Albenmarks sind denen in der Menschwelt stets ein wenig voraus. So wussten die Tjuredstreiter, dass sie, sobald Firnstayn kapitulierte, nur eine Wegstunde vom Frühling entfernt waren.

In jenen Tagen war die Herrin Emerelle voller Zorn und Schwermut. Und selbst ihre vertrautesten Diener fürchteten ihre Launen. So hielten sich alle an ihr Gebot, nicht in die Welt der Menschenkinder zu treten. Alle bis auf einen ...«

**CHRONIK DER LETZTEN TAGE, S. 43 ff.,
VERFASSER: UNBEKANNT
(ENTSTAMMT VERMUTLICH DEM ENGSTEN KREIS
DER VERTRAUTEN KÖNIGIN EMERELLES)**

FRIEDLOS
~~~~~~~~~~~~~~~~

Fingayn tauchte in das eisige Wasser. Er wob keinen Zauber, um sich zu schützen, trug keines der Amulette, wie sie einst von den Normirga erschaffen worden waren. Er wollte, dass die Kälte tief in seine Glieder drang, bis seine Muskeln taub wurden und sein Verstand träg und müde. Er war weit nördlich des Albenhaupts in die Berge gegangen, dorthin, wo niemand leben mochte, nicht einmal Trolle. Es war ein Bergland, das selbst der Frühling mied. Er war froh, niemandem zu begegnen.

Er war allein mit der Natur. Und er wusch sich, jeden Tag einige Male. Er hatte das Gefühl, dass der Gestank und der Schmutz aus der Welt der Menschenkinder tief in seinen Leib eingedrungen waren. Selbst seine Seele war befleckt. Er war ein Jäger, kein Mörder! Er hätte Emerelles Befehl niemals folgen sollen. Diese Jagd haftete ihm immer noch an. Sie war ein Makel, der nie mehr ganz abgewaschen werden konnte.

Er zog sich aus dem Wasser und kauerte sich auf einen Fels. Der eisige Wind ließ das Wasser in seinem Haar knisternd zu Frostkristallen erstarren.

Ganz erstarren. Alles hinter sich lassen. Ein Jahrhundert fort sein und träumen. Das wünschte er sich.

Wie schwer musste es für Silwyna gewesen sein, die so lange auf sich allein gestellt gereist war. Was hatte sie empfunden in den Jahren ihrer verzweifelten Suche? Er vermochte sich kaum vorzustellen, wie sehr sie gelitten haben musste.

Fingayn atmete tief ein. Ließ die kalte Luft durch seine Lungen in den Körper fließen. Er konzentrierte sich ganz auf seinen Leib, versuchte, den einen Punkt zu finden, an dem sich das Übel verbarg. Es waren wohl seine Gedanken … Er hatte kein Fleisch mehr gegessen, seit er zurückgekommen war, und viele Nächte in einer Schwitzhütte verbracht. Er hatte Kräuter aller Art in die Glut geworfen. Aber er fand keinen Frieden. Er wusste, dass er auf seiner Jagd nicht gründlich genug gewesen war. Er hatte fortgewollt aus der Welt der Menschen, hatte sie nicht mehr ertragen. Der Verstümmelte in dem steinernen Sarg in der Gruft beim Rabenturm ging ihm nicht aus dem Sinn. Hatte dort wirklich Honoré gelegen? Hatte er sich nicht allzu leicht damit zufriedengegeben, um einen Mord nicht begehen zu müssen? Und das ausgerechnet bei jenem auf seiner Liste, der den Tod am meisten verdient gehabt hatte. Vielleicht waren all dies ja nur Hirngespinste?

Er wusste, hier in der Wildnis würde er keine Antwort finden. Und er ahnte, dass kein Bad ihn reinigen konnte. Er musste noch einmal zurück zur Feste Rabenturm. Er musste die Spur erneut aufnehmen und Gewissheit über den Toten in dem Steinsarkophag erlangen.

SOLDATENLOHN

Lilianne blickte zu Erilgar und Ignazius. Die beiden waren keine Rebellen. Sie waren derselben Meinung wie sie, aber sie würden kein Wort sagen. Immerhin kamen sie mit ihr. Das war schon mehr, als sie erwartet hatte. Erilgar war verbittert darüber, dass das Kommando über den Feldzug mehr und mehr seinen Händen entglitten war. Seit der Schlacht gegen die Adler glaubten die Heptarchen, sie seien Feldherren. Selbst ihr, Lilianne, hörten sie kaum noch zu. Sie standen um den Kartentisch in ihrem Prunkzelt. Dort hörten sie sich die Berichte der Späher an und verschoben kleine Holzfiguren auf einer Karte Albenmarks immer weiter hinein ins Weiß unerkundeter Gebiete.

Nach Wochen zielloser Vorstöße in alle Himmelsrichtungen waren sie nun übereingekommen, sich nach Süden zu wenden. Dort sollte es eine große Burg geben. Angeblich war dies der Sitz der Königin. Doch niemand wusste Genaueres. Der einzige Hinweis darauf, dass dies stimmen mochte, war die Tatsache, dass der Widerstand der Anderen wuchs, wann immer sie sich in diese Richtung wandten.

Lilianne wollte dem Unsinn ein Ende bereiten. Niemand machte mehr vernünftige Pläne. Und sie vernachlässigten die grundsätzlichen Dinge. Es gab erste Fälle von blutiger Ruhr und Anzeichen für Skorbut. Der Nachschub kam nur noch schleppend.

Sie sah zu den beiden Rittern vom Aschenbaum. Sie alle drei hatten volle Rüstung angelegt. Erilgar hatte dazu geraten. Der Flugrost war von den Panzern poliert. Sie glänzten wie Silber im Licht der Frühlingssonne. Lilianne hatte sich sogar frisieren lassen. Ein makelloser, weißer Spitzenkragen lag auf ihrem Kürass. Sie hielt nicht viel davon, doch musste sie Erilgar und Ignazius zugestehen, dass beide wesentlich erfahrener in Schlachten auf dem trügerischen Feld der Diplomatie waren. »Seid ihr bereit?«

Die Heerführer vom Aschenbaum nickten nur knapp. Erilgar war sehr blass. Ignazius war zu alt, um noch etwas zu fürchten. Aber der Ordensmarschall musste damit rechnen, dass seine Karriere beendet war, wenn er mit ihr in das Zelt ging.

»Lass es uns tun«, sagte Erilgar mit rauer Stimme. »Wir schulden es unseren Soldaten.«

Lilianne hielt sich sehr gerade, als sie in das Zelt trat. Sofort verstummten alle Gespräche. Die sieben Heptarchen und einige Capitanos standen um den Kartentisch versammelt. Die Komturin hatte das ungute Gefühl, dass man sie erwartet hatte.

»Es trifft sich gut, dass ihr so überraschend erscheint. Eben sprachen wir über dich, Schwester.« Gilles lächelte sie an. Seit dem Tag, an dem sich der Weg nach Albenmark geöffnet hatte, war der Heptarch sichtlich aufgelebt. Ja, er wirkte sogar jünger.

Lilianne ergriff das Wort. »Liebe Brüder, ich bin hier, um euch darum zu bitten, den Feldzug abzubrechen, denn unsere Truppen befinden sich in großer Gefahr. Ich habe Sorge, dass der Nachschub völlig zusammenbrechen könnte. Der große Fjord ist gefroren. Unsere Schiffe können ihn nicht mehr befahren. Und die neue Straße ist so tief verschneit, dass die Wagenzüge und Maultierkarawanen kaum noch vorankommen. Schon jetzt mangelt es an eingekochtem Obst, an Gemüse und getrockneten Früchten. Bald werden Krankheiten innerhalb der Truppen um sich greifen.«

»Wir werden uns aus dem Land ernähren«, wandte Gilles ein. »So haben es die Kirchenheere auch schon früher getan. Hier gibt es niemanden, den wir zu Tjured bekehren könnten. Wir müssen keinerlei Rücksichten nehmen.«

»Mit Verlaub, Bruder Gilles, aber ich habe bereits vor einigen Tagen vorgetragen, dass diese erprobte Strategie in Albenmark ins Leere stößt. Das Land ist nur dünn besiedelt. Wir wissen nicht, wo Dörfer und Städte liegen. Und selbst wenn die Voraussetzungen besser wären, ist das Heer einfach zu groß, um es auf diese Weise zu versorgen. Ganz abgesehen davon werden wir im Land der Anderen natürlich niemals Pulver finden oder ein paar Stiefel, das auch nur einem einzigen unserer Männer passen würde. Was will man denn in einem Land voller Tiermenschen erwarten, in dem keine einzige gottgesegnete Seele zu finden ist.« Lilianne sah einige der Heptarchen nicken. Doch sie machte sich keine Illusionen. Sie wusste, dass Gilles und der Großmeister Tarquinon die Wortführer waren.

»Ich gestehe dir zu, dass wir vor großen Herausforderungen stehen, Schwester. Ein fremdes Land erfordert einen frischen Geist, der offen ist, neue Wege zu finden, statt verzweifelt am Altbewährten festzuhalten.« Gilles machte eine Pause, und sein Blick verriet Lilianne, dass nun der entscheidende Schlag bevorstand.

»Bruder«, warf Erilgar überraschend ein. »Schwester Lilianne steht nicht allein mit ihren Ansichten. Alles, was sie vorgetragen hat, entspricht den Tatsachen. Und die außergewöhnlichen Erfolge, die sie in den letzten Monden errungen hat, sprechen doch dafür, dass sie dieses Heer kennt und zu führen vermag wie kein anderer.«

»Es ist sehr ritterlich von dir, eine Lanze für Lilianne zu brechen«, sagte Großmeister Tarquinon in eisigem Tonfall. »Und wir haben durchaus verstanden, dass du an unseren Fähigkeiten zweifelst, diese Armee zu führen. Ich bin erschüttert und über die Maßen enttäuscht, solche Worte aus deinem Munde zu hören, Bruder. Ich werde ...«

Gilles hob beschwichtigend die Hände. Die Ruhe, die er behielt, verriet Lilianne, dass er auf einen solchen Streit vorbereitet war und seine Entscheidung längst getroffen hatte. »Bitte, Brüder! Lasst uns nicht streiten. Dazu gibt es keinen Anlass. Niemand stellt die Verdienste Liliannes in Frage. Und auch deine Taten und die unseres Bruders Ignazius sind durchaus nicht unbemerkt geblieben.« Er lächelte väterlich. »Man hält uns Heptarchen oft vor, dass wir den Kopf in den Wolken tragen und nicht mehr wüssten, was um unsere Füße geschieht. Ich versichere euch, das Gegenteil ist der Fall. Wie bereits erwähnt, hatten wir eben noch über Schwester Lilianne gesprochen. Wir alle waren der Meinung, dass sie in den letzten Wochen den Enthusiasmus vermissen ließ, mit dem sie den Feldzug im Fjordland vorantrieb und dabei fast im Alleingang Gonthabu eroberte. Und wen mag das verwundern? Dreizehn Monde sind vergangen, seit sie die Stadt am Fjord erstürmte. Tag und Nacht hat sie seither unserem Heer gedient. Nie gab es eine Rast für sie. Eigentlich wollten wir einen Festakt vorbereiten, um sie vor allen Regimentern und Reiterschwadronen zu ehren. Doch da man mir zu Gehör brachte, dass sie von bescheidener Gesinnung ist und Ehrungen verabscheut, werde ich mit eurer Zustimmung, meine lieben Brüder, unsere Würdigung ihrer Taten gleich jetzt zum Ausdruck bringen.«

Niemand sagte etwas.

Lilianne sah Tarquinon schmunzeln und befürchtete das Schlimmste. Ihm traute sie zu, dass er ein Henkersschwert als Lohn empfohlen hatte.

»Nun, liebe Schwester, dir eine Aufgabe zu übertragen, die keine Herausforderung ist, hieße, deine Fähigkeiten mit Missachtung zu strafen. Und nichts liegt uns ferner. So sollst du die Belagerung von Firnstayn, die nun schon so lange andauert, zu einem schnellen Ende bringen. Hernach wirst du die Komturin von Firnstayn und des hohen Nordens sein. Man hat uns zugetragen, dass es noch eine Festung mit Namen Nachtzinne geben soll. Zu diesem Ort wurden durch magisches Werk tausende Rebellen gebracht. Finde und zerstöre diese Nachtzinne! Dabei soll unser geschätzter Bruder Ignazius dir behilflich sein. Wenn dein Werk geglückt ist, wird er zum Komtur der Nachtzinne befördert werden. Und unser verehrter Bruder Erilgar, der als Ordensmarschall schon zu höchsten Ehren aufgestiegen ist, wird die überaus verantwortungsvolle Aufgabe übernehmen, den Nachschub für das

Heer zu organisieren. Zu diesem Zwecke sollst du dich umgehend nach Gonthabu begeben. Vielleicht wäre es förderlich, unsere Vorratswagen auf Kufen zu stellen, damit sie über das Eis des gefrorenen Fjords ziehen können. Du siehst, das größte Problem haben wir schon für dich gelöst.«

Lilianne hatte das Gefühl, als habe man ihr eine Klinge durch den Leib gestoßen. Es war zu ungerecht! Das konnten sie doch nicht machen! Was hatte sie getan? Sie wollte etwas erwidern.

Eine Hand legte sich auf ihren Arm. Ignazius. Er schüttelte sacht den Kopf. Steckte er mit den Heptarchen unter einer Decke?

»Wir danken für euer Lob und den großmütigen Lohn«, sagte Erilgar ein wenig steif.

»Bitte, Bruder! Bitte!« Gilles winkte ab und beugte sich wieder über die Karte, die fast nur aus weißen Flecken bestand. »Seid euch gewiss, liebe Freunde, ihr seid in der Aufmerksamkeit der Kirche unvergessen.«

Lilianne war sich nicht sicher, ob sie das als Kompliment oder als Drohung aufzufassen hatte. Sie verließ mit ihren Ritterbrüdern das Zelt.

Ignazius klopfte ihr väterlich auf die Schulter. »Du hast einen großartigen Feldzug geliefert, Schwester. Jeder weiß das. Das wird man nicht vergessen. Und ich für mein Teil bin ganz froh, wenn ich die Welt der Anderen verlassen kann. Selbst wenn man mich in irgendwelche trostlosen Berge schickt und offensichtlich der Hoffnung ist, dass ich dort nicht mehr lange leben werde. Im Fjordland kann ich wenigstens sicher sein, dass meine Seele zu Tjured finden wird.«

Lilianne war nicht so enttäuscht, wie Ignazius annahm. Auch sie war froh, dieser unheimlichen Welt zu entkommen. Aber die Art und Weise, wie Gilles sie abgefertigt hatte, kränkte sie zutiefst.

Im Gehen sah sie, wie Bruder Louis zum Zelt der Heptarchen eilte. Ein vernarbter, glatzköpfiger Ritter war an seiner Seite; ein Veteran, den man aus irgendeinem Küstenhafen geholt hatte. Die beiden hatten sich in der Schlacht gegen die riesigen Adler hervorgetan und genossen nun die Gunst der Kirchenfürsten. Sie hatten auch den großen Vorzug, niemals zu widersprechen.

Sie sollte auf die Weisheit von Bruder Ignazius vertrauen und sich ohne Groll in ihr Schicksal fügen. Ein neuer Krieg brauchte vielleicht wirklich neue Helden und Heerführer. Die Neue Ritterschaft war aufgelöst. Die Zeit der roten Ameisen war vorüber. So wie damals in ihrer Kindheit im Garten ihres Vaters. Es war nutzlos, sich gegen das Schicksal stemmen zu wollen. Ein Zeitalter endete. Und Ritterinnen wie sie gehörten der Vergangenheit an.

TUNNEL

Brandax blickte im Licht der Laterne auf den Stapel von Fässern. Ein Geflecht von Zündschnüren lief an ihnen hinab. Davon hatte er geträumt, das hatte er immer schon einmal versuchen wollen. Er wusste, dass er es nur in der Welt der Menschen tun konnte. Der Kobold hielt den Atem an. Jetzt hörte er sie wieder ganz deutlich über sich. Grabegeräusche. Sie waren da. Ganz nah. Und er wusste genau, was sie wollten.

Der Kobold atmete aus. Dann entfachte er die Zündschnur

und begann zu laufen. Der Tunnel war so niedrig, dass selbst er sich ducken musste. Er hatte Dreck zwischen den Zähnen. In den Ohren. Überall! Ein kleiner Stein drückte in seinem Stiefel. Die letzten Tage hatte er fast ausschließlich unter der Erde verbracht. Hier und in dem anderen Tunnel.

Endlich erreichte er den Keller. Smirt erwartete ihn dort.

»Und, klappt es?«

»Spar dir deinen Atem und lauf!« Brandax hastete die steile Treppe hinauf und unter dem Tresen hindurch. Er lief aus der Tür der Schenke hin zur alten Mauer. Er wollte es unbedingt sehen!

Ein ohrenbetäubender Knall ließ ihn innehalten. Er fluchte! Zu spät!

Niedergeschlagen nahm er die letzten Stufen. Er hatte extra eine Holzkiste an die Brustwehr gestellt, damit er leicht darüber hinwegsehen konnte.

Erek hielt sich mit dem Rücken gegen eine der Zinnen gepresst. Ein kleines Stück weiter stand Gishild. Sie trug einen schweren Schanzenkürass mit wuchtigen Beinstücken. Der dunkle Helm bedeckte ihr Gesicht fast vollständig. Nur kleine Augenlöcher waren ausgespart. Die Rüstung bot Schutz vor Arkebusenkugeln. Doch den Kugeln der verfluchten Falkonetts vermochte sie nicht zu widerstehen. Die kleinen Kanonen hatten etliche Opfer gefordert. Sie schossen erstaunlich treffgenau. Brandax hätte sich gerne einmal eine näher angesehen.

Der Kobold sah den braunen Krater im Schnee. Noch immer prasselten Erde und kleine Steinbrocken nieder.

Auch Smirt erschien nun auf dem Wall.

»Wie war es?«, fragte der Belagerungsmeister mürrisch.

»Eindrucksvoll!«, entgegnete der König mit einer Begeisterung, die es für den Kobold nur noch schmerzhafter machte, den entscheidenden Augenblick versäumt zu haben.

»Sieh mal. Dort hinten kommt Rauch hinter den Schanzkörben hervor!«

Brandax musste nicht hinsehen, um zu wissen, wo es war. Er hatte den Belagerungsmeister der Ordensritter vor zwei Wochen auf der Schanze fünfhundert Schritt entfernt entdeckt. Er hatte beobachtet, wie er die Entfernung zur Mauer peilte. Und ihm war sofort klar gewesen, was das bedeutete.

Eine Woche später hatte sich Brandax nachts in das Niemandsland zwischen den Festungsschanzen und den Belagerungswerken geschlichen und mit einem Hörrohr den Boden belauscht. Erst hatten sie ihn verspottet, zumal er bei seinem ersten Ausflug nicht gefunden hatte, wonach er suchte. Aber zwei Tage später hatte er die Tunnelbauer belauscht. Er hatte gewusst, dass sie es versuchen würden. Und vielleicht taten sie es sogar gerade in diesem Augenblick noch an einer anderen Stelle. Das Verfahren war so alt wie die Belagerungskunst. Man trieb einen Stollen bis unter die Mauern der feindlichen Festung. Dann unterhöhlte man die Fundamente und brachte einen möglichst weiten Abschnitt der Mauer zum Einsturz. Durch die Bresche schickte man die besten Truppen, und mit etwas Glück wurde die Stadt im Sturm genommen.

Durch die Erfindung von Schießpulver konnte man das Ganze noch etwas spektakulärer gestalten. Statt die Mauern zu unterhöhlen, brachte man eine gewaltige Ladung Pulver in den Tunnel und sprengte eine Bresche.

Die einzig wirksame Gegenmaßnahme war, ebenfalls einen Tunnel zu graben. Manchmal schaffte man es, Wasser in den Tunnel der Belagerer zu leiten und alle darin zu ersäufen. Aber die Ordensritter waren klug und vorsichtig. Sie hatten ihren Tunnel natürlich weit vom Fjord entfernt gegraben.

Der Kobold betrachtete den Erdkrater. Er war tief eingesackt. Noch immer hing dunkler Rauch darüber. Wie viele er wohl in den Tod gerissen hatte?

Ein mörderisches Krachen ließ ihn zusammenfahren. Steinsplitter fegten über den Wehrgang. Brandax warf sich zu Boden. Eine Kanonenkugel hatte eine der Zinnen getroffen. Gishild taumelte benommen. Der Kobold sah eine tiefe, silberne Schramme auf dem Visier ihres Helms. Die Königin tastete darüber. Die Kanonenkugel hatte sie um weniger als einen Schritt verfehlt. Ohne den Helm hätte ihr der Splitter womöglich das Gesicht weggerissen.

»Wir sollten hier verschwinden!« Erek sagte das in einem Ton, der keinen Widerspruch duldete. Er nahm die Königin beim Arm und brachte sie die steile Treppe hinunter.

Gishild war zu benommen, um zu protestieren. Sie betastete das Visier. Wahrscheinlich dröhnten ihr noch die Ohren.

»Wir haben die richtige Größe für diese Art Krieg«, bemerkte Smirt. Ohne auf einer Kiste zu stehen, vermochte er selbst auf Zehenspitzen kaum über den Mauerrand zu blicken.

»Wirst du Pulver mit nach Albenmark nehmen?«, fragte der Spinnenmann unvermittelt.

»Nein.« Brandax hätte es gern getan, aber er fürchtete den Zorn Emerelles. Sie verdammte das Schießpulver als ein Geschenk des Devanthar. Waffen, die es nutzten, waren laut und verbreiteten einen üblen Schwefelgestank. Die Elfen verabscheuten das zutiefst. Aber Brandax war überzeugt, dass das Pulver die Waffe der Zukunft war. Zumindest hier in der Welt der Menschen. Es gab so wunderbare Möglichkeiten ... Er dachte daran, was für Kanonen die Kobolde fertigen könnten, wenn man es ihnen nur gestatten würde. Nicht so plumpe Rohre wie die Menschen. In Gedanken hatte er ein riesiges Geschütz entworfen. Brandax seufzte. Es würde niemals gegossen werden.

»Und du? Nimmst du Pulver mit?«

»Natürlich nicht!« Smirt tat entrüstet. »Ich bin ein treuer Gefolgsmann der Königin – seit Neuestem. Sie wird mich und die Meinen gut bezahlen. Wir sind absolut loyal.«

Brandax glaubte dem Anführer der Spinnenmänner kein Wort. Er betrachtete die Schanzgräben, die sich in Zickzacklinien der Stadt näherten. So waren sie schwerer mit Kanonenkugeln zu treffen, und ein Geschoss, das seinen Weg in den Graben fand, konnte nicht gleich ein Dutzend und mehr Männer niedermähen. Noch zwei oder drei Tage, und die Gräben würden die Erdwerke erreichen. Dann würde der Sturm beginnen. Es waren eher zwei Tage. Und sein Tunnel war noch nicht ganz vollendet. Ein paar Stellen mussten noch erweitert werden, sonst würden die Trolle selbst auf allen vieren kriechend nicht hindurchkommen.

»Meinst du, sie haben noch mehr Minen gegraben?«

Brandax wusste es nicht. Er hätte es getan. »Keine Ahnung.«

»Werden sie, so wie du, Pulverfässer stapeln und ein großes Feuerwerk veranstalten? Oder werden sie im Keller eines der Stadthäuser herauskommen und dort heimlich Truppen für den Sturm auf das nächstgelegene Tor sammeln?«

»Wir haben nicht genug Leute, um alle Keller bewachen zu lassen!«

Bedrückendes Schweigen folgte. Sie würden Firnstayn nicht einmal mehr eine Woche halten können. Alle wussten das. Es war vorbei.

»Und dein Tunnel. Könnten sie ihn entdeckt haben?«, fragte Smirt nach einer Weile.

Einige Kanonen krachten. Die Schüsse waren gut gezielt und schmetterten gegen den Mauerabschnitt, auf den die Schanzgräben zuliefen. Die Erdaufschüttung vor der Steinmauer war weggeschossen. Nun konnten die eisernen Kanonenkugeln ihre volle Zerstörungskraft entfalten. Auch die vorgelagerten Erdwerke waren vernichtet. Die Belagerer waren mit Ausdauer und Zielstrebigkeit vorgegangen. Bald würden sie die Früchte ihrer Mühen ernten. An zwei Stellen hatten sie schon Breschen durch Erdwerke und Mauer geschossen. Sie wussten, wenn sie an mehreren Stellen zugleich angriffen, hatten die Verteidiger nicht mehr genug Truppen, um sie zurückzuwerfen. Brandax hatte Jahre damit verbracht, Firnstayn zu befestigen. Aber sie hatten zu wenig Kanonen, Krieger und keine Hoffnung mehr. Die Übermacht der Feinde war zu erdrückend. Firnstayn war so gut wie sturmreif.

»Können sie deine Leute graben gehört haben, wenn sie nachts mit Kuhhörnern auf dem Eis gelegen haben, um zu lauschen?«

Brandax zuckte die Schultern. »Ich weiß es nicht. Vielleicht haben das Wasser und das Eis die Geräusche geschluckt. Wahrscheinlich ahnen sie gar nicht, dass wir auch einen Tunnel gegraben haben. Und dann noch quer unter dem Fjord hindurch! Menschen würden so etwas niemals zuwege bringen. Wahrscheinlich rechnen sie nicht damit.«

»Und wenn sie es doch gemerkt haben und einen Gegentunnel gegraben haben, so wie du?«

Dem Belagerungsmeister riss der Geduldsfaden. »Wenn sie das getan haben, dann sind sie ausgemachte Trottel. Ich würde einen Schlitten mit Pulverfässern beladen und ungefähr in die Nähe des Tunnels bringen. Es reicht völlig aus, wenn er auf dem Eis explodiert. Die Druckwelle wird die Tunneldecke zerstören, und wer weiter als zwanzig Schritt vom Ausgang entfernt ist, wird jämmerlich ersaufen. Sie brauchen nicht mehr zu tun, als einen Schlitten zu beladen und abzuwarten, bis wir alle im Tunnel sind. Es ist unmöglich mitzubekommen, ob sie sich darauf vorbereiten. Wenn sie wissen, dass es diesen Tunnel gibt, dann sind wir ihnen ausgeliefert.«

Smirt war sichtlich blasser geworden.

»Noch weitere schlaue Fragen?«

Der Spinnenmann schüttelte den Kopf.

DER WILLE DES KÖNIGS

Luc stand am Eingang zum Schacht, der in steilem Gefälle in die Tiefe führte. Er fühlte sich unwohl. Gishild war als Erste an der Seite des Kobolds Brandax hinabgestiegen. Sie wollte allen zeigen, dass keine Gefahr bestand. Er wünschte, er wäre so mutig wie sie.

Nach und nach verschwanden die letzten Bewohner der Stadt im Tunnel. Alle, die nicht den leichteren Weg durch das Regenbogentor geschafft hatten, und diejenigen, die damals nicht hatten gehen wollen. Es würden nur drei- oder vierhundert zurückbleiben, um sich auf Wohl oder Wehe den Belagerern auszuliefern. Die Mehrheit wollte lieber nicht auf ihre Gnade hoffen. Es waren fast tausend, die dort hinabstiegen, und noch einmal genauso viele Kämpfer: eine bunt durcheinandergewürfelte Schar aus bewaffneten Bauern, Mandriden, Söldnern, den Leibwachen verschiedener Jarls und einer großen Schar Albenkinder. Allein etwa dreihundert Elfen waren dabei, mehr als hundert Trolle, etliche Kentauren und Kobolde. Aber auch so seltsame Geschöpfe wie Stiermänner und Faunen oder Blütenfeen. Sie alle hatten hier bei Gishild ausgeharrt und auf ein Wunder gehofft.

Gerade die Fjordländer hatten bis zuletzt daran geglaubt,

dass der legendäre Mandred zurückkehren würde, um alles zum Guten zu wenden. Er war nicht gekommen. So war das mit Legenden eben. Es waren schöne Gutenachtgeschichten, mehr nicht.

Irgendwo weinte ein kleines Kind. Für die Kinder und Alten würde der Marsch besonders hart werden. Das Wetter war recht mild für diese Jahreszeit. Aber das Eis auf dem Fjord war noch immer so dick, dass es leicht einen schweren Schlitten trug. Und wie es weiter im Norden, in den Bergen war, wusste niemand zu sagen.

»Luc?«

Erek trat an seine Seite. Er sah den König an. Was wollte er?

»Komm bitte mit mir.«

Der Ritter atmete schwer ein. Was sollte das?

»Bitte.«

Erek hatte einen offenen, ehrlichen Blick. Luc hatte nur Gutes von ihm gehört.

Der König bat ihn kein drittes Mal. Er ging. Luc zögerte, dann folgte er ihm. Er mochte ein Narr sein, aber ein Feigling war er nicht.

Erek brachte ihn hinter einen Bretterverschlag. Eine junge Frau saß dort auf einem Fass und wiegte ein kleines Kind auf den Armen.

»Du kannst jetzt gehen, Sara. Ich nehme ihn. Ich komme gleich nach.«

Die Amme gehorchte, doch nicht, ohne Luc mit argwöhnischem Blick zu mustern.

»Das ist Snorri Erekson.« Der König hielt zärtlich das Kind und stützte dessen Kopf. »Komm, sieh ihn dir an. Ich möchte, dass du Gishilds Sohn kennst.«

Warum sagte er nicht »meinen Sohn«? Luc betrachtete das Kind. Der Kleine war hellwach. Eingetrocknete Milch klebte in seinem Mundwinkel. Als er ihm einen Finger hinhielt, packte er kräftig zu. Luc war verlegen. Er hatte keine Ahnung von Kindern.

»Er sieht aus wie du«, brachte er schließlich hervor. Zwar fand er nicht, dass es stimmte, aber alle behaupteten es.

»Ich weiß.« Erek lächelte traurig. »Nimm ihn einmal auf den Arm.«

Luc war völlig überrumpelt. Das war das Letzte, womit er gerechnet hätte. »Das kann ich nicht.«

»Unsinn, jeder kann das. Du musst nur aufpassen, dass du seinen Kopf abstützt.«

Schließlich gab er nach. Er war so leicht. Luc hatte Angst, das Kind zu fest zu halten. Und zugleich hatte er Sorgen, Snorri fallen zu lassen, wenn er ihn nicht fest genug hielt. Er setzte sich auf das Fass. Der Kleine sah ihn an. Er hatte Gishilds Augen. Luc musste schlucken.

»Ich möchte, dass du mir jetzt schwörst, dass du immer gut auf ihn achten wirst.« Die Stimme des Königs zitterte leicht, als er sprach.

»Was hast du vor?«

»Gishild liebt dich. Ich spüre es jedes Mal, wenn sie mich ansieht. Ich habe dich von ihr ferngehalten, seit ihr aus Aldarvik zurück seid. Mehr als ein Jahr ist seitdem vergangen. In der ganzen Zeit hat sie nicht zugelassen, dass ich sie berühre. Dir ist gewiss genauso klar wie mir, dass wir ohne Kämpfe nicht davonkommen werden. Wir müssen es bis fast zur Nachtzinne schaffen, wenn wir durch einen Albenstern fliehen wollen. Ich werde in dieser Zeit in der Nachhut sein. Ich lege mein Leben in die Hand der Götter. Sollte mir etwas geschehen, dann wünsche ich, dass du Snorri stets so behandelst, als wäre er dein eigener Sohn.«

»Dir wird nichts passieren. Du musst auf dich achtgeben ...«

»Von einem Elfenritter lasse ich mir keine Befehle geben, Luc. Ich bin der König. Auch wenn es das Verdienst einer Schar alter, verzweifelter Männer war, mich auf den Thron an Gishilds Seite zu bringen. Ich hätte mir ein Weib gewünscht, das mich liebt ... Ich habe sie geliebt, das sollst du wissen!«

Luc sah ihn fest an. Erek war nicht der gefühllose Bauerntrampel, für den er ihn immer gehalten hatte. Mit diesem Bild vom König hatte er es sich selbst leicht gemacht. Er wollte, dass dies hier endete. Er fühlte sich überrumpelt. Und er wusste nicht, was er tun sollte.

»Geh vor mir mit Snorri. Ich möchte sehen, wie du ihn trägst.«

Luc wollte nicht. »Im Tunnel ist es gefährlich!«

»Du bist doch ein Ritter. Ihr beschützt die Schwachen und Wehrlosen. Ich will sehen, ob du es gut machst.«

Erek sprach mit einer Ernsthaftigkeit, die jeden Widerspruch erstickte. Luc sah das Kind an. Der Kleine hielt noch immer seinen Finger umklammert, doch seine Augenlider waren schwer. Plötzlich war er eingeschlafen. Und tiefer Friede überkam Luc. Sie konnten es schaffen!

AM HABICHTPASS

»Ich bin ein Mann des Südens, und ich habe mir geschworen, nie wieder in die Berge zu gehen. Was ich dort gesehen habe und tun musste, hat mir das Herz gefrieren lassen. Und wer mich kennt, der weiß, dass es bis heute die Eiseskälte, die

tief in mein Innerstes drang, nicht zu überwinden vermochte. Manche nennen mich grausam und hartherzig. Nun erfahrt, warum ich so ward, wie ich bin. Ich will nicht, dass mein Herz sich je wieder für jemanden erwärmt. Denn ich möchte den Schmerz nicht noch einmal erleben. Doch ich bin ein schlechter Erzähler und greife voraus.

Mein Tunnel war fest gefügt und nur wenig Wasser sickerte durch seine Decke. Töricht waren jene, die sich fürchteten. In jener Nacht waren die Götter des Fjordlands uns gnädig gesonnen. Das Verhängnis hatte Luth für einen anderen Tag bestimmt.

Kaum waren wir aus dem Tunnel heraus, da scharte König Erek die tapfersten Kämpfer um sich und überfiel das Lager der Ordensritter, die den Weg hinauf zu den nördlichen Pässen bewachten. Ein Sturm war aufgekommen. Schnee nahm den Kämpfern die Sicht. Und obwohl die Ritter und ihre Soldaten in großer Überzahl waren, schlugen wir sie in die Flucht, denn im Schneetreiben vermochten sie nicht zu erkennen, wie wenige wir waren. Mit den Trollen und Mandriden bildete Erek die Nachhut. Und er schickte die Maurawan hinaus ins Schneegestöber, damit sie den lautlosen Tod unter die Feinde trugen.

Sie legten Hinterhalte und stemmten sich mit dem Mut der Verzweifelten gegen das Heer der Ritter, um den anderen die Zeit zu erkaufen, höher in die Berge zu gelangen. Vier Tage brauchte Gishild, um die Flüchtlinge bis über den gefrorenen Wolkenspiegelsee zu führen. Dort zerschlugen die Trolle das Eis hinter sich. Nun ging es schneller voran. Wir mussten nicht mehr kämpfen, denn die Ritter mussten sich gedulden, bis die Eisdecke wieder so stark ward, dass sie auch die Trosspferde tragen konnte. Alte und Kinder, die den Flüchtlingstreck verlangsamt hatten, wurden von den Trollen auf den Schultern getragen. Es war kalt, aber dennoch mild für die Jahreszeit. Die Götter waren uns gnädig, bis wir an den Habichtpass ka-

men. Als wir ihn erreichten, erstrahlte er in einem Licht, wie man es nur in den Bergen an einem klaren Winternachmittag sieht. Und so sahen wir ihn lange kommen, den großen Adler, der unserer Spur durch die Berge folgte.

Ich weiß noch, ich hielt den kleinen Snorri auf dem Schoß, als der Adler landete. Der Junge war erkältet, aber gut gelaunt.

Der Schwarzrückenadler brachte uns Jornowell, den Sohn des Alvias, als Boten. Und er berichtete von einer großen Schlacht, die geschlagen worden war. Die Ritter unter dem Banner des Aschenbaums hatten den Sieg davongetragen. Die Truppen Albenmarks befanden sich auf haltloser Flucht. Tiranu war schwer verwundet worden. Die Ritter hatten einen Weg gefunden, die Shalyn Falah zu umgehen, und sie stießen direkt auf das Herzland vor. Auf Burg Elfenlicht. Emerelle hatte Jornowell aufgetragen, den Schwertmeister zu finden und mit dem Adler zurück nach Albenmark zu schicken. Und alle Albenkinder in seiner Nähe sollten auf dem schnellsten Wege folgen, denn jede Hand, die ein Schwert halten konnte, wurde gebraucht. Seine Worte lösten Entsetzen aus. Und noch eine schlimme Nachricht brachte er. Die Ritter hatten uns fast wieder eingeholt. Jornowell hatte sie vom Rücken des Adlers aus gesehen. Sie waren nur noch wenige Wegstunden entfernt.

Die Zeit drängte. Und Ollowain entschied sich für Albenmark. Wahrscheinlich sitze ich jetzt hier in meinem Palast über Vahan Calyd und schreibe diese Zeilen, weil der Schwertmeister sich gegen die Menschenkinder entschied. Ich stand neben ihm, als er die Wahl zu treffen hatte. Ich sah seinen Schmerz. Und doch war ich nicht überrascht. Trotz aller Fehden war er stets gekommen, wenn Emerelle ihn rief. Er war eben ihr Schwertmeister.

Orgrim, Yulivee, Fenryl und all die anderen machten sich auf den Weg zum Albenstern nahe der Nachtzinne. Sie wuss-

ten, ohne die Last der Menschen konnten sie ihn in weniger als einem Tag erreichen. Und auch die Alten und Kinder sollten den Weg in längstens drei Tagen schaffen können. Das Wetter war gut. Ich erinnere mich noch genau an die Gesichter der Menschen. Verzweifelte Hoffnung spiegelte sich in ihnen.

König Erek entschied, auf der Höhe des Passes zu bleiben. Er wählte hundert unter seinen Mandriden aus, an seiner Seite zu fechten. Der Pass dort oben ist sehr eng. Sie waren sicher, dass sie dort einige Zeit die Übermacht der Ritter abwehren konnten. Nach zwei Tagen sollten sie sich aus dem Kampf lösen und den anderen folgen. Am dritten Tage dann wollten alle gemeinsam den Albenstern durchschreiten. Jornowell meldete sich, um an der Seite des Königs auszuharren. Er wollte ihm und seinen Getreuen den Lichtpfad der Alben öffnen, falls sie über die Zeit aufgehalten wurden. Ich aber entschied mich, bei der Königin zu bleiben, um sie nach Albenmark zu führen, wenn das letzte Stück des Weges bezwungen war.

Hört man die Menschenkinder reden, so sagen sie oft, sie alle habe das Schicksal am Habichtpass ereilt. Doch das ist nicht wahr. Auf dem Pass blieb der König, während die Übrigen in das lange, enge Tal darunter zogen. Da es weit im Gebiet der Trolle gelegen ist, haben sie keinen Namen dafür, und so reden sie stets von den Ereignissen am Habichtpass.

Bis zur Dämmerung zogen wir durch das Tal. Aber wir richteten noch kein Nachtlager ein, da wir so weit wie eben möglich gelangen wollten. Ich sagte bereits, dass ich mir schwor, nie wieder in die Berge zu gehen. Diesen Eid schwor ich an jenem Abend. Es war in der Dämmerstunde, dass schwarze Wolken sich wie eine Sturzflut vom Bergkamm über uns ins Tal ergossen. Sie brachten schweren Hagelschlag und dann eine Kälte, die die Bäume krachen ließ. Ich wusste mich durch Magie zu schützen, und doch fürchtete selbst ich, mir würde mein Lebenslicht erfrieren. Das Wetter überfiel uns am Fuß eines

Steilhangs. Es gab keinen Schutz. Firn, der Herr des Winters, kannte keine Gnade mit dem Volk, das seinem Reich entfliehen wollte, um ihn allein den Tjuredpriestern zu überlassen. Dem Hagel folgte dichtes Schneetreiben. Und der Gott spannte sein weißes Leichentuch auf.«

ZITIERT NACH:
DIE LETZTE KÖNIGIN, BAND 3 –
DIE EISGEBORENEN, S. 211 ff.
VERFASST VON: BRANDAX MAUERBRECHER,
HERR DER WASSER IN VAHAN CALYD,
KRIEGSMEISTER DER HOLDEN

DER MANN AUF DEM THRON

»Du findest den Leibarzt des Heptarchen Gilles in der Königshalle. Dort, wo die Verwundeten untergebracht sind.« Der junge Offizier grinste breit. »Die meiste Zeit sitzt er auf dem Thron.«

Fingayn spürte, dass der Mann ihm etwas verheimlichte. Aber er wagte es nicht, weitere Fragen zu stellen. An Männer, die fragten, erinnerte man sich. Und er wusste nicht, wie lange er hier in Firnstayn bleiben würde.

Der Maurawan hatte die Kleidung eines Arkebusiers angelegt und dessen Gestank.

»Da. Das ist die Königshalle!« Der Offizier sprach langsam und deutete mit ausgestrecktem Arm auf die andere Seite des Hofs. Es war schon erstaunlich, wie bereitwillig die Menschenkinder seinen üblen Akzent hinnahmen, wenn er behauptete, er stamme aus Iskendria. Dann lobten sie ihn sogar oft für die Sätze, die seine Zunge so grausam verstümmelte.

Fingayn verneigte sich knapp. »Tjureds Segen über deinen Wegen«, murmelte er und ging zur Halle, die einst der Stolz der Könige gewesen war.

Das große Tor stand weit offen. Gestank schlug ihm entgegen. Die siegreiche Belagerungsarmee hatte offensichtlich all ihre Verwundeten hierhergebracht. Er roch Eiter, das faulende Fleisch brandiger Wunden, starken Schnaps, frisch vergossenes Blut und getrocknete Kräuter.

Holzscheite glühten in der Feuergrube und vertrieben die Winterkälte. Wohl an die hundert schmale Betten standen in der großen Halle. Der Lärm war überwältigend. Manche Männer schrien. Andere sangen. Fingayn sah einen jungen Ritter im Bett liegen und weinen. Einen Grund konnte er nicht erkennen. Der Mann schien unverletzt zu sein.

Er sah hinauf zum Thron. Man hatte ihn nicht von der Stelle bewegt. Dort kauerte ein Mann mit angezogenen Beinen. Fingayn sah sich nach jemandem um, der aussah, als habe er einen Überblick über das Chaos. Schließlich entschied er sich für einen Menschensohn mit grauem Stoppelbart und beginnender Glatze. Er ging zwischen den Betten umher und sprach mit den Verwundeten. Manchmal rief er auch jemanden herbei und befahl offensichtlich kurze Botengänge.

Der Maurawan wartete geduldig, bis der Mann von einem Kranken abließ. Dann trat er rasch an seine Seite.

»Herr, bitte entschuldige. Ich komme aus Iskendria. Ich suche den Mann, der meinem Bruder das Leben rettete. Er war der Leibarzt des hochwohlgeborenen Heptarchen Gilles. Es hieß, ich würde ihn hier finden.«

Der Mann seufzte; sein Atem roch nach Branntwein. »Deinen Bruder hat er geheilt? Das muss dann wohl schon länger her sein. Während des Feldzugs hat er seine Dienste allein dem Heptarchen offeriert. Er muss ein guter Arzt gewesen sein. Den Heptarchen hat er von all seinen Leiden kuriert.« Er deutete hinauf zum Thron. »Doch dass die Welt zerbrach, hat ihm den Verstand geraubt. Er ist nur noch ein sabbernder Verrückter, der immerzu von den blauen Augen seiner Mutter spricht.«

»Welch ein ungerechtes Schicksal für einen großen Mann!«

Der Heiler schüttelte den Kopf. »Findest du?« Er machte eine weit ausholende Bewegung. »Ungerechtigkeit ist mein täglich Brot. Jeden Tag sehe ich, wie gute Männer verrecken, während Säufer und Hurenböcke unbeschadet durch den schlimmsten Kugelhagel gehen.«

»Darf ich den Leibarzt besuchen?«

»Er wird nicht merken, dass du da bist. Aber nur zu!«

Wieder verneigte sich Fingayn höflich. Dann stieg er hinauf zu dem weiten Podest, auf dem der Thron stand. Der Mann, der dort kauerte, hatte sich benässt, doch das schien ihm egal zu sein. Er starrte vor sich hin. Seine rechte Hand fehlte. Offensichtlich hatte er sich vor nicht allzu langer Zeit das Haar gefärbt. Doch inzwischen war es nachgewachsen, und man sah deutlich die ursprüngliche Farbe. Sie passte ebenso zu Honoré wie die abgetrennte Hand und die Körpergröße. Doch Fingayn wollte nicht noch einmal vorschnell urteilen. Er ließ sich vor dem Thron nieder. Es verging einige Zeit, bis es ihm gelang, den Blick des Verwirrten einzufangen. Der Menschensohn spielte ihm nichts vor. Die Augen, die ihm begegneten, waren leer. Aller Verstand war aus ihnen gewichen. War es Honoré?

Fingayn war nicht darauf vorbereitet gewesen, einen Verrückten zu finden. Er wusste nicht, was er weiter tun sollte.

Er hatte nicht einmal fest damit gerechnet, dass der Leibarzt Honoré sein könnte. Er war auf die Spur des Mannes gestoßen, weil er auf der Schiffsreise vom Rabenturm nach Gonthabu zu Gilles gestoßen sein musste. In der Hafenfestung hatte niemand einen Leibarzt erwähnt. Aber als der Heptarch in Gonthabu sein Schiff verlassen hatte, hatte dieser rätselhafte Fremde zu seinem Gefolge gehört.

Was mochte sich so tief in das Bewusstsein des Primarchen eingegraben haben, dass es den Wahnsinn überdauert hatte? Der Maurawan dachte an all das, was er über Honoré gelesen und gehört hatte. Und dann fand er die eine Frage, die von allen hier im Saal nur Honoré beantworten konnte.

»Blutbaum und Löwe. Was fehlt?«

Der Mann auf dem Thron starrte ihn an.

Geduldig wiederholte Fingayn die Frage. Wieder und wieder. Es verging eine Stunde. Dann noch eine. Aber seine Geduld wurde belohnt.

Als er die Antwort erhielt, erhob er sich und umarmte den Wahnsinnigen. Und er erwürgte ihn in der Umklammerung. Als er von ihm abließ, sah es so aus, als sei der Mann friedlich eingeschlafen.

Fingayn stieg vom Thronpodest herab und ging auf das große Tor zu. Er hatte den Ausgang fast schon erreicht, als ihm der Heilkundige mit dem Branntweinatem in den Weg trat. »Du hast lange mit ihm geredet. Es ist selten, dass sich jemand so viel Zeit nimmt.«

»Die war ich ihm schuldig«, entgegnete der Maurawan und blickte zum Hof.

»Die meisten Besucher sind froh, wenn sie schnell wieder von hier fortkommen. Dieser Ort erinnert sie daran, wie nah der Tod uns allen ist.« Er zögerte. »Hat er dir etwas gesagt? Oder hat er nur wieder von den blauen Augen seiner Mutter gesprochen?«

»Er sagte: Einhorn.«

Der Heiler strich sich nachdenklich über den Stoppelbart. »Was mag er damit gemeint haben?«

Der Elf erwiderte den forschenden Blick. »Für ihn muss ein Einhorn wohl einmal eine große Bedeutung gehabt haben.«

Der Arzt schüttelte den Kopf. »Ich glaube, ich bin eher dazu geschaffen, mich mit Männern herumzuschlagen, die Beine verloren haben, als mit solchen, denen der Verstand abhandengekommen ist.«

DIE SALVE

Luc schreckte aus dem Schlaf hoch. Schritte knirschten im Schnee. Im Zwielicht sah er, wie der König von Mann zu Mann ging und sie vorsichtig weckte.

Drei Tage waren sie auf dem Pass geblieben. Länger, als sie zugesagt hatten. All ihre Vorräte waren aufgebraucht. Heute mussten sie zurück. Gewiss hatte Gishild mit den Flüchtlingen längst den Albenstern erreicht. Luc rieb sich fröstelnd über die Arme. In Albenmark war es Frühling. Er war froh, den Wintern des Fjordlands zu entkommen. Sie würde er gewiss nicht vermissen.

Der König ging zu Jornowell. Er redete auf den Elfen ein und deutete zur Spitze des Berges, der sich östlich von ihnen über den Pass erhob. Der Elf schüttelte mehrmals den Kopf. Doch der König zeigte immer wieder den steilen Hang hinauf, und schließlich machte der Elf sich auf den Weg.

Luc streckte die steifen Glieder. Sein linker Arm schmerzte. Gestern hatte er einen tiefen Schnitt abbekommen. Sieben Angriffe hatten sie in den drei Tagen zurückgeschlagen. Von den hundert Männern des Königs lebten kaum mehr als dreißig. Und keiner von ihnen war unverletzt.

Luc sah zu einem der steifgefrorenen Toten, der nicht weit entfernt an einem Fels lehnte und vom Pass hinab zum Lager der Ordensritter blickte. Nach dem letzten Gefecht hatten sie gestern Abend sieben der Gefallenen als Wachen aufgestellt. Sie hofften, dass man vom Talgrund aus nicht bemerkte, dass sie längst tot waren. Die sieben würden ihnen einen kleinen Vorsprung verschaffen, wenn sie heute Morgen flüchteten.

Nun kam der König zu ihm. Ereks Nase schillerte rot und blau. Ein Pikenier hatte sie ihm gestern im letzten Handgemenge eingeschlagen. »Du solltest hinauf zu unserem Elfenfreund steigen.«

Luc war zunächst überrascht. Dann begriff er. Sie wollten ihn zurücklassen! »Warum ...«

»Frieden«, sagte der König müde. »Komm mit mir.« Sie schlenderten zum nördlichen Ende des Passes. Erek kam ihm irgendwie seltsam vor.

Als sie einen Punkt erreichten, von dem sie gut ins Tal blicken konnten, blieb der König stehen. Ein langer verschneiter Hang fiel hier sanft ab. Etwa dreihundert Schritt entfernt lag ein See, über dem Nebel wogte. Es gab dort eine heiße Quelle. Gestern war Luc zu ihr hinabgestiegen, um im Wasser seine steifen Hände zu wärmen und die Wunde am Arm zu säubern.

»Beobachte den Nebel«, sagte der König.

Es dauerte nicht lange, bis Luc es bemerkte. Ein Funke wie ein Glühwürmchen. Nur dass er nicht grünlich, sondern rötlich glomm. Dann entdeckte er noch einen. »Arkebusiere?«

Erek nickte. »Mindestens hundert, würde ich sagen. Weiß

der Henker, wie sie über den Berg gekommen sind. So, nun folge bitte Jornowell.«

»Warum sollte ich das tun?«

»Weil ich mit meinen Mandriden an einen Ort gehen werde, zu dem du uns nicht folgen kannst.«

Luc sah den König fragend an.

»Verdammt, verstehst du es denn nicht? Wir schlagen unsere letzte Schlacht. Wir werden in die Goldenen Hallen gehen. Und es wäre schön, wenn jemand übrig bleibt, um von diesem Kampf zu berichten.«

Der Ritter sah den Felsen hinauf. »Ich glaube nicht, dass ich in der Verfassung bin, wie eine Ziege zu klettern.«

»Dann setz dich eben auf den Pass und warte, bis deine Ritterbrüder heraufkommen!«

»Und dann? Was glaubst du, was dann geschehen wird? Dass sie mich mit offenen Armen aufnehmen werden, weil ich so tapfer gegen meine eigenen Leute gekämpft habe? Sie werden mich dem Richtschwert übergeben. Wenn nicht gleich hier, dann spätestens in Firnstayn.«

»Ich verstehe dich nicht. Du bist ein seltsamer Mann. Als ich dich zu den Spähern nach Gonthabu schickte, dachte ich, du würdest die Gelegenheit nutzen, um zu deinen Leuten zurückzukehren. Und als wir Firnstayn verlassen mussten, da hätten wir dich irgendwo einsperren können. Du hättest behaupten können, lange unser Gefangener gewesen zu sein. Warum?«

»Meine Ritterbrüder sind nicht dumm. Sie haben sicher schon vom Elfenritter gehört. Und sonst hätten mich die Bürger verraten, die zurückgeblieben sind. Außerdem hätte ich Gishilds Sohn niemals gesehen, wenn ich mich anders entschieden hätte. Das allein war es wert.«

»Erwarte nicht, dass ich dich dafür ins Herz schließe! Gestern habe ich mir den ganzen Tag über gewünscht, dass dich eine Klinge erwischt und ich heute allein zu Gishild zurückkehren würde.«

Luc lächelte. »Seltsam. Ich habe mir dasselbe gewünscht. Nur dass dich die Klinge treffen sollte.«

»Mistkerl!«, zischte der König.

»Bauerntölpel.«

Erek lachte auf. »Das wäre dann also geklärt. Da du sieben Jahre an einer Schule studiert hast, wie man Schlachten gewinnt, mach einen Vorschlag, wie wir hier herauskommen.«

Luc blickte zum Tal hinab. »Wir gehen dort runter und tun so, als hätten wir sie nicht bemerkt. Sie werden warten, bis wir auf etwa fünfzig Schritt heran sind. Jedenfalls, wenn sie sich an das Reglement halten. Sobald sie ihre Arkebusen heben, werfen wir uns in den Schnee. Dann sollten die meisten Kugeln kein Ziel finden.«

»Und dann?«

»Dann stürmen wir los. Und wenn der Schnee nicht zu tief liegt, werden wir bei ihnen ankommen, bevor sie nachgeladen haben.«

Erek fasste sich an die Stirn. »Und dafür hast du sieben Jahre die Schulbank gedrückt? Was, glaubst du, wird passieren, wenn dreißig verwundete und halb erfrorene Jammergestalten hundert Arkebusiere angreifen?«

»Wir werden unseren Weg in die Goldenen Hallen finden. Und ich hoffe, du legst bei deinen Göttern ein gutes Wort für mich ein. Meiner wird mich vermutlich nicht mehr nehmen.«

»Ich frage mich, wie Ritter wie du es geschafft haben, die ganze Welt zu erobern.«

»Vermutlich waren die anderen klüger als ich. Und jetzt entscheide! Was werden wir tun?«

Der König blickte zum Tal hinab. »Ich werde tun, was Bauerntölpel immer tun, wenn sie auf einen Ritter oder Jarl treffen, der ihnen großartige Dinge über unsterblichen Ruhm und Goldene Hallen erzählt. Ich werde hinterherlaufen und auch noch Hurra rufen.«

»Dann wäre das ja so weit geklärt.« Luc klopfte sich den Schnee aus den Kleidern. Er verzichtete darauf, seine Klinge zu schärfen. Er ging nicht davon aus, dass sie bis zu den Arkebusieren kommen würden.

Während Erek die Mandriden um sich sammelte, öffnete Luc seinen Mantel. Er überlegte kurz. Dann streifte er ihn ab. Er würde ihn nicht mehr brauchen. Und er wollte den kleinen Wappenschild auf seinem Kürass nicht verbergen. Er strich über das Emaille. »Mein Nordstern«, sagte er leise. »Ich wünsche dir ein gutes Leben. Wir sehen uns in den Goldenen Hallen, wenn deine Götter gnädig sind.«

Der König winkte ihm. Er reihte sich zwischen den Mandriden ein und blickte zum Himmel hinauf. Er war klar und wolkenlos. Die Luft erschien ihm nicht mehr eisig, sondern erfrischend. Er strauchelte. Der Schnee war verharscht. Unter dem Eis war er tief. Sie kamen nur langsam den Hang hinab. Er spähte in den Nebel. Immer mehr Glühwürmchen leuchteten auf. Plötzlich begannen sie zu tanzen. Die Lunten wurden angehoben. Luc zögerte noch einen letzten Herzschlag lang. Er stellte sich vor, wie die Lunten auf die Pulverpfannen gedrückt wurden.

»Nieder!«, rief er aus Leibeskräften. Im selben Augenblick donnerten hundert Arkebusen. Luc warf sich mit dem Gesicht voran in den Schnee. Kugeln sausten um ihn herum. Er hörte Männer aufschreien. Und dann antwortete ein tiefes Grollen auf den Lärm der Arkebusen.

Der Ritter drehte sich um. Kaskaden aus Schnee, Eis und Gestein lösten sich hoch über ihnen aus der Felswand. Mit unbeschreiblichem Getöse stürzten sie dem Tal entgegen. Der Boden vibrierte unter ihm.

Luc sprang auf und begann zu laufen. Quer zum Hang. Weg von der Lawine. Doch sie fächerte immer weiter auf. Ein Entkommen war unmöglich.

Erschöpft blieb er stehen und wandte den Blick von dem Grauen ab. Er breitete die Arme aus und begann zu beten. Dann umfing ihn das Weiß. Er wurde von den Beinen gerissen. Schnee drang ihm in den Mund. Er hustete und würgte. Er wurde herumgewirbelt wie eine Feder im Sturm. Und dann tauchte er ins Wasser. Es war angenehm warm. Sog sich schnell in seine Kleider. Diese Umklammerung war zarter. Der See war sehr tief.

Endlich war sein Mund wieder frei. Um ihn herum war Schnee. Ein Schatten glitt an ihm vorbei. Ein anderer Mann? Ein Stück von einem Baum? Er konnte es nicht erkennen. Er wehrte sich nicht dagegen, tiefer zu sinken. Er atmete aus und spürte, wie Wärme in seine Lungen flutete.

DER LEIBWÄCHTER

Brandax zog hart den Stein über die viel zu kurze Klinge. Er tat es wohl mindestens zum tausendsten Mal. Scharfe Zacken durchbrachen die Schneide. Wie eine Säge sollte sie werden. Aber die Klinge war viel zu kurz. Er fluchte. Warum tat niemand von den anderen etwas? Und wenn sie hundertmal eine verdammte Königin war! Sie wusste nicht mehr, was sie tat!

Jetzt machte sie eine Rast. Endlich! Seit Stunden hatte sie

sich nicht niedergelassen. Ihr taumelnder, haltloser Gang war Zeichen genug. Das war nicht nur Erschöpfung! Warum unternahmen die anderen denn nichts? Wollten sie einfach zusehen, wie sie starb?

Brandax blickte zum Horizont. Eine Stunde Tageslicht blieb noch, eher etwas weniger. Im Dunkeln würde er es nicht tun können.

Er verfluchte die Götter der Menschenkinder. Warum hatten sie ihnen das antun müssen? Warum war der Hagel gekommen? Und danach die eisige Nacht mit dem Schneesturm? Keines der ganz kleinen Kinder hatte diese Nacht überlebt. Die Kälte hatte ihr Lebenslicht aufgesogen. Ebenso war es mit den Alten und Kranken. Am nächsten Morgen hatte sich ein Drittel der Flüchtlinge nicht aus dem Schnee erhoben. Seitdem war keine Stunde vergangen, in der nicht mindestens einer erschöpft zusammengebrochen war. Die Lebenden hatten keine Kraft mehr zu helfen. Was hätten sie auch tun sollen? Die Sterbenden tragen? Die meisten konnten sich selbst kaum auf den Beinen halten. Sie hatten nicht einmal mehr die Kraft für Tränen. Sie gingen einfach weiter, den Blick stier vorausgerichtet.

Brandax kletterte auf den Felsblock, auf dem sich die Königin niedergelassen hatte. Er blickte über ihre Schulter hinweg ins Gesicht des kleinen Snorri. Seine Lippen waren dunkelblau, fast schwarz, das Gesicht unheimlich bleich. Pulverfeiner Schnee fiel vom Himmel. Er sammelte sich in den weit offenen Augen und im Spalt zwischen den Lippen. Manchmal beugte Gishild sich vor und blies zärtlich den Schnee fort.

Das zu sehen, brach ihm das Herz. Drei Tage trug sie nun schon das tote Kind auf den Armen. Warum tat denn niemand etwas? Waren alle verrückt geworden? Es war an ihm, Entscheidungen zu treffen.

Er blickte in ihre fiebrigen Augen. Schweiß stand ihr auf der Stirn. Die Anzeichen waren deutlich! Aber er brauchte noch einen letzten Beweis.

Brandax kletterte wieder vom Felsen hinab. Die Königin beachtete ihn gar nicht. Er stellte sich neben sie, so dass niemand sehen konnte, was er tat. Er wünschte so sehr, dass er sich irrte.

Der Kobold betrachtete die gezackte Klinge. Wenn er sich irrte, dann würde ihn das wohl den Hals kosten. Und doch hoffte er, dass es so kam. Er stieß die Klinge hinab in ihren Fuß. Sie gab keinen Laut von sich. Zuckte nicht einmal. Sie spürte es nicht mehr.

Er zog das Messer heraus und ging zu Beorn. Der Bannerträger der Königin war ein Hüne von einem Mann. Einer von den ganz wenigen, die sich noch gut auf den Beinen hielten.

»Du bist ihr Leibwächter, nicht wahr?«

Beorn bedachte ihn mit einem bösen Blick. Seine Augen waren blutunterlaufen. »Ich nehme ihr das Kind nicht weg! Egal, was du mir sagst.«

»Oh, wir werden ihr noch viel mehr abnehmen.« Er sagte dem Mann, was er befürchtete, und dieser Riese fing an zu weinen.

»Das kann nicht sein!«, schluchzte er. »Das kann ich nicht tun!«

»Du bist ihr Leibwächter, verflucht! Dann wache auch über ihren Leib. Wenn du mir nicht hilfst, dann wird sie nicht lebend am Albenstern ankommen. Sieh sie dir an! Sie hat Fieber. Die toten Füße vergiften ihren Körper.«

»Ich kann das nicht«, stammelte der Krieger.

»Du opferst sie also deiner Schwäche. Einen Leibwächter wie dich kann man sich nur wünschen!«

»Aber ich kann doch nicht ...«

»Gut, du hältst sie fest. Und halt sie verdammt noch mal gut fest! Ich schneide ihr die Stiefel herunter und sehe mir ihre Füße und Beine an. Und wenn es nötig ist, dann kümmere ich mich um die Füße. Aber du wirst sie vergraben müssen, zusammen mit dem toten Kind. Ich werde dir nicht alles abnehmen! Und jetzt komm mit.«

DIE VERLORENEN

Ollowain ließ sich auf das schmale Feldbett sinken. Er war zu Tode erschöpft. Den ganzen Tag hatte er auf dem Schlachtfeld verbracht. Erst kurz vor der Dämmerung war es ihnen gelungen, die Ordensritter zurückzudrängen. Aber sie waren keineswegs geschlagen. Wahrscheinlich waren sie schon jetzt dabei, ihre Truppen neu zu ordnen. Sie waren einfach übermächtig. Und Albenmark blutete aus. Für ihre Verluste gab es keinen Ersatz mehr. Emerelle hatte ihm versprochen, dass er nur ein paar Tage durchhalten müsste. Sie sammelte die mächtigsten Zauberkundigen um sich. Selbst Skanga, die Schamanin der Trolle, hatte sie um Hilfe gebeten. Ollowain wusste nicht, ob er ihr die Tage geben konnte, die sie brauchte.

Orgrim erschien vor der Tür. Er machte erst gar nicht den Versuch, sich durch die viel zu kleine Öffnung zu quetschen. »Ich habe schlechte Nachrichten, Schwertmeister.«

Ollowain musste unwillkürlich lachen. Wie hatte er darauf hoffen können, wenigstens für ein paar Stunden Frieden zu finden?

»Was ist daran so komisch?«, fragte der Troll mit einer Stimme, die an aneinanderreibende Gesteinsbrocken erinnerte.

»Nichts, nichts! Sag schon, was ist passiert? Sind sie durchgebrochen? Ist die Shalyn Falah gefallen?«

»Nein, davon weiß ich nichts. Es geht um Gishilds Untertanen. Ich habe es erst heute erfahren! Wir haben eine sehr abgelegene Gegend für sie ausgesucht. Und in Firnstayn haben uns ja wochenlang keine Nachrichten erreicht ...«

»Was?« Ollowain war zu müde, um aufbrausend zu werden, obwohl ihn die Art des Trolls aufs Blut reizte.

»Ihre Untertanen sind nie in der Snaiwamark angekommen. Sie sind auf den Albenpfaden verschwunden.«

Der Schwertmeister richtete sich auf. »Was heißt *verschwunden*? Sind sie ...«

»Wahrscheinlich haben sie einen Zeitsprung gemacht. Es war nicht klug, einen niederen Albenstern für diesen Zauber zu nutzen. Niemand kann sagen, wann sie die Snaiwamark erreichen werden. Vielleicht schon in einer Stunde. Oder in einer Woche. Vielleicht auch erst in hundert Jahren. Und noch etwas. Emerelle hat einen neuen Fürsten für Alvemer bestellt. Wir werden nicht einfach Gebiete des Elfenfürstentums abtrennen können, selbst wenn dort kaum jemand lebt. Der neue Fürst wird sich das nicht gefallen lassen.«

Ollowain stand auf und bedankte sich. Er musste zu Emerelle. Noch in dieser Nacht! Jetzt brauchte sie ihn so nötig wie nie. Er musste ihr ein Königreich für die Menschen abtrotzen. Es duldete keinen Aufschub. Vielleicht würde er schon morgen auf dem Schlachtfeld bleiben, und wer würde sich dann um Gishild und die ihren kümmern? Selbst wenn sie nur mit wenigen hundert Getreuen aus Firnstayn kam, mussten die Menschen einen Platz zum Leben haben. Ganz gleich, was für Prinzipien Emerelle hatte.

EIN OFFENES GRAB

Er war tatsächlich gekommen. Der Ahnherr stand vor ihr, und er redete und redete. Emerelle war am Morgen bei ihr gewesen und hatte ihr etwas gegen die Schmerzen gegeben. Und sie hatte ihr ein Königreich versprochen. Und Jornowells Nachricht vom Tod von Luc und Erek überbracht. Emerelle hatte versucht, mitfühlend zu sein. Aber wer konnte schon verstehen, wie es war, seine Heimat und sein Volk zu verlieren? Nach all den Jahren verzweifelter Kämpfe doch nichts zu behalten als das nackte Leben.

Er sah stattlich aus, war von hohem Wuchs und wirkte erstaunlich jung. Dabei lebte er doch schon seit Jahrhunderten. Er hatte den verschollenen König Liodred mitgebracht – seine Leiche. Und jetzt redete er davon, wie er ihrem Volk neuen Mut machen wollte. Er wollte mit dem winzigen Häuflein Überlebender schon wieder in den Krieg ziehen.

»... dann möchte ich zu ihnen sprechen. Bitte steh an meiner Seite. Ich bin sicher, sie verehren dich noch immer, Gishild.«

Das war mehr, als sie ertragen konnte! »Ich werde nie mehr an irgendjemandes Seite stehen!« Sie schlug die Decke zurück, die über ihren Beinen lag. Und sie genoss das Entsetzen in seiner Miene. Sollte er nur sehen, was ihr einziger Gewinn aus den endlosen Kriegen war. Sie hielt die Augen fest auf sein Gesicht geheftet. Sie selbst konnte nicht mehr hinsehen. Die beiden rot entzündeten, mit schwarzem Pech beschmierten Stümpfe gehörten nicht zu ihr. Sie erinnerte sich, dass sie ohnmächtig geworden war, als Beorn sie gepackt hatte. Da hatte sie noch Füße gehabt. Es war dieser niederträchtige kleine Kobold gewesen, der sie abgeschnitten hatte. Sie hatte ihn schon immer gefürchtet. Schon als Kind! Als sie erwachte, war sie in Albenmark. Und sie war ein Krüppel. Sie war nicht mehr die Frau, die sie sein wollte. Sie wünschte, sie wäre auf dem Marsch zur Nachtzinne gestorben, so wie all die anderen.

»Ich will keine Worte des Mitleids«, sagte sie kalt, ohne noch etwas zu fühlen. »Dies ist nichts! Auf dem Habichtpass ist mir mein kleiner Sohn in den Armen erfroren. Ich konnte ihm nicht genug Wärme geben ...« Sie musste innehalten. Ihre Gefühle drohten sie zu überwältigen. Sie hatte ihre Hand auf Snorris Brust gelegt, um ihn zu wärmen, und ihm ihren Atem ins Gesicht geblasen. All das hatte nichts geholfen. Sie hatte spüren können, wie sein kleines Herz schwächer und schwächer geschlagen und dann ganz aufgehört hatte. »Ein Paar erfrorene Füße sind nichts gegen diesen Schmerz. Ich will in kein offenes Grab mehr blicken, Ahnherr. Ich selbst bin ein offenes Grab. Und damit bin ich ein Spiegel deines Volkes.«

Der Ahnherr sah sie fassungslos an. Der Held so vieler Sagas wich noch einen Schritt vor ihr zurück. Er stammelte etwas davon, dass die Elfen hätten helfen können. Sie antwortete und achtete dabei kaum auf ihre eigenen Worte. Widerstreitende Gefühle zerrissen sie. Was tat sie denn? War nicht genug Unglück geschehen? Musste sie noch den größten Helden ihres Volkes zerbrechen? Wenn er doch nur früher gekommen wäre! Er strahlte so viel Kraft und Zuversicht aus. So wie Luc es in den Tagen in Aldarvik getan hatte und danach, während ihrer kurzen Frist in Albenmark.

»Mit deiner Erlaubnis werde ich mich zurückziehen und das Begräbnis König Liodreds vorbereiten.«

Was für seltsam gestelzte Worte für einen wilden Krieger mit einer Axt. Die vielen Jahre mit den Elfen hatten ihn geformt. Als Kind hatte sie immer gern den Geschichten über seine Abenteuer gelauscht, den erfundenen und den vielleicht wahrhaftigen. Und nun war er da, der Held. Und er könnte von all dem erzählen, wenn ihnen noch ein bisschen Zeit blieb. Sie durfte ihn so nicht ziehen lassen!

»Warte noch, Ahnherr! Knie neben mir nieder.« Er sollte hinausgehen und am Grab des Königs eine flammende Rede halten. Und er sollte sich die berühmte Rüstung des Alfadas nehmen, wenn sie ihm denn passte. Bevor er eingetreten war, hatte er am Eingang des Zeltes zu Beorn, ihrem Bannerträger, gesprochen. Und es war ihm gelungen, dem gebrochenen Mann neuen Mut zu machen. Wer weiß, was er noch alles vermochte? Er war Mandred Torgridson, eine lebende Legende. Sollte er das Banner des Fjordlands noch einmal auf die Schlachtfelder der Elfen führen? Ein Jahrtausend lang waren sie treue Verbündete gewesen. Sie sollten nicht in dieser Schlacht fehlen.

NUR EIN MÄRCHEN

Luc robbte ans Ufer. Er versuchte zu atmen und erbrach Wasser. Ängstlich sah er sich um. Sie waren fort. Endlich. Lange hatten die Ritter von der anderen Seite des Passes nach Überlebenden gesucht. Ob sie welche gefunden hatten, wusste er nicht. Und er wusste auch nicht, was ihn so sehr verändert hatte. Er hatte im Wasser atmen können! War er noch ein Mensch? Wann war er so verwandelt worden? Und warum hatte er nicht bemerkt, wie es geschah?

Frierend kauerte er sich in den Schnee. Was sollte er tun? Zurück ins warme Wasser gehen? Hier draußen würde die Kälte ihn töten. Seine Kleider und die Brustplatte hatte er tief am Grund des Sees abgestreift. Er vermochte nicht einzuschätzen, wie lange er dort unten geblieben war. Einen Tag? Länger? Er hatte sogar im Wasser geschlafen, nahe der Stelle, an der die warme Quelle durch den Grund des Sees brach.

Luc hatte Ereks Leiche gefunden, während er nach einer Stelle gesucht hatte, wo er ungesehen aus dem Wasser gelangen konnte. Erek hätte zu Gishild zurückkehren sollen. Er war ein guter Mann gewesen.

Luc keuchte. Es war zu kalt. Erschüttert blickte er über die zerwühlte Landschaft. Die Lawine hatte einen ganzen Waldstreifen vernichtet. Überall lagen große Felsbrocken im Schnee. Er wollte aufstehen und zum Wasser zurückgehen, aber seine Beine verweigerten ihm den Dienst. Sein linkes Schienbein war blau verfärbt und übel geschwollen. Er erinnerte sich, würgend hierhergekrochen zu sein. Offensichtlich war sein Bein gebrochen. Dann würde er eben zurückkriechen müssen.

Er beugte sich vor und sah aus dem Augenwinkel eine Gestalt. Luc verharrte mitten in der Bewegung. Jemand kauerte auf einem großen Felsklotz unweit des Ufers. Eine Gestalt ganz in Weiß. Eben war sie noch nicht dort gewesen!

Der Ritter duckte sich in den Schnee. Die Kälte war vergessen.

Zu spät. Der Mann hatte ihn gesehen. Er sprang vom Felsen und eilte leichtfüßig über das Lawinenfeld. Der Anblick ließ Luc aufatmen. So konnte sich nur ein Elf bewegen!

Der Krieger blieb dicht vor ihm stehen. Er wirkte kalt und abweisend. Wahrscheinlich ein Maurawan, dachte Luc.

»Ich kenne dich. Du bist der Elfenritter.« Er hatte einen starken Akzent. Luc konnte sich nicht erinnern, dem Krieger jemals begegnet zu sein.

»Warum kann ich im Wasser atmen?« Ihm war klar, dass die Frage töricht war. Woher sollte der Maurawan das wissen?

»Vielleicht hat dich eine Apsara geküsst?«

»Wie meinst du das?«

»Es war nur ein Scherz. Vergiss es!«

Luc wusste, dass die Maurawan nicht eben berühmt für ihren Humor waren. »Was ist eine Apsara?«

Der Elf sah ihn finster an. »Eine Art Wassernymphe. Das Ganze ist nur ein Märchen. Es heißt, wenn eine Apsara sich in einen Elfen verliebt und sie ihn küsst, dann kann er zu ihr hinab in ihr Reich unter den Wogen steigen. Und er kann Wasser atmen, so leicht, wie er an Land Luft zu atmen vermag. Mir schien es so, als hättest du mit dem Atmen an Land eben einige Schwierigkeiten gehabt. Also vergiss den ganzen Unsinn!« Er streckte ihm die Hand entgegen. »Komm, Elfenritter. Ich stütze dich. Ich werde dich nach Albenmark bringen. Zu Ollowain und deinen Schwertbrüdern.«

»Ich kann nicht laufen. Ich … Ich halte dich nur auf.« Was für einen Blödsinn redete er denn da! Er sollte dem Elfen auf Knien danken, dass er ihn mitnehmen wollte.

Der Maurawan ließ sich neben ihm nieder und wickelte ihn in seinen Umhang. Dann hob er ihn auf wie ein Kind. »Ich bring dich zurück. Keine Sorge. Wir haben viel Zeit.«

AN DER SHALYN FALAH

Ollowain war verzweifelt. Ihnen lief die Zeit davon. Wenn Emerelle nicht bald ihren Zauber wob, dann war alles verloren! Er blickte auf die unübersehbaren Massen von Ordenskriegern, die den Hügel hinaufmarschierten, Pikenblock neben Pikenblock. Ganze Schwärme von Arkebusenschützen liefen vor ihnen und deckten die letzten Verteidiger Albenmarks mit ihrem Feuer ein. Nie zuvor hatte es eine solche Schlacht gegeben. Alle Helden Albenmarks waren aufgeboten. Sogar die Zwerge, die jahrhundertelang mit Emerelle in Fehde gelebt hatten, waren aufmarschiert. Sie fochten auf einem anderen Schlachtfeld weiter im Westen, wo das Haupteer der Ritter vom Aschenbaum auf Burg Elfenlicht marschierte. Seit Stunden schon hatten sie von dort keine Nachricht mehr erhalten. Vielleicht war der Krieg längst verloren? Aber er würde nicht aufgeben, dachte Ollowain zornig.

Die Ordensritter hatten eine neue Waffe ersonnen. Hohle Tonkugeln, nicht ganz so groß wie die Faust eines Mannes. Auf ihnen steckte ein ölgetränkter Stoffstreifen. Und in ihrem Inneren war eine seltsame Flüssigkeit verschlossen, die nicht einmal durch Wasser zu löschen war. Balbars Feuer nannten sie es. Überall auf dem Hang brannte es. Sie hatten in dieser Schlacht schon überreichlich Gebrauch davon gemacht.

Selbst schlachterprobte Trolle wichen vor dieser Waffe zurück. Und viel Platz zum Zurückweichen gab es nicht mehr. Sie standen auf der Steilklippe vor der Shalyn Falah, nahe dem gewundenen Pfad, der hinab zu der weißen Brücke führte, hinter der das Herzland begann.

König Orgrim kämpfte in seiner Schar. Und Giliath, die berühmte Bogenschützin. Und Farodin! Ihn an seiner Seite zu haben, machte Ollowain besonders stolz. Gestern erst war er mit Mandred und Nuramon zurückgekehrt. Alle waren sie gekommen, um Albenmark zu verteidigen. Sogar Legenden waren auferstanden.

Arkebusenfeuer bellte ihm entgegen. Eine breite Rauchwand breitete sich vor den Schützen aus. Darin sah man schattenhaft einzelne Gestalten. Eine der Tonkugeln flog in Richtung der Trolle, die sich geduckt hinter ihre torgroßen Schilde zurückzogen.

»Zurück zur zweiten Linie!«, rief Ollowain seinen Kämpfern zu. Es war die letzte Linie vor der Brücke. »Zurück, und fangt mir ein paar dieser Flaschen.«

Orgrim begehrte offen gegen seinen Befehl auf.

»Wir brauchen sie, um auf der Brücke Feuer zu legen«, rief er dem König der Trolle zu. So könnten sie das Ende eine Weile hinauszögern. Emerelle brauchte jeden Augenblick, den sie für sie gewinnen konnten. Sie wollte das Land, das die Ordensritter besetzt hielten, aus Albenmark heraustrennen, so wie man eine faule Stelle aus einem Apfel schneidet. Und dann gedachte sie die Welt der Menschen und die der Albenkinder auf immer voneinander zu trennen. Alle Albenpfade zur Menschenwelt sollten zur gleichen Zeit zerstört werden. Dann hätte der Albtraum endlich ein Ende. Die große Schlucht, die von der Shalyn Falah überspannt wurde, würde die Grenze sein. Aber noch musste die Brücke gehalten werden! Schafften die Menschen es, die Shalyn Falah zu besetzen und in großer Zahl über sie vorzurücken, dann war alles verdorben.

Farodin und Orgrim wagten einen tollkühnen Ausfall, um zwei Kisten mit den Tonflaschen zu erbeuten. »Gib ihnen Deckung«, befahl er Giliath und ordnete den Rückzug.

Farodin kämpfte wie ein Berserker, ohne auf seine eigene Sicherheit zu achten. Dass er noch lebte, verdankte er vor allem dem Trollkönig, der ihn mit seinem riesigen Schild deckte. Die Menschen hatten entdeckt, welch kostbare Beute die beiden gemacht hatten. Arkebusenfeuer prasselte gegen den Schild des Trolls und riss große Holzsplitter von den Rändern.

Ein einzelner Krieger war bis dicht vor den Troll gestürmt.

Immer mehr Schützen feuerten ihre Waffen ab. Der Hang verschwand in beißendem Rauch. Der einzelne Krieger entzündete eine Tonkugel und warf sie in hohem Bogen über den Schild des Trolls hinweg.

Ollowain stürmte vor, so gut es ihm seine schwere Kampfrüstung erlaubte. Eine Flamme fauchte dicht vor den Füßen des Trolls auf. Orgrim wich zurück und mit ihm Farodin. Die zweite Tonkugel würde ihn jetzt genau treffen.

Ollowain sprang. Er packte sie! Triumphierend hielt er sie in die Höhe, als ein sengender Schmerz durch seine Hand fuhr. Eine Musketenkugel hatte sie durchschlagen. Die Tonkugel war zerplatzt. Schwarze Flüssigkeit spritzte dem Schwertmeister über den Arm und ins Gesicht. Der brennende Stoffstreifen, der von den Tonscherben hing, entzündete das klebrige Öl. Flammen leckten über seine Rüstung und schlugen durch sein Visier.

Einen Herzschlag lang stand der Ritter still. Er dachte an die Prophezeiung über seinen Tod. Nicht so! So sollte es nicht sein! Er zog sein Schwert. Er wollte nicht, dass die anderen ihn so sterben sahen. Elendig brennend.

Schreiend vor Wut stürmte er den Arkebusenschützen entgegen. Die Flammen blendeten ihn. Wild schwang er sein Schwert. Das Öl war durch die Spalten seiner Rüstung gedrungen. Seine Kleider brannten. Er hoffte, dass seine Gefährten ihn nicht mehr sahen und der Pulverdampf sein Ende verhüllte.

Er strauchelte über einen Toten, brach in die Knie. Der Schmerz war unbeschreiblich. Und dann war er fort!

Eine kühle Brise schmeichelte seinen Gliedern. Obwohl das brennende Öl ihn geblendet hatte, konnte er wieder sehen. Silbernes Licht umfing ihn.

»Endlich bist du gekommen«, sagte eine Stimme, die er seit zehn Jahrhunderten nicht mehr gehört hatte und doch sofort erkannte. Lyndwyn! Sie hatte auf ihn gewartet.

NUR EINE GESCHICHTE

Gishild saß auf der Lichtung neben dem frischen Grab. Am Tag zuvor hatten sie Mandred hier bestattet. Alle Großen Albenmarks hatten ihm die letzte Ehre erwiesen. Gishild war überrascht gewesen, wie viele gekommen waren. In den Geschichten ihrer Kindheit hatte man ihn oft als ein Raubein geschildert, das am Hof der Elfenkönigin die tollsten Streiche spielte. Wenn das je Wirklichkeit gewesen war, dann hatte man ihm längst verziehen. Gewiss war er es auch gewesen, der Emerelle überzeugt hatte, den letzten Fjordländern in Albenmark eine neue Heimat zu gewähren. Ihm konnte man nichts abschlagen!

Gishild schämte sich dafür, wie sie ihn empfangen hatte. Und dann lächelte sie. Selbst ohne Füße war es ihr gelungen, den alten Haudegen einzuschüchtern. Sie waren vom gleichen Blute gewesen. Ohne Zweifel! Und sie war stolz darauf. Was für ein Mann ihr Sohn wohl einst geworden wäre? Noch ein Kind würde sie gewiss nicht bekommen. Sie wollte keinen Mann mehr. Sie hatte gleich zwei gehabt. Und beide waren sie gut gewesen. Sie hätte Erek besser behandeln sollen. Sie sollte in Zukunft ihre Dickköpfigkeit ablegen! Warum musste sie immer erst alles verlieren, um zu erkennen, wie reich sie gewesen war?

Sie blickte auf den frischen Grabhügel. Tränen traten ihr in die Augen. Sie wusste nicht, wo man Snorri begraben hatte. Nicht einmal dieser kleine Trost war ihr gewährt. Emerelle hatte ihren großen Zauber vollendet. Zuletzt hatte es kein Blitzgewitter und Getöse gegeben. Die Albenpfade in die Welt der Menschen waren einfach verblasst, so hatte man ihr erzählt. Dahingegangen wie das letzte Abendlicht. Sie würde nie an Snorris Grab stehen!

Gishild biss sich auf die Lippen. Sie war Königin! Ihr Volk war nur noch klein, aber deshalb brauchte es sie nun umso mehr. Sie sollte die Ihren nach Norden führen. Emerelle hatte gesagt, das Land, das ihnen gehören würde, sei von Fjorden durchschnitten, so wie ihre alte Heimat. Und Trolle lebten nördlich von ihnen. Gishild lachte bitter. Immer Trolle! Die Götter gestatteten ihnen wohl nicht, ohne diese streitbaren Nachbarn zu leben.

»Nordstern?«

Sie blickte auf. Wer erlaubte sich diesen bösen Scherz mit ihr?

Zwischen zwei Birken stand eine Gestalt ganz im Weiß der Elfenritter. Sie stützte sich auf eine Krücke. Das Gesicht war geschwollen und doch unverkennbar. Ihr stockte der Atem. »Du kommst spät. Die letzte Schlacht hast du verpasst.«

Er zuckte mit den Schultern und rutschte fast von der Krücke ab, auf die er sich stützte. »Es tut mir leid. Ein ganzer Berg war auf mich gefallen. Das hat mich aufgehalten.«

Er war schlagfertiger und frecher als früher. Das gefiel ihr. »Deine Ausreden werden immer unverschämter!« Jornowell war inzwischen bei ihr gewesen und hatte ihr erzählt, welches Ende Erek, Luc und die letzten Mandriden genommen hatten. Sie konnte nicht fassen, dass Luc nun dennoch vor ihr stand.

Er erblasste unter all den Prellungen. »Nein, du musst mir glauben ...«

Das war wieder der alte Luc. »Komm her und nimm mich in den Arm. Ich kann nicht aufstehen.«

Er humpelte zu ihr hinüber. Nie hatte sie jemanden sich so vorsichtig hinsetzen sehen. »Das ist also das Ende der Geschichte von der Prinzessin und ihrem Ritter. Zwei Krüppel sitzen auf einer Lichtung. Wir beide werden wohl Hilfe brauchen, wenn wir wieder aufstehen wollen.«

»Das wird schon wieder«, sagte er zärtlich.

Gishild zog ihren langen Rock ein Stück hoch, so dass er ihre Beinstümpfe sehen konnte. »Nein, Luc. Das wird nicht wieder.«

Er nahm sie in den Arm. Lange hielt er sie fest an sich gedrückt. Daran, sie zu küssen, dachte er nicht.

»Wir sind jetzt in Albenmark, Gishild. In der Welt aus unseren Märchen. Magie und schreckliche Ungeheuer gibt es hier wirklich. Und verwunschene Orte. Ich kannte einmal ein Mädchen, eine junge Elfe, die war überzeugt, dass Märchen wahr werden können. Sie hat mich an einen Ort geführt, über den ein silberner Lindwurm wacht. Sie ging dort ins Mondlicht, und ich habe nie erfahren, ob sie sich irrte. Sie hat so fest daran geglaubt! Sobald ich wieder gehen kann, werde ich dich an diesen Ort bringen. Vertrau mir! Wunder geschehen.«

Sie sah ihn an und lächelte. Ganz gleich, was die Zukunft bringen mochte, sie wusste, er würde ihr immer Mut machen. »Wer bin ich, dass ich dem Ritter, auf den ein Berg fiel und der dennoch zu mir fand, widersprechen würde?«

ANHANG

Dramatis Personae

Adolfo – Quartiermeister bei den andalanischen Pikenieren unter dem Kommando des Capitano Arturo Duarte.

Ahtap – Kobold aus dem Volk der Lutin. Einer der Wächter der Albenpfade.

Alexjei von Vilussa – Bojar von Vilussa. Anführer der Schattenmänner. Ein herausragender Krieger mit einem tragischen Geheimnis.

Alfadas – Urahn Gishilds. Während der Trollkriege wurde er zum König des Fjordlands ausgerufen und begründete die Herrscherdynastie, der Gishild entstammt.

Alfonsin – Richtschütze an Bord der Ordensgaleere Gottesbote. Ein berüchtigter Trunkenbold.

Alvarez de Alba – Kapitän der Galeasse *Windfänger*. Ordensbruder der Neuen Ritterschaft und Angehöriger der Bruderschaft des Heiligen Blutes. Steigt zum Flottenmeister der Neuen Ritterschaft auf.

Annabelle – Stadtheilige in Algaunis, der alten Königsstadt Fargons.

Anne-Marie – Novizin in der 47. Lanze der Löwen. Beweist sich nach einem Unglück auf der *Windfänger* als besonders begabte Kanonierin. Später wird sie zur Kapitänin befördert und erlangt traurigen Ruhm beim Angriff auf den Elfenhafen von Vahan Calyd.

Appanasios – Anführer einer Kentaurenschar aus Dailos.

Arturo Duarte – Capitano eines andalanischen Regiments aus Pikenieren und Arkebusieren. Veteran der Kriege in Drusna.

Aruna – Apsara, die Luc das Leben rettet und im Turm der mondbleichen Blüten über dessen Träume wacht.

Atta Aikhjarto – Beseelter Eichenbaum, der einst den Helden Mandred rettete. Raffael von Silano verbrannte die riesige Eiche, um dem Kirchenheer bei Firnstayn ein deutlich sichtbares Zeichen zu geben, dass es gefahrlos nach Albenmark übertreten könne.

Balbar – Stadtgott der untergegangenen Heidenmetropole Iskendria.

Beorn Torbaldson – Fjordländer aus der Schar der Mandriden. Bannerträger Königin Gishilds.

Bernadette – Novizin der 47. Lanze der Löwen. Freundin Joaquinos, stirbt an der Seite des Komturs von Algaunis während der Kämpfe zur Zeit der Auflösung der Neuen Ritterschaft.

Birga – Grausam entstellte Trollschamanin, die stets Masken trägt. Schülerin Skangas.

Breitnase – Ein Mausling, Angehöriger eines sehr kleinwüchsigen Koboldvolkes. Lebte zur selben Zeit wie Ganda und erschuf ihre silberne Hand. Bezeichnete sich selbst als Entmangler, was bedeutet, dass er alle Mängel in einem Leben beheben konnte. Als begabter Magier, Alchemist und Schmied wurde er berühmt für seine kunstfertigen Prothesen.

Cabezan – Ein Mensch. Vor langer Zeit der König von Fargon. Cabezan war ein gefürchteter Tyrann, und es waren seine Krieger, die den heiligen Guillaume töteten.

Catherine – Angehörige der Neuen Ritterschaft. Befehlshaberin der Schwarzreiter.

Charles – Hoher Kirchenfürst. Einst Erzverweser von Drusna. Wurde in seinen Gemächern durch einen Meuchler getötet.

Claude de Blies – Capitano der Neuen Ritterschaft. Übernimmt nach der Feindfahrt nach Vahan Calyd das Kommando über die *Windfänger*.

Clemens – Heiliger der Tjuredkirche, dessen größtes Verdienst darin bestand, die heidnischen Tearagi bekehrt zu haben.

Corinne – Ritterin der Neuen Ritterschaft. War als Novizin mit Michelle und Honoré in derselben Lanze und später in derselben Einheit von Schwarzreitern in Drusna. Sie genießt das uneingeschränkte Vertrauen Honorés und führt seine Spitzel in Drusna.

Daloman der Rote – Kobold, lebt in Vahlemer. Bekannter Schiffseigner und Händler.

Daniel – Novize in der 47. Lanze der Löwen. Er ist der einzige der Löwenwelpen, dessen Wappenschild weiß bleibt. Stirbt während eines Unfalls an Bord der *Windfänger*.

Drustan – Magister in der 47. Lanze der Löwen, ehemals Novize in der 31. Lanze der Löwen. Gehört zur geheimen Bruderschaft des Heiligen Blutes.

Elanel – Elfenkriegerin, die zu Tiranus Schnittern gehörte und von Ollowain in die Schar der Elfenritter aufgenommen wurde.

Elija Glops – Angehöriger des Koboldvolks der Lutin. Geschickter Agitator und Begründer der Liga zur Wahrung der inneren Größe Albenmarks sowie der Rebellenbewegung der Rotmützen. Während der Herrschaft der Trolle war er die treibende Kraft hinter dem Thron.

Emerelle – Die Elfenkönigin von Albenmark, gewählte Herrscherin über alle Albenkinder.

Erek Asmundson – Adliger am Hofe Roxannes, der Einzige, der bei Gishilds Rückkehr lacht und später von den Jarls des Fjordlands dazu auserwählt wird, Gishild zu heiraten.

Erek Sweinson – Name des Helden im Schelmenroman: *Vom Narren, der glaubte, König zu sein*. Die Romanfigur ist angelehnt an Erek Asmundson.

Erilgar – Ritter und Heerführer aus dem Orden vom Aschenbaum, Erzfeind Honorés. Steigt während der Kämpfe im Fjordland zum Ordensmarschall der Ritterschaft auf.

Esmeralda – Novizin in der 47. Lanze der Löwen. Gute Schützin und Reiterin. Tritt später der Schwarzen Schar bei.

Esteban – Novize in der 47. Lanze der Löwen.

Falrach – Frühere Inkarnation Ollowains. Einst ein berühmter Feldherr. Er rettete Emerelle das Leben und starb dabei.

Faredred – Unter diesem Namen lebt der Elfenkrieger Farodin in den Sagen des Fjordlands fort.

Farodin – Legendärer Elfenkrieger, der nach der Dreikönigsschlacht spurlos verschwand.

Fenryl – Elfenfürst, Herrscher über Carandamon. Oberbefehlshaber der Truppen Albenmarks in Drusna.

Fernando – 1. Figur aus einem Zechlied. Ein Pferdeknecht, der seine Herrin, die Gräfin Serafina, verführt. 2. Schreiber in Diensten Honorés. Ein begnadeter Urkundenfälscher, der der Neuen Ritterschaft manchen Dienst erweist und die Briefe von Luc und Gishild bearbeitet.

Fingayn – Elf aus dem Volk der Maurawan. Ein legendärer Jäger seit den Zeiten des letzten Trollkriegs.

Firn – Gott des Winters im fjordländischen Götterpantheon.

Frederic – Angehöriger der Neuen Ritterschaft. Wegen seines Alters wurde er zu den Gevierten überstellt und dient seinem Orden dort als Zimmermann.

Ganda Silberhand – Eine Koboldin aus dem Volk der Lutin. Einst reiste sie mit Ollowain nach Iskendria, wo sie eine Hand verlor. Sie galt als begabte Zauberin und geschickte Agitatorin. Ihre Lebenserinnerungen waren lange ein sehr beliebtes Buch unter den Kobolden Albenmarks.

Gelvuun – Ein Elfenkrieger, der einst Ollowain, Nuramon, Farodin, Mandred und Alfadas bei deren Suche nach Noroelles Sohn Guillaume begleitete. Gelvuun war ein meisterlicher Kämpfer mit dem Langschwert. Er starb, als Guillaume ein Wunder wirkte, um Kranke zu heilen.

Gerona – Angehörige der Neuen Ritterschaft und der Bruderschaft des Heiligen Blutes.

Giacomo – Novize in der 47. Lanze der Löwen.

Gilda – Heilige der Tjuredkirche, deren Anblick allein genügte, Heiden zum Glauben an den einen Gott übertreten zu lassen.

Giliath – Elfe. Berühmte Bogenschützin, die sich während der Kämpfe um die Shalyn Falah hervortut.

Gilles de Montcalm – Heptarch der Kirche mit dem Ehrentitel oberster Siegelverwahrer Tjureds. Ein Mann, berühmt für seine Unbestechlichkeit und ein Leben, das er ganz seinem Glauben widmet.

Gilmarak – Trollkönig, der wiedergeborene Branbart. War für 28 Jahre König von ganz Albenmark. Kein anderer Troll hat je die Königswürde Albenmarks erlangt.

Gishild – Prinzessin aus dem Fjordland. Tochter von Gunnar Eichenarm und Roxanne.

Goldflügel – Anführerin der Blütenfeen, die sich freiwillig als Späher für den Einsatz auf Valloncour gemeldet haben.

Guillaume – Sohn der Elfe Noroelle und des Devanthars. Er wird Priester der Tjuredkirche. Sein tragisches Schicksal wird in »Die Elfen« geschildert.

Gunnar Eichenarm – König des Fjordlands. Vater Gishilds. Gatte Roxannes.

Guthrum – Jarl von Aldarvik, der Gishild unterschätzt und einen törichten Fehler macht.

Guy de Arnier – Großmeister der Neuen Ritterschaft. Er vertritt die politischen Interessen des Ordens in Aniscans.

Halgard – Gattin Ulrics des Winterkönigs. Stirbt gemeinsam mit ihrem Gemahl auf dem vereisten Wolkenspiegelsee.

Hartgreif – Schwarzrückenadler aus dem Gefolge Wolkentauchers, der in Vahan Calyd bleibt, während die übrigen Greifvögel zum Albenhaupt zurückkehren.

Henk van Bloemendijk – Abt der Tjuredkirche. Verfechter eines toleranten Umgangs mit den Heiden und sogar mit den Anderen. Mit diesen Ansichten hat er sich im konservativen Lager der Kirche etliche Todfeinde gemacht.

Henricus Blasius Hyazinth von Korfelshausen – Name des Autors von: Vom Narren, der glaubte, König zu sein. Der beliebteste Schelmenroman Fargons, bezeichnenderweise von der Kirche unzensiert. Lehnt sich an das Leben Ereks, des letzten Königs des Fjordlands, an, wobei er Dichtung und Wahrheit auf abenteuerliche Weise durchmengt. Der Autorenname ist ein Pseudonym. Man vermutet einen hochrangigen Geistlichen als Verfasser.

Henri Épicier – Abt der Tjuredkirche. Verfasser des berühmt-berüchtigten Buches »Heidenhammer«. Das Werk befasst sich mit den verschiedenen Möglichkeiten, heimliche Heiden und Wechselbälger zu entlarven. Épicier und seine Theorien sind innerhalb der Tjuredkirche durchaus umstritten.

Honoré – Ordensritter aus der Lanze Michelles. Leitet später das Spitzelnetz der Neuen Ritterschaft und steigt schließlich zum Primarchen des Ordens auf.

Hrolf Sveinsson – Pelzhändler, der am Fischmarkt in Firnstayn lebt.

Ignazius Randt – Berühmter Feldherr und Militärtheoretiker aus dem Orden vom Aschenbaum. Wurde in Drusna zum Oberbefehlshaber aller Truppen, nachdem Lilianne de Droy dieses Amt verloren hatte.

Ingvar – Jarl von Aldarvik, Bruder von Guthrum.

Iswulf Senson – Jarl von Gonthabu, bedeutender Kriegsfürst im Fjordland.

Ivanna – Schwester Alexjeis, des Bojaren von Vilussa, Mutter Maschas und Frau Sigurd Swertbreckers, des Hauptmanns der Mandriden.

Janosch – Arkebusier und Veteran der Heidenkriege in Drusna. Dient an Bord der *Sankt Raffael*.

Jeanette de Bries – Capitano der 2. equitanischen Pistoliere. Der falsche Name, den Gishild bei ihrem Angriff auf das Vorratslager Eisenwacht benutzt.

Jerome Olivier – Ritter der Neuen Ritterschaft. Anführer der Schwarzen Schar, später Komtur der Ordensprovinz Algaunis. Gehört zur Bruderschaft des Heiligen Blutes.

Joaquino von Raguna – Novize in der 47. Lanze der Löwen und ihr erster Kapitän.

Jornowell – Elf, Sohn des Alvias. Gehört zu den Anführern der Elfenritter beim Angriff auf Valloncour. Berühmt für die Berichte über seine Reisen in die entlegensten Winkel Albenmarks.

José – Novize in der 47. Lanze der Löwen.

Juan Garcia – Hauptmann der Seesoldaten an Bord der *Windfänger*.

Juan de Vacca – Ritter im Orden vom Aschenbaum. Capitano der *Heidenfresser*, einer Karavelle, die er im Festungshafen Rabenturm selbst versenkte.

Jules – Auch Bruder Jules oder Jules der Wanderer genannt. Tjuredpriester, der großen Einfluss auf die Entwicklung seiner Kirche hatte und als einer der radikalsten Elfengegner galt. Jules wurde nach Guillaume zum bedeutendsten Heiligen der Tjuredkirche, doch seine tatsächliche Herkunft umgibt ein tödliches Geheimnis. (Siehe: »Elfenwinter«)

Julifay – Einer der Namen, den die Chronisten der Geschichte des Fjordlands in ihren Texten für die Elfe Yulivee verwenden.

Justin – Ordensritter der Neuen Ritterschaft, oberster Verwalter der Speicher im Festungshafen Rabenturm. War einst in derselben Lanze wie Alvarez und Lilianne.

Juztina – Hält zusammen mit dem Ordensritter Drustan einsame Wacht auf dem Rabenturm. Wird später Küchenmagd auf der Ordensburg von Valloncour.

Kirta – Kentaurin, die zur Zeit des letzten Trollkrieges lebte. Sie war die Gefährtin des Nestheus, des Einigers der Kentauenstämme des Windlands.

Landoran – Letzter Elfenfürst der Snaiwamark. Vater Ollowains. Stirbt bei den Kämpfen um Phylangan.

Leila – Meisterfechterin in Diensten des Heptarchen Gilles de Montcalm. Sie stammt aus dem Reitervolk der Tearagi, das in der Wüste nahe Iskendria lebt.

Leon – Primarch und damit geistiger Führer der Neuen Ritterschaft. Gehört zum Orden des Blutes.

Lilianne de Droy – Schwester von Michelle, Komturin der Neuen Ritterschaft, frühere Oberbefehlshaberin der Kirchentruppen in Drusna, dann degradiert.

Liodred – König des Fjordlands. Verschwand spurlos, als er mit Mandred und dessen Elfenfreunden Nuramon und Farodin die Albenpfade betrat.

Lionel le Beuf – Hauptmann der Leibwache des Erzverwesers von Marcilla.

Louis de Belsazar – Hauptmann aus der Ritterschaft vom Aschenbaum. Vertrauter des Komturs von Marcilla.

Luc – Sohn von Pierre und Charlotte. Erst Novize, später Ritter im Orden der Neuen Ritterschaft. Verliebt sich schon als Junge in Prinzessin Gishild, die seine Liebe erwidert.

Lucius – Der Name des Elfen, der in Henricus Blasius Hyazinth von Korfelshausens Schelmenroman die Königin Gishild verführt. Die Namensähnlichkeit zu Luc ist natürlich vollkommen beabsichtigt.

Luigi – Alter Steuermann auf der Galeasse *Windfänger*, deren Kommandant Kapitän Alvarez ist.

Luth – Auch »der Schicksalsweber« genannt, Gott aus dem

Pantheon des Fjordlands. Gebietet über das Schicksal der Menschen und bestimmt, wann jeder Lebensfaden endet.

Lyndwyn – Elfenmagierin aus dem Geschlecht der Fürsten von Arkadien. Die Geschichte ihrer tragischen Liebe zum Schwertmeister Ollowain wird im Roman »Elfenwinter« erzählt.

Maewe – Göttin der schönen Dinge im Götterpantheon der Fjordländer.

Mandred Torgridson – Ehemals Jarl von Firnstayn. Ein legendärer Held, von dem es heißt, dass er die Jahrhunderte durchschreitet und in seine Heimat zurückkehren wird, wenn dem Fjordland seine dunkelste Stunde schlägt. Vater des Alfadas. Gefährte von Nuramon und Farodin. Urahn Gishilds.

Marcel de Lionesse – Erzverweser der Ordensprovinz Marcilla.

Marco – 1. Heiliger der Tjuredkirche, Schutzpatron der Baderinnen, Wanderschauspieler und Huren. 2. Bruder Marco, Baumeister aus der Priesterschaft der Tjuredkirche.

Marina – Hure in der Hafenfestung Rabenturm, die der Flottenmeister Alvarez de Alba gelegentlich aufsucht.

Mascha Sigurdsdottir – Ordensritterin, die aus der 47. Lanze der Drachen hervorging. Tochter von Ivanna und Sigurd Swertbrecker.

Mathias – Priester der Tjuredkirche, der sich der Institution der Fragenden angeschlossen hat.

Maximiliam – Novize in der 47. Lanze der Löwen.

Meliandros – Bannerträger des Kentaurenfürsten Appanasios.

Michel Sarti – Heiliger der Tjuredkirche. Gilt als Begründer des Ordens vom Aschenbaum, des ältesten Ritterordens der Kirche. Wurde angeblich im südlichen Fargon in einer Burg am Mons Bellesattes geboren.

Michelle de Droy – Ordensritterin. Fechtmeisterin der Neuen Ritterschaft.

Miguel de Tosa – Ordensmarschall der Neuen Ritterschaft. Anführer der Eskorte, die den Primarchen Honoré bei seiner zweiten Reise zur inneren Stadt von Aniscans begleitet.

Mirella – Der Name, den die Elfe Silwyna auf ihrer Suche nach der entführten Prinzessin Gishild angenommen hatte, während sie sich als wandernde Hure ausgab. (Siehe: »Elfenritter – Die Ordensburg«)

Morwenna – Elfe, Tochter der Alathaia und Schwester Tiranus. Eine begabte Heilerin mit zweifelhaftem Ruf.

Myrielle – Elfe. Sie hat ihre Eltern und einen Arm verloren in der Nacht, als die Neue Ritterschaft nach Vahan Calyd gekommen ist.

Naida – Auch die Wolkenreiterin genannt, Herrin der dreiundzwanzig Winde im Götterpantheon der Fjordländer.

Nathania – Eine Koboldin aus dem Volk der Lutin. Zeitweilig Geliebte Ahtaps. Opfer des Überfalls auf Vahan Calyd.

Nestheus – Kentaur, der zur Zeit des letzten Trollkrieges lebte. Sohn des Orimedes, Einiger der Kentaurenstämme des Windlands. Einer der großen Helden seines Volkes.

Nhorg – Troll im Kerker der Ordensburg von Valloncour. Gehörte einst zum Gefolge des Trollkönigs Orgrim. Wird von der Neuen Ritterschaft gefangen gehalten, um die Novizen mit der Größe und dem Aussehen von Trollen vertraut zu machen.

Njauldred Klingenbrecher – Elfter König des Fjordlands. Vater der Heilerin und Seherin Ragna.

Nomja – Eine Elfenbogenschützin aus Emerelles Leibwache. Sie begleitete einst Ollowain, Nuramon, Farodin, Mandred und Alfadas auf deren Suche nach Noroelles Sohn Guillaume. Sie wurde während der Flucht aus Aniscans getötet.

Nordstern – 1. Kosename, den Luc Gishild gibt. 2. Große Stute Gishilds, schwarz, aber mit einer fast sternförmigen Blesse auf der Stirn. 3. Name der Lanterna, über die Luc das Kommando als Kapitän übernimmt.

Norgrimm – Gott des Krieges im Götterpantheon der Fjordländer.

Noroelle – Eine Elfe, einst berühmte Zauberin und Vertraute der Königin Emerelle. Nach der Geburt des Dämonenbastards Guillaume verbannt. Berühmt für ihre Liebesgeschichte mit Farodin und Nuramon, die ein Jahrtausend lang nicht aufgaben, nach ihrer Liebsten zu suchen. (Siehe: »Die Elfen«)

Nuramon – Legendärer Elfenheld, der lange im Fjordland lebte und mit seinen Gefährten Mandred und Farodin nach der verschollenen Noroelle suchte.

Nuredred – Name, unter dem der Elfenheld Nuramon in den Sagen des Fjordlands fortlebt.

Ollowain – Ein Elf, der Schwertmeister Albenmarks und der Feldherr, der die verbündeten Truppen Albenmarks während der Kämpfe um Drusna und das Fjordland befehligt.

Orgrim – Troll, zunächst Rudelführer, später Herzog der Nachtzinne, zuletzt König, gilt als fähigster Feldherr unter den Trollen, fühlte sich aber auch zum Dichter berufen und schrieb Heldenepen.

Osvald Sigurdsson – König des Fjordlands, der drei Söhne zeugte und der in so friedlichen Zeiten lebte, dass sich kaum mehr jemand an seinen Namen erinnert.

Paolo – Soldat bei den andalanischen Pikenieren unter dem Kommando des Capitano Arturo Duarte.

Pietro – Pikenier aus dem Nachschublager Eisenwacht. Gehört zu einer Einheit, die dem Orden vom Aschenbaum unterstellt ist.

Raffael – Heiliger der Tjuredkirche, der bei der Eroberung Iskendrias den Märtyrertod starb, nachdem er es geschafft hatte, die Sperrkette des Hafens herabzulassen.

Raffael von Silano – Novize in der 47. Lanze der Löwen. Berüchtigt für sein Glück bei Wetten und Glücksspielen. Tritt als geschickter Reiter der Schwarzen Schar bei.

Ragna – Tochter Njauldred Klingenbrechers, des elften Königs des Fjordlands. Sie empfing einen Sohn von Mandred Torgridson. Berühmte Heilerin und Seherin.

Ragnar – Lehrer der Prinzessin Gishild, der großen Wert darauf legt, die künftige Herrscherin die Geschichte ihrer Sippe auswendig lernen zu lassen.

Ramon – Novize in der 47. Lanze der Löwen. Entpuppt sich als guter Koch und besonders begabt in der Lösung von logistischen Fragen.

René – Novize in der 47. Lanze der Löwen. Hat eine außergewöhnlich schöne Knabenstimme. In seiner Jugend zeichnet sie ihn aus, doch als er älter wird, wird sie ihm zum Fluch, denn er behält sie auch als Mann.

Rodrigo – Ruderer an Bord der Ordensgaleere *Gottesbote*, der als herausragender Schwimmer gilt.

Roger – Leibdiener des Heptarchen Gilles de Montcalm.

Roxanne – Gattin des Königs Gunnar Eichenarm. Mutter von Gishild.

Sahandan – Eine der berühmtesten Magierinnen aus dem Koboldvolk der Lutin. Es heißt, sie sei eine Nachfahrin von Ganda Silberhand.

Sara – Amme des Snorri Erekson.

Sebastiano – Unteroffizier bei den andalanischen Pikenieren unter dem Kommando des Capitano Arturo Duarte.

Serafina – Figur aus einem Zechlied. Eine Gräfin, die eine leidenschaftliche Affäre mit dem Pferdeknecht ihres Mannes unterhält.

Shabak – Kobold aus dem Volk der Holden, der in der Nacht des Festes der Lichter Wache auf dem südlichen Hafenturm von Vahan Calyd hält.

Sibelle – Angehörige der Neuen Ritterschaft, Nautikerin an Bord der *Windfänger*.

Sigurd Swertbrecker – Hauptmann der Mandriden, der Leibwache der Königsfamilie des Fjordlands.

Silwyna – Elfe aus dem Volk der Maurawan. Lehrerin Gishilds und einst die Geliebte des Königs Alfadas. Berühmte Bogenschützin in ihrem Volk.

Sirkha – Koboldfrau aus dem Volk der Holden. Einst Geliebte des Brandax.

Skanga – Trollschamanin. Über Jahrhunderte die Gegenspielerin Emerelles. Trägerin des Albensteins ihres Volkes und eine der mächtigsten Zauberinnen Albenmarks.

Smirt – Kobold und Anführer der Spinnenmänner. Seine Söldnerschar ist für jegliche Art von Diensten, vom Einbruch bis hin zum Kleinkrieg, zu mieten.

Snorri – Bruder Gishilds. Ertrank als Kind im Wolkenspiegelsee.

Snorri Erekson – Sohn Gishilds. Obwohl die Vaterschaft nicht ganz gewiss ist, hat Erek ihn als seinen Sohn angenommen.

Solferino – Heiliger der Tjuredkirche, der mit bloßen Händen einen Löwen erwürgte.

Sonnenauge – Blütenfee aus dem Gefolge der Königin Emerelle.

Sören Guthrumsson – Neffe des Ingvar, Jarl von Aldarvik, und Sohn des von Gishild verbannten Guthrum.

Steinkopf – Schwarzrückenadler, der Fingayn und Smirt zur Ordensburg von Valloncour bringt.

Steinschnabel – Schwarzrückenadler, der Brandax in die Schlacht bei der Ordensburg von Valloncour trägt.

Tarquinon – Großmeister des Ordens vom Aschenbaum. Steigt zu einem der sieben Heptarchen in Aniscans auf.

Taumorgen – Blütenfee, die vor dem Angriff auf Valloncour spurlos verschwindet.

Tindra – Waisenmädchen aus Aldarvik, das versucht, Luc Schlittschuhlaufen beizubringen.

Tintenfuß – Einer der abgerichteten Botenraben auf Valloncour, der eines Nachts etwas ganz Besonderes in den Rabenhorst am Hafen trägt.

Tiranu – Elfenfürst von Langollion. Befehlshaber der Schnitter, einer berühmt-berüchtigten Reitereinheit.

Tjured – Der eine Gott. Nach dem Glauben seiner Anhänger Schöpfer der Welt und aller Geschöpfe, die auf ihr wandeln.

Tomasch – Seemann drusnischer Abstammung. Dient in der Flotte der Neuen Ritterschaft und wird Augenzeuge der Hinrichtung des Ordensritters Luc.

Tomasin – Der Wächter der Raben, Angehöriger der Neuen Ritterschaft unter dem Kommando von Honoré. Ihm obliegt es, die Raben von Valloncour zu pflegen und Nachrichten, die sie bringen, weiterzutragen.

Ulric der Winterkönig – Sohn des Königs Alfadas. Ulric war nicht einmal einen Mond lang König des Fjordlands. Er starb mit seinem Weib Halgard, als er das Eis des Wolkenspiegelsees zerbersten ließ und gemeinsam mit den Trollen, die sein geschlagenes Heer verfolgten, vom dunklen Wasser verschlungen wurde.

Uravashi – Fürstin der Apsaras. Die Schönste ihres Volkes. Eine Traumleserin und Magierin.

Ursulina – Heilige der Tjuredkirche. Eine Ritterin, die laut Legende auf einem Bären geritten ist.

Valerian – Gehört zur Neuen Ritterschaft, wurde durch den Lutin Ahtap verhext, als er den Kobold im Rosengarten am Heidenhaupt gefangen nahm.

Veronique de Blais – Angehörige der Neuen Ritterschaft und der geheimen Bruderschaft des Heiligen Blutes. Eine Expertin für Bronzeguss, die ihrem Orden in den Kanonengießereien der Schlangengrube dient.

Winterauge – Adlerbussard des Fürsten Fenryl von Carandamon. Der große Vogel ist eine Hybride aus Bussard und Adler.

Wolkentaucher – König der Schwarzrückenadler vom Albenhaupt und einst ein Freund des Halbelfen Melvyn.

Wulf Osvaldson – Dritter Sohn des Fjordländerkönigs Osvald Sigurdsson. Verstarb im Kindbett, noch bevor er das erste Jahr vollendet hatte.

Yulivee – Elfe, Vertraute der Königin Emerelle. Eine Magierin, vor deren außergewöhnlichem Talent selbst die stolzen Lamassu ihr Haupt beugen.

Schauplätze

Aalgrotte – Ein Etablissement mit zweifelhaftem Ruf im Firnstayner Stadtteil Havenburg.

Aegilische Inseln – Berüchtigtes Piratenversteck. Eine Region mit weit über hundert Inseln, nördlich von Iskendria gelegen. Einst ein mächtiges Seekönigreich.

Albenhaupt – Geheimnisumwitterter Berg weit im Norden Albenmarks. Der Berg verbirgt seinen Gipfel stets in den Wolken. Es heißt, niemand, der dorthin wollte, ist je zurückgekehrt.

Aldarvik – Hafenstadt weit im Osten des Fjordlands.

Algaunis – Ehemalige Königsstadt Fargons, später, als Aniscans zur Hauptstadt wird, nur noch Verwaltungssitz der Provinz.

Alvemer – Elfenfürstentum, das an die Snaivamark und das Windland angrenzt.

Andalania – Große Kirchenprovinz westlich von Marcilla. Berüchtigt für seine kargen, staubigen Äcker und berühmt für den verbissenen Mut der Soldaten, die dort rekrutiert werden.

Aniscans – Hauptstadt von Fargon und zugleich Hauptsitz der Tjuredkirche. Hier wurde einst der heilige Guillaume von Elfen ermordet; so überliefert es die Geschichte der Kirche. Er war der Erste, der unbewusst *die Gabe* einsetzte und dadurch Elfen tötete.

Antkerk – Kleine Hafenstadt in der Provinz Geuzenland, nördlich von Fargon gelegen.

Arkadien – Mächtiges Elfenfürstentum, dessen Herrscherfamilie als besonders intrigant und skrupellos verschrien ist.

Bleierner See – Zentraler See der westlichen Seenplatte Drusnas.

Bresna – Einer der großen Ströme Drusnas.

Cadizza – Festungshafen etwa 70 Meilen westlich von Marcilla. Einer der Hauptstützpunkte der Flotte des Ordens vom Aschenbaum.

Carandamon – Elfenfürstentum, gelegen in den eisigen Ebenen im höchsten Norden Albenmarks. Heimat Fenryls.

Dailos – Heimat der Faunen in Albenmark. Hier gibt es ein wichtiges Seetor zur Menschenwelt, von Emerelle geschaffen.

Der alte Wald – Verwunschener Wald im Herzland Albenmarks. Von hier haben die Alben einst ihre Welt verlassen, so heißt es. Am letzten Herbstabend feiern die Elfen inmitten des Waldes das Fest der Silbernacht.

Drusna – Ein Königreich der dichten Wälder und weiten Seen. Grenzt an das Fjordland. Mit dem Fjordland verbündet, leistet es mehr als zwanzig Jahre zähen Widerstand gegen die Heere der Tjuredkirche.

Dvina-See – Der breite Meerarm, der die drusnische Provinz Leal vom Fjordland trennt.

Eisenwacht – Vorratslager des Ordens vom Aschenbaum während der letzten Kämpfe um die drusnische Provinz Leal.

Equitania – Provinz in Fargon, berühmt für die Zucht edler Pferde, aber auch berüchtigt für die Wettleidenschaft.

Feylanviek – Handelsstadt im Norden des Windlands. Berühmt für seine Koboldwerkstätten. Liegt am Ufer des Mika.

Geuzenland – Küstenprovinz, nördlich von Fargon gelegen.

Gonthabu – Einst Königsstadt des Fjordlands und in den Trollkriegen vollständig zerstört, ist Gonthabu zu Zeiten von Gishilds Königsherrschaft der bedeutendste Handelshafen im südlichen Fjordland.

Haspal – Letzte freie Stadt Drusnas während der Kämpfe um das heidnische Königreich. Von hier aus werden die Flüchtlinge ins Fjordland evakuiert. Haspal liegt in der Provinz Leal.

Havenburg – Stadtviertel in Firnstayn, am Hafen, nahe der Schiffswerften gelegen. Havenburg ist kein gut beleumundetes Viertel. Viele Flüchtlinge aus Drusna haben sich hier niedergelassen.

Heidenkopf – Ein mit Ruinen bedeckter Hügel südlich von Lanzac. Luc gründet hier ein Refugium, einen Ort der Zuflucht und Meditation für die Priester der Tjuredkirche.

Herzland – Elfenfürstentum. Hier liegt Burg Elfenlicht, der bevorzugte Herrschersitz der Königin Emerelle.

Honnigsvald – Stadt im Fjordland. Einen halben Tagesritt südlich von Firnstayn gelegen. Berühmt für seine Stellmacher und den Schnaps Bärenbrand.

Inbuse – Eine Minenstadt tief im Herzen der Swamba-Berge. Für viele nur eine Legende, so wie die Smaragde, die dort angeblich gefunden werden.

Iskendria – Einst eine blühende Hafenstadt, in der die Priesterschaft des grausamen Gottes Balbar regierte. Galt als Hauptstadt der Künste und Geisteswissenschaften, bevor sie durch den Orden vom Aschenbaum erobert wurde. Danach lag Iskendria lange in Ruinen. Sein riesiger Hafen wurde zum Fischerdorf.

Katzbuckel – Hügel im Westen der Schlangengrube.

Kröteninsel – Lang gestreckte, bewaldete Insel im Rivanne, auf der Halbinsel Valloncour.

Langollion – Elfenfürstentum. Eine große Insel mit schroffen Bergen und dunklen Wäldern südöstlich der Walbucht. Hier herrscht die zwielichtige Elfenfürstin Alathaia.

Lanzac – Verlassenes Dorf im südlichen Fargon in der Welt der Menschen. Heimat Lucs.

Leal – Die letzte Provinz Drusnas, die noch Widerstand gegen die Heere der Tjuredkirche leistete. Hauptstadt Haspal, gelegen an der Dvina-See.

Lotussee – Ein Meer, weit im Süden Albenmarks. Heimat der Apsaras und anderer verwunschener Geschöpfe.

Marcilla – Ordensprovinz und Hafenstadt.

Mereskaja – Bedeutende Stadt in Drusna, an der Bresna gelegen. Schauplatz erbitterter Kämpfe zwischen dem Ehernen Bund und der Neuen Ritterschaft.

Neri-See – Name des großen Binnenmeeres südlich von Gonthabu.

Oesterburg – Hafenstadt in der Provinz Geuzenland, nördlich von Fargon gelegen.

Paulsburg – Festungshafen in Drusna. Am Bleiernen See gelegen. Hauptquartier der nördlichen Flotten der Neuen Ritterschaft, bevor die Hafenfestung Rabenturm vollendet wurde.

Phylangan – Einst eine stolze Festung im Herzen eines Berges, wurde Phylangan im letzten Trollkrieg völlig zerstört. Die Geschichte Phylangans und seines Untergangs wird im Roman »Elfenwinter« erzählt.

Rabenturm – Ehemals nur ein Signalturm auf einer Insel nahe der Küste des nördlichen Drusna, wurde hier binnen acht Jahren ein mächtiger Flottenstützpunkt der Neuen Ritterschaft errichtet.

Rivanne – Fluss auf der Halbinsel Valloncour. Gespeist aus Gebirgsbächen, ist sein Wasser das ganze Jahr über sehr kalt. Er ist berüchtigt für seine starke Unterströmung.

Robbeninsel – Kleine Meeresinsel am Rande des Watts nahe der Stadt Aldarvik im Fjordland.

Schlangengrube – Stadt auf Valloncour, die ihren Namen von den Gießereien trägt, in denen die Bronzeschlangen, die mächtigen Kanonen der Kriegsschiffe der Neuen Ritterschaft, gefertigt werden.

Schwarzwacht – Stadt auf Valloncour.

Schwerthang – Ein langes Geröllfeld im Westen des Albenhauptes.

See der geheimen Stimmen – Ein See tief im Süden Albenmarks, an dem sich die Apsaras versammeln, um mutigen Besuchern ihre Visionen der Zukunft zuzuraunen.

Seyper – Handelsstadt im Osten von Fargon, berühmt für seine Tempeltürme und dafür, dass Henri Épicier hier sein berühmtestes Werk, den *Heidenhammer*, verfasste.

Silberufer – Name eines Kanalufers in der Stadt Aldarvik. Hier laden die Fischer der Stadt ihren Fang aus.

Skralsviek – Erste Siedlung der Fjordländer in Albenmark, südlich der Snaiwamark gelegen.

Snaiwamark – Region im Norden Albenmarks, geprägt durch weite Tundralandschaften. Heimat der Trolle.

Steenbergen – Stadt in der Provinz Geuzenland. Berühmt für die feinen Wollstoffe, die hier hergestellt wurden.

Sunnenberg – Kleine Stadt im Fjordland, am Rentierpfad gelegen. Hier endete einst der Vormarsch der Trolle und Alfadas wurde hier zum König ausgerufen.

Swamba-Berge – Bergkette im südlichen Albenmark. Nur schwer zu erreichen. Angeblich liegt dort in einem Tal, dessen Grund in ewiges Dunkel gehüllt bleibt, die Minenstadt Inbuse.

Tal der traurigen Träume – Eine tiefe Schlucht im Südwesten des Albenhauptes.

Tjuredsforke – Name eines tiefen Canyons in Valloncour.

Totenturm der Tausend Erlesenen – Nekropole in der inneren Stadt von Aniscans. Hier werden die Gebeine der Heptarchen und verdienter Kirchenfürsten beigesetzt.

Turm der mondbleichen Blüten – Palast der Apsaras in Vahan Calyd.

Uttika – 1. Name eines Fürstentums der Kentauren im Westen des Windlands. 2. Name der Hauptstadt des Fürstentums Uttika.

Vahan Calyd – Stadt am Waldmeer. Hier wird alle 28 Jahre

von den Fürsten Albenmarks ein Herrscher gewählt. Während des dritten Trollkrieges wurde die Stadt völlig zerstört.

Vahlemer – Hafenstadt in Albenmark, an der Mündung des blauen Mika gelegen. Gehört zum Fürstentum Vahlemer.

Valemas – Einst verwaiste und von Yulivee wieder aufgebaute Elfenstadt. Berühmt für ihre Mosaikstraßen und die verschwenderische Pracht ihrer Paläste.

Valloncour – Die größte der Ordensburgen der Neuen Ritterschaft. An der Ordensschule von Valloncour werden die späteren Ritter ausgebildet.

Vilussa – Bedeutender Flottenhafen des Ordens vom Aschenbaum in Drusna gelegen. Sitz des Erzverwesers der Ordensprovinz.

Walbucht – Östlich der Snaiwamark gelegene Bucht, die tief ins Land der Trolle reicht.

Waldmeer – Meer im Süden Albenmarks. Die bedeutendste Stadt am Waldmeer ist Vahan Calyd.

Wehrberg – Ein Berg nahe Firnstayn. Dort finden sich die Ruinen eines alten Gehöfts, in dem Ulric Winterkönig einst einem Geist begegnet sein soll.

Windland – Weite Steppenlandschaft im Norden Albenmarks. Heimat der Kentauren.

Wolkenspiegel – Gletschersee auf einer Passhöhe an der nördlichen Grenze des Fjordlands gelegen. Der Pass kann nur überschritten werden, wenn der See im Winter zufriert. Heiße Quellen am Seegrund machen die Passage auch dann gefährlich.

Yaldemee – Siedlung im Herzland Albenmarks. Liegt knapp einen Tagesritt von Burg Elfenlicht entfernt. Der Ort ist berühmt für die Farben der Mauslinge, die hier hergestellt werden.

Glossar

Adlerschiffe – Große Katamarane, entworfen vom Holden Brandax. Landestangen an beiden Seiten des Doppelrumpfs erlauben es den riesigen Schwarzrückenadlern, auf den Schiffen zu landen.

Albenkinder – Sammelbegriff für alle Völker, die von den Alben erschaffen wurden (Elfen, Trolle, Holde, Kentauren usw.).

Albenpfade – Ein Netzwerk magischer Wege, das einst von den Alben erschaffen wurde.

Albensteine – Magische Artefakte. Jedes der Albenvölker erhielt einen solchen Stein, bevor die Alben ihre Welt verließen. Ein Albenstein stärkt die Zauberkraft seines Benutzers. Werden mehrere Albensteine zusammengeführt, kann Magie von weltenverändernder Macht gewirkt werden.

Andere Welt – Name der Albenkinder für die Welt der Menschen.

Apsaras – Wassernymphen, heimisch in der Lotussee, tief im Süden Albenmarks.

Ballista – Torsionsgeschütz, das von verschiedenen Völkern Albenmarks benutzt wird. Kann Pfeile oder Kugeln verschießen. Seine Leistung ist der früher Kanonen durchaus ebenbürtig.

Balbars Feuer – Von der Tjuredkirche aus Iskendria übernommene Waffe, dem Griechischen Feuer unserer Welt vergleichbar.

Barinsteine – Steine, die man selbst in Albenmark nur selten findet und die in einem sanften, nie verlöschenden magischen Licht erstrahlen. An besonderen Orten, an die kein Tageslicht gelangt, bannen sie die Finsternis. Manchmal werden sie auch einfach nur als Schmuck benutzt.

Bärenbrand – Berühmter Branntwein aus Honnigsvald im Fjordland.

Bruderschaft des Heiligen Blutes – Geheimbund innerhalb der Neuen Ritterschaft. Alle Angehörigen sind überzeugt, entfernte Nachfahren des heiligen Guillaume zu sein und mit seinem Blut auch seine besondere Gabe in sich zu tragen.

Buhurt – Jahrhundertealtes, ritterliches Turnierspiel.

Das Nichts – Der Raum, den Albenpfaden durchziehen. Die große Leere zwischen der Welt der Menschen, Albenmark und der Zerbrochenen Welt.

Der Eherne Bund – Bündnis der letzten freien »Heiden«, die den Heeren der Ordensritter noch Widerstand leisten.

Devanthar – Eine dämonische Wesenheit. Der Erzfeind der Elfen. Ein Geschöpf mit fast göttlicher Macht.

Die Anderen – Ein Sammelbegriff für alle Albenvölker. Die Tjuredgläubigen, die nicht zur Priesterschaft gehören, wagen es in der Regel nicht, die Namen der Völker Albenmarks zu nennen, weil sie befürchten, damit Unglück herbeizurufen. Stattdessen reden sie von den Anderen.

Dreikönigsschlacht – Bezeichnung der Fjordländer für eine Seeschlacht, in der die Elfenkönigin Emerelle, der Trollkönig Boldor und Liodred, der König des Fjordlands, gegen eine übermächtige Flotte der Ordensritter Tjureds kämpften. Während der Schlacht wird *die Gabe* der Tjuredpriester eingesetzt und es gelingt ihnen fast, Emerelle zu ermorden.

Elfen – Das letzte der Völker, die einst von den Alben erschaffen wurden. Etwa menschengroß, sind sie von schlankerer Gestalt und haben längliche, spitz zulaufende Ohren. Die meisten von ihnen sind magiebegabt. In vielen Regionen Albenmarks stellen sie den Adel und damit die herrschende Klasse.

Erengar – Name eines Lastenseglers, der in Diensten der Neuen Ritterschaft steht. Ein neues, sehr gut ausgestattetes Schiff.

Erzverweser – Titel des ranghöchsten Priesters in einer Ordensprovinz. Er ist allen weltlichen Autoritäten an Macht überlegen und erteilt auch dem Komtur, der dem militärischen Arm der Kirche in der Provinz vorsteht, Weisungen.

Falkonett – Leichte Kanone. Eine kleinere Spielart der Bronzeschlange. Verschießt knapp hühnereigroße Kugeln.

Falrach-Spiel – Ein Brettspiel, das von Falrach ersonnen wurde, einem der bedeutendsten Feldherrn der Elfen. Angeblich lässt sich jede erdenkliche Schlacht mit Hilfe dieses Spiels nachstellen.

Falrach-Tisch – Besonderer Spieltisch, auf dem das Falrach-Spiel gespielt wird.

Flottenmeister – Titel in der Neuen Ritterschaft, den der Oberkommandierende aller Seestreitkräfte des Ordens trägt.

Fragender – Synonym für Priester der Tjuredkirche, die sich darauf spezialisiert haben, nach den Werken der Anderen zu suchen sowie Wechselbälger und heimliche Götzenanbeter aufzuspüren. Manche sind Hirten, die um das Seelenheil Fehlgeleiteter ringen. Häufiger jedoch findet man menschenverachtende Folterknechte unter den Fragenden.

Galeasse – Hochbordiges Schiff, das sowohl gesegelt als auch gerudert werden kann. Wesentlich hochseetauglicher und größer als Galeeren.

Gevierte – Diejenigen Mitglieder der Neuen Ritterschaft, die zurückkehren, um Valloncour nicht mehr zu verlassen. Manche Novizen nennen sie die lebendig Begrabenen. Es sind ehemalige Ritter, die keinen Kriegsdienst mehr leisten können und als Handwerker und Gelehrte dem Orden dienen. Sie nehmen ein viertes Element in ihren Wappenschild auf, daher leitet sich ihr Name ab.

Goldene Hallen – Nach dem Glauben der Fjordländer der Ort, an den die verstorbenen Helden gehen, um gemeinsam mit den Göttern zu zechen, in weiten Wäldern zu jagen oder an silbernen Strömen Salme zu angeln.

Gottesbote – Schnellste Galeere in der Flotte der Neuen Ritterschaft. Wird bevorzugt vom Primarchen Honoré genutzt.

Großmeister – Titel des höchsten Würdenträgers im Orden vom Aschenbaum. Entspricht innerhalb der Kirchenhierarchie etwa dem Rang eines Heptarchen. In der Neuen Ritterschaft ist der Großmeister der Vertreter des Ordens in Aniscans und erfüllt eine politische Mission.

Heidenfresser – Name einer Karavelle in Diensten des Ordens vom Aschenbaum. Das Schiff wird in der Hafenfestung Rabenturm zum Kentern gebracht, um die Hafenausfahrt zu blockieren.

Heidenhammer – Berüchtigtes Buch des Abtes Henri Épicier, in dem er über verschiedene Verfahrensweisen zur Entdeckung von heimlichen Heiden und Wechselbälgern schreibt. Obwohl populär und weit verbreitet, ist das Werk innerhalb der Tjuredkirche durchaus umstritten.

Heptarchen – Die sieben Kirchenfürsten von Aniscans, die gemeinsam über die Geschicke der Tjuredkirche entscheiden. Auch wenn es innerhalb der Kirche einzelne Ämter gibt, die in ihrer Machtfülle den Heptarchen nahe kommen (etwa der Großmeister des Ordens vom Aschenbaum oder der Ordensmarschall der Neuen Ritterschaft), gelten die Heptarchen als Führer der Kirche.

Holde – Ein Koboldvolk, das vor allem in den Mangroven des Waldmeers und im wiedererstandenen Vahan Calyd lebt.

Hornschildechse – Große Echse mit einem Hornkragen und drei mächtigen Hörnern, die aus Stirn und Nase wachsen. Wird von den Lutin als Reittier genutzt. Die Kobolde errichten Bambusplattformen mit Zelten auf den Rücken dieser Urzeitriesen.

Karavelle – Modernes Segelschiff. Meist zwei- oder dreimastig. Ist schneller und hochseetauglicher als die Karracken, dafür aber in der Regel schwächer bewaffnet und mit weniger Seesoldaten besetzt.

Karracke – Großes Segelschiff mit turmartigem Vorder- und Achterkastell.

Kentauren – Mischgeschöpfe aus Elfen und Pferden. Dem Pferdeleib entwächst ein elfenähnlicher Oberkörper. Die meisten Kentaurenstämme leben nomadisch und sind im Windland beheimatet. Der Oberkörper der Kentauren ist muskulöser als bei ihren »Elfenvettern«. Auch ist Bartwuchs unter ihnen weit verbreitet, und ihre Ohren sind weniger lang als bei den Elfen.

Kinder der Dunkelalben – In Albenmark übliche Bezeichnung für das Volk der Zwerge, dass vor vielen Jahrhunderten seine Heimat verließ, um in einem verborgenen Reich in der Welt der Menschen zu leben.

Knochenklopfer – Bezeichnung der Krieger des Fjordlands für die Orgelkanonen, die von der Ritterschaft des Aschenbaums eingesetzt werden. Ein Geschütz besteht aus mehreren Reihen übereinander montierter kleiner Kanonenrohre. Jedes Rohr wird einzeln gezündet.

Kobolde – Sammelbezeichnung für eine ganze Gruppe verschiedener Völker, wie etwa die Holden oder die Lutin. Kobolde sind, am erwachsenen Menschen gemessen, etwa knie- bis hüfthoch. Viele Kobolde sind magiebegabt. Die meisten gelten auch als hervorragende Handwerker. Man sagt ihnen einen eigenwilligen Sinn für Humor und die ausgeprägte Neigung nach, anderen Streiche zu spielen.

Komtur – Ranghöchster Ordensritter in einer Provinz. Er befehligt den militärischen Arm der Tjuredkirche. Über ihm steht im Rang nur der Erzverweser der Provinz.

Lanterna – Kriegsschiff, größer als eine Galeere, aber kleiner als eine Galeasse.

Lanze – Bezeichnung für eine Gruppe junger Novizen auf der Ordensburg Valloncour. Vergleichbar einer Schulklasse.

Liuvar Alveredar – Eine alte, elfische Grußformel, die so viel heißt wie: Frieden für den Freund.

Lutin – Fuchsköpfiges Koboldvolk. Die Lutin sind sehr begabte Zauberer und berüchtigt für ihren schwarzen Humor und ihre üblen Streiche. Manche gelten auch als erfahrene Reisende im Netz der Albenpfade.

Mandriden – Leibwache des Königs des Fjordlands. Diese berühmte Kriegertruppe wurde einst durch den Elfen Nuramon gegründet, der fast fünfzig Jahre lang in Firnstayn auf seine Gefährten Farodin und Mandred wartete.

Manko-Affen – Waldaffen der Albenmark, singen melancholische Mittagslieder.

Maurawan – Elfenvolk, das hoch im Norden Albenmarks in den Wäldern am Fuß der Slanga-Berge lebt. Berühmt für seine Bogenschützen. Unter anderen Elfen gelten die Maurawan als eigenbrötlerische Einzelgänger.

Mauslinge – Ein kleinwüchsiges Koboldvolk, dessen Angehörige kaum daumengroß sind. Sie sind unter anderem berühmt für die unvergleichlichen Farben, die sie mischen und zum Kolorieren ihrer detailverliebten Kupferstiche verwenden.

Mondlicht – Elfen, die nicht wiedergeboren werden, gehen ins »Mondlicht«. Sie werden im Tode entrückt, und keiner kann sagen, wohin.

Mordloch – Loch in der Gewölbedecke von Torgängen. Dient dazu, Angreifer mit Steinen oder siedenden Flüssigkeiten zu attackieren.

Morion – Weitverbreiteter offener Helmtyp, mit einer breiten Krempe und einem eisernen Kamm auf einer hohen Glocke.

Namensfest – Das Fest, bei dem die Eltern für ein neugeborenes Kind den Namen bestimmen. In der Regel liegt dieser Tag nicht mehr als eine Woche nach der Geburt. Familien, die es sich leisten können, feiern jährlich ein Fest zur Erinnerung an diesen besonderen Tag.

Neue Ritterschaft – Ritterorden der Tjuredkirche mit Hauptsitz in Valloncour. Stieg bei den Kämpfen um Drusna zu einer führenden Rolle auf.

Normirga – Elfenvolk in Carandamon. Im letzten Trollkrieg verloren sie ihre Festungen in der Snaiwamark. Seitdem lebt ein großer Teil der Normirga in ganz Albenmark verstreut.

Ochsenwürger – Flusswelssorte, die häufig im Waldmeer anzutreffen ist. Die Tiere können bis zu zwanzig Schritt lang werden und die größten von ihnen sind mythische Schreckgestalten in den Sagen der Fischer aus dem Koboldvolk der Holden.

Ordensmarschall – Titel des höchsten Würdenträgers der Neuen Ritterschaft. In der Kirchenhierarchie entspricht sein Rang dem eines der sieben Kirchenfürsten von Aniscans.

Orden vom Aschenbaum – Ältester Ritterorden der Tjuredkirche. Trägt eine schwarze, abgestorbene Eiche im Wappenschild. Verlor nach einer Reihe von Niederlagen im Kampf um Drusna auf dem Konzil von Iskendria die vorherrschende Rolle unter den Ritterorden der Kirche und wurde der Neuen Ritterschaft unterstellt.

Orden vom Blutbaum – Landläufig verbreitete Bezeichnung für die Neue Ritterschaft. Der Name bezieht sich auf das Wappen des Ordens.

Pockenbeißer – Sie begleiteten die Wale in den Fjorden, um die Meeresgiganten von lästigem Ungeziefer zu säubern.

Primarch – Der spirituelle Führer der Neuen Ritterschaft. Er wacht über das Seelenheil der Ritter und Novizen.

Refugium – Bezeichnung der Tjuredpriesterschaft für Ordenshäuser in der Wildnis, in denen die Gläubigen inneren Frieden bei harter Arbeit finden. Manche Priester sehen in den Refugien erste Inseln des Gottesstaates, der einst das ganze Erdenrund umspannen soll.

Regenbogenlibelle – Häufige Libellenart in Drusna.

Riesenschnapper – Ein Salzwasserkrokodil, beheimatet in der Region des Waldmeers. Die größten von ihnen wagen es, kleine Boote anzugreifen. Manchen sagt man sogar magische Fähigkeiten nach.

Sanhalla – Name des Südwindes, der von den Hängen der Rejkas im Sommer auf die Ebene der Snaiwamark weht.

Sankt Raffael – Name der Galeere, auf der Gishild nach Paulsburg entführt wurde. Zu dieser Zeit wurde das Schiff von Alvarez de Alba befehligt.

Schattenkriege – Ein Bürgerkrieg in Albenmark, angezettelt von Alathaia, Fürstin von Langollion, die Emerelles Thron rauben wollte.

Schnitter – Eine Elfenreiterschar in schwarzen Halbharnischen unter dem Befehl des Fürsten Tiranu von Langollion.

Schwarze Schar – Leichte Reitertruppe der Neuen Ritterschaft. Pistoliere im geschwärzten Halbharnisch. Sie gelten als besonders verwegene Truppe, die oft tief in Feindesland vorstößt.

Schwarzrückenadler – Ein Volk riesiger Adler, groß genug, dass sie Elfen tragen können.

Silbernacht – Das Fest, das die Elfen in der letzten Herbstnacht im Alten Wald feiern. In dieser einen Nacht im Jahr vermag Emerelle die Stimmen der Ahnen zu hören, jener Elfen, die ins Mondlicht gegangen sind.

Silberne Bulle – In diesem Gesetzestext sind die gegenseitigen Verpflichtungen zwischen der Kirche und der Neuen Ritterschaft festgeschrieben.

Sonnendrachen – Magisches Drachengeschlecht aus der Frühzeit Albenmarks. Die Sonnendrachen galten als die Fürsten unter den Drachenvölkern.

Sturmhorst – Name des Flaggschiffs der Adlerschiffe, die gegen Valloncour segeln.

Tearagi – Reitervolk, ansässig in der Wüste nahe Iskendria. Wurde einst vom Heiligen Clemens bekehrt.

Tjuredhammer – Name des Hauptgeschützes an Bord der Galeere *Gottesbote,* die in Diensten der Neuen Ritterschaft steht.

Trolle – Das kriegerischste Volk Albenmarks. Mehr als drei Schritt groß, haben sie eine graue Haut, die in ihrer Farbe Steinen ähnelt. Trolle scheuen vor der Berührung von Metall zurück.

Trollfingerspinnen – Erschreckend große Spinnenart, die in der Region des Waldmeers in Albenmark heimisch ist. Ihre Beine sind tatsächlich dick wie Trollfinger. Manchmal werden sie von den Holden dazu abgerichtet, kleine Vögel zu fangen.

Wanderkrebs – Unterart der Einsiedlerkrebse, beheimatet im südlichen Meer in der Welt der Menschen. Berühmt für sein schneeweißes, spiraliges Haus.

Windfänger – Name der Galeasse, auf der Gishild, Luc und die anderen Silberlöwen einen Sommer verbrachten, als sie für ihren unehrenhaften Sieg im Buhurt bestraft wurden.

Windsänger – Ein Elfenzauberer, der es versteht, die Winde herbeizurufen. Oft vermögen Windsänger ihre Seele mit der Seele eines Tieres reisen zu lassen, so etwa Fürst Fenryl.

Yingiz – Ein rätselhaftes Volk, gegen das einst die Alben Krieg führten. Die Schatten der Yingiz wurden ins Nichts verbannt und warten darauf, ihrer Gefangenschaft entfliehen zu können und wieder Körper zu besitzen.

DANKSAGUNG

Ich möchte mich bei all jenen Lesern entschuldigen, die im Frühjahr vergebens auf dieses Buch warteten. Zu Beginn der Arbeit an der Elfenritter-Trilogie hatte ich geplant, einen Zyklus mit insgesamt etwa 1200 Seiten zu schreiben. Dieses Volumen war allerdings bereits mit dem Ende des zweiten Bandes erreicht, und so war es mir unmöglich, meine Zeitpläne noch einzuhalten. Deshalb erscheint *Elfenritter – Das Fjordland* nun mehr als ein halbes Jahr später. Wieder einmal ist das Buch dicker geworden als geplant, denn die Geschichte von Luc und Gishild hat diesen Platz eingefordert. Danke an all jene, die geduldig waren und mir bis zu dieser Seite gefolgt sind.

Wieder einmal gab es etliche hilfreiche Geister, die mich auf den verschlungenen Pfaden Albenmarks begleiteten. Da waren Melike und Pascal, die mich lehrten, dass man niemals zu erschöpft für ein Lächeln ist, und Xinyi, die mein Qi hütete, als ich versuchte, es in Kaffee zu ertränken. Karl-Heinz, der regelmäßig zu mitternächtlicher Stunde zurechtbog, was ich tagsüber verbrochen hatte, Elke, die kein Blatt vor den Mund nahm, wenn ich Unsinn über Pferde oder Lawinen schrieb, und Till, der über die beiden Schwestern wachte und über den Verräter, dem ich ein neues Ende andichten wollte. Verena, die darauf achtete, dass ich in fremden Welten nicht verloren ging, sowie Grimm und Michael, die die Manuskriptberge auf meinem Schreibtisch mit wundervoll bemalten Miniaturen bevölkerten. Eymard, der nie müde wird, mich daran zu erinnern, dass es noch fremde Welten jenseits von Albenmark und dem Fjordland gibt.

Besonders bedanken möchte ich mich erneut bei meinen

beiden Lektorinnen: Martina Vogl, die glaubte, dass ich meinen zweiten Abgabetermin halten würde, als dies allen anderen schier unmöglich erschien, und Angela Kuepper, die diesmal, als Nachtschichten allein nicht mehr reichten, sogar ihren Urlaub verschoben hat, um über die Geschicke des Fjordlands zu wachen.

BERNHARD HENNEN
SEPTEMBER 2008

Der neue russische Bestseller-Autor

Es ist das Jahr 2033.
Nach einem verheerenden Krieg liegen weite Teile der Welt in Schutt und Asche. Die letzten Menschen haben sich in die riesigen U-Bahn-Netze der Städte zurückgezogen. Doch sie sind nicht allein...

»Ein phantastisches Epos!«
Sergej Lukianenko

Christoph Hardebusch

Sturmwelten

Das neue Fantasy-Epos vom Autor des Bestsellers »*Die Trolle*«

Ein Reich inmitten der Weltmeere, legendär für seine unermesslichen Reichtümer und ebenso großen Gefahren. Ozeane, gepeitscht von Wind und Wellen, umkämpft von königlichen Kriegsflotten, undurchsichtigen Magiern und blutrünstigen Piraten. Christoph Hardebusch erzählt die Geschichte des jungen Freibeuters Jaquento, der auszog, dieses geheimnisumwitterte Reich zu entdecken: die Sturmwelten ...

978-3-453-52385-2   978-3-453-52397-5

Christoph Marzi

Das Tor zu einer phantastischen Welt

»*Christoph Marzi ist ein magischer Autor, der uns die Welt um uns herum vergessen lässt! Er schreibt so fesselnd wie Cornelia Funke oder Jonathan Stroud*«
Bild am Sonntag

»*Wenn Sie Fantasy mögen, müssen Sie Christoph Marzis wunderbare Werke lesen. Eine echte Entdeckung!*«
Stern

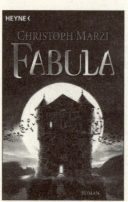

978-3-453-52327-2

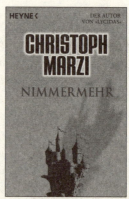

978-3-453-53275-5

Kristen Britain

Magisch, abenteuerlich, romantisch – Kristen Britain hat mit der Saga *Die magischen Reiter* ein bezauberndes und unübertroffenes Meisterwerk der Fantasy geschaffen.

Als Karigan einem sterbenden Boten des Königs begegnet, ahnt sie nicht, dass sie fortan das Schicksal eines Königreichs in Händen hält: Mit seinen letzten Worten nimmt ihr der Reiter das Versprechen ab, seine Botschaft zu überbringen. Unerschrocken bricht Karigan in die Hauptstadt auf – sie weiß nicht, dass die Jagd auf die wenigen ihr anvertrauten Zeilen bereits begonnen hat…

978-3-453-52479-8

»*Dieses Epos darf man getrost als Wunder bezeichnen! Kristen Britain ist eine geborene Erzählerin, und ihre Bücher sind hinreißende Abenteuer, wie man sie nur selten zu lesen bekommt.*« **Terry Goodkind**

Joe Abercrombie

Ein Barbar... Ein Inquisitor... Ein Magier... Wider Willen vereint im Kampf um die Zukunft eines Reichs und gebunden durch ein uraltes Geheimnis, über dem die Magie aus den Anfängen der Zeit weht. Dies ist das definitive Fantasy-Epos von einem der neuen Stars der phantastischen Literatur!

»So packend realistisch, zynisch und bissig im positiven Sinn, wie es dem Genre schon lange gefehlt hat.«
SF Chronicle

978-3-453-53251-9

Kriegsklingen
978-3-453-53251-9

Feuerklingen
978-3-453-53253-3

Königsklingen
978-3-453-53252-6

HEYNE